FABIOLA

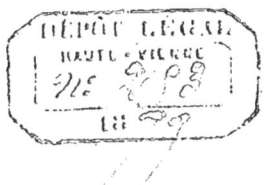

Elle se précipita aux genoux de sa maîtresse.

FABIOLA

OU

L'ÉGLISE DES CATACOMBES

PAR

SON ÉMINENCE LE CARDINAL WISEMANN

Archevêque de Westminster

Traduit de l'anglais

PAR E.-L. RODRIGUE

LIMOGES

BARBOU FRÈRES, IMPRIMEURS-LIBRAIRES

PREMIÈRE PARTIE

—

LA PAIX

——

I

LA MAISON CHRÉTIENNE

Que notre lecteur nous accompagne une après-midi
de septembre de l'année 302 dans les rues de Rome. Le
soleil décline: il sera couché dans deux heures. Le ciel
est sans nuages, l'atmosphère rafraîchie. Aussi les habitants se dirigent en foule, les uns vers les jardins de
César, les autres vers ceux de Salluste, pour la promenade du soir et pour apprendre les nouvelles du jour.
Nous conduirons notre bienveillant lecteur dans le quartier du Champ-de-Mars. Il comprenait la plaine d'alluvions
s'étendant entre les sept collines de la vieille Rome et le
Tibre. Vers la fin de la période républicaine, ces lieux,
jadis consacrés aux exercices athlétiques et militaires
du peuple, commencèrent à se couvrir d'édifices publics.
Pompée y bâtit son théâtre, puis Agrippa, le Panthéon et
les bains voisins. Les habitations particulières envahi-
rent ensuite graduellement ce terrain, tandis que les
hauteurs, préférées par l'aristocratie, au début de l'empire, semblaient réservées à de plus grands édifices.
Ainsi le Palatin, après l'incendie allumé par Néron, ne
suffit plus en quelque sorte à la résidence impériale et
au Grand-Cirque. Les bains de Titus, construits sur les
débris de la Maison d'Or, occupèrent l'Esquilin ; Caracalla s'empara de l'Aventin ; et à l'époque où nous en

sommes, l'empereur Dioclétien élevait ses Thermes sur le Quirinal, près des jardins de Salluste, dans un périmètre assez vaste pour plusieurs habitations seigneuriales.

Le point du Champ-de-Mars où nous dirigeons nos pas est tellement défini, qu'il est facile à quiconque connaît la topographie de Rome ancienne ou moderne de le décrire. Sous la république, il existait au Champ-de-Mars un grand espace carré entouré de planches et divisé en compartiments, où votaient les comices ou tribus du peuple ; on l'appelait *Septa* ou *Ovile*, de sa ressemblance avec une bergerie. Conformément au plan décrit par Cicéron dans une lettre à Atticus, Auguste proposa de transformer cette construction grossière en un solide et élégant édifice. La *Septa Julia*, comme on l'appela ensuite, offrait un splendide portique de mille pieds de long sur cinq cents de large, soutenu par des colonnes et enrichi de peintures. On voit encore aujourd'hui ses ruines. Sur son emplacement s'élèvent maintenant les palais Doria et Verospi, le Collége Romain, l'église de Saint-Ignace et l'oratoire de la Caravita.

La maison où nous conduisons le lecteur est en face et à l'est de cet édifice. L'église actuelle de Saint-Marcel a été érigée dans son enceinte. Elle embrasse, jusqu'au pied du mont Quirinal, une étendue considérable de terrain ; comme beaucoup de nobles habitations romaines du temps. Triste et morne à l'extérieur, sur ses murs bas et percés de rares fenêtres elle ne présente aucun ornement d'architecture. Une porte *in antis*, à peine relevée d'un tympan ou corniche triangulaire, reposant sur deux demi-colonnes, s'ouvre au milieu de l'une des faces de ce quadrilatère. Inventeur de fictions, nous userons de notre privilége d'ubiquité pour pénétrer dans cette demeure avec notre lecteur ou notre ombre, comme on l'aurait appelé autrefois. Après avoir traversé le porche, sur le pavé duquel on lit avec plaisir le *salve* de la bienvenue, inscrit en mosaïque, nous entrons dans l'*atrium*, la première cour, entouré d'une colonnade. Au centre de l'atrium, dallé en marbre, murmure un jet d'eau limpide amené des hauteurs de Tusculum par l'aqueduc de Claude. Il s'élance dans les airs, tantôt plus haut, tantôt plus bas, et retombe dans un bassin supérieur en marbre rouge, d'où il déborde en nappes d'argent; avant d'arriver à la vasque inférieure plus grande, il répand une douce rosée sur les vases élégants de plantes rares qui l'entourent. Sous le portique apparaissent des meubles riches et précieux; des lits incrustés d'ivoire et même d'argent, des tables de bois d'Orient, chargées de candélabres, des lampes et autres objets usuels en bronze ou en argent; des bustes délicatement sculptés, des vases, des trépieds, des œuvres artistiques de tout genre. Des peintures d'une époque évidemment reculée ornent les murs; cependant elles conservent l'éclat des couleurs et la fraîcheur de leur exécution. Les panneaux sont séparés par des niches avec des statues représentant, à la vérité, des sujets historiques ou mythologiques, mais n'ayant rien de blessant, même pour les âmes les plus candides. Çà et là, une niche vide ou une peinture voilée prouvent que le hasard n'est pour rien dans cette disposition.

La voûte, en dehors des colonnes, laissant une large ouverture carrée, appelée *impluvium*, un grand rideau y intercepte le soleil ou la pluie. Aussi, le crépuscule artificiel qui nous a permis de voir ce que nous avons décrit, ne donne que plus de relief à ce qui est au-delà. A travers l'arcade opposée à celle par où nous sommes entrés, on aperçoit une autre cour plus riche encore, pavée de marbres variés et embellie de brillantes dorures. Le voile à demi tiré de l'ouverture supérieure, que ferme une vitre de talc, permet à un doux rayon de soleil de filtrer dans l'intérieur; il nous montre pour la première fois que nous ne sommes point dans un palais enchanté, mais dans une demeure habitée.

Près d'une table, en dehors des colonnes de marbre phrygien, est assise une matrone entre deux âges, dont les traits nobles et doux portent la trace d'anciens chagrins. Mais une puissante influence en tempère le souvenir ou l'associe à un sentiment plus serein qu'elle retient depuis long-temps dans son cœur. La simplicité de sa mise contraste étrangement avec le luxe qui l'entoure Quelques fils argentés courent dans ses cheveux découverts et sans art. Ses vêtements de couleur sombre d'étoffe simple, n'ont d'autre broderie qu'une bande de pourpre appelée *segmentum*, indiquant le veuvage. Sur sa personne pas un seul de ces bijoux ou ornements de prix dont les dames romaines étaient si prodigues une fine chaîne d'or seulement à son cou, soutenant probablement un objet soigneusement caché dans le haut de sa tunique.

En ce moment, elle s'occupe activement d'un ouvrage qu'elle ne réserve point, évidemment, à son usage personnel. Elle brode une longue bande de drap d'or avec un fil d'or plus riche encore. De temps en temps elle retire tantôt de l'une tantôt de l'autre des cassettes élégantes placées sur la table une perle ou une pierre précieuse enchassée dans l'or, et elle en orne le dessin. On dirait qu'elle consacre ses parures des jours écoulés à une destination plus haute.

Les instants se succèdent, et une légère inquiétude vient troubler le calme de son esprit, absorbé jusqu'ici, selon les apparences, par son travail. Souvent elle lève les yeux de son ouvrage vers l'entrée. Parfois elle écoute le bruit des pas et semble désappointée. Elle regarde tour à tour le soleil et la clepsydre placée tout près sur une console. Un sentiment d'inquiétude extrême commençait à altérer sa physionomie, quand un coup joyeux retentit à la porte de la rue, et elle se penche avec un radieux sourire pour voir le visiteur tant désiré

II

LE FILS DU MARTYR.

Un gracieux adolescent parut ; traversant l'atrium d'un pas vif et léger , il se dirige si rapidement vers la cour intérieure, que nous aurons à peine le temps d'esquisser son portrait. Il a quatorze ans environ, mais il est grand pour son âge , de formes mâles et élégantes ; son cou nu et ses membres sont développés par de salutaires exercices ; ses traits annoncent un cœur franc et ardent , tandis que son front élevé , encadré de cheveux bruns , bouclant naturellement , rayonne d'intelligence. Il porte le vêtement accoutumé des jeunes gens , la courte *prétexte* descendant au-dessous du genou , et la bulle ou globe creux en or suspendu au cou. Des papiers et des rouleaux de velin attachés ensemble , dont il a chargé un vieux serviteur marchant derrière lui , indiquent qu'il revient de l'école. Ayant reçu les embrassements de sa mère , il prend place sur un siége bas , aux pieds de la matronne. Elle le contemple un instant en silence, cherchant à deviner pourquoi il s'est fait attendre , car il est en retard d'une heure. L'adolescent ayant rencontré ce regard fixé sur lui , y répond par un autre regard si assuré, que la matrone n'hésite plus , et elle lui adresse la parole en ces termes :

— Quelle cause t'a retenu aujourd'hui , mon très-cher enfant? Tu n'as , je pense , éprouvé aucun accident en route ?

— Aucun, je l'affirme, très-douce mère : au contraire, tout s'est si bien passé , que je balance vraiment à vous le conter.

Au coup d'œil de curiosité qui lui fut adressé , le jeune homme partit d'un joyeux éclat de rire, et il continua :

— Eh bien , je vous dirai tout. Vous savez que je ne suis heureux et que je ne puis m'endormir, si je ne vous

ai confié le bien ou le mal que j'ai fait dans la journée.—
La mère sourit de nouveau, se demandant quel était ce
mal. — Dernièrement je lisais que les Scythes, chaque
soir, jettent dans une urne une pierre blanche ou noire,
selon que la journée a été bonne ou mauvaise. Si je les
imitais, je marquerais de la sorte les jours où j'ai eu ou
non occasion de vous expliquer mes actes. Cependant, en
ce moment, pour la première fois, je suis en suspens, j'in-
terroge ma conscience, incertain si je dois parler.

Le cœur de la matrone battait-il plus fort, comme à une
première inquiétude; une sollicitude plus tendre se pei-
gnit-elle dans son regard, nous l'ignorons. Quoi qu'il en
fût, son fils lui saisit la main, l'effleura tendrement de
ses lèvres, et ajouta :

— Ne craignez rien, mère bien-aimée : vous n'avez
pas lieu d'être peinée. Dites-moi si vous souhaitez de
connaître *tout* ce qui m'est arrivé aujourd'hui ou seulement le motif de mon retard.

— Raconte-moi *tout,* cher Pancratius : rien de ce qui
te concerne ne m'est indifférent.

— Soit donc. Or, apprenez que cette dernière journée
où j'ai fréquenté l'école, quoique pleine d'incidents
étranges, me paraît avoir été singulièrement bénie. D'a-
bord j'ai obtenu la couronne dans une déclamation que
notre bon maître Cassianus nous avait donnée pour travail, ce matin. De là, comme vous allez en juger, d'éton-
nantes conséquences. Nous avions pour sujet : *Que le
philosophe doit être prêt à mourir pour la vérité.* Je
n'ai jamais rien entendu d'aussi froid ou insipide — je
pense qu'il n'y a pas de mal à le dire — que les compo-
sitions de mes compagnons. Ce n'était pas leur faute.
Infortunés ! quelles vérités possèdent-ils, et que leur
importe de mourir pour leurs vaines opinions? Mais
quelle source d'inspiration une pareille thèse n'offrait-
elle point à un chrétien? Aussi mon cœur s'enflamma,
mes pensées s'élevèrent, mon âme était pénétrée de vos
leçons et des exemples domestiques. Le fils d'un martyr
pouvait-il ressentir des impressions différentes? Mon

tour de lire étant venu , je me trahis involontairement.
Dans la chaleur de mon débit , le mot de « chrétien » au
lieu de « philosophe », et celui de « foi » au lieu de « vérité » tombèrent de mes lèvres. A la première méprise, je
vis Cassianus tressaillir, à la seconde, une larme brilla
dans ses yeux, et, se penchant vers moi, il me dit à voix
basse : « Prends garde ; enfant : des oreilles indiscrètes
t'écoutent.

— Quoi ! interrompit la matrone , Cassianus serait-il
chrétien ? J'ai choisi pour toi son école à cause de sa réputation exceptionnelle de science et de moralité, et j'en
remercie Dieu maintenant. Hélas ! en ces jours de craintes et de périls , il nous faut vivre en étrangers dans
notre propre patrie , connaissant à peine les visages de
nos frères. Assurément, si Cassianus eût proclamé sa foi,
ses cours eussent été promptement abandonnés. Mais
continue , cher enfant. Ses appréhensions étaient-elles
bien fondées?

— Je le crains. Tandis que la plupart de mes compagnons m'applaudissaient chaleureusement , sans remarquer mes méprises , Corvinus dardait méchamment sur
moi ses yeux noirs, et se mordait les lèvres de colère.

— Qui est-il donc , enfant, celui qui te menaçait, et
pourquoi cette attitude?

— C'est le plus âgé et le plus fort , mais aussi le plus
stupide de l'école. En cela , sans doute, il n'y a pas de sa
faute. Seulement je ne sais pour quelle raison il paraît
toujours animé contre moi de mauvais vouloir; je ne
m'explique point la cause de sa rancune.

— T'a-t-il dit ou fait quelque chose?

— Oui, et c'est ce qui m'a retardé. A notre retour de
l'école par la plaine qui longe le fleuve, il m'aborda d'un
air insultant, et me dit en présence de nos compagnons :
« — Pancratius , je pense que nous nous rencontrons
pour la dernière fois ici (et il appuya avec insistance sur
le mot); aussi je tiens à régler mes comptes avec toi. A
l'école, tu affectais d'étaler ta supériorité sur moi et sur
d'autres plus âgés qui valaient mieux que toi ; tout à

l'heure encore, j'ai surpris le regard superbe dont tu m'enveloppais tout en lisant ton orgueilleuse déclamation ; j'ai retenu quelques expressions dont tu pourras avoir à te repentir prochainement : mon père, tu ne l'ignores pas, est préfet de la cité (la matrone tressaillit légèrement), et il se prépare certaines choses qui pourront te concerner particulièrement. Avant donc que tu ne nous quittes, j'aurai ma revanche. Si ton nom, qui signifie un exercice viril, n'est point pour toi un mot vide de sens, nous engagerons ensemble une lutte plus mâle que celle du style et des tablettes. Combattons corps à corps ou avec le ceste. Je brûle de t'humilier comme tu le mérites devant ces témoins de tes insolents triomphes.

La mère, inquiète, penchée en avant, et retenant sa respiration pour mieux entendre, demanda :

— Qu'as-tu répondu, mon cher fils ?

— Je lui ai déclaré doucement qu'il se trompait complètement ; que je n'avais jamais rien fait sciemment pour le contrister non plus que mes autres camarades, et que je n'avais pas davantage prétendu à la supériorité. « — Quant à ta proposition, Corvinus, ajoutai-je, tu sais que je me suis toujours refusé à ces luttes, qui commencent tranquillement par des essais d'adresse et se terminent souvent par des coups furieux et le désir de la vengeance. Combien plus ne dois-je pas les éviter en ce moment où, de ton aveu, tu es animé de ces funestes sentiments qui en sont habituellement la conclusion. —» Nos compagnons formaient un cercle autour de nous, et je compris clairement que, trompés dans leur espoir de jouir de ces jeux cruels, ils étaient tous contre moi. Je repris gaiment : « — Maintenant adieu, mes amis, puissiez-vous être heureux. J'ai vécu en paix avec vous et je m'éloigne de même. — Non pas ! s'écria Corvinus le visage empourpré de colère, non, tu...

L'adolescent s'interrompit, rougit, frémit et balbutia :

— Je n'ose achever....

— Au nom de Dieu et du respect que tu portes à la mémoire de ton père, fit la matrone en étendant les mains sur la tête de son fils, ne me dissimule rien. Je n'aurais plus de repos si tu agissais ainsi. — Que t'a dit ou fait encore Corvinus?

Le jeune homme se remit après une pause d'un moment et une prière silencieuse; il poursuivit :

« — Non, s'exclama Corvinus, non, tu ne partiras pas de la sorte, lâche adorateur d'une tête d'âne. Tu nous as caché ta demeure, mais je la découvrirai. En attendant, emporte ce gage de ma future vengeance. » En même temps, il me frappa si violemment à la figure que je chancelai, tandis que des cris de joie sauvage s'élevaient du groupe qui nous entourait.

Pancratius fondit en larmes. Puis, soulagé, il continua :

— Oh! comme je sentis en ce moment mon sang bouillonner dans mes veines! Mon cœur battait à me rompre la poitrine, et une voix méprisante me soufflait à l'oreille le nom de lâche. C'était évidemment celle de l'esprit du mal. Sûr de ma force, la colère me poussait à saisir à la gorge mon injuste agresseur et à le jeter par terre. Je me repaissais déjà en imagination de ma victoire, qui eût changé les esprits et décidé les applaudissements en ma faveur. Ce fut la tentation la plus terrible de ma vie : jamais la chair et le sang n'avaient lutté contre moi si puissamment. Seigneur! puissent-ils ne plus exercer sur moi cette redoutable influence!

— Que fis-tu alors, mon enfant chéri? murmura la matrone d'une voix tremblante.

— Mon bon ange vainquit le démon qui m'assaillait. Je pensai au Seigneur dans la maison de Caïphe, entouré d'ennemis insolents, frappé ignominieusement sur la joue, et pardonnant néanmoins. Pouvais-je ne point l'imiter? Je tendis la main à Corvinus en lui disant : « — Que Dieu te pardonne comme je te le fais ici sincèrement, et qu'il te comble de ses bénédictions. » Cassianus, qui avait tout vu de loin, arriva en ce moment, et les écoliers se dispersèrent à la hâte. Je le suppliai, par notre foi commune, maintenant avouée entre nous, de ne point

punir Corvinus pour ce qu'il m'avait fait, et il s'y est
engagé. Et maintenant, tendre mère, murmura le jeune
garçon d'une voix douce, en s'appuyant sur le sein de la
matrone, ne pensez-vous pas que je puis appeler ce jour,
un heureux jour?

III

LA DÉDICACE.

Le jour avait décliné rapidement pendant cette conversation. Une vieille servante entra, inaperçue, alluma
les lampes des candélabres de bronze et de marbre, et se
retira en silence. Une vive lumière enveloppa à son insu
le groupe muet de la mère et du fils, car la sainte matrone Lucina n'avait répondu à la question de Pancratius
qu'en déposant un baiser sur le front brûlant du jeune
homme. Ce n'était pas uniquement une émotion mater-
nelle qui agitait son sein, ni le délicieux sentiment qu'é-
prouve une mère en voyant son enfant, fidèle aux principes élevés et difficiles à observer qu'elle lui a inculqués,
triompher généreusement de dures épreuves; ce n'était
pas non plus la joie d'avoir un fils si héroïquement vertueux, quoique si jeune; et cependant, avec beaucoup
plus de justice que la mère des Gracches, montrant ses
fils comme ses seuls joyaux aux matrones étonnées de la
république romaine, cette mère chrétienne aurait pu se
glorifier devant l'Eglise de l'enfant qu'elle avait nourri.
Mais elle était sous l'influence de sentiments plus sublimes encore. Depuis des années elle pensait avec inquiétude au moment actuel, et elle priait avec la ferveur d'une
mère chrétienne en l'attendant. Plus d'une, inspirée par
sa piété, a voué son fils dès le berceau à la plus auguste
des conditions de la terre, souhaitant de le voir grandir
pour être d'abord un lévite sans tache, puis un saint
prêtre à l'autel; elle a surveillé attentivement ses incli-

nations naissantes, dirigeant avec sollicitude ses aspirations vers le sanctuaire. S'il s'agissait d'un fils unique comme Samuel l'était pour Anne, il est juste de proclamer son abnégation, acte d'héroïsme maternel. Que dire alors de Félicité, de Symphorosa ou de la mère innommée des Machabées, ces anciennes matrones qui offrirent leurs enfants non-seulement pour être prêtres, — pas un, mais plusieurs et même tous, — mais encore pour être des victimes immolées au Seigneur dans les flammes?

C'était la dernière pensée qui occupait le cœur de Lucina en cette heure où, les yeux fermés, elle l'élevait vers le ciel, implorant le courage. Elle sentit qu'elle serait appelée à ce sacrifice ; et bien qu'elle l'eût long-temps prévu et désiré, elle ne pouvait l'envisager sans de cruels déchirements. Quant à l'adolescent, absorbé et silencieux, il ne se doutait pas des hautes destinées qui lui étaient promises; nulle vision ne lui montrait la vénérable basilique que visiteraient encore seize cents ans plus tard les antiquaires sacrés et de pieux pèlerins, laquelle devait donner son nom de Pancratius à la porte voisine de Rome ; il n'avait aucune idée de la future église que l'on construirait en son honneur, aux siècles de foi, sur les bords de la Tamise lointaine, et qui, quoique profanée ensuite, serait néanmoins recherchée pour leur sépulture par les âmes demeurées fidèles au culte de sa chère Rome; il ne pensait guère qu'un *ciborium* d'argent, pesant deux cent quatre-vingt-sept livres, serait placé par le Pape Honorius Ier au-dessus de l'urne de porphyre qui renfermerait ses cendres. Il ne prévoyait pas davantage, qu'enfant martyr de l'Église primitive, son nom s'inscrirait dans tous les martyrologes, et que son image radieuse surmonterait un grand nombre d'autels. Jeune chrétien au cœur simple, il lui semblait tout naturel d'obéir à la loi de Dieu, à son Évangile; il se sentait heureux d'avoir, ce jour-là, accompli son devoir, et cela en des circonstances exceptionnellement difficiles. Exempt d'orgueil et d'admiration de lui-même, il avait été véritablement héroïque.

Sortant de sa douce rêverie, il leva les yeux; à la clarté des flambeaux qui brillaient dans la salle, il vit sa mère qui le contemplait de nouveau avec une expression de majesté et de tendresse qu'il n'avait jamais remarquée auparavant. Elle avait l'air inspiré, comme en extase, et son regard ressemblait à celui que Pancratius eût prêté à un ange. Il changea de posture en silence, sans presque s'en rendre compte, et s'agenouilla devant elle. Il le pouvait, assurément : Lucina n'était-elle point l'ange gardien qui l'avait protégé toujours contre le mal? la sainte dont les vertus lui avaient servi d'exemple depuis son enfance? La matrone prenant la parole d'une voix altérée par une puissante émotion :

— Il est enfin venu, cher enfant, dit-elle, le temps qui n'a cessé d'être le sujet de mes ferventes prières et que j'ai tant souhaité dans l'excès de mon amour maternel. J'ai épié en toi avec ardeur l'éclosion des vertus chrétiennes, et quand elles sont apparues, j'en ai remercié Dieu. J'ai été témoin de ta docilité, de ta piété, de ton exactitude à tes devoirs, de ton amour envers les hommes. Je me suis réjouie de ta foi vive, de ton indifférence pour le monde et de ta charité pour les pauvres. Cependant j'attendais avec anxiété l'heure décisive qui montrerait si tu te contenterais des faibles vertus de ta mère, ou si tu revendiquerais le noble héritage du martyr à qui tu dois le jour. Dieu soit loué! cette heure a sonné aujourd'hui.

— Qu'ai-je donc fait qui ait ainsi fixé votre opinion à mon égard? demanda Pancratius.

— Ecoute, ô mon fils. En ce jour, le dernier de ta vie d'écolier, il me semble que notre miséricordieux Sauveur a voulu te donner une leçon préférable à toutes les autres, afin de prouver que tu n'as plus rien de l'enfance et que tu dois être traité en homme, puisque tu sais penser, parler et agir d'une façon virile.

— Ma mère, que voulez-vous dire?

— Ce que tu m'as raconté de la déclamation de ce matin atteste les généreuses pensées qui remplissent ton cœur; car tu es trop sincère et trop loyal pour avoir décrit

et exprimé si chaleureusement que c'est un glorieux
devoir de mourir pour la foi, si tu ne l'avais pas cru et
senti.

— Vraiment, je le crois et je le sens, interrompit le
jeune homme. Quel bonheur plus grand un chrétien
peut il désirer sur la terre?

— Oui, enfant, rien de plus vrai. Mais de simples paroles ne m'eussent point satisfaite. Ce qui a suivi me con-
vainc que tu es capable d'endurer patiemment, intrépidement, non-seulement les souffrances physiques mais
encore ce qui, je le sais, a dû révolter bien davantage
ton jeune sang patricien, un infâme soufflet, les paroles
et les regards méprisants d'une foule impitoyable. Bien
plus, tu as eu la force de pardonner à ton ennemi et de
prier pour lui. En ce jour, tu as gravi le sentier le plus
rude du Golgotha, la croix sur tes épaules; un pas encore,
et tu la planteras sur le sommet. Oui, tu es le digne fils
du martyr Quintinus. Ne veux-tu point lui ressembler
entièrement?

— Mère très-chère! ma très-douce mère! s'écria l'adolescent, le cœur palpitant, mériterais-je de lui appartenir s'il en était autrement? Quoique n'ayant point eu le
bonheur de le connaître, son image a toujours été présente à mon esprit, et il est l'orgueil de mes pensées.
Chaque année, à la solennelle commémoration du jour
où il prit place dans les rangs de ces élus vêtus de blanc
qui entourent l'Agneau dont le sang purifia ses vêtements, mon cœur et ma chair se sont réjouis de sa gloire.
Combien je l'ai prié, dans l'ardeur de ma filiale piété, de
m'obtenir, non point la renommée, les honneurs, les
richesses, les jouissances terrestres, mais ce qu'il estimait plus que tout cela; je lui ai demandé enfin d'assurer la destination qu'il estime, je le sais, la plus utile
et la plus belle, la seule chose qu'il ait laissée sur la
terre.

— Et qu'est-ce donc, ô mon fils?

— Son sang qui ne coule plus que dans mes veines.

Il souhaite, je n'en doute pas, que ce sang soit versé
comme le sien, pour l'amour de son Rédempteur et en
témoignage de sa foi.

— Assez, assez, enfant! s'écria la matrone frémissant
d'une sainte émotion; retire de ton cou les insignes de
l'enfance; j'ai un ornement plus précieux à t'offrir

Il obéit et détacha la boule d'or.

— Tu tiens de ton père, dit la mère avec un accent
plus solennel encore, un nom illustre, un rang élevé, de
grandes richesses, tous les avantages terrestres. Mais, de
son héritage je t'ai gardé un trésor pour le jour où tu t'en
montrerais digne. Je te l'ai caché jusqu'ici, bien que je
l'estimasse plus que l'or et les bijoux. Il est temps que je
te le transmette.

De ses mains tremblantes, elle ôta la chaîne suspendue à son cou; et pour la première fois son fils vit qu'elle
soutenait un sachet richement brodé et orné de pierres
précieuses. Elle l'ouvrit et en tira une éponge sèche mais
profondément imprégnée de rouge.

— Voici également le sang de ton père, cher Pancratius, dit-elle d'une voix défaillante et les yeux baignés de
pleurs. Je l'ai recueilli moi-même de ses blessures mor-
telles quand, sous un déguisement, je pénétrai jusqu'à
lui et le vis mourir des coups qu'il avait reçus pour le
Christ.

Et elle considérait amoureusement la relique; elle la
baisa avec ferveur, et les larmes dont elle l'arrosait
l'ayant humectée, le sang, liquéfié de nouveau, recouvra
sa couleur et sa tiédeur primitives, comme s'il venait
seulement de jaillir du cœur du martyr. La pieuse matrone
présenta l'éponge aux lèvres tremblantes du jeune homme, qui s'empourprèrent à ce contact sacré. Il vénéra ces
restes sanctifiés avec les vives émotions d'un chrétien
et d'un fils. Il lui sembla que l'esprit de son père descendait en lui et remuait son âme jusque dans ses dernières
profondeurs, afin qu'elle fût mieux ouverte encore aux
divines influences. Toute la famille était là réunie en

quelque sorte. Lucina replaça le trésor dans le reliquaire, qu'elle suspendit au cou de son fils en disant :

— Quand l'éponge s'humectera une seconde fois, que ce soit d'un plus noble flot que celui qui jaillit des yeux d'une faible femme.

Mais le Ciel ne jugeait pas ainsi des larmes de la matronne : le futur athlète fut consacré par le sang du père mêlé aux larmes de la mère.

IV

LA FAMILLE PAÏENNE.

Pendant la scène décrite précédemment, il s'en passait une bien différente dans une autre maison située entre le Quirinal et l'Esquilin. Elle appartenait à Fabius, un chevalier romain, dont la famille avait acquis d'immenses richesses en affermant le revenu des provinces de l'Asie. L'habitation, plus grande et plus splendide que celle que nous avons visitée, possédait un troisième grand péristyle ou cour entouré de vastes appartements ; en outre, elle renfermait de nombreux trésors de l'art européen, et les rares produits de l'Orient y abondaient. Le sol était couvert de tapis de Perse ; les meubles disparaissaient sous les soiries de la Chine, les étoffes de Babylone aux couleurs variées, les broderies d'or de l'Inde et de la Phrygie, tandis que de toutes parts on voyait éparpillés de curieux ouvrages d'or ou de métal, aux formes monstrueuses, types d'origine fabuleuse qu'on attribuait aux habitants des villes de l'Océan indien.

Fabius, le maître de ces richesses et de ces domaines considérables, était le modèle du Romain *bon viveur*, décidé à jouir pleinement de l'existence présente. De fait, il ne pensait point qu'il y en eût une autre. Quoiqu'il ne crût à rien, il jugeait convenable d'adorer à tour de rôle, selon les circonstances, n'importe quelle divinité.

Il passait pour un homme aussi honorable que ses voisins, et nul n'eût eu le droit d'en exiger davantage. La majeure partie de ses journées s'écoulait à l'un ou l'autre des grands bains publics qui, outre l'usage qu'indique leur nom, comprenaient quantité de dépendances de même genre que nos clubs, cabinets de lecture, maisons de jeu, gymnases et jeux de paume. Là il se baignait, causait, lisait, dépensait son temps; il allait parfois encore au Forum, écouter les déclamations des rhéteurs, les plaidoiries des avocats; ou bien il se promenait dans quelqu'un des nombreux jardins publics de Rome, rendez-vous des personnages distingués. De retour chez lui, il prenait part à un souper délicat, vers l'heure habituelle de notre dîner; il ne manquait jamais de convives invités à l'avance ou recrutés le jour même parmi les nombreux parasites en quête de bonne chère.

Chez lui c'était un maître bon et indulgent. Une multitude d'esclaves entretenaient soigneusement sa maison. Redoutant par-dessus tout le moindre souci, il laissait à ses affranchis la haute main sur son intérieur, pourvu que le service fût exact et confortable. Cependant ce n'est point auprès de lui, mais d'une autre habitante de sa maison, sa fille, que nous introduirons le lecteur. Unique héritière de sa fortune, partageant son luxe, elle porte, selon l'usage romain, le même nom que lui, adouci toutefois par un diminutif, et se nomme Fabiola. Pénétrons dans son appartement. Montons un escalier de marbre de la seconde cour, sur les côtés de laquelle se déroulent une suite de pièces ouvrant sur une terrasse rafraîchie par une fontaine élégante et parée d'une profusion de plantes exotiques. L'art romain et l'art étranger ont rivalisé de perfection pour décorer ces chambres magnifiques. Un goût raffiné, disposant de grandes ressources et profitant des meilleures occasions, a évidemment présidé à la réunion et à l'arrangement de toutes choses. En ce moment où l'heure du repas du soir approche, la maîtresse de cette opulente demeure se prépare à y assister avec une toilette recherchée.

Etendue sur une couche athénienne, incrustée d'argent, la patricienne occupe une pièce à la mode de Cyzique, c'est-à-dire ayant des fenêtres descendant jusqu'au plancher et ouvrant sur la terrasse fleurie. Vis-à-vis d'elle, à la muraille, pend un miroir d'argent poli, de grandeur à réfléchir une figure en pied. A côté, sur une table de porphyre, s'étalent les innombrables cosmétiques et parfums de prix pour lesquelles se passionnaient les dames romaines et qui leur coûtaient des sommes immenses. Sur une autre table de bois de sandal indien étaient rangés une foule de bijoux dans leurs riches écrins, afin que la jeune fille pût choisir ceux qu'elle préférait pour ce jour.

Il ne nous appartient point de décrire les personnes ou les physionomies, et nous ne le ferons pas. Il nous suffira de dire qu'à vingt ans, Fabiola ne le cédait en beauté à aucune dame de son rang, de son âge, de sa fortune, et que beaucoup de patriciens aspiraient à sa main. Mais elle contrastait avec son père d'esprit et de caractère. Fière, hautaine, impérieuse, irascible, elle commandait en souveraine à tout ce qui l'entourait, sauf une ou deux exceptions, exigeant d'humbles hommages de quiconque l'approchait. Unique enfant d'une mère morte en lui donnant le jour, elle avait été élevée avec indulgence par un père insoucieux et facile. A l'école des meilleurs maîtres, elle s'était initiée à tous les arts d'agrément, et on l'avait laissée libre de satisfaire ses goûts les plus capricieux. Elle ignorait ce que c'était que de se refuser la moindre chose.

Ainsi abandonnée à ses fantaisies, elle avait beaucoup lu, spécialement de graves ouvrages, et elle s'était attachée à la philosophie raffinée d'Epicure, long-temps en vogue à Rome. Du christianisme elle ne connaissait rien, le regardant comme une doctrine vile, matérielle et vulgaire. Aussi elle le méprisait trop pour songer à l'approfondir. Quant au paganisme avec ses dieux, ses vices, ses fables, son idolâtrie, elle le dédaignait, bien qu'elle l'observât extérieurement. En réalité, elle ne croyait qu'à la vie présente, dont elle voulait épuiser les jouissances. Mais son orgueil même protégeait sa vertu : elle avait en dégoût la corruption de la société païenne autant que la frivolité de la jeunesse qui la courtisait et dont les folies l'amusaient. Froide et égoïste aux yeux du monde, elle était irréprochable dans ses mœurs.

Si au début de ce récit nous semblons nous complaire dans de longues descriptions, nous osons espérer que le lecteur les reconnaîtra nécessaires pour bien saisir l'état social et matériel de Rome païenne au temps dont il s'agit. Et s'il était tenté de croire que nos descriptions sont trop magnifiques et trop raffinées pour un temps où les arts et le bon goût déclinaient, nous le prierions de se rappeler que l'année où nous lui faisons visiter Rome était moins éloignée des plus brillantes époques de l'art romain, — celle des Antonins par exemple, — que nous ne le sommes de celles de Cellini, de Raphaël et de Donatello. Cependant combien de chefs-d'œuvre de ces grands maîtres subsistent encore dans les palais de l'Italie, toujours appréciés quoiqu'on ne sache plus les imiter? Ainsi en devait-il être dans les demeures des vieilles et riches familles de Rome.

Fabiola était donc assise sur sa couche athénienne. D'une main elle tenait un miroir d'argent à poignée, et de l'autre un instrument étrange pour une main si belle, un stylet à lame fine et à manche d'ivoire délicatement sculpté et terminé par un anneau d'or. C'était l'arme favorite dont les dames romaines se servaient à l'égard de leurs esclaves à la moindre impatience ou à la plus petite faute. Trois femmes de service sont occupées en ce moment autour de leur maîtresse. Issues de races différentes, elles ont coûté des prix considérables non-seulement à cause de leur beauté, mais encore pour les rares talents qu'on leur suppose. L'une d'elles, de couleur noire, offrant, non point le type dégradé du nègre, mais les formes des Abyssiniens ou des Numides, aussi pures que celles des peuples de l'Asie, connaît à fond, prétend-on, les propriétés utiles des plantes, ou même leurs vertus les plus funestes pour la composition des philtres, des charmes et des poisons. On l'appelle Afra, du nom de son pays. La seconde, une Grecque, nommée Graïa, à cause de son origine, se distingue par son goût dans les apprêts de la toilette et la correction de son accent. La troisième, Syra, nom qui indique qu'elle vient de l'Asie, excelle dans la broderie et se fait remarquer par son travail assidu. Silencieuse et douce, elle est complètement absorbée par ses devoirs actuels. Les deux autres, au contraire, bruyantes et légères, vantent sans cesse ce qu'elles font. A chaque instant elles adressent à leur jeune maîtresse d'extravagantes flatteries, ou essaient de plaider la cause du dernier des prétendants dissolus qui a su le mieux acheter leurs bonnes grâces.

— Que je serais heureuse, très-noble maîtresse, dit l'esclave noire, de nous voir entrer, ce soir, dans le *triclinium* (salle à manger), pour jouir de l'effet magique que produira sur vos convives ce nouveau *stibium* (pâte dont on se peignait les paupières. J'ai pris bien des peines afin de l'obtenir aussi parfait. Rien de semblable, j'en suis sûre, n'a jamais été fait à Rome.

— Quant à moi, interrompit la Grecque astucieuse. je n'ai point la prétention d'aspirer à un tel honneur. Il me suffirait de contempler du seuil l'effet magnifique de cette merveilleuse tunique de soie venue d'Asie avec le dernier convoi d'or. Elle est d'une incomparable beauté; mais j'ose dire qu'elle n'a point perdu à être façonnée par mes mains.

— Et toi, Syra, fit la patricienne avec un sourire méprisant, que désires-tu? quels éloges réclames-tu pour ton travail ?

— Je ne désire rien, maîtresse, sinon que votre bonheur soit inaltérable. Je n'ai point à vanter mon travail, car je n'ai fait que remplir mon devoir, telle fut la réponse modeste et sincère de l'esclave.

Elle déplut à son orgueilleuse maîtresse, qui reprit :

— Je le vois, esclave, tu ménages tes louanges. Rarement on entend une parole agréable sortir de ta bouche.

— Quelle valeur aurait la louange de ma part, pauvre esclave, m'adressant à une illustre patricienne qui en recueille sans cesse de lèvres éloquentes et polies ? Y croyez-vous quand elle vous vient d'*elles*? et ne la méprisez-vous pas quand elle vient de *nous*?

Les deux compagnes de Syra lui lancèrent un regard de dépit. Fabiola aussi était mécontente de ce qui lui paraissait un reproche. Un sentiment élevé chez une esclave ! était-ce possible ?

— Ignores-tu encore, dit-elle, avec hauteur, que tu m'appartiens, et que je t'ai achetée fort cher pour me servir comme je le veux? J'ai autant de droit sur ta langue que sur tes bras; et s'il me plaît d'être louée, flattée et chantée, même par toi, tu le feras bon gré malgré. Il est curieux, en vérité, qu'une esclave prétende avoir une autre volonté que celle de sa maîtresse à qui sa vie appartient?

— Oui, répliqua Syra avec une dignité tranquille, ma vie est à vous ainsi que tout ce qui finit avec elle : le temps, la santé, la force, le corps, le souffle même. Tout cela, vous l'avez payé de votre or et constitue votre propriété. Cependant je possède un bien que les richesses d'aucun empereur ne peuvent acheter, aucune chaîne d'esclavage retenir, et qui triomphe des limites mêmes de la vie.

— Et quel est ce bien, je te prie ?

— Une âme.

— Une âme ! répéta Fabiola étonnée, — car elle n'avait jamais entendu une esclave revendiquer une semblable propriété. Qu'entends-tu par ce mot ?

— Je ne sais point parler le langage des philosophes, répondit Syra; mais j'entends par là cette conscience intime vivant en moi, me faisant pressentir une autre existence parmi les êtres plus parfaits que ceux qui m'environnent, ayant naturellement horreur de la destruction et instinctivement de tout ce qui s'y rapporte, comme la maladie et la mort. Aussi cette conscience répugne à toute flatterie et déteste le mensonge. Tant que je posséderai

ce don invisible, — et il ne peut mourir, — l'un et l'autre me seront impossib.es.

Les deux compagnes de Syra, comprenant peu de
chose à ce langage, s'étonnèrent de la hardiesse de l'esclave. Fabiola l'avait elle-même écoutée avec stupeur.
Mais son orgueil lui revenant bientôt, elle dit avec une
impatience manifeste :

— Où as-tu appris ces folies? Qui t'a enseigné à bavar-
der de la sorte? Pour moi, qui ai étudié des années, j'en
suis arrivée à conclure que toutes ces idées d'existence
spirituelle sont des rêves de poètes ou de sophistes, et
je les méprise comme telles. Esclave ignorante, sans
éducation, prétendrais-tu en savoir plus que ta maîtresse? Espèrerais-tu réellement survivre, toi, comme un
être qui pense, et avoir encore à couler des jours de joie
et de liberté quand, après ton trépas, ton corps sera jeté
pêle-mêle avec celui des esclaves morts d'ivresse ou sous
les coups de fouet, sur un bûcher infâme, et que tes
cendres et les leurs seront confondues dans une fosse
commune?

— Comme l'a dit un de vos poètes, « je ne mourrai
point toute entière, » répondit modestement l'esclave
étrangère dont le regard s'anima d'un tel feu que sa
maîtresse en fut surprise. Oui, j'espère, bien plus je veux
survivre à tout cela. Enfin je crois encore et je sais qu'une
main, rassemblant chaque molécule réduite en cendres de
mon corps, le tirera de ce charnier que vous avez si éner-
giquement décrit; il est une puissance qui ordonnera
aux quatre vents du ciel de rapporter chacun des atomes
de ma poussière qu'ils auront dispersée, et je serai de
nouveau rétablie dans mon corps, non pour être votre
esclave ou celle d'une autre, mais pour être libre, joyeuse,
glorifiée, pour aimer et être aimée éternellement. « Cet
espoir assuré repose dans mon sein. »

— Que signifient ces visions insensées d'une imagination orientale, qui te rendent incapable de remplir tes
devoirs? Il faut que tu en guérisses. Dans quelle école

as-tu recueilli ces sottises? Je n'ai rien lu de semblable dans aucun auteur grec ou latin.

— Dans une école de mon pays; dans une école où l'on ne connaît ni n'admet de distinction entre le Grec et le Barbare, l'homme libre et l'esclave.

— Quoi! s'écria l'orgueilleuse patricienne indignée, sans attendre même cette existence idéale qui succède à la mort, tu revendiques l'égalité avec moi, et peut-être la supériorité? Allons, parle sur-le-champ, sans équivoque ni détour, en est-il ainsi, oui ou non?

Et elle se souleva, impatiente. A chaque mot si calme de la réponse précédente, son agitation s'était accrue, et de violentes passions l'agitaient quand Syra répliqua:

— Très-noble maîtresse, vous l'emportez de beaucoup sur moi par le rang, la puissance, le savoir, le génie, par tout ce qui enrichit et embellit l'existence: par toutes les grâces extérieures et les traits du visage, par les charmes des manières et du langage vous n'avez point de rivale et ne pouvez craindre les envieuses pensées d'une créature aussi humble et aussi insignifiante que moi. Et puisque vous m'ordonnez de ne point taire ma conviction, — elle s'arrêta, hésitante; mais un geste impérieux de sa maîtresse lui prescrivit de continuer — eh bien, j'en appelle à votre propre jugement, une pauvre esclave, intimement persuadée de posséder en elle une intelligence spirituelle et vivante, n'ayant d'autre mesure de sa durée que l'éternité, dont la véritable demeure est au-dessus des cieux et l'unique prototype la Divinité, cette esclave peut-elle se reconnaître inférieure en dignité morale ou dans l'ordre de la pensée à la femme qui, malgré ses hautes qualités, n'attend pas une fin plus sublime que celle de ces charmants oiseaux privés de raison qui heurtent, sans espoir de liberté, les barreaux de leur cage?

Des éclairs de colère jaillirent des yeux de Fabiola, qui se sentait, pour la première fois de sa vie, censurée, humiliée par une esclave. Saisissant le stylet de la main droite, elle en porta un coup presque aveugle à la courageuse fille. Syra avança instinctivement le bras pour se protéger ; mais la pointe, dirigée du lit de haut en bas, ne lui en fit pas moins une blessure plus profonde que celles qu'elle avait déjà reçues auparavant. La douleur lui arracha des larmes, tandis que le sang ruisselait de la plaie. Fabiola, honteuse bientôt de cet acte cruel quoique involontaire, se sentit plus humilié encore devant son esclave.

— Va, dit-elle à Syra qui étanchait le sang avec son mouchoir, va trouver Euphrosyne, qu'elle panse ta blessure. Je n'avais pas l'intention de te frapper si fort. Mais attends un moment, que je te dédommage.

Puis, après avoir cherché dans les écrins placés sur la table, elle ajouta :

— Prends cette bague. De plus, je t'exempte de revenir ici ce soir.

Fabiola, la conscience entièrement apaisée, crut avoir amplement réparé, par l'offrande d'un présent coûteux, le mal qu'elle avait fait à une pauvre servante. Le dimanche suivant, dans l'église de Saint-Pastor, non loin de la maison de la patricienne, parmi les aumônes recueillies pour les pauvres, on trouva une bague enrichie d'une émeraude de grande valeur. Le vénérable prêtre Polycarpe pensa que c'était le don de quelque opulente Romaine ; mais Celui qui, de son regard pénétrant, surveillait le tronc aux aumônes de Jérusalem, et qui y remarqua le denier de la veuve, Celui-là vit qu'il avait été offert par une esclave étrangère, au bras entouré de bandages.

V

LA VISITE.

Durant la dernière partie du dialogue que nous venons de rapporter et la scène violente qui le termina, dans la chambre de Fabiola pénétrait une personne dont l'ap-

parition eût probablement coupé court à l'un et empêché l'autre. Les pièces intérieures des maisons romaines
étaient fermées plus ordinairement par des rideaux que
par des portes, de façon qu'il était facile d'y entrer sans
être aperçu, surtout pendant un incident aussi animé que
celui qui avait eu lieu. Tel était le cas en ce moment; et
quand Syra se retourna pour sortir, elle fut presque ef-
frayée de voir debout, se découpant comme un brillant
relief sur la portière rouge-foncé, une figure qu'elle reconnut immédiatement, et que nous esquisserons en peu
de mots.

C'était celle d'une jeune fille, ou plutôt d'une enfant
de douze à treize ans, au plus, vêtue d'une robe blanche
immaculée, et ne portant aucune parure. Son attitude
exprimait la simplicité de l'enfance et l'intelligence d'un
âge plus mûr. Son regard limpide réflétait cette innocence de la colombe dont parle le poëte sacré; il rayonnait
surtout de la flamme d'un amour pur et intense; il semblait plonger par-delà les objets terrestres, et s'arrêter
sur un être invisible aux autres, mais réellement présent
pour elle et qu'elle chérissait au plus haut degré. Son
front, large et serein, brillait de candeur et de franchise;
un doux sourire errait sur ses lèvres; ses traits, pleins
de fraîcheur et de jeunesse, passant rapidement d'une
impression à l'autre, traduisaient vivement, fidèlement,
les sentiments de son cœur tendre et fervent. Ceux qui
la connaissaient déclaraient qu'elle ne pensait jamais à
elle-même, occupée tout entière qu'elle était par sa sollicitude envers ceux qui l'entouraient et son affection pour
l'être invisible qui la captivait.

A l'aspect de cet être privilégié, semblable à un ange,
Syra s'arrêta un moment. Mais l'enfant, lui prenant la
main, la baisa respectueusement, et dit:

— J'ai tout vu. Trouvez-vous sur mon passage, dans
la petite salle près de l'entrée, quand je sortirai.

Ensuite elle s'avança. Lorsque Fabiola l'aperçut, une
vive rougeur couvrit ses joues, car elle craignait que l'enfant n'eût été témoin de son indigne mouvement de co-

lère. Elle congédia ses esclaves d'un signe indifférent de la main, et accueillit la visiteuse, sa parente, avec une cordiale affection. Nous avons dit que le caractère dominateur de la patricienne s'imposait à son entourage, sauf quelques exceptions. L'une de ces exceptions était la vieille Euphrosyne, sa nourrice et son affranchie, qui gouvernait son intérieur particulier, et qui n'avait qu'une seule croyance, à savoir : que Fabiola était la plus parfaite des créatures, la plus sage, la plus accomplie et la plus admirable des jeunes filles de Rome. Une autre exception était l'enfant qui se présentait qu'elle aimait sincèrement, qu'elle traitait toujours avec une tendre affection, et dont elle recherchait sans cesse la société.

— Vous êtes vraiment bien aimable, chère Agnès, dit Fabiola radoucie, de vous rendre avec tant d'empressement à mon invitation de souper ce soir avec nous. Mais le fait est que mon père ayant engagé un ou deux étrangers, je tenais à avoir une amie avec qui je fusse pour ainsi dire obligée de m'entretenir. Cependant j'avoue que l'un de ces commensaux excite ma curiosité ; c'est Fulvius, dont j'entends continuellement vanter les séductions, les richesses et les talents, bien que personne ne paraisse connaître exactement son origine.

— Chère Fabiola, répondit Agnès, vous le savez, je suis toujours heureuse de vous visiter, et mes bons parents me le permettent volontiers. Ainsi ne me remerciez point.

— Alors vous êtes à moi comme d'habitude, reprit la patricienne d'un air enjoué. Avec votre robe blanche comme la neige, sans bijoux ni parures, vous semblez célébrer de perpétuelles fiançailles. Mais, qu'y a-t-il, bonté du ciel ! N'avez-vous pas remarqué sur le haut de votre tunique, à droite, une large tache rouge, du sang, je crois ? Laissez-moi changer tout de suite votre robe.

— Non, pour rien au monde, Fabiola : c'est le seul bijou, l'unique ornement que je désire porter ce soir. C'est du sang, en effet, le sang d'une esclave; mais, à mes yeux, il est plus noble, plus généreux que celui qui coule dans vos veines et dans les miennes.

La patricienne saisit sur-le-champ la vérité : Agnès avait tout vu. Humiliée presque à se trouver mal, elle dit avec humeur :

— Désirez-vous donc proclamer de la sorte l'impétuosité de mon caractère, qui m'a fait châtier trop sévèrement peut-être une esclave ?

— Non, chère cousine, loin de là. Je tiens seulement à garder personnellement le souvenir d'une leçon de courageuse fermeté et d'élévation d'esprit donnée par une esclave, et que peu de patriciens philosophes pourraient nous enseigner.

— Quelle étrange idée ! En vérité, Agnès, j'ai souvent pensé que vous faisiez trop de cas des gens de cette classe. Après tout, que sont-ils ?

— Des créatures humaines qui nous valent et douées de la même raison, des mêmes sentiments, de la même organisation que nous. Vous admettez cela au moins, je le suppose. S'il en est ainsi, ils appartiennent à notre race; et Dieu, de qui nous avons reçu notre vie, étant de fait notre père, il est également le leur, et ils sont par conséquent nos frères.

— Un frère ou une sœur parmi des esclaves, Agnès ! les dieux nous en préservent! Ils sont notre propriété, notre bien, et je ne conçois pas qu'ils aient la faculté d'agir, de penser ou de sentir sinon de la manière qu'il plaît à leurs maîtres et pour le plus grand avantage de ceux-ci.

— Allons, allons, fit Agnès de sa voix la plus douce, n'engageons point une discussion si vive. Vous êtes trop sincère, trop loyale pour ne pas sentir et pour vous refuser à reconnaître qu'aujourd'hui vous avez été supassée en esprit, en raisonnement, en franchise et en courage héroïque. Ne répondez pas : je lis votre aveu dans cette larme. Mais, très-chère cousine, je veux

vous épargner à l'avenir une peine semblable. Accordez-
moi une grâce.

— Tout ce qui sera en mon pouvoir.

— Eh bien, je vous achèterai Syra. — Je crois que tel
est son nom. — D'ailleurs, maintenant, il ne vous plaira
guère de l'avoir auprès de vous.

— Vous vous trompez, Agnès, je maîtriserai une bonne fois mon orgueil ; malgré la condition de cette fille, je
l'estimerai ; et, sentiment nouveau pour moi, je l'admire-
rai peut-être.

— Cependant, Fabiola, je pense que je pourrais la rendre plus heureuse qu'elle ne l'est actuellement.

— Sans aucun doute, chère Agnès : vous savez donner
du bonheur à tout ce qui vous entoure. Je n'ai jamais vu
de maison comme la vôtre. Vous paraissez mettre en pratique l'étrange philosophie à laquelle Syra faisait allusion
tout-à-l'heure, et qui ne distingue point entre l'homme libre et l'esclave. Chez vous, tout le monde est souriant et
s'applique gaiment à remplir son devoir, bien que personne ne semble commander. Dites-moi donc votre secret
(Agnès sourit). Je soupçonne, petite magicienne, que vous
gardez, dans cette chambre que vous refusez obstinément
de m'ouvrir, les charmes et les philtres au moyen desquels vous captivez l'affection de tous les êtres. Si vous
étiez chrétienne et qu'on vous exposât dans l'amphithéâtre, je suis sûre que les léopards même se coucheraient,
immobiles, à vos pieds. Mais pourquoi cet air sérieux,
enfant? Ne comprenez-vous pas que je plaisante simplement?

Agnès paraissait absorbée; le regard fixé devant elle
avec cette expression tendre et animée dont nous avons
parlé, on eût cru qu'elle contemplait et entendait un
être chéri. La vision s'évanouit, et elle reprit allègrement :

— Bien, bien, Fabiola : on a vu des choses plus extraordinaires. En tout cas, si une telle catastrophe arrivait,
on aimerait alors d'avoir auprès de soi une esclave com-

me Syra. Il faut donc sérieusement que vous me la cédiez.

— Pour l'amour du Ciel, Agnès, ne prenez point mes paroles à la lettre. Je les ai prononcées en badinant, je l'affirme de nouveau; j'ai une trop haute opinion de votre bon sens pour croire à la possibilité d'un tel malheur. Néanmoins vous avez raison, quant au dévouement de Syra : atteinte dangereusement d'une fièvre contagieuse, l'été dernier, on dut forcer à coups de fouet mes autres esclaves à m'approcher, tandis que cette pauvre créature consentait à peine à me quitter; jour et nuit à mes côtés, elle me prodiguait des soins qui ont beaucoup contribué, j'en suis convaincue, à ma prompte guérison.

— Et ne l'avez pas aimée à cause de cela?

— L'aimer! aimer une esclave, enfant! naturellement, je l'ai récompensée généreusement. Pourtant je ne puis m'expliquer ce qu'elle fait de ce que je lui donne. Les autres assurent qu'elle ne met aucun argent de côté, et elle ne dépense rien pour sa toilette. Bien plus, j'ai entendu dire qu'elle partageait sottement sa nourriture quotidienne avec une mendiante aveugle. Quelle singulière idée!

— Très-chère Fabiola, insista Agnès, il faut qu'elle m'appartienne. Vous avez accédé à ma demande. Fixez le prix, et permettez que je l'emmène ce soir.

— Soit; oh! il est impossible de résister à vos sollicitations. Mais nous ne traiterons pas ensemble. Envoyez quelqu'un demain à l'intendant de mon père, et tout sera dit. Maintenant que nous avons terminé cette grande affaire, descendons auprès de nos convives.

— Mais vous oubliez vos bijoux.

— Qu'importe, je m'en passerai cette fois, je ne me sens point le goût de les mettre aujourd'hui.

VI

LE BANQUET.

Les deux parentes étant descendues, trouvèrent les convives déjà réunis dans l'exèdre ou salle de conversation. On ne leur offrait point un banquet d'apparat, mais le repas accoutumé d'une riche maison, où il y a toujours place pour des amis. Aussi nous contenterons-nous de dire qu'il y régnait une remarquable élégance, une parfaite ordonnance pour le service et les mets. Nous nous bornerons à rapporter les incidents de nature à jeter quelques éclaircissements sur notre histoire.

Lorsque les deux compagnes pénétrèrent dans l'exèdre, après avoir embrassé sa fille, Fabius s'écria :

— Quoi, mon enfant, vous êtes en retard, et vous avez négligé votre mise, vos parures habituelles !

Fabiola, confuse, ne savait que répondre. Elle se reprocha d'avoir cédé à la colère, et encore plus à ce qu'elle estimait en ce moment une ridicule manière de s'en punir. Agnès vint à son aide et dit en rougissant :

— C'est ma faute, cousin Fabius, si elle s'est fait attendre et si sa toilette est incomplète. Je l'ai retenue par mon babillage ; et puis, elle aura désiré par la simplicité de ses ajustements éviter de trop m'effacer.

— Vous, chère Agnès, vous avez le privilége d'agir à votre gré. Toutefois, à parler franchement, je dois dire que, même pour vous, cela était bon quand vous n'étiez qu'une enfant ; mais maintenant que vous êtes en âge d'être mariée, il vous faut commencer à faire plus de frais et essayer de gagner l'affection de quelque beau jeune homme convenable et distingué. Un magnifique collier, par exemple, tel que vous en possédez en quantité, ne nuirait point à vos attraits. Mais vous ne m'écoutez pas. Tenez, tenez, je soupçonne fort que vous avez déjà quelqu'un en vue.

Pendant la plus grande partie de ces observations, faites avec des intentions excellentes, quoique purement mondaines, Agnès semblait plongée dans ses abstractions ordinaires.

Son regard magique, ainsi que l'appelait Fabiola, contemplait, dans une sorte de souriante extase, un personnage invisible. Cependant elle ne perdait jamais le fil de la conversation, ni ne parlait mal à propos. Aussi elle répondit à Fabius :

— Oh ! oui, très-certainement, quelqu'un qui m'a déjà liée à lui par l'anneau des fiançailles, et qui m'a parée de nombreux joyaux.

— En vérité ! et comment cela ? demanda Fabius.

— Oui, repartit Agnès avec un regard brûlant d'amour et un accent simple et naturel, il a entouré mes bras et mon cou de pierres précieuses et suspendu à mes oreilles des perles d'un prix inestimable.

— Bonté suprême ! qu'est-ce donc ? Agnès, vous me confierez quelque jour ce secret, le secret de votre premier amour, sans doute. Puisse-t-il durer long-temps et vous procurer le bonheur !

— Le bonheur éternel, répliqua-t-elle en se retournant pour rejoindre Fabiola et entrer avec elle dans la salle à manger.

Heureusement, la patricienne n'avait point entendu ce dialogue, car elle eût été profondément blessée qu'Agnès lui eût caché, à elle sa meilleure amie, la pensée qu'elle jugeait la plus importante de son âge. Pendant qu'Agnès prenait sa défense, elle s'était éloignée de son père et mêlée aux convives. L'un deux, nommé Calpurnius, était un lourd sophiste de Rome, au cou épais, se targuant d'une science universelle. Son voisin, Proculus, était tout simplement un homme à bonnes fortunes, un familier de la maison. Il en restait deux qui exigeat une plus ample description. Le premier, qui obtenait évidemment les préférences de Fabiola et d'Agnès, était un tribun, officier supérieur de la garde impériale ou prétorienne. Bien que âgé seulement de trente ans, il s'était déjà distingué

par sa valeur, et jouissait de la plus haute considération
auprès des empereurs Dioclétien en Orient, et Maximien
Hercule à Rome. Quoique bien fait de sa personne, il était
exempt d'affectation dans ses manières et dans sa mise.
Quoique d'une conversation séduisante, il dédaignait souverainement les vains sujets dont s'occupe généralement
la société. En un mot, il offrait le type parfait du jeune
homme au cœur noble, rempli d'honneur et de pensées
généreuses, fort et brave, sans l'ombre d'orgueil ou d'os-
tentation.

Le dernier convive faisait avec lui un contraste frappant : c'était Fulvius, le nouvel astre de la société romaine, dont Fabiola avait déjà parlé. Jeune et l'air presque
efféminé, vêtu avec la plus élégante recherche, les doigts
chargés de riches bagues, et les vêtements de bijoux, affecté dans son langage empreint d'un léger accent étranger, exagéré dans ses témoignages de politesse, mais se
piquant d'obligeance et de bon naturel, il avait réussi en
peu de temps à s'introduire dans la plus haute société de
Rome; il le devait à la fois à sa réception à la cour impériale et à la séduction de ses manières. Il était venu en
compagnie d'un seul serviteur d'âge avancé, qui lui était
évidemment très-attaché. Était-ce un esclave, un affranchi, un ami? Nul ne le savait. Ils s'entretenaient toujours
ensemble dans une langue étrangère. Les traits basanés
du vieillard, son œil perçant et son air repoussant inspiraient une certaine crainte aux autres subordonnés, car
Fulvius, logé dans ce qu'on appelait une *insula* ou maison
louée par parties, avait meublé luxueusement son appartement et y entretenait un nombre d'esclaves suffisant
pour un célibataire. Non-seulement l'abondance, mais la
profusion avaient présidé à ses arrangements domestiques. Le monde corrompu et dégradé de Rome païenne,
oubliant l'obscurité de son histoire, et son apparition
soudaine, ne considérait que son opulence incontestable
et les charmes de son commerce facile. Cependant un
habile observateur n'eût pas tardé à remarquer cet œil
mobile à l'excès, cet empressement à voir et à écouter

tout ce qui se faisait ou se disait, décelant une insatiable
curiosité ; aux moments d'oubli, un sombre regard, jaillissant de ses prunelles ardentes, sous ses sourcils fron-
cés, et certain pli de la lèvre supérieure provoquaient un
sentiment de méfiance et donnaient à penser que son
extérieur affable dissimulait des inclinations de malignité
féline.

Les convives furent bientôt à table. Et comme les femmes occupaient des siéges, tandis que les hommes s'étendaient sur des lits pendant le repas, Fabiola et Agnès demeurèrent près l'une de l'autre, à une extrémité ; les plus
jeunes invités, les derniers décrits, se placèrent en face,
et le maître de la maison avec ses deux amis plus âgés
au centre, s'il est permis d'employer ces termes pour
expliquer les positions respectives autour des trois
quarts d'une table ronde, le *sigma* ou couche demi-cir-
culaire laissant un côté libre pour la facilité du service. Ajoutons en passant qu'une nappe, luxe inconnu
du temps d'Horace, et maintenant d'un usage ordinaire,
recouvrait la table. Quand le premier appétit ou le palais eurent été satisfaits, la conversation devint générale.

— Quelles nouvelles aux bains aujourd'hui ? demanda
Calpurnius. J'ai peu le loisir de m'occuper de ces baga-
telles.

— Elles sont cependant très-intéressantes, répondit
Proculus. Il paraît tout-à-fait certain que le divin Dioclétien a prescrit de terminer ses Thermes dans l'espace
de trois ans.

— Impossible, rispota Fabius. L'autre jour, en allant aux jardins de Salluste, j'y suis entré, j'ai examiné les travaux, et j'ai constaté qu'ils n'avaient guère
avancé cette année. Il y a énormément à faire : ainsi
la sculpture des marbres, le dégrossissement des colonnes.

— C'est vrai, interrompit Fulvius : mais je sais que des
ordres ont été envoyés de tous côtés pour qu'on expédiât
ici les prisonniers, les condamnés aux mines en Egypte,

en Espagne, en Sardaigne et même en Chersonnèse, dont
on pourra disposer, afin de les employer aux travaux des
Thermes. Quelques milliers de chrétiens appliqués à ce
labeur l'achèveraient promptement.

— Pourquoi les chrétiens, de préférence à d'autres criminels? interrogea Fabiola avec quelque curiosité.

— Pourquoi? reprit Fulvius avec son plus charmant
sourire; assurément il me serait difficile de le dire. Pourtant il en est ainsi. Entre cinquante ouvriers, je m'engage
à reconnaître un chrétien.

— Vraiment? s'écrièrent plusieurs convives en même
temps. Et la raison?

— Les condamnés ordinaires abhorrent naturellement
leur travail, et il faut user du fouet à chaque instant pour
les contraindre à l'exécuter; et dès que l'intendant n'a
plus l'œil sur eux, ils l'interrompent. De plus, ils sont
ordinairement grossiers, abrutis, querelleurs, et murmu-
rent sans cesse. Les chrétiens, au contraire, quand ils
sont assujettis à ces ouvrages publics, paraissent con-
tents; ils sont toujours gais et dociles. J'ai vu en Asie,
occupés de la sorte, de jeunes patriciens dont les mains
auparavant n'avaient jamais manié une pioche, ni les
épaules délicates porté le moindre fardeau ; cependant
ils se montraient ardents à la besogne, et aussi heureux
que naguère dans leurs demeures. Néanmoins, les intendants leur prodiguent les coups de fouet, parce que la volonté des divins empereurs est que leur sort soit aussi dur
que possible. Malgré ces traitements, ils s'abstiennent
de toute plainte.

— Je ne puis dire que j'admire ce genre de justice, déclara Fabiola; mais quelle race étrange ! je désirerais bien
connaître la cause de la stupidité ou de l'insensibilité
contre nature de ces chrétiens.

Proculus répondit d'un air ironique :

— Voici Calpurnius, qui est, sans doute, en mesure
de vous satisfaire, car il est philosophe, et on prétend
qu'il serait capable de disserter une heure, sur n'im-

porte quel sujet, depuis les Alpes jusqu'à une fourmillière.

Calpurnius, provoqué de la sorte, et croyant à un compliment, prit la parole d'un ton solennel :

— Les chrétiens, expliqua-t-il, sont une secte étrangère dont le fondateur florissait en Chaldée, il y a des siècles. Sa doctrine fut apportée à Rome du temps de Vespasien, par deux frères, Pierre et Paul. Quelques-uns soutiennent que ce sont deux frères jumeaux, ceux-là même que les Juifs appellent Moïse et Aaron, dont le second vendit son droit d'aînesse à l'autre, en échange d'un chevreau, duquel il lui fallait la peau pour se faire une paire de gants. Toutefois, je n'admets pas l'identité, car il est rapporté dans le livre mystique des Juifs que le second de ces frères, voyant les victimes de l'autre donner de meilleurs augures que les siennes, le tua, comme notre Romulus fit de Remus, mais avec une mâchoire d'âne. Pour cet acte, il fut pendu par le roi Mardochée de Macédoine, à un gibet haut de cinquante coudées, à la poursuite de leur sœur Judith. Quoi qu'il en soit, Pierre et Paul étant venus à Rome, ainsi que je l'ai dit, le premier fut reconnu pour un esclave fugitif de Ponce-Pilate, et crucifié par ordre de son maître, sur le mont Janicule. Leurs sectateurs, — et ils en eurent un grand nombre, — adoptèrent la croix pour symbole, et ils l'adorent. Ils regardent comme le comble de l'honneur de souffrir la flagellation et même une mort ignominieuse, qui les font ressembler à leurs maîtres et leurs permettent, à ce qu'ils s'imaginent, de les rejoindre, je ne sais où, par-delà les nuages.

Tous les assistants, deux exceptés, écoutèrent avec admiration cette lucide explication de l'origine du christianisme. Le jeune officier jeta sur Agnès un regard de pitié, lequel semblait demander : « Faut-il répondre à ce niais, ou plutôt me moquer de lui? » Mais elle posa le doigt sur ses lèvres et sourit d'un air qui réclamait le silence.

— Eh bien! fit observer Proculus, la conclusion c'est que les Thermes seront bientôt terminés, et que nous au-

rons de glorieux divertissements. Ne dit-on pas, Fulvius, que le divin Dioclétien viendra lui-même à la dé-
dicace?

— Cela est certain; delà des fêtes splendides des
jeux magnifiques. Mais nous n'attendions pas jusqu'à cette
époque : déjà, dans un autre but, on a expédié en Numi-
die l'ordre de réunir pour l'hiver un nombre illimité de
lions et de léopards.

Se tournant vers son voisin, il poursuivit en fixant sur
lui un regard ardent :

— Un brave soldat comme vous, Sébastien, doit être
ravi de ces nobles spectacles de l'amphithéâtre, surtout
lorsqu'ils ont pour acteurs les ennemis des augustes empereurs et de la république.

Le tribun se soulevant sur sa couche, regarda son interlocuteur d'un air calme et imposant, et répliqua tranquillement.

— Fulvius, je serais indigne du titre que vous me
donnez si j'étais capable de contempler avec plaisir, de
sang-froid, la lutte, — si l'on peut l'appeler ainsi, — entre une bête féroce et une femme ou un enfant sans défense, car tels sont les spectacles que vous qualifiez de
nobles. Oui, je tirerais volontiers le glaive contre les ennemis des princes ou de l'Etat, et je ne le ferais pas
moins volontiers contre le lion ou le léopard qui s'élan-
cerait, fût-ce même par ordre impérial, sur l'innocent
délaissé.

Fulvius fit un brusque mouvement ; mais Sébastien,
lui retenant le bras de sa puissante main, continua :

— Ecoutez-moi jusqu'au bout. D'autres Romains plus
illustres ont pensé de même avant moi. Rappelez-vous
les paroles de Cicéron : « Ces jeux sont magnifiques,
assurément, mais quelles délices peut éprouver un esprit
délicat à voir un homme faible déchiré par un animal de
première force, ou une noble bête percée d'une javeline.»
Je ne rougis pas d'être d'accord avec le plus grand de nos
orateurs.

— Alors, Sébastien, nous ne vous verrons jamais dans

l'amphithéâtre? demanda Fulvius d'une voix douce et railleuse.

— Si vous m'y voyez, répondit l'officier, ce sera du côté du faible, et non du côté des brutes qui voudraient le déchirer.

— Sébastien a raison, s'écria Fabiola en frappant des mains, et je clos la discussion en l'applaudissant. Jamais je n'ai entendu le tribun prendre la parole que pour exprimer des sentiments élevés et généreux.

Fulvius se mordit les lèvres en silence, et tous les convives se levèrent pour partir.

VII

PAUVRE ET RICHE.

Pendant la dernière partie de la conversation que nous venons de rapporter, Fabius, tout absorbé, réfléchissait à son court entretien avec Agnès. Avec quel calme elle avait gardé son secret! mais qui pouvait avoir déjà gagné son cœur? Il eut beau chercher parmi le grand nombre de ses connaissances, il ne savait que deviner. Le don des riches joyaux surtout l'embarrassait. Il ne voyait point de jeunes Romains qui en eussent possédé de semblables; et l'un d'entre eux les eût-il commandés dans quelque grande boutique de la ville, il ne l'aurait pas ignoré, lui qui les visitait chaque jour; soudain, une idée lumineuse lui vint à l'esprit : il pensa que Fulvius, qui étalait journellement de nouveaux et magnifiques bijoux, apportés des pays lointains, était le seul personnage capable de lui avoir fait de pareils présents. En outre, il jugeait à certains regards du bel étranger qu'il était épris de sa cousine, et que si Agnès faisait semblant de l'ignorer, c'était évidemment par calcul. Une fois arrivé à cette importante conclusion, il se promit de favoriser les vœux de l'un et de l'autre, et d'étonner un jour sa fille en lui révélant sa perspicacité.

Mais quittons ces nobles convives pour de plus humbles scènes; suivons Syra depuis le moment où elle sortit de l'appartement de sa jeune maîtresse. Quand elle se présenta à Euphrosyne, la bonne nourrice fut indignée à l'aspect de la cruelle blessure, et une exclamation de pitié tomba de ses lèvres. Mais reconnaissant aussitôt l'œuvre de Fabiola, elle se trouva partagée entre deux sentiments opposés.

— Pauvre créature! dit-elle, pendant qu'elle lavait, fermait, puis bandait la plaie; quelle horrible blessure! qu'as-tu donc fait pour mériter cela? Combien tu as dû souffrir, pauvre fille! Il faut que tu aies été bien méchante pour t'attirer un tel traitement. C'est une plaie affreuse, et elle a été cependant infligée par la plus douce des créatures. Tu dois être épuisée par la perte de ton sang; prends ce cordial qui te soutiendra. Sans doute tu l'as obligée à frapper.

— Oui, répondit Syra avec enjouement, c'est entièrement ma faute : je n'avais que faire de discuter avec ma maîtresse.

— Discuter avec elle! ô dieux! qui a jamais vu une esclave discuter avec sa noble maîtresse, surtout quand elle est savante comme la tienne? Calpurnius lui-même redouterait de raisonner avec elle. Quoi d'étonnant qu'elle ait été... agitée au point d'ignorer qu'elle te blessait? Mais il faut tout cacher et ne point publier ta faute. N'as-tu pas d'écharpe ou de voile dont nous puissions envelopper ton bras comme d'un ornement? Tes compagnes, je le sais, en ont beaucoup qu'elles ont reçus ou achetés; mais toi, tu ne parais faire aucun cas de ces ajustements. Voyons cela.

Elle alla au dortoir des femmes esclaves contigu à sa chambre, ouvrit le coffre de Syra, fouilla d'abord vainement son maigre contenu, et retira enfin du fond un voile carré de la plus riche étoffe, magnifiquement brodé et même orné de perles. La jeune fille rougit beaucoup et

la supplia de ne point l'obliger à porter une parure si
peu en rapport avec sa mise, ajoutant que c'était un souvenir de jours meilleurs, qu'elle gardait depuis long-
temps et à grand'peine. Mais Euphrosyne, désireuse de
dissimuler l'acte de sa maîtresse, fut inexorable, et elle
enveloppa de la magnifique écharpe le bras blessé.

Cela fait, Syra se rendit dans le petit parloir vis-à-vis la
loge du portier, où les esclaves privilégiés pouvaient voir
leurs amis. Elle portait à la main un panier couvert d'une
serviette. Au moment où elle se présentait, un pas léger
traversa rapidement la chambre, venant à sa rencontre.
C'était celui d'une jeune fille de seize ou dix-sept ans,
vêtue très-pauvrement, mais propre et soignée, qui jeta
ses bras autour du cou de Syra avec une telle ardeur et
une joie si vive, qu'on eût difficilement supposé que ses
yeux privés de lumière n'avaient jamais communiqué
avec le monde extérieur.

— Asseyez-vous, chère Cœcilia, dit Syra en la conduisant à un siége; je vous ai préparé aujourd'hui un véritable festin : vous souperez somptueusement.

— Comment cela? mais n'en est-il pas de même tous
les jours ?

— Non, non. Ce soir, ma maîtresse a eu l'attention de
m'envoyer un plat délicat de sa table, et je vous l'apporte.

— Quelle bonté de sa part; mais quelle bonté plus
grande de la vôtre, ma sœur ! Pourquoi n'en avez-vous
pas goûté, puisqu'il vous était destiné, et non à moi?

— A dire vrai, j'ai plus de plaisir à vous en voir jouir
que d'en jouir moi-même.

— Non, chère Syra, il ne doit point en être ainsi. Dieu
a voulu que je fusse pauvre, et il faut que je me confor-
me à ses décrets. Pourquoi rechercherai-je la nourriture
ou le vêtement du riche, quand je puis avoir ceux du
pauvre? J'aime à partager votre *pulmentum*, ce don de
la charité fait par quelqu'un d'aussi pauvre que moi. Je
vous procure les mérites de l'aumône, et vous me donnez
la consolation de sentir que je ne suis en la présence de
Dieu qu'une pauvre créature aveugle. Je crois qu'il m'ai-

mera plus de la sorte que si je vivais de bonne chère. Je
préfère rester à la porte avec Lazare plutôt que d'être à
table avec le mauvais riche.

— Combien vous êtes plus sage et meilleure que moi ,
chère enfant! Il sera fait comme vous le désirez. Je donnerai le plat à mes compagnes, et tout à l'heure je vous
apporterai votre mets frugal et accoutumé.

— Merci , merci , chère sœur. J'attendrai ici votre
retour.

Syra se rendit à l'appartement des femmes de service
et plaça le plat d'argent devant ses jalouses mais avides
compagnes. Comme leur maîtresse leur faisait quelquefois cette gracieuseté, elles se montrèrent peu surprises.
Mais la pauvre esclave, assez faible pour rougir de paraître devant elles avec la riche écharpe autour du bras ,
l'avait retirée avant d'entrer, et la remit en sortant aussi
bien que possible d'une seule main, afin de ne point mé-
contenter Euphrosyne. Elle était en bas , dans la cour ,
retournant vers son amie aveugle, quand elle aperçut un
des convives de sa noble maîtresse qui se dirigeait seul
vers la porte, l'air mortifié. Elle se jeta derrière une
colonne, pour éviter d'être insultée, ce qui n'était pas
rare. C'était Fulvius ; et à peine l'eût-elle envisagé ,
inaperçue, qu'elle demeura comme clouée à sa place; son
cœur palpitait avec force, puis frémissait comme s'il allait
cesser de battre; ses genoux s'entre-choquaient , son
corps frissonnait, la sueur coulait de son front. Ses yeux
dilatés étaient fascinés comme l'oiseau devant le serpent.
Portant la main à sa poitrine, elle y traça le signe de vie,
et le charme fut rompu. Elle s'enfuit alors , sans avoir été
remarquée. A peine avait-elle disparu derrière la tenture
qui fermait l'escalier , que Fulvius, les yeux baissés ,
arriva à l'endroit où elle s'était arrêtée. Il recula d'un
pas, comme effrayé à l'aspect de ce qui gisait à terre,
devant lui. Il éprouva un tremblement; mais se remet-
tant par un effort soudain, il regarda autour de lui et s'assura qu'il était seul. En effet , il était uniquement sous
l'œil de Celui à qui il ne pensait pas , mais qui lisait , à

cette heure, jusqu'au fond de son cœur dépravé. Ayant
de nouveau contemplé l'objet, il se baissa pour le ramasser, mais il retira sa main, et cela plusieurs fois. Enfin,
entendant des pas s'approcher, et reconnaissant la démarche martial de Sébastien, il saisit vivement la brillante écharpe tombée du bras de Syra; il la plia avec
agitation, et remarquant des taches fraîches de sang, qui
avait pénétré les bandages, il trébucha comme un homme
ivre, en gagnant la porte, et s'enfuit chez lui.

Pâle, défait, chancelant, il monta dans sa chambre,
repoussa durement les services empressés de ses esclaves, ne permit qu'au vieillard de le suivre, et lui fit signe
de fermer la porte. La lampe allumée sur une table répandait une vive clarté. Fulvius jeta à côté l'écharpe
brodée, et montra du doigt les taches de sang. L'homme au teint basané se tut; mais sa figure était blème, et
celle de son maître, livide.

— C'est la même, sans aucun doute, dit à la fin le serviteur dans leur langue étrangère; pourtant elle est
morte certainement.

— En es-tu bien sûr, Eurotas? demanda Fulvius en
fixant sur le vieillard un regard perçant comme celui
d'un oiseau de proie.

— Aussi sûr qu'un homme peut l'être de ce qu'il n'a
point vu par lui-même. Où as-tu trouvé cela? et d'où
vient ce sang?

— Tu le sauras demain; je suis trop fatigué ce soir.
Quant à ce sang, tiède encore lorsque j'ai ramassé l'objet, j'ignore d'où il provient, à moins que ce ne soit un
présage de vengeance, ou la vengeance même, terrible,
impitoyable, telle que les Furies pourraient l'exercer. Ce
sang n'a pas été versé *récemment*.

— Assez, assez, ce n'est pas le moment de se livrer à
des rêves ou à des imaginations. T'a-t-on vu relever cela?

— Non, personne.

— Alors nous sommes sauvés : il vaut mieux que cela
soit entre nos mains qu'en celles d'autrui. Une bonne nuit
de repos nous portera conseil.

— C'est vrai, Eurotas ; mais demeure avec moi.

Ils se jetèrent tous deux sur leurs couches ; Fulvius sur son lit magnifique, Eurotas sur un autre plus petit, d'où, appuyé sur le coude, il regarda long-temps, à la lumière de la lampe, de son œil noir et pénétrant, le sommeil troublé du jeune homme, dont il était à la fois le gardien dévoué et le mauvais génie. Fulvius, agité, en proie à de sinistres cauchemars, gémissait en dormant. Il voit d'abord devant lui, dans un pays lointain, une cité opulente que traverse un fleuve aux ondes limpides comme le cristal. Au milieu des eaux apparaît une galère qui lève l'ancre, et sur le pont de laquelle quelqu'un balance vers lui, en signe d'adieu, une écharpe brodée. Ensuite la scène change : le vaisseau vogue en pleine mer, battu par une violente tempête, tandis qu'au sommet du mât flotte la même écharpe comme une légère banderole au souffle de la brise. Soudain le navire donne contre un rocher, un cri de désespoir s'élève, et tout s'engloutit dans l'abîme. Mais le mât domine encore les vagues irritées, avec son calme et brillant pavillon. Alors au milieu des oiseaux de mer qui s'ébattent bruyamment à l'entour, un fantôme, porté sur des ailes noires et armé d'une torche, se précipite sur l'écharpe, l'arrache du bois, la déploie d'un air sévère et courroucé, et vient la déposer sous les yeux du jeune homme. Il lit sur l'étoffe, écrit en lettres de feu, le mot *Némésis, Vengeance !*

Mais il est temps de rejoindre nos autres connaissances de la maison de Fabius.

Syra, ayant entendu la porte se refermer sur Fulvius, s'arrêta pour respirer, adressa à Dieu une secrète prière, et retourna vers son amie aveugle. Celle-ci avait terminé son frugal repas et attendait patiemment le retour de l'esclave. Syra accomplit alors envers elle ses devoirs quotidiens d'hospitalité et de charité ; elle apporta de l'eau, lui lava les mains et les pieds, conformément à l'usage des chrétiens, peigna et arrangea ses cheveux comme si l'infortunée eût été sa propre enfant. Bien qu'à peine plus âgée, elle se penchait sur l'aveugle avec un regard si tendre, elle lui parlait d'une voix si douce, et elle la traitait avec une telle sollicitude, qu'on eût dit une mère soignant sa fille, et non une esclave servant une mendiante. Et la mendiante aussi paraissait heureuse, s'exprimait avec aisance, et dans un langage si ravissant, que Syra, parfois, s'arrêtait pour l'écouter et la contempler.

En ce moment, Agnès vint au rendez-vous convenu, avec Fabiola qui avait insisté pour l'accompagner jusqu'à la porte. La jeune fille, ayant soulevé doucement le rideau, et embrassé d'un coup d'œil la scène qui se passait dans la pièce, fit signe à Fabiola de regarder, tout en réclamant du geste le silence. L'aveugle était assise en face, ayant près d'elle sa servante volontaire, ignorant la présence de ces témoins. Le cœur de la patricienne fut touché. Elle n'avait jamais imaginé que l'affection désintéressée entre étrangers pût exister sur la terre. Quant à la charité, ce nom était inconnu de la Grèce et de Rome. Elle se retira sans bruit, une larme dans les yeux, et dit à Agnès en la quittant :

— Je m'éloigne. Cette fille, vous le savez, m'a prouvé cet après-midi qu'une esclave peut avoir une intelligence; maintenant elle me démontre qu'elle peut avoir un cœur. Il y a quelques heures, vous me surprites en me demandant si je n'aimais point une esclave. Je crois, à présent, qu'il ne me serait pas impossible d'aimer Syra. Je regrette presque de vous avoir permis de l'emmener.

Pendant que Fabiola regagnait la cour, Agnès entra dans la chambre, et dit en riant :

— Ah! Cœcilia, je découvre enfin votre secret. Voilà donc l'amie dont vous trouvez les mets si supérieurs aux miens, que vous refusez toujours de manger chez moi. Quoi qu'il en soit, si le dîner n'est pas meilleur, je conviens volontiers que vous avez une meilleure hôtesse.

— Oh! ne parlez pas ainsi, douce Agnès, répondit l'aveugle; ce sont les aliments, en vérité, qui valent mieux. Vous avez de nombreuses occasions d'exercer votre charité, tandis qu'une pauvre esclave ne peut le faire qu'avec une personne telle que moi, plus pauvre et plus délaissée qu'elle-même. C'est cette pensée qui me fait trouver ses mets plus agréables.

—Vous avez raison, reprit Agnès, et je ne suis pas fâchée que vous soyez ici pour apprendre les bonnes nouvelles que j'apporte à Syra ; elles vous rendront également heureuse. Fabiola permet que je devienne votre maîtresse, Syra, et que je vous emmène dès ce soir. Demain vous serez libre, et je vous regarderai comme une sœur chérie.

Cœcilia battit des mains de joie, et passant ses bras au cou de Syra, elle s'écria ;

— Quelle félicité ! que vous serez heureuse, maintenant, chère amie !

Mais Syra, profondément émue, répondit d'une voix tremblante :

— O douce et excellente Agnès, quelle bonté n'est-ce point à vous de vous occuper autant d'une pauvre fille telle que moi. Mais pardonnez si je vous supplie de me laisser ici. Je vous assure, Chère Cœcilia, que j'y suis vraiment heureuse.

Pourquoi désirez-vous rester ? s'enquit Agnès.

—Parce qu'il est plus parfait de demeurer avec Dieu dans l'état où il nous a appelés. J'avoue pourtant que je ne suis point née dans celui-ci : d'autres m'y ont entraînée... Les sanglots l'interrompirent un instant, puis elle continua :

— Mais il ne m'en est que mieux démontré que Dieu veut que je le serve dans cette condition. Comment, en ce cas, souhaiterais-je d'en sortir ?

— Eh bien, fit Agnès avec plus d'insistance encore, nous arrangerons cela. Je ne vous affranchirai pas et vous serez mon esclave. Ce sera exactement la même chose.

— Non, non, riposta Syra en souriant, il n'en sera point ainsi. Notre grand Apôtre nous dit dans ses instructions : « Serviteurs, soyez soumis en toute crainte à vos maîtres, non-seulement à ceux qui sont bons et

doux, mais encore à ceux qui sont méchants. » Loin de
moi la pensée que ma maîtresse soit du nombre des derniers; mais vous, noble Agnès, vous êtes trop douce pour
moi. Où serait ma croix si je vivais avec vous? vous ignorez combien de ma nature je suis orgueilleuse et enté-
tée, et je redouterais pour moi-même si je n'avais des
peines et des humiliations.

Agnès, presque vaincue, n'en désirait que plus vivement de posséder un pareil trésor de vertu.

— Je le vois, Syra, dit-elle, aucun motif d'intérêt personnel ne vous touchera; aussi j'invoquerai un argument égoïste, tiré de mes propres nécessités. J'ai besoin
de vous avoir pour me perfectionner à l'aide de vos
conseils et de vos exemples. Vous ne repousserez point
une semblable requête.

— Egoïste! répondit l'esclave, vous ne le serez jamais.
C'est pourquoi j'en appelle à vous-même de votre requête. Vous connaissez Fabiola et vous l'aimez. Quelle
âme noble et quelle brillante intelligence! quelles sublimes qualités et quels talents incomparables s'ils
reflétaient la lumière de la vérité! et avec quel soin
jaloux elle conserve cette perle de vertus que nous seules savons apprécier! quelle chrétienne vraiment grande
elle ferait!

— Poursuivez, au nom de Dieu, chère Syra, s'écria
Agnès avec vivacité. Espérez-vous réellement?

— C'est l'objet de ma prière le jour et la nuit; c'est ma
principale pensée, mon unique but et la préoccupation
de ma vie. Je veux essayer de la gagner à force de patience, d'assiduité et même par des entretiens inaccou-
tumés comme celui d'aujourd'hui. Quand j'aurai tout
épuisé, il me restera encore une ressource.

— Laquelle? demandèrent en même temps les deux
autres chrétiennes.

— Donner ma vie pour sa conversion. Je sais qu'une
pauvre esclave comme moi a peu de chances d'endurer
le martyre. Cependant une rigoureuse persécution s'apprête, dit-on, et peut-être ne dédaignera-t-on point les

plus humbles victimes. Quoi qu'il en soit des desseins du Seigneur, je remets entre ses mains ma vie pour le salut de cette âme. O vous, la meilleure et la plus chère des jeunes filles, ajouta-t-elle en tombant à genoux, et en arrosant de ses larmes les mains d'Agnès, ne vous placez pas entre moi et le prix que je poursuis.

— Vous l'emportez, Syra, ma sœur (ne me donnez plus d'autre nom), dit Agnès. Demeurez à votre poste; une vertu aussi pure, aussi généreuse, doit triompher. Elle est trop sublime pour une humble maison comme la mienne.

— Quant à moi, fit à son tour Cœcilia avec un air de gravité comique, je soutiens qu'elle a dit, ce soir, une parole très-méchante, et blessé profondément la vérité.

— Qu'y a-t-il, chère amie? demanda Syra en riant.

— N'avez-vous pas affirmé que j'étais plus sage et meilleure que vous parce que je refusais un mets délicat qui n'eût flatté un instant mon palais qu'au prix d'un acte de sensualité? Et vous cependant, vous refusez la liberté, le bonheur, l'exercice plus facile de votre religion; vous offrez même de sacrifier votre vie pour le salut de votre tyran et de votre bourreau. Comment avez-vous pu me vanter de la sorte?

En ce moment, un domestique annonça que la litière d'Agnès l'attendait à la porte. Celui qui eût été témoin des tendres adieux échangés entre la patricienne, l'esclave et la mendiante, se fût écrié justement comme d'autres l'avaient fait souvent auparavant : « — Voyez comme les chrétiens s'aiment! »

VIII

LA FIN DU PREMIER JOUR.

En nous arrêtant un instant près de la porte, nous verrons Agnès commodément établie dans sa litière, et nous entendrons une conversation animée s'engager entre la noble jeune fille et Cœcilia qu'elle presse de se laisser accompagner par une affranchie, parce qu'il fait sombre. L'aveugle s'amuse de ce que sa noble compagne oublie que le jour et la nuit lui sont indifférents, et qu'à cause de cela même on l'a choisie pour guide dans le labyrinthe des catacombes, aussi familières pour elle que les rues de Rome, où elle circule à toute heure en pleine sécurité. En rentrant un peu plus tard dans la maison, pour nous enquérir dans quel état les événements du jour ont laissé la maîtresse de céans, nous la trouverons toute bouleversée. Des esclaves, munies de lampes et de torches, courent çà et là, cherchant un objet perdu, et ne réussissant point à le découvrir. Euphrosyne insiste pour que les investigations continuent jusqu'à ce qu'il n'y ait plus d'espoir de succès. Le lecteur aura probablement deviné le mystère. Syra, s'étant présentée, selon qu'il lui avait été prescrit, pour faire panser une seconde fois sa blessure, l'écharpe qui la bandait avait disparu. Elle ne put donner d'autres renseignements, sinon qu'elle l'avait enlevée, puis rajustée, mais pas aussi bien qu'Euphrosyne; elle expliqua pourquoi elle l'avait retirée, car elle abhorrait le mensonge et n'avait jamais blessé la vérité. Cette perte contrista la bonne nourrice, car elle l'estimait très-grande pour une pauvre esclave, qui destinait sans doute cet objet au rachat de sa liberté. Syra, elle aussi, le regrettait vivement, mais pour d'autres motifs qu'elle n'eût pu faire comprendre à la bienveillante nourrice.

Euphrosyne interrogea tous les esclaves, en fouilla même plusieurs au grand chagrin de Syra, puis ordonna de nouvelles recherches dans toutes les parties de la maison où la jeune fille avait passé. Qui eût songé un seul instant à soupçonner un noble convive de la table du maître d'avoir enlevé un objet quelconque, précieux ou non? Aussi la vieille nourrice finit par conclure que l'écharpe avait été dérobée secrètement, au moyen de quelque procédé magique : elle pensa que l'esclave noire Afra, qu'elle savait ennemie de Syra, avait employé un maléfice pour désoler la pauvre fille. Elle jugeait la Moresque aussi dangereuse que Canidia, car elle était obligée de la laisser souvent sortir seule pendant la nuit, sous prétexte de se procurer, à la pleine lune, des herbes pour ses cosmétiques, comme si, cueillies dans un autre temps, elles n'eussent point possédé les mêmes vertus ; Euphrosyne se persuadait qu'elle récoltait ainsi des plantes vénéneuses, tandis qu'en réalité Afra ne s'éloignait que pour prendre part aux hideuses orgies du fétichisme avec d'autres esclaves de sa race, ou pour répondre à ceux qui interrogeaient sa science imaginaire. Toutefois quand elle fut seule, en réfléchissant plus froidement aux incidents de la journée, Syra se rappela la halte faite dans la cour par Fulvius, à l'endroit même où elle s'était arrêtée, puis la précipitation du jeune homme à gagner la porte. Dès lors, elle acquit la conviction que l'écharpe ayant dû tomber là, Fulvius, incapable de la voir avec indifférence, l'avait certainement ramassée, et qu'elle était en sa possession. Ayant essayé de se rendre compte des conséquences possibles de cette affaire, et n'arrivant à aucune conclusion satisfaisante, elle remit tout entre les mains de Dieu, et se livra au repos, qu'une conscience pure rend toujours doux et bienfaisant.

Après avoir quitté Agnès, Fabiola s'était retirée dans son appartement. Quand Euphrosyne et les deux autres esclaves lui eurent rendu les services ordinaires, elle les congédia avec plus d'affabilité qu'elle ne leur en avait

jamais témoignée. Dès qu'elles furent sorties, elle alla
pour s'étendre sur la couche où nous l'avons trouvée d'a-
bord ; mais elle y découvrit avec dégoût le stylet dont elle
avait frappé Syra ; ouvrant alors un coffret, elle y jeta
l'arme funeste, dont elle évita de se servir à l'avenir.

Ayant pris le volume dont elle avait interrompu la
lecture, et qui l'avait d'abord intéressée, il lui parut insipide et frivole ; elle l'abandonna de nouveau pour donner
un libre cours à ses pensées sur les événements du jour.
La première image qui la frappa fut celle d'Agnès, sa cousine. « Quelle admirable enfant, se dit-elle ; quelle abnégation, quelle pureté, quelle simplicité, quelle sensibilité, et en même temps quelle sagesse ! » Elle résolut de
la protéger, d'être en tout avec elle comme une sœur
aînée. De même que son père, elle avait remarqué
que Fulvius dirigeait sur l'enfant, non point de ces
regards libertins qu'elle avait elle-même souvent sup-
portés avec mépris, mais de ces regards faux et pleins
d'astuce, trahissant, croyait-elle, des projets artificieux
dont Agnès pourrait être la victime. Déterminée à s'opposer aux desseins du jeune homme, quels qu'ils fussent,
elle arriva, au sujet de Fulvius, à une conclusion toute
différente de celle de son père. Elle se promit de l'empêcher d'avoir accès auprès de sa cousine, du moins dans
sa maison, et se reprocha d'avoir admis une aussi jeune
fille dans la société que réunissait fréquemment la table
de Fabius, d'autant plus qu'en le faisant, elle reconnais-
sait maintenant n'avoir cédé qu'à des motifs purement
égoïstes. Elle se livrait à ces réflexions au moment même
où Fulvius, s'agitant sur sa couche, prenait la résolution
de ne plus rentrer chez Fabius, s'il était possible, et
d'éluder toute invitation de ce côté.

Fabiola avait pénétré le caractère de l'étranger ; elle
avait remarqué l'affectation de ses manières et l'astuce de
son regard. Etablissant un parallèle entre lui et le franc
et généreux Sébastien, elle se dit : « Quelle noble nature
que celle du tribun ! Combien il diffère des autres jeunes
gens qui viennent ici ! Jamais une parole légère ne tombe

de ses lèvres ; jamais un regard désobligeant ne jaillit de
sa prunelle brillante, sereine et joyeuse. Quelle sobriété
vraiment militaire à table : qu'on reconnaît bien le héros
à cette modestie relativement à sa valeur et à ses exploits
dont le public parle tant! Oh ! s'il éprouvait pour moi ce
que les autres prétendent ressentir... » Elle n'acheva pas,
mais une profonde mélancolie parut s'emparer de son
âme.

Puis la conversation de Syra avec ses suites lui revinrent à la mémoire. Bien que le souvenir lui en fût pénible, elle ne put l'écarter. Elle sentait que ce jour consti-
tuait une crise dans son existence. Son orgueil avait été
humilié par une esclave, et son humeur adoucie, elle ne
savait comment. A cette heure, si ses yeux se fussent
ouverts, elle eût vu monter au-dessus de ce monde un
léger nuage semblable à la fumée de l'encens, mais empourpré de reflets brillants. Il s'élevait du chevet du lit
d'une esclave agenouillée, qui priait et offrait sa vie. Lorsqu'il eut touché le piédestal resplendissant du trône de
la Miséricorde, il retomba en une douce rosée de grâces
sur le cœur aride de la patricienne. Quoique Fabiola ne
pût contempler ce prodige, il n'en était pas moins réel.
Épuisée enfin, elle appela le sommeil, mais elle eut aussi
des rêves affligeants. Elle vit un lieu charmant, semblable à un jardin délicieux, splendidement éclairé par une
lumière comme celle du jour, mais d'un éclat infiniment
doux, tandis que tout alentour était obscur. Des fleurs
magnifiques parsemaient les pelouses ; des plantes, formant comme de riches guirlandes, couraient en festons
parmi les arbres chargés de fruits d'or. Au centre elle
aperçut la pauvre fille aveugle assise sur la terre avec
son air heureux et gai : d'un côté, Agnès avec son regard
charmant; de l'autre Syra avec son doux et patient sourire, se penchaient vers elle, la comblant de caresses.
Fabiola ressentait un désir irrésistible d'être auprès
d'elles; il lui semblait qu'elle jouissait d'une félicité qu'elle
n'avait jamais connue et dont elle n'avait point été témoin jusque-là. Croyant que les trois amies lui faisaient

signe de venir, elle s'élança pour les rejoindre; mais, à
sa grande terreur , elle rencontra sur son passage un
gouffre noir, large , profond , dans les entrailles duquel
grondait un torrent. Les eaux s'élevant graduellement ,
atteignaient les bords de l'abîme ; puis, malgré leur profondeur, elles s'écoulèrent limpides , brillantes , pleines
de fraîcheur. Oh ! si elle avait le courage de plonger
dans ce courant qu'il lui faut nécessairement traverser ,
et si elle pouvait toucher l'autre rive en sûreté ! Cependant ses heureuses amies la conjurent par signes d'essayer. Mais comme elle restait sur le bord , se tordant les
mains de désespoir, Calpurnius parut sortir des ténèbres
voisines , déployant un voile épais , sur lequel étaient
peintes toutes sortes d'horribles et monstrueuses chimè-
res entrelacées bizarrement l'une à l'autre; le voile lugubre s'agrandit jusqu'à ce qu'il dérobât à la patricienne la
vue du magnifique jardin : elle en était inconsolable ,
quand ses yeux se portèrent sur un brillant génie, comme
elle le nomma, dont les formes idéales lui rappelaient Sébastien, et qu'elle avait remarqué se tenant tristement à
l'écart. Il s'approcha en ce moment, lui sourit, et rafraî-
chit du battement de ses ailes d'or et de pourpre les joues
brûlantes de la patricienne; puis la vision s'évanouit
dans un sommeil calme et réparateur.

IX

RÉUNIONS.

De toutes les collines de Rome, celle qu'on peut décrire
le plus distinctement encore aujourd'hui , c'est assurément le mont Palatin. Auguste, l'ayant choisi pour résidence , les empereurs ses successeurs suivirent son
exemple, mais transformèrent graduellement sa modeste
demeure en un *palais* qui couvrit la colline tout entière.
Néron , peu satisfait encore de ses dimensions , détruisit

par le feu les quartiers voisins, prolongea l'édifice jusqu'à l'Esquilin, envahissant ainsi l'espace compris entre
les deux collines, occupé maintenant par le Colisée.
Vespasien démolit cette Maison d'or dont les voûtes
magnifiques subsistent toujours, couvertes d'admirables
peintures, et bâtit avec les matériaux l'amphithéâtre
dont nous venons de parler et d'autres monuments. Peu
après cette époque, l'entrée du palais s'ouvrit sur la *voie
sacrée*, non loin de l'arc de Titus. Au sortir d'un péristyle, le visiteur pénétrait dans une cour superbe, dont on
peut encore reconnaître distinctement le plan. De là,
tournant à gauche, il arrivait à un immense espace carré,
planté d'arbres, d'arbustes et de fleurs, arrangé et consacré à Adonis par Domitien. En avançant toujours à
gauche, on parcourait une suite d'appartements construits
par Alexandre Sévère en l'honneur de sa mère Mammœa
dont il portait le nom. Ils regardaient le mont Cœlius,
juste à l'angle qui fait face à l'arc de triomphe de Constantin, de date plus récente, et de la fontaine appelée
Meta sudans (borne qui sue). Or, là était le logis que Sébastien occupait comme tribun ou officier supérieur de
la garde impériale. Il consistait en quelques chambres
modestement meublées, ainsi qu'il convenait à un soldat
et à un chrétien. Deux affranchis et une vénérable matrone, sa nourrice, qui l'aimait comme son fils, composaient toute sa maison. Ils étaient du nombre des fidèles
ainsi que les hommes de sa cohorte, dont les uns s'é-
taient convertis, et les autres, le plus grand nombre,
avaient été recrutés avec soin parmi les chrétiens.

Quelques jours après les scènes décrites au chapitre
précédent, la nuit était venue depuis deux heures, quand
Sébastien monta les degrés du péristyle dont nous avons
parlé, en compagnie d'un jeune homme que nous avons
déjà vu. Pancratius avait voué à Sébastien l'admiration
et l'affection d'un jeune et ardent officier pour un chef
plus âgé et plus intrépide encore, qui lui accorde son
amitié. Toutefois ce n'était point le soldat de César, mais
le champion du Christ que l'adolescent estimait dans le

tribun dont la noblesse de sentiments et la valeur se voi-
leaient sous une condescendance pleine de douceur et de
simplicité , jointe à tant de prudence et de discrétion
qu'il inspirait confiance entière à quiconque avait des
rapports avec lui. Sébastien n'aimait pas moins Pancratius à cause de l'ardeur singulière de sa nature, de l'innocence et de la candeur de son âme. Comprenant les
dangers auxquels son impétuosité l'exposait, il l'encou-
rageait à se rapprocher de lui, afin de pouvoir le guider
et même le modérer.

En pénétrant dans la partie du palais gardée par sa
cohorte, Sébastien dit à son compagnon :

— Chaque fois que j'entre ici , je suis frappé de la
bonté de la Providence qui a permis qu'on élevât , à la
porte même du palais des Césars , un arc de triomphe
(celui de Titus) , rappelant en même temps la chute du
premier grand système de persécution organisé contre
le christianisme et l'accomplissement de la prophétie la
plus frappante de l'Evangile : la destruction de Jérusalem par la puissance romaine. Aussi, je ne puis m'empêcher d'espérer qu'un jour on érigera un autre monument
semblable en commémoration d'une victoire non moins
éclatante sur le second ennemi de notre religion, l'empire
romain idolâtre.

— Quoi ! regarderiez-vous la ruine de ce vaste empire
comme le moyen d'établir notre foi?

— Dieu m'en préserve ! pour le maintenir, je verserais
la dernière goutte de mon sang comme j'ai versé la première. Croyez-le, l'empire se convertira , non par l'adop-
tion graduelle de notre culte, comme nous le voyons aujourd'hui , mais par une influence divine, surnaturelle ,
plus prompte que nos vœux ardents ne sauraient l'imaginer. Ce sera l'œuvre de la droite du Tout-Puissant.

— Assurément. Mais votre idée d'un arc de triomphe
chrétien suppose un instrument terrestre. Où pensez-
vous qu'il soit ?

— Eh bien , je l'avouerai, Pancratius , ma pensée se
dirige vers la famille de l'un de nos Augustes , qui offre

un germe de meilleures dispositions : je veux parler de Constantius Chlorus.

— Si vous vous exprimiez de la sorte, Sébastien, devant les meilleurs et les plus instruits des nôtres, combien diraient ou disent même que de espérances semblables furent nourries sous les règnes d'Alexandre, de Gordien, d'Aurélien, et se sont terminées par des déceptions. Pourquoi, demandent-ils, attendrions-nous maintenant d'autres résultats ?

— Je n'ignore pas, cher Pancratius, et j'ai souvent amèrement déploré ces sombres perspectives qui ruinent notre énergie ; cette persuasion intime que la vengeance est perpétuelle et l'indulgence temporaire, que le sang des martyrs et les prières des vierges ne peuvent même abréger le temps de l'affliction et hâter l'heure de la grâce.

Tout en conversant, ils arrivèrent à l'appartement de Sébastien, dont la chambre principale était éclairée et évidemment disposée pour une réunion. En face de la porte, une fenêtre, ouvrant jusqu'en bas, donnait sur une terrasse qui régnait sur ce côté du bâtiment. Elle laissait voir une nuit si brillante, que tous deux traversèrent instinctivement la pièce et ne s'arrêtèrent que sur la terrasse. Alors un spectacle splendide, merveilleux, s'offrit à leurs regards : la lune flottait au plus haut des cieux, de cette façon particulière à l'Italie ; ce n'était point une surface plane, mais un globe complet en relief, baignant dans son atmosphère resplendissante. Elle effaçait les étoiles, qui semblaient, en revanche, s'être réfugiées par groupes plus brillants et plus compactes dans les parties éloignées de la voûte azurée. Ce fut dans une soirée pareille que, des années après, Monique et Augustin, à leur fenêtre d'Ostie, s'entretenaient des choses célestes.

Il est vrai, tout était magnifique et grandiose à l'entour et au-dessous des deux chrétiens. D'un côté, ils découvraient entièrement le Colisée ou l'amphithéâtre Flavien ; et les eaux argentées de la fontaine glissant le

3..

'long de la colonne comme les vagues de la mer sur un
rocher incliné, caressaient l'oreille d'un agréable murmure. D'un autre côté apparaissait l'édifice monumental
de Sévère, nommé le *septizonium*. Vis-à-vis s'élevaient,
dominant Cœlius, les bains de Caracalla, reflétant sur
leurs murailles de marbre et leurs majestueux piliers
l'éclat de la lune d'automne. Mais toutes ces œuvres imposantes de la gloire terrestre ne captivaient point l'attention des deux jeunes gens silencieux. Le plus âgé,
entourant du bras droit le cou de son compagnon, et
s'appuyant sur son épaule, reprit le fil de son discours
après une pause, et dit avec un accent plus doux :

— Au moment où nous venions ici, j'allais vous montrer, sous nos pieds, l'emplacement que je rêve pour l'arc
triomphal auquel j'ai fait allusion. Mais qui pourrait s'occuper de ces choses vulgaires en présence de ce pavillon
déroulé au-dessus de nos têtes, et resplendissant de feux
comme pour attirer vers le ciel nos regards et nos cœurs?

— C'est vrai, Sébastien, j'ai quelquefois pensé que si
ce firmament inférieur, que l'œil de l'homme, quoique
misérable et pécheur, peut contempler, est si magnifique, combien plus ne doivent pas l'être ces régions supérieures sur lesquelles daignent s'abaisser les regards de
Celui dont la gloire est infinie. Je me les représente
comme un voile richement brodé, dont le tissu laisse
échapper quelques fils d'or, lesquels seuls peuvent arriver à nous. Quel doit être l'éclat royal de cette surface
supérieure que foulent les pieds lumineux des anges et
des justes devenus parfaits ?

— C'est une image gracieuse, Pancratius, et qui n'en
est pas moins exacte. Elle montre que le voile placé entre
nous, qui travaillons ici-bas, et l'église triomphante, là
haut, est léger et facile à traverser.

— Et, pardonnez-moi, Sébastien, ajouta l'adolescent,
fixant sur son ami le même regard dont il interrogeait,
quelques soirées auparavant, le regard inspiré de sa
mère, pardonnez-moi si, pendant que vous méditez sur
le futur monument qui proclamera le triomphe du chris-

tianisme, je contemple en face de moi, debout et ouvert, l'arc sous lequel nous passerons pour conduire rapidement, tout faibles que nous sommes, l'Eglise au triomphe de la gloire en montant nous-mêmes à la béatitude.

— Où est-il, cher enfant, l'arc dont vous parlez !

Pancratius, étendant avec calme la main vers la gauche, répondit :

— Ici, noble Sébastien. Ce sont les arcades de l'amphithéâtre Flavien menant à l'arêne, au-dessus duquel s'étend ce voile dont vous venez de m'entretenir, et qui n'est pas plus épais que celui qui protége les spectateurs. Mais, écoutez !

— C'est le rugissement d'un lion qui se fait entendre au pied du mont Cœlius, s'écria Sébastien étonné. Il faut que des bêtes féroces soient arrivées d'hier au *vivarium* de l'amphithéâtre, car je sais qu'il n'y en avait point auparavant.

— Oui, écoutez, continua Pancratius qui parut n'avoir point entendu l'interruption. C'est le son de la trompette qui nous appelle ; voilà l'harmonie qui accompagnera notre triomphe.

Tous deux se turent un instant, et ce fut encore Pancratius qui rompit le silence en disant :

— Ceci me rappelle une affaire sur laquelle je désire prendre votre avis, mon fidèle conseiller. Votre société arrivera-t-elle bientôt ?

— Pas immédiatement, et ils ne viendront qu'un à un. En attendant qu'ils soient réunis, entrons dans ma chambre, où nul ne nous interrompra.

— Ils s'avancèrent sur la terrasse et pénétrèrent dans la dernière des pièces qui la bordaient, à l'ombre de la colline, exactement en face de la fontaine ; elle était éclairée seulement des rayons que la lune épanchait par la fenêtre ouverte de ce côté. L'officier demeura debout, et l'adolescent s'assit sur son petit lit militaire.

— Quelle est la grande affaire, Pancratius, demanda le tribun en souriant, sur laquelle vous souhaitez avoir ma sage opinion ?

— Une bagatelle, assurément, pour un homme hardi et généreux tel que vous, répliqua modestement le jeune homme ; mais elle est importante pour un être faible et inexpérimenté comme moi.

— Elle ne peut être que bonne et vertueuse, j'en ai la certitude. Mais, contez-moi cela, je vous prie, et je promets de vous aider.

— Eh bien, alors, Sébastien, ne me taxez pas d'agir inconsidérément, fit Pancratius hésitant et rougissant à chaque mot. Vous n'ignorez pas que je possède une quantité de vaisselle d'argent inutile, embarrassante même avec la simplicité de notre genre de vie. Ma bonne mère, pour des raisons que je pourrais expliquer, refuse de porter ses bijoux nombreux et hors de mode reposant, inutiles aussi, dans leurs écrins. Je n'ai personne à qui ces valeurs doivent retourner. Je suis et je serai le dernier de ma race. Vous m'avez dit souvent quels étaient, en pareil cas, les héritiers naturels d'un chrétien : la veuve et l'orphelin, l'infirme et l'indigent. Pourquoi ceux-ci attendraient-ils ma mort pour jouir de ce qui leur revient ? Si une persécution se prépare, à quoi bon courir le risque d'une confiscation ou d'un vol de la part d'avides licteurs, au détriment de nos ayants-droit, lorsqu'on réclamera jusqu'à notre existence même.

— Pancratius, dit Sébastien, j'ai écouté sans observation vos nobles paroles, afin de vous en laisser tout le mérite. Maintenant, apprenez-moi ce qui vous fait douter ou hésiter sur ce que vous désirez faire ?

— C'est que je craignais qu'il ne parût présomptueux et inconvenant d'accomplir à mon âge un acte que le monde considèrera sans doute comme grand et généreux, tandis qu'il n'en est rien, je vous l'assure, cher Sébastien. Ces biens, en effet, ne me manqueront nullement, car ils n'ont aucun prix à mes yeux, et ils en auront beaucoup pour les pauvres, surtout dans les temps malheureux qui s'apprêtent.

— Naturellement Lucina y consent ?

— Oh ! soyez sans crainte à ce sujet : je ne toucherais

pas même à un grain de poussière d'or sans son aveu.
Mais voici en quoi je réclame votre assistance : Je ne me
résignerais point à ce qu'on sût que je compte faire une
chose extraordinaire, particulièrement pour un enfant..
Vous me comprenez? Aussi vous prierais-je d'aviser à ce
que cette distribution ait lieu, selon mon désir, en quelque autre maison, comme venant de... de quelqu'un
ayant grand besoin des prières des fidèles, notamment
de celles des pauvres, et souhaitant de rester inconnu.

— J'y consens volontiers, excellent et noble enfant.
Ecoutez ! N'avez-vous pas entendu prononcer le nom de
Fabiola? Tenez, on l'accompagne d'une épithète qui
exprime de mauvaises intentions.

Pancratius s'approcha de la fenêtre. Deux voix s'élevaient si près d'eux, que la corniche seule les empêchait
de voir les interlocuteurs, un homme et une femme,
évidemment, qui s'avancèrent, au bout de quelques
minutes, à la clarté de la lune, presque aussi brillante
que celle du jour.

— Je connais cette Moresque, dit Sébastien : c'est Afra,
l'esclave noire de Fabiola.

— Et l'homme, ajouta Pancratius, est Corvinus, mon
ancien camarade d'école.

Les deux chrétiens crurent de leur devoir de chercher à saisir le fil de ce qui leur semblait être un com
plot; mais comme les deux interlocuteurs allaient et
venaient, ils ne purent surprendre que des phrases sans
suite. Cependant nous ne nous en tiendrons point à cela,
et nous rapporterons le dialogue intégralement. Un mot
seulement auparavant sur les personnages.

De l'esclave, nous en savons assez. Quant à Corvinus,
il était fils, nous l'avons dit, de Tertullus, naguère préfet
du prétoire. Cette charge, inconnue sous la république et
de création impériale, avait absorbé graduellement,
depuis le règne de Tibère, toute la puissance civile et
militaire ; et celui qui la possédait remplissait souvent à
Rome les fonctions de juge suprême de la justice crimi-
nelle. Il ne fallait pas une médiocre énergie pour occu-

per ce poste à la satisfaction de maîtres absolus et cruels ; siéger toute une journée sur un tribunal , entouré de hideux instruments de torture , insensible aux gémissements ou aux cris déchirants des vieillards , des jeunes gens et des femmes qu'on tourmentaient ; diriger froidement l'interrogatoire d'un malheureux étendu sur le chevalet et se débattant dans les angoisses de l'agonie d'un côté ; ordonner de l'autre l'exécution de la sentence condamnant un patient à périr sous le fouet armé de plomb ; se coucher calme après de telles scènes , et se relever avec le désir de les renouveler , c'étaient là des occupations auxquelles on ne supposait point tout membre du barreau capable d'aspirer. Tertullus avait été mandé de Sicile pour cet office, non qu'il fût cruel , mais c'était un homme au cœur glacé, inaccessible à la miséricorde ou à la partialité. Cependant son tribunal fut la première école de Corvinus. Il aimait , encore enfant , à s'asseoir de longues heures aux pieds de son père, jouissant des terribles spectacles offerts à ses regards , et se montrant fâché quand un accusé échappait aux supplices. Il grandit , stupide , brutal et grossier; il n'avait point encore atteint l'âge d'homme , que son visage gonflé, tacheté de rousseur, et ses yeux chassieux, dont l'un à moitié fermé , annonçaient une nature dissolue et débauchée. Sans aucun goût pour les belles-lettres et aptitude pour les sciences, il était doué d'un certain degré de force et de courage physiques joints à une ruse infernale. Il n'avait jamais éprouvé un sentiment généreux ni dompté une passion mauvaise. Il haïssait et poursuivait de sa vengeance quiconque l'offensait. Il avait juré surtout de refuser tout pardon à deux personnes : le maître d'école qui l'avait souvent châtié pour sa paresse, et le condisciple qui l'avait béni pour sa brutale insulte. Qu'on lui fît justice ou miséricorde , du bien ou du mal , on lui devenait également odieux.

N'ayant point de fortune à attendre de Tertullus , il paraissait peu apte à s'en créer une. Cependant il aspirait ardemment à ce but; car la richesse étant l'unique moyen de satisfaire ses appétits déréglés , il la regardait comme la suprême félicité. Une opulente héritière, ou plutôt une dot considérable, tel était l'objet de ses vœux. Trop maladroit et trop ignorant pour se faire jour dans le monde, il cherchait d'autres moyens mieux en rapport avec son caractère , afin de réaliser ses avides et ambitieux projets. Quels étaient ces moyens? sa conversation avec l'esclave noire va nous les révéler.

— Voici la quatrième fois que je viens pour te rencontrer à la *Meta sudans*, à cette heure incommode. Quelles nouvelles m'apportes-tu ?

— Aucune , sinon que ma maîtresse part après demain pour sa villa de *Cajeta* (Gaëte), où je l'accompagne, bien entendu. Il me faut une somme plus forte afin de poursuivre mes opérations en votre faveur.

— Une somme plus forte ! Je t'ai donné tout ce que j'ai reçu de mon père pour plusieurs mois.

— Mais savez-vous ce qu'est Fabiola ?

— Oui, certainement : le plus riche parti de Rome.

— L'altière patricienne au cœur glacé n'est pas facile à gagner.

— Pourtant tu m'as promis que tes charmes et tes philtres m'assureraient sa main ou du moins sa fortune. Quelles dépenses peut exiger l'entreprise ?

— De très-grandes, en vérité. Des ingrédients coûteux sont nécessaires , il faut les acheter. Croyez-vous que j'irai à une heure semblable cueillir des simples parmi les tombeaux de la voie Appienne sans être convenablement récompensée? Mais comment comptez-vous me seconder? Je vous ai dit que cela hâterait le succès.

— Que puis-je faire? Tu sais bien que la nature ni l'éducation ne m'ont taillé pour produire une forte impression sur les cœurs. Je me fierais plus volontiers à la puissance de ton art ténébreux.

— Alors souffrez que je vous donne un conseil, si vous n'avez ni grâces, ni talents capables de conquérir Fabiola.

— Sa fortune, veux-tu dire ?

— L'une et l'autre, car elles sont inséparables. Mais il est un moyen dépendant de vous, et qui est irrésistible.

— Lequel?

— L'or.

— Et où le prendrai-je? Voilà précisément ce que je cherche.

La négresse sourit malignement et reprit :

— Ne pouvez-vous en gagner comme Fulvius?

— Comment l'obtient-il?

— Avec du sang.

— Qui te l'a dit?

— J'ai fait la connaissance de son vieux serviteur, lequel, s'il est moins noir que moi de peau, l'est beaucoup plus d'âme et de cœur. Sa langue et la mienne ont assez d'affinité pour que nous nous comprenions. Il m'a adressé beaucoup de questions sur les poisons, et m'a témoigné l'intention de me racheter pour m'emmener dans son pays comme sa femme; mais j'ai de plus brillantes perspectives, je vous l'assure. Néanmoins j'ai tiré de lui tous les renseignements que je désirais.

— De quoi s'agit-il?

— J'ai apris que Fulvius a découvert une vaste conspiration contre Dioclétien; et, au clignement de l'œil farouche du vieillard, j'ai deviné qu'il l'avait lui-même ourdie. Il a été envoyé ici avec de grandes recommandations pour y être employé dans le même but.

— Mais je ne suis habile ni à tramer, ni à découvrir les conspirations; il me serait plus aisé de les punir.

— La voie cependant est facile.

— Quelle est-elle?

— Il y a dans mon pays de grands oiseaux que vous tenteriez vainement d'attraper, même en les poursuivant monté sur le cheval le plus rapide; mais si on les cherche tranquillement, ils sont les premiers à se trahir, car ils ne cachent que leurs têtes.

— Qui désignes-tu par là?

— Les chrétiens. La persécution ne doit-elle pas bientôt sévir contre eux?

— Effectivement; et elle sera plus acharnéequejamais.

— Alors suivez mon conseil. Ne vous fatiguez pas à leur donner la chasse pour n'atteindre, après tout, qu'une misérable proie. Ayez l'œil ouvert, et épiez une ou deux pièces bien grasses, se cachant à demi; fondez brusquement sur elles; faites-vous adjuger une large part de la confiscation de leurs biens, et revenez me trouver avec une main bien pleine pour en obtenir deux en retour.

— Merci, merci, je te comprends. Tu ne les aimes donc pas, ces chrétiens?

— Les aimer! Je hais toute leur race. Les esprits que j adore détestent mortellement jusqu'à leur nom.

Elle ajouta en grimaçant un affreux sourire.

— Je soupçonne une de mes compagnes d'êtredesleurs. Oh! combien je l'abhorre!

— D'où vient que tu la soupçonnes?

— D'abord parce qu'elle ne ferait pas un mensonge pour tout au monde, et elle nous met sans cesse dans de terribles embarras avec son absurde véracité.

— Bon! ensuite?

— Ensuite, elle ne tient ni à l'argent ni aux présents, et empêche ainsi qu'on ne nous en offre.

— De mieux en mieux.

— De plus elle est...

Le dernier mot de la phrase s'éteignit dans l'oreille de Corvinus, qui répliqua :

— Très-bien. Je suis sorti aujourd'hui hors des portes de la ville à la rencontre d'une caravane de tes compatriotes qui arrivaient; mais tu les surpasses tous.

— Vraiment! fit Afra avec bonheur; quelle était cette caravane!

— Tout bonnement des Africains, répondit Corvinus en éclatant de rire : des lions, des panthères, des léopards.

— Misérable! vous m'outragez.

— Allons, allons, calme-toi. On les amène précisément pour te délivrer de ces chrétiens que tu détestes si fort. Séparons-nous en amis. Voici ton argent. Mais que ce soit le dernier, et fais-moi savoir quand les philtres commenceront à opérer. Je n'oublierai pas ton avis au sujet des trésors des chrétiens; il est parfaitement de mon goût.

Et il s'éloigna par la voie sacrée. L'esclave feignit de suivre la voie *Carinæ*, ouverte entre le mont Palatin et le mont Cœlius; mais elle se retourna bientôt, regarda Corvinus, et murmura : « Imbécile! qui croit que je ferai, pour lui, des expériences sur une patricienne du caractère de Fabiola. »

Elle le suivit à distance; puis Sébastien, à son grand étonnement, crut la voir entrer dans le vestibule du palais. Il résolut aussitôt de mettre Fabiola en garde contre ce complot; mais, pour cela, il fallait attendre que la Romaine fût de retour de la campagne.

X

AUTRES RÉUNIONS.

Lorsque les deux jeunes gens rentrèrent dans la chambre par où ils étaient venus dans l'appartement, ils trouvèrent au complet la société invitée. Un frugal repas avait été servie sur la table, afin principalement de motiver la réunion aux yeux des importuns qui eussent pu se présenter sans être attendus. L'assemblée avait pour but de concerter certaines mesures au sujet d'un fait arrivé récemment au palais, et que nous raconterons brièvement.

Jouissant de la confiance illimitée de l'empereur, Sébastien employait son influence à propager la foi chrétienne dans la demeure du prince. De nombreuses conversions s'étaient accomplies successivement: mais quelque temps avant l'époque où nous en sommes, il s'en était opéré en masse, dont les détails sont rapportés dans les Actes authentiques du glorieux soldat. En vertu de lois anciennes, beaucoup de fidèles furent arrêtés et traduits devant les juges qui souvent les envoyaient à la mort. Deux frères, Marcus et Marcellinus, ayant été accusés ainsi, attendaient l'exécution de leur sentence, quand leurs parents, admis à les voir, les supplièrent avec larmes de se sauver par l'apostasie. Ebranlés, ils promirent de réfléchir. Sébastien l'apprit, et accourut pour les maintenir dans la foi. Il était trop connu pour qu'on lui refusât l'entrée de la sombre prison, et il y parut comme un ange de lumière.

Elle consistait en une pièce aux murs épais, dans la maison même du magistrat commis à la garde des captifs ; car, d'ordinaire, on laissait à ce dernier le choix du local destiné à l'emprisonnement. Tranquillinus, le père des jeunes gens, venait d'obtenir un délai de trente jours, dans l'espoir de fléchir leur constance. Pour seconder ses efforts, Nicostrate, le magistrat, les avait renfermés dans sa propre demeure. La démarche de Sébastien était donc hardie et pleine de périls. Outre les deux chrétiens, la prison renfermait seize païens, les parents des condamnés, pleurant sur leur sort et les comblant de caresses; Claudius, leur geôlier; Nicostrate avec sa femme Zoé, amenés par la compassion et le désir d'arracher à la mort les deux infortunés. Sébastien pouvait-il espérer que nul dans cette foule de personnes, soit par sentiment du devoir officiel, soit par l'espérance du pardon ou la haine de la foi ne songerait à le dénoncer s'il avouait qu'il était chrétien? Et ne savait-il pas qu'une telle révélation déterminerait sa mort? Il ne l'ignorait pas; mais que lui importait? Si, au lieu de deux victimes, trois devaient être offertes à Dieu, tant mieux ! Il redoutait seulement qu'il n'y en eût pas. La prison était une salle de banquet rarement occupée le jour, et par conséquent exigeant peu de clarté. La lumière qu'elle recevait lui venait, comme au Panthéon, d'une ouverture pratiquée dans la voûte. Sébastien, qui désirait être vu de tous, se plaça dans le

rayon qui descendait d'en haut, éclairant l'endroit qu'il
atteignait, et laissant le reste de la pièce dans une demi-
obscurité. Le rayon lumineux tombant sur l'or et les pierreries de la riche armure du tribun, en tirait de brillantes étincelles qui jaillissaient jusqu'aux coins les plus reculés de la sombre prison, tandis qu'il frappait sur la tête
nue de l'officier, et dessinait ses nobles traits adoucis par
une expression d'affectueuse tristesse quand ses yeux
contemplaient les confesseurs ébranlés. Il demeura quelques moments avant de donner cours par ses paroles à la
violence de sa douleur. Enfin, elle se traduisit en accents
passionés.

— Saints et vénérables frères, s'écria-t-il, vous avez
rendu témoignage au Christ; vous êtes emprisonnés
pour lui ; vos membres portent des chaînes pour l'amour
de lui ; vous avez goûté les tourments avec lui, et je de-
vrais tomber à vos pieds, vous rendre hommage, implorer vos prières, au lieu de me présenter à vous pour vous
exhorter, peut-être pour vous reprendre. Est-ce bien
vrai ce qu'on m'a rapporté? pendant que les anges préparaient la dernière fleur de votre couronne, vous leur
auriez ordonné de s'arrêter et même songé à leur prescrire
de la défaire et d'en disperser les fleurs au vent? Puis-je
croire qu'ayant déjà un pied en paradis, vous pensiez à
reculer, pour errer encore dans cette vallée des larmes
et de l'exil ?

Les deux jeunes hommes baissèrent la tête en pleurant,
confessant ainsi humblement leur faiblesse. Sébastien
continua :

— Vous ne pouvez soutenir le regard d'un pauvre soldat tel que moi, le dernier des serviteurs du Christ,
comment alors affronterez-vous l'œil courroucé du Seigneur, que vous êtes prêts à renier devant les hommes,
mais que vous ne pouvez renier au fond du cœur, en ce
jour terrible où Lui vous reniera à son tour devant les
anges ? Que deviendrez-vous lorsqu'au lieu de vous présenter devant lui avec assurance, comme de bons et fidèles serviteurs, ainsi que demain vous l'auriez pu faire, il

vous faudra y comparaître après avoir traîné ici-bas, quelques années de plus, une existence honteuse, désavoués par l'Eglise, méprisés de ses ennemis, et ce qui est plus redoutable encore, rongés par un ver qui ne meurt pas et victimes d'un remords inexorable?

— Arrêtez; oh! par pitié! arrêtez, jeune homme, qui que vous soyez, s'écria Tranquillinus, le père des deux condamnés; ne traitez pas mes fils si sévèrement; ils n'ont commencé à fléchir, je vous l'assure, qu'à la vue des larmes de leur mère et à mes supplications, et non point aux tortures qu'ils ont endurées avec tant de courage. Pourquoi abandonneraient-ils leurs malheureux parents à la misère, à la douleur? Si votre religion commande cela, pouvez-vous l'appeler sainte?

— Soyez patient, bon vieillard, dit Sébastien avec un regard et un accent bienveillants; laissez-moi entretenir vos fils. Ils me comprennent, ce que vous ne sauriez faire encore, mais cela viendra bientôt, Dieu aidant. — Oui, votre père a raison de l'affirmer, c'est par amour pour lui et pour votre mère que vous avez demandé à réfléchir si vous ne les préféreriez point à Celui qui a dit : « Quiconque aime son père ou sa mère plus que moi n'est pas digne de moi. » Vous devez renoncer à procurer la vie éternelle à vos vieux parents si vous y renoncez pour vous-mêmes. Les gagnerez-vous à la foi en abandonnant le christianisme? En ferez-vous des soldats de la croix en désertant son étendard? Leur enseignerez-vous que nos doctrines sont plus précieuses que cette existence que vous aurez mise au-dessus d'elles? Si vous tenez à obtenir pour ceux qui vous sont chers, non le salut de ce corps périssable, mais la vie éternelle de l'âme, hâtez-vous de l'acquérir les premiers. Alors vous déposerez aux pieds de votre Sauveur, pour la rédemption de vos parents, les couronnes que vous aurez reçues.

— Assez, assez, Sébastien, s'écrièrent à la fois les deux frères, nous sommes résolus.

— Claudius, dit l'un, remettez-moi les chaînes que vous m'avez ôtées.

— Nicostrate, ajouta l'autre, ordonnez l'exécution de la sentence.

Nicostrate ni Claudius ne bougèrent.

— Adieu, cher père, adieu très-chère mère, firent les deux jeunes gens en embrassant successivement leurs parents.

— Non, déclara Tranquillinus, nous ne nous séparerons plus. Nicostrate, annoncez à Chromatius que, dès ce moment, je suis chrétien comme mes fils. Je mourrai avec eux pour une religion qui transforme en héros des enfants mêmes.

— Et moi, dit la mère, je m'associe à mon mari, à mes enfants.

Il est impossible de décrire la scène qui suivit. Tous étaient émus, tous pleuraient ; les prisonniers partageaient ces impressions nouvelles : Sébastien se vit entouré d'un groupe d'hommes et de femmes touchés par la grâce, adoucis pas son influence, vaincus par sa puissance. Cependant tout était perdu si un seul résistait. Le tribun comprit le danger imminent, non pour lui, mais pour l'Église et pour ces âmes arrivées aux portes de la vie, si le fait se découvrait soudainement. Quelques-uns s'étaient emparés de ses bras, d'autres pressaient ses genoux ou embrassaient ses pieds, comme s'il eût été un ange de la délivrance semblable à celui qui visita Pierre dans sa prison à Jérusalem.

Deux seulement d'entre les assistants n'avaient exprimé aucune pensée. Nicostrate, ému, à la vérité, n'était nullement convaincu. Ses sentiments étaient agités, mais ses convictions inébranliables. Sa femme Zoé, prosternée devant Sébastien, lui tendait les bras et lui adressait des regards suppliants, mais sans prononcer un mot.

— Allons, Sébastien, dit le gardien des archives, — car telle était la fonction de Nicostrate, — il est temps que tu te retires. Je ne puis m'empêcher d'admirer la sincérité de ta foi et la générosité de ton cœur dans la démarche que tu viens de faire pour exhorter ces jeunes gens à mourir; mais mon devoir est impérieux et doit triompher de nos sentiments personnels.

— Ne crois-tu donc pas comme les autres?

— Non, Sébastien, je ne me rends point si facilement : il me faut des preuves plus fortes que ta vertu même.

—Oh! alors, parle-lui donc, toi, dit le tribun à Zoé; parle, épouse fidèle, parle au cœur de ton mari; car, je serais bien trompé si tes regards ne m'apprenaient que toi, du moins, tu crois.

Zoé se couvrit le visage de ses mains et éclata en sanglots.

— Tu l'as profondément affligée, Sébastien, dit l'archiviste; ne sais-tu pas qu'elle est muette?

— Je l'ignorais, noble Nicostrate; car la dernière fois que je la vis en Asie, elle pouvait parler.

— Depuis six ans, reprit le magistrat d'une voix altérée, sa langue, jadis éloquente, est paralysée, et n'a plus articulé une seule parole.

Sébastien demeura un instant silencieux. Puis, tout-à-coup, dégageant ses bras, il les étendit comme le faisaient toujours les chrétiens pour prier, et levant les yeux au ciel, il dit avec ferveur :

— O Dieu, père de Notre-Seigneur Jésus-Christ, c'est vous qui avez commencé cette œuvre, achevez-la donc vous-même. Manifestez votre puissance, car il le faut; confiez-la en ce moment au plus faible et au plus misérable de vos instruments. Permettez-moi, malgré mon indignité, d'employer l'arme victorieuse de la croix, afin que les esprits de ténèbres s'enfuient, et que la Rédemption puisse nous réunir tous. Zoé, regarde-moi encore.

Le Silence régnait parmi les assistants. Sébastien continua quelques minutes intérieurement sa prière ; puis, traçant de la main droite le signe de la croix sur la bouche de la matrone, il dit :

— Zoé, parle; crois-tu?

— Je crois en Notre-Seigneur Jésus-Christ, répondit-elle d'une voix calme et ferme.

Et elle tomba aux pieds du tribun. Nicostraste poussa un cri, se précipita à genoux, et baigna de ses larmes la main droite de Sébastien.

Le triomphe était complet : tous étaient convertis. On prit immédiatement des mesures pour cacher le fait. Le Magistrat responsable des prisonniers pouvait les transférer où il voulait. Et Nicostrate mit sa maison à leur disposition ainsi qu'à celle de Tranquillinus et de sa femme. Sébastien, sans perdre de temps, les confia aux soins du saint prêtre Polycarpe du *titre* de Saint-Pastor. Ce cas si extraordinaire exigeait beaucoup de précautions, car les temps étaient tellement menaçants qu'il fallait éviter tout nouveau sujet d'irritation. Aussi on pressa jour et nuit l'instruction des catéchumènes, afin que le baptême leur fût promptement administré.

Un second miracle fortifia et consola le troupeau des nouveaux chrétiens. Tranquillinus, qui souffrait cruellement de la goutte, recouvra entièrement et instantanément la santé en recevant le baptême. Nicostrate, qui devait compte de ses prisonniers à Chromatius, le préfet de la ville, ne put lui dissimuler long-temps les événements. C'était certainement pour eux tous un cas de vie ou de mort; mais, fortifiés maintenant par la foi, ils étaient prêts également à l'une comme à l'autre. Chromatius, homme loyal et ennemi de la persécution, écouta avec intérêt le récit du magistrat. Mais lorsqu'il apprit la guérison de Tranquillinus, il en fut vivement impressionné, car, victime de la même maladie, il souffrait d'intolérables douleurs.

— Si ce que vous me racontez est vrai, dit-il, et si je puis expérimenter personnellement la vertu du puissant remède, je ne résisterai certainement point à l'évidence.

Sébastien fut mandé. Mais faire administrer le baptême sans qu'il fût précédé de la foi, afin de constater son efficacité curative, c'eût été une superstition. Le tribun employa un autre moyen que nous rapporterons plus tard, et Chromatius guérit. Il reçut bientôt le baptême avec son fils Tiburtius.

Hors d'état, désormais, de remplir sa charge, il envoya sa démission à l'empereur. Le père de Corvinus, de ce jeune homme aux grandes espérances, Tertullus, préfet du prétoire, le remplaça. Le lecteur devine, sans doute, que les faits exposés précédemment, et consignés dans les Actes de saint Sébastien, s'étaient accomplis un peu avant ceux par où débute notre histoire; car, dans un autre chapitre, nous avons parlé du père de Corvinus comme étant déjà préfet de la ville.

Revenons maintenant à la soirée dans laquelle Sébastien et Pancratius trouvèrent assemblés dans la chambre de l'officier la plupart des personnages mentionnés plus haut. Beaucoup d'entre eux résidaient au palais ou aux environs. On y voyait en outre Castulus, qui occupait une position considérable à la cour, et sa femme Irène. Des réunions avaient eu lieu déjà pour déterminer les mesures à prendre afin d'assurer la complète instruction des nouveaux convertis, et soustraire à l'attention publique tant de gens dont le changement de vie et la renonciation à tout emploi devaient exciter l'étonnement ou provoquer les questions. Sébastien avait obtenu de l'empereur, pour Chromatius, la permission de se retirer dans une villa de la Campanie où il avait été convenu qu'un grand nombre de néophytes le rejoindraient pour ne former qu'une même famille, poursuivre leur instruction religieuse, et s'unir dans de communs exercices de piété. D'ailleurs la saison était arrivée où tout le monde se rend à la campagne. L'empereur lui-même partait pour les côtes de Naples, se proposant de faire ensuite un voyage dans le Midi de l'Italie. Le moment était donc venu de réaliser le plan arrêté. Le Pape, est-il rapporté, célébra les divins mystères dans la maison de Nicostrate, le dimanche qui suivit cette conversion, et conseilla lui-même le départ de la ville.

A cette réunion, toutes les dispositions furent prises : différentes troupes devaient s'éloigner les jours suivants par des routes diverses : les uns en suivant la voie Appienne, les autres la voie Latine; d'autres enfin, en con-

tournant Tibur et en prenant le chemin des montagnes,
avaient à traverser Arpinum; mais tous avaient rendez-
vous à la villa non loin de Capoue. Pendant la délibération quelque peu fatigante où ces détails furent réglés,
un des prisonniers convertis par la visite de Sébastien,
Torquatus, manifesta de la vivacité, de l'impatience, de
la témérité même : désapprouvant chacun des plans pro-
posés, il parut mécontent des instructions qu'on lui donna, parla presque avec mépris de cette fuite du danger,
comme il l'appelait, et se vanta d'être prêt, pour son
compte, à aller dès le lendemain, en plein Forum, y renverser les autels et affronter les juges en se déclarant
chrétien. On fit et on dit tout ce qu'on put pour l'adoucir
et le modérer, car on comprenait combien il était important qu'il suivît les autres à la campagne, mais il persis-
ta dans sa manière de voir.

Il restait un seul point à décider : qui présiderait la
petite colonie et dirigerait ses opérations. Ici se renouvela une affectueuse contestation entre le saint prêtre
Polycarpe et Sébastien : chacun d'eux désirant demeurer
à Rome pour y courir le premier la chance du martyre.
Mais une lettre du Pape, adressée à son « bien-aimé fils
Polycarpe, prêtre du titre de Saint-Pastor, trancha le
débat; elle lui ordonnait d'accompagner les convertis et
de laisser à Sébastien la périlleuse mission de soutenir
les confesseurs et de protéger les chrétiens de Rome. Entendre, c'était obéir, et l'assemblée se termina par la prière d'action de grâces.

Après avoir salué amicalement ses amis, Sébastien insista pour reconduire Pancratius jusque chez lui. Au sortir de la chambre, ce dernier dit :

— Sébastien, je n'aime pas ce Torquatus. Je crains qu'il
ne nous cause beaucoup de peine.

— De fait, répondit l'officier, je préférerais qu'il fût autrement; mais rappelons-nous qu'il est néophyte : le
temps et la grâce le perfectionneront.

En traversant la cour d'entrée du palais, ils entendirent des cris sauvages et confus, de grossiers éclats de

rire et des hurlements s'élevant de la cour adjacente, occupée par les archers mores. Au centre on avait évidemment allumé du feu, car la fumée et les étincelles tourbil-
lonnaient au-dessus des portiques environnants.

Sébastien, accostant la sentinelle de la cour où il se
trouvait, lui demanda :

— Ami, que se passe-t-il donc chez nos voisins ?

— Leur prêtresse, l'esclave noire, qui doit épouser leur
capitaine si elle réussit à se racheter, célèbre avec eux
les rites nocturnes ; et cet affreux tumulte se produit chaque fois qu'elle vient.

— Vraiment ! fit Pancratius. Et pourriez-vous me dire
quelle est la religion de ces Africains ?

— Je l'ignore, répliqua le légionnaire, à moins qu'ils ne
soient de ceux qu'on nomme chrétiens.

— Pourquoi cette supposition ?

— Parce que j'ai entendu raconter que les chrétiens se
réunissent la nuit pour chanter des hymnes abominables,
commettre toutes sortes de crimes, apprêter et manger
la chair d'un enfant égorgé dans ce but, exactement ce
qui semble se passer ici en ce moment.

— Bonne nuit, camarade ! souhaita Sébastien.

Puis, quand il fut hors du vestibule, il s'écria :

— N'est-il point étrange, Pancratius , qu'en dépit de
tous nos efforts, nous qui avons conscience de n'adorer
que le seul Dieu vivant, en esprit et en vérité, qui savons
quel soin nous prenons de nous garder purs de tout péché, et qui aimerions mieux mourir que de prononcer une
parole déshonnête, nous soyons encore, après trois cents
ans, confondus par le peuple avec les sectateurs des plus
infâmes superstitions, et que notre culte soit comparé à
cette idolâtrie que nous abhorrons souverainement ? Jusques à quand, Seigneur, en sera-t-il ainsi ?

— Aussi long-temps, répondit Pancratius qui s'arrêta
sur les degrés extérieurs du vestibule et fixa son regard
sur la lune en ce moment à son déclin, aussi long-temps
que nous marcherons aux pales clartés de cet astre, et
tant que le Soleil de justice ne sera point levé sur notre

4.

pays, dans sa divine beauté, pour l'inonder de ses splendeurs. Sébastien, de quel endroit préféreriez-vous assister au lever du soleil?

— Le plus merveilleux lever de soleil que j'aie vu, déclara le tribun en se prêtant à l'étrange question de son compagnon, c'était sur le sommet de la montagne Latiale, près du temple de Jupiter. Son globe lumineux parut derrière le mont, dont l'ombre se projetait comme une immense pyramide sur la plaine et au loin sur la mer. A mesure qu'il montait, l'ombre diminuait et finit par s'évanouir. A chaque instant un nouvel objet s'éclairait : ce furent d'abord les galères et les chaloupes sur les flots, puis le rivage avec les vagues mobiles; ensuite les blancs édifices étincelèrent successivement sous de nouveaux rayons; enfin Rome elle-même apparut avec ses toits élevés, et se baigna tout entière dans les clartés du jour. En vérité, le spectacle était splendide, et tel que n'auraient pu le contempler ni l'imaginer ceux qui étaient au pied de la montagne.

— C'est bien cela, Sébastien. Voilà ce qui arrivera quand un autre soleil plus brillant planera sur cette contrée encore dans les ténèbres. Quel sublime tableau, lorsque les ombres, s'effaçant par degrés, laisseront éclater les magnificences encore voilées de notre foi et de notre culte révéré, et que la cité-reine elle-même brillera comme le type de la cité de Dieu. Ceux qui vivront à cette époque remarqueront-ils ces beautés, et les apprécieront-ils à leur juste valeur? ou bien, se bornant à leur étroit horizon, se mettront-ils les mains devant les yeux, pour se dérober à cette éblouissante lumière? Je l'ignore, cher Sébastien, mais je l'espère, vous et moi nous contemplerons ce grand spectacle du seul lieu où il peut être dignement apprécié, du haut d'une montagne plus élevée que celle du Jupiter d'Albe ou d'Olympie, celle-là sur laquelle se tient l'Agneau et d'où jaillissent les sources de la vie.

Ils continuèrent leur marche en silence, à travers les rues brillamment éclairées. Arrivés à la maison de Luci-

na, ils se souhaitèrent affectueusement une bonne nuit,
et Pancratius ajouta avec quelque hésitation :

— Sébastien, vous avez dit une chose, ce soir, dont je
désirerais avoir beaucoup l'explication.

— Qu'est-ce donc?

— Lors de votre discussion avec Polycarpe, pour savoir
qui de vous irait en Campanie ou demeurerait à Rome,
vous promîtes, si vous restiez, d'être très-prudent et de
ne point vous exposer inutilement au danger; ensuite
vous ajoutâtes que vous nourrissiez un projet qui vous
retiendrait effectivement, lequel, cependant, une fois
réalisé, il vous serait difficile de ne point céder à votre
ardent désir de mourir pour le Christ.

— Pourquoi, Pancratius, souhaitez-vous tant de connaître mon bizarre dessein?

— Parce que, je l'avouerai, je suis réellement curieux
de savoir quel peut être ce motif assez puissant pour modérer votre empressement à courir vers le but que vous
regardez, je le sais, comme le plus sublime qu'il soit
proposé au chrétien.

— Je regrette, cher enfant, qu'il ne me soit point permis de vous le révéler maintenant. Mais vous le connaîtrez dans quelque temps.

— Vous me le promettez?

— Oui, très-solennellement. Que Dieu vous bénisse!

XI

UN MOT AU LECTEUR.

Nous profiterons des vacances dont jouit la ville de
Rome, pendant les excursions de ses habitants parmi les
montagnes voisines ou sur les bords de la mer, depuis
Gênes jusqu'à Pœstum, pour s'y livrer aux plaisirs qu'offrent la terre et l'eau, et nous essayerons, sous une forme
purement didactique, de communiquer à notre lecteur

des renseignements qui pourront jeter quelque lumière sur ce que nous avons déjà écrit, et le préparer à ce qui doit suivre.

La manièresuccinctedont on étudie généralement l'histoire des premiers temps de l'Eglise, et le peu d'ordre chronologique existant dans les biographies des saints , telles que nous les lisons habituellement, sont de nature à faire naître des idées très-inexactes sur les premiers chrétiens nos ancêtres. Cela peut arriver de différentes manières.

Peut-être croit-on que durant les trois premiers siècles l'Eglise a souffert sans relâche d'ardentes persécutions, que les fidèles accomplissaient les cérémonies de leur culte avec crainte et tremblement et vivaient toujours dans les catacombes; que la religion n'ayant que de rares occasions de se développer extérieurement ou de s'organiser à l'intérieur et de manifester ses pompes, se bornait à exister; enfin que c'était une époque de luttes et de tribulations, sans intervalles de repos. D'autre part, on suppose peut-être que ces trois siècles ont été divisés en périodes par des persécutions distinctes, plus ou moins longues, mais séparées l'une de l'autre par des années de repos complet.

Ces deux sentiments sont erronés, et nous désirons expliquer exactement la véritable condition de l'Eglise chrétienne dans les diverses circonstances de cette portion la plus féconde de son histoire.

Du moment que la persécution se fût déchaînée sur l'Eglise, on peut affirmer qu'elle ne lâcha jamais entièrement sa proie jusqu'à la pacification finale sous Constantin. Une fois qu'un édit de persécution était publié par un empereur, on le rapportait rarement ; et bien que l'avènement d'un prince plus pacifique adoucît de temps à autre ou même suspendît les rigueurs de sa sanction, cependant cet édit ne devenait point une lettre morte : c'était une arme dangereuse aux mains des gouverneurs de cité ou de province, quand ils étaient cruels ou fanatiques. De là dans les intervalles des persécutions générales ordonnées par de nouveaux décrets, ce grand nombre de martyrs qui durent leurs couronnes à la fureur populaire où à la haine contre le christianisme des proconsuls locaux. Voilà pourquoi nous lisons qu'une persécution sévère atteignait une partie de l'empire, tandis que le reste jouissait d'une tranquillité complète.

Sans doute, quelques exemples pris dans les différentes phases des persécutions expliqueront mieux qu'une simple description les rapports de l'Eglise primitive avec l'Etat.

Trajan n'était nullement un empereur cruel ; au contraire, il était habituellement juste et indulgent. Cependant, quoiqu'il n'eût publié aucun nouvel édit contre les chrétiens, un grand nombre d'illustres martyrs glorifièrent le Seigneur sous son règne, parmi lesquels, à Rome, saint Ignace, évêque d'Antioche, et saint Siméon à Jérusalem. De fait, lorsque Pline le Jeune, gouverneur de Bithynie, le consulta au sujet des chrétiens qu'on pourrait lui dénoncer, il lui traça cette règle de conduite peu équitable : « Ne les recherchez point ; mais si on les accuse, punissez-les. » Adrien, qui ne décréta aucune persécution, donna une réponse semblable à Sérénianus Granianus, proconsul d'Asie, qui l'avait également consulté. Sous ce prince aussi, et même par ses ordres, l'héroïque Symphorosa souffrait le martyre avec ses petits-fils à Tibur ou Tivoli. Une magnifique inscription, trouvée dans les catacombes, mentionne encore un jeune officier, nommé Marius, qui souffrit pour le Christ, à cette époque. Et le martyr saint Justin, ce grand apologiste du Christianisme, nous apprend qu'il dut sa conversion à la constance des martyrs sous cet empereur.

De même, avant les édits persécuteurs de l'empereur Septime Sévère, beaucoup de chrétiens avaient enduré les tourments et la mort. Ainsi, les célèbres martyrs de Scillita en Afrique, sainte Perpétue et sainte Félicité avec leurs compagnes. Dans les Actes de celles-ci, on trouve le journal de la première, une patricienne âgée seulement de vingt ans, et écrit par elle-même la veille de sa mort. Il forme un des documents les plus touchants et les plus admirables que nous ait légués l'Eglise primitive.

Il est évident, d'après ces faits historiques, que si, de temps à autre, une persécution plus rigoureuse et plus générale embrassait tout l'empire, il y avait des suspensions partielles, locales, quelquefois même générales. Un événement de ce genre nous a procuré des informations très-intéressantes et se rapportant à notre sujet. Quand la persécution de Sévère se fut ralentie dans la plupart des provinces, il arriva que Scapula, proconsul d'Afrique, la prolongea dans la sienne avec une cruauté persévérante. Il avait condamné entre autres Mavilus d'Adrumetum à être dévoré par les bêtes, lorsqu'il fut atteint d'une maladie grave. Tertullien, le plus ancien des auteurs latins chrétiens, lui adresa une lettre, où il lui recommandait de considérer comme un avertissement cette visite de Dieu et de se repentir de ses crimes ; il lui rappelait tous les châtiments infligés aux juges implacables des chrétiens dans les diverses parties du monde, et il ajoutait que, néanmoins, la charité de ces saints hommes était telle, qu'ils offraient au Ciel de ferventes prières pour la guérison de leur ennemi.

Il poursuivait en lui disant qu'il pouvait très-bien s'acquitter de ses devoirs sans se livrer à de semblables cruautés, ainsi que l'avaient fait d'autres magistrats. Il lui citait Cincius Severus, qui suggérait aux accusés les réponses nécessaires pour être absous ; Vesproius Candidus, renvoyant un chrétien en alléguant que sa condamnation exciterait des troubles; Asper, qui, voyant un prêtre sur le point de céder à de légers tourments, refusa de le presser davantage, se plaignant qu'on eût appelé devant lui une pareille cause; Pudens, qui, ayant lu un acte d'accusation, le déclara irrégulier, calomnieux, et le déchira.

Ainsi, nous le voyons, tout dépendait en général du caractère, ou même des inclinations des gouverneurs et des juges, dans l'application des édits impériaux. Saint

Ambroise nous apprend que des gouverneurs se vantaient d'avoir rapporté de leurs provinces leurs glaives purs de sang chrétien.

Il est également facile de comprendre comment, à une certaine époque, une persécution terrible pouvait éclater en Gaule, en Afrique et en Asie, tandis que le reste de l'Eglise jouissait de la paix.

Mais Rome était naturellement la ville la plus exposée aux explosions hostiles de l'esprit païen. Aussi, fut-ce comme le privilége de ses pontifes, pendant les trois premiers siècles, de rendre pour la foi le témoignage du sang. L'élection à la papauté était une promesse du martyre.

Le temps où se passe notre histoire était un de ces longs intervalles de paix qui donnaient occasion à l'Eglise de prendre un grand essor. Depuis la mort de Valérien, en 268, il n'y avait pas eu de nouvelle persécution formelle, bien que plusieurs nobles martyrs eussent honoré cette période. Pendant ces époques, les chrétiens étaient à même de pratiquer complètement leur système religieux et cela avec splendeur. Rome était divisée en districts ou paroisses, ayant chacune son *titre* ou église desservie par des prêtres, des diacres et des ministres inférieurs. On assistait les pauvres, on visitait les malades, on instruisait les catéchumènes, on administrait les sacrements, on exerçait le culte quotidien, et le clergé de chaque église appliquait les canons pénitentiaires. Des collectes se faisaient à ces fins et à d'autres encore ayant pour but la charité religieuse et l'hospitalité qui en était la conséquence. On rapporte qu'en 250, sous le Pontificat de Cornelius, il y avait dans la ville 46 prêtres et 154 ministres inférieurs, entretenus, ainsi que 1500 pauvres par les aumônes des fidèles. Le nombre des prêtres correspondait assez bien avec celui des églises que saint Optatus comptait à Rome.

Bien que les tombeaux des martyrs aux catacombes continuassent d'être honorés par les fidèles durant ces intervalles plus paisibles, et qu'on entretînt avec soin

4..

ces asiles des persécutés, ils ne servaient cependant point alors aux assemblées convoquées pour les cérémonies du culte. Les églises dont nous avons parlé étaient souvent publiques, vastes et même splendides. Les païens avaient l'habitude d'assister aux instructions qui s'y faisaient et à la partie de la liturgie où l'on admettait les catéchumènes. Mais , généralement, elles se trouvaient dans des maisons particulières, occupant probablement ces vastes salles ou *triclinia* qu'on voyait dans les nobles demeures. Nous savons que beaucoup de sanctuaires de Rome étaient de ce genre. Tertullien s'exprime sur les cimetières chrétiens de façon à nous indiquer qu'ils étaient au-dessus du sol, car il les compare à des *aires*, nécessairement exposées à la lumière.

Une coutume de la vie romaine antique résoudra l'objection qu'on pourrait faire sur les moyens qu'avaient ces multitudes considérables de s'assembler sans attirer l'attention , et par suite la persécution. Les riches, d'ordinaire, tenaient chaque matin ce que nous appellerions un lever, auquel assistaient leurs subalternes, leurs clients et les messagers, esclaves ou affranchis, de leurs amis; quelques-uns de ces visiteurs étaient admis dans la cour intérieure, auprès du maître, tandis que les autres étaient congédiés immédiatement après s'être présentés. Des centaines de personnes pouvaient ainsi entrer dans une grande maison et sortir, outre la foule d'esclaves domestiques, de marchands et autres, ayant accès par la porte principale ou celle de service, sans pour cela provoquer beaucoup l'attention.

Il est, dans la vie sociale des premiers chrétiens, un autre phénomène difficile à croire, s'il n'était démontré positivement par les Actes authentiques des martyrs et l'histoire ecclésiastique, c'est le secret qu'ils réussissaient à garder. Il n'est point permis de douter qu'il existait des chrétiens dans les premiers rangs de l'État et occupant des charges publiques éminentes , sans pourtant que leur foi fût soupçonnée par leurs meilleurs amis d'entre les païens. Et même, en certains cas, les plus proches

parents l'ignoraient. Néanmoins, le mensonge, la dissimulation, aucun acte imcompatible avec la morale chrétienne n'étaient tolérés pour assurer un pareil secret ;
mais on usait de toutes les précautions que la droiture ne
répudie point pour cacher au public la profession du
christianisme.

Quelque nécessaire que fût cette prudente conduite
pour empêcher d'inutiles persécutions, elle retombait
souvent lourdement sur ceux qui la tenaient; le monde
païen, le monde de la puissance, de l'influence, des dignités, le monde qui faisait les lois et les exécutait à son
gré, ce monde qui aimait les jouissances terrestres et
haïssait la loi, se sentait enveloppé, rempli, pénétré par
un mystérieux système qui se répandait, on ne savait
comment, et conquérait un ascendant dont on ignorait la
source. Les familles s'étonnaient en découvrant qu'un
fils ou une fille avait embrassé cette loi nouvelle avec laquelle ils ne soupçonnaient pas qu'ils eussent été en contact, et que dans leurs préjugés grossiers ils regardaient
comme absurde, dégradante, anti-sociale. Voilà pourquoi
cette haine religieuse aussi bien que politique contre le
christianisme, qui passait pour être anti-romain, voué à
des intérêts opposés à l'extension et à la prospérité de
l'empire, et soumis à une puissance spirituelle et occulte.
On déclarait les fidèles déloyaux envers les Césars, et
cela suffisait. Leur sûreté et leur tranquillité dépendaient
donc beaucoup de l'état des sentiments populaires. Quand
un démagogue fanatique réussissait à réveiller toutes les
idées hostiles, ni leurs dénégations des crimes qu'on
leur imputait ni leur conduite irréprochable, ni les
droits de la vie civile ne pouvaient les soustraire aux
persécutions qu'on leur suscitait en toute sécurité.

Ces observations faites, nous renouerons le fil interrompu de notre récit.

XII

LE LOUP ET LE RENARD.

Les insinuations de l'esclave africaine ne s'effacèrent point de l'âme basse de Corvinus. La haine qu'elle avait vouée au christianisme datait de l'époque où une de ses maîtresses, devenue chrétienne, l'avait cédée à un nouveau propriétaire, tout en affranchissant ses autres esclaves, dans la crainte, sans doute, du mal que pouvait faire dans le monde un caractère aussi dépravé que celui d'Afra, ou plutôt Jubala, car tel était son véritable nom.

Corvinus avait souvent rencontré Fulvius aux bains et dans les autres lieux publics de réunion ; il avait envié et admiré son grand air, sa mise élégante et sa conversation. Avec son caractère morose et la conscience de sa gaucherie, il n'eût jamais osé lui adresser la parole s'il n'eût découvert que le jeune homme, quoique plus raffiné que lui, n'était pas moins profondément scélérat. Corvinus comprenait que l'habileté et l'esprit de Fulvius pouvaient suppléer ces qualités qui lui manquaient, tandis qu'il mettrait sa force brutale et son audace au service de ces dons plus élevés. Il tenait l'étranger en son pouvoir par la révélation qui lui avait été faite de son véritable emploi. Il résolut donc de tenter un effort pour s'allier avec un personnage qui, autrement, était capable de se poser en rival dangereux.

Dix jours, environ, après le rendez-vous précédemment raconté, Corvinus alla flâner dans les jardins de Pompée, enceignant le théâtre du même nom, dans le voisinage de la place Farnèse actuelle. Sous le règne de Carinus, un incendie avait détruit ce qu'on appelait la scène de l'édifice, que Dioclétien avait fait réparer avec une grande magnificence. Ces jardins se distinguaient par des avenues de platanes aux délicieux ombrages, par la quantité de statues de bêtes fauves, de fontaines et de ruisseaux artificiels qui les décoraient. Corvinus se promenait nonchalamment, quand il aperçut Fulvius, et il se dirigea vers lui.

— Que me voulez-vous? demanda l'étranger en jetant un regard surpris et railleur sur les vêtements négligés de Corvinus.

— Je désire avec vous un entretien qui pourra tourner à votre avantage... et au mien.

— Qu'avez-vous à me proposer qui justifie la première partie de votre phrase? Quant à la seconde, elle énonce une chose évidente.

— Fulvius, je parle avec franchise, sans prétendre égaler votre habileté ni votre élégance. Mais, exerçant tous deux le même métier, nos intérêts sont semblables.

Fulvius tressaillit en rougissant; puis il reprit :

— Que voulez-vous dire, insolent?

— Si vous serrez les poings, répliqua Corvinus, pour me montrer les brillants anneaux qui parent vos doigts délicats, c'est fort bien. Si par là vous avez l'intention de me menacer, vous ferez mieux de remettre la main dans les plis de votre toge; ce sera plus gracieux.

— Cessez ce langage. Je le demande encore : que voulez-vous dire?

— Ceci simplement, Fulvius.

Et il lui murmura à l'oreille :

— Vous êtes un espion et un délateur.

Fulvius se troubla. Il se remit cependant et répondit :

— De quel droit m'imputez-vous une aussi odieuse conduite?

— Vous avez *découvert*, déclara Corvinus avec emphase, une conspiration en Orient, et Dioclétien...

Fulvius l'arrêtant :

— Votre nom, interrogea-t-il, et qui êtes-vous?

— Je suis Corvinus, le fils de Tertullus, préfet de la ville.

La réponse parut tout expliquer à l'étranger, qui reprit plus bas :

— N'ajoutez rien ici : je vois des amis qui s'approchent. Venez me trouver demain, à la pointe du jour et déguisé, dans la rue Patricienne, sous le portique des bains de Novatus. Nous causerons plus à loisir.

Corvinus rentra chez lui, assez content de son début en diplomatie. S'étant procuré, par un esclave de son père, un vêtement plus malpropre que le sien, il arriva au rendez-vous dès les premières lueurs de l'aube. Il attendit long-temps, et commençait à perdre patience, quand son nouvel ami se présenta.

Fulvius, complètement enveloppé dans un vaste manteau, avait abaissé le capuchon sur son visage. Il salua Corvinus en ces termes :

— Bonjour, camarade; je regrette de vous avoir laissé ainsi à l'air frais du matin, d'autant plus que vous êtes vêtu à la légère.

— J'avoue, répondit Corvinus, que je me serais fatigué, si ce que je viens d'observer ne m'avait énormément amusé tout en m'intriguant passablement.

— Qu'avez-vous vu?

— Depuis une heure environ, peut-être dès avant mon arrivée, il est venu de tous côtés dans cette maison, par la porte de derrière ouvrant sur l'étroite rue, la plus rare collection de misérables que vous ayez jamais rencontrée : des aveugles, des boiteux, des estropiés, des vieillards, des êtres contrefaits de toutes les espèces. En même temps, plusieurs personnes d'une condition différente pénétraient dans l'habitation par la grande porte.

— Connaissez-vous le maître de cette maison ? Elle paraît vaste et vieille, mais en mauvais état.

— C'est un patricien âgé, très-riche et fort avare. Mais regardez : en voici d'autres qui viennent.

En effet, un homme courbé par les ans s'avançait, soutenu par une jeune fille causant gaiement et affectueusement avec lui.

— Nous sommes arrivés, dit-elle. Quelques pas encore, et vous pourrez vous asseoir et vous reposer.

— Merci, mon enfant, répondit le pauvre vieillard Quelle bonté de votre part d'être venue me chercher si matin !

— Je n'ignorais pas, reprit-elle, que vous auriez besoin d'aide, et comme je suis l'être le plus inutile du quartier, j'ai songé à vous conduire.

— J'ai toujours entendu répéter que les aveugles sont égoïstes, et cela semble naturel; pour vous, Cœcilia, vous faites exception.

—Nullement : mais c'est là ma manière de montrer mon égoïsme.

— Comment cela?

— Eh bien, d'abord je profite de vos yeux; ensuite j'éprouve la satisfaction de vous soutenir. J'étais « l'œil de l'aveugle. » — C'est vous. J'étais « le pied du boiteux. » — C'est moi. (Job.)

Ils atteignirent la porte en s'entretenant ainsi.

— Ne voyez-vous pas, dit Fulvius à Corvinus, comme cette fille aveugle marche bien, sans regarder à droite ni à gauche?

— Effectivement. Pourtant ce n'est pas le lieu dont on parle si souvent, où les mendiants se rencontrent, où les aveugles voient, les boiteux marchent, et où tous s'ébattent ensemble. Mais j'ai remarqué que ces mendiants diffèrent de ceux du pont d'Arica; ils ont l'air respectable et joyeux, et aucun ne m'a demandé l'aumône en passant.

— C'est très-étrange, et j'aimerais à pénétrer ce mystère. Peut-être y a-t-il là une bonne aubaine. Le vieux patricien, dites-vous, est fort riche?

—Immensément.

—Hum! comment s'y prendre pour entrer?

— J'y suis, je retirerai mes chaussures, je traînerai ma

jambe comme un estropié, je me joindrai au premier groupe de drôles qui viendra, et je me présenterai hardiment comme eux.

— Vous réussirez difficilement. Soyez sûr que chacun de ces gens est connu dans la maison.

— Je suis sûr du contraire, car plusieurs m'ont demandé si cette demeure était celle de la noble Agnès.

— De qui? interrogea Fulvius en tressaillant.

— Quel air vous avez! fit Corvinus. C'est le logis de ses parents; mais elle est plus connue qu'eux, car c'est une jeune héritière presque aussi riche que sa cousine Fabiola.

Fulvius garda un instant le silence; un violent soupçon, trop subtil et trop important pour qu'il le communiquât à son grossier compagnon, lui traversait l'esprit. Aussi il dit à Corvinus :

— Si vous êtes certain que ces gens ne sont pas des familiers de la maison, essayez de réaliser votre projet. J'ai déjà rencontré la jeune fille, et je me risquerai à franchir le seuil de la grande porte. Nous courrons ainsi double chance de succès.

— Savez-vous à quoi je pense, Fulvius?

— A quelque chose de superbe, sans doute.

— Je pense que si vous et moi nous concertions nos entreprises, nous aurions toujours deux chances.

— Lesquelles?

— Celles du loup et du renard quand ils conspirent pour voler un troupeau.

Fulvius lui jeta un regard de dédain, auquel Corvinus répondit par un autre empreint d'une expression hideuse, et ils se séparèrent pour se rendre à leurs postes respectifs.

XIII

CHARITÉ

Comme nous ne tenons à entrer dans la maison d'Agnès ni avec le loup, ni avec le renard, nous choisirons un moyen moins grossier, et nous nous y transporterons immédiatement en esprit.

Les parents d'Agnès, descendant de nobles ancêtres, appartenaient à une famille dont la conversion n'était point de date récente, mais remontait à plusieurs générations. De même que chez les païens on conservait précieusement la mémoire des aïeux illustrés par des victoires ou par les hautes charges de l'Etat, ainsi, dans cette maison et dans les autres qui professaient la foi chrétienne, on regardait avec amour et respect le souvenir des parents qui, durant les cent cinquante dernières années, environ, avaient remporté la palme du martyre ou occupé les plus sublimes dignités de l'Eglise. Mais, bien qu'anobli par des flots de sang versés sans cesse pour le Christ, et le retranchement de nombreux rameaux, le tronc de l'arbre de famille, survivant aux orages multipliés, n'avoit point été coupé. On s'en étonnera peut-être; cependant, en réfléchissant que beaucoup de soldats assistent à une campagne meurtrière sans recevoir de blessures, et que nombre de familles demeurent intactes au milieu des épidémies, on comprendra que la Providence, qui veillait au salut de l'Eglise, ait pris soin de maintenir avec la succession des familles anciennes une longue chaîne de traditions ininterrompues, laquelle faisait dire aux fidèles : *Si le Seigneur des saints ne nous avait laissé la semence, nous serions devenus semblables à Sodôme et à Gomorrhe.*

Tous les honneurs et toutes les espérances de cette famille reposaient sur une personne dont le lecteur connaît déjà le nom, Agnès, l'unique enfant de cette ancienne maison. Ses parents l'avaient eue à une époque où ils ne comptaient plus voir leur postérité se continuer. Dès ses premières années, elle montra tant de douceur, de docilité, d'intelligence, de simplicité et d'innocence, qu'elle obtint en grandissant la commune affection et presque le respect de tous, depuis ses parents jusqu'à la dernière des servantes. Rien ne paraissait devoir altérer cette heureuse nature ; ses brillantes qualités, au contraire, se développaient avec le temps, de sorte qu'à l'âge tendre encore où elle était, ses vertus avaient atteint la maturité, produisant des fruits de grâce et de sagesse. Elle partageait tous les pieux sentiments de son père et de sa mère, et comme eux ne tenait guère au monde. Elle habitait avec eux une partie retirée de la maison, meublée avec élégance, quoique sans aucun luxe ; et leur manière de vivre était proportionnée à leurs besoins. Là, ils recevaient les amis avec qui ils avaient conservé des relations intimes ; mais comme ils ne sortaient point, ces amis étaient en petit nombre. Fabiola les visitait de temps à autre, quoique Agnès préférât aller chez elle. Souvent la patricienne exprimait à sa jeune amie le vœu de voir le jour où, mariée à un parti convenable, elle rouvrirait cette splendide demeure qu'elle embellirait de nouveau. En effet, malgré la loi Voconia sur l'exhérédation des femmes, laquelle d'ailleurs était tombée en désuétude, Agnès avait reçu de sources collatérales de nombreuses additions lui constituant une fortune personnelle, destinée à augmenter son patrimoine.

La plupart des païens qui la visitaient, attribuant à l'avarice une si humble existence, calculaient quels immenses trésors cette famille parcimonieuse devait avoir accumulés. Ils concluaient que la partie de la maison, située au-delà du mur épais fermant la seconde cour, était abandonnée et tombait en ruines.

Cependant il n'en était rien. Ce corps de bâtiment comprenait une vaste cour, un jardin, une salle à manger ou *triclinium* transformée en sanctuaire, par où l'on montait à la partie supérieure de l'habitation, consacrée à l'administration de cette abondante charité que l'Eglise regardait comme la principale *affaire* de sa vie. Cette administration était confiée aux soins du diacre Reparatus et de son exorciste Secundus, désignés officiellement par le Souverain-Pontife pour secourir les malades, les pauvres et les étrangers dans l'une des sept régions que le Pape Caïus avait déterminées. Il y avait cinq ans, environ, qu'il avait ainsi divisé la ville, plaçant à la tête de chacune des circonscriptions l'un des sept diacres de l'Eglise Romaine. Des chambres à part et une table frugale étaient destinées aux étrangers venant de loin avec la recommandation des autres Eglises. Au-dessus, les appartements, convertis en hôpital, recevaient les perclus, les vieillards et les malades, que soignaient les diaconesses et ceux des fidèles qui se plaisaient à concourir aux œuvres de charité. C'est là que la jeune aveugle avait sa cellule, bien qu'elle refusât de prendre sa nourriture dans la maison, comme nous l'avons expliqué. Le *tablinum* ou cabinet des archives, isolé généralement et établi dans le passage reliant les cours intérieures, servait de bureau pour les affaires de cet établissement charitable ; on y conservait tous les documents locaux, tels que les Actes des martyrs que recueillait l'un des sept notaires institués par le Pape saint Clément Ier pour les différentes régions.

Une porte en communication permettait aux maîtres du logis de prendre part eux-mêmes à ces œuvres de charité, et Agnès avait été accoutumée dès son enfance à y passer plusieurs heures chaque jour. Elle se présentait comme un ange de lumière, le front rayonnant, apportant aux malheureux qui souffraient la consolation et la joie. Cette maison hospitalière pouvait donc être appelée l'aumônerie de la région ou du district où elle était située. On y pénétrait à cet effet, par le *posticum* ou porte de derrière qui s'ouvrait dans une ruelle peu fréquentée.

Il n'est pas étonnant que les revenus des propriétaires de l'habitation fussent absorbés par les frais d'un tel établissement. Nous avons entendu Pancratius prier Sébas-

tien de s'occuper de la distribution aux pauvres de sa
vaisselle et de ses bijoux, sans laisser deviner à qui ils
appartenaient. Le tribun ne l'avait pas oublié, et il avait
songé à la demeure d'Agnès comme la plus propre à réaliser ce dessein. Or, le matin du jour où nous en sommes,
la distribution avait eu lieu. D'autres régions avaient envoyé leurs pauvres sous la conduite des diacres. Sébastien, Pancratius, et quelques personnes d'un rang plus
élevé étaient entrés par la grande porte pour assister au
partage, et Corvinus avait aperçu plusieurs de ces derniers.

XIV

LES EXTRÊMES SE TOUCHENT

Un groupe de pauvres s'étant présenté fort à propos à
la petite porte, Corvinus se joignit à eux, contrefaisant
de son mieux leurs allures, sauf leur modestie. Il se tenait assez près pour entendre chacun prononcer ces paroles : « *Deo gratias!* rendons grâce à Dieu ! » C'était un
mot d'ordre non-seulement chrétien, mais surtout catholique, car saint Augustin nous apprend que les hérétiques
se raillaient des orthodoxes qui l'employaient, prétendant
que ce n'était point un salut mais une réponse; et que
cependant les catholiques s'en servaient parce que c'était
un antique et pieux usage. Il a cours encore en Italie
dans de semblables occasions. Corvinus formula les paroles consacrées, et on lui permit de passer. Suivant les
autres pas à pas, et copiant leurs manières et leurs gestes,
il arriva à la cour intérieure du logis, déjà remplie de
pauvres et d'infirmes, les hommes rangés d'un côté et
les femmes de l'autre. A l'extrémité du portique étaient
dressées des tables chargées de riche vaisselle; sur d'autres apparaissaient de magnifiques joyaux. Deux orfè-
vres pesaient et estimaient scrupuleusement ces tré-

sors, et on voyait près d'eux l'argent qui devait les
payer, puis être distribué en parts égales, entre les
pauvres.

Corvinus contemplait avidement ce spectacle. Il convoitait ardemment ces richesses, et il songeait à se saisir
d'une partie et à se sauver avec ce butin. Mais il reconnut
la folie d'un tel projet et résolut d'attendre son lot. Toutefois il prenait note pour Fulvius de tout ce qu'il remarquait. Mais il ne tarda pas à sentir l'embarras de sa position. Tant que les pauvres furent confondus ensemble, il
demeura inaperçu. Bientôt il vit plusieurs jeunes hommes aux manières affables, mais très-actifs, investis évidemment d'une certaine autorité, et portant un vêtement
connu de lui sous le nom de *dalmatique*, de son origine dal-
mate ; il consistait en une petite tunique recouvrant la
première, au lieu de la toge, avec de larges manches
médiocrement longues ; c'était le costume adopté pour
les diacres non-seulement dans le ministère plus solennel de l'église, mais aussi quand ils s'acquittaient de
leurs devoirs secondaires auprès des pauvres et des malades.

Ces officiers rangeaient les pauvres en ordre ; chacun
d'eux, connaissant évidemment ceux de son district, les
menait à un endroit particulier du portique. Mais, personne ne réclamant Corvinus, il finit par rester seul au
milieu de la cour. Malgré la grossièreté de son intelligence, il comprit la difficulté de sa situation. Lui, le fils
du préfet de la cité dont le devoir était de punir les vio-
lateurs des droits domestiques, il s'était introduit fraudu-
leusement dans la partie la plus intime d'une demeure
patricienne ; vêtu en mendiant, mêlé à de pareilles gens,
il donnait à supposer que ses intentions étaient mauvaises, du moins il transgressait les lois. Il tourna ses regards vers la porte, dans l'espoir de s'esquiver ; mais elle
était gardée par un vieillard nommé Diogène et ses deux
robustes fils, retenant avec peine le courroux que leur
inspirait une pareille impudence ; toutefois ils la manifes-
taient suffisamment par l'indignation qui jaillissait de

leurs prunelles et le pincement de leurs lèvres. Il s'aperçut que les jeunes diacres se consultaient à son sujet, tout
en l'examinant avec attention. Il s'imagina voir jusqu'aux
aveugles le fixer et les vieillards prêts à employer contre
lui leurs béquilles. Une seule chose le consolait, c'est
qu'il se croyait inconnu, et il comptait s'en tirer en faisant
des excuses.

Enfin le diacre Reparatus s'avançant, lui dit poliment:

— Ami, vous n'appartenez probablement à aucune
des régions invitées aujourd'hui. Où demeurez-vous?

— Dans la région de *l'Alta Semita.*

Cette réponse indiquait la division civile de Rome, et
non celle adoptée par l'Eglise. Reparatus ajouta :

— L'*Alta Semita* est dans ma région. Cependant je ne
me rappelle pas de vous y avoir rencontré.

Tandis qu'il prononçait ces paroles, il s'étonna de voir
l'étranger, le regard attaché sur la porte communiquant
avec l'intérieur de la maison, pâlir et chanceler comme
s'il allait tomber. Reparatus, portant les yeux dans la
même direction, aperçut Pancratius qui venait d'entrer,
et qui demandait à la hâte quelques renseignements à Secundus. Le dernier espoir de Corvinus s'était évanoui, et
bientôt il se trouva face à face avec le jeune homme, qui
pria Reparatus de s'éloigner, à peu près dans la même
situation que lors de leur dernière rencontre ; seulement,
au lieu d'un cercle d'applaudisseurs, il n'était entouré
que d'une foule manifestement favorable à son rival.
Corvinus ne put s'empêcher de remarquer le gracieux
développement et la mâle contenance que son ancien
condisciple avait acquis en quelques semaines. Il s'attendait à de durs reproches, peut-être à un châtiment tel
qu'il l'eût certainement infligé en semblable circonstance.
Aussi, quel ne fut pas son étonnement quand Pancratius
lui dit avec une extrême douceur :

— Corvinus, par quel accident êtes-vous devenu pauvre
et boiteux ? Avez-vous donc quitté la maison de votre père ?

— Je n'en suis pas encore réduit là, répondit le faux
brave à qui l'affabilité du jeune homme rendait son inso-

lence ; sans doute vous seriez charmé qu'il en fût ainsi.

— Nullement, je vous assure. Je ne vous garde pas rancune, et si vous avez besoin d'assistance, avouez-le-moi. Et quoique vous n'ayez pas le droit d'être ici, je vous emmènerai dans une salle particulière où vous pourrez être secouru sans qu'on le sache.

— Eh bien! je vous dirai la vérité. Je suis venu par fantaisie, et je désire que vous me fassiez sortir sans bruit.

— Corvinus! reprit l'adolescent avec quelque sévérité, vous avez commis une grave offense. Que dirait votre père si j'ordonnais à ces jeunes gens, qui m'obéiraient immédiatement, de vous reconduire tel que vous voilà, nu-pieds, vêtu en esclave, contrefaisant l'estropié, en plein Forum, devant son tribunal, sous l'accusation d'avoir violé le domicile d'un patricien, odieuse action que tout romain flétrirait ?

— Au nom des dieux, mon bon Pancratius, ne m'infligez pas un aussi terrible châtiment.

— Votre père, Corvinus, vous ne l'ignorez pas, serait obligé d'agir à votre égard comme Junius Brutus, sous peine de forfaire à son devoir.

— Par tout ce que vous aimez, par tout ce que vous avez de plus sacré, je vous en conjure, ne soyez point impitoyable ; ne déshonorez ni moi ni les miens. Mon père et sa famille, non pas moi seulement, seraient ruinés pour toujours. Je vous demanderai pardon à genoux, s'il le faut, de mes outrages passés, si vous consentez à user de miséricorde.

— Assez, assez, Corvinus ; je vous ai dit que cela était oublié depuis longtemps. Mais écoutez-moi, maintenant. Tout le monde ici, excepté les aveugles, connaît votre faute, et il y aura au besoin cent témoins pour l'attester. Si donc vous dénonciez jamais cette assemblée ; si, surtout, vous cherchiez à inquiéter quelqu'un de ses membres, il nous serait facile de vous intenter un procès et de vous traduire au tribunal de votre père. Me comprenez-vous ?

— Parfaitement, répondit le captif d'une voix piteuse. Jamais, tant que j'existerai, je ne soufflerai mot à âme qui vive de ma présence en ce lieu redoutable. Je le jure par les...

— Silence! silence! nous n'avons que faire ici de tels serments. Prenez mon bras et venez avec moi.

Alors, se tournant vers les assistants, il continua :

— Je connais ce jeune homme; il est entré dans cette maison par mégarde.

Les spectateurs, qui avaient pris les gestes et l'attitude suppliante du misérable pour le commentaire de l'histoire de ses malheurs et de sa demande de secours, s'écrièrent tous ensemble :

— Pancratius , le renverrez-vous donc à jeun et sans assistance?

— Laissez-moi faire, répondit l'adolescent.

Les gardiens volontaires de la porte livrèrent passage à Pancratius, qui reconduisit jusque dans la rue Corvinus feignant toujours de boiter. Il le congédia en lui disant :

— Maintenant, Corvinus, nous sommes quittes. Toutefois n'oubliez pas votre promesse.

Fulvius, on le sait , était allé tenter fortune du côté de la grande porte , qu'il trouva ouverte , selon la coutume de Rome. D'ailleurs, qui eût supposé qu'un étranger dût entrer à pareille heure? Au lieu d'un portier , il trouva , gardant la porte, une jeune fille à l'air modeste , âgée de douze ou treize ans , et vêtue en paysanne. Comme il n'y avait personne auprès d'elle , le jeune homme crut avoir une excellente occasion d'éclaircir le violent soupçon qui lui avait traversé l'esprit. Il s'adressa donc en ces termes à la petite concierge:

— Quel est votre nom, enfant, et qui êtes-vous ?

— Je suis Emerentiana , la sœur de lait de la noble Agnès.

— Vous êtes chrétienne? demanda-t-il vivement.

La pauvre paysanne ouvrit les yeux avec l'étonnement de l'ignorance , et répondit:

— Non, seigneur.

Il était impossible de résister à l'évidence de sa simplicité, et Fulvius pensa qu'il s'était trompé. De fait, elle était la fille d'une villageoise qui avait été la nourrice d'Agnès. Sa mère venait de mourir, et sa bienveillante sœur de lait l'avait envoyé chercher afin de la faire instruire et baptiser. Arrivée seulement depuis un jour ou deux, elle ne connaissait rien encore du christianisme.

Fulvius s'arrêta, incertain de ce qu'il devait faire. La solitude l'embarrassait autant que la foule Corvinus. Il songea à battre en retraite, mais c'eût été renoncer à toutes ses espérances. Il se préparait à avancer, quand il réfléchit qu'il pourrait se compromettre d'une façon désagréable. Dans cette conjoncture critique, il vit venir à lui, traversant la cour d'un pas léger, la jeune maîtresse de la maison, fraîche, rayonnante. Dès qu'elle l'aperçut, elle s'arrêta, comme pour attendre ce qu'il avait à lui communiquer. Il s'approcha avec son plus charmant sourire et ses manières les plus gracieuses, et dit :

— J'ai prévenu l'heure où vous avez coutume de recevoir vos visiteurs, et je crains de paraître indiscret, noble Agnès. Mais il me tardait de m'instruire comme l'humble client de votre illustre famille.

— Notre maison, répliqua la jeune fille en souriant, ne s'enorgueillit point de ses clients, et nous n'en recherchons aucunement, car nous ne prétendons ni à l'influence, ni au pouvoir.

— Pardonnez-moi; avec l'être qui la gouverne, votre maison possède la plus haute influence et la puissance la plus invincible : celles-là même qui subjuguent les âmes sans effort et les enchaînent irrévocablemen

Incapable d'imaginer que ces paroles s'adressaient à elle, Agnès reprit avec une naïve simplicité :

— Oh ! que vous dites vrai ! le seigneur de cette demeure règne souverainement sur les affections de tous ceux qui l'habitent.

— Mais, reprit Fulvius, je fais allusion à cet empire

plus doux et plus tendre que les grâces et les charmes
peuvent seuls exercer sur ceux qui les voient de près.

Agnès paraissait comme ravie hors d'elle-même ; ses
yeux contemplaient une image bien différente de celle de
son misérable flatteur , et elle s'écria , en regardant le
ciel d'un air passionné :

— Oui, j'ai voué mon amour et ma foi à Celui-là seul
dont le soleil et la lune admirent la beauté, de leur
firmament d'azur.

Fulvius était confondu et ne savait que faire. Le regard
inspiré de la jeune fille, son attitude extatique , le son
vibrant, harmonieux de sa voix en prononçant ces paroles, leur sens mystérieux, l'étrangeté de cette scène enfin,
le clouaient au sol et lui fermaient la bouche. Toutefois,
sentant qu'il perdait l'occasion la plus favorable qu'il
aurait jamais de lui manifester sa pensée, — nous ne
pouvons dire son amour, — il reprit hardiment :

— C'est de vous que je parle ; et je vous supplie de
croire à l'expression sincère de mon admiration et à
mon immense attachement pour vous.

En achevant ces mots , il tomba à genoux, et essaya de
prendre la main de la jeune fille ; mais elle bondit, frémis-
sante, en arrière, et détourna son visage rouge de honte.

Fulvius se releva précipitamment, car il venait d'apercevoir Sébastien cherchant Agnès pour la mener vers
les pauvres , impatients de la voir. L'officier s'avança
rapidement, d'un air indigné.

— Sébastien, lui dit Agnès , épargnez cet homme ; il
est sans doute entré ici par une méprise involontaire ;
qu'il s'éloigne donc tranquillement.

Et en parlant ainsi elle se retira.

Alors, Sébastien , d'une voix calme mais sévère , s'a-
dressant à l'intrus qui baissa son regard sous celui du
tribun, lui dit :

— Fulvius , que venez-vous faire ici ? quelle affaire
vous amène ?

— Je suppose , répondit l'étranger en reprenant son
assurance, que m'étant trouvé avec la maîtresse de cette

maison au même lieu que vous, à la table de son noble cousin, j'ai autant le droit de la visiter que d'autres clients tout aussi empressés.

— Soit ; mais pas à cette heure peu convenable.

— L'heure qui est convenable pour un jeune officier, riposta insolemment Fulvius, ne l'est-elle point pour un simple citoyen ?

Sébastien fut obligé de recueillir toutes ses forces pour maîtriser son indignation. Il reprit :

— Fulvius, réfléchissez à ce que vous dites. Sachez que deux personnes peuvent être sur un pied tout différent dans une même maison. Cependant, une longue familiarité, encore moins la connaissance faite pendant un souper, ne sauraient autoriser ni justifier l'audace de votre conduite de tout à l'heure envers la jeune maîtresse de cette demeure.

— Oh! vous êtes jaloux, je le vois, brave capitaine ! repartit Fulvius avec l'air le plus sardonique. On vous regarde comme le candidat acceptable, sinon accepté à la main de Fabiola. Elle est maintenant à la campagne ; et vous désirez évidemment la fortune de l'une ou de l'autre des deux plus riches héritières de Rome. Il n'est rien de tel, en vérité, que d'avoir deux cordes à son arc.

Cet amer et grossier sarcasme blessa au vif les sentiments les plus délicats du noble tribun ; si la douceur chrétienne n'eût discipliné depuis long-temps son caractère, l'ardeur du sang l'eût emporté sur la raison.

— Il n'est bon pour aucun de nous, Fulvius, déclarat-il, que vous demeuriez ici davantage. Puisque le congé poli que vous a donné la noble enfant que vous venez d'insulter ne suffit pas, il faut que je sois l'exécuteur plus ferme de ses volontés.

En parlant ainsi, il saisit de sa main vigoureuse le bras du visiteur indiscret, qu'il conduisit à la porte. Quand il l'eût mis dehors, en le retenant toujours avec force, il ajouta :

— Maintenant, Fulvius, allez en paix, et souvenez-vous que votre indigne action vous rend justiciable des

5.

tribunaux. ᴗe vous épargnerai si vous gardez le secret ;
mais, sachez-le, je connais le métier que vous faites à
Rome, et je tiens votre insolence de ce matin suspendue
sur votre tête comme un gage de votre silence. Encore
une fois, allez en paix.

A peine eut-il lâché l'étranger, qu'il se sentit atteint en
arrière par un invisible mais robuste assaillant. C'était
Eurotas, à qui Fulvius n'osait rien cacher, qui savait
son entrevue projetée avec Corvinus, et qui l'avait suivi
et épié. Il avait appris de l'esclave noire les instincts
bas et dépravés de ce client de son art magique, et il redoutait quelque embûche. Remarquant ce semblant de
lutte à la porte, il se glissa furtivement derrière Sébastien, qu'il supposait être le nouvel allié de son pupille, et
se jeta sur lui avec la férocité de l'ours. Mais il avait
affaire à un homme de force peu commune. Bien qu'aidé
de Fulvius, il essaya vainement de jeter à terre le tribun.
Désespérant à la fin de triompher par ce moyen, il tira
de sa ceinture une arme petite, mais redoutable, une
masse d'assier de fabrication syrienne et merveilleusement travaillée ; il la levait sur la tête de Sébastien,
quand elle lui fut brusquement arrachée ; et lui-même,
saisi comme dans une étreinte de fer, fut lancé violemment au milieu de la rue où il roula deux ou trois fois.

— Je crains, Quadratus, que vous n'ayez blessé ce
malheureux, dit Sébastien au centurion qui passait pour
rejoindre ses frères les chrétiens, et qui était doué d'une
stature et d'une force athlétiques.

— Il le mérite, tribun, pour son lâche attentat.

Les deux étrangers s'éloignèrent, confus, du théâtre
de leur défaite. En tournant à l'angle de la rue, ils aperçurent Corvinus qui ne boitait plus, mais qui courait à
toutes jambes en s'éloignant de la porte de derrière où il
avait éprouvé tant d'humiliations. Cependant, quelque
fréquentes que fussent dans la suite leurs entrevues, les
deux complices se gardèrent soigneusement de toute
allusion à leurs exploits de cette matinée. Chacun d'eux
savait que l'autre y avait recueilli la honte et non le suc-

cès, et ils en vinrent à conclure qu'il existait à Rome au
moins un troupeau que le loup et le renard ne pouvaient
atteindre.

XV

BÉNÉFICES DE LA CHARITÉ.

Quand le calme, troublé par ces deux incidents, se fut
rétabli, l'œuvre de la journée se poursuivit tranquillement. Outre les grandes aumônes de l'Eglise, telles que
celles faites par saint Laurent, il n'était pas rare, en ces
premiers siècles, de voir ceux qui voulaient se retirer du
monde donner leur fortune tout entière. Il était naturel,
en vérité, que l'admirable charité de l'Eglise apostolique
de Jérusalem ne fût pas un exemple stérile pour l'Eglise
de Rome. Toutefois, ces libéralités extraordinaires s'accomplissaient plus fréquemment, on le devine, aux temps
de persécution imminente, alors que les fidèles, que leur
position ou les circonstances désignaient au martyre,
désiraient, pour employer un mot familier, débarrasser
leurs cœurs et leurs maisons, afin d'être plus aptes à la
lutte, de tout ce qui pouvait les rattacher à la terre ou
tomber aux mains des soldats impies, au lieu de devenir
l'héritage des pauvres.

Cependant on n'oubliait pas le grand précepte ordonnant de faire briller aux yeux des hommes la lumière des
bonnes œuvres, tandis que la main qui remplit la lampe
verse son huile sans bruit, en présence de Celui-là seul
qui pénètre le secret des consciences. La vaisselle et les
bijoux d'une noble famille, vendus publiquement, c'était
là un exemple éclatant de charité qui consolait l'Eglise,
stimulait les âmes généreuses, faisait rougir les avares,
touchait le cœur des catéchumènes, et attirait sur les
lèvres du pauvre des prières et des bénédictions. Pourtant la main droite qui donnait demeurait entièrement
inconnue à la main gauche : l'humilité du noble chrétien

demeurait cachée dans le sein de Dieu à qui il offrait ces trésors terrestres, et qui les rendrait avec usure au séjour éternel.

Tel était le cas en ce moment. Le prêtre Denys, qui avait succédé à Polycarpe dans le titre de Saint-Pastor, et qui était en même temps le médecin des malades, étant entré et ayant pris place sur un siége, à l'extrémité de la cour, parla ainsi à l'assemblée :

— Chers frères, notre Dieu miséricordieux a touché le cœur charitable de l'un de nos frères, qui a eu compassion de ses frères pauvres, et qui s'est dépouillé de ses biens terrestres pour l'amour du Christ. Quel est-il ? je l'ignore et je ne chercherai point à le savoir. Il est de ceux qui n'aiment point à posséder de ces trésors que la rouille consume et dont les voleurs s'emparent ; il préfère, à l'exemple de saint Laurent, les transmettre par le moyen des malheureux aux mains du Christ, pour les retrouver dans le ciel. Recevez donc comme venant de Dieu, qui a inspiré cette œuvre charitable, la distribution qui va se faire ; elle peut vous être d'un utile secours pour les jours de tribulations qui se préparent. Il ne vous est demandé en retour que de vous unir tous dans cette prière familière que nous récitons chaque jour pour ceux qui nous donnent ou nous font du bien

Pendant cette courte allocution, le pauvre Pancratius n'osait lever les yeux. Il s'était réfugié dans un coin, derrière les assistants ; Sébastien, par compassion, se tenait devant lui, et le cachait de son mieux. Son émotion fut prête à le trahir quand l'assemblée, prosternée, les bras étendus, les yeux au ciel, s'écria avec ferveur et tout d'une voix :

» Seigneur, daignez accorder la vie éternelle en retour à tous ceux qui nous font du bien en votre nom. Amen. »

Les aumônes furent ensuite partagées, et elles étaient plus considérables qu'on ne s'y attendait. On servit un repas abondant à tous les assistants, et un joyeux banquet couronna cette scène édifiante. Il était encore de bonne heure, et plusieurs s'abstinrent de manger, car un festin meilleur et tout spirituel se préparait pour eux dans l'église titulaire voisine.

Quant tout fut terminé, Cœcilia insista pour reconduire chez lui son pauvre estropié , et pour porter la pesante bourse de toile du vieillard. Elle l'entretint si gaiement, qu'il fut tout surpris en s'apercevant qu'il était arrivé à son logis humble mais propre. Alors sa conductrice aveugle lui mettant son argent dans la main, lui souhaita un rapide bonjour, s'éloigna d'un pas léger , et disparut bientôt. Le sac paraissant rempli d'une manière extraordinaire, le vieillard compta attentivement le contenu, et à sa grande surprise y trouva double part. Il compta de nouveau , et constata le même chiffre. A la première occasion , il prit des informations auprès de Reparatus , mais sans résultat. S'il eût vu Cœcilia quand elle eut tourné le coin de la rue, rire aux éclats comme si elle venait de jouer quelque bon tour , et courant vive et alerte, sans que rien ne parût l'embarrasser, il eût probablement obtenu la solution du problème qui le préoccupait.

XVI

LE MOIS D'OCTOBRE.

En Italie , le mois d'octobre est certainement une magnifique époque de l'année. Le soleil a tempéré sa chaleur ; mais , s'il est moins brûlant, son éclat n'en est pas moins brillant. Lorsqu'il se lève , le matin , il épanche ses rayons resplendissants sur la nature qui s'éveille , comme un prince indien qui, en pénétrant dans la salle de réception, jette à la foule des poignées d'or et de pierreries. Les montagnes semblent élever vers lui leurs cimes rocheuses , et les bois leurs bras étendus pour recevoir ses loyales largesses. Et quand il arrive au terme de sa carrière, après avoir parcouru un ciel imma-

culé, il se couche sur les flots de la mer Occidentale,
dans un fluide d'or, sous un dais de nuages empourprés,
aux franges étincelantes, diaphanes, bien plus riches
que celles que fournissait Ophir pour le lit de Salomon.
Son disque se dilate, s'étend, adoucit sa lumière, comme
pour dire adieu à sa route rapide. Puis, après avoir disparu, il nous envoie encore, de l'émisphère qu'il visite et
réjouit, des rayons brillants, comme pour nous annoncer son prompt retour. Si les feux de ce soleil sont moins
puissants, ils sont plus actifs et plus fécondants. Ils ont
employé des mois à faire jaillir du cep desséché et ridé
de la vigne, d'abord de vertes feuilles, ensuite des pous-
ses tendres et frêles, et enfin de petites baies dures et
acides. La croissance a marché lentement. Mais, maintenant, les feuilles, larges et touffues, méritent le nom
particulier de pampres qu'on leur donne dans les pays
vinicoles; les grains gonflés sont devenus de luxurian-
tes grappes de raisin. Déjà quelques-unes ont revêtu
les teintes de l'ambre, tandis que les autres se colorent
de la riche pourpre impériale, après avoir passé rapidement par la nuance de l'opale non moins opulente.

Qu'il est agréable alors de s'asseoir à l'ombre sur le
versant d'une colline, et de lever par moments les yeux
de dessus son livre, pour contempler le paysage varié et
mobile. En effet, lorsque la brise caresse les oliviers sur
les coteaux, retourne leurs feuilles doublement teintées,
et diversifie de la sorte les effets d'ombre et de lumière;
lorsque le soleil, planant au-dessus des vignobles et des
vallées voisines resplendit ou se voile de nuages, les
pampres seuls demeurent immobiles, étalant leurs tissus
plus jaunes ou plus foncés, mais toujours délicieux. Ajoutez à cela les innombrables nuances que forment dans
ce tableau le sombre cyprès, l'yeuse plus sombre encore,
le riche marronnier, les vergers rougissants, le chaume
desséché, le pin mélancolique, qui est à l'Italie ce que le
palmier est à l'Orient, dominant le buis, l'arbousier, les
lauriers des villas; représentez-vous les magnificences
éparses sur toutes les montagnes, la colline et la plaine

avec des fontaines jaillissantes, des cascades, des portiques de marbre éclatants, des statues de bronze et de pierre, des chaumières rustiques à la façade peinte, d'innombrables massifs de fleurs et de vertes pelouses, et vous aurez une faible idée des séductions qui, au mois d'octobre, appelaient jadis comme de nos jours le patricien et le chevalier hors de Rome, pour se soustraire à ce qu'Horace nomme « le fracas et la fumée de la ville, » et reposer leurs yeux sur les beautés plus calmes de la campagne.

A l'approche de l'heureux mois, les villas s'ouvraient pour aspirer l'air. D'innombrables esclaves époussetaient, frottaient, taillaient les haies en figures fantastiques, nettoyaient le lit des ruisseaux artificiels, arrachaient les mauvaises herbes des allées sablées. Le *villicus* ou intendant de campagne surveillait tous ces travailleurs, les stimulant d'une parole dure, ou du fouet plus dur encore, et tourmentant un grand nombre d'hommes pour les jouissances d'un seul.

Enfin, les routes poudreuses s'encombrent de véhicules de tout genre, depuis le simple charriot chargé de meubles et lentement traîné par des bœufs, jusqu'au char léger, attelé de deux chevaux barbes. Comme les meilleures voies étaient étroites et que les cochers de cette époque n'étaient pas plus doux que ceux de la nôtre, nous pouvons nous imaginer quel tumulte et quelles discussions éclataient sur les chemins publics. Il n'y avait d'exception nulle part. Les collines de la Sabine, de Tusculum et d'Albe étaient parsemées de splendides villas ou de maisons plus modestes telles que pouvaient en habiter Mécène ou Horace. Aujourd'hui encore, malgré sa surface plane, la campagne de Rome est couverte des ruines d'immenses villas, tandis que depuis l'embouchure du Tibre, le long de la côte de Laurentum à Lanuvium, et à Antium, puis jusqu'à Gaëte, Baïes et les autres villes de bains à la mode entourant le Vésuve, on voyait une suite ininterrompue de nobles résidences. Cela ne suffisait point à la fièvre périodique des Romains

5..

pour la campagne. Les bords du lac Benacus, aujour-
d'hui le lac Majeur, au nord de Milan, Côme et les rives
magnifiques de la Brenta recevaient des visiteurs venant
non-seulement des villes voisines ou de la Germanie,
mais surtout de la cité-reine.

C'était à l'un de ces « beaux yeux de l'Italie, » comme
Pline appelle ces villas, parce qu'elles en font la principale beauté, que Fabiola s'était rendue en grande hâte,
avant qu'il n'y eût foule sur les routes, le lendemain de
l'entrevue de son esclave noire avec Corvinus. Sa maison
de plaisance, bâtie sur le versant de la colline, regardant
Gaëte, se distinguait, comme son habitation de Rome,
par le bon goût et le confortable qui régnaient partout.

De la terrasse établie en face de l'élégante villa on découvrait la baie calme et azurée, découpant la plage la
plus splendide comme un miroir son cadre émaillé et
ciselé. Elle était sillonnée de yachts, de galères, de bar-
ques de plaisir, de chaloupes de pêche aux blanches voiles éclairées par le soleil. De ces esquifs s'élèvent les
rires bruyants des passagers, les chants ou le son de la
harpe au sein d'une famille, ou les cris moins agréables
des pêcheurs, ces laboureurs de la mer. Une galère treilla-
gée, couverte de plantes grimpantes, conduisait au bains
du rivage. Elle ouvrait, à mi-chemin, sur une pelouse,
lieu privilégié dont un ruisseau, sortant en jets de cristal des flancs d'un rocher, conservait perpétuellement
la fraîcheur. Retenues un instant dans un bassin naturel, où elles écumaient et bondissaient, les eaux s'élevaient bientôt par-dessus les bords, et s'écoulaient avec
un doux murmure le long du treillis jusqu'à la mer. Deux
énormes platanes ombrageaient cette terre classique,
que Platon et Cicéron eussent accepté volontiers pour le
théâtre de leurs discussions philosophiques. Les plantes
et les fleurs les plus rares des pays lointains croissaient
comme sous leur climat natal en cet endroit abrité contre
le froid et les ardeurs du soleil.

Fabius, pour des raisons que nous expliquerons plus
tard, ne restait jamais guère plus de deux jours à cette

villa ; et encore était-ce seulement parce qu'elle se trouvait ordinairement sur son chemin, quand il se rendait à
quelque rendez-vous plus joyeux de la mode romaine,
où il avait ou prétendait avoir affaire. De sorte que sa
fille restait complètement seule et jouissait d'une délicieuse solitude. Outre une bibliothèque bien garnie, qui
ne sortait pas de la villa, composée d'ouvrages sur l'agri-
culture ou d'intérêt local, on apportait de Rome chaque
année quantité de livres favoris ou de productions légères, écloses récemment, dont la patricienne se procurait
ordinairement à grands frais les premiers exemplaires. Tout
cela, joint à une foule de petits ouvrages d'art familiers,
distribués dans les appartements de ce séjour nouveau, y
faisaient retrouver l'intérieur accoutumé. Fabiola passait
dans la retraite préférée que nous venons de décrire la
plupart de ses matinées, une cassette à livres à ses côtés,
où elle prenait tantôt un volume, tantôt l'autre. Mais
cette année-là ses visiteurs eussent été bien surpris de la
rencontrer presque toujours avec une jeune fille, une
esclave.

Son étonnement fut extrême le lendemain du banquet
donné chez elle, quant Agnès l'informa que Syra refusait
de quitter son service, même au prix de la liberté. Sa
stupéfaction redoubla en apprenant que c'était par attachement pour elle. La patricienne, qui avait la conscience de n'avoir mérité cette affection de sa servante
par aucun acte de bonté, ni même par un témoignage de
reconnaissance pour les soins qu'elle avait reçus durant
sa maladie, considéra d'abord Syra comme une insensée.
Mais cela ne satisfaisait point sa raison. A la vérité, elle
avait lu quelquefois ou entendu raconter quel dévouement et quelle fidélité certains esclaves avaient montré
même pour des maîtres durs; mais on les regardait
comme des exceptions à la règle générale. D'ailleurs,
qu'était-ce que ces rares exemples durant tant de siècles,
tandis que les cas de haine se comptaient par milliers ?
Cependant, ici, l'affection était claire et palpable, et la
frappait forcément. Elle attendit quelques temps, épiant

attentivement sa servante, afin de voir si elle ne découvrirait point dans sa conduite certains airs ou certain signe indiquant qu'elle croyait avoir fait quelque chose de généreux, que sa maîtresse devait nécessairement sentir. Elle ne remarqua rien. Syra remplissait ses devoirs avec la même activité, et ne paraissait aucunement s'estimer plus libre qu'auparavant. Le cœur de Fabiola s'adoucissait peu à peu, et elle ne désespérait plus de réussir à aimer une esclave, ce qu'elle avait déclaré impossible dans son entretien avec Agnès. Elle avait découvert encore qu'il *existait* en ce monde une affection pleinement désintéressée, n'exigeant pas de retour.

Ses conversations avec son esclave, après la scène mémorable que nous avons racontée, la convainquirent que Syra avait reçu une éducation distinguée. Elle avait trop de délicatesse pour la questionner sur sa vie passée, sachant surtout que certains maîtres faisaient donner à leurs esclaves une instruction soignée, afin d'augmenter leur valeur. Toutefois elle ne tarda pas à remarquer que la jeune fille lisait facilement et élégamment les auteurs grecs et latins, et qu'elle écrivait également bien dans les deux langues. Elle transforma par degrés la position de Syra, au grand dépit des compagnes de l'esclave, et elle ordonna à Euphrosyne de lui donner une chambre particulière, à l'inexprimable satisfaction de la pauvre servante; enfin elle l'employa près d'elle comme secrétaire et comme lectrice. Néanmoins elle n'apercevait toujours aucun changement dans sa conduite : nul orgueil, nulle prétention chez la jeune fille; au contraire, se présentait-il un travail du domaine de ses anciennes occupations, elle ne le rejetait point sur un autre, mais se hâtait de l'accomplir joyeusement.

Les lectures habituelles de Fabiola étaient, nous l'avons expliqué, d'un genre abstrait et relevé consistant en ouvrages de littérature philosophique. Cependant elle s'étonnait souvent d'entendre son esclave réfuter d'un mot des maximes solides en apparence, déprécier d'emphatiques déclamations, ou lui suggérer des aperçus de vérités morales plus élevées et des règles de conduite plus pratiques que n'en proposaient dans leurs écrits les auteurs objet de sa vive admiration. Cela ne venait pas chez Syra de la pénétration du jugement, de la subtilité de l'esprit, de lectures nombreuses, de méditations profondes, ou de la supériorité de l'éducation. Car bien qu'il y eût des traces de ces choses dans les paroles, les idées et la conduite de la jeune fille, cependant les livres et les doctrines dont elle s'occupait maintenant étaient évidemment nouveaux pour elle. Mais il semblait exister dans l'esprit de l'esclave un type secret et infaillible de vérité, une clef qui lui ouvrait tous les dépôts de la science morale, une fibre délicate, vibrant à l'unisson de tout ce qui était juste et droit, mais souvent en désaccord avec tout ce qui était injuste, vicieux ou même inexact. Quel était ce secret? Fabiola voulait le connaître, il lui semblait que c'était plutôt une intuition que tout autre chose. Elle n'était point encore en état de comprendre que le plus petit et le plus humble dans le royaume des cieux — et quoi de plus infime qu'une esclave — est plus grand en sagesse spirituelle, en lumière intellectuelle, en priviléges divins que le Précurseur Jean-Baptiste lui-même.

Par une délicieuse matinée d'octobre, la maîtresse et l'esclave lisaient, assises près de la source; Fabiola, fatiguée de la gravité de l'ouvrage qu'elle étudiait, en chercha un autre moins sérieux et plus récent. Ayant pris un manuscrit dans sa cassette, elle dit à sa compagne:

— Syra, mets de côté ce livre ennuyeux. Voici une œuvre très-amusante, m'a-t-on dit: elle vient de paraître et sera nouvelle pour toutes deux.

La servante obéit, regarda le titre du volume et rougit. Elle parcourut les premières lignes, et ses appréhensions se confirmèrent. Elle reconnut que c'était une de ces productions futiles, grossièrement immorales, se raillant de la vertu, et qui circulaient alors librement, ainsi que s'en plaignait saint Justin, tandis que tous les écrits chrétiens étaient ou supprimés ou interdits. Syra déposa le livre et dit:

— Ma bonne maîtresse, ne me demandez pas la lecture de cet ouvrage ; il ne convient ni à moi de la faire, ni à vous de l'entendre.

Fabiola s'étonna. Elle n'avait jamais imaginé qu'on pût l'engager à restreindre ses études. Ce qui, de nos jours, passerait pour inconvenant à lire, formait une partie de la littérature reçue et à la mode. Tous les écrivains classiques, depuis Horace jusqu'à Ausone, en offrent la preuve. Et au nom de quels principes de vertu eût-on condamné des ouvrages où l'on retraçait avec la plume un système de morale que le crayon et le ciseau vulgarisaient sans cesse? Or, pour distinguer le bien du mal, Fabiola n'avait d'autre règle que les leçons de son éducation.

— Quel mal ce livre peut-il nous faire? demanda-t-elle en souriant. Je suppose qu'il raconte une foule de crimes odieux et d'actions honteuses; mais cela ne nous engagera point à les commettre, et nous pouvons nous amuser en lisant comment d'autres s'en sont rendus coupables.

— Les voudriez-vous commettre jamais?

— Moi! pour rien au monde.

— Cependant, quand vous les entendez rapporter, leurs images occupent votre esprit qu'elles amusent, et vos pensées s'arrêtent là-dessus avec complaisance.

— Sans doute; mais qu'importe?

— Ces images sont impures, ces pensées sont mauvaises.

— Eh quoi! pour que le crime existe, l'acte n'est-il point nécessaire?

— En effet, chère maîtresse. Or, la pensée n'est-elle point un acte de l'esprit ou de l'âme, comme je l'appelle? La passion qui souhaite la mort d'un ennemi est l'acte invisible de cette invisible puissance; le coup qui tue n'est que l'acte machinal du corps, visible comme son organe. Mais quel pouvoir commande, et lequel obéit? A qui la responsabilité du résultat final?

— Je te comprends, répondit Fabiola quelque peu

confuse et après une pause. Mais il reste une difficulté. Tu affirmes que nous sommes responsables de l'acte intérieur aussi bien que de l'acte extérieur. Envers qui? Quand l'acte extérieur suit le premier, nous avons à rendre compte de l'un et l'autre à la société, aux lois, aux principes de justice. Mais si l'acte intérieur existe seul, à l'égard de qui sommes-nous responsables? Qui le voit? qui peut prétendre le juger ou le contrôler?

— Dieu, répondit simplement Syra.

— Fabiola fut déconcertée. Elle s'attendait à l'exposé de quelque théorie ou principe nouveau, et on la ramenait à ce qu'elle estimait une superstition, quoique là-dessus elle fût moins affirmative qu'autrefois.

— Quoi! Syra, fit-elle, crois-tu donc réellement à Jupiter, à Junon, et peut-être à Minerve, qui est encore la personne la plus honnête de la famille olympienne? penses-tu qu'ils se mêlent de nos affaires?

— Oh! bien loin de là : je méprise même leurs noms, et j'abhorre la perversité que leurs histoires ou leurs fables symbolisent sur la terre. Je ne parle point de ces dieux et déesses, mais du Dieu unique et véritable.

— Comment ta religion le nomme-t-elle, Syra?

— Il n'a pas d'autre nom que Dieu; et encore sont-ce les hommes qui le lui ont donné, afin de pouvoir s'entretenir de lui; mais il n'explique ni sa nature, ni son origine, ni ses attributs.

— Et quels sont-ils? s'enquit la patricienne avec une vive curiosité.

— La nature de ce Dieu est simple comme la lumière, une et partout la même, indivisible, indéfinissable, pénétrant toutes choses, est présente en tous lieux. Il existait avant que rien ne commençât; il existera encore lorsque tout aura fini. Puissance, sagesse, bonté, amour, justice, infaillibilité, tous ces attributs lui appartiennent par sa nature, illimités comme elle. Lui seul peut créer, lui seul conserve, et lui seul a la puissance d'anéantir.

Fabiola avait lu souvent quels regards inspirés on attribuait à la sybille ou à la pythonisse d'un oracle, mais
elle n'en avait jamais été témoin. La physionomie de l'esclave était transfigurée, ses yeux rayonnaient d'un doux
éclat, son corps demeurait immobile, les paroles coulaient
de ses lèvres comme d'un organe harmonieux vibrant
sous le souffle d'un autre. L'expression de son visage et
son attitude rappelaient involontairement à Fabiola le
regard abstrait et mystérieux qu'elle avait si souvent remarqué chez Agnès; mais celui de l'enfant était plus tendre,
plus gracieux; celui de Syra plus ardent et plus profond.
« Combien ces natures orientales sont enthousiastes et
exaltées ! pensait la patricienne en contemplant sa servante; il n'est pas surprenant que l'on considère leur
pays comme la patrie de la poésie et de l'inspiration. »
Quand elle vit l'esprit de Syra moins absorbé, elle lui dit
du ton le plus dégagé qu'elle put prendre :

— Crois-tu, Syra, que cet Etre, que tu viens de décrire avec un langage si fort au-dessus de la conception des anciennes fables, puisse exercer une surveillance constante non-seulement sur les actions , mais
encore sur les pensées mauvaises de millions de créatures ?

— Il le peut, maîtresse, sans effort et sans peine. Je
l'ai appelé lumière; or, est-ce une occupation ou un labeur pour le soleil de pénétrer de ses rayons le cristal de
cette fontaine jusqu'aux cailloux qui en forment le lit?
Voyez comme il éclaire les beautés et en même temps les
impuretés mêlées au gravier : non-seulement les étincelles que produisent les gouttes tombant sur les rudes
flancs de la roche, les bulles semblables à des perles qui
brillent un instant, puis s'évanouissent à la surface; non-
seulement les poissons dorés qui se réchauffent aux feux
de l'astre, mais encore les reptiles noirs et hideux qui
cherchent un refuge dans quelque sombre enfoncement,
sans réussir à échapper à la lumière qui les poursuit.
Est-ce là un travail ou une occupation de la part du
soleil ? Il lui serait bien plus difficile de restreindre ses

rayons à la surface de l'élément transparent et de les empêcher de l'illuminer. Ce qu'il accomplit ici, il le fait avec une égale aisance sur le courant voisin et sur ceux qui sont plus éloignés ; quel que soit leur nombre, il est impossible d'imaginer que les rayons manqueraient ou la lumière pour les pénétrer tous.

— Voilà des théories magnifiques, Syra, et rien de plus admirable si elles sont vraies, déclara Fabiola après un silence pendant lequel ses regards fixés sur la fontaine semblaient y chercher la preuve des affirmations de l'esclave. Elles doivent l'être, ajouta-t-elle, car, serait-il possible que le mensonge fût plus beau que la vérité ? Qu'il est effrayant de se dire qu'on n'a jamais été seule, qu'on n'a jamais formé de désir secret, entretenu de pensée, ni conçu d'idée orgueilleuse ou puérile qui aient échappé à celui qui ne connaît point l'imperfection. S'il en est ainsi, quoi de plus redoutable que de vivre sous ce calme regard dont le soleil n'est que l'ombre, puisqu'il ne saurait pénétrer dans les âmes. En faut-il plus pour céder quelque soir à la tentation du suicide, afin de se soustraire aux tortures d'une semblable surveillance ? Et cependant tout cela paraît si vraisemblable !

Fabiola prononça ces paroles avec une sorte d'égarement. L'orgueil de son cœur païen se révoltait à l'idée que désormais elle ne pourrait plus dissimuler ses pensées, et qu'il existait une puissance qui contrôlerait ses désirs les plus intimes, ses rêves, ses caprices. Néanmoins, elle ne cessait de se dire : « Et pourtant, comme cela paraît vraisemblable ! » Sa noble intelligence luttait contre la passion se tordant comme le serpent aux prises avec l'aigle, qui subjugue beaucoup plus du regard que des serres son ennemi faiblissant. Après cette crise, empreinte dans ses traits et ses mouvements, elle se calma. La patricienne parut sentir pour la première fois la présence d'un Être tout-puissant, qu'elle craignait tout en désirant de l'aimer. Elle s'humilia en esprit devant lui, et son cœur avoua enfin qu'il avait un maître, un Seigneur. Syra contemplait tranquillement et en silence le travail qui s'opérait dans l'âme de sa maîtresse. Elle savait de quelle importance devait en être l'issue, quel pas immense son élève ferait dans la vérité en reconnaissant ces grands principes, et elle priait avec ferveur pour obtenir cette grâce.

Enfin Fabiola releva sa tête, qui semblait s'être inclinée avec son esprit, et dit avec une gracieuse bienveillance :

— Syra, je suis sûre que tu ne m'as initiée qu'à une partie de ta science, et tu dois avoir beaucoup plus à m'enseigner. — La pauvre servante rougit vivement, et versa une larme. — Aujourd'hui, tu as ouvert un autre monde et une vie nouvelle à mon esprit. Il est donc une sphère de vertu, planant au-dessus des opinions et des jugements des hommes, une conscience intérieure d'une puissance contrôlant, approuvant et *récompensant*? Est-ce cela (Syra fit un signe d'assentiment)? cette puissance se tient auprès de nous quand nul autre œil ne peut nous voir, nous arrêter et nous encourager. Il est un sentiment qui s'impose à nous pour nous maintenir, lors même que nous serions pour jamais confinés dans la solitude, parce que son influence est infiniment supérieure à celle de tous les principes humains, et elle nous guide sans pouvoir nous abandonner. Telle est, si je comprends bien ta théorie, la hauteur morale où il élève chaque individu. Descendre au-dessous de cette position, même en menant une vie extérieurement irréprochable, ce serait de l'hypocrisie et de la perversité. Est-ce vrai?

— O ma chère maîtresse, s'écria Syra, que vous exprimez ces choses bien mieux que moi !

— Tu ne m'as jamais flattée, Syra, reprit Fabiola en souriant; ne commence donc point en ce moment. Mais tu as éclairé d'autres sujets obscurs pour moi jusqu'ici. Dis-moi, n'était-ce pas là ta pensée le jour où tu affirmais l'égalité de la maîtresse et de l'esclave, dont la distinction, purement extérieure et sociale, ne saurait affecter l'égalité qui existe devant ton être suprême, ni cette supé-

riorité morale qu'il découvre peut-être dans l'une en raison inverse de son rang apparent?

— Oui, c'était cela, en grande partie, noble Fabiola; mais de cette idée il découle d'autres considérations qui vous intéresseraient médiocrement à cette
heure.

— Et cependant, quand tu émis cette proposition,
elle me parut si monstrueuse et si absurde que l'orgueil
et la colère m'emportèrent. T'en souvient-il, Syra?

— Non, non, fit la douce esclave, ne parlez plus de
cela.

— M'as-tu pardonné cette journée, Syra? demanda
la maîtresse avec une émotion tout-à-fait nouvelle de sa
part.

La pauvre servante, troublée à l'excès, se leva, se
précipita aux genoux de sa maîtresse, et voulut lui serrer
la main. Mais celle-ci ne le permit pas; pour la première
fois de sa vie, Fabiola, tout en pleurs, se jeta au cou
d'une esclave.

Son attendrissement dura long-temps et ses larmes coulèrent abondamment. Le cœur triompha de l'intelligence,
signe évident de transformation. Enfin elle se calma et
dit après cet embrassement prolongé :

— Un mot encore, Syra : ose-t-on honorer d'un culte
de prière cet être que tu m'as dépeint? N'est-il point trop
grand, trop élevé, trop loin pour cela?

— Oh! non, au contraire, noble maîtresse, répondit la
servante, il n'est à distance d'aucun de nous, car nous
vivons, nous nous mouvons, nous existons au sein de sa
splendeur, de sa puissance, de sa bonté et de sa sagesse,
ainsi que dans la lumière du soleil. De sorte que nous
pouvons le prier non comme étant éloigné, mais comme
étant autour de nous et en nous, puisque nous sommes
en lui. Il nous entend, non avec des oreilles, mais nos paroles tombent immédiatement dans son sein, et les désirs
de nos cœurs atteignent directement les divins abîmes de
son cœur.

— Mais, poursuivit Fabiola avec une certaine timidité,

n'est-il pas quelque grand acte, le sacrifice par exemple, au moyen duquel on puisse le reconnaître et l'adorer ?

Syra hésita, car la conversation abordait un terrain mystérieux et sacré dont l'église refusait l'accès aux profanes. Cependant elle répondit par une affirmation simple et générale.

— Et ne me serait-il pas permis, interrogea la Romaine plus humblement encore, de m'instruire suffisamment dans ta doctrine pour être capable de lui rendre ce sublime hommage?

— Je crains que non, noble Fabiola, car il lui faut une victime digne de sa divinité.

— Oh ! oui, assurément, reprit Fabiola. Un taureau peut être assez bon pour Jupiter et une chèvre pour Bacchus. Mais où trouver un sacrifice digne de Celui que tu m'as fait connaître?

— Il doit être, en effet, de tous points digne de lui, d'une pureté immaculée, d'une grandeur infinie, d'un mérite immense.

— Et quelle sera cette victime?

— Lui-même.

Fabiola se couvrit la figure de ses mains; puis, attachant sur Syra son regard ardent, elle dit :

— Je suis sûre qu'après m'avoir si clairement démontré le sentiment profond de la responsabilité qui doit présider à nos paroles et à nos actes, tes discours ont une signification réelle et terrible, quoique je ne le comprenne pas.

— Aussi certain que toutes mes paroles sont entendues, et que toutes mes pensées sont connues de Lui, j'affirme que j'ai dit la vérité.

— Je ne me sens pas la force de prolonger cet entretien; mon esprit a besoin de repos.

XVII

LA COMMUNAUTÉ CHRÉTIENNE.

Fabiola se retira après cette conversation, et passa le
reste de la journée dans une alternative de calme et d'a-
gitation. Quand elle contemplait ces grandes perspectives
de la vie morale que son esprit avait saisies, elle trouvait
dans cette contemplation une tranquillité inaccoutumée ;
il lui semblait avoir découvert un merveilleux phénomène
dont la connaissance l'élevait à de sublimes et nouvelles
régions, d'où elle pouvait se rire des erreurs et des folies
humaines. Mais lorsqu'elle considérait la responsabilité
qu'imposait cette lumière, la vigilance qu'elle réclamait,
les luttes invisibles et sans récompense qu'elle exigeait,
l'aridité d'une vertu destituée d'admiration et de sympathie, la patricienne reculait devant l'existence qui s'offrait à elle, sans secours et sans appui, avec les seules
ressources qu'elle connaissait. Ignorant la cause première, elle estimait que l'instrument et les moyens lui manquaient pour réaliser cette belle théorie. Celle-ci lui apparaissait comme une lampe brillante au milieu d'une vaste
salle, nue et solitaire. Pourquoi alors tant de splendeurs
perdues?

Elle s'était proposé de faire le lendemain matin une de
ces visites en usage chaque année à la campagne. C'était
chez Chromatius, l'ex-préfet de la ville. Le lecteur se
rappelle qu'à la suite de son changement de religion et
de sa démission, ce magistrat s'était retiré dans sa villa
de Campanie, avec une partie des convertis de Sébastien
et le saint prêtre Polycarpe, chargé de compléter leur
instruction. Naturellement, Fabiola ne savait point ces
circonstances ; mais on lui avait rapporté une foule d'e-
tranges détails sur la maison de plaisance de Chromatius. On racontait qu'il y recevait une foule de visiteurs

qu'on n y avait jamais vus auparavant; qu'il ne donnait
aucun banquet; qu'il avait affranchi tous ses esclaves de
la campagne, mais que la plupart avaient préféré rester
chez lui; et que les hôtes nombreux de la villa semblaient
heureux, bien qu'on n'y souffrît ni jeux bruyants, ni plaisirs frivoles. Tout cela excitait la curiosité de Fabiola; en
outre, elle désirait s'acquitter d'un devoir de politesse envers Chromatius, l'un des meilleurs amis de son enfance,
et étudier en même temps ce qu'elle regardait comme une
expérience de la république de Platon, une utopie, ainsi
que nous l'appellerions aujourd'hui.

Fabiola partit de bonne heure, dans un léger char de
campagne, attelé de bons chevaux, et parcourut allègrement la route unie qui traversait l'heureuse Campanie.»
Une ondée de pluie d'automne avait abattu la poussière
et brillait en perles liquides aux festons de pampre courant d'arbre en arbre le long du chemin, comme une double haie de guirlandes. Elle atteignit bientôt la légère
élévation, — car on ne pouvait l'appeler une colline, —
sur le sommet de laquelle étincelaient les blanches murailles de la villa, au milieu des buis, des arbousiers et
des lauriers entremêlés de cyprès pyramidaux. Elle y remarqua une transformation qu'elle ne put d'abord défi-
nir; mais quand elle eut franchi la porte, elle s'aperçut,
à une foule de niches vides et de piédestaux privés de
leurs statues, que l'habitation avait perdu un de ses
ornements les plus caractérisques, c'est-à-dire ces nombreuses et magnifiques statues, bordant autrefois les
haies toujours vertes, lesquelles l'avaient fait appeler la
Villa des statues, nom qu'elle ne méritait plus actuellement.

Chromatius, qu'elle avait vu naguère encore souffrant
de la goutte, mais redevenu robuste malgré son âge, la
reçut courtoisement et lui demanda avec empressement
des nouvelles de son père, s'informant s'il était vrai,
comme on le racontait, que Fabius dût prochainement
partir pour l'Asie. Cette question embarrassa et attrista
la patricienne, car elle ignorait là-dessus les intentions

de son père. Chromatius ajouta que peut-être n'était-ce qu'un faux bruit, et l'invita à une promenade dans son domaine. Elle le retrouva entretenu avec le même soin que par le passé, rempli des mêmes plantes rares; mais les anciennes statues manquaient. Ils arrivèrent enfin à une grotte où coulait une fontaine, et qu'embellissaient naguère les nymphes et les déesses aquatiques; maintenant tout était sombre et nu. Fabiola, ne pouvant se contenir davantage, se tourna vers son hôte, et lui dit :

— Quelle idée avez-vous eue, Chromatius, de supprimer vos statues, et de détruire par là-même la principale décoration de votre belle villa? pourquoi cette détermination?

— Ma chère enfant, répliqua le vieux patricien d'un ton de bonne humeur, ne vous fâchez pas : à quoi servaient ces statues ?

—Si telle est votre opinion, d'autres pouvaient ne point la partager. Mais dites-moi, que sont devenues ces statues?

— Pour ne vous rien cacher, j'avouerai que je les ai livrées au marteau.

—Quoi! et vous ne m'en avez point informée? Vous saviez cependant que j'en eusse acheté plusieurs volontiers.

Chromatius se mit à rire, et reprit de cet air de familiarité qu'autorisaient ses longs rapports avec Fabiola :

— Chère amie, votre imagination court beaucoup trop vite pour que ma pauvre vieille langue puisse rester avec elle à l'unisson. Je ne parle point du marteau de l'huissier-priseur, mais d'un autre plus lourd. Les dieux et les déesses ont tous été brisés, pulvérisés. Toutefois, si vous souhaitiez de recueillir quelque jambe oubliée, une main privée de quelques doigts, peut-être serais-je en mesure de vous satisfaire. Mais je ne vous promettrai point un visage avec son nez ou son crâne intact.

Fabiola, stupéfaite, s'écria :

— Eh quoi ! vous, mon vieux et savant magistrat, agissez en véritable Barbare ! De quelle ombre d'excuse justifierez-vous cet atroce procédé?

— C'est que, voyez-vous, en vieillissant, je suis devenu plus sage : j'ai fini par conclure que le seigneur Jupiter et la dame Junon n'étaient pas plus dieux que vous et moi; aussi me suis-je hâté de m'en débarrasser.

— Parfaitement. Et moi qui ne suis ni vieille ni sage, j'ai depuis long-temps cette opinion. Mais pourquoi ne pas les conserver comme œuvres artistiques?

— Parce qu'ils avaient pris place ici non point à ce titre, mais comme de véritables divinités. C'étaient des imposteurs entrés chez moi sous de faux prétextes. De même que vous banniriez de votre maison comme intrus l'image ou le buste étranger qui se serait glissé parmi les portraits de vos ancêtres, ainsi ai-je fait, quand j'ai reconnu mon erreur à l'égard de ces hôtes qui prétendaient à des rapports avec moi bien plus élevés encore. Je n'ai pas cru qu'il me fût permis de courir le risque, en les vendant, de les voir continuer la même imposture.

— Mais, je vous prie, mon vieil et austère ami, n'est-ce point également une imposture que d'appeler encore votre habitation la *Villa aux statues*, quand il n'y en a plus une seule debout?

— Certainement, répliqua Chromatius, qu'amusait la spirituelle question de la patricienne. Aussi, voyez, j'ai planté partout des palmiers; et, dès qu'ils élèveront leurs têtes au-dessus des ifs, ma résidence s'appellera la *Villa des palmes*.

— Ce sera un joli nom, déclara Fabiola sans soupçonner la signification élevée et précise de la réponse.

Elle ignorait que la maison de plaisance était devenue un gymnase où l'on préparait de nombreux athlètes pour livrer le grand combat de la foi, du martyre et de la mort, ainsi qu'on exerçait ailleurs les lutteurs et les gladiateurs. Ceux qui entraient dans cette résidence, comme ceux qui en sortaient, pouvaient se croire en voie de conquérir la palme de la victoire, qu'ils devaient déposer au pied du trône de la divine Justice, comme gage de leur triomphe sur le monde. Beaucoup des palmes de cette retraite primitive et chrétienne allaient être coupées dans un avenir prochain.

Nous donnerons ici l'histoire de la destruction des statues de Chromatius, qui forme un épisode particulier dans les Actes de saint Sébastien.

Ayant appris, comme préfet de Rome, par Nicostrate, la délivrance des prisonniers et la disparition de la goutte de Tranquillinus dans les eaux du baptême, Chromatius, après la constatation de la vérité des faits, manda Sébastien, et offrit d'embrasser la foi, afin de guérir de la même maladie. Evidemment, on ne pouvait accéder à un tel désir, et on proposa au préfet un autre moyen de s'assurer personnellement de la vérité du christianisme, sans risquer le baptême dans ces douteuses dispositions. Chromatius était renommé pour son immense quantité d'idoles; or, Sébastien lui déclara qu'il recouvrerait la santé s'il voulait les détruire toutes. Le patricien accepta cette condition rigoureuse. Son fils Tiburtius, furieux, protesta que si la promesse ne se réalisait point, il ferait jeter Sébastien et Polycarpe dans une fournaise ardente, menace qui, pour le fils du préfet, n'eût probablement pas été difficile à exécuter. En un seul jour, deux cents statues païennes furent brisées, celles de la villa aussi bien que celles de Rome. La condition était remplie, et cependant Chromatius ne guérissait pas. On envoya chercher Sébastien qui fut accueilli avec colère. Le tribun, calme et impassible, répondit : « Je suis sûr que toutes n'ont pas été détruites ; on a épargné quelque chose. » L'événement prouva qu'il disait vrai : de petits objets, qu'on estimait être plutôt des œuvres d'art que des emblèmes religieux, avaient été dérobés comme le trésor d'Achan. On les livra, et dès qu'ils eurent été broyés, Chromatius fut guéri. Non seulement le préfet se convertit, mais son fils Tiburtius devint également un fervent chrétien, et en souffrant glorieusement le martyre, il donna son nom à

l'une des catacombes. Il avait supplié qu'on le laissât à
Rome pour encourager et assister les fidèles dans la
persécution qui s'apprêtait, office que ses relations avec
le palais, son grand courage et son activité lui permet-
taient de remplir. Il fut naturellement l'ami dévoué et le
compagnon assidu de Sébastien et de Pancratius.

Cette digression terminée, nous reprendrons la conversation entre Chromatius et Fabiola au moment où
celle-ci continuait en ces termes :

— Mais savez-vous, Chromatius, — asseyons-nous en
ce magnifique endroit, qu'ornait, il m'en souvient, un admirable Bacchus , — savez-vous que d'étranges rumeurs
circulent dans la contrée au sujet de ce qui se passe ici ?

— Et quels sont ces bruits, chère enfant? veuillez me
l'expliquer.

— Eh bien, on assure que vous vivez avec une multitude de gens que personne ne connaît ; que vous ne recevez plus de société, que vous n'allez nulle part, et que
vous expérimentez sérieusement la république philosophique de Platon.

— C'est très-flatteur! fit Chromatius en s'inclinant iro-
niquement.

— Ce n'est pas tout, poursuivit Fabiola : on ajoute que
vous veillez fort tard; que vous refusez toute distraction,
et que vous poussez l'abstinence au point de vous laisser
mourir de faim.

— J'ose croire, cependant, qu'on nous rend la justice
de dire que nous payons nos dettes, répondit Chromatius.
Nous accuse-t-on d'avoir un long mémoire chez notre
boulanger ou chez notre épicier ?

— Oh! non, convint en riant Fabiola.

— Quelle attention de leur part! reprit gaiement le
vieillard. Ils... le public, veux-je dire, prend un intérêt
prodigieux à nos affaires. Mais n'est-il pas étrange, chère
enfant, que personne ne se soit inquiété à notre sujet
tant que ma villa, ainsi que bien d'autres, a été le théâtre de mœurs trop faciles, de conversations licencieuses,
d'orgies répétées, des plaisirs de la jeunesse, de folies

importunes pour le voisinage; et, — je vous demande pardon de faire allusion à de semblables choses, — tant que mes amis et moi n'étions ni sages ni irréprochables? Mais qu'on se retire pour mener une vie tranquille, frugale, industrieuse, loin des affaires publiques; qu'on renonce à s'occuper de politique ou de la société, et aussitôt une curiosité singulière s'attache à vous, cherche à pénétrer ce qui vous concerne; une misérable démangeaison de se mêler de vos affaires s'empare des hommes d'Etat de troisième ordre; et on répand une foule de faux bruits, de soupçons odieux sur votre manière de vivre et sur les motifs qui l'ont déterminée. N'est-ce pas là un étrange phénomène?

— J'en conviens; mais comment l'expliquer?

— Par cette tendance des petits esprits à jalouser toute aspiration plus élevée que les leurs. Aussi dénigrent-ils, sans presque en avoir conscience, tout ce qu'ils sentent être supérieur au but qu'ils poursuivent.

— Mais quel est réellement votre but ici et votre genre de vie, mon excellent ami.

— Nous employons notre temps à cultiver nos meilleures facultés. Nous nous levons de très-grand matin, —j'ose à peine vous dire à quelle heure, — et nous consacrons alors quelque temps au culte religieux. Ensuite nous nous occupons de différentes manières : les uns lisent, les autres écrivent, d'autres travaillent dans les jardins, et j'affirme que nul ouvrier à gages ne se livre à des labeurs plus rudes ou mieux exécutés par ces agriculteurs volontaires. Nous nous réunissons ensemble pour chanter à certaines heures des hymnes sublimes, respirant toujours la vertu et la pureté; nous étudions des livres instructifs, et nous recueillons des enseignements oraux des lèvres de maîtres éloquents. Nos repas, il est vrai, se distinguent par leur sobriété, car nous ne vivons que de légumes; mais j'ai découvert que le rire est compatible avec les lentilles, et que la gaieté n'exige pas nécessairement la bonne chère.

— Alors vous êtes devenu un parfait pytagoricien. Je

6.

croyais que ces pratiques étaient surannées. Quoiqu'il en soit, ce système doit être des plus économiques, remarqua Fabiola d'un air malicieux.

— Ah ! petite railleuse, fit le magistrat, pensez-vous sérieusement que nous agissions ainsi uniquement en vertu d'un plan d'économie? Mais il n'en sera rien, car nous avons pris une résolution désespérée.

— Et quelle est-elle? demanda la patricienne.

— Rien de moins que celle-ci : nous avons décidé qu'il n'y aurait pas un nécessiteux dans notre voisinage. Cet hiver, nous tâcherons de donner des vêtements et du pain à tous ceux qui en manquent, et d'assister tous les pauvres des environs. Telle sera la destination de nos économies.

— Certes, voilà de généreuses pensées, bien rares de nos jours. Il est vrai qu'on se moquera de vous et qu'on vous critiquera de tous côtés. On vous traitera même plus mal encore qu'on ne l'a fait, si c'était possible, mais cela ne l'est pas.

— Comment l'entendez-vous?

— Ne vous fâchez pas si je vous parle franchement : déjà on a insinué que peut-être vous étiez chrétien; mais je vous assure que j'ai constamment protesté du contraire avec indignation.

Chromatius dit en souriant :

— Et pourquoi ces protestations indignées, ma chère enfant?

— Parce que je vous connais trop bien, vous, Tiburtius, Nicostrate et Zoé, notre chère muette, pour admettre un seul instant que vous ayez adopté le mélange de stupidités et de faussetés qu'on appelle de ce nom.

— Permettez-moi une question : avez-vous jamais pris la peine de lire quelques-uns des écrits des chrétiens, afin de savoir réellement ce que défend ou observe cette secte méprisée ?

— Oh! non, certainement; je ne voudrais point perdre mon temps à ces lectures, que je ne pourrais jamais supporter jusqu'au bout. Je méprise trop ces ennemis de tout progrès intellectuel, ces citoyens suspects, crédules à l'excès, et admettant les crimes les plus abominables, pour chercher à les connaître davantage.

— Eh bien, chère Fabiola, je pensais exactement comme vous autrefois; mais mes idées ont singulièrement changé depuis quelque temps.

— Vous me surprenez, en vérité; car, comme préfet de la ville, vous avez dû punir beaucoup de ces misérables pour leurs continuelles transgressions des lois.

Un nuage assombrit la physionomie sereine du vieillard, et des larmes brillèrent dans ses yeux. Il pensait à saint Paul qui avait également persécuté l'Eglise de Dieu. Fabiola remarqua ce changement et s'en affligea. Elle reprit du ton le plus affectueux :

— Je crains d'avoir parlé à la légère ou d'avoir éveillé de pénibles souvenirs pour votre cœur miséricordieux. Pardonnez-moi, cher Chromatius, et passons à un autre sujet. Un des motifs de ma visite était de vous demander si vous ne connaissiez point quelqu'un qui dût aller immédiatement à Rome. Ayant appris de plusieurs personnes que mon père projetait un voyage, je désire vivement lui écrire, dans la crainte qu'il ne réitère ce qu'il a déjà fait précédemment, en s'éloignant sans prendre congé de moi pour m'épargner le chagrin des adieux.

— A merveille. Il y a ici un jeune homme qui partira demain matin de bonne heure. Venez à ma bibliothèque, où vous écrirez votre lettre; le messager y est probablement.

Ils retournèrent à la maison et entrèrent dans une salle du rez-de-chaussée, remplie de casiers garnis de livres. Un jeune homme, assis à une table placée au milieu de la pièce, transcrivait un gros volume, qu'il ferma et mit de côté, à la vue d'une étrangère.

— Torquatus, dit Chromatius en s'adressant à l'écrivain, cette dame désire envoyer une lettre à son père qui est à Rome.

— Il me sera toujours infiniment agréable, répondit le

jeune homme, d'être utile à la noble Fabiola et à son illustre père.

— Eh quoi! les connaissez-vous donc? s'enquit le magistrat quelque peu étonné.

— J'ai eu l'honneur, étant plus jeune, ainsi que mon père auparavant, d'être employé en Asie par le noble Fabius. Ma mauvaise santé m'obligea seule de quitter son service.

Il y avait sur la table plusieurs feuilles de beau *vellum*, découpées évidemment pour la transcription de quelques livres. Le bon vieillard en plaça une devant la patricienne avec de l'encre et un roseau. Fabiola écrivit quelques lignes affectueuses à son père, plia la lettre, l'entoura d'un fil, qu'elle revêtit de cire; puis, retirant le cachet qu'elle portait toujours dans un sachet brodé, elle l'imprima dessus. Désirant récompenser plus tard le messager, quand elle en trouverait l'occasion, elle prit une autre feuille de *vellum*, sur lequel elle inscrivit le nom et la résidence du jeune homme, et plaça soigneusement la note dans son sein. Après avoir accepté quelques rafraîchissements, elle remonta dans son char, et adressa à Chromatius un adieu cordial. Elle crut remarquer dans le regard du vieillard une expression touchante et paternelle comme s'il eût pressenti qu'il ne la reverrait plus; mais un sentiment bien différent émouvait le cœur de Chromatius. Demeurerait-elle toujours ainsi? Devait-il la laisser périr dans son ignorance obstinée? Ce cœur généreux et cette noble intelligence ramperaient-ils à jamais dans la fange du paganisme, quand ils renfermaient des éléments puissants, magnifiques, que la vérité pouvait merveilleusement transformer et mettre en œuvre? Non, il n'en serait point ainsi. Et cependant une foule de raisons interdisaient au vieillard un aveu qui pour le moment, il le sentait, éloignerait fatalement la jeune fille de la vérité. « Adieu, chère enfant, s'écria-t-il; soyez mille fois bénie dans un sens que vous ne connaissez pas encore. »

Il détourna la tête en abandonnant la main de la patricienne, et il se retira précipitamment.

Fabiola aussi était émue par le mystère et la tendresse de ces paroles. A son arrivée à la porte d'entrée, elle fut étonnée de voir son char arrêté par Torquatus. En ce moment, elle fut péniblement frappée du contraste qu'offraient les manières aisées et quelque peu familières, quoique respectueuses, du jeune homme, avec la douce gravité mêlée de bonté de l'ancien préfet.

— Pardon, si je vous arrête, noble dame, fit Torquatus; mais je désire savoir si vous tenez à ce que cette lettre soit promptement remise à destination.

— Certainement : mon vœu est qu'elle parvienne à mon père le plus tôt possible.

— Alors je crains de ne pouvoir vous satisfaire. Je suis obligé de voyager à pied, à moins que je ne trouve un véhicule peu coûteux, et je serai plusieurs jours en route.

Fabiola reprit en hésitant :

— Serais-je indiscrète en vous offrant de me charger des frais d'un voyage plus rapide ?

— Aucunement, répondit vivement Torquatus, si je puis, de la sorte, mieux servir votre noble maison.

Fabiola lui tendit une bourse richement garnie, afin de le défrayer non-seulement de son voyage, mais encore de le récompenser amplement. Il la reçut avec joie, et disparut par une allée latérale. La patricienne fut désagréablement impressionnée par les manières du jeune homme, et elle se demanda si c'était là un compagnon convenable pour son cher et vieil ami. Si Chromatius eût assisté à cette scène, il n'eût pu s'empêcher de penser à Judas, en voyant l'avidité de Torquatus à saisir la bourse. Cependant Fabiola se félicita de s'être acquittée une fois pour toutes, au prix d'une somme d'argent, de toute obligation envers son messager. Elle allait détruire la note écrite sur le vellum, puisqu'elle était maintenant inutile, quand elle aperçut quelques mots écrits au revers; le copiste du volume qu'elle avait vu mettre de côté, avait sans doute continué la suite sur cette feuille. Il y avait seulement quelques lignes qu'elle se mit à lire. Pour la première fois de sa vie elle parcourut les mots suivants, tirés d'un livre qu'elle ne connaissait pas :

« Je vous le dis : aimez vos ennemis, faites du bien à ceux qui vous haïssent et priez pour ceux qui vous persécutent et vous calomnient; afin que vous soyez les enfants de votre père qui est dans les cieux, qui fait lever son soleil sur les bons comme sur les méchants, et qui fait pleuvoir également sur le juste et sur l'injuste. »

Qu'on se représente la perplexité d'un paysan indien qui a ramassé dans le lit d'un torrent un caillou blanc et transparent, dur et informe à l'extérieur, mais d'où jaillissent çà et là des étincelles lumineuses ; il est incapable de juger s'il possède un diamant superbe ou une pierre sans valeur, un objet digne d'orner une couronne royale ou bon seulement à être foulé sous les pieds du mendiant. Mettra-t-il fin à son embarras en le rejetant immédiatement, ou le portera-t-il au lapidaire pour en connaître le prix, au risque d'être raillé ? Tels étaient les sentiments qui se succédaient dans l'âme de Fabiola, en retournant chez elle. « De qui sont ces sentences, se demandait-elle ? Assurément, elles n'appartiennent à aucun philosophe grec ou romain. Elles sont ou très-vraies ou très-fausses ; elles attestent une morale sublime ou une extrême dégradation. Cette doctrine a-t-elle des sectateurs ou n'est-ce qu'un brillant paradoxe ? Je ne veux plus m'en préoccuper, ou plutôt j'interrogerai Syra là-dessus ; on dirait une de ses admirables mais impraticables théories. Non, il vaut mieux me taire : elle me subjugue avec ses aperçus si sublimes, irréalisables pour moi, quoiqu'ils paraissent faciles pour elle. Mon esprit a besoin de repos, le plus court moyen est de me débarrasser de la cause de ma perplexité et d'oublier ces mots importuns. Qu'ils s'envolent donc au gré des vents, ou qu'ils aillent troubler quelque autre, qui les trouvera peut-être sur la route... Holà ! Phormio, arrête le char et ramasse ce morceau de parchemin que j'ai laissé tomber. »

Le conducteur obéit, quoiqu'il eût cru que la feuille avait été rejetée volontairement. Fabiola la replaça dans son sein ; ce fut comme un sceau sur son cœur, qui demeura calme et silencieux jusqu'à la villa.

XVIII

TENTATION.

Le lendemain, de très-bonne heure, une mule et un guide s'arrêtèrent à la porte de le villa de Chromatius. On chargea sur la bête deux sacs de modeste grandeur contenant tout le butin connu de Torquatus. De nombreux amis s'étaient levés pour assister à son départ et recevoir de lui le baiser de paix. Puisse-t-il ne pas avoir la même signification que celui de Gethsémani ! les uns lui glissaient à l'oreille de douces et affectueuses paroles, l'exhortant à être fidèle aux grâces obtenues ; et il le promettait sérieusement, sincèrement peut-être. D'autres, connaissant sa pauvreté, lui offraient quelques présents, le conjurant d'éviter ses anciennes connaissances. Cependant Polycarpe, le directeur de la communauté, l'ayant pris à part, le supplia avec un langage pressant et des larmes brûlantes de se corriger de ses irrégularités peu graves sans doute, mais périlleuses, de veiller sur la légèreté qu'on avait remarquée dans sa conduite, de cultiver plus assidûment les vertus chrétiennes. Torquatus, versant également des pleurs, protesta de sa docilité, s'agenouilla et baisa les mains du vénérable prêtre qui le bénit et lui remit des lettres de recommandation pour son voyage, ainsi qu'une petite somme pour ses modestes dépenses.

Enfin tout étant prêt, les derniers adieux et les derniers souhaits échangés, Torquatus monta sur sa mule, que le guide conduisait par la bride, et s'avança lentement par l'avenue menant à la porte d'entrée de la villa. Long-

6..

temps après que tout le monde fut rentré dans la maison, Chromatius resta sur le seuil , suivant le jeune homme d'un œil humide. Le père de l'enfant prodigue dut attacher un semblable regard sur son fils qui s'éloignait. La villa n'étant pas sur la grande route, cette modeste monture avait été louée pour mener le voyageur jusqu'à Fondi , qui en était le point le plus proche. Là, il devait trouver un autre moyen de transport ; d'ailleurs, la bourse de Fabiola le mettait à l'aise sur ce point.

La voie qu'il parcourait offrait des beautés variées. Tantôt elle serpentait le long des bords sinueux de la Liris, embellis de villas et de chaumières ; tantôt elle plongeait dans des ravins en miniature, sur les confins des Apennins, formés par des rochers tapissés de myrtes, d'aloès et de vignes vierges , au milieu desquels broutaient les blanches chèvres, ressemblant de loin à des mouchetures de neige; tantôt elle cotoyait un mince ruisseau bouillonnant et bondissant comme s'il eût voulu passer pour un torrent des montagnes ; il faisait bruire ses eaux, il soulevait des flots d'écume, s'enorgueillissait de former des cascades en sautant deux pierres à la fois et de se précipiter dans un abîme qu'une feuille d'acanthe eût caché tout entier. Plus loin, la route s'élargissait, offrant le magnifique coup d'œil des vastes plaines de la Campanie , semblables à un jardin , et au fond du tableau , le golfe azuré de Gaète , parsemé de blanches voiles, pareilles, à cette distance, à une troupe d'oiseaux aquatiques au brillant plumage, voltigeant sur les eaux d'un lac.

Quelles étaient les pensées du voyageur au sein des scènes mobiles de ce théâtre où se jouait un nouvel acte du drame de sa vie ? Le charmaient-elles et lui causaient-elles quelque plaisir ? Élevaient-elles ses sentiments ou produisaient-elles l'effet contraire ? A peine si son œil les remarquait: son regard plongeait bien au-delà, sous les portiques ombreux, dans les rues bruyantes de la capitale. Les jardins poudreux, les fontaines artificielles de marbre et les voûtes ornées de peintures étaient beaucoup plus magnifiques à son gré que les pampres gracieux de l'automne, les ruisseaux limpides, la mer aux vagues mouvantes et le ciel bleu. Cependant il n'arrêtait nullement ses pensées sur les actions honteuses, sur les pratiques impies, les débauches, les profanations, les impuretés, les trahisons, les ignominies, dont la ville était le foyer. Oh! non; chrétien, que pouvait-il avoir de commun avec ces crimes? Pourtant, parfois, son imagination l'emportait dans une salle des Thermes, où il voyait, dans un coin obscur, des joueurs effrénés entourant une table et jetant leurs dés; il frissonnait sous l'influence d'un désir long-temps réprimé; alors le doux regard de Polycarpe se fixait sur lui, et il s'éveillait de ce rêve. Puis, il se figurait être auprès d'une table d'érable, devant une coupe enrichie d'or et remplie jusqu'aux bords d'une falerne couleur de rubis, circulant avec les propos licencieux provoqués par l'ivresse : mais en face de lui se dressait soudain le visage sévère de Chromatius, mettant en fuite d'un regard l'orgie commencée.

Il ne retournait à Rome en réalité que pour y jouir des plaisirs innocents, des promenades, des peintures, de la musique, des magnificences et des splendeurs qu'offrait la cité-reine; il oubliait que ces attraits n'étaient que les accessoires de l'existence d'une foule d'êtres humains haletants, dont ils excitaient les passions, enflammaient les désirs, stimulaient l'ambition, ruinaient les bonnes aspirations et énervaient l'esprit. Pauvre insensé! il espérait pouvoir traverser le feu sans être consumé. Imprudent papillon! Il se croyait capable d'affronter la flamme sans s'y brûler les ailes.

Il franchissait un étroit défilé, complètement absorbé par ces images séductrices, quand il déboucha tout-à-coup en face de la mer, sur laquelle apparaissait une seule barque, immobile. Cette vue lui rappela une histoire qu'il avait apprise dans son enfance, vraie ou fausse, peu importe. Quoi qu'il en soit, il lui sembla que la scène se déroulait sous ses yeux.

C'était un jeune et hardi pêcheur, habitant autrefois

sur la cô,te méridionale de l'Italie. Par une nuit sombre et orageuse, son père et ses frères refusant de s'aventurer sur les flots irrités, bien que leur barque fût large et forte, il résolut, malgré leurs remontrances, de monter son frêle canot de remorque. Le vent soufflait avec fureur, mais il résista jusqu'à ce que le soleil se levât, ardent, splendide, sur une mer calme et transparente. Accablé de fatigue et de chaleur, il s'endormit; mais éveillé bientôt par des cris perçants et lointains, il regarda autour de lui, et vit la barque de famille dont l'équipage l'invitait de la voix et du geste à revenir, sans cependant faire aucun effort pour le rejoindre. Que voulaient-ils, ses parents? Pourquoi ces appels? Il saisit ses avirons et commença à nager vigoureusement de leur côté; mais, à sa grande stupéfaction, la barque de pêche vers laquelle il avait dirigé la proue de son canot se trouvait en arrière. Puis, un moment après, quoiqu'il eût viré de bord, elle apparut dans un sens opposé. Evidemment il avait décrit dans un cercle dont les orbes multiples, en forme de spirale, se rétrécissaient de plus en plus. Un horrible soupçon lui vint à l'esprit; il jeta sa tunique et manœuvra ses avirons avec une sorte de frénésie. En vain entamait-il de temps à autre le cercle fatal, il tournait toujours, irrésistiblement entraîné vers le centre, où s'ouvrait un horrible entonnoir, au fond duquel l'onde mugissait, écumante. Alors, désespéré, il abandonna ses rames; et, debout sur son canot, il agita ses bras comme un insensé. Un oiseau de mer, passant avec un cri perçant au-dessus de sa tête, l'entendit crier aussi haut que lui-même : « Charybde! » le diamètre du cercle n'était pas plus long que la barque; le pêcheur s'étendit sur l'embarcation, ferma les yeux, se boucha les oreilles et retint sa respiration jusqu'au moment où les eaux le submergeant, l'entraînèrent dans les profondeurs de l'abîme.

— Je voudrais bien savoir, se dit Torquatus, si jamais quelqu'un a péri de cette manière, ou si c'est une simple allégorie. Mais s'il en est ainsi, que signifie-t-elle? La

ruine de l'âme peut-el'e s'accomplir de cette manière ?
mes pensées actuelles seraient-elles, par hasard, un
cercle funeste qui m'entraînerait...

— Fondi ! cria le muletier en montront du doigt une
cité apparaissant devant eux.

Et bientôt après les sabots de la mule résonnaient sur
les larges dalles dont la ville était pavée.

Torquatus examina ses lettres ; il en avait une pour
Fondi. Son guide le conduisit à une petite auberge de chétive apparence. Bien qu'il eût été payé largement, cet
homme s'éloigna en maugréant contre la mesquinerie du
voyageur. Le jeune homme demanda la maison de Cassianus, le maître d'école, à qui il alla remettre la lettre
dont on l'avait chargé. Il fut aussi bien accueilli que s'il
eût été dans sa propre famille. Son hôte lui offrit un
repas frugal, pendant lequel il lui raconta son histoire.

Natif de Fonti, Cassianus avait créé à Rome une école
dont nous avons parlé au début de ce récit, et qui avait
obtenu une grande vogue. Mais, à la nouvelle que la
persécution était imminente, et que sa qualité de chrétien avait transpiré, il avait cédé son institution, et s'é-
tait retiré dans sa ville natale, où on lui avait promis,
après les vacances, les enfants des principaux habitants.
Ne voyant dans tout chrétien qu'un frère, il parlait librement de ses aventures passées et de ses futurs projets à
quiconque portait ce titre. Une idée étrange traversa
l'esprit de Torquatus : il se demanda si, quelque jour,
ces confidences ne pouraient point lui rapporter de l'argent.

Il était de bonne heure encore quand le jeune homme
prit congé de Cassianus ; et, prétextant quelques affaires
en ville, il ne permit point à son hôte de l'accompagner.
Il acheta des vêtements plus élégants, se rendit à la meilleure hôtellerie, et y prit deux chevaux avec un guide ;
car, pour remplir promptement la commission de Fabiola, il lui fallait user de vigilance, changer de chevaux à
chaque relais, et voyager de nuit. C'est ce qu'il fit jusqu'à Bovilla, au pied des collines Albaines. Là, il se

reposa, quitta son habit de voyage, poursuivit gaiement
sa route entre deux lignes de tombeaux, et atteignit enfin
la porte de cette ville dont les murs renfermaient à la
fois plus de bien et plus de mal qu'aucune province de
l'empire.

XIX

LA CHUTE.

Torquatus, maintenant élégamment vêtu, se rendit
d'abord à la maison de Fabius, remit sa lettre, répondit
à toutes les questions, et accepta, sans trop se faire prier,
une invitation à souper pour le soir. Il chercha ensuite
un logement convenable, en rapport avec l'état actuel
de sa bourse, ce qu'il trouva facilement.

Fabius, nous l'avons dit, n'accompagnait point sa fille
à la campagne, et ne l'y visitait que rarement. De fait,
il n'avait aucun goût pour les vertes prairies et les ruisseaux murmurants; il préférait les propos bruyants et les
plaisirs frivoles de Rome. Pendant une partie de l'année,
la présence de Fabiola gênait sa liberté, mais dès qu'elle
était partie avec sa suite pour la Campanie, sa demeure
s'ouvrait à des scènes et à une société avec lesquelles il
n'eût jamais voulu mettre en contact la patricienne. Des
hommes dissolus s'asseyaient à sa table, où ils se livraient
jusqu'à une heure avancée de la nuit, aux plus honteux
excès; le jeu et les conversations licencieuses suivaient
ordinairement ces banquets somptueux.

Après avoir invité Torquatus à souper, Fabius alla à
la recherche d'autres convives. Il eut bientôt ramassé
une troupe de parasites, rôdant ordinairement dans les
lieux qu'il fréquentait, et toujours disposé à partager
ses repas. Comme il retournait lentement chez lui, au
sortir des bains de Titus, il aperçut deux hommes causant avec animation dans le bosquet d'un temple. Il les
examina un instant, et se dirigea de leur côté. Mais il

s'arrêta à quelque distance, attendant qu'ils suspendissent leur dialogue, qui roulait sur le sujet suivant.

— Ainsi, ces nouvelles sont exactes ?

— Parfaitement. Il est certain que le peuple s'est soulevé à Nicomédie ; il a brûlé l'église des chrétiens, comme on l'appelle, qui est proche et en vue du palais. Mon père l'a appris ce matin du secrétaire de l'empereur lui-même.

— Quelle idée ont eue ces fous de bâtir un temple sur une des places les plus apparentes de la métropole ! Ils auraient dû savoir que, tôt ou tard, l'esprit religieux s'élèverait contre eux et détruirait leur édifice détesté, comme doit l'être toute manifestation d'un culte étranger à celui de l'empire.

— Assurément, ainsi que le dit mon père, si ces chrétiens avaient le moindre jugement, ils cacheraient leurs têtes et se tiendraient à l'écart, tout en s'estimant heureux d'être si longtemps toléré par le plus humain des princes. Mais, puisqu'il ne leur convient pas d'agir avec cette prudence, et qu'ils veulent bâtir des temples publics, au lieu de se contenter, comme autrefois, d'habiter les ruelles, qu'ils ne se plaignent point de ce qui leur arrive. Quant à moi, je n'en suis pas fâché; on peut gagner quelque notoriété, de l'argent même, en donnant la chasse à cette odieuse sexte et en l'exterminant, s'il est possible.

— Soit. Mais revenons à la question. Il est entendu que si, parmi les riches, nous pouvons découvrir quelques chrétiens dont le crédit surtout ne soit point trop redoutable, nous partagerons équitablement leurs dépouilles. Nous nous aiderons mutuellement. Vous préférez les moyens hardis et violents ; j'agirai à mon gré, d'une autre façon. Mais chacun de nous recueillera le profit de ses découvertes personnelles. Nous partagerons seulement le bénéfice des découvertes que nous aurons faites ensemble, n'est-ce pas ?

— Précisément.

En ce moment Fabius les aborda d'un air gracieux.

— Comment allez-vous, Fulvius? dit-il. Je ne vous ai pas vu depuis un siècle. Venez souper avec moi ce soir; j'ai quelques convives ; et votre ami Corvinus — ce dernier salua gauchement, — voudra bien, je l'espère vous accompagner.

— Je vous remercie, répondit Fulvius, mais je crois être engagé ailleurs.

— Vous plaisantez, fit le brave patricien ; il n'y a plus personne à Rome avec qui vous puissiez souper, excepté moi. Ma maison est-elle donc pestiférée, que vous n'y avez jamais remis le pied depuis le jour où vous y dînâtes en compagnie de Sébastien, avec qui vous eûtes querelle ? ou bien y avez-vous été atteint de quelque maléfice qui vous en éloigne ?

Fulvius pâlit, et tirant Fabius à l'écart, il lui dit :

— Il est vrai : il y a quelque chose de semblable.

— J'ose croire, répondit le patricien étonné, que la sorcière noire ne vous a joué aucun mauvais tour. Je voudrais de tout mon cœur qu'elle fût hors de ma maison. Mais, tenez, continua-t-il avec enjouement, n'auriez-vous point été ce soir-là sous un charme plus agréable ? je vois clair, et j'ai fort bien remarqué les œillades que vous adressiez à ma jeune cousine Agnès.

Fulvius, surpris, regarda fixement Fabius, et répliqua après un silence :

— Et s'il en était ainsi, je n'aurais à espérer aucun bon résultat, car je me suis aperçu que votre fille me contrecarrait.

— Serait-il vrai ? alors je m'explique votre refus obstiné de venir chez moi. Mais Fabiola est philosophe et n'entend rien à ces manières. Il vaudrait mieux qu'elle abandonna ses livres et songeât davantage à s'établir, au lieu d'empêcher les autres de le faire. Quoiqu'il en soit, je puis vous donner de meilleures espérances : Agnès vous aime autant que vous l'aimez, sans doute.

— Est-il possible ? comment le savez-vous ?

— Eh bien ! je vous l'aurais dit depuis longtemps, si vous ne m'aviez pas fui : elle me l'a confié le jour même.

— A vous ?

— A moi-même. Vos bijoux ont tout-à-fait séduit son cœur. Elle me l'a dit, ou à peu près, car j'ai deviné qu'elle ne pouvait parler que de vous; oui, de vous, j'en suis certain.

Fulvius crut que le patricien désignait les bijoux qu'il portait, tandis que Fabius faisait allusion à ceux qu'il s'imaginait qu'Agnès avait reçus. « Elle s'est montrée facile à prendre, malgré sa réserve, pensa le jeune homme; la fortune et les honneurs s'offrent à moi, si je réussis à bien conduire cette intrigue.... » Fabius interrompit ce rêve en disant :

— Allons, maintenant vous n'avez plus qu'à solliciter hardiment cette alliance, et je déclare qu'elle se conclura, quoi qu'en dise Fabiola. D'ailleurs, vous n'avez rien à craindre de ma fille en ce moment : elle est absente avec les gens de son service; la portion de la maison qu'elle occupe étant fermée, nous entrerons par la porte de derrière, pour nous rendre dans les appartements les plus agréables de ma demeure.

— Alors, j'irai chez vous sans faute, promit Fulvius.

— Et vous amènerez Corvinus, recommanda Fabius en s'éloignant.

Nous ne dirons autre chose de ce banquet sinon que les vins les meilleurs et les plus rares y coulèrent en abondance; et presque tous les convives étaient plus ou moins échauffés et excités, à l'exception de Fulvius, qui garda son sang-froid.

La conversation s'engagea sur les affaires d'Orient. La destruction de l'église de Nicomédie avait été suivie de tentatives d'incendie au palais impérial. On soupçonnait avec raison l'empereur Galérius d'en être l'auteur; mais il accusa les chrétiens, et força ainsi Dioclétien à devenir leur persécuteur le plus terrible et le plus acharné. On prévoyait facilement que l'édit impérial ordonnant l'œuvre de destruction arriverait à Rome, où Maximien ne demanderait pas mieux que de l'exécuter.

Les convives se montrèrent généralement disposés à donner le coup de pied de l'âne au lion blessé ; car, pour montrer de la compassion à l'égard de ceux que les clameurs publiques condamnent, il faut un courage trop héroïque pour être commun. Les actes les plus généreux des chrétiens ne trouvaient même pas grâce devant les assistants. L'un ne pouvait souffrir leur conduite mystérieuse ; l'autre s'indignait de leurs accroissements ; celui-ci les jugeait ennemis de la gloire de l'empire ; celui-là estimait que c'était un élément étranger qu'on devait expulser. L'un proclamait leurs doctrines détestables ; l'autre les déclarait infâmes. Pendant ce débat, si on peut nommer de la sorte un entretien où tous étaient d'accord, Fulvius, après avoir examiné successivement les convives, fixa son regard sinistre sur Torquatus. Le jeune homme, tout en gardant le silence, pâlissait et rougissait tour à tour. Le vin lui avait donné un courage téméraire, qu'un puissant motif modérait encore. Tantôt il fermait les poings, se pressait la poitrine ou se mordait les lèvres ; tantôt il broyait le pain entre ses doigts convulsés, ou vidait avec distraction sa coupe d'un seul trait.

— Les chrétiens nous égorgeraient tous, s'ils le pouvaient, dit quelqu'un.

Torquatus se pencha, ouvrit la bouche, mais ne parla point.

— Nous égorger ! oui, vraiment. N'ont-ils pas brûlé Rome sous Néron ; et ne viennent-ils pas de mettre le feu au palais de Nicomédie, au-dessus de la tête de l'empereur ? ajouta un second convive.

Torquatus se souleva sur sa couche, étendit la main comme s'il allait répondre, puis il la retira.

— Mais, ce qui est infiniment plus coupable, c'est leur doctrine anti-sociale ; ce sont leurs effroyables excès et le culte infâme, dégradant, qu'ils rendent à une tête d'âne, fit un troisième.

Torquatus, alors, le visage contracté, étendit le bras

de nouveau. Mais Fulvius, par un froid et habile calcul
se hâta d'ajouter avec un accent amer et sarcastique :

— Oui , ils immolent un enfant à chacune de leurs
assemblées ; ils dévorent sa chair et boivent son sang.

Le bras de Torquatus retomba sur la table avec une
telle violence, que les coupes et les flacons s'entre-cho-
quèrent ; et le jeune homme s'écria d'une voix rauque :

— C'est un mensonge, un mensonge exécrable !

— Comment le savez-vous ? demanda Fulvius de son
air le plus gracieux.

— Parce que je suis chrétien moi-même, répondit
Torquatus avec exaltation , et que je suis prêt à mourir
pour ma foi.

Si la magnifique statue d'albâtre à tête de bronze,
occupant une niche près de la table , se fût brisée en
tombant sur le pavé de marbre, la stupéfaction eût été
moins grande qu'à cette brusque déclaration. Le saisis-
sement des convives dura un instant ; puis, après une
assez longue pause, les figures révélèrent les sentiments
de chacun. Fabius paraissait extrêmement mortifié,
comme s'il se fût reproché d'avoir introduit ses hôtes en
mauvaise compagnie. Calpurnius étouffait, se regardant
évidemment comme insulté par l'admission d'un convive
qui pouvait en savoir plus que lui sur le christianisme.
Un jeune homme regardait Torquatus d'un air hébété ; et
un vieillard bourru semblait chercher sur qui faire retomber sa colère. Corvinus contemplait le malheureux
chrétien avec la grimace satisfaite, moitié idiote, moitié
sauvage du villageois trouvant le matin des rats pris au
piège. Il y avait donc là enfin un homme qu'il pourrait
étendre sur le chevalet ou sur un gril ardent quand il
lui plairait. Mais la figure de Fulvius était plus atroce
encore. Quand l'observateur , à l'aide du microscope ,
examine une araignée guettant, après un long jeûne ,
une mouche gorgée du sang d'autres insectes et s'approchant de sa toile, il la voit épiant astucieusement chaque
mouvement des ailes de la proie convoitée, calculant
comment elle l'enveloppera mieux de son premier fil,

sûre d'avance qu'elle assouvira bientôt sa faim. Or,
voilà l'image la plus exacte de l'attitude de Fulvius.
Mettre la main sur un chrétien capable de devenir un
traître, avait été depuis long-temps son désir et son
étude. Maintenant il en tenait un ; il ne s'agissait plus
que de le séduire. Comment le savait-il ? C'est qu'il connaissait suffisamment les chrétiens pour ne point ignorer qu'un vrai fidèle se fût abstenu de boire avec excès
et de se vanter d'aspirer au martyre.

Les convives se séparèrent, et chacun s'éloigna du
chrétien comme d'un pestiféré. Il demeurait seul, tout
affligé, quand Fulvius, après avoir glissé quelques mots
à l'oreille de Fabius et de Corvinus, l'aborda, lui prit les
mains, et lui dit d'un ton bienveillant :

— Je crains d'avoir parlé inconsidérément en vous
provoquant à un aveu qui pourrait vous être funeste.

— Je ne redoute rien, répliqua Torquatus toujours
échauffé. Je resterai fidèle à mon symbole jusqu'à la fin.

— Silence! silence! reprit Fulvius : les esclaves
pourraient vous trahir. Passez avec moi dans une autre
salle où nous causerons librement.

En même temps il le conduisit dans une pièce élégante, où Fabius avait fait préparer des coupes et des
flacons du vin de Falerne le plus exquis pour ceux qui
aimaient, selon l'usage romain, à jouir d'une *comessatio*
ou orgie. Corvinus seul les suivit, sur l'invitation de
Fulvius.

On avait placé des dés sur une riche table en marque-
terie. Après avoir fait boire de nouveau Torquatus, Fulvius les ramassa négligemment, les jeta en badinant,
tout en parlant de choses indifférentes.

— Ciel! quel coup ! fit-il soudain ; il est heureux que
je ne joue avec personne, car je serais ruiné. Torquatus,
voulez-vous essayer?

Le jeu, nous le savons, avait été déjà fatal à Torquatus ; et il était en prison pour une triste affaire résultant
de cette passion, quand Sébastien le convertit. Il prit les
dés dans sa main, sans aucune intention de jouer,

croyait-il. Fulvius le guettait comme le lynx sa proie. L'œil de Torquatus brilla, ses lèvres et ses mains frémirent. A ces signes, joints au balancement habile de la main, au jeu savant du poignet, au regard jugeant de la valeur du coup, Fulvius reconnut la violence d'une première tentation entraînant de nouveau son compagnon sous le joug d'une ancienne passion.

— Je crains que vous n'ayiez pas la main plus habile que moi à cette frivole occupation, fit-il en feignant l'indifférence; mais je pense que Corvinus, qui est ici, vous offrira quelque chance, si vous hasardez peu de chose.

— Je risquerai très-peu, certainement, par manière de passe-temps, car j'ai renoncé au jeu; mais une fois n'est pas coutume.

— Allons, dit Corvinus que Fulvius avait invité du regard à se mettre à l'œuvre.

Ils commencèrent à jouer sur des enjeux insignifiants, que Torquatus gagna. Fulvius le faisait boire de temps à autre, et il devint très-communicatif.

— Corvinus... Corvinus... fit-il en cherchant à recueillir ses souvenirs, n'est-ce pas le nom que Cassianus a prononcé ?

— Qui donc ? demanda l'autre étonné.

— Oui, c'est bien cela, continua Torquatus comme en se parlant à lui-même, Corvinus le tapageur, le brutal écolier. Est-ce vous, Corvinus, ajouta-t-il en regardant son partenaire, qui frappâtes l'aimable chrétien Pancratius ?

Corvinus allait laisser éclater sa rage, mais Fulvius le retint du geste, et intervenant habilement :

— Ce Cassianus, dont vous parlez, interrogea-t-il, n'est-ce point un maître d'école distingué ? Où demeure-t-il, je vous prie ?

Fulvius savait que son complice désirait connaître ce point ; aussi cette question calma-t-elle Corvinus. Torquatus répondit :

— Il demeure... voyons... non, non, je ne veux point trahir, plutôt le bûcher, les tortures, la mort pour ma

foi; mais je ne dénoncerai personne, je n'y consentirai
jamais.

— Abandonnez-moi votre place, Corvinus, demanda
Fulvius, qui voyait croître l'intérêt que Torquatus apportait au jeu. Et il déploya assez d'adresse pour rendre son
adversaire plus soigneux et plus appliqué. Il déposa un
enjeu plus élevé. Après un moment de délibération,
Torquatus en fournit un pareil, qu'il gagna. Fulvius
parut piqué. Torquatus remit les deux sommes au jeu.
Fulvius sembla hésiter, puis offrit l'équivalent et perdit
encore. Le jeu devint silencieux. Chacun perdait et
gagnait tour à tour. Toutefois, Fulvius avait constamment l'avantage et demeurait le plus calme. Un instant
Torquatus leva les yeux et tressaillit : il avait cru voir le
vénérable Polycarpe derrière le siége de son adver aire ;
il se frotta les yeux et n'aperçut que Corvinus qui l'exa-
minait. Il fit dès-lors appel à toute son adresse. Sa conscience se taisait, sa foi chancelait ; la grâce s'éloignait,
le démon de la rapine, de l'indifférence, du libertinage,
accompagné de sept autres esprits plus méchants que lui
était revenu dans cette âme purifiée mais mal gardée ;
quand ils y entrèrent, tout ce qu'elle renfermait de
saint et de vertueux s'évanouit. Exalté à la fin par des
pertes successives et les libations, il jeta, furieux, sur la
table la bourse que lui avait donnée Fabiola, et où il avait
dû puiser fréquemment. Fulvius l'ouvrit froidement,
compta l'argent qui restait, et plaça à côté une somme
égale. Tous deux se préparèrent au coup décisif. Les
funestes dés tombèrent. Chacun les regarda en silence,
et Fulvius ramassa l'argent qu'il avait gagné. Torquatus
s'affaissa sur la table et se cacha le visage de ses bras.
Fulvius fit signe à Corvinus de sortir de la salle.

Torquatus frappait le pavé du pied ; puis il gémit,
grinça des dents, et poussa des hurlements. Enfin il
plongea les doigts dans ses cheveux, qu'il arrachait avec
désespoir. Une voix murmurait à son oreille : « Es-tu
chrétien ? » Lequel était-ce des sept esprits ? Assurément
le plus mauvais.

— Il n'y a plus de remède, continua la voix : tu as déshonoré et trahi ta religion.

— Non, non, murmurait le malheureux hors de lui

— Il en est ainsi : dans ton ivresse, tu as tout raconté ; du moins tu en as assez dit pour que ton retour parmi ceux que tu as livrés soit à jamais impossible.

— Va-t-en ! va-t-en ! cria d'un ton lamentable le pêcheur torturé ; ils me pardonneront encore. Dieu...

— Tais-toi : ne prononce pas ce nom ; tu es dégradé, parjure et perdu sans ressource. Te voilà réduit à la mendicité, et demain tu devras quêter ton pain. Joueur ruiné, prodigue et proscrit, qui te regardera ? Sont-ce les chrétiens ? Cependant tu l'es, chrétien, et, à cause de cela, tu seras mis en pièces et tu subiras une mort violente, sans que tes coreligionnaires te rendent les honneurs du martyre. Tu es un hypocrite, Torquatus, et rien de plus.

— Qui me tourmente ainsi ? s'écria l'infortuné en levant les yeux. — Fulvius était là, les bras croisés. — Et quand tout cela serait vrai, dit-il à l'espion, que vous importe ? Que me voulez-vous encore ?

— Beaucoup plus que vous ne pensez, répondit Fulvius : vous vous êtes trahi, et vous êtes complètement en mon pouvoir. Je suis le maître de votre argent — et il lui montra la bourse de Fabiola, — de votre position, de votre repos, de votre vie même. Il me suffira d'informer vos coreligionnaires de ce que vous avez dit et été cette nuit pour que vous n'osiez plus les regarder en face. Je n'ai qu'à laisser agir ce tapageur, ce brutal, comme vous l'avez appelé, que nul autre que moi ne peut retenir après une telle provocation, et demain vous comparaîtrez devant le tribunal de son père, qui vous fera périr pour cette religion trahie et déshonorée par vous. Et maintenant, joueur ivre et tremblant sur vos jambes, êtes-vous prêt à vous rendre au Forum, devant le tribunal, pour y représenter votre christianisme ?

Le chrétien déchu n'eut pas le courage d'imiter l'enfant prodigue dans son repentir, comme il l'avait fait dans sa faute. L'espérance s'était éteinte en lui, il était retombé dans son péché capital, et il ne sentait plus le remords. Il demeura silencieux jusqu'à ce que Fulvius le rappelât à lui en disant :

— Eh bien ! avez-vous fait votre choix? Retournerez-vous chez les chrétiens avec le poids de cette nuit, ou bien affronterez-vous le tribunal? lequel préférez-vous?

Torquatus, levant sur son compagnon un regard hébété, répondit d'une voix faible :

— Ni l'un ni l'autre.

Alors que prétendez-vous faire? reprit Fulvius en le fascinant de son œil de faucon.

— Ce que vous voudrez, répliqua Torquatus, pourvu que ce ne soit ni l'une ni l'autre des choses que vous avez dites.

Fulvius s'assit à côté de lui, et poursuivit d'une voix douce et insinuante :

— Maintenant, Torquatus, écoutez-moi : faites ce que je vous indiquerai, et tout sera réparé. Vous aurez une maison, la table, le vêtement et même de l'argent pour jouer, si vous consentez à ce que je vous prescrirai.

— Qu'est-ce donc?

Demain, vous vous lèverez comme d'habitude, vous reprendrez votre masque de chrétien, vous irez gaiement chez vos amis, et vous agirez comme si rien n'était arrivé ; mais vous répondrez à toutes mes questions et vous me raconterez tout.

Torquatus murmura :

— Une trahison, enfin !

— Comme il vous plaira : cela ou la mort. Oui, la mort, une mort lente. J'entends Corvinus qui se promène, impatient, dans la cour. Vite, prononcez-vous.

— Pas la mort, oh ! non; tout, excepté la mort.

Fulvius étant sorti, trouva son ami ivre de rage et de vin, et parvint difficilement à le calmer. Il avait presque oublié Cassianus, mais une nouvelle injure avait réveillé sa vieille haine, et il brûlait de se venger. Fulvius se chargea de découvrir la retraite du maître d'école, et réussit par ce moyen à empêcher son allié de se livrer à quelque violence immédiate.

Ayant renvoyé chez lui Corvinus, toujours agité et maussade, il retourna près de Torquatus qu'il désirait accompagner, afin de connaître son logis. Dès qu'il avait eu quitté la salle, sa victime, se levant, avait essayé, en se promenant à grands pas, d'apaiser le trouble de ses sens et de reprendre possession de lui-même. La pièce semblait tourner et se soulever; il était malade, et son cœur battait violemment. La honte, le remords, le mépris et la haine pour ses séducteurs et pour lui-même, l'isolement qui le menaçait, le sombre désespoir du réprouvé envahissaient son âme, semblables à des vagues effroyables qui se succédaient et montaient toujours. Incapable de se soutenir davantage, il se jeta sur une couche de soie, couvrit son front brûlant de ses mains glacées, et se prit à gémir. Mais tout encore tourbillonnait autour de lui, et un sourd mugissement retentissait à ses oreilles. Fulvius le trouva en cet état, et lui toucha l'épaule pour attirer son attention. Torquatus tressaillit convulsivement et s'écria :

– Serait-ce donc l'abîme de Charybde !

DEUXIÈME PARTIE

—

LA LUTTE

———

I

DIOGÈNE.

Les scènes à travers lesquelles nous avons conduit jusqu'ici notre lecteur, avaient lieu pendant une de ces périodes de trêve plutôt que de paix véritable, qui séparaient
quelquefois deux persécutions. Déjà nous avons entendu
sur notre chemin de sinistres rumeurs et le bruit des préparatifs de guerre ; le rugissement des lions de l'amphithéâtre qui a fait tressaillir Sébastien sans l'épouvanter,
les rapports venus d'Orient, les insinuations de Fulvius
et les menaces de Corvinus nous ont également annoncé
le retour prochain des rigueurs et l'effusion imminente
du sang chrétien, en flots plus nobles et plus abondants
que ceux qui avaient arrosé précédemment le paradis de
la loi nouvelle. L'Église, toujours calme et prévoyante,
ne peut négliger ces signes avant-coureurs du redoutable
combat, ni les préliminaires qu'exige la lutte. La seconde partie de notre récit commencera donc au moment
où elle apprête ses armes. C'est le prélude de l'action.

Or, vers la fin du mois d'octobre, un jeune homme que
nous connaissons, soigneusement enveloppé dans son
manteau, car il fait sombre et même un peu froid, se
glissait rapidement à travers les rues étroites de la région

7.

appelée Suburra : quartier de la ville dont la position
exacte est encore en litige , mais qui était certainement
situé dans le voisinage immédiat du Forum. La pauvreté
et le vice trop ordinairement associés s'y donnaient rendez-vous. Pancratius paraissait depaysé en ces lieux; il
s'égara plusieurs fois et finit pourtant par trouver la rue
où il se rendait. Les maisons ne portant pas de numéros,
il lui était difficile, mais non impossible de découvrir
celle qu'il cherchait. Il examina quelle était l'habitation
la plus convenable; et en ayant remarqué une qui se distinguait par la décence et le bon ordre, il frappa hardiment.
Il fut reçu par un vieillard , Diogène, dont le nom a été
cité déjà dans l'une de nos pages. Il était de haute stature;
ses larges épaules, habituées, eût-on dit, à porter de
lourds fardeaux, donnaient à sa démarche une certaine
inclinaison ; ses cheveux tombaient en mèches argentées
des deux côtés de sa tête large et osseuse ; une profonde
mélancolie était empreinte sur ses traits , calmes néanmoins dans leur expression, mais revêtus d'une solennelle tristesse. Il ressemblait à quelqu'un qui a beaucoup
vécu avec les morts, et qui se plaît dans leur société. Ses
fils, Majus et Severus, deux beaux jeunes hommes aux
formes athlétiques, habitaient avec lui. Le premier s'occupait à graver, ou plutôt à gratter une grossière épitaphe
sur une vieille table de marbre, dont le revers gardait
encore les traces d'une inscription sépulcrale païenne, à
demi effacée par son nouveau possesseur. Pancratius
examina le travail en souriant. On y voyait à peine un
mot ou un membre de phrase corrects. Voici ce qu'on
lisait : DE BIANOBA POLLECLA QVE ORDEV BENDET DE BIANOBA.
*De la rue neuve : Pollecla, qui vend de l'orge dans la rue
neuve.* Le second traçait avec un charbon sur une planche de bois un dessin bien imparfait, dans lequel on re-
connaissait à peu près Jonas englouti par la baleine et
Lazare ressuscité d'entre les morts, ébauche évidemment
d'une peinture qui devait être exécutée ailleurs. De son
côté, le vieux Diogène, quand on frappa à la porte, ajus-
tait, un peu plus loin, un nouveau manche à une vieille

pioche. Ces occupations diverses, dans une même famille, auraient pu surprendre un homme de notre temps ; mais elles n'étonnèrent nullement le jeune visiteur ; il savait très-bien que ces travailleurs appartenaient à l'honorable et religieuse corporation des *fossores* ou fossoyeurs des cimetières chrétiens. En effet, Diogène était le chef et le directeur de cette confrérie. Conformément au rapport d'un auteur anonyme contemporain de saint Jérôme, quelques antiquaires modernes pensent que les fossoyeurs composaient, dans la primitive Eglise, un ordre ecclésiastique inférieur, tel que celui de *lector* ou *lecteur*. Bien que cette opinion ne soit pas soutenable, il est infiniment probable que cette charge était confiée à des personnes choisies et reconnues par l'autorité ecclésiastique. Le système uniforme adopté pour creuser, remplir et disposer les nombreux cimetières des alentours de Rome, système si complet dès son origine qu'il ne subit ni perfectionnement ni changement dans la suite, nous autorise à conclure que ces merveilleux et vénérables travaux s'accomplissaient sous la direction et par les mains d'une association fondée dans ce but. Ce n'était pas une sorte de compagnie des pompes funèbres spéculant sur l'inhumation des morts, mais plutôt une confrérie pieuse, instituée à cet effet. Une série d'intéressantes inscriptions, découvertes dans le cimetière de Saint-Agnès, prouve que cette profession se transmettait dans certaines familles, l'aïeul, le père et les fils l'ayant remplie dans le même lieu. Il est donc facile de comprendre l'habileté et l'uniformité qui avaient présidé aux fouilles des catacombes. Mais les *fossores* avaient certainement un office plus élevé, ou même une juridiction dans ce monde souterrain. Quoique l'Eglise procurât à tous ses enfants l'espace nécessaire pour les enterrer, il était naturel que ceux-ci acquiescent un droit quelconque pour choisir l'emplacement de leur sépulture, le voisinage, par exemple, de la tombe d'un martyr. Les fossoyeurs réglaient ces transactions, mentionnées souvent dans les anciens cimetières. On conserve au Capitole l'inscription suivante : EMPTV LOCVM

AB ARTEMISIVM VISOMUM HOC EST ET PRAETIUM DATUM FOS-
SORI HILARO ID EST FOL NOOD PRAESENTIA SEVERI FOSS ET
LAVRENTI. *Ceci est une fosse pour deux corps, achetée par
Artemisius, et dont le fossoyeur Hilarius a reçu pour prix...
bourse... en présence de Severus le fossoyeur et de Lau-
rentius.*

Peut-être le dernier nommé était-il le témoin de l'ac-
quéreur et le premier celui du vendeur. Quoi qu'il en
soit, nous affirmons à nos lecteurs que nous avons expliqué tout ce que l'on connaît sur la profession de Diogène
et de ses fils.

Nous avons laissé Pancratius s'amusant à regarder les
essais laborieux de Majus dans l'art glyptique; enfin il lui
adressa ces paroles :

— Exécutez-vous toujours vous-même ces inscriptions ?

— Oh! non, répondit l'ouvrier, qui leva les yeux en
souriant : je ne travaille que pour les pauvres qui n'ont
pas le moyen de payer un artiste plus habile. Celle-ci est
destinée à une excellente femme qui tenait une boutique
dans la *via nova*, et qui, étant honnête, ne s'enrichit pas,
vous le comprenez. Néanmoins une étrange pensée m'a
frappé en gravant cette épitaphe.

— Quelle est-elle, Majus ?

— Je songeais que dans quelques siècles d'ici, des
chrétiens peut-être liraient avec respect mon grossier
travail et apprendraient avec intérêt l'existence de la
pauvre Pollecla et de sa boutique d'orge, tandis que
toutes les épitaphes des princes persécuteurs de l'Eglise
seraient ignorées.

— Cependant j'ai peine à m'imaginer que les super-
bes mausolées des empereurs subiront la destruction,
tandis que la mémoire d'une humble marchande traver-
sera les âges futurs. Mais quel motif avez-vous de penser
ainsi ?

— Tout simplement parce que je préfère transmettre
à la postérité le souvenir d'un pauvre vertueux plutôt
que celui d'un riche méchant; et mon informe épitaphe

sera lue encore peut-être quand des arcs de triomphe auront été renversés. Et pourtant c'est horriblement écrit, n'est-ce pas?

— Qu'importe! cette simplicité vaut mieux que les plus belles inscriptions. Mais quelle est cette dalle de marbre appuyée contre la muraille?

— Ah! c'est une magnifique épitaphe qu'on nous a remise pour que nous la placions. Vous verrez que l'écrivain et le graveur sont deux personnes différentes. Elle est destinée au cimetière de la noble Agnès, sur la voie Nomentane. Je crois qu'elle rappelle la mémoire d'un enfant chéri, dont la perte a profondément atteint le cœur de ses vertueux parents.

Pancratius approcha une lumière du marbre et lut ce qui suit : (Nous traduisons) L'INNOCENT ENFANT DYONISIUS REPOSE ICI PARMI LES SAINTS. SOUVENEZ-VOUS DANS VOS SAINTES PRIÈRES DE L'ÉCRIVAIN ET DU GRAVEUR.

— Cher et heureux enfant, dit Pancratius après avoir lu l'épitaphe, unis mon nom, dans tes saintes prières, à ceux de l'écrivain et du graveur.

— Amen! répondit la pieuse famille.

Pancratius, remarquant l'altération de la voix de Diogène, se retourna et vit le vieillard essayant avec effort de couper un bout de coin qu'il avait enfoncé dans le manche de sa pioche pour en fixer le fer; mais sa vue semblait se troubler sous l'influence d'une cause qu'il cherchait à dissimuler, car il passait à tout moment sur ses yeux le revers de sa robuste main.

— Qu'y a-t-il donc, mon bon vieil ami? s'enquit affectueusement l'adolescent. D'où vient que l'épitaphe du jeune Dionisius vous émeut à ce point?

— Ce n'est pas elle seulement; mais elle me rappelle tant d'évènements passés et m'en fait craindre tant d'autres encore pour l'avenir, qu'à cette double pensée je me sens près de défaillir.

— Et quelles sont ces pénibles perspectives, Diogène?

— Eh bien! voyez-vous, c'est une chose toute simple

que de prendre dans ses bras un bon petit enfant comme
Dyonisius, et de le déposer dans sa tombe, enveloppé
d'un linceul et embaumé d'aromates. Ses parents peuvent
le pleurer ; mais son passage de la souffrance à la joie a
été facile et doux. Il en est autrement, et il faut un cœur
aussi endurci que le mien par l'habitude — il passa de
nouveau la main sur ses yeux — pour recueillir à la hâte
les chairs sanglantes, les membres broyés d'un autre enfant, pour les envelopper rapidement d'un linceul, les
placer dans un suaire rempli de chaux au lieu de baume,
et les confier précipitamment à la terre. Ah ! que l'on
désirerait traiter autrement les restes d'un martyr !

— Sans doute, Diogène. Mais un brave officier préfère
l'humble sépulture du soldat sur le champ de bataille aux
sarcophages sculptés de la voie Appienne. Les scènes
semblables à celle que vous venez de décrire sont-elles
fréquentes en temps de persécution ?

— Oui, elles le sont, mon bon jeune maître. Je suis sûr
qu'un pieux adolescent comme vous doit avoir visité, au
jour de son anniversaire, la tombe de Restitutus, au cimetière d'Hermès ?

— Assurément. Et même souvent j'ai presque envié
son martyre précoce. Est-ce vous qui l'avez inhumé ?

— C'est moi. Ses parents lui élevèrent un magnifique
tombeau, l'*arcosolium* de la crypte. Mon père et moi nous
le construisîmes à la hâte avec deux dalles de marbre,
et j'ai gravé l'inscription qui s'y lit. Je crois que j'é-
tais plus habile que Majus, ajouta le vieillard en souriant.

— Ce n'est pas beaucoup dire, père, répliqua le jeune
homme en souriant également. Mais voici la copie de l'inscription que vous traçâtes, continua-t-il, en prenant un
parchemin parmi beaucoup d'autres feuilles.

— Je me la rappelle parfaitement, déclara Pancratius
en la contemplant.

Puis il lut, en corrigeant les fautes d'ortographe, mais
non celles de grammaire :

AELIO FABIO RESTITUTO FILIO PIISSIMO PARINTES FECERUNT

QUI VIXIT ANNI SXVIII MENS VII IN IRENE: — *A Ælius Fabius Restitutus, leur très-pieux fils, ses parents érigèrent (cette tombe), qui vécut 18 ans et 7 mois. Qu'il repose en paix.*

Il poursuivit :

— Quelle gloire pour l'adolescent d'avoir confessé le Christ dans un âge si tendre !

— Il est vrai, répliqua le vieillard. Mais peut-être avez-vous toujours cru que son corps reposait seul dans son sépulcre. Telle est l'opinion commune d'après l'inscription.

— En effet, je l'ai toujours pensé. Me serais-je trompé?

— Oui, noble Pancratius : il a un compagnon plus jeune, gisant sur la même couche. Au moment où nous scellions la tombe de Restitutus, on nous apporta le corps d'un enfant de douze ou treize ans à peine. Oh! je n'oublierai jamais ce spectacle! Il avait été suspendu au-dessus de la flamme; la tête, le tronc et les membres jusqu'aux genoux avaient été brûlés jusqu'aux os, et il était si défiguré qu'on ne pouvait distinguer ses traits. Infortuné! combien il avait dû souffrir! mais pourquoi le plaindre? Donc, pressés par le temps, nous crûmes que l'adolescent de dix-huit ans ne refuserait pas une place à son compagnon d'armes de douze ans, mais le recevrait comme un frère plus jeune. Nous le déposâmes aux pieds d'Ælius Fabius. Mais nous n'avions pas une seconde fiole de sang à déposer au dehors du sépulcre, afin d'indiquer que là dormait un second martyr : le feu avait desséché le sang dans ses veines.

— Noble enfant! si l'un était plus âgé, l'autre était plus jeune que moi. Qu'en pensez-vous, Diogène? N'aurez-vous pas quelque jour à me rendre le même office?

— Oh! non, je l'espère, dit le vieux fossoyeur dont la voix s'altéra de nouveau. Je vous en conjure, éloignez ces idées. Mon heure sonnera, certainement, avant la vôtre; pourquoi les vieux troncs seraient-ils toujours épargnés, tandis que les jeunes arbres succomberaient?

7..

— Allons, allons, cher ami, ne vous affligez pas. Mais j'allais oublier le message dont on m'a chargé. Il faut que demain, à l'aurore, vous veniez à la maison de ma mère, pour régler les dispositions à prendre dans les cimetières en vue de la persécution imminente. Notre saint Pape y sera avec les prêtres des titres, les diacres des régions, les notaires dont le nombre à présent est complet, et vous, le *fossor* en chef, afin que tous agissent de concert.

— Je n'y manquerai pas, Pancratius, répliqua Diogène?

— Et maintenant, ajouta l'adolescent, j'ai une faveur à vous demander.

— Une faveur à moi! fit le vieillard étonné.

— Oui. Vous aurez à commencer immédiatement votre travail, je le suppose. Or, quoique jusqu'ici j'aie visité souvent par dévotion nos cimetières sacrés, je ne les ai jamais examinés ni étudiés. Voilà ce que je voudrais faire avec vous, qui les connaissez si bien.

— J'y consens avec infiniment de plaisir, déclara Diogène, quelque peu flatté du compliment, mais encore plus charmé de cet attrait pour les lieux qu'il aimait tant. Dès que j'aurai reçu mes instructions, j'irai au cimetière de Callistus. Soyez à la porte Capène, une demi-heure avant midi, et nous nous y rendrons ensemble.

— Je ne serai pas seul, ajouta Pancratius, deux jeunes gens récemment baptisés désirent beaucoup parcourir nos cimetières, qu'ils connaissent à peine, et ils m'ont demandé de les y conduire.

— Vos amis seront toujours les bienvenus. Comment se nomment-ils, afin qu'il n'y ait aucune méprise?

— L'un d'eux est Tiburtius, le fils de Chromatius, ancien préfet de la ville; l'autre, un jeune homme appelé Torquatus.

Severus tressaillit légèrement et demanda:

— Etes-vous bien sûr de ce dernier, Pancratius?

Diogène réprimanda son fils, et poursuivit :

— Puisqu'il viendra en compagnie de Pancratius, cela doit nous suffire.

— J'avoue, répondit l'adolescent, que je le connais moins que Tiburtius, qui est réellement un noble et excellent jeune homme. Torquatus cependant désire vivement s'instruire de tout ce qui nous concerne et paraît très-fervent. Que redoutez-vous de sa part, Severus ?

— Oh, ce n'est rien, en vérité. Ce matin, comme j'allais de bonne heure au cimetière, j'entrai dans les bains d'Antonin.

— Quoi ! interrompit Pancratius en riant, vous fréquentez aussi les lieux à la mode ?

— Pas précisément, repartit l'honnête ouvrier ; mais vous ignorez peut-être que Cucumio, le gardien des habits, et sa femme, sont chrétiens ?

— Est-il possible ? Comment deviner que nous avons des frères en pareil endroit ?

— Il en est ainsi pourtant ; de plus, ils se font faire un tombeau dans le cimetière de Callistus, et j'avais à leur montrer l'inscription que Majus leur a composée.

— La voici, dit le dernier en montrant l'épitaphe conçue en ces termes :

Cvcvmio et Victoria se vivos fecervnt Capsararivs de Antoninianas. — *Cucumio et Victoria, de leur vivant, ont fait pour eux (cette tombe) Capsarius (gardien d'habits des bains) d'Antonin.*

— Excellent ! s'écria Pancratius qu'amusaient les fautes de l'épitaphe ; mais nous oublions Torquatus.

— Eh bien, continua Severus, à mon entrée dans l'édifice, je ne fus pas médiocrement surpris de rencontrer dans un coin ce Torquatus, en conversation intime avec Corvinus, le fils du préfet actuel, l'infirme prétendu qui s'introduisit dans la maison d'Agnès le jour où, il doit vous en souvenir, un fidèle inconnu (que Dieu bénisse!) y fit distribuer de si libérales aumônes. Mauvaise compagnie pour un chrétien, me dis-je, surtout en ce moment.

— Effectivement, Severus, répondit Pancratius en rougissant vivement ; mais il est encore jeune dans la foi, et sans doute son ancien ami ne connaît pas son changement. Espérons que tout sera pour le mieux.

Pancratius s'étant levé pour partir, les deux jeunes gens offrirent de l'accompagner jusque hors de leur quartier misérable et dissolu. Il accepta volontiers, et se retira en souhaitant une bonne nuit au vieux fossoyeur.

II

LES CIMETIÈRES.

M. Antonivs. restitvtvs. Fecit. ypocev sibi. et svis. fidentibvs. in domino. — *Marcus Antonius Restitutus a construit cette sépulture souterraine pour lui-même et pour les siens : ils espèrent dans le Seigneur.*

Nous avons négligé quelque peu la pieuse Lucina, dont les pensées élevées et le noble caractère nous ont occupé au début de cette histoire. Ses vertus étaient en effet de cette nature calme et modeste qui n'aspire point à se produire sur la scène publique ni à prendre part aux affaires générales. Sa maison avoisinant ou plutôt renfermant un titre ou église paroissiale, était actuellement honorée de la présence du Pontife-Suprême.

L'approche d'une violente persécution, dans laquelle les chefs du royaume spirituel du Christ étaient sûrs d'être poursuivis les premiers, comme ennemis de César, avait nécessité la translation de la résidence du pape dans une demeure moins exposée. La maison de Lucina avait été choisie à cet effet, et continua de jouir de cette faveur, à la grande joie de la matrone, sous ce pontificat et sous le suivant, jusqu'à ce qu'on y logeât les bêtes féroces de l'amphithéâtre, qu'on obligea le pape Marcellus d'y nourrir. Cet odieux traitement causa bientôt la mort du pontife.

Admise à quarante ans dans l'ordre des diaconesses, Lucina trouva, dans l'accomplissement de ses nouveaux devoirs, d'amples matières d'occupation. La charge et la surveillance des femmes attachées à l'Eglise, le soin des pauvres et des malades de son sexe, la fabrication et l'entretien des vêtements sacrés et du linge servant à l'autel, l'instruction des femmes et des enfants convertis qui se préparaient au baptême, ainsi que l'assistance à cette auguste cérémonie, telles étaient les fonctions des diaconesses, outre les exigences domestiques. La vie de Lucina s'écoulait, tranquille, dans l'exercice de ces devoirs multiples. Son but principal semblait atteint : son fils s'était offert à Dieu, prêt à verser son sang pour la foi. Veiller sur lui, prier pour lui, c'était pour elle une joie plutôt qu'un nouveau souci. La réunion annoncée au chapitre précédent eut lieu de grand matin, au jour fixé. Nous nous contenterons de dire que dans cette assemblée on donna des instructions précises pour la collecte des aumônes destinées à agrandir les cimetières, à inhumer les morts, à secourir ceux que la persécution obligerait de se cacher, à nourrir les prisonniers, à obtenir accès auprès d'eux et enfin à racheter les corps des victimes. Un notaire fut nommé pour chaque région de la ville, avec la mission de recueillir les Actes des martyrs et d'enregistrer les événements intéressants. Les cardinaux ou prêtres titulaires reçurent des instructions pour l'administration des sacrements et particulièrement de la sainte Eucharistie pendant la persécution. A chacun d'eux furent confiés un ou plusieurs cimetières, dans l'église souterraine duquel il devait célébrer les sacrés mystères. Le saint pontife choisit pour lui-même celui de Callistus, ce dont son fossoyeur en chef, Diogène, ressentit un innocent orgueil.

Le bon vieillard paraissait plus heureux qu'à l'ordinaire, en présence de ces signes précurseurs d'une per-

sécution imminente. Nul officier d'ingénieurs, préposé à
la défense d'une citadelle confiée à sa garde, n'eût inti-
mé des ordres avec plus de résolution et de précision que
Diogène ne le fit à l'égard de ses subordonnés chargés
des différents cimetières des environs de Rome, à qui il
avait donné rendez-vous chez lui, pour leur communiquer les instructions de l'assemblée. L'ombre du cadran
solaire de la porte Capène marquait midi quand il y
arriva avec ses deux fils, et rejoignit les trois jeunes gens
qui l'attendaient. Ils s'avancèrent deux à deux le long de
la voie Appienne; et, arrivés à deux milles environ de la
ville, ils se dirigèrent, par différents chemins, vers une
villa qui s'élevait à droite de la route, en se glissant
parmi les tombeaux. Ils se munirent, dans l'habitation,
de tout ce qui était nécessaire pour descendre dans les
cimetières souterrains : des flambeaux, des lanternes, et
les instruments indispensables pour se procurer de la
lumière. Severus proposa, puisque les guides et les visiteurs étaient en nombre égal, de diviser par couple la
petite troupe, et il se chargea de Torquatus, on devine
facilement pour quel motif.

Il serait sans doute fatigant pour nos lecteurs de suivre la conversation entière des excursionnistes. Non-
seulement Diogène répondait aux questions qu'on lui
adressait, mais, de temps à autre, il donnait de courtes
et lucides explications sur les objets qu'il regardait comme
plus intéressants. Toutefois nous pensons être plus
agréables à nos amis et mieux les instruire en résumant
dans une narration concise ces divers renseignements.
En outre, nous pourrons toucher quelques points de
l'histoire subséquente de ces merveilleuses excavations,
où nous avons conduit nos jeunes pèlerins.

L'histoire des premiers cimetières chrétiens ou des
catacombes peut être divisée en trois parties : la première depuis leur origine jusqu'à l'époque à peu près où
nous en sommes; la seconde, à dater de ce moment jusqu'au huitième siècle; enfin la troisième, jusqu'à notre

époque qui commence, nous devons l'espérer, une nouvelle période.

Nous avons évité généralement d'employer le mot de catacombes, de crainte d'induire par là nos lecteurs en erreur en leur faisant supposer que c'était la dénomination propre et primitive de ces cryptes des premiers chrétiens. Il n'en est rien cependant. On peut dire que Rome est entourée d'une ceinture de soixante cimetières, environ, tous désignés par le nom de quelqu'un des saints ou des saintes dont ils renfermaient les corps. Ainsi il y a les cimetières des saints Nérée et Achillée, de sainte Agnès, de saint Pancratius, de Prætextatus, de Priscilla, d'Hermès, etc. D'autres fois ils prenaient le nom du lieu qu'ils occupaient. Le cimetière de Saint-Sébastien s'appelait *Cœmeterium ad sanctam Cœciliam* ou différemment encore, par exemple, *ad catacumbas*. La signification de ce dernier mot est complètement inconnue, bien qu'on puisse l'attribuer aux reliques de saint Pierre et de saint Paul qui y avaient été enterrées quelque temps dans une crypte subsistant encore près de ce cimetière. Ce mot devint le nom de ce cimetière particulier, et fut ensuite étendu à ce que nous appellerons l'ensemble des excavations souterraines.

Au siècle dernier, leur origine fut un sujet de controverse. Appuyés sur deux ou trois faits vagues et équivoques, de savants écrivains affirmèrent que les catacombes avaient été creusées par les païens, qui en extrayaient du sable pour les constructions de la ville. On appelait ces carrières *arenaria*, nom appliqué occasionnellement aux cimetières chrétiens. Mais un examen minutieux et scientifique, dû particulièrement à F. Marchi, cet auteur si consciencieux, a totalement réfuté cette théorie. Souvent, comme on peut encore le constater, les catacombes s'ouvraient sur ces sablonnières, souterraines elles-mêmes, et qui dissimulaient parfaitement les cimetières. En outre, plusieurs circonstances démontrent qu'elles n'ont jamais servi aux inhumations des chrétiens, ni été converties en cimetières.

L'homme qui désire extraire du sable maintiendra
l'excavation aussi près que possible de la surface, il se
ménagera l'accès le plus facile dans la carrière et prati-
quera une ouverture aussi large que le comporteront la
solidité de la voûte et les nécessités de l'approvisionne-
ment. Or, nous trouvons tout cela dans les *arenaria* qui
abondent encore autour de Rome. Mais les catacombes
sont construites d'après des principes entièrement
opposés.

Généralement les catacombes s'enfoncent brusquement en terre, par une suite de marches raides, et des-
cendent de la sorte au-dessous du sable friable, jusqu'à
la couche où il acquiert la dureté de la pierre tendre
mais consistante sur laquelle les coups de pioche sont
encore visibles. Là, on est seulement au premier étage
du cimetière; d'autres escaliers conduisent à un second
et même à un troisième étage, tous construits d'après des
principes identiques.

Toute catacombe peut être divisée en trois parties :
les passages ou rues, les salles ou carrés, et les églises.
Les passages, longues et étroites galeries taillées avec
assez de régularité, de manière que le sol et le plafond
forment angle droit avec les parois, sont quelquefois si
resserrés que deux personnes à peine peuvent y chemi-
ner de front. Tantôt ils se déroulent en ligne droite jusqu'à une distance considérable; tantôt ils sont coupés
par d'autres galeries traversées elles-mêmes à leur tour,
et constituent un vrai labyrinthe, un réseau de corridors
souterrains. Il est facile autant que dangereux de s'y
perdre.

Mais ces passages ne sont pas construits uniquement
pour conduire à un lieu déterminé, comme leur nom
l'impliquerait : ils sont la catacombe ou le cimetière
même. Leurs murs, ainsi que les parois des escaliers,
sont garnis de tombeaux, c'est-à-dire de rangées d'excavations petites et grandes, de dimension suffisante pour
y recevoir un corps humain depuis celui de l'enfant jusqu'à celui de l'homme fait, et creusées parallèlement à la

galerie. Quelquefois il y a jusqu'à quatorze de ces rangées superposées, d'autres fois trois ou quatre seulement.
Ces fosses, évidemment, ont été faites sur mesure ; il est
même probable que le corps reposait à côté pendant
qu'on les creusait.

Quand le cadavre , enveloppé comme nous l'a expliqué Diogène , avait été placé dans son étroite cellule , on
en fermait l'entrée hermétiquement soit avec une dalle
de marbre, soit avec de larges tuiles qui s'adaptaient
dans une rainure pratiquée dans la roche à cet effet, e.
on les entourait de ciment. On gravait les inscriptions
sur le marbre, ou on les creusait dans le mortier humide. Des milliers d'épitaphes de la première espèce ont été
recueillies , et on en voit un grand nombre dans les
musées et les églises. Beaucoup de celles de la seconde
espèce ont été copiées et publiées. Mais la plupart des
tombes sont anonymes et ne portent pas d'inscription.
Maintenant le lecteur pourra nous demander avec raison
à quelles époques remontent les inhumations dans les
catacombes , et comment on réussit à les déterminer.
Nous allons essayer de le satisfaire en peu de mots.

Il n'existe aucune preuve que les chrétiens aient
jamais inhumé leurs morts ailleurs , avant la construction des catacombes. Deux principes aussi anciens que
le christianisme ont inspiré ce mode d'enterrement. Le
premier, c'est l'ensevelissement du Christ lui-même. On
le déposa dans un sépulcre creusé au fond d'une caverne, après avoir été enveloppé d'un linceul et embaumé
avec des aromates , et on scella une pierre sur son tombeau. Or , saint Paul nous le proposant souvent pour le
modèle de notre résurrection, et affirmant que nous avons
été ensevelis avec lui dans le baptême, il était naturel que
ses disciples souhaitassent d'être inhumés comme lui ,
afin d'être prêts à ressusciter de même.

Le repos avant la résurrection , telle fut la seconde
pensée qui provoqua la formation de ces cimetières.
Chaque expression qui s'y rattache est une allusion à la
résurrection. Le mot *enterrer* est inconnu dans les ins-

criptions chrétiennes. « *Déposé en paix*, » *la déposition de...* » voilà quels sont les termes usités : c'est-à-dire que les morts ne resteront là que pour un temps, jusqu'à la résurrection ; ce sont des gages, des objets précieux, confiés à un gardien fidèle mais temporaire; le nom même de *cimetière* indique que c'est un lieu où beaucoup reposent comme dans un dortoir jusqu'à la venue du jour nouveau où la trompette de l'ange les éveillera. Voilà pourquoi la tombe s'appelle simplement la *place*, ou plus techniquement *l'étroite demeure* de ceux qui sont morts dans le Christ.

Ces deux idées, combinées dans le plan des catacombes, n'étaient point des innovations dans le culte chrétien, mais elles remontent à ses premiers temps, où elles doivent avoir été plus vives. Elles inspiraient l'horreur de la coutume païenne de brûler les morts, et nous n'avons aucun indice que cet usage, à aucune époque, ait été pratiqué par les fidèles. Au contraire, les catacombes nous fournissent d'amples preuves de leur croyance primitive. Le style des peintures qu'on y voit appartient à un âge où l'art n'avait point cessé de fleurir. Les symboles qu'elles offrent et le goût même pour les symboles sont autant de traits caractéristiques d'un siècle très-reculé, car ce goût particulier disparut dans la suite. Quoique les inscriptions datées soient rares, cependant, parmi les dix mille qui vont être publiées par le savant et habile chevalier de Rossi, il y en a environ trois cents qui portent des dates consulaires, depuis les premiers empereurs jusqu'au milieu du quatrième siècle (350). Une autre coutume curieuse et intéressante nous fournit les dates des tombes. A leur fermeture, les parents ou les amis imprimaient sur le mortier encore frais et y laissaient quelquefois une pièce de monnaie, un camée, une pierre précieuse gravée, ou même une coquille, un caillou, sans doute afin de pouvoir reconnaître le sépulcre, surtout quand il ne portait pas d'inscription. Beaucoup de ces objets ont été recueillis, et on continue encore d'en découvrir un grand nombre. Mais il n'est pas rare de trouver dans le ciment, à l'endroit où avait été appliquée la pièce, ou pour parler plus scientifiquement « la médaille », une empreinte nette et distincte qui donne également sa date. Ces dates remontent parfois jusqu'à Domitien, et même à d'autres empereurs plus anciens.

Mais pourquoi, demandera-t-on, cette préoccupation de reconnaître avec certitude ces tombeaux? Outre les motifs naturels inspirés par la piété, il en est un autre indiqué constamment dans les inscriptions sépulcrales. En Angleterre, si le défaut d'espace empêchait de donner complètement la date du décès d'une personne, on préfèrerait inscrire l'année plutôt que le jour, et cette pratique serait plus historique. Nul, en effet, ne tient à connaître le jour de la mort de quelqu'un, si l'année n'est pas mentionnée, tandis que l'année, le jour fût-il omis, offre toujours un souvenir important. Néanmoins, pour quelques inscriptions chrétiennes marquant la date de la mort, il en existe des milliers indiquant exactement le jour où le défunt expira avec les espérances du fidèle ou la confiance du martyr. Cela s'explique facilement; chaque année on célébrait la commémoration du décès des chrétiens des deux classes, au jour précis de leur mort, qu'il fallait nécessairement retenir exactement. Voilà pourquoi on inscrivait ce jour si scrupuleusement. Dans un cimetière voisin de celui où nous avons laissé nos trois jeunes hommes avec Diogène et son fils, on a récemment découvert des inscriptions confondues ensemble, et appartenant à ces deux catégories de morts. L'une, qui est en grec, après avoir mentionné « la déposition d'Augenda » le 13 avant les calendes ou le 1ᵉʳ jour de juin, ajoute ces simples mots : ΖΗϹΑΙϹ ΕΝΚω ΥΠΕΡΜωΝ. *Vis dans le Seigneur et prie pour nous.*

Voici un autre fragment:.... N. J A N.... IVIBAS IN PACE ET PETE PRO NOBIS... *Nones de juin... vis en paix et prie pour nous.* Une troisième s'énonce ainsi : VICTORIA REFRIGERER (ET) IS SPIRITUS TVS IN BONO. — *Victoria, sois rafraîchie, et puisse ton esprit être dans la joie.* Cette inscription nous en rappelle une autre fort singulière, qu'on a trouvée grattée dans le mortier, à côté d'un tombeau, dans le cimetière de Prætextatus, non loin de celui de Callistus. Elle est remarquable d'abord en ce qu'elle est composée en latin avec des caractères grecs, de plus, en ce qu'elle renferme un témoignage de la divinité de Jésus-Christ, et enfin parce qu'elle formule une prière pour le rafraî-chissement du défunt. Nous suppléerons les lettres dé-truites par la chute du ciment. — BENE MEBENTI SORORI BON... VIII KAL NOB — AεOΥC XPICTOΥC ONNIΠOTεC CΠIPIT (αμ) TOΥ (ουμ) PEΦ (φ) ILEPE (τ) IN — *A la bien méritante sœur Bon... le 8ᵐᵉ jour avant les calendes de novembre. Que le Christ, Dieu tout-puissant rafraîchisse ton esprit dans le Christ.*

Malgré cette digression sur les prières qu'offrent les tombeaux, le lecteur n'aura pas oublié, nous en sommes sûrs, que nous avons démontré que l'existence des cime-tières chrétiens de Rome remonte aux premiers âges. Nous devons maintenant déterminer jusqu'à quelle épo-que ils furent en usage. Quand la paix eut été rendue à l'Eglise, la dévotion des fidèles leur fit désirer d'être ensevelis près des martyrs et des saints personnages des âges plus reculés. Mais généralement il leur suffisait de reposer sur les dalles des galeries. De là ces pierres sépulcrales qu'on rencontre si fréquemment dans les ruines des catacombes, quelquefois même à la place qu'elles occupaient, et portant des dates consulaires du quatrième siècle. Elles sont plus épaisses, plus grandes, mieux gravées et d'un style moins simple que les précé-dentes fixées dans les murs. Mais avant la fin de ce siè-cle, ces monuments devinrent plus rares, et les inhuma-tions dans les catacombes cessèrent vers le suivant au plus tard. Le pape Damasus, mort en 384, n'osa, par respect, comme il le dit dans son épitaphe, s'introduire dans la société des saints.

De sorte que Restitutus, dont nous avons donné la tablette sépulcrale en tête de ce chapitre, peut être con-sidéré comme parlant au nom des premiers chrétiens, revendiquant pour leur œuvre exclusive les trois cent

.rente lieues de la cité souterraine avec les six millions d'habitants qui y attendent, pleins de confiance en Dieu, l'heure de la résurrection.

III

CE QUE DIOGÈNE NE POUVAIT PAS DIRE AU SUJET DES CATACOMBES.

Diogène vivait à la fin de la première période de l'histoire des catacombes. Si leur sort futur lui eût été dévoilé, il aurait contemplé, dans un avenir prochain, un spectacle qui aurait réjoui son cœur, auquel devait en succéder un autre qui l'eût profondément affligé. Aussi, bien que le sujet de ce chapitre n'ait pas de rapport direct avec notre récit, il servira néanmoins à le rattacher à la topographie des lieux, théâtre des scènes que nous aurons à décrire.

Quand la paix et la liberté eurent été rendues à l'Eglise, les fidèles affluèrent à ces cimetières devenus chers à leur dévotion. Chacun d'eux portait le nom de l'un ou de plusieurs des plus illustres martyrs inhumés dans leur sein et dont les anniversaires appelaient à leurs tombeaux des foules de citoyens et de pèlerins; on y célébrait les divins mystères, et on prononçait une homélie en leur honneur. Alors furent composés les premiers martyrologes ou calendriers des jours des martyrs, lesquels apprenaient aux chrétiens où ils devaient se rendre. « A Rome, sur la voie Salaria, sur la voie Appienne ou d'Ardée, » telles sont les indications qu'on trouve presque journellement dans le martyrologe romain, grossi maintenant par le contingent des siècles écoulés depuis. Celui qui parcourt ce livre ignore ordinairement l'importance de ces indications; cependant elles ont servi à reconnaître l'emplacement de plusieurs cimetières, antérieurement incertain. Une autre classe d'écrivains recommandables vient encore ici à son aide. Mais avant de les citer, nous jeterons un coup d'œil sur les changements que la piété pour les cimetières y apporta. D'abord on pratiqua des entrées et des escaliers plus commodes; puis on consolida avec des murs les galeries tombant en ruines, et on perça dans les voûtes, d'espace en espace, des ouvertures en forme d'entonnoir pour y introduire l'air et la lumière. Enfin, on érigea des basiliques ou des églises au-dessus de certaines entrées conduisant directement aux tombes principales, alors appelées *la confession* de l'église. Les pèlerins, en arrivant à la cité sainte, visitaient chacun de ces sanctuaires, coutume encore observée; sans hésitation, ils descendaient par des passages faciles à la châsse d'un martyr célèbre, et ensuite aux autres lieux également dignes de respect et de dévotion.

Pendant cette période, on ne permit le dépouillement d'aucun sépulcre, l'exhumation d'aucun corps. A travers les ouvertures ménagées dans le tombeau, on introduisait des mouchoirs ou des écharpes appelées *brandea*, qu'on faisait toucher aux reliques des martyrs, et qu'on emportait jusque dans les plus lointaines contrées pour être conservés avec une profonde vénération. Dès lors il n'est pas surprenant que saint Ambroise, saint Gaudentius et d'autres évêques aient obtenu si difficilement des corps ou de grandes reliques qu'on nommait communément « l'huile d'un martyr » : c'était l'huile mêlée de baume brûlant dans une lampe près de son tombeau. Souvent on remarque un pilier rond en pierre, placé près du monument, et creusé au sommet; il servait probablement à supporter la lampe ou à distribuer son contenu. Saint Grégoire le Grand écrivait à la reine Théodelinde qu'il lui envoyait une collection des huiles des Papes qui avaient enduré le martyre. La liste qui les accompagnait a été copiée par Mabillon, dans le Trésor de Monza, et publiée de nouveau par Ruinart. Elle existe encore au même lieu, avec les fioles qui continrent les huiles, scellées dans des tubes de métal.

Cette crainte de troubler le repos des saints se révèle d'une manière frappante dans un fait raconté par Grégoire de Tours. Parmi les martyrs le plus en honneur dans la primitive Église de Rome on compte saint Chrysanthus et sainte Daria. Leurs tombeaux devinrent si fameux par les guérisons qui s'y opérèrent, que les chrétiens leurs frères construisirent ou plutôt creusèrent audessus de leurs reliques une chambre voûtée d'un travail admirable, où des multitudes de fidèles accouraient. Les païens, ayant découvert ces pèlerinages, l'empereur fit enfermer en ce lieu ceux qui s'y trouvaient et murer l'entrée. Ensuite, par l'ouverture supérieure, le *luminare*, probablement, qui servait à l'aération, on les accabla de pierres et de terre, de sorte qu'ils périrent tous de la même mort que les saints martyrs. À la paix de l'Église, cet endroit demeura inconnu jusqu'à ce qu'une intervention divine le manifestât. Mais on ne permit point aux fidèles de pénétrer dans ce lieu consacré; ils purent seulement contempler, à travers une ouverture pratiquée dans la muraille, les tombeaux des martyrs et les corps de ceux qui avaient été ensevelis vivants près de leurs reliques. Et comme le cruel événements s'était accompli pendant qu'on préparait l'oblation de la sainte Eucharistie, on voyait encore les burettes d'argent qui avaient contenu le vin destiné au sacrifice sans tache.

Il est évident que les pèlerins qui venaient à Rome avaient besoin d'une notice pour visiter les cimetières, afin de savoir quelles parties méritaient davantage leur attention. Il était également naturel qu'à leur retour dans leurs foyers, ils désirassent apprendre à leurs voisins moins privilégiés ce qu'ils avaient vu. Or, il existe, aussi heureusement pour nous que pour ces voisins sédentaires, plusieurs relations de ce genre. Les catalogues dressés au quatrième siècle occupent la première place parmi ces documents; l'un parle des sépultures des pontifes romains, l'autre de celles des martyrs. Viennent ensuite trois guides différents pour les catacombes, d'autant plus intéressants qu'ils décrivent des parcours distincts, tout en s'accordant merveilleusement dans leurs renseignements.

Pour montrer la valeur de ces documents et les changements que subirent les catacombes dans la seconde période de leur histoire, nous rapporterons brièvement une
découverte faite dans le cimetière où nous avons laissé
notre petit groupe de visiteurs. Parmi les décombres obs-
truant l'entrée d'une catacombe, dont le nom était encore
incertain et qu'on croyait être celle de Prætextatus, on
trouva une dalle de marbre, brisée obliquement, de gauche à droite, avec l'inscription suivante : NELII MAR-
TYRIS, *de nelius martyr.* Le jeune chevalier de Rossi
déclara immédiatement que ce fragment appartenait
à l'épitaphe du pape saint Corneilus, dont on découvrirait probablement la tombe plus avant, avec sa struc-
ture particulière ; en outre, que les itinéraires mentionnés
plus haut, s'accordant à placer ce sépulcre dans le cimetière de Callistus, celui qu'on explorait devait avoir été
honoré de ce nom, et non point de celui de saint Sébastien, situé à quelques centaines de pas plus loin. Il ajouta
que ces ouvrages, affirmant que saint Cyprien avait été
inhumé près de Cornelius, on ne manquerait pas de retrouver, dans le voisinage de la tombe de ce dernier,
quelque indice propre à justifier cette assertion, car on
savait que le corps de saint Cyprien reposait en Afrique.
Cette prédiction ne tarda point à se réaliser. On découvrit le grand escalier ; il conduisait directement à un espace plus large, consolidé par un ouvrage en briques,
construit dans un temps de paix ; l'air et la lumière
pénétraient par le haut. A gauche était une tombe, taillée
comme les autres dans la roche, sans arceau extérieur
au-dessus. Elle était cependant vaste et spacieuse, et,
sauf une seconde placée beaucoup plus haut, il n'y avait
aucune autre sépulture ni au-dessous, ni au-dessus, ni
sur les côtés. On recueillit dans cette tombe le second
fragment de la dalle de marbre ; on apporta le premier du
musée de Kircher, où il avait été déposé ; ils s'adaptaient
exactement, et tous deux réunis couvraient parfaitement
le sépulcre, de sorte qu'on put lire : CORNELII MARTYRIS EP,
tombeau de Cornelius, martyr, évêque. Au-dessous, à

partir de cette pierre jusqu'au sol, apparaissait une autre tablette de marbre portant une inscription dont il ne restait que la partie gauche, l'autre ayant été brisée et perdue. Au-dessus de la tombe on remarquait une troisième pierre sculptée dans la paroi, dont il n'existait que le côté droit et quelques fragments retirés des débris. Cela ne suffisait pas pour rétablir ces lignes, mais c'en était assez pour faire comprendre que l'épitaphe était en vers et composée par le pape Damasus. Comment, demandera-t-on, pouvons-nous en assigner l'auteur ? Rien de plus facile : non-seulement nous savons que le saint pontife déjà cité se plaisait à écrire en vers des épitaphes pour les tombes des martyrs; mais, de plus, le grand nombre de ces inscriptions venues jusqu'à nous sont en caractères particuliers et très-élégants, connus parmi les archéologues sous le nom de lettres Damasiennes. Or, les fragments en question portent des lambeaux de vers gravés avec ces lettres.

Poursuivons : le mur, à droite du sépulcre et sur le même plan, offre, peints en pied, deux personnages en vêtements sacerdotaux, la tête ceinte d'auréoles, ouvrage de l'art byzantin et remontant certainement au septième siècle. Au bas du mur, à gauche de chaque figure, on lisait leurs noms, lettre sous lettre. Quelques-unes de ces lettres étant effacées, nous les suppléons en caractères italiques, comme il suit : sc*r*† cor*N*eli pp sc*r*† cipri*ani*. — (*portraits*) *de saint Cornelius, pape, et de saint Cyprien.*

On comprend qu'un étranger lisant ces deux inscriptions, voyant les portraits, et sachant que l'Église honore le même jour les deux martyrs, puisse facilement admettre qu'ils ont été déposés là ensemble. Enfin, à droite du tombeau, il existe une colonne tronquée, haute de trois pieds environ, creusée à la partie supérieure, semblable à celle que nous avons décrite plus haut ; et comme une confirmation de notre assertion relativement à l'usage que nous avons assigné à ces colonnes, nous trouvons dans la liste des huiles envoyées par saint Grégoire à la reine des Lombards, l'huile de saint Cornelius, *oleum sancti Cornelii.*

Voilà, pendant la seconde période, quels embellissements nouveaux et quelles commodités plus grandes furent introduites dans les cimetières primitifs auparavant si simples. Mais il ne faudrait pas supposer pour cela qu'il y a danger de confondre ces dernières modifications avec l'œuvre des âges plus reculés. La différence est telle, qu'il serait aussi facile de prendre un Rubens pour un Fra-Angelico, qu'une peinture byzantine pour une production des deux premiers siècles.

Arrivons maintenant à la troisième période de ces vénérables cimetières, celle de leur malheureuse désolation. Quand les Lombards, et plus tard les Sarrasins, commencèrent à dévaster les environs de Rome, menaçant de profaner les catacombes, les papes exhumèrent les corps des plus illustres martyrs, et les confièrent aux basiliques de la ville. Il en fut ainsi jusqu'au huitième ou au neuvième siècle, où il est question encore de réparations faites dans les cimetières par les souverains-pontifes. La dévotion pour les catacombes ayant cessé insensiblement, les églises placées sur leurs entrées furent détruites ou tombèrent en ruines. Celles-là seulement subsistèrent qui étaient fortifiées et pouvaient être défendues. Ainsi, par exemple, les basiliques *extra muros* de Saint-Paul sur la voie d'Ostie, de Saint-Sébastien sur la voie Appienne, de Saint-Laurent sur la voie de Tibur, de Sainte-Agnès sur la voie Nomentane, de Saint-Pancratius sur la voie Aurélienne, et la plus grande de toutes, celle de Saint-Pierre, sur le Vatican. La première et la dernière étaient entourées de bourgs ou de cités, et le voyageur retrouve encore les vestiges de fortes murailles aux abords des autres.

Il n'en est pas moins étonnant cependant que le jeune antiquaire dont nous avons cité fréquemment le nom avec honneur ait découvert deux de ces basiliques presque intactes, et situées au-dessus de l'entrée du cimetière de Callistus; l'une servait d'étable et de boulangerie, l'autre

de magasin à vins. La première est très-probablement celle
qu'éleva le pape Damasus, dont nous avons plusieurs fois
parlé. Les terres qu'entraînaient les eaux par les ouvertures destinées à l'aération, les ravages causés pendant
des siècles par ceux qui s'introduisaient à la faveur des
vignes, dans les passages non gardés, enfin l'action du
temps et du climat ne nous ont laissé que des ruines des
anciennes catacombes. Cependant nous devons encore
être reconnaissants pour ce qui nous reste. Ces débris
suffisent pour que nous puissions vérifier les rapports
que nous ont transmis des âges meilleurs, lesquels ser-
vent à reconstruire nos ruines. Le pontife actuel a fait
plus en quelques années pour ces lieux sacrés que l'on
n'avait fait pendant des siècles. La commission mixte instituée par lui a opéré des prodiges avec des ressources
limitées; elle travaille systématiquement, n'avançant point
qu'elle n'ait terminé ses entreprises. Nul objet n'est enlevé de l'endroit où on le découvre; mais on remet chaque chose, autant que possible, en son état primitif. Des
copies exactes reproduisent les peintures, et des plans
retracent les parties explorées. Pour assurer ces bons
résultats, le pape a acquis de ses propres fonds des vignes
et des champs, principalement à Tor Darancia, où est situé
le cimetière des saints Nérée et Achillée. Il a fait de même, du moins nous le croyons, pour celui de Callistus.
L'empereur des Français a envoyé à Rome des artistes,
afin d'y accomplir un travail magnifique, trop magnifique
peut-être, sur les catacombes. C'est là une entreprise
vraiment impériale.

Mais il est temps de rejoindre nos compagnons et
d'achever, sous la conduite de nos amis les fossoyeurs,
notre visite à ces merveilleuses cités des saints décédés.

IV

CE QUE DIOGÈNE POUVAIT RACONTER AU SUJET DES CATACOMBES.

Tout ce que nous avons dit à nos lecteurs sur la première période de l'histoire de Rome souterraine, ainsi que les antiquaires ecclésiastiques aiment à appeler les catacombes, Diogène l'a sans doute beaucoup mieux raconté que nous à ses jeunes auditeurs, alors qu'ils suivaient lentement, le flambeau à la main, une longue galerie droite, coupée d'un grand nombre d'autres, mais dont ils ne s'écartaient jamais. Il y eut plusieurs haltes, et naturellement tout autant de récits expliquant ce que nous avons si prosaïquement résumé dans notre second chapitre.

A la fin, Diogène tourna à droite, et Torquatus jeta autour de lui des regards scrutateurs.

— Je voudrais bien savoir, dit-il, combien d'allées nous avons passées avant de quitter cette immense galerie.

— Un grand nombre, répondit sèchement Severus.

— Et combien, croyez-vous ? dix, vingt ?

— Oui, au moins, je le suppose, car je ne les ai jamais comptées.

Torquatus, lui, les avait comptées, mais il désirait être sûr de son chiffre. Il continua après une pause :

— Alors comment reconnaissez-vous la voie exacte ? Mais qu'est-ce donc que ceci ?

Et il feignit d'examiner une petite niche occupant un angle du mur. Severus, qui le regardait attentivement, le vit faire une marque dans le sable.

— Allons, venez, lui dit-il, ou nous perdrons de vue nos compagnons et nous ne saurons point de quel côté ils se seront dirigés. Cette niche est pratiquée pour rece-

voir une lampe, et vous en trouverez de pareilles à tous
les angles. Nous connaissons aussi bien les allées et les
détours que vous les rues de la ville, là haut.

Ces explications sur les lampes parurent contenter
quelque peu Torquatus. On en découvre encore aujour-
d'hui un grand nombre; elles sont en terre et faites évidemment pour les catacombes. Cependant le jeune homme n'était point complètement satisfait; il chercha à se
rendre compte aussi exactement que possible des différentes allées; tantôt sous un prétexte, tantôt sous un autre,
il s'arrêtait et étudiait attentivement. Enfin ils franchi-
rent   une porte ouvrant sur une chambre carrée, ornée de riches peintures.

— Comment appelez-vous ce lieu? demanda Tiburtius.

— C'est une des nombreuses cryptes ou *cubicula* qui
abondent dans les cimetières, répliqua Diogène. Ce sont
parfois de simples tombeaux de famille; mais elles renferment généralement le sépulcre de quelque martyr, et
nous nous y réunissons pour célébrer son anniversaire.
Voyez cette tombe, en face; quoique à fleur de la muraille,
elle est surmontée d'une voûte; car, en ces circonstances, elle sert d'autel pour l'accomplissement des divins
mystères. Vous connaissez, sans doute, la raison de ces
usages?

— Peut-être, intervint Pancratius, mes deux amis,
récemment baptisés, l'ignorent-ils encore; mais je la
sais, moi. C'est assurément l'un des plus glorieux priviléges des martyrs que celui dont ils jouissent quand on
offre sur leurs cendres le corps sacré et le sang précieux
de Notre-Seigneur : ils reposent alors sous les pieds de
Dieu. Mais examinons plus en détail les peintures de
cette crypte.

— Voilà pourquoi je vous ai amenés dans cette chambre, préférablement à beaucoup d'autres que renferme
ce cimetière. C'est une des plus anciennes; elle contient
une série complète de peintures, depuis les temps les
plus reculés jusqu'à ce jour; mon fils a exécuté les dernières.

— Eh bien, Diogène, expliquez-les méthodiquement à mes amis, invita Pancratius. Je connais la plupart de ces peintures, mais non pas toutes; aussi je serais heureux de vous entendre les décrire.

— Je ne suis pas un savant, répondit modestement le vieillard. Mais quand on a vécu soixante ans parmi certaines choses, enfant, puis homme fait, on peut se flatter de les connaître mieux que personne, parce qu'on les aime davantage. Tous ceux qui sont ici ont été complètement initiés, je pense? ajouta-t-il après une pause.

— Oui, tous, répondit Tiburtius; quoique moins instruits que les convertis ne le sont ordinairement, Torquatus et moi nous avons reçu le don sacré du baptême.

— Il suffit, déclara le fossoyeur. Les peintures du plafond sont naturellement les plus anciennes; elles ont été faites dès que la crypte a été creusée, tandis que les murs n'ont été décorés que lors de l'établissement des tombes. Vous voyez exécutée sur la voûte une peinture représentant une vigne chargée de grappes : image, évidemment, de la vigne véritable dont nous sommes les branches. Ailleurs vous apercevez Orphée, assis et charmant par d'harmonieux accords non-seulement ses troupeaux, mais encore les bêtes sauvages du désert, qui se pressent, ravies, autour de lui.

— Mais c'est un tableau païen, fit Torquatus d'un ton sarcastique; qu'a-t-il de commun avec le christianisme?

— C'est une de nos allégories favorites, Torquatus, expliqua doucement Diogène. L'emploi des images païennes est permis quand elles ne sont pas mauvaises en elles-mêmes. Aussi vous voyez encore sur ce plafond des masques et autres signes païens; ils appartiennent généralement à une époque très-éloignée. Si on a représenté Notre-Seigneur sous les traits d'Orphée, c'était pour soustraire son image sacrée aux blasphèmes et aux profanations des Gentils. Regardez maintenant dans cette arcade, là-bas, vous y verrez une représentation plus récente du même sujet.

— J'aperçois, dit Torquatus, un berger portant une brebis sur ses épaules, le Bon Pasteur, si je comprends bien; je me souviens de cette parabole.

— Mais pourquoi ce sujet est-il traité avec une sorte de prédilection? demanda Tiburtius; je l'ai aussi remarqué dans d'autres cimetières.

— Regardez *l'arcosolium* (tombe voûtée), répondit Severus, et vous y verrez une reproduction plus complète de la même scène. Mais je pense que nous ferons mieux de continuer ce que nous avons commencé, et d'achever l'examen du plafond. Apercevez-vous cette figure, à droite?

— Oui, répliqua Tiburtius, c'est celle d'un homme qui paraît enfermé dans un coffre avec une colombe volant vers lui. N'est-ce pas une représentation du déluge?

— Effectivement, reprit Severus; et de plus l'emblème de la régénération par l'eau et le Saint-Esprit, et de la rédemption du monde. Ceci rappelle notre commencement; voilà qui symbolise notre fin : Jonas précipité dans la mer et avalé par la baleine, puis assis dans la joie sous son calebassier; c'est-à-dire la résurrection des âmes avec Notre-Seigneur et le repos qui en est le fruit.

— Que ces tableaux sont bien placés en pareil lieu! remarqua Pancratius en indiquant du doigt le côté opposé. Voici un autre emblème de la même consolante doctrine.

— Où cela? demanda lentement Torquatus; je ne vois qu'une figure enveloppée de bandages et se tenant debout, comme un enfant énorme, dans un petit sanctuaire; un autre personnage apparaît en face.

— Précisément, repartit Severus : telle est la manière dont nous représentons toujours la résurrection de Lazare. Regardez plus loin cette expression touchante des espérances de nos pères dans la persécution : les trois enfants dans la fournaise ardente de Babylone.

— Parfaitement, dit Torquatus, je pense que nous pou-vons passer à *l'arcosolium* et en finir avec cette chambre. Quelles sont ces peintures qui l'entourent ?

— Si vous regardez à gauche, vous verrez la multipli-cation des pains et des poissons : le poisson est, vous le savez, le symbole du Christ.

— Pourquoi cela ! s'enquit Torquatus avec quelque im-patience.

Severus se retourna vers Pancratius comme étant plus capable de répondre.

— Il y a deux opinions sur l'origine de cet emblème, expliqua le jeune homme avec bienveillance; l'une en trouve la signification dans le mot lui-même dont les let-tres forment les initiales grecques des noms suivants : Jésus-Christ, fils de Dieu, Sauveur; l'autre la tire du symbole lui-même; elle enseigne que, de même que le poisson naît et vit dans l'eau, ainsi le chrétien naît dans les eaux du baptême, où il est enseveli avec le Christ. De là les poissons que nous avons vus, en venant ici, sculptés sur les tombeaux, ou seulement le nom qui s'y rapporte. Maintenant continuez, Severus.

— La multiplication des pains et des poissons nous montre le Christ devenant la nourriture de tous dans l'Eucharistie. En face, vous apercevez Moïse frappant le rocher, aux eaux duquel tous se désaltèrent, et qui est le Christ, notre breuvage aussi bien que notre ali-ment.

— Nous voici enfin au Bon Pasteur, dit Torquatus.

— Oui, poursuivit Severus; vous le voyez au centre de l'*arcosolium*, en simple tunique, une brebis sur l'é-paule, la brebis égarée du troupeau. Il y en a deux autres à ses côtés : le bélier paresseux à sa droite, une douce brebis à sa gauche. Le pénitent occupe la place d'hon-neur. Vous voyez également deux personnages évidem-ment envoyés pour prêcher; penchés l'un et l'autre en avant, ils s'adressent aux brebis qui ne sont pas du trou-peau. De chaque côté, l'une de ces brebis paraît ne prêter aucune attention à leurs paroles, mais elle   broute tranquillement, tandis qu'une autre, tournant la tête et les yeux, regarde et écoute attentivement. La pluie — la grâce de Dieu — tombe à flots sur elle. Cette peinture n'est pas difficile à interpréter.

— D'où vient la préférence accordée à ces emblèmes ? interrogea encore Tiburtius.

— Nous pensons que cette peinture et les autres du même genre remontent généralement aux temps de l'hérésie de Novatien , qui infecta si malheureusement l'Eglise.

— Et quelle était cette hérésie? s'enquit négligemment Torquatus, car il trouvait qu'il perdait son temps.

— Elle enseignait et elle enseigne encore , répondit Pancratius , qu'il y a des péchés que l'Eglise ne peut remettre, parce qu'ils sont trop grands pour que Dieu les pardonne.

L'adolescent ne remarqua pas l'effet de ces paroles sur Torquatus, mais Severus, qui ne le quittait pas du regard , vit le sang affluer violemment à son visage , et refluer aussitôt.

— Est-ce là une hérésie? demanda le traître confus.

— Oui, certes, c'est une horrible hérésie que de limiter la miséricorde de Celui qui n'est pas venu appeler les justes, mais les pécheurs au repentir. L'Eglise catholique a toujours soutenu qu'un pécheur , quelque soit le nombre et l'énormité de ses crimes, peut en recevoir le pardon, pourvu qu'il se repente sincèrement et qu'il recoure au remède de la pénitence dont elle est la dépositaire. De là ses prédilections pour ce type du Bon Pasteur, toujours prêt à courir au désert pour en ramener la brebis égarée.

— Mais supposons, reprit Torquatus visiblement ému, qu'un chrétien , ayant reçu le Don sacré (1), retombe et se plonge dans l'abime du vice , et... et... (sa voix s'éteignit) et qu'il trahisse, pour ainsi dire, ses frères, l'Eglise ne le rejetterait-elle point sans espoir?

(1) Le baptême.

8..

— Non, non, affirma l'adolescent : ce sont là précisément les crimes que les Novatiens reprochent aux catholiques de pardonner. L'Eglise est une mère dont les bras s'ouvrent toujours pour recevoir l'enfant égaré.

Une larme trembla dans l'œil de Torquatus ; son crime lui vint un instant aux lèvres, il allait le confesser ; mais bientôt, comme si une goutte de poison lui fût montée à la gorge et y eût étouffé l'aveu, il reprit son regard dur et obstiné, se mordit les lèvres, et ajouta avec un calme affecté :

— Cette doctrine est vraiment consolante pour ceux qu'elle concerne.

Seul, Severus comprit qu'un appel de la grâce venait d'être repoussé, et qu'une funeste pensée avait arraché du cœur de cet homme une lueur d'espérance. Diogène et Majus, qui s'étaient éloignés pour examiner un endroit où ils se proposaient d'ouvrir une nouvelle galerie, revinrent en ce moment. Torquatus s'adressant au vieux fossoyeur en chef, lui dit :

— Maintenant que nous avons vu les galeries et les chambres, je désirerais visiter l'église où nous devons nous rassembler.

Le fossoyeur sans défiance allait accéder à ce vœu ; mais l'inflexible Severus s'interposa.

— Il est trop tard, je pense, aujourd'hui, père, déclara-t-il ; vous savez quels sont nos travaux. Que nos jeunes amis nous excusent : bientôt ils auront une occasion meilleure et plus propice de voir l'église où le Souverain-Pontife doit officier.

Nul n'éleva d'objection. Quand ils eurent tous regagné le point où ils avaient quitté la galerie droite pour visiter la chambre ornée des peintures, Diogène les arrêta, s'avança de quelques pas dans une allée en face, et ajouta :

— On arrive à l'église en prenant ce corridor et en tournant à droite. Je ne vous ai amenés ici que pour vous montrer un *arcosolium* décoré d'une admirable peinture. Vous y voyez la Vierge-Mère, tenant le divin

Enfant dans ses bras, à qui les sages de l'Orient, ici au nombre de quatre, quoique nous n'en connaissions que trois, offrent leurs adorations.

Tous s'extasièrent devant cette peinture. Mais le pauvre Severus éprouvait un vif chagrin de ce que son père, sans réflexion, avait fourni à Torquatus le renseignement désiré en lui indiquant le moyen de parvenir à l'église, et en appelant son attention sur le tombeau dont les remarquables peintures le guideraient si facilement. Quand les visiteurs se furent éloignés, il communiqua au fossoyeur ses observations au sujet de Torquatus, et ajouta :

— Cet homme nous causera beaucoup de mal; il m'inspire de violents soupçons.

Ils eurent promptement effacé les marques que Torquatus avait faites aux angles des galeries. Mais, peu rassurés encore par ces précautions, ils résolurent de changer la route en comblant celle qui existait, et en faisant partir la nouvelle d'un autre point. Dans ce but, ils apportèrent le sable extrait des récentes excavations à l'extrémité d'une galerie croisant l'allée principale, et l'y laissèrent jusqu'à ce que les fidèles pussent être instruits du changement projeté.

V

AU-DESSUS DU SOL.

Pour reposer le lecteur de sa longue excursion, nous le conduirons une seconde fois dans « l'heureuse Campanie » *Campania felix*, comme l'eût appelée un écrivain de l'antiquité. C'est là que nous avons laissé Fabiola, préoccupée des sentences qu'elle avait trouvées; elles la frappaient comme un message de l'autre monde, dont elle ignorait la signification précise. Bien qu'elle souhaitât vivement d'en savoir davantage à ce sujet, elle n'osait interroger personne. Elle reçut un grand nombre de

visiteurs le lendemain ainsi que les jours suivants ; l'idée
lui vint souvent de communiquer à plusieurs les mystérieuses paroles, mais elle ne put s'y résoudre.

Une patricienne, froidement vertueuse, dont la vie
s'écoulait, comme la sienne, dans une régularité philosophique, se présenta; elles s'entretinrent des opinions en
vogue. Fabiola tira sa feuille de vellum, afin de la lui
soumettre ; mais elle recula. Un savant, versé dans toutes les branches de la science et de la littérature, étant
demeuré long-temps avec elle, s'expliqua d'une façon
charmante sur les doctrines sublimes des anciennes éco-
les. Elle fut tentée de le consulter sur sa découverte;
mais elle lui parut renfermer un sens trop élevé pour
qu'il pût la comprendre. Il était étrange, en vérité, que
la noble et fière Romaine, pour obtenir la lumière ou la
consolation, dût recourir à son esclave chrétienne. Elle
le fit cependant. Après plusieurs jours de réceptions et
de visites, dès que Fabiola se trouva seule avec Syra,
elle prit le parchemin et le plaça devant la jeune fille,
dont le visage s'empreignit d'une vive émotion, que sa
maîtresse ne remarqua pas. Lorsqu'elle leva les yeux
après avoir lu, elle était parfaitement calme.

— J'ai rapporté par méprise cet écrit de la villa de
Chromatius, dit la patricienne. Je ne puis éloigner son
contenu de mon esprit qu'il fatigue.

— Et pourquoi cela, ma noble maîtresse? le sens n'est-
il point assez clair ?

— Sans doute; mais c'est sa clarté même qui me trouble. Ma nature se révolte contre les idées qu'il exprime.
Il me semble qu'il faut mépriser l'homme insensible à
l'outrage, et qu'on doit rendre haine pour haine. Pardonner serait beaucoup déjà, mais rendre le bien pour le
mal, c'est, à mon avis, blesser la nature humaine. Pourtant, quoique sous l'influence de tels sentiments, je n'oublie pas que tu m'as forcée à t'estimer par une conduite
opposée à celle que j'approuve.

— Ne parlez pas de moi, ma chère maîtresse, mais ne
considérez que le principe; vous l'honorez en d'autres

personnes encore. Méprisez-vous ou respectez-vous Aristide, pour avoir obligé un ennemi grossier en écrivant, à
la demande de ce dernier, son propre nom sur la coquille
avec laquelle il devait voter son bannissement? Vous,
une patricienne de Rome, dédaignez-vous ou honorez-
vous Coriolan pour sa généreuse modération envers votre
patrie?

— Syra, je les vénère l'un et l'autre ; mais, tu le sais,
c'étaient des héros et non point des hommes qu'on rencontre journellement.

— Et qui empêche que nous ne soyons tous des héros?
demanda l'esclave en riant.

— Juste ciel! enfant! que serait-il de ce monde si
nous étions tous des héros? Il est, certes, fort intéressant
de lire le récit des actes de ces merveilleux personnages,
mais on serait très-fâché de les voir accomplir chaque
jour par des hommes vulgaires.

— Pour quel motif? insista la servante.

— Tu le demandes? quelle mère aimerait à voir le fils
qu'elle nourrit jouant avec les serpents et les étouffant
dans son berceau? Je serais fâché, vraiment, de recevoir
à ma table un personnage qui me raconterait froidement
qu'il a tué le matin un minotaure, étranglé un hydre ; ou
un ami qui m'offrirait de faire passer le Tibre par mes
écuries pour les nettoyer. Oui, je le dis, que le Ciel nous
préserve d'une génération de héros !

Et Fabiola se mit à rire de bon cœur de cette idée.
Syra reprit avec un égal enjouement :

— Mais supposons que nous ayons le malheur de
vivre dans une contrée pleine de monstres tels que les
centaures, les minotaures, les hydres et les dragons ; ne
vaudrait-il pas mieux alors que tous les hommes vulgaires fussent des héros pour les combattre que d'appeler,
des extrémités du monde, un Thésée ou un Hercule pour
les dompter? D'ailleurs, en pareil cas, l'homme qui les
attaquerait ne serait pas plus un héros que ne l'est un
tueur de lions dans mon pays.

— C'est très-vrai , Syra ; mais je ne vois pas où tu veux en venir.

— Le voici : la colère , la soif de la vengeance, l'ambition, l'avarice, sont, à mon gré, des monstres aussi réels que les serpents et les dragons. Pourquoi n'essaierais-je pas d'en triompher , à l'exemple d'Aristide, de Coriolan ou de Cincinnatus? Pourquoi abandonner aux héros une tâche que nous pouvons accomplir avec un égal succès?

— Est-ce là vraiment un principe de morale ordinaire? S'il en est ainsi , je crains bien que tu ne vises trop haut.

— Non , chère maîtresse. Vous fûtes étonnée quand je me hasardai à soutenir que la vertu intérieure et cachée était aussi nécessaire que la vertu extérieure et visible. J'ai peur de vous surprendre encore davantage.

— Va toujours, et n'hésite pas à me tout dire.

— Eh bien ! le principe de la doctrine que je professe exige que nous regardions et accomplissions comme un acte de vertu quotidienne, ordinaire, et même comme un simple devoir, ce que les autres doctrines, quelque pures et nobles qu'elles soient, proclament héroïque et transcendant.

— C'est là , je l'avoue, une règle morale sublime , admirable. Mais remarque la différence entre les deux cas : les louanges des hommes exaltent le héros , et il sait que sa mémoire sera transmise à la postérité quand il maîtrise ses passions et accomplit des actes élevés. Mais qui s'occupe du pauvre obscur, imitant ces nobles exemples dans son humble solitude? Qui le voit, et qui le récompensera?

D'un geste solennel et respectueux, Syra leva les yeux et la main droite vers le ciel, et répondit lentement :

— Son Père qui est dans les cieux , qui fait luire son soleil sur les bons comme sur les méchants , et pleuvoir également sur le juste et l'injuste.

Fabiola, intimidée en quelque sorte , se tut un instant. Enfin , elle dit avec un accent de respectueuse affection :

— Syra, tu triomphes encore de ma philosophie. Ta

sagesse est solide autant que sublime. Tu nous proposes
à tous, comme pratique journalière, l'héroïsme de la
vertu, même quand celle-ci doit rester ignorée. Pour
tenter pareille entreprise, il faudrait, certes, que les
hommes fussent supérieurs aux dieux tels que nous nous
les représentons. Mais une semblable idée vaut à elle
seule toute une philosophie. Peux-tu me conduire à des
sphères plus élevées?

— Oh! oui, à des sphères beaucoup plus élevées encore.

— Et où me conduiras-tu à la fin?

— Là où votre cœur sentira qu'il a trouvé la paix.

VI

DÉLIBÉRATIONS.

Depuis quelque temps, la persécution sévissait en
Orient, et les décrets qui devaient l'allumer dans tout
l'Occident avaient été apportés à Maximien. Il avait été
résolu non plus seulement d'exercer une répression
ordinaire, mais de détruire le nom chrétien. On avait
décidé de n'épargner aucun d'entre les fidèles, et d'abat-
tre d'abord le chef de la religion, pour exterminer ensuite plus facilement jusqu'au plus pauvre de ses adeptes.
Il était nécessaire de prendre des mesures à cet effet,
afin que les différents instruments de destruction pussent
agir avec ensemble. On voulait mettre en œuvre tous les
moyens possibles, afin d'assurer le succès de l'entreprise; il fallait que la majesté d'un ordre impérial ajou-
tât une grandeur et une terreur de plus à ce coup redoutable et décisif.

Dans ce but, bien qu'impatient de commencer son
œuvre de sang, l'empereur avait cédé à l'avis de ses
conseillers, et résolu de tenir l'édit secret jusqu'à ce qu'il
pût être simultanément publié dans toutes les provinces
et dans tous les gouvernements de l'Occident. L'effroya-

ble orage qui portait dans ses flancs la vengeance, devait
rester quelque temps suspendu comme un horrible mystère sur les victimes qu'il menaçait, puis éclater soudainement et décharger sur leur tête les éléments multiples
qu'il recélait : le feu, la grêle, la neige, la glace, la tempête effroyable.

Ce fut au mois de novembre que Maximien Hercule
convoqua la réunion dans laquelle il se proposait d'arrêter définitivement son plan. Il y appela les principaux
officiers de sa cour et de ses Etats. Le premier d'entre
eux, le préfet de la ville, avait amené son fils Corvinus,
qu'il se proposait de mettre à la tête d'un corps de « pour-
suivants » armés, choisis parmi les ennemis les plus
cruels et les plus acharnés des chrétiens. Les préfets et
les gouverneurs de la Sicile, de l'Italie, de l'Espagne et
de la Gaule étaient venus recevoir leurs instructions. Il y
avait en outre un certain nombre de savants et d'orateurs,
au nombre desquels Calpurnius, notre ancienne connaissance. Beaucoup de prêtres, accourus de différentes
provinces, pour réclamer une persécution impitoyable,
furent invités au conseil.

Les empereurs, nous l'avons dit, résidaient habituellement sur le Palatin. Cependant il existait un palais
qu'ils affectionnaient davantage, et que préférait particulièrement Maximien Hercule. Sous le règne de Néron,
l'opulent sénateur Plantius Lateranus, ayant été inculpé
de conspiration, et naturellement puni de mort, ses immenses richesses furent confisquées au profit de l'empereur. Sa maison, dont Juvénal et d'autres écrivains vantent la grandeur et la magnificence, était comprise dans
cette mesure. Elle était merveilleusement située sur le
Cœlius, à gauche de la ville : de cette demeure, on jouissait d'une vue incomparable, même dans les environs
de Rome. Planant sur la campagne onduleuse, coupée
d'aqueducs gigantesques, traversée par des routes bordées
de tombeaux de marbre, parsemée de brillantes villas
enchassées comme des pierres précieuses dans le vert et
sombre émail des lauriers et des cyprès, l'œil se reposait,

le soir, sur les pentes empourprées des collines où s'étendaient mollement Albe et Tusculum, avec « leurs filles», suivant l'expression orientale, qui semblaient se plonger dans les splendides rayons du soleil couchant. A la gauche des spectateurs s'élevait la chaîne des montagnes escarpées de la Sabine; à droite, la mer avec ses reflets d'or terminait cet admirable paysage.

Ce serait prêter à Maximien une qualité qu'il ne possédait point que de supposer qu'il avait choisi cette délicieuse résidence par amour pour le beau. La splendeur des bâtiments, qu'il avait encore augmentée, ou peut-être la facilité de sortir de la ville à son gré, pour chasser le loup et le sanglier, tels étaient les motifs de sa préférence. Originaire de Sirmium, en Sclavonie, un Barbare, par conséquent, et de la plus basse extraction, doué d'une force toute brutale, qui lui avait valu le surnom d'Hercule, il avait été élevé à la pourpre par son confrère en barbarie, Dioclès, devenu l'empereur Dioclétien. Cupide comme lui jusqu'à la bassesse, et prodigue jusqu'à l'extravagance, adonné aux mêmes vices grossiers et aux mêmes crimes hideux qu'une plume chrétienne se refuse à exprimer, sans retenue dans ses passions, sans aucune idée de justice, destitué de tout sentiment d'humanité, ce monstre n'avait jamais cessé d'opprimer, de persécuter et de faire périr quiconque se trouvait sur sa route. Pour lui, la persécution qui s'apprêtait, c'était un festin promis à un glouton aspirant à une orgie, pour rompre la monotonie de ses excès journaliers. De taille gigantesque avec les traits bien connus de sa race, ses cheveux et sa barbe, plutôt jaunes que roux, étaient rudes et épais comme des brins de paille; il roulait sans cesse des regards soupçonneux, lubriques, féroces. Ce dernier des tyrans de Rome inspirait la terreur à tous ceux qui le contemplaient, les chrétiens exceptés. Est-il étonnant qu'il détestât la race et jusqu'au nom des fidèles?

Maximien réunit donc son conseil, composé d'éléments divers, dans la grande basilique ou salle du palais de

Lateran, *Ædes Lateranæ.* Le secret était prescrit à tous sous peine de mort. L'empereur s'assit sur un trône d'ivoire, richement orné, dans l'abside semi-circulaire formant l'extrémité supérieure de la salle. Devant lui se rangèrent ses conseillers obséquieux, presque tremblants ; une compagnie de gardes choisis occupait l'entrée ; l'officier qui la commandait, Sébastien, négligemment appuyé près de la porte, à l'intérieur, notait cependant avec soin chaque parole qu'il entendait.

L'empereur ne se doutait pas que la salle où il siégeait, et qu'il donna plus tard à Constantin avec le palais adjacent, comme une partie de la dot de sa fille Fausta, serait cédée par son gendre au chef de cette religion qu'il se proposait d'extirper de la terre, et deviendrait, tout en gardant son titre de basilique de Lateran, la mère et la première de toutes les églises de Rome et du monde. Il ne pensait pas qu'à cette même place qu'occupait son trône, s'élèverait la Chaire du haut de laquelle une race immortelle de souverains spirituels et temporels adresserait des ordres à des mondes inconnus à la domination romaine.

Par déférence pour la religion, la parole fut d'abord accordée aux prêtres. Chacun d'eux raconta son histoire. Ici une rivière avait débordé et ravagé les plaines voisines ; là un tremblement de terre avait en partie renversé une ville ; sur les frontières du Nord, les Barbares menaçaient d'une irruption ; au midi, la peste désolait les populations fidèles à l'ancien culte. Dans toutes ces circonstances, les oracles avaient déclaré que les chrétiens étaient cause de ces calamités, les dieux étant irrités qu'on les tolérât, et leurs maléfices attirant le malheur sur l'empire. En outre, plusieurs de ces oracles avaient affligé leurs prêtresses en disant ouvertement qu'ils se tairaient tant que les odieux Nazaréens existeraient ; et le grand oracle de Delphes n'avait point hésité à déclarer que le *Juste* ne permettait plus aux dieux de parler.

Ensuite vint le tour des philosophes et des orateurs. Chacun d'eux fit de longs discours, pendant lesquels

Maximien donna des signes non équivoques d'impatien-
ces. Mais comme les empereurs d'Orient avaient tenu une
assemblée de ce genre, il se croyait obligé de subir ces
ennuis. On répéta pour la millième fois les calomnies
accoutumées, aux applaudissements des assistants ; on
parla du meurtre d'un enfant, dont les chrétiens dévo-
raient la chair dans un banquet ; on les accusa de crimes
abominables, d'adorer les corps des martyrs, une tête
d'âne, et, ce qui était contradictoire, de ne croire à rien
et de n'admettre aucune divinité. Tous ces mensonges
furent accueillis, quoique ceux qui les racontaient sussent
parfaitement que ce n'étaient que des contes païens,
destinés, par leur grossièreté même, à entretenir l'horreur pour le christianisme.

Enfin se leva l'homme que l'on considérait comme
ayant étudié le plus à fond les doctrines de l'ennemi et
comme le mieux initié à ses dangereuses tactiques. On
croyait qu'il avait lu les livres des chrétiens et qu'il préparait une réfutation écrasante de leurs doctrines. Il
jouissait d'une si grande autorité parmi les siens, que
s'il eût affirmé que les fidèles professaient des principes
monstrueux, le souverain-pontife en personne serait-il
venu le démentir, n'eût recueilli que des moqueries, et
l'assertion de Calpurnius n'en aurait point été affaiblie.

Il suivit une voie différente, et son érudition étonna
même les sophistes ses confrères. Il avait lu, disait-il,
non-seulement les livres originaux des chrétiens, mais
encore ceux des Juifs, leurs ancêtres. Ces derniers, ajou-
tait-il, s'étant réfugiés en Egypte, sous le règne de Ptolé-
mée-Philadelphe, pour échapper à la famine qui désolait
leur pays, achetèrent, par la ruse de leur chef, Joseph,
tout le blé que renfermait le royaume et l'envoyèrent
dans leur patrie. Alors Ptolémée les fit emprisonner,
disant que puisqu'ils avaient mangé tout le blé, ils se
nourriraient de paille en faisant de la brique pour la
construction d'une grande cité. Démétrius de Phalère
ayant ensuite entendu raconter une foule d'histoires
curieuses sur leurs aïeux, enferma dans une tour les plus

savants d'entre eux, Moïse et Aaron, et le r fit raser la
moitié de la barbe jusqu'à ce qu'ils eussent traduit en
grec toutes leurs annales. Calpurnius prétendait avoir vu
ces livres rares, et il voulut le prouver immédiatement.
Il poursuivit donc en affirmant que cette race faisait la
guerre à tous les rois et à tous les peuples qui se présentaient sur sa route; et qu'elle les détruisait entièrement.
Les Juifs avaient pour principe, quand ils prenaient une
ville, d'en passer tous les habitants au fil de l'épée, et
cela parce qu'ils étaient gouvernés par leurs prêtres
ambitieux. Aussi, un de leurs princes, Saül, connu également sous le nom de Paul, ayant épargné un malheureux monarque captif, appelé Agag, les prêtres ordonnèrent qu'on leur amenât ce dernier, et le firent couper à
morceaux.

—Maintenant, continua-t-il, ces chrétiens sont sous
la domination du même sacerdoce, et tout aussi disposés
qu'autrefois à renverser, sous sa direction, le grand empire romain, à nous brûler tous dans le Forum, et même
à s'attaquer à la tête sacrée de nos divins empereurs.

A ce récit, un frémissement d'horreur parcourut l'assemblée. Mais il cessa bientôt, l'empereur se préparant
à parler.

Pour ma part, dit-il, j'ai d'autres raisons plus puissan-
tes de détester ces chrétiens. Ils ont osé établir au cœur
de l'empire, dans cette cité même, une autorité religieuse
souveraine, inconnue jusqu'ici, indépendante du gouver-
nement de l'Etat, en exerçant sur leurs esprits une égale
autorité. Jadis tous regardaient l'empereur comme le chef
suprème de la religion et de la société civile; et voilà
pourquoi il porte encore le titre de souverai -pontife.
Mais ces hommes ont établi un autre pouvoir que le
nôtre, et ils ne nous accordent plus qu'une part de leur
fidélité. Aussi, je hais comme une usurpation de ma
puissance cette influence que leur sacerdoce s'arroge ur
mes sujets. Je préférerais, je le déclare, qu'un rival me
disputât le trône, que d'apprendre l'élection d'u de ces
prêtres dans Rome.

Ce discours, prononcé d'une voix rauque et haineuse, et avec un accent étranger des plus vulgaires, fut accueilli par de bruyants applaudissements, et l'on forma des plans pour la publication simultanée de l'édit dans tout l'Occident. Ensuite, l'empereur fixant un regard sinistre sur Tertullus :

— Préfet, dit-il, vous m'avez annoncé quelqu'un pour surveiller ces arrangements et poursuivre sans merci tous ces traîtres.

— Il est ici, seigneur : c'est mon fils Corvinus.

Et Tertulus conduisit le jeune candidat au pied du trône du tyran, où il s'agenouilla. Maximien arrêta sur lui son œil perçant, laissa échapper un éclat de rire hideux, et s'écria.

— Sur ma parole ! il fera, je crois, notre affaire. Certes, préfet, j'étais loin de m'imaginer que vous eussiez un fils si laid. Je suis persuadé qu'il remplira exactement son office, car toutes les qualités d'un vaurien consommé, ignare, sont empreintes sur son visage.

Puis, s'adressant à Corvinus devenu pourpre de rage, de terreur et de honte, il ajouta :

— Attention à toi, drôle ; il me faut de la besogne bien faite : pas de bévues, ni de massacres maladroits. Je paye bien quand on me sert à mon gré ; mais je solde également quand on me sert mal. Va donc maintenant ; et souviens-toi que ton dos répondra des petites fautes et ta tête des grandes. Les faisceaux des licteurs contiennent une hache aussi bien que des verges.

L'empereur se levait pour se retirer, quand il aperçut Fulvius, mandé comme espion de la cour, mais qui tâchait de rester à l'écart.

— Holà ! mon digne Oriental, lui cria-t-il, approchez donc.

Fulvius obéit avec un empressement apparent, mais avec la répugnance réelle qu'il eût éprouvée à aborder un tigre enchaîné, dont la force de la chaîne ne lui eût offert qu'une médiocre sécurité. Il avait remarqué, dès son arrivée, que sa présence déplaisait à Maximien, bien qu'il ne sût point au juste pourquoi. Sans doute, le tyran ayant déjà un grand nombre de favoris et d'espions à enrichir, n'avait pas besoin que Dioclétien lui en adressât d'autres d'Asie, et cette considération avait son poids; mais il y en avait une autre plus grave : il était convaincu que Fulvius avait été envoyé pour le surveiller lui-même, et mander à Nicomédie ce qui se disait ou se faisait à sa cour. Aussi, tout en le tolérant et en l'employant forcément, il se méfiait de lui et ne l'aimait pas. De sorte que ce fut une compensation pour Corvinus, lorsqu'il entendit l'empereur interpeller son allié plus élégant avec la même grossièreté que lui-même, tout à l'heure :

— Epargnez-vous ces regards hypocrites, drôle; il me faut des actes et non des sourires. Vous êtes venu ici avec la réputation d'un fameux dénicheur de complots, d'un furet habile à chasser de leur terrier les conspirateurs, ou à sucer leur substance à notre profit; cependant je n'ai encore rien vu, quoique vous ayez reçu déjà beaucoup d'argent pour vous mettre à l'œuvre. Les chrétiens vous procureront du gibier en abondance. Ainsi préparez-vous et montrez de quoi vous êtes capable. Vous connaissez ma manière d'agir; portez donc autour de vous un regard perçant, si vous craignez quelque peu de vous rencontrer un jour avec la pointe de mon glaive.

Les délateurs partageront les richesses des condamnés avec le trésor, à moins que je ne juge à propos de tout garder, pour des raisons particulières. Maintenant vous pouvez sortir.

La plupart des assistants pensèrent que ces raisons particulières ne manqueraient pas de naître très-fréquemment.

VII

UNE TRISTE MORT.

Peu de jours après le retour de Fabiola de la campagne, Sébastien crut de son devoir de se rendre chez elle
pour lui communiquer l'entretien de Corvinus et de l'esclave noire, en évitant toutefois de leur causer un pré-
judice inutile. Nous avons déjà remarqué que nul des
jeunes patriciens qui fréquentaient en grand nombre la
maison de son père n'avait excité l'admiration et le
respect de la Romaine, excepté Sébastien. Franc, généreux, brave comme il l'était, et cependant si modeste,
si doux, si bienveillant dans ses paroles et dans ses
actes, si désintéressé et si prévenant pour les autres,
réunissant dans son caractère la noblesse et la simplicité, la haute sagesse et le bon sens pratique, il lui apparaissait comme le type accompli de cette mâle vertu que
le temps ni la familiarité n'affaiblissent. Aussi, lorsqu'on
lui annonça que le tribun désirait lui parler en particulier dans une des salles du rez-de-chaussée, son cœur
battit d'une façon inaccoutumée, et il lui vint mille pensées bizarres sur les motifs de cette entrevue. Son trouble ne diminua point quand Sébastien, après s'être
excusé du dérangement qu'il lui causait peut-être, ajouta
en souriant que, malgré les nombreux aspirants à sa
main qui la fatiguaient de leurs obsessions, il regrettait
d'en avoir un autre, non encore déclaré, à porter sur la
liste. Si elle ressentit d'abord de l'étonnement et de l'orgueil à ce préambule ambigu, elle éprouva bientôt une
vive mortification en apprenant qu'il s'agissait du vulgaire et stupide Corvinus; car son père lui-même, bien
que peu difficile au sujet des personnages qu'il admettait chez lui, avait suffisamment observé Corvinus, à son
dernier banquet, pour le qualifier de ces épithètes en
présence de sa fille.

Sébastien, qui redoutait plutôt l'activité physique que l'influence morale des philtres d'Afra, jugea prudent d'informer Fabiola du pacte intervenu entre les deux complices en magie, quoique le principal but de l'alliance parût être de tirer de l'argent de la bourse d'une dupe parcimonieuse.

L'officier passa sous silence, bien entendu, la partie du dialogue qui se rapportait aux chrétiens. Il se contenta de mettre la patricienne sur ses gardes, et elle lui promit d'empêcher et d'interdire les excursions nocturnes de son esclave nécromancienne. Fabiola ne crut pas un instant que la négresse eût l'intention de tenter la réalisation de ses engagements ; elle ne craignait nullement l'effet de ses arts qu'elle méprisait profondément. D'ailleurs, le monologue d'Afra semblait prouver clairement qu'elle songeait uniquement à tromper son complice. Néanmoins, elle s'indigna d'avoir été l'objet d'un marché entre ces deux misérables, et d'avoir été représentée comme une ambitieuse, une avare, qu'on pouvait obtenir à prix d'or.

— Je comprends, dit-elle enfin à Sébastien, tout ce que votre démarche pour me prévenir a d'aimable ; j'admire la délicatesse avec laquelle vous avez abordé cette affaire désagréable, et la réserve dont vous avez usé envers les différentes personnes qui s'y trouvent impliquées.

— En cette circonstance, répondit le tribun, j'ai fait simplement pour vous ce que j'eusse fait pour toute autre personne que j'eusse désiré préserver d'un danger ou d'une peine.

— Vous voulez parler de vos amis? reprit Fabiola en souriant ; autrement, il serait à craindre que votre vie tout entière ne se consumât en actes de bienveillance, sans espoir de récompense.

— Pourrais-je la mieux employer que de cette manière ?

— Sans doute, vous ne parlez pas sérieusement, Sébastien. Si vous voyiez quelqu'un qui vous aurait toujours, et même qui aurait cherché à vous faire périr, menacé d'une calamité qui le rendrait inoffensif, étendriez-vous la main pour le secourir ou le sauver?

— Assurément je le ferais. Quand Dieu éclaire de son soleil et répand également sa pluie sur ses amis comme sur ses ennemis, un faible mortel oserait-il suivre une autre règle de conduite ?

Ces paroles étonnèrent Fabiola; elles lui rappelaient celles du mystérieux parchemin, et elles étaient identiques avec la théorie morale de son esclave.

— Vous êtes allé en Orient, je crois, Sébastien? demanda-t-elle un peu brusquement; est-ce là que vous vous êtes initié à ces principes? J'ai près de moi une jeune fille, qui demeure de son plein gré à mon service; elle possède de rares idées morales; elle a exposé devant moi les mêmes opinions que vous, et elle est Asiatique.

— Ce n'est pas dans un pays lointain que j'ai appris ces principes; je les ai sucés avec le lait de ma mère. Cependant ils nous sont venus de l'Orient.

— Je les admire, abstractivement parlant, déclara Fabiola; mais si nous en faisions la règle de notre conduite, la mort nous surprendrait avant que nous ne les eussions exécutés à moitié.

— Et n'est-il pas meilleur que la mort, je ne dirai pas nous surprenne, mais nous trouve remplissant ainsi notre devoir, lors même que nous n'aurions point atteint la perfection?

— Pour ma part, ajouta la patricienne, j'adopte les maximes des vieux poètes épicuriens : ce monde est un banquet que je suis prête à quitter quand je serai rassasiée, mais pas auparavant. La vie est un livre que je désire parcourir jusqu'à la fin et ne fermer qu'après en avoir lu la dernière page.

Sébastien secoua la tête en souriant et répliqua :

— La dernière page du livre de ce monde peut se rencontrer au milieu du volume, là où est écrit ce mot : — la mort; — mais à la page suivante commence le livre illuminé de la vie nouvelle, sans page qui le termine.

— Je vous comprends, fit la patricienne avec enjouement : vous êtes un brave soldat; de là votre langage. — *Vous* devez être toujours préparé à la mort à cause des accidents fortuits qui vous menacent; *nous*, au contraire, nous la voyons rarement arriver soudainement; elle vient miséricordieusement, et comme furtivement, par égard pour notre faiblesse. Quant à vous, j'en suis sûre, vous rêvez un sort plus glorieux; vous aspirez à tomber avec honneur, la poitrine criblée de flèches ennemies. Vous avez en perspective le bûcher destiné aux funérailles du soldat, surmonté de pompeux trophées. Pour vous, après la mort, s'ouvrent les pages brillantes du livre de la gloire.

— Non, non, s'écria vivement Sébastien ; non, vous vous trompez, noble Fabiola. Je n'ambitionne nullement une gloire dont on ne peut jouir que par avance. Je parle de la mort vulgaire qui peut m'atteindre aussi bien que le pauvre esclave, par le feu d'une fièvre lente, par une longue consomption, par les tortures d'un ulcère rongeant peu à peu, et même, si vous le voulez, par les supplices qu'inflige la colère des hommes. Sous quelque forme qu'elle se présente, la mort vient d'une main que j'aime.

— Prétendez-vous dire réellement que la mort ainsi considérée serait bien accueillie par vous?

— Oui, je l'accueillerais, aussi joyeux que l'épicurien, lorsqu'à l'ouverture des portes de la salle à manger, il aperçoit, à l'intérieur, la table splendidement éclairée, chargée de mets délicieux et entourée d'esclaves couronnés de roses. De même que l'épouse se réjouit à la vue de son époux qui vient la chercher avec de riches présents pour la conduire à sa nouvelle demeure, ainsi mon cœur tressaillera quand la mort, sous n'importe quelle forme, m'ouvrira les portes — de fer de ce côté, mais d'or de l'autre — introduisant dans une nouvelle et éternelle vie. Que me fait la hideur du messager puisqu il m annoncera l'approche de Celui qui est la céleste beauté!

— Et qui est-il celui-là? interrogea avidement Fabiola; ne peut-on le voir qu'à travers le spectre décharné de la mort?

— Non, répondit Sébastien, car c'est lui qui doit nous récompenser non-seulement pour notre vie, mais encore pour notre mort. Heureux ceux dont les cœurs, ouverts sans cesse à ses regards jusque dans leurs dernières profondeurs, se sont conservés purs et innocents, et dont les actions ont toujours été vertueuses! Ils seront admis à voir Celui qui sera leur véritable récompense.

— Combien ces doctrines ressemblent à celles de Syra! se dit Fabiola.

Mais avant qu'elle n'eût pu parler pour demander quelle était leur origine, un esclave parut sur le seuil, où il s'arrêta respectueusement en disant:

— Madame, un courrier arrive à l'instant de Baïa.

— Pardonnez-moi, Sébastien, s'écria la patricienne. Qu'il entre sur-le-champ!

Le messager se présenta, couvert de poussière, exténué de fatigue. Il avait laissé son cheval harrassé à la porte. Il remit à Fabiola un paquet cacheté. La patricienne le reçut d'une main tremblante. Tout en détachant les bandes avec hésitation:

— Est-ce de mon père? s'enquit-elle.

— Il s'agit de lui, du moins.

A cette réponse alarmante, Fabiola s'empressa d'ouvrir la missive, y jeta un coup d'œil, poussa un cri et s'évanouit. Sébastien la retint avant qu'elle ne fût tombée à terre, la déposa sur sa couche, et l'abandonna discrètement aux soins de ses femmes accourues dans la chambre au cri qu'elle avait jeté.

Un regard sur la lettre avait tout appris à Fabiola: son père était mort.

VIII

PLUS TRISTE ENCORE.

Quand Sébastien arriva dans la cour, il y trouva un certain nombre de domestiques groupés autour du courrier, écoutant les détails de la mort de leur maître.

La lettre que Troquatus avait apportée à Fabius avait produit l'effet désiré. Il s'était rendu à la villa, où il avait passé quelques jours avec Fabiola, avant de partir pour l'Asie. Il s'était montré plus affectueux que d'habitude; et quand ils se séparèrent, le père et la fille semblèrent avoir le triste pressentiment qu'ils ne se reverraient plus. Cependant le patricien retrouva sa bonne humeur à Baïa, où une société de jeunes viveurs l'attendait impatiemment. Il crut devoir rester dans cette ville jusqu'à ce que la galère destinée à l'emporter fût chargée des meilleurs vins et des fruits les plus estimés de la Campanie. Ses goûts luxieux l'entraînèrent à des excès. Au sortir du bain, après un copieux souper, il fut pris de frissons, et au bout de vingt-quatre heures il n'était plus qu'un cadavre. Il avait laissé ses immenses richesses à sa fille unique. Le courrier partit au moment où l'on se disposait à embaumer le corps de Fabius, que sa galère devait ramener à Ostie.

Au récit de cette funèbre histoire, Sébastien se repentit d'avoir parlé de la mort comme il l'avait fait à Fabiola, et il s'éloigna en proie à de tristes pensées.

Le premier moment où Fabiola plongea dans l'abîme de la douleur fut terrible, inexprimable. Puis, la vigueur de la jeunesse et de l'esprit la ramenèrent à la surface; la vie lui apparut alors comme un océan sans bornes, aux vagues noires et bouillonnantes, où nul être vivant ne flottait, elle exceptée. Son malheur lui semblait extrême, sans mesure : elle ferma les yeux en frémissant et s'abandonna de nouveau cet état de torpeur, dont la douleur l'éveilla une seconde fois. Les crises se répétèrent, la ballottant ainsi entre la vie et la mort, tandis que ses esclaves, alarmées, s'efforçaient de calmer ses convulsions et ses transports. A la fin, elle se souleva, pâle, les yeux secs, hagards, et repoussa doucement la main qui s'efforçait de lui administrer des cordiaux. Elle demeura longtemps en cet état, comme livrée à une stupeur mortelle; ses yeux étaient presque insensibles à la lumière, et on craignit que son esprit ne s'égarât. Le médecin, ayant été mandé, prononça distinctement et avec force ces mots à son oreille : «— Fabiola, savez-vous que votre père est mort ? — » Elle tressaillit, retomba en arrière, et un déluge de larmes soulagea son cœur et sa tête. Elle parla de son père, l'appela avec des sanglots, et s'adressait à lui dans un langage affectueux, mais incohérent et insensé. Parfois elle semblait le croire encore vivant, puis elle se souvenait qu'il n'était plus. Elle pleura et se lamenta de la sorte jusqu'à ce que le sommeil, succédant aux larmes, vint calmer les secousses de son esprit et de son corps.

Euphrosyne et Syra veillèrent seules près d'elle. La première, de temps à autre, lui offrait les consolations en usage parmi les païens, rappelant quel bon maître, quel honnête homme, quel tendre père était Fabius. Mais la chrétienne s'étant assise, ne rompait le silence que pour faire entendre à sa maîtresse de douces et bienfaisantes paroles ; elle la servait avec une délicatesse active, que la patricienne remarquait, même dans l'état où elle se trouvait. Que pouvait-elle faire de plus, sinon de prier ? Quelle espérance pouvait-elle nourrir, si ce n'est qu'une nouvelle grâce était contenue dans cette tribulation comme la fleur dans son bouton, et qu'un ange brillant se tenait dans le sombre nuage qui enveloppait la Romaine humiliée?

La douleur, en s'adoucissant, permit à Fabiola de réfléchir. Il lui vint des pensées inquiétantes et sombres. Qu'était devenu son père ? Où était-il ? Avait-il seulement

cessé de vivre, ou bien était-il retombé dans le néant ?
son existence avait-elle été examinée par Celui dont l'œil
scrute même les actes invisibles ? Avait-il subi ce contrôle
qu'avaient décrit Sébastien et Syra ? Impossible ! Alors
qu'était-il advenu de lui ? Elle frissonna à cette question,
et écarta ces idées de son esprit.

Oh ! qu'elle eût souhaité qu'un rayon de cette lumière inconnue, pénétrant les profondeurs du tombeau, lui révélât
ce qu'il était ! La poésie avait prétendu l'éclairer et même le
glorifier ; mais en vérité, elle était restée à la porte, comme un génie, la tête penchée et la torche renversée. La
science y était entrée ; mais elle en était sortie, défaite,
les ailes ternies et sa lampe éteinte par les influences de
cet air fétide, car elle n'y avait découvert qu'un charnier. Quant à la philosophie, elle s'était bornée à errer
autour du sépulcre et à y jeter un coup-d'œil effrayé, puis
elle avait reculé, proclamant dédaigneusement qu'elle ne
pouvait résoudre le problème ni dévoiler le redoutable
mystère. Oh ! qu'elle eût désiré que quelqu'un ou quelque chose l'eût arrachée, en l'éclairant mieux, à ses dé-
solentes perplexités.

Pendant que ces tristes pensées pesaient comme le
manteau d'une nuit obscure sur le cœur de Fabiola, son
esclave jouissait de la vision lumineuse revêtue d'une
forme mortelle, radieuse et diaphane, s'élevant du tombeau ainsi que d'un laboratoire où elle a laissé les grossières qualités de la matière sans perdre l'essence de sa
nature. Libre et spiritualisée, ravissante et glorieuse, elle
s'élève du sein de cette corruption même. Puis d'autres
visions s'élancent de la terre et de la mer, des cimetières
aux exhalaisons délétères, et de dessous les autels consacrés, des buissons sanglants et solitaires où le juste a
péri, assassiné, et des anciens champs de bataille où Is-
raël combattait pour son Dieu ; elles s'élancent comme
des jets de cristal, comme des phares brillants, de la terre
au ciel, jusqu'à ce que, réunies par millions, elles repeu-
plent la création douée d'une vie joyeuse et immortelle.
Et comment l'esclave le sait-elle ? Parce qu'il en est un

plus grand et plus parfait que les poètes, les sages et les
sophistes, qui en a fait le premier l'épreuve, qui est des-
cendu dans la sombre couche de la terre, qui l'a bénie
comme il avait consacré le berceau et l'enfance, faisant
ainsi de la mort une chose sainte et du tombeau un sanctuaire. Il y est entré enveloppé de la nuit la plus téné-
breuse, et il en est sorti avec les splendeurs du matin. Il
y a été déposé au milieu des parfums, et il l'a quitté
uniquement vêtu de son incorruptibilité odoriférante. Et,
depuis ce jour, le sépulcre a cessé d'être un objet d'horreur pour l'âme chrétienne, car il a continué d'être ce
qu'il l'avait fait : le sillon qui doit recevoir la semence
de l'immortalité.

Le temps n'était pas encore venu d'initier Fabiola à
ces choses. Elle se lamentait toujours comme ceux qui
n'ont pas d'espérance. Ses jours s'écoulaient en sombres
méditations sur le mystère de la mort. Bientôt, heureusement, d'autres soins vinrent la distraire. Le corps de Fabius étant arrivé, il fut honoré de funérailles telles qu'on
en voyait rarement à Rome. Il eut un cortége nombreux
avec des torches, où l'on porta les images en cire des ancêtres, un bûcher élevé de bois aromatiques, embaumé
des plus précieux parfums de l'Arabie, et tout fut terminé
pour Fabiola quand elle eut fait recueillir quelques poignées d'ossements calcinés, qu'on déposa dans une urne
d'albâtre portant le nom de celui auquel ils avaient appartenu, et qu'on plaça dans une niche du sépulcre de
famille.

Calpurnius prononça l'oraison funèbre, dans laquelle,
suivant les idées à la mode, il établit une parallèle entre
les vertus de l'industrieux et hospitalier citoyen et la fausse
moralité de ces hommes appelés chrétiens, qui jeûnaient
et priaient tout le jour, insinuant secrètement leurs per-
nicieux principes dans toutes les familles nobles, et répandant la déloyauté et la corruption dans les autres
classes. « Fabius, ajouta-t-il, s'il est une existence future
— question sur laquelle les philosophes diffèrent d'opinion, — Fabius, je n'en saurais douter, repose mainte-

nant sur les gazons verdoyants de l'Elysée, et s'enivre du
délicieux nectar. Ah ! poursuivit d'une voix larmoyante
le vieil hypocrite, qui eût été bien fâché d'échanger
une coupe de Falerne pour une amphore de ce breuvage, ah ! puissent les dieux hâter le jour qui per-
mettra, à moi, son humble client, de le rejoindre dans
ce séjour, et de partager ses sobres banquets ! » Ces
nobles sentiments lui valurent d'immenses applaudissements.

A ces soins d'autres succédèrent pour Fabiola. Elle
dut appliquer son intelligence à l'examen et au règle-
ment des affaires de son père. Maintes fois elle découvrit
avec douleur des fraudes, des injustices, des oppressions,
des exactions, œuvre d'un homme que tout le monde
réputait comme le plus honnête et le plus intègre des
traitants.

Quelques semaines plus tard, la patricienne, en toilette
de deuil, sortit pour visiter ses amies. La première
qu'elle vit fut Agnès.

IX

LE FAUX-FRÈRE.

Il faut que le lecteur revienne avec nous sur ses pas,
dans l'histoire de Torquatus. Le matin qui suivit sa
chute, il aperçut, à son réveil, Fulvius auprès de son
lit. C'était le fauconnier qui, ayant trouvé un excellent
faucon, venait pour l'apprivoiser et le dresser à saisir
pour lui la colombe, en échange d'un esclavage grasse-
ment rétribué. Avec le sang-froid d'un homme exercé,
il rappela au jeune homme chacune des circonstances de
l'orgie de la nuit précédente, sa ruine consommée et l'u-
nique moyen qui lui restait de se soustraire à ses conséquences. Avec une habileté inexorable, il renforça le

tissu de la trame ourdie la veille, et y ajouta beaucoup d'autres fils.

Voici quelle était la position de Torquatus : s'il se rapprochait des chrétiens, ce que Fulvius assurait devoir être en pure perte, il serait immédiatement livré au juge, qui lui infligerait une mort cruelle. S'il demeurait fidèle au pacte de trahison, il ne manquerait de rien.

— La fièvre vous brûle, ajouta l'espion ; une promenade à l'air frais du matin vous sera salutaire.

Le malheureux y consentit. A peine les deux alliés avaient-ils atteint le Forum, qu'ils rencontrèrent Corvinus, comme par hasard. Ce dernier, après l'échange des salutations, leur dit :

— Je suis charmé de vous voir. J'aimerais à vous montrer l'atelier de mon père.

— Son atelier ! fit Torquatus étonné.

— Eh ! oui , l'endroit où il renferme ses instruments, qui viennent justement d'être merveilleusement restaurés. Le voilà là-bas, et le farouche contre-maître, le vieux Catulus, ouvre en ce moment les portes.

— Entrez, maîtres, ne craignez rien, dit le vieil exécuteur. Le feu n'est point encore allumé, et personne ne vous fera de mal, à moins que vous ne soyez du nombre de ces misérables chrétiens. C'est pour eux que nous avons dû récemment remettre nos outils en état.

— Maintenant, Catulus , dit Corvinus, expliquez à ce jeune homme, qui est étranger, l'usage de tous ces jolis jouets.

Catulus leur fit parcourir avec empressement ce musée d'horreurs, détaillant de grand cœur l'emploi de chaque instrument, et entremêlant le tout de plaisanteries qu'il serait peu convenable de rapporter. Dans son enthousiasme, il eût volontiers illustré ses descriptions d'expériences immédiates ; une fois , il faillit enlever une oreille à Torquatus avec ses pinces tranchantes, et, une autre fois, il lui effleura les dents d'un lourd maillet.

Ils virent ensuite les chevalets, un immense gril , une

chaise de fer munie d'un fourneau à l'intérieur pour la
faire rougir, de vastes chaudières pour les bains d'huile
et d'eau bouillante, de grandes cueillères de fer destinées à fondre le plomb et à l'introduire délicatement dans
la bouche ; des crocs, des pinces et des peignes de fer de
formes diverses, pour mettre à nu les côtes ; des scorpions
ou fouets armés de fer ou de plomb, des colliers, des
menottes et des ceps de fer pour torturer de la façon la
plus intense ; enfin des épées, des coutelas, des haches
de toute sorte. Catulus leur montra tous ces instruments
avec une complaisance manifeste, et il semblait jouir par
avance à la pensée qu'ils seraient appliqués à ces chrétiens qui avaient la tête et la peau si dures.

Torquatus était consterné. Ses compagnons l'emmenè-
rent aux bains d'Antonin, où il attira l'attention de Cucumio, le capsarius ou gardien des vêtements, et de sa
femme Victoria, qui l'avaient vu à l'église. Après un bon
repas, il fut conduit à une salle de jeu des Thermes, où
naturellement il perdit encore. Fulvius lui prêta de l'argent, mais en exigeant une reconnaissance pour chaque
obole. De cette manière, il fut en quelques jours complètement au pouvoir de ses alliés.

Ceux-ci le voyaient matin et soir, et le laissaient libre
durant la journée, autrement il eût excité les soupçons
des chrétiens, et son concours eût été sans valeur. Déterminé à porter aux fidèles un coup terrible dès que l'édit
serait publié, Corvinus assigna à Torquatus, comme sa
part du traité, l'étude du principal cimetière où le souverain-pontife se proposait d'officier. Le traître le fit
bientôt, et sa visite au cimetière de Callistus n'avait
d'autre but que l'accomplissement de son engagement.
Au moment de la lutte qui se livra dans son âme entre la
grâce et le péché, et que Severus avait remarquée, ce fut
le souvenir de Catulus et de ses mille instruments de
torture, et celui de Fulvius avec les nombreuses recon-
naissances qu'il possédait, qui firent pencher la balance
du côté de la perdition. Après avoir reçu le rapport de
Torquatus, Corvinus dressa un plan grossier du cime-

tière, qu'il résolut d'envahir de très-bonne heure, le
lendemain de la publication du décret.

Fulvius prit une autre voie. Il s'appliqua à connaître
de vue les principaux ecclésiastiques et chrétiens de
Rome. Ce but une fois atteint, il était sûr que nul déguisement ne les déroberait à ses regards pénétrants, et
qu'il lui serait facile de les saisir l'un après l'autre.
Aussi insista-t-il pour accompagner Torquatus à la première grande fonction religieuse qui réunirait autour du
pape de nombreux prêtres et diacres. Il repoussa toutes
les observations, dissipa les craintes du jeune homme,
et affirma qu'une fois introduit dans l'assemblée, au
moyen du mot d'ordre, il se comporterait comme un
véritable chrétien. Torquatus l'informa bientôt qu'une
prochaine ordination, dans ce même mois de décembre
où l'on était, lui fournirait une excellente occasion.

X

L'ORDINATION DE DÉCEMBRE.

Quiconque a lu l'histoire des premiers papes, est
familier avec ce fait rapporté invariablement de chacun,
à savoir qu'ils faisaient au mois de décembre une ordination solennelle où ils créaient des diacres, des prêtres et
des évêques, selon que les nécessités l'exigeaient. Ils
conféraient les deux premiers ordres, afin de pourvoir
au clergé de la ville, et le troisième, afin de procurer des
pasteurs aux autres diocèses. Plus tard, le souverain-
pontife choisit la période des Quatre-Temps, réglée par
la fête de sainte Lucie, pour tenir les consistoires où il
nommait ordinairement ses cardinaux, prêtres et diacres,
et préconisait, comme nous disons, des évêques pour les
diverses parties du monde. Quoique maintenant cette
cérémonie ne coïncide plus avec les époques d'ordination, elle a toujours néanmoins essentiellement le même
but. Marcellinus, sous le pontificat duquel se déroule
notre histoire, fit deux ordinations en ce mois, c'est-à-

dire, naturellement, en deux années différentes. C'est l'une de ces ordinations sur le point de s'accomplir à laquelle nous avons fait allusion. Où devait-elle avoir lieu ? Telle fut la première question de Fulvius. Nous croyons que la réponse intéressera l'archéologue chrétien. D'ailleurs nous ne connaîtrions qu'imparfaitement la primitive Église de Rome si nous ignorions le lieu privilégié où les pontifes se succédaient pour prêcher, célébrer les divins mystères, tenir les conciles, accomplir ces glorieuses ordinations qui procuraient aux autres églises non-seulement des évêques, mais des martyrs pour les gouverner. Là saint Laurent reçut le diaconat; saint Novatus et saint Timothée, la prêtrise. Là encore, Polycarpe et Irénée visitèrent les successeurs de saint Pierre, et les apôtres qui convertirent notre roi Lucius y avaient obtenu leur mission.

La maison qu'habitèrent les pontifes romains et l'église où ils officièrent jusqu'à ce que Constantin les eût mis en possession du palais et de la basilique de Latran ; la résidence et la cathédrale occupées trois cents ans par une illustre suite de papes martyrs, sont dignes de notre attention. Et, afin qu'en les décrivant nous ne cédions point à des préjugés nationaux ou personnels, nous suivrons un savant antiquaire, encore vivant, qui tout en s'appliquant à d'autres recherches, a réuni accidentellement toutes les dates nécessaires à notre dessein.

Nous avons dit que la demeure des parents d'Agnès était située dans le *Vicus Patricius* ou rue Patricienne. Cette voie portait encore le nom de rue des Cornelii, ou *Vicus Corneliorum*, parce que jadis s'y élevait l'habitation de l'illustre famille de ce nom. Le centurion que saint Pierre convertit était un de ses membres, et l'apôtre fut probablement introduit par lui, à Rome, chez le chef de cette maison, Cornelius Pudens, un sénateur qui avait épousé Claudia, noble dame anglaise; et, chose étrange, le poète Martial, si lascif, rivalisa avec les plus chastes écrivains dans l'épithalame où il célébra les noces de ces deux vertueux personnages.

Saint Pierre vécut dans leur maison, et son collègue, l'Apôtre saint Paul, les compte parmi ses amis intimes en écrivant à Timothée : « — Eubulus et Pudens, dit-il, Linus, Claudia, et tous les frères te saluent. — » De cette demeure sortirent les évêques que le prince des apôtres envoya dans toutes les directions pour propager la foi du Christ au prix de leur sang. A la mort de Pudens, la maison passa à ses enfants ou ses petits enfants, deux fils et deux filles. Les deux dernières sont mieux connues parce qu'elles sont inscrites dans le calendrier général de l'Eglise et qu'elles ont donné leur nom à deux des plus célèbres églises de Rome, celles de Sainte-Praxède et de Sainte-Pudentiana. C'est la dernière qu'Alban Butler appelle « la plus ancienne église de Rome, » qui indique en même temps le *Vicus Patricius* et la demeure de Pudens.

A Rome, ainsi que dans les autres villes, le sacrifice eucharistique ne s'offrait primitivement qu'en un seul endroit, par les mains de l'évêque. Et même après qu'on eût érigé plusieurs églises, quand les fidèles s'y réunissaient, les diacres leur apportaient la communion de l'unique autel, et les prêtres la distribuaient. Ce fut le Pape Evariste, quatrième successeur de saint Pierre, qui multiplia les églises de Rome dans des circonstances singulièrement intéressantes.

Ce Pontife fit deux choses. Il ordonna d'abord que tous les autels, à l'avenir, seraient construits en pierre et consacrés. Ensuite il distribua les *titres*, c'est-à-dire qu'il divisa Rome en paroisses dont il désigna les églises sous le nom de *titres*. La connexion de ces deux actes frappera quiconque lira le 28e chapitre de la Genèse, où, après que Jacob eut joui de la vision angélique pendant qu'il dormait, il est écrit : « Tremblant, il dit : Que ce lieu est terrible ! *c'est vraiment la maison de Dieu et la porte du ciel. Et Jacob, s'éveillant le matin, prit la pierre... et l'érigea comme un titre, répandant l'huile dessus.* »

Les églises ou oratoires, où se célébraient les sacrés

mystères, étaient réellement pour les chrétiens la maison de Dieu ; et l'autel de pierre qu'on y élevait, consacré par l'onction de l'huile sainte , ainsi qu'il se pratique encore aujourd'hui — car la loi d'Evaristesubsiste dans toute sa force , — devenait un *titre* ou monument.

Deux faits interessants découlent de cette digression : le premier, c'est qu'au temps dont nous parlons il y avait à Rome une seule église avec un autel, et on n'a jamais douté que cette église ne fût celle connue plus tard et maintenant encore sous le nom de Sainte-Pudentiana. Le second fait, c'est que l'unique autel alors existant n'était pas de pierre: c'était l'autel de bois dont se servit saint Pierre, qu'on garda dans cette église jusqu'à ce qu'il fût transféré par saint Sylvestre dans la Basilique de Latran, dont il forme le maître-autel. Nous en concluons de plus que la loi n'avait pas d'effet rétroactif et que l'autel de bois des Papes fut conservé dans l'église où il avait été d'abord érigé, bien qu'on ait pu le transporter et l'employer ailleurs de temps en temps.

Ainsi l'église du *Vicus Patricius,* antérieure à la création des titres, n'en était pas un. Elle continua d'être l'église principale ou plutôt pontificale de Rome. Le pontificat de saint Pie I, de 142 à 157, forme une période intéressante de son histoire pour deux raisons : premièrement le pape, sans altérer le caractère même de l'Eglise, y ajouta un oratoire dont il fit un titre ; il le confia à son frère Pastor, d'où il prit le nom de *titulus Pastoris*, et il désigna long-temps le cardinalat attaché à cette église, ce qui prouve qu'elle était plus qu'un titre. Secondement, sous ce pontificat, le savant apologiste saint Justin vint à Rome pour la deuxième fois et y souffrit le martyre. En comparant ses écrits avec ses actes, nous arrivons à d'intéressantes conclusions au sujet du culte des chrétiens durant les persécutions.

— Dans quel endroit les chrétiens se réunissent-ils ? lui fut-il demandé par le juge.

— Croyez-vous, répliqua-t-il, que nous nous rassemblions tous au même lieu ? il n'en est pas ainsi.

Mais quand on l'interrogea sur son domicile et sur la maison où il réunissait ses disciples, il répondit :

— J'ai demeuré jusqu'ici près de la maison d'un certain Martin, aux bains de Timothée. C'est pour la seconde fois que je viens à Rome, et je ne connais aucun autre endroit que celui que j'ai mentionné.

Les bains Timothéens ou de Timothée faisaient partie de la maison de la famille de Pudens, et c'est près de là que Fulvius et Corvinus s'étaient donné rendez-vous, un matin, de bonne heure, comme nous l'avons expliqué. Novatus et Timothée étaient les frères des pieuses vierges Praxède et Pudentiana ; voilà pourquoi les bains furent appelés les Novatins et les Timothéens en passant d'un frère à l'autre.

Saint Justin demeurait donc en ce lieu ; et *comme il n'en connaissait aucun autre* dans Rome, il y célébrait le culte divin. D'ailleurs les lois de l'hospitalité l'eussent ainsi réglé. Dans son apologie, décrivant la liturgie chrétienne évidemment telle qu'il la vit, il parle du prêtre officiant en des termes qui désignent suffisamment l'évêque ou pasteur suprême du lieu. Non-seulement il lui donne le titre attribué aux évêques dans l'antiquité, mais il le représente comme ayant soin des orphelins, des veuves, des malades, des indigents, des prisonniers et des étrangers sollicitant l'hospitalité, en un mot de tous ceux qui réclamaient ses secours ; or, un tel personnage ne peut-être que l'évêque, le Pape lui-même.

Nous ferons observer, en outre, que saint Pie, rappor-.e-t-on, avait érigé des fonts baptismaux immuables dans cette église, prérogative de l'église cathédrale, transférée depuis, avec l'autel papal, à la basilique de Latran. Il est dit de plus que le pape Etienne (l'an de J.-C. 257) baptisa le tribun Nemesius et sa famille avec beaucoup d'autres dans le titre de Pastor. Ce fut là encore que le saint diacre Laurent distribua aux pauvres de riches vases d'argent.

Dans la suite, ce nom fit place à un autre, mais le lieu resta le même ; de sorte qu'on ne peut douter que l'église

de Sainte-Pudentiana n'ait été, pendant les trois premiers siècles, l'humble cathédrale de Rome.

Ce fut donc là que Torquatus, bien à regret, consentit
à conduire Fulvius, pour qu'il assistât à l'ordination de
décembre.

Nous trouvons dans les inscriptions sépulcrales, dans
les martyrologes et les histoires ecclésiastiques, de
nombreuses traces de tous les ordres sacrés, tels qu'ils
sont encore conférés dans l'Eglise catholique. Les inscriptions cependant mentionnent plus communément
peut-être ceux de Lecteur et d'Exorciste. Nous donnerons un exemple intéressant au sujet de chacun de ces
derniers.

Voici l'épitaphe d'un Lecteur :

CINAMIVS OPAS LECTOR TITVLI FASCIOLE AMICVS PAVPERVM
QUI VIXIT ANN. XLVI. MENS. VII. D. VIII. DEPOSIT. IN PACE X.
KAL. MART. — *Cinamius Opas, lecteur du titre de Fasciola (maintenant Saint-Nérée et Saint-Achillée), l'ami des
pauvres, qui vécut quarante-six ans, sept mois et huit
jours. Déposé en paix le dixième jour avant les Calendes
de mars* (cimetière de Saint-Paul).

Voici celle d'un Exorciste :

MACEDONIVS EXORCISTA DE KATOLICA. — *Macedonius,
Exorciste de l'Eglise catholique.* (Cimetière des saints
Thraso et Saturninus, sur la voie Salaria).

A cette époque, la réception d'un ordre n'était pas nécessairement comme aujourd'hui la transition ou un pas
vers un autre; on demeurait souvent toute sa vie dans
les ordres inférieurs; de là la rareté de l'administration
de ces derniers, qu'on ne conférait probablement point
publiquement avec les ordres supérieurs.

Torquatus, muni du mot d'ordre requis, entra dans
l'église avec Fulvius, qui montra bientôt son habileté à
imiter ceux qui l'entouraient. L'assemblée, peu nombreuse, se tenait dans une salle de la maison transformée en église ou oratoire ; elle était principalement occu-

pée par le clergé et les aspirants à l'ordination. Parmi ceux-ci étaient Marcus et Marcellianus, les deux frères jumeaux, convertis avec Torquatus, qui reçurent le diaconat, et leur Père Tranquillinus, qui fut élevé au sacerdoce. Fulvius grava profondément dans son esprit leurs traits et leur taille, et il nota plus attentivement encore les membres les plus éminants du clergé de Rome, présents à la réunion. Mais il y en eut un sur lequel il fixa particulièrement son regard, le son de voix et le visage.

Ce personnage était le pape, qui accomplissait les rites augustes. Vénérable vieillard, Marcellinus gouvernait l'Eglise depuis six ans. Sa physionomie douce et bienveillante ne révélait point cette energie qu'exige le martyre, et qu'il déploya pourtant quand il mourut plus tard pour le Christ. En ces jours, on évitait tout signe caractéristique capable de trahir le pasteur en chef aux yeux des loups. Les Pontifes se contentaient du costume des hommes honorables. Toutefois il est certain qu'ils montaient à l'autel avec un vêtement distinctif, d'une blancheur immaculée, annonçant l'ample chasuble, et qu'ils jetaient par-dessus leur habit ordinaire. A cette robe, l'évêque ajoutait la couronne ou *infula*, origine de la mître, tandis qu'il tenait à la main la crosse, symbole de son office et de son autorité pastorale.

Au moment où nous en sommes, Marcellinus était debout, en face de l'assemblée, devant l'autel sacré de Pierre, placé entre lui et le peuple. L'espion d'Orient, attachant sur le pape son regard le plus pénétrant, l'examina minutieusement, mesura de l'œil sa stature, retint la couleur de ses cheveux et de sa carnation, observa chacun des mouvements de sa tête, sa démarche, son accent, sa respiration même, jusqu'à ce qu'enfin il put se dire : Si je rencontre cet homme au dehors, n'importe sous quel déguisement, il m'appartient, et je sais la valeur d'une telle proie.

XI.

LES VIERGES.

Prieiun Pavsa bet Praetiosa Annorum Pvlla virgo XII Tantum ancilla dei et xpi. Fl. Vincentio et Fravito. vc. Conss. -- *La veille du premier juin a cessé de vivre Prætiosa, jeune fille, vierge de douze ans seulement, la servante de Dieu et du Christ, sous le consulat de Flavius Vincentius et de Flavitus, consulaire.* (Cimetière de Callistus).

Si le savant Thomassin eût connu cette inscription, découverte récemment, quand i démontra avec tant d'érudition que la virginité pouvait être professée, aux premiers temps de l'Eglise, dès l'âge de douze ans, il l'eût certainement citée. En effet, il est indubitable que « la jeune fille, vierge de *douze ans seulement,* la servante de Dieu et du Christ, » était telle par le fait d'une consécration. Autrement, plus l'âge eût été tendre, et moins eût été surprenant son état de virginité.

Cependant, quoique l'Eglise permît de semblables consécrations dès douze ans, l'âge nubile fixé par la loi romaine, elle réservait pour une époque plus avancée la solennité dans laquelle l'évêque donnait le voile de la virginité, et c'était ordinairement le jour de Pâques. Le premier acte vraisemblablement, consistait pour la jeune fille de recevoir de ses parents une robe unie, de couleur sombre. Mais, à l'approche de quelque danger, l'Eglise, consentant à devancer l'âge déterminé, fortifiait les épouses du Christ dans leurs saintes résolutions par ses bénédictions les plus solennelles.

Or, une persécution du caractère le plus sauvage allait éclater, menaçant même les brebis les plus tendres du troupeau. Il n'était donc pas étonnant que les jeunes chrétiennes, fiancées de cœur pour jamais à l'Agneau, désirassentcélébrer leurs noces divines avant de marcher à la mort. Il était certes bien naturel leur vœu d'entrelacer le lis virginal à la palme triomphale, en cas où elles obtiendraient cette dernière.

Dès ses plus tendres années, Agnès s'était vouée à cet état plus parfait. La sagesse surnaturelle qui s'était toujours manifestée dans ses paroles et dans ses actes, jointe à l'aimable simplicité d'une enfance innocente et candide, montraient en elle une maturité précoce digne du privilége qu'on accordait aux cœurs soupirant après le chaste hymen. Aussi revendiqua-t-elle avidement le droit que lui conféraient les circonstances, et elle sollicita la dispense de la loi qui prescrivait un délai de dix ans pour l'accomplissement de ses désirs. Une autre postulante se joignit à elle pour la même dispense.

On le comprendra facilement, une sainte amitié s'était formée entre Agnès et Syra depuis cette première entrevue que nous avons décrite précédemment. Les louanges données par Fabiola à son esclave favorite avaient encore accru la vivacité de ce sentiment chez Agnès. Tout cela, et les rapports plus modestes de Syra, l'avaient convaincue que l'œuvre à laquelle se dévouait l'esclave, la conversion de sa maîtresse, était en bonnes mains. Dirigée avec grâce et prudence, cette œuvre marchait parfaitement. Aussi, dans ses fréquentes visites à la patricienne, Agnès se contentait d'admirer et d'approuver ce que Fabiola lui racontait des entretiens de la servante, évitant soigneusement toute parole capable d'éveiller le soupçon d'une connivence.

Syra comme esclave, et Agnès comme parente, étant en deuil de Fabius, leur changement de costume ne devait point faire naître dans l'esprit de sa fille l'idée qu'il y eût entre elles un secret ou des aspirations communes. Elles pouvaient donc en toute sécurité demander à être admises ensemble à la consécration de la virginité perpétuelle. Leur requête fut agréée; mais, pour des raisons plausibles, elles durent garder là-dessus un secret absolu. Syra annonça seulement, un jour ou deux avant qu'il ne s'accomplît, à son amie aveugle, son hymen spirituel tant désiré, et elle lui recommanda la plus grande discrétion.

— Ainsi, dit Cœcilia faisant semblant d'être mécontente, vous voulez garder pour vous toutes ces bonnes choses : est-ce là de la charité?

— Ne vous fâchez pas, chère enfant, reprit l'esclave affectueusement : le silence était nécessaire.

— De sorte que moi, pauvre fille, il ne me sera point permis de me présenter à la cérémonie?

— Rien ne s'y oppose, Cœcilia; et même il vous sera donné de tout voir, si vous le pouvez, fit en riant Syra.

— Laissons cela. Mais dites-moi comment vous serez vêtue, quels sont vos préparatifs?

L'esclave lui décrivit exactement le costume et le voile, leur couleur et leur forme.

— Combien vous m'intéressez! et comment les choses se passeront-elles?

Syra, s'amusant de la curiosité inaccoutumée de Cœcilia, lui dépeignit minutieusement la courte cérémonie.

— Maintenant une question encore, ajouta l'aveugle : Quand et où tout cela s'accomplira-t-il? Puisqu'il m'est permis d'y aller, dites-vous, il faut que je sache l'heure et l'endroit.

Syra lui apprit que la cérémonie aurait lieu le troisième jour suivant, à l'aurore, dans le titre de Pastor.

— Mais d'où vient que vous êtes si curieuse, très-chère enfant? poursuivit-elle. Je ne vous ai jamais vue ainsi. Je crains que vous ne deveniez tout-à-fait mondaine.

— Que vous importe, répliqua Cœcilia. Si le monde a des secrets pour moi, je ne vois pas pourquoi je n'en aurais pas pour les autres.

Syra s'égaya de l'apparente mauvaise humeur de la pauvre aveugle, dont elle connaissait trop l'humble simplicité de cœur pour la croire réelle. Elles s'embrassèrent affectueusement et se séparèrent. Cœcilia alla directement chez la bonne Lucina, où elle fut accueillie avec empressement, comme dans toutes les maisons chrétiennes. A peine introduite, elle se précipita dans les bras de la pieuse matrone en fondant en larmes. Lucina la consola, la caressa et la calma bientôt. Au bout de quelques minutes, elle était redevenue gaie et radieuse. Evidemment, elle avait comploté avec l'aimable Romaine un acte qui la charmait. A son départ, elle paraissait alerte et joyeuse. Elle se rendit à la maison d'Agnès, à l'hôpital où résidait le bon prêtre Dyonisius. L'ayant trouvé chez lui, elle se jeta à genoux, et s'exprima avec tant de ferveur que le ministre de Dieu, ému jusqu'aux larmes, lui adressa de bonnes paroles qui la consolèrent. Le *Te Deum* n'était point encore composé, mais quelque chose de semblable à ce cantique résonna dans le cœur de l'aveugle, quand elle regagna son humble demeure.

L'heureuse matinée se leva enfin. Le plus solennel des mystères avait été célébré avant l'aurore, et la plupart des fidèles s'étaient dispersés. Ceux-là seulement étaient restés qui devaient prendre part aux cérémonies plus intimes ou qui avaient été spécialement retenus pour y assister en qualité de témoins. Ces derniers étaient Lucina et son fils, les vieux parents d'Agnès et naturellement Sébastien. Mais Syra chercha vainement son amie aveugle; elle crut qu'elle s'était retirée avec la foule, et la douce esclave craignit d'avoir blessé sa sensibilité par la réserve qu'elle avait gardée avant leur dernière entrevue.

La demi-obscurité d'un crépuscule d'hiver régnait encore dans la salle, bien que le ciel empourpré à l'Orient annonçât une brillante journée de décembre. Sur l'autel brûlaient des cierges parfumés de grande dimension, et tout autour apparaissaient de magnifiques lampes d'or et d'argent, épanchant dans le sanctuaire leur douce clarté. En face de l'autel s'élevait la Chaire non moins vénérable, aujourd'hui enchâssée au Vatican, la Chaire même de Pierre, sur laquelle siégeait son auguste successeur, la crosse à la main, le front ceint de la tiare, et environné de ses ministres, presque aussi saints que lui.

Des profondeurs de la chapelle s'éleva d'abord un chœur de voix harmonieuses comme celles des anges, chantant sur un mode agréable une hymne rappelant les sentiments exprimés dans celle qui commence par ces mots :

> Jesu, corona virginum
> Jésus, la couronne des vierges.

Puis la procession des vierges déjà consacrées s'avança dans la lumière du sanctuaire, conduite par les prêtres et les diacres commis à ce soin. Au milieu apparaissaient deux jeunes filles, dont les robes d'une blancheur éclatante tranchaient sur les sombres vêtements de leurs compagnes. C'étaient les deux nouvelles postulantes. Pendant que les autres défilaient et se plaçaient sur deux rangs, de chaque côté, elles furent menées, par deux professes, au pied de l'autel où elles s'agenouillèrent devant le Pontife. Leurs marraines restèrent auprès d'elles pour assister à la cérémonie.

Chacune d'elles, interrogée, en arrivant, sur ce qu'elle demandait, répondit en exprimant le désir de recevoir le voile et de remplir les devoirs qu'il imposait sous la direction des guides de son choix. Car, bien que des vierges se fussent déjà réunies en communauté avant cette époque, cependant beaucoup résidaient encore au sein de leurs familles, la persécution s'opposant à la réclusion : mais elles avaient une place marquée dans l'église, et elles se rassemblaient souvent pour entendre des instructions particulières.

Alors l'évêque adressa aux jeunes aspirantes une exhortation fervente et affectueuse ; il leur parla de la sublimité de la vocation qui les admettait à mener sur la terre la vie des anges, « qui ne se marient point ni ne se donnent en mariage, » et de suivre le chaste sentier choisi pour sa propre Mère par le Verbe Incarné, afin d'arriver au ciel, dans les rangs immaculés de la troupe privilégiée qui accompagne l'Agneau partout où il va. Il développa la doctrine de saint Paul écrivant aux Corinthiens et leur expliquant la supériorité de la virginité sur tous les autres états. Il décrivit en termes touchants le bonheur qu'offre dès ici-bas cet unique amour, lequel, au lieu de s'éteindre, se dilate au séjour de l'immortalité. « Car, ajouta-t-il, la béatitude n'est que l'épanouissement de la fleur que le divin amour engendre sur la terre.

Après cette brève allocution, le saint Pontife examina les aspirantes à ce grand honneur, puis il procéda à la bénédiction des différentes parties de leur costume religieux, identiques sans doute, ou peu s'en faut, à celles qu'on emploie de nos jours ; et les compagnes respectives des deux vierges les revêtirent de ces habits consacrés. Ensuite les nouvelles religieuses posèrent leurs têtes sur l'autel, en témoignage du sacrifice d'elles-mêmes qu'elles accomplissaient. En Occident, on ne leur coupait point les cheveux comme en Orient, mais elles les gardaient intacts. Enfin on les couronna de fleurs, et quoiqu'on fût en hiver, la terrasse toujours si bien garnie de Fabiola avait fourni ses produits les plus beaux et les plus parfumés.

Tout paraissait terminé. Agnès demeurait agenouillée au pied de l'autel, plongée dans une de ses radieuses extases, les yeux fixés au ciel, tandis que Syra, inclinée près d'elle, absorbée dans sa douce humilité, s'étonnait d'avoir été trouvée digne d'une si haute faveur. Tout occupées l'une et l'autre de leur action de grâces, elles ne remarquaient point un léger mouvement dans l'assemblée, témoignant d'un incident inattendu. Elles revinrent à elles en entendant l'évêque répéter cette question :

— Ma fille, que demandez-vous ?

Avant d'avoir pu se retourner, chacune d'elles se sentit presser la main, et entendit la réponse faite par une voix qui leur était également chère :

— Père saint, je désire recevoir le voile de la consécration à Jésus-Christ, mon unique amour sur la terre, pour vivre sous la direction de ces deux pieuses vierges, déjà ses épouses fortunées.

Elles furent transportées de joie et d'amour en reconnaissant la pauvre aveugle Cœcilia. La jeune chrétienne, ayant appris le bonheur promis à Syra, avait couru, nous l'avons dit, chez la bonne Lucina, qui la consola promptement en lui faisant espérer d'obtenir une grâce semblable, et la matrone offrit les vêtements nécessaires. Mais Cœcilia insista pour qu'ils fussent grossiers, comme il convenait à une pauvre mendiante. Le prêtre Dyonisius présenta sa requête au Pontife, qui l'agréa ; et, comme elle désirait avoir ses deux amies pour témoins ou marraines, il fut convenu qu'il la conduirait à l'autel après leur consécration. Toutefois, elle avait gardé son secret.

Les prières achevées, Cœcilia reçut l'habit et le voile. Quand on lui demanda si elle n'avait point apporté une couronne de fleurs, elle retira timidement de dessous sa robe une simple branche d'épine, tressée en couronne, et elle la présenta en disant :

— Je n'ai pas de fleurs à offrir à mon époux, et il n'en a jamais porté pour moi. Je ne suis qu'une pauvre fille, et croyez-vous que mon Seigneur sera offensé si je lui demande de me couronner comme il lui a plu de l'être lui-même ? D'ailleurs les fleurs symbolisent les vertus de ceux qui les portent, mais mon cœur stérile n'en produit pas d'autres que celles-ci.

Elle ne put voir, de ses yeux aveugles, ses deux compagnes arracher de leurs têtes leurs couronnes pour les poser sur la sienne ; mais un geste du Pontife les arrêta. Pendant que les assistants versaient des larmes d'attendrissement, Cœcilia fut conduite, toute joyeuse, en avant, avec sa couronne d'épines, emblème de ce perpétuel enseignement de l'Eglise : « Que la véritable reine des vertus, c'est l'innocence couronnée par la pénitence. »

XII.

LA VILLA NOMENTANE.

Entre la voie Nomentane, qui se dirige de Rome à l'Orient, et la voie Salaria, il existe un profond ravin, au-delà duquel, sur le côté de la voie Nomentane, se trouve un terrain gracieusement ondulé, où s'élève un temple circulaire et pittoresque avec une basilique admirable dédiée à sainte Agnès. Là était située la villa de la jeune Romaine, à un mille et demi environ de la cité. Or, il avait été convenu que les trois vierges nouvelles s'y rendraient pour passer dans la solitude et une joie tranquille une journée à laquelle peut-être n'en devaient point succéder beaucoup de semblables.

Il est inutile que nous parlions de cette résidence rurale, sinon pour dire que tout y respirait la paix et le bonheur. Il faisait une de ces resplendissantes journées que l'hiver n'accorde qu'à Rome ; une légère couche de neige blanchissait les sommets inégaux des Apennins ; le sol était friable, l'atmosphère transparente, le soleil brillant et le ciel sans nuages. Quelques flocons de fumée grisâtre s'élevaient en spirale des chaumières, et les vignes, privées de leurs feuilles, annonçaient seules qu'on était en décembre. Tous les êtres vivants de l'habitation paraissaient connaître et aimer sa douce maîtresse. Les colombes venaient se percher sur ses épaules ou sur sa main ; les brebis, quand elle s'approchait de leur parc, accouraient à elle en bondissant, et saisissaient avec un plaisir manifeste les herbes fraîches et odorantes qu'elle leur offrait. Mais nulle créature ne subissait sa douce influence comme le vieux Molossus, l'énorme chien de garde enchaîné près de la porte. Il était si farouche, qu'à l'exception de quelques visiteurs privilégiés, personne n'osait l'aborder. Mais à peine Agnès parut-elle, qu'il se coucha, agitant sa queue velue et se lamentant jusqu'à ce qu'on l'eût délivré. Maintenant un enfant pouvait l'approcher, car il ne quittait jamais sa maîtresse, la suivait comme un agneau, s'étendait à ses pieds quand elle s'asseyait, la regardait en face, et recevait avec bonheur sur sa grosse tête les caresses que lui prodiguait la main délicate de la patricienne.

C'était, en vérité, une journée paisible. tantôt calme et sereine, douce et tendre, quand les jeunes filles s'entretenaient des joies de la matinée, et de celles plus enivrantes encore d'une autre matinée dont la première était le gage, et qui s'ouvrirait au-dessus du firmament actuel couleur d'ambre ; tantôt gaie et même joyeuse quand Syra et Agnès grondaient Cœcilia pour le tour qu'elle leur avait joué. La jeune aveugle riait de bon cœur, comme toujours du reste, répondant qu'elle leur tenait en réserve un meilleur tour encore, c'est-à-dire qu'elle les supplanterait lorsque viendrait la glorieuse matinée, car elle avait l'intention, cette fois, d'être la première et non la dernière.

Sur ces entrefaites, Fabiola parut ; elle venait visiter Agnès pour la première fois depuis son malheur et la remercier de la sympathie qu'elle lui avait témoignée. Elle s'avança ; mais en approchant de l'endroit où se tenait l'heureux groupe, elle s'arrêta soudain ; car, à l'aspect des deux jeunes filles jouissant de l'éclatante lumière du ciel et penchées sur celle qui semblait en renfermer toutes les splendeurs dans son âme, elle crut voir dans cette scène la réalisation de son rêve. Toutefois, ne voulant pas se présenter à elles inopinément, et aimant mieux d'ailleurs rencontrer Agnès seule qu'en société de sa propre esclave et d'une pauvre fille aveugle, elle se retira avant d'avoir été remarquée, et se dirigea vers un lieu plus écarté ; cependant elle ne pouvait s'empêcher de se demander pourquoi elle n'était point heureuse et gaie comme les trois amies, et quel était l'abîme qui les séparait.

Mais la journée n'était pas destinée à se terminer sans nuages ; elle eût été trop belle pour la terre. Outre Fabiola, quelqu'un avait quitté Rome afin de rendre à Agnès une visite qui devait être moins bien venue que la première. C'était Fulvius. Il n'avait jamais oublié que Fabius lui avait assuré que son langage séduisant et ses brillants joyaux avaient tourné la tête faible d'Agnès. Il avait attendu l'expiration des premiers jours de deuil, et il respectait la maison où il avait été d'abord si durement reçu, ou plutôt dont on l'avait si brusquement expulsé. Sachant que la patricienne était allée pour la première fois à sa villa suburbaine sans être accompagnée de ses parents ou de domestiques mâles, il crut avoir une bonne occasion de faire agréer ses hommages. Il sortit à cheval par la porte Nomentane et arriva bientôt chez Agnès. Ayant mis pied à terre, il demanda la maîtresse de la villa, alléguant une affaire importante. Introduit par le portier après quelques difficultés, on lui indigua une avenue à l'extrémité de laquelle il devait trouver Agnès. Le soleil déclinait, et les compagnes de la jeune fille s'étaient écartées à quelque distance. Elle était assise seule, dans un endroit brillamment éclairé par les rayons du couchant, son vieux Molossus couché à ses pieds. Au bruit des pas, le chien fit entendre un grognement, chose rare de sa part, quand il était avec sa maîtresse. Celle-ci, occupée à attacher ensemble des fleurs d'hiver que lui apportaient ses compagnes, leva la tête et réprima du doigt l'expression d'aversion instinctive que manifestait l'animal.

Fulvius s'approcha d'un air respectueux, mais plus dégagé que d'ordinaire, comme un homme assuré de voir sa demande accueillie.

— Je viens, noble Agnès, dit-il, vous renouveler l'expression sincère de mon estime, et je n'aurais pu choisir une journée plus favorable, car l'été nous en offrirait à peine une plus belle et une plus pure.

— Oui, elle est pure et brillante pour moi, répondit Agnès, qui se rappelait la scène du matin, et jamais de ma vie je n'ai vu de soleil plus resplendissant. *Il n'y en a qu'un qui puisse être pour moi plus radieux à l'avenir.*

Croyant que le compliment s'adressait à lui, Fulvius répondit :

— Vous voulez parler, sans doute, du jour où vous serez fiancée à celui qui aura gagné votre cœur?

— En vérité, c'est déjà fait, déclara la Romaine sans se rendre compte du sens de la question ; et ce jour est celui-là même qui nous éclaire.

— Alors, ce voile et cette couronne ont été placés sur votre tête comme prélude de ce moment fortuné?

— En effet, c'est le signe que mon bien-aimé a posé sur mon front, afin que je ne reconnaisse d'autre amant que lui-même.

— Et quel est cet heureux mortel? J'avais l'espérance, à laquelle je ne renonce pas encore, d'occuper une place dans vos pensées, peut-être même dans vos affections.

Agnès parut à peine entendre ces paroles. Il n'y avait aucune apparence de timidité ou de pruderie dans ses regards et ses manières, ni même d'embarras.

> Ignorante et sans tache, son âme était sans crainte,
> Car elle ignorait le péché.

Sa physionomie enfantine resta radieuse, ouverte et candide ; ses yeux brillants se fixaient sur Fulvius avec une simplicité si sincère qu'elle le troubla profondément. Elle se leva avec une dignité gracieuse, et répliqua :

— J'ai recueilli de sa bouche le lait et le miel, tandis que le sang de sa joue meurtrie s'imprimait sur la mienne. (*Office de saint Agnès.*)

« Elle divague,» pensait Fulvius.

Mais l'éclat inspiré du regard qu'Agnès semblait fixer

sur un objet visible pour elle seule, le frappa et l'effraya. La jeune fille étant bientôt revenue à elle, il reprit courage, et résolut d'exposer immédiatement l'objet de ses vœux.

— Madame, fit-il, vous vous raillez d'un homme qui vous admire et vous aime véritablement. Je sais de la meilleure part, — oui, de la meilleure part, celle d'un ami commun qui n'est plus, — que vous avez daigné exprimer sur mon compte une opinion favorable, et déclarer que vous ne me repousseriez point si je sollicitais sérieusement votre main. Je puis paraître trop empressé et indiscret, mais je suis sincère, et je vous aime passionnément.

— Retire-toi de moi, aliment de corruption, répondit-elle avec calme et majesté, car déjà un autre amant s'est assuré de mon cœur. Pour lui seul je garde ma foi, à lui seul je me confie avec une affection sans bornes. Son amour, à lui, est chaste, ses caresses sont pures, et ses épouses conservent éternellement leurs couronnes virginales. (*Office de saint Agnès.*)

Fulvius, qui était tombé à genoux en achevant sa dernière phrase, et avait subi dans cette attitude la sévère réprimande, se releva plein de dépit et furieux d'être si complètement frustré dans son attente.

— N'était-ce point assez de m'éconduire après m'avoir encouragé, dit-il, et fallait-il y joindre l'outrage? Fallait-il, en outre, m'avouer en face qu'un autre était venu avant moi aujourd'hui? — Sébastien encore, je suppose.

— Qui êtes-vous? s'écria derrière lui une voix indignée, pour oser prononcer avec dédain le nom d'un homme dont l'honneur est sans tache, et la vertu aussi notoire que le courage?

Il se retourna et se trouva face à face avec Fabiola qui, après s'être promenée quelque temps dans les jardins, avait pensé que maintenant sa cousine serait libre et seule. Elle était arrivée brusquement et avait surpris les dernières paroles de l'espion.

Fulvius, interdit, garda le silence. Fabiola continua avec une noble indignation :

— Et qui êtes-vous donc, vous qui, non content d'avoir pénétré une fois déjà dans la maison de ma parente pour l'insulter, ne craignez pas de la poursuivre jusque dans la solitude de sa retraite champêtre?

— Et vous-même, qui êtes-vous, riposta Fulvius, pour venir commander en maîtresse dans la maison d'autrui?

— Je suis celle, riposta la patricienne, qui vous a donné occasion de rencontrer une première fois sa cousine à table, et qui, ayant découvert vos projets sur l'innocente enfant, se croit obligée, par honneur et par devoir, à les entraver et à la protéger contre vous.

Elle prit Agnès par la main et l'emmena. Pour que Molassus se contentât de gronder, il lui fallut une petite tape de sa maîtresse, qu'il reçut avec plaisir, bien que cela ne lui fût jamais arrivé auparavant.

Fulvius, grinçant des dents, murmura tout haut :

— Romaine altière, tu te repentiras amèrement de ce jour et de cette heure. Tu sauras et sentiras comment se venge un Asiatique.

XIII.

L'EDIT.

Le jour de la publication de l'édit dans Rome étant enfin venu, Corvinus comprit toute l'importance de sa mission, car il avait été chargé d'afficher dans le Forum, à l'endroit ordinaire, le décret d'extermination des chrétiens, ou plutôt la sentence qui vouait à la destruction jusqu'à leur nom. On avait reçu de Nicomédie la nouvelle qu'un brave soldat, nommé Georges, ayant déchiré l'édit impérial, avait courageusement souffert la mort qu'on lui avait infligée pour son audace. Corvinus ne voulait pas que rien de semblable arrivât à Rome, car il aurait eu trop à redouter des conséquences d'un tel événement. Il prie donc toutes les précautions imaginables. L'édit avait été copié en gros caractères sur des feuilles de parchemin réunies ensemble et clouées sur une planche, solidement fixée à un pillier, auquel elle était appendue, non loin du *Puteal Libonis*, le siége du magistrat dans le Forum. Cette opération ne s'accomplit cependant qu'à la nuit, et quand le Forum fut désert. On désirait que le lendemain matin la vue du décret, frappant les regards des citoyens, produisît sur eux une impression plus terrible. Afin de prévenir toute tentative nocturne contre le présent document, Corvinus, aussi prudent que les Juifs qui prétendaient empêcher la Résurrection, obtint, pour garder le Forum durant la nuit, une compagnie de la cohorte pannonienne, composée de soldats appartenant aux races le plus barbares du Nord, Daces Pannonniens, Sarmates, Germains, que leurs traits grossiers, leur aspect sauvage, leurs cheveux roux tressés, leur barbe épaisse et de même couleur, rendaient un objet d'effroi pour les Romains. Ces hommes, entendant à peine le latin, et commandés par les officiers de leur pays, formaient, au déclin de l'empire, la garde particulière des tyrans, souvent leurs compatriotes. Ils ne reculaient devant aucun excès, si monstreux qu'il fût, quand on leur ordonnait de l'accomplir.

Un certain nombre de ces Barbares, toujours disposés au crime, fut posté dans les différentes avenues du Forum avec ordre rigoureux de percer ou de massacrer quiconque tenterait de passer sans le *symbolum* ou mot d'ordre. Ce mot d'ordre, donné chaque nuit par le général en chef, était communiqué aux troupes par les tribuns et les centurions. Mais, cette nuit-là, le rusé Corvinus en avait indiqué un dont il était sûr qu'aucun chrétien ne voudrait se servir, si par hasard il venait à le surprendre, c'était le mot · *Numen imperatorum* « La divinité des empereurs. »

Dans une dernière ronde qu'il fit, il donna à chaque

sentinelle de sévères instructions, et particuliè;;ement au factionnaire placé près de l'édit. Cet homme avait été choisi pour ce poste en raison de sa force, de sa taille herculéenne et de la férocité de caractère qui se peignait dans son regard. Corvinus lui adressa les recommandations les plus rigoureuses, lui prescrivant de n'épargner personne, et d'empêcher qu'on approchât de l'édit sacré. Il lui répéta maintes et maintes fois le mot d'ordre, et le laissa à demi hébété par l'ivresse de la *sabaia* ou bière, mais convaincu qu'il devait percer ou sabrer quelqu'un avant le lendemain matin.

La nuit était humide et froide ; le vent soufflait, et les ondées de pluies fouettaient l'air à chaque instant.

Le Dace s'enveloppa dans son manteau, et se promena de long en large, tirant fréquemment une gourde qu'il cachait sous ses vêtements, et renfermant une liqueur distillée avec les cerices sauvages des forêts Thuringiennes. Parfois il songeait d'un air sombre, non point aux bois et aux rives du fleuve témoin actuellement peut-être des jeux de ses enfants, mais à l'époque où l'on pourrait égorger l'empereur et piller la ville.

Pendant ce temps, non loin de là, dans leur pauvre maison de Suburra, le vieux Diogène et ses robustes fils préparaient leur frugal repas. Un léger coup frappé à la porte les interrompit. Le loquet se leva, deux jeunes gens parurent, que le fossoyeur reconnut aussitôt et qu'il accueillit de son mieux.

— Entrez, mes nobles jeunes maîtres, dit-il ; que vous êtes aimables d'honorer de votre présence mon humble demeure. J'ose à peine vous offrir de partager notre modeste repas ; pourtant, si vous acceptiez, vous nous procureriez une fête de fraternité chrétienne.

— Merci, père Diogène, répondit le plus âgé des deux, Quadratus, le vigoureux centurion de Sébastien : Pancratius et moi nous sommes venus exprès pour souper avec vous. Mais, auparavant, nous avons affaire dans ce quartier de la ville, après quoi nous serons charmés de prendre notre repas. En attendant, un de vos fils pourrait sortir afin de se procurer des vivres. Allons, il nous faut quelque plat distingué, et je veux vous régaler d'une coupe de vin généreux.

Et en parlant ainsi, il donna sa bourse à l'un des fils de Diogène, le priant d'acheter des provisions meilleures que celles dont la famille faisait ordinairement usage. Ils s'assirent, et Pancratius, afin d'entretenir la conversation, dit au vieillard :

— Bon Diogène, j'ai entendu Sébastien affirmer que vous vous souveniez d'avoir vu le glorieux diacre Laurent mourir pour le Christ. Racontez-moi donc cela.

— Avec plaisir, répondit le fossoyeur. Il y a maintenant près de quarante cinq ans que ce martyre s'est accompli. Comme j'étais alors plus âgé que vous ne l'êtes aujourd'hui, vous comprendrez que je me rappelle de tout parfaitement. C'était, en vérité, un admirable jeune homme, si doux, si aimable, si pur et si gracieux ! Sa parole était si affectueuse et si affable, surtout quand il s'adressait aux pauvres ! comme ils l'aimaient tous ! Je le suivais partout; j'étais près de lui, quand l'excellent pontife Sixtus marcha à la mort. Laurent, l'ayant rencontré, lui adressa, comme un fils à son père, les plus tendres reproches, de ce qu'il ne l'associait point au sacrifice de lui-même, ainsi qu'il lui permettait de l'assister dans le sacrifice du corps et du sang de Notre Seigneur.

— C'étaient là des temps glorieux, n'est-il pas vrai, Diogène? interrompit Pancratius. Combien nous sommes dégénérés aujourd'hui ! Quel race différente ! N'êtes-vous pas de mon avis, Quadratus ?

Le rude soldat sourit à la généreuse sincérité de ces plaintes, et invita Diogène à continuer.

— Je vis également Laurent lorsqu'il offrit aux pauvres les riches vases de l'Eglise. Nous n'avons jamais eu depuis de distribution si magnifique. Il y avait des lampes et des candélabres d'or, des encensoirs, des calices et des patènes, outre une immense quantité de lingots d'argent, que reçurent les aveugles, les boiteux et les indigents.

— Mais, dites-moi, demanda Pancratius, comment endura-t-il son dernier et épouvantable supplice? Cela devait être horrible.

— J'ai tout vu, déclara le vieux fossoyeur, et c'eût été pour tout autre une scène intolérable. On le plaça d'abord sur le chevalet, où on le tourmenta de différentes manières; il n'avait pas fait entendre un gémissement quand les juges ordonnèrent de préparer cet horrible lit, — le gril, — et de le chauffer à blanc. Jamais, je l'avoue, je n'ai assisté à un spectacle plus déchirant. La tendre chair du martyr se gonflait et s'ouvrait sous l'action du feu; les barreaux de fer l'entaillaient et la pénétraient jusqu'aux os; une vapeur épaisse s'exhalait de ce corps torturé comme d'une chaudière en ébullition, tandis que le feu sifflait en dévorant les graisses fondues; de temps à autre on voyait la peau se rider affreusement, les muscles contractés par l'agonie et les convulsions graduelles et spasmodiques des membres. Mais en regardant le visage du martyr on oubliait tout cela; sa tête soulevée au-dessus de son corps qui brûlait, semblait attirée par la contemplation de quelque céleste vision, comme le diacre Étienne, son collègue. Le foyer empourprait son visage inondé de sueur; mais les reflets de la flamme, caressant les boucles d'or de sa chevelure, ceignaient sa magnifique tête d'une glorieuse auréole, et le faisaient ressembler à un habitant des cieux. Ses traits, doux et sereins comme toujours, étaient empreints d'une expression si sublime, et son regard d'un tel amour, que vous eussiez volontiers changé de place avec lui.

— Que je le voudrais! s'écria Pancratius. Puisse Dieu le permettre bientôt! Cependant je n'ose croire que je serais capable de souffrir comme lui, qui était un noble et héroïque lévite, tandis que je ne suis qu'un adolescent faible et imparfait. Pensez-vous, cher Quadratus, qu'en cette heure solennelle, la force soit proportionnée à nos

épreuves, quelque grandes qu'elles soient? Vous, je le
sais, vous supporteriez tout, car vous êtes un brave et vigoureux soldat, endurci à la fatigue et aux blessures.
Mais moi, je n'ai à offrir qu'un cœur docile; croyez-vous
que ce soit assez?

— Oui, oui, certes, cela suffit, mon cher enfant, s'écria
le centurion ému, et contemplant l'adolescent qui, debout, le regard brillant, avait placé ses mains sur les
épaules de l'officier. Dieu vous donnera la force comme
il vous a déjà donné la volonté. Mais n'oublions pas notre
œuvre de cette nuit. Enveloppez-vous bien dans votre
manteau, et ramenez votre toge par dessus votre tête. Le
temps, ce soir, est humide et froid. Maintenant, bon Diogène, mettez plus de bois sur le feu, et préparez le souper
pour notre retour. Notre absence ne sera pas longue, et
vous laisserez la porte entrebaillée.

— Allez, allez, mes enfants, dit le vieillard, et que
Dieu vous assiste. Quelque soit l'acte que vous vous
proposiez, je suis sûr qu'il est digne de louanges.

Quadratus ramena vivement autour de lui sa chlamyde
ou manteau militaire, et les deux jeunes gens s'enfoncè-
rent dans les sombres ruelles de la Suburra, dans la direction du Forum. Ils venaient de partir, quand, sur le seuil
de la porte, une voix prononça la salution bien connue :
« Rendons grâces à Dieu. » C'était Sébastien, qui s'informa avec inquiétude auprès de Diogène s'il avait des
nouvelles des deux amis, car il soupçonnait leur projet.
Le vieillard répondit qu'il les attendait dans quelques
instants.

Un quart d'heure, à peine, s'était écoulé, lorsque des
pas précipités se firent entendre; la porte s'ouvrit et se
referma brusquement; puis Quadratus et Pancratius la
barricadèrent solidement à l'intérieur.

— Le voici! s'écria le dernier en montrant avec
un franc éclat de rire un paquet de parchemin tou¹
froissé.

— Qu'est-ce donc? demandèrent avidement tous les
assistants.

— Eh ! c'est ce fameux décret, répondit Pancratius avec une joie tout enfantine. Regardez ! — Domini nostri Diocletianvs et Maximianvs, invicti, seniores, Avgvsti, patres imperatorvm et coesarvm. — *Nos seigneurs Dioclétien et Maximien, invincibles, sages, Augustes, pères des empereurs et des Césars*, et ainsi de suite. Maintenant, voilà.

Et il le jeta dans le feu qui flambait. Les fils de Diogène placèrent par dessus un fagot afin de le maintenir et d'étouffer le bruit de la combustion. L'édit se tordait, craquait, et les lettres disparaissaient successivement : d'abord les louanges des empereurs, puis un blasphème contre le Christ, jusqu'à ce qu'il fut réduit en une masse de cendres noires.

Et que devait-il rester de plus, au bout de quelques années, de ceux qui avaient promulgué cet orgueilleux document, quand leurs cadavres auraient été brûlés sur un bûcher de bois de cèdre et d'aromates, laissant une poignée de cendres à peine suffisante pour remplir l'urne d'or où on les renfermerait? Que devait-il rester également, dans quelques années, de ce paganisme que l'édit prétendait sauvegarder, sinon une lettre morte, tout au plus, un amas de cendres froides d'aussi peu de valeur que celles du foyer? Et cet empire lui-même, que les invincibles Augustes soutenaient par la cruauté et l'injustice, ne ressemblerait-il point, dans peu de siècles, à ce décret anéanti? Les monuments de sa grandeur, en poussière ou en ruines, proclameront qu'il n'y a qu'un seul véritable Seigneur, plus puissant que les Césars, le Seigneur des seigneurs, et que les forces ni les conseils des hommes ne sauraient prévaloir contre lui.

Sébastien pensait peut-être à quelque chose de semblable, tout en regardant d'un air distrait les cendres fumantes du pompeux et cruel édit que les deux amis avaient déchiré, non par une fanfaronade insensée, mais parce qu'il renfermait des blasphèmes contre Dieu et ses plus saintes vérités. Ils savaient, s'ils étaient découverts, quels terribles supplices les attendaient. Mais les chrétiens, en ces jours, mis en présence du martyre ou s'y préparant, ne tenaient aucun compte de ces considérations. La mort pour le Christ, prompte ou facile, lente ou cruelle, tel était le but auquel ils aspiraient. Semblables aux braves marchant au combat, ils ne s'inquiétaient pas en quel endroit le glaive ou la flèche pourraient les atteindre. Peu leur importait que le coup mortel tranchât subitement leur existence, ou les laissât de longues heures sur le sol, mutilés et sanglants, en proie aux convulsions de l'agonie, mourant par degrés parmi des monceaux de cadavres abandonnés.

Sébastien se remit bientôt, et il se sentit à peine le courage de blâmer les auteurs de cet acte audacieux. D'ailleurs, l'affaire avait son côté plaisant, et il était porté à rire de la profonde déception qu'éprouveraient, le lendemain, les persécuteurs. Il résolut donc de s'en tenir là, d'autant plus qu'il vit Pancratius l'observer avec une certaine anxiété, et son centurion lui-même quelque peu déconcerté. Aussi, après un joyeux éclat de rire, ils s'assirent à table; car il n'était pas minuit, l'heure de commencer le jeûne préparatoire à la réception de la Sainte-Eucharistie. Outre le plaisir de prendre ce repas avec ses amis, Quadratus avait eu un double but en le commandant : d'abord, en cas de surprise, il se ménageait un moyen d'expliquer sa présence dans cette maison ; ensuite il se proposait par là de fortifier le courage de son jeune compagnon et celui de la famille de Diogène, supposé qu'ils eussent conçu quelque alarme au sujet de l'acte hardi qui venait de s'accomplir. Mais ces craintes n'étaient pas fondées. Bientôt la conversation fut ramenée sur les souvenirs de jeunesse du fossoyeur, sur ce bon vieux temps si plein de ferveur, comme Pancratius persistait à l'appeler. Sébastien ayant reconduit chez lui son jeune ami, prit un détour pour regagner sa demeure en évitant le Forum. Si quelqu'un, cette nuit-là, eût été admis dans la chambre de Pancratius, il l'eût vu, au moment de se livrer au sommeil, sourire plusieurs fois comme au souvenir de quelque étrange et amusante aventure.

XIV

LA DÉCOUVERTE.

Corvinus, le lendemain, se leva dès l'aurore, et se rendit tout droit au Forum, malgré l'obscurité. Ayant trouvé les avant-postes parfaitement tranquilles, il s'empressa de visiter le principal objet de ses préoccupations. Nous n'essayerons pas de dépeindre sa stupéfaction, sa rage, sa fureur à l'aspect de la planche nue et ne portant plus que des lambeaux de parchemin retenus par les clous. A côté se tenait, debout, avec la stupidité de l'ignorance, la sentinelle dace.

Il lui aurait sauté à la gorge comme un tigre, si un clignement de l'œil du Barbare, semblable au regard de l'hyène, ne l'eût averti d'être prudent. Mais il éclata en paroles furieuses.

— Coquin! comment l'édit a-t-il disparu? Réponds sur-le-champ.

— Doucement, doucement, herr Kornweiner, répondit l'homme du Nord, impassible. Le voilà tel que vous me l'avez confié.

— Où cela, imbécile? Viens donc et regarde.

Le Dace s'approcha, examina la planche pour la première fois, et s'écria, après l'avoir considérée un instant :

— Eh bien, n'est-ce pas celle que vous avez accrochée hier soir?

— Oui, niais; mais il y avait un écrit dessus : c'est là ce qu'il te fallait garder.

— Quant à l'écriture, capitaine, je n'y connais rien, n'ayant jamais été à l'école. Au reste, la pluie qui est tombée toute la nuit l'a peut-être effacée?

— A merveille; et, comme il faisait du vent, je suppose que le parchemin s'est envolé?

— Précisément; herr Kornweiner; vous avez complètement raison.

— Assez, misérable ! Il n'y a pas ici matière à plaisan-
terie. Voyons, parle, qui est venu cette nuit ?

— Mais ils sont venus à deux.

— Deux quoi ?

— Deux sorciers, deux spectres, ou pis encore

— Trêve de ces sottises. — L'œil du Dace brilla de
nouveau.

— Dis-moi, Arminius, quelle espèce de gens c'était et
ce qu'ils ont fait.

— Mais l'un d'eux était un jeune homme, presque un
enfant, grand et mince; il s'approcha du pilier, et enleva
probablement ce qui vous manque, pendant que j'étais
occupé avec l'autre.

— Et cet autre, qui était-il ? A qui ressemblait-il ?

Le soldat, ouvrant la bouche et les yeux, regarda quelques instants Corvinus; puis il répondit avec un air de
solennité grotesque :

— A qui il ressemblait? Certes, s'il n'était pas le dieu
Thor, il s'en fallait de peu de chose. Je n'ai jamais senti
une telle force.

» D'abord il vint à moi, me parla amicalement, me
demanda s'il ne faisait pas bien froid et autre chose pareille. Enfin je me rappelai que je devais percer quiconque s'approcherait de moi.

— Précisément, interrompit Corvinus; et pourquoi ne
l'as-tu pas fait?

— Uniquement parce qu'il ne me le permit pas. Je l'in-
vitai à se retirer, s'il ne voulait que je le tuasse d'un
coup de javeline. En même temps je reculai, brandissant
mon arme; mais il me l'arracha de la façon la plus calme, je ne sais comment, la cassa sur son genou comme
si c'eût été une épée de bois de saltimbanque, et enfonça le fer dans le sol, là-bas, où vous pouvez encore
le voir.

— Alors il fallait t'élancer sur lui avec ton glaive, et le

châtier immédiatement..... Mais qu'est-il devenu, ton glaive? il n'est plus dans son fourreau.

Le Dace, avec une grimace stupide, désigna du doigt la toiture de la basilique voisine.

— Le voilà, répliqua-t-il; ne le voyez-vous pas briller sur les tuiles, aux rayons du matin?

Corvinus regarda, et aperçut effectivement quelque chose qui ressemblait à une épée; mais il pouvait à peine en croire ses yeux.

— Qui l'a mise là, nigaud? demanda-t-il.

Le soldat tordit sa moustache d'une manière si menaçante, que Corvinus renouvela sa question en termes plus civils; et le Dace répondit:

— Cet homme, ou cet être quel qu'il soit, sans aucun effort apparent, et par une sorte de conjuration, l'enleva de ma main, et le lança, là où vous le voyez, aussi facilement que je pourrais jeter un palet à une douzaine de pas.

— Et ensuite?

— Ensuite, lui et le jeune homme qui avait quitté le pilier, s'éloignèrent dans l'obscurité.

— Quelle étrange histoire! murmura Corvinus en lui-même. Cependant il y a des preuves de l'exactitude du conte de ce drôle. Ce n'est pas le premier venu qui eût accompli un pareil acte. Mais dis-moi, drôle, pourquoi n'as-tu pas donné l'alarme et appelé les camarades afin de les poursuivre?

— Parce que d'abord, maître Kornweiner, si, dans notre pays, nous nous battons volontiers contre n'importe quels hommes vivants, nous n'aimons point à poursuivre des fantômes. Et ensuite, à quoi bon? je voyais toute la planche dont vous m'aviez confié la garde appendue à la même place.

— Stupide barbare! fit Corvinus entre ses dents. Et il ajouta aussitôt: — Cette affaire est grave pour toi: tu sais que c'est un crime capital.

— Qu'ai-je fait?

— Tu as laissé un homme t'approcher et te parler sans qu'il donnât le mot d'ordre.

— Un instant, capitaine. Qui vous a dit qu'il ne l'avait pas donné ? Ce n'est pas moi, en tous cas.

— L'aurait-il donc donné ? Alors il ne s'agirait point d'un chrétien.

— Oui, il l'a donné. En arrivant, il a prononcé claire- ment ces mots : *Nomen imperatorum* (*le nom des empe- reurs*).

— Qu'a-t-il dit ? rugit Corvinus.

— *Nomen imperatorum.*

— *Numen imperatorum* (*la divinité des empereurs*), tel était le mot d'ordre , s'écria le Romain hors de lui.

— *Nomen* ou *Numen*, n'est-ce pas la même chose ? Qu'importe une lettre ? Vous m'appelez Arminius , quoi- que mon nom soit Hermann, et cependant ces deux mots ont la même signification. Comment aurais-je pu deviner ces subtilités de langage ?

Maintenant Corvinus était exaspéré contre lui-même , car il comprenait combien il serait mieux arrivé à ses fins en confiant ce poste à un prétorien intelligent et avisé plutôt qu'à cet étranger barbare et stupide.

— Eh bien, reprit-il avec colère , tu auras à répondre de tout ceci devant l'empereur , et tu sais qu'il n'a pas coutume d'user d'indulgence quand on l'offense.

— Remarquez , herr Kornweiner, répondit le soldat avec un regard sournois et brutal, que nous sommes l'un et l'autre logés à la même enseigne. (Corvinus pâlit, car il n'ignorait pas que c'était la vérité.) Avisez donc un moyen de me sauver, si vous ne voulez périr vous-même. C'est vous que l'empereur a rendu responsable de... Com- ment l'appelez-vous ?... de cette planche.

— Tu as raison , l'ami , il faut que je publie qu'une troupe nombreuse t'a assailli et tué à ton poste. Ainsi , cache-toi pour quelques jours dans ton quartier, où tu ne manqueras pas de bière, jusqu'à ce que la chose soit oubliée.

Le soldat se retira et se cacha. Quelques jours plus

tard, le Tibre rejeta sur la rive le cadavre d'un Dace, qui
avait été évidemment assassiné. On supposa qu'il avait
succombé dans une querelle d'ivrognes, et on ne s'en
occupa plus. Le fait était exact; mais Corvinus aurait pu
l'expliquer mieux que personne. Cependant, avant de
quitter ce fatal endroit du Forum, il avait soigneusement
examiné le sol, cherchant quelques traces de l'acte audacieux qui s'y était accompli; il ramassa, près du pilier
qui soutenait l'édit, un couteau qu'il se souvint parfaitement d'avoir vu en la possession d'un de ses condisciples.
Il le garda soigneusement, comme un instrument de
future vengeance, et se hâta de se procurer une autre
copie du décret.

XV.

EXPLICATIONS.

Au lever du jour, la foule afflua de tous côtés au Forum,
curieuse de lire le redoutable édit promis depuis si long-
temps. Mais, en n'apercevant qu'une simple planche, elle
fit entendre de sourdes rumeurs. Quelques-uns admi-
raient le courage des chrétiens, généralement accusés de
lâcheté; d'autres s'indignaient de l'audace d'un pareil
attentat; ceux-ci raillaient les officiers chargés de sa pro-
clamation; ceux-là témoignaient leur mécontentement
de voir ajournée la jouissance attendue. De bonne heure,
dans tous les lieux publics à la mode, on ne s'occupait
que de cet événement. Aux grands Thermes d'Antonin,
on s'en entretenait dans un groupe d'habitués; il se composait de l'avocat Scaurus, de Proculus, de Fulvius, du
philosophe Calpurnius parcourant certains volumes poudreux, et de quelques autres citoyens.

— Quelle étrange affaire que celle de l'édit! remarqua
l'un.

— Dites plutôt que c'est un crime de lèse-majesté contre les divins empereurs, répondit Fulvius.

— Comment cela s'est-il fait? demanda un troisième.

— N'avez-vous pas entendu raconter, répliqua Proculus, que le fonctionnaire dace, placé au putéal, a été trouvé assassiné, frappé de vingt-sept coups de poignard, dont dix-neuf eussent suffi chacun à donner la mort?

— Non, ce rapport est faux, interrompit Scaurus. Il n'y a pas eu violence, mais emploi de maléfices. Deux femmes s'étant approchées du soldat, il lança contre l'une d'elles sa javeline avec tant de force, qu'il la transperça d'outre en outre, et l'arme s'enfonça dans le sol, de l'autre côté, sans lui avoir fait aucun mal; alors il se précipita, l'épée à la main, sur la seconde; mais il eût autant gagné de frapper du marbre. Celle-ci lui jeta une pincée de poudre, et il s'envola dans les airs. Le matin, on l'a trouvé endormi sur le toit de la basilique Æmilienne. Un de mes amis, sorti de bonne heure, a vu l'échelle qui lui a servi à descendre.

— Merveilleux! s'écrièrent plusieurs assistants. Quelle race extraordinaire que ces chrétiens!

— Je ne crois pas un mot de cela, déclara Proculus. Non, la magie ne possède point une telle puissance. Et, d'ailleurs, pourquoi les membres d'une secte misérable en jouiraient-ils plutôt que des hommes qui leur sont supérieurs? Allons, Calpurnius, poursuivit-il, mettez de côté ce vieux livre et répondez à ma question. J'en ai plus appris de vous en une heure au sujet des chrétiens, un jour que nous avons soupé ensemble, que dans tout le reste de ma vie. Quelle prodigieuse mémoire il vous faut pour retenir si exactement la généalogie et l'histoire de ce peuple barbare! Voyons, ce que Scaurus vient de nous raconter est-il possible?

Calpurnius, d'un air emphatique, s'exprima en ces termes:

Il n'y a nulle raison de croire impossible une chose semblable, car la puissance de la magie est illimitée. Pour

préparer une poudre capable de faire voler un homme ,
il suffit de choisir des herbes dans lesquelles l'air prédo-
mine sur les trois autres éléments. Tels sont, par exemple, les pois et les fèves; selon Pythagore, si on recueille
ces légumes quand le soleil est dans le signe de la Balance dont la nature est de tenir en balance dans les airs
même les objets pesants , au moment de la conjonction
de l'astre avec Mercure, une puissance ailée, comme
vous savez; si, de plus, on les active convenablement au
moyen de certaines paroles mystérieuses, prononcées par
un habile magicien, et qu'on les réduise en poudre dans
un mortier fait d'un aérolithe ou pierre qui, après s'être
élevée vers le ciel, est retombée sur la terre, nul doute
que cette poudre, employée à propos, ne puisse faire voler une personne dans les airs ou l'y contraindre. Il est
parfaitement avéré que les sorcières de Thessalie se pro-
mènent à leur gré dans les nuages, allant ainsi d'un
lieu à un autre, ce qu'elles obtiennent, évidemment,
à l'aide de quelque charme pareil. Quant aux chrétiens ,
excellent Proculus, je vous rappellerai aux explications
que je donnai à la table de Fabius, maintenant déifié , et
auxquelles vous avez eu la bonté de faire allusion; si mes
souvenirs sont fidèles, j'affirmai que la secte était originaire de la Chaldée, pays toujours renommé par les
sciences occultes. Mais l'histoire nous en fournit une
meilleure preuve encore. Il est avéré qu'ici même , à
Rome, un certain Simon, que d'aucuns nomment Simon
Pierre et d'autres Simon le magicien , s'éleva réellement et publiquement dans les airs ; mais le charme
ayant glissé de sa ceinture , il tomba et se brisa les
deux jambes. Voilà pourquoi on dut le crucifier la tête
en bas.

Alors tous les chrétiens sont nécessairement des sorciers? demanda Scaurus.

Nécessairement : c'est de l'essence même de leur superstition. Ils croient que leurs prêtres possèdent une
puissance extraordinaire sur la nature. Ainsi, par exemple, ils s'imaginent que leurs prêtres, en baignant dans

l'eau les corps de leurs sectateurs, dotent leurs âmes de qualités merveilleuses, qui les rendent supérieurs, fussent-ils esclaves, à leurs maîtres et même aux divins empereurs.

— C'est épouvantable, s'écrièrent tous les assistants.

— De plus, ajouta Calpurnius, nous savons quel crime horrible ont commis, la nuit dernière, quelques-uns d'entre eux, en lacérant le décret suprême des divinités impériales. Supposons, — ce dont nous préservent les dieux! — supposons, dis-je, que poussant la trahison plus loin encore, ils attentent à la vie sacrée des princes, ils sont persuadés qu'il leur suffit d'aller trouver ces prêtres, d'avouer leur crime, d'en implorer le pardon, et que, s'ils l'obtiennent, ils pourront se considérer comme parfaitement innocents.

— C'est abominable! s'écria-t-on en chœur.

— Une telle doctrine, déclara Scaurus, est incompatible avec la sûreté de l'Etat. L'homme qui attribue à son semblable le pouvoir de lui pardonner ses crimes, est capable de les commettre tous.

— Voilà, sans aucun doute, remarqua Fulvius, la cause du rigoureux édit qui les frappe. D'après ce que Calpurnius vient de nous révéler sur ces hommes dangereux, nulle mesure ne saurait être trop sévère.

En parlant ainsi, Fulvius jeta un regard sinistre à Sébastien, qui était entré pendant la conversation. Et, s'adressant directement à l'officier, il lui dit :

— Evidemment, Sébastien, vous pensez comme nous, n'est-il pas vrai?

— Je pense, répondit tranquillement le tribun, que si les chrétiens sont d'infâmes sorciers, tels que Calpurnius les a dépeints, ils méritent d'être exterminés de la surface de la terre. Pourtant, même en ce cas, je leur offrirais encore une chance de salut.

— Laquelle? interrogea Fulvius d'un ton railleur.

— Je voudrais que nul ne pût conspirer leur ruine à moins de prouver qu'il est lui-même plus qu'eux exempt de tout crime. En outre, je ne permettrais à aucun hom-

me de lever la main contre eux s'il ne démontrait qu'il
n'est ni adultère, ni concussionnaire, fourbe ou ivrogne, ni mauvais époux, mauvais père ou mauvais
fils, ni débauché ou voleur. Car personne ne peut
accuser de ces crimes aucun de ces malheureux chrétiens.

Fulvius tressaillit à l'énumération de tous ces vices, et
frémit surtout sous le regard indigné mais calme de Sébastien. Mais, au mot de voleur, il trembla. L'officier l'a-
vait-il donc vu ramasser l'écharpe dans la maison de Fabius? Quoiqu'il en fût, l'aversion qu'il avait éprouvée
pour Sébastien à leur première rencontre s'était échan-
gée en haine à la seconde, et la haine, dans cette âme, se
gravait en caractères sanglants.

Le tribun s'éloigna; et ses sentiments s'exhalèrent
dans une prière familière. — « Jusques à quand, Seigneur,
murmurait-il, jusques à quand? Comment pouvons-nous
espérer de convertir, je ne dirai pas ce grand empire,
mais seulement un bon nombre d'âmes, tant que des
hommes honnêtes et instruits accueilleront si facilement
toutes les calomnies dirigées contre nous, accumulant
d'âge en âge toutes les fables, tous les mensonges débités
contre nous, sans même prendre la peine d'étudier nos
doctrines que, dans leurs préventions, ils estiment fausses
et méprisables? » Pensant être seul, il formulait tout
haut ces plaintes, quand une douce voix répondit à côté
de lui :

— Excellent jeune homme, qui que tu sois qui parles
ainsi, — je crois reconnaître ton accent, — souviens-toi
que le Fils de Dieu a rendu la lumière à l'œil de l'a-
veugle avec un peu de limon, lequel, appliqué par la
main de l'homme, eût tout simplement aveuglé le
voyant. Soyons comme la poussière sous ses pieds, si
nous aspirons à éclairer l'œil des âmes. Résignons-nous
patiemment au mépris pour un peu de temps encore.
Peut-être que de nos cendres jaillira l'étincelle du feu
sacré.

— Merci, merci, Cæcilia, pour votre remontrance si

juste et si affectueuse. Où courez-vous si gaiement, en ce premier jour de péril ?

— Ne savez-vous pas que j'ai été nommée guide du cimetière de Callistus ? Je vais prendre possession de mon poste. Demandez que je sois la première fleur de ce printemps qui s'apprête.

Et elle allait s'éloigner en chantant allègrement. Mais Sébastien la supplia de s'arrêter un moment encore.

XVI

LE LOUP DANS LA BERGERIE.

Après les aventures de la nuit, nos jeunes gens n'eurent guère le temps de se reposer. Bien avant le crépuscule, les chrétiens se levaient et s'assemblaient dans leurs titres respectifs afin de pouvoir se disperser avant le jour. Celui qui commençait devait marquer leur dernière réunion en ces lieux. Les oratoires allaient être fermés, et le service divin s'accomplirait, à dater de ce jour, dans les églises souterraines des cimetières. Comme il était impossible que les fidèles fussent à même de se rendre tous en sûreté, même le dimanche, à plusieurs milles hors des portes de Rome, on leur accordait un grand privilége, en ces temps de trouble, celui de conserver dans leurs maisons la sainte Eucharistie et de se communier eux-mêmes en secret, avant de prendre aucune nourriture, ainsi que l'explique Tertullien.

Les chrétiens se regardaient, non comme des brebis qu'on mène à l'abattoir, ou comme des criminels attendant l'heure de l'exécution, mais comme des soldats s'armant pour le combat.

Ils devaient trouver à la table du Seigneur leurs armes, leur aliment, le courage et l'intrépidité. Le tiède et le timide se fortifiaient dans la réception du pain de vie. Il y avait dans les églises des cimetières, comme on peut encore le voir, des siéges pour les pénitenciers, devant lesquels les pécheurs s'agenouillaient et confessaient leurs fautes pour obtenir l'absolution. En pareille circonstance, le régime pénitentiaire se mitigeait et on abrégeait le temps de l'expiation publique. Toute la nuit avait été employée par le clergé zélé à préparer les membres du troupeau à une communion solennelle qui devait être, pour beaucoup, la dernière de ce genre sur la terre.

Il est inutile de rappeler à nos lecteurs que l'office d'alors était, dans son ensemble comme dans la plupart des détails, identique à celui qui se célèbre actuellement sur les autels catholiques. Non-seulement on le considérait de même que nous, comme le sacrifice du corps et du sang de Notre-Seigneur; non-seulement l'oblation, la consécration et la communion ne différaient aucunement, mais un grand nombre de formules étaient semblables. Aussi le catholique qui les entend réciter, et surtout le prêtre qui les répète dans la langue même de l'Eglise Romaine des Catacombes, peuvent à bon droit se c.oire en communion active et réelle avec les martyrs qui célébraient ces sublimes mystères ou qui y assistaient.

Dans la circonstance que nous retraçons, au moment du baiser de paix, — véritable embrassement fraternel, — on entendit des sanglots, et les larmes coulèrent, car, pour beaucoup, c'était l'adieu du départ. Plus d'un fils se suspendit au cou de son père, ne sachant si cette journée ne marquerait point leur séparation jusqu'à celle où ils entrelaceraient leurs palmes dans le ciel. Et quelle mère n'aurait pressé sa fille sur son sein avec cette ardeur qu'inspire la perspective d'un long éloignement? Puis vint la communion plus solennelle que d'habitude, plus fervente et plus silencieuse.

« Voici le corps de Notre-Seigneur Jésus-Christ », disait le prêtre en présentant aux fidèles l'aliment sacré; et tous répondaient « Amen, » avec l'accent profond de la foi et de l'amour. Ensuite, chacun d'eux, étendant sur

ses mains *l'orarium* ou linge de toile blanche, y recevait
une provision du pain de vie suffisante pour jusqu'à la
nouvelle fête. On pliait le linge soigneusement, avec un
grand respect, et la plupart l'enveloppaient d'une riche
étoffe ou même le plaçaient dans une boîte d'or. Ce fut
alors que, pour la première fois, la pauvre Syra regretta
la perte de sa magnifique écharpe brodée, qu'elle eût
donnée aux pauvres depuis long-temps si elle ne l'eût
réservée précieusement pour une occasion semblable.
D'ailleurs elle n'avait jamais accepté de sa maîtresse aucun objet de prix sans stipuler la liberté d'en disposer à
son gré, et c'était toujours à des œuvres charitables qu'elle
le consacrait.

Ces différentes assemblées s'étaient dispersées avant
la découverte de la violation de l'édit ; ou plutôt elles s'é-
taient donné rendez-vous dans les cimetières. Les fréquentes entrevues de Torquatus avec ses alliés païens,
aux bains de Caracalla, avaient été surveillées attentivement par le *capsarius* et sa femme, comme nous l'avons
dit ; Victoria avait surpris le secret d'une invasion dans
le cimetière de Callistus, complotée pour le lendemain
de la publication du décret. Aussi les chrétiens se
croyant encore en sûreté ce premier jour, en profitèrent
pour inaugurer par des offices solennels les églises des
catacombes ; après avoir été hors d'usage pendant plusieurs années, elles venaient d'être réparées et mises en
ordre par les *fossores*, qui les avaient repeintes en quelques endroits et munies des objets nécessaires au culte
divin.

Mais Corvinus, revenu de son premier effroi, se procura
promptement et afficha une nouvelle copie de l'édit, moins
grande, toutefois, que la précédente. Il commença alors
à réfléchir aux conséquences probables et terribles de la
colère de son impérial maître. Le Dace avait raison : à
lui la responsabilité de l'enlèvement du décret. Comprenant la nécessité de signaler ce jour même par quelque
action d'éclat, pour conjurer sa disgrâce, avant d'affronter les regards de l'empereur, il résolut de brusquer

l'attaque du cimetière, qui ne devait avoir lieu que le lendemain.

Il se rendit donc de bonne heure aux bains, où Fulvius, qui surveillait toujours Torquatus avec défiance, avait averti ce dernier que Corvinus viendrait pour tenir conseil. Le digne trio arrêta le plan suivant : Corvinus, guidé par l'apostat forcé d'obéir, devait, à la tête d'une troupe de soldats choisis dont il disposait, envahir le cimetière de Callistus, et en chasser le clergé et les principaux chrétiens. Fulvius, posté au-dehors avec une autre troupe, intercepterait le passage ainsi que la retraite, et s'assurerait des plus notables d'entre les fidèles, principalement du Souverain-Pontife et des membres du clergé supérieur, que sa présence à l'ordination lui permettait de reconnaître. Voici quelles étaient ses vues : « Laissons, pensait-il, les sots faire l'office de furet dans la garenne : je serai le chasseur à l'affût au dehors. » Cependant, Victoria, présente dans la chambre où ils se consultaient, en avait trop entendu pour ne point continuer d'y rester sous prétexte d'épousseter et de balayer, sans paraître écouter. Bientôt elle raconta tout à Cucumio, qui se gratta long-temps la tête, et finit par trouver un moyen ingénieux de prévenir ses frères de la découverte.

Sébastien, après avoir assisté dès le matin au service divin, se retira pour vaquer à ses devoirs du palais. Il alla d'abord aux bains, selon la coutume presque universelle, afin de fortifier ses membres par un rafraîchissement salutaire, et aussi pour éloigner les soupçons que son absence matinale eût pu éveiller. Pendant qu'il était ainsi occupé, le vieux *Capsarius*, comme il s'était luimême qualifié dans son inscription prématurée, écrivit sur une feuille de parchemin tout ce que sa femme avait entendu touchant le projet d'envahir immédiatement le cimetière et de s'emparer du Souverain-Pontife. Puis il attacha le billet avec une épingle ou une aiguille à l'intérieur de la tunique de Sébastien, dont il avait la garde, car il n'osait parler en public au tribun.

Au sortir du bain, l'officier se rendit dans la salle où l'on discutait les événements du jour, et où Fulvius attendait que Corvinus vint lui annoncer que tout était prêt. Comme il se retirait avec dégoût, il sentit, en cheminant, une sorte de piqûre à la poitrine. Ayant examiné son vêtement, il trouva le parchemin. L'écrit était conçu dans un latin aussi élégant que l'épitaphe de Cucumio; toutefois Sébastien le déchiffra suffisamment pour juger nécessaire de se diriger vers la voie Appienne, au lieu d'aller au Palatin, afin de communiquer immédiatement l'important avis aux chrétiens rassemblés dans le cimetière.

Cependant, ayant rencontré une messagère plus sûre et plus légère que lui dans la pauvre aveugle, et qui ne devait pas exciter au même degré l'attention, il l'arrêta, lui confia le billet après qu'il y eût ajouté quelques mots avec la plume et l'encre qu'il portait, et lui recommanda de le remettre à sa destination aussi rapidement que possible. Mais, à peine avait-il quitté les bains, que Fulvius, informé que Corvinus et sa troupe marchaient vers le point convenu, à travers la campagne, pour donner le change, monta à cheval sur-le-champ, et s'élança sur la grande route, tandis que le soldat chrétien s'expliquait avec sa messagère aveugle.

Lors de notre visite aux catacombes avec Diogène et ses compagnons, nous n'avons point poussé jusqu'à l'église souterraine, dont Severus ne voulait pas découvrir l'emplacement à Torquatus. Or, en ce moment, la communauté des fidèles y était réunie sous la présidence de son premier Pasteur. Elle était construite selon les principes communs à toutes ces excavations, car nous ne pouvons les appeler des édifices.

Que le lecteur se représente deux de ces *cubicula* ou chambres que nous avons déjà décrites, placées de chaque côté d'une galerie ou passage, de façon à ce que leurs portes, ou plutôt leurs larges entrées se trouvent en face l'une de l'autre. A l'extrémité de l'une de ces chambres apparaît un *arcosolium* ou sépulcre-autel; et il est pro-

bable que les hommes était placés dans l'une des divi
sions, sous la direction des *ostiarii* (portiers), et les fem
mes dans l'autre, sous la conduite des diaconesses. L
séparation des sexes pendant les offices divins étai
un point de sévère discipline aux premiers siècles d
l'Eglise.

Ordinairement ces sanctuaires souterrains n'étaien
pas dépourvus d'ornementations architecturales. Le
murailles, principalement dans le voisinage de l'autel
étaient revêtues de plâtre et de peintures; des demi-co
lonnes, gracieusement taillées dans la roche avec leur
bases et leurs chapitaux divisaient les différentes partie
et ornaient les entrées. La plus grande des basilique
découvertes jusqu'ici dans le cimetière de Callistus ren
ferme une chambre sans autel, communiquant avec l'é
glise au moyen d'une ouverture en forme d'entonnoir
laquelle, perçant le mur dont l'épaisseur est de douz
pieds environ, entre, à la hauteur de cinq ou six pieds
dans la chambre dont le niveau est inférieur. La direc
tion oblique de l'ouverture permettait d'entendre tout c
qui se disait dans l'église, sans qu'on pût rien voir de c
qui s'y faisait. On conjecture naturellement que là s
tenaient les pénitents publics appelés *audientes*, écou
teurs, et les catéchumènes non encore initiés par l
baptême.

La basilique où les fidèles étaient assemblés, quan
Sébastien leur envoya sa messagère, était semblable
celle qui a été découverte dans le cimetière de Sainte
Agnès. Chacune des deux divisions était double; c'est-à
dire composée de deux vastes chambres; des demi-co
lonnes dans ce que nous nommerons l'église des femmes
et des pilastres dans celle des hommes indiquaient l
séparation. Dans l'un de ces pilastres on avait pratiqu
une petite niche pour recevoir une image ou une lampe
Ce qu'il y a de remarquable dans cette basilique, c'es
que la construction se prolonge de manière à former u
sanctuaire ou place des prêtres, ayant en dimension l
moitié, à peu près, de chacune des autres divisions, don

il est séparé par deux colonnes appliquées à la muraille. De même que nos sanctuaires modernes, il est moins élevé que le reste de l'église. Les compartiments de chaque division possèdent, enclavés dans le mur, d'abord un tombeau élevé, surmonté d'une voûte cintrée, puis, au-dessus de celui-ci, quatre ou cinq rangées de tombes ; or, la hauteur de ce sanctuaire n'est guère supérieure à celle de ces *arcosolia* ou sépulcres-autels. A l'extrémité du sanctuaire apparaît, au milieu de la muraille, un siége dont les bras et le dossier sont taillés dans la roche ; de chaque côté règne un banc de pierre, occupant ainsi le fond et les flancs du sanctuaire. La table de la tombe voûtée, derrière le siége, étant plus élevée que le dossier du trône, et ce dernier étant fixe, il est clair que les divins mystères ne pouvaient être célébrés sur cette table. Il fallait donc nécessairement qu'on plaçât un autel portatif devant le trône, dans une position isolée au milieu du sanctuaire ; et la tradition nous apprend que c'était l'autel de bois de saint-Pierre.

Nous avons de la sorte les dispositions exactes des églises bâties après la paix, telles qu'elles existent encore dans les anciennes basiliques de Rome : la chaire épiscopale au centre de l'abside, la place des prêtres ou les siéges du clergé de chaque côté, et l'autel entre le trône et le peuple. Ainsi, les premiers chrétiens traçaient sous terre, à l'avance, les principes qui devaient diriger les formes de l'architecture ecclésiastique.

C'est dans une basilique semblable que nous supposerons les fidèles réunis quand Corvinus et ses satellites se présentèrent à l'entrée du cimetière. Ils étaient venus par le chemin connu de Torquatus, conduisant à un escalier ouvrant au milieu d'un bâtiment en ruines, et masqué par des fagots. N'y trouvant personne, ils firent leurs préparatifs. Fulvius, avec dix ou douze hommes, s'établit à l'ouverture, afin de saisir quiconque voudrait entrer ou sortir. Corvinus et Torquatus, accompagnés de huit hommes seulement, se disposèrent à descendre.

— Je n'aime pas cette besogne souterraine, dit un vieux légionnaire à barbe grise : je suis un soldat, et non point un attrapeur de rats. Qu'on m'amène un homme à la lumière du soleil, et je me battrai avec lui main à main, pied contre pied ; mais je n'ai aucune envie d'être étouffé ou empoisonné comme la vermine dans un égout.

Ces paroles trouvèrent de l'écho parmi les autres soldats. L'un disait : « Ces chrétiens sont peut-être cachés par centaines dans ces profondeurs, et nous ne sommes pas douze. » — « Ce n'est pas pour ce genre d'exploits que nous recevons notre paie, fit un autre. » — « Ce sont leurs sorcelleries que je crains, ajouta un troisième, et non leur courage. »

Il fallut toute l'éloquence de Fulvius pour les déterminer. Il leur assura qu'il n'y avait rien à redouter ; que ces lâches chrétiens fuiraient comme des lièvres à leur aspect ; et qu'ils trouveraient plus d'or et d'argent dans l'église que ne leur en procurait une année de paie. Ainsi encouragés, ils atteignirent à tâtons le bas de l'escalier. Ils purent alors distinguer par intervalle les lampes qui brillaient à l'extrémité des passages longs et obscurs.

— Silence ! recommanda l'un des satellites : écoutez cette voix.

Des accents lointains arrivaient jusqu'à eux, affaiblis par la distance : c'étaient les sons d'une voix jeune et fraîche, inaccessible à la peur, et si claire qu'on pouvait saisir chacune des paroles. Elle entonna les versets suivants :

« Dominus illuminatio mea, salus mea, quem timebo ?
» Dominus protector vitæ meæ, à quo trepidabo ?

« *Le Seigneur est ma lumière et mon salut : qui craindrais-je ?* »
« *Le Seigneur est le protecteur de ma vie : qui redouterais-je ?* »

Ensuite éclata un chœur de voix, semblable au murmure des eaux.

« Dum appropiant super me nocentes, ut edant carnes meas; qui tri-
» bulant me inimici mei, ipsi infirmati sunt et ceciderunt. »

« *Tandis que les méchants s'approchent de moi pour dévorer ma*
» *chair, mes ennemis, qui m'affligent, ont eux-mêmes été affaiblis, et*
» *tous sont tombés.* »

A ces paroles, pleines de calme confiance, sorte de défi
jeté aux persécuteurs, ceux-ci frémirent de honte et de
colère. La voix seule chanta encore, mais avec une intona-
tion moins forte :

« Si consistat adversum me castra, non timebit cor meum. »

« *Lors même que des camps entiers s'élèveraient contre moi, mon*
» *cœur ne s'effrayerait point.* »

— Je crois savoir quelle est cette voix, murmura Corvinus, je la reconnaîtrais entre mille. C'est la voix de
celui que je hais comme la peste, de celui qui a commis
le sacrilège de la nuit dernière, et qui nous vaut les
peines d'aujourd'hui. C'est la voix de Pancratius, qui
a arraché l'édit. En avant, en avant, mes braves!
les plus grandes récompenses à qui me le livrera mort
ou vif.

— Un instant, dit l'un des soldats; laissez-nous allumer nos torches.

— Ecoutez, ajouta un autre pendant que ses compagnons procédaient à cette opération; quel est ce bruit
étrange? Ne croirait-on pas qu'on gratte dans le lointain
ou qu'on frappe à coups de marteau? J'entends cela déjà
depuis quelque temps.

— Et regardez! fit un troisième ; les lumières, là bas,
ont disparu, et la musique a cessé. Assurément, nous
sommes découverts.

— Il n'y a pas de danger, déclara Torquatus, témoignant
une hardiesse qu'il n'avait point. Ce bruit vient uniquement de Diogène et de ses fils, ces vieilles taupes, qui
creusent sans doute des fosses pour les chrétiens que nous
saisirons.

Vainement Torquatus avait conseillé à la bande de se

munir, au lieu de torches, de lanternes semblables à celles que le peintre des catacombes donne à Diogène, ou bien de bougies en cire semblables à celles qu'il avait apportées pour lui-même. Mais les soldats avaient protesté qu'ils ne descendraient point sans être abondamment éclairés par des lumières qu'un coup de vent ou un coup sur le bras ne pussent éteindre. L'effet de cette obstination ne tarda pas à se produire. Pendant qu'ils suivaient la longue galerie, étroite et basse, les torches de résine pétillaient et éclataient; il en jaillissait une flamme qui les fatiguait et les brûlait; l'épaisse fumée qui s'exhalait de ces torches, montant à la voûte, retombait sur la tête des porteurs qu'elle suffoquait et enveloppait d'un nuage obscurcissant leurs flambeaux. Torquatus marchait à la tête de la troupe, comptant chacune des allées latérales, à droite et à gauche, qu'il avait notées précédemment; mais il trouva toutes les marques qu'il avait faites effacées. Quand après avoir compté un peu plus de la moitié des allées, il s'aperçut que le passage était obstrué, sa stupéfaction fut grande.

C'est que des yeux plus perçants qu'il ne se l'imaginait avaient tout épié. Severus, résolu de ne point se laisser surprendre, avait veillé infatigablement. Il était près de l'entrée du cimetière, à l'intérieur, quand les soldats commencèrent à descendre, et il se hâta de courir à l'endroit où le sable avait été apporté pour intercepter le chemin. Là se tenaient son frère et plusieurs autres robustes travailleurs, dans l'attente du péril. Ils se mirent aussitôt à l'œuvre, avec le silence et la promptitude auxquels ils étaient accoutumés, poussant le sable des deux côtés dans le corridor bas et étroit, tandis que des coups de pioche bien dirigés faisaient tomber de la voûte d'énormes quartiers de roche qui fermèrent facilement l'ouverture. Abrités par cette barrière légère, ils entendaient les soldats, et comprimaient à grande peine leur envie de rire. C'était leur travail qui avait attiré l'attention des satellites et voilé les lumières et amorti le bruit des chants.

Le torrent de malédictions, d'imprécations et de menaces qui assaillirent Torquatus, que ses compagnons traitaient de fou et de traître, ne contribua point à diminuer les angoisses du misérable.

— Restez ici un moment, je vous en prie, recommanda-t-il; peut-être me suis-je trompé dans mes calculs. Je connais la bonne voie, non loin de laquelle se trouve une tombe remarquable. J'entrerai dans un ou deux des derniers corridors, et je verrai.

Et, ce disant, il retourna vivement sur ses pas, pénétra dans la première galerie de gauche, avança de quelques pas, et disparut totalement. Quoique ses compagnons l'eussent suivi jusqu'à l'entrée de la galerie, ils n'avaient pu voir comment cela était arrivé. Ils crurent à un acte de magie : Torquatus et sa lumière semblaient s'être évanouis en même temps.

« — Nous ne voulons plus de cette besogne, dirent-ils : ou Torquatus est un traître, ou il a été enlevé par magie. » Rompus de fatigue, brûlés par cette atmosphère qu'enflammaient leurs lumières, noircis, aveuglés, étouffés par l'épaisse fumée, en proie au découragement, ils firent volte-face. Et comme le chemin menait directement à l'entrée du cimetière, ils jetèrent çà et là leurs torches dans les galeries latérales, pour s'en débarrasser. Puis, en portant un coup-d'œil en arrière, ils virent l'obscur corridor éclairé comme par une illumination triomphale. A l'ouverture des différentes cryptes apparaissaient des lueurs teignant de reflets rougeâtres les sombres murailles, tandis que la masse de la fumée, suspendue au-dessus de la galerie, formait comme un nuage ambré. Les tombes scellées dans les parois recevant ces réverbérations inaccoutumées sur leurs tuiles jaunes ou sur leurs tablettes de marbre, semblaient ornées d'or et d'argent, et enchâssées dans le rouge-damas des murs. On eût dit un hommage rendu aux martyrs par les fureurs mêmes du paganisme, au premier jour de la persécution. Les torches allumées pour la destruction ne servaient qu'à jeter un nouvel éclat sur les monuments

14..

de cette vertu qui n'avait jamais failli au salut de l'Eglise.

Ces chiens, déçus dans leur attente, regagnaient l'entrée, la tête basse, quand ils reculèrent, soudain, à l'aspect d'une étrange apparition. Ils avaient cru d'abord entrevoir la lumière du jour; mais ils s'aperçurent bientôt que c'était celle d'une petite lampe, qu'une personne debout, immobile, tenait d'une main ferme, et dont elle recevait en plein les reflets. Vêtue d'une robe sombre, elle ressemblait à ces statues de bronze, dont la tête et les extrémités sont en marbre blanc, et surprennent à première vue, tant elles rappellent les formes vivantes.

— Qu'est-ce que cela? quelle est cette femme? se demandèrent tous bas les soldats.

— Une sorcière, dit l'un.

— Le *genius loci* (le génie du lieu), répondit un autre.

— Un esprit, fit un troisième.

Toutefois, ils s'approchèrent à pas circonspects de l'apparition qui paraissait ignorer leur présence: ses yeux étaient sans regards, et elle demeurait toujours immobile, impassible. Enfin deux satellites l'ayant abordée, lui saisirent le bras :

— Qui êtes-vous? interrogea Corvinus plein de rage.

— Une chrétienne, répliqua Cœcilia avec sa douceur et son accent habituels.

— Emmenez-la, ordonna le fils du préfet; quelqu'un du moins paiera pour notre désappointement.

XVII

LA PREMIÈRE FLEUR.

Cœcilia, déjà prévenue, avait pénétré dans le cimetière par une entrée différente, mais voisine de la première. A peine descendue, elle sentit l'âcre odeur qui s'exhalait des torches. « — Ce n'est pas là le parfum de *notre* encens, assurément, se dit-elle, l'ennemi est déjà à l'intérieur. » Alors, courant au lieu où se tenait l'assemblée, elle remit le billet de Sébastien, et rapporta ce qu'elle-même avait remarqué. La missive invitait les fidèles à se disperser dans les galeries plus profondes, et priait le Souverain-Pontife de n'en point sortir avant qu'on ne l'envoyât chercher, parce qu'on en voulait particulièrement à sa personne. Pancratius pressa la messagère aveugle de fuir également.

— Non, répondit-elle : mon devoir est de garder la porte et de guider en toute sûreté les fidèles.

— Mais l'ennemi peut vous surprendre.

— Qu'importe! répondit-elle en souriant, si ma capture préserve des existences beaucoup plus précieuses. Pancratius, donnez-moi une lampe.

— A quoi bon, puisqu'elle ne saurait vous éclairer? fit-il doucement.

— Il est vrai; mais elle servira pour d'autres.

— Oui, mais elle peut éclairer nos ennemis aussi.

— S'ils doivent s'emparer de moi, je n'aimerais pas que ce fût dans l'obscurité. Si mon époux se présente à moi dans la nuit de ce cimetière, ne faut-il pas qu'il trouve ma lampe préparée?

Et, s'étant éloignée, elle gagna son poste. Là, n'entendant que des pas tranquilles, et jugeant que des amis approchaient, elle éleva sa lampe pour les éclairer.

A la vue de la troupe qui sortait n'entraînant qu'une seule prisonnière, Fulvius devint furieux. N'avoir extrait des entrailles de la terre qu'une pauvre souris, c'était pis qu'un échec total : c'était ridicule. Il railla Corvinus au point que le misérable, exaspéré, écumait de rage. — « Et où est Torquatus? demanda soudain Fulvius. » On lui raconta la brusque disparition du traître, expliquée aussi diversement que l'aventure du factionnaire dace. Desagréablement impressioné, il ne douta pas qu'il n'eût été la dupe de sa victime prétendue, qui s'était échappée, sans doute, à la faveur de l'inextricable labyrinthe du cimetière. Dans ce cas, la captive devait savoir quelque chose, et il résolut de l'interroger. S'étant arrêté devant elle, il l'enveloppa de son regard le plus pénétrant et le plus terrible, et lui dit d'un ton rude :

, Regarde-moi, femme, et dis-moi la vérité.

— Il me faudra vous la dire sans vous regarder, seigneur, répliqua la pauvre fille avec son plus aimable sourire et sa plus douce voix : ne voyez-vous pas que je suis aveugle?

— Aveugle! s'écrièrent en même temps tous les assistants, qui se pressaient autour d'elle pour l'examiner, tandis que les traits de Fulvius exprimaient une légère émotion, semblable à l'ondulation produite sur les herbes mûres de la prairie, au souffle d'une faible brise. Une idée subite naquit dans son esprit : il tenait dans sa main le fil conducteur.

— Il serait ridicule, dit-il, à vingt soldats de traverser la ville pour escorter une jeune fille aveugle. Retournez à vos quartiers, et je veillerai à ce que vous soyez largement récompensés. Vous, Corvinus, prenez mon cheval, courez trouver votre père et prévenez-le de tout. Je vous suivrai sur un char avec la prisonnière.

— Pas de fraude, Fulvius, dit le misérable. Ne manquez pas de l'amener, la journée ne doit point s'écouler sans sacrifice.

— Ne craignez rien, lui fut-il répondu.

Fulvius, ayant perdu son espion, était incertain s'il en chercherait un autre. Mais l'attitude paisible de la pauvre mendiante l'embarrassait bien plus que le zèle bruyant du joueur, et ses yeux sans regard le défiaient mieux que la prunelle mobile du buveur. Cependant il crut devoir tenter la réalisation de l'idée qui l'avait frappé. Quand il fut seul sur le char avec Cæcilia, sachant qu'elle n'avait point entendu son dernier dialogue avec Corvinus, il lui dit d'un ton radouci :

— Ma pauvre fille, depuis combien de temps êtes-vous aveugle?

— Je l'ai toujours été, répondit-elle.

— Quelle est votre histoire? D'où venez-vous?

— Je n'ai pas d'histoire. Mes parents étaient pauvres; je n'avais que quatre ans lorsqu'ils m'amenèrent à Rome, où ils venaient prier les saints martyrs Chrysanthus et Daria, en accomplissement d'un vœu qu'ils avaient fait pour obtenir ma guérison d'une grave maladie. Ils me confièrent à une pieuse infirme, à la porte du titre de Fasciola, pendant qu'ils allaient faire leurs dévotions. Ce fut en ce jour mémorable où tant de chrétiens périrent dans la crypte des martyrs, ensevelis sous la terre et les pierres qu'on jeta sur eux. Mes parents eurent le bonheur d'être de ce nombre.

— Et comment avez-vous vécu depuis?

— Dieu devint alors mon unique père, et son Eglise catholique ma mère. Le premier nourrit les oiseaux du ciel; la seconde prend soin des faibles du troupeau. Je n'ai jamais manqué de rien.

— Mais vous marchez dans les rues aussi librement et d'un pas aussi sûr que si vous y voyiez.

— Comment le savez-vous?

— Je vous ai rencontrée. Vous souvient-il de ce matin d'automne où vous conduisiez de très-bonne heure un pauvre infirme le long du *vicus patricius?*

Cœcilia rougit et garda le silence. L'avait-il donc vue glisser dans la bourse du vieillard sa part d'aumône?

— Ainsi, vous vous avouez chrétienne? reprit négligemment Fulvius.

— Oh! oui, certainement. Pourquoi le nierais-je?

— Alors vous alliez à une réunion de chrétiens?

— Sans doute, pouvait-elle être autre chose?

C'en était assez pour Fulvius: ses soupçons se confirmaient: Agnès, sur laquelle Torquatus n'avait pu ou voulu s'expliquer, était chrétienne, évidemment. Désormais son plan était tracé: elle cèderait ou il serait vengé. Après une pause, il reporta son regard sur l'aveugle et dit :

— Savez-vous où je vous mène?

— Devant le juge de la terre, je pense, qui m'enverra dans le ciel à mon époux.

— Et vous restez si calme ! fit l'espion étonné , car il n'avait surpris sur la physionomie de Cœcilia qu'un sourire. La jeune fille répliqua brièvement :

— Dites plutôt que je suis joyeuse.

Ayant tiré d'elle ce qu'il désirait, Fulvius, arrivé à la porte de la basilique Æmilienne, remit sa prisonnière aux mains de Corvinus, et l'abandonna à son sort. La journée avait été froide et brumeuse, ainsi que la soirée précédente. La température et l'incident de la nuit avaient éteint l'enthousiasme. Le préfet avait été obligé de siéger à l'intérieur, où il n'y avait point place pour de nombreux spectateurs. Les heures s'étant succédé, sans arrestations, procès ou nouvelles, la plupart des curieux se retirèrent. Quelques-uns seulement restèrent jusqu'après le temps des récréations qui suivaient midi, dans les jardins publics. Mais justement un peu avant que la prisonnière n'arrivât, une nouvelle troupe de spectateurs affluait à l'une des portes latérales , d'où l'on pouvait tout voir.

Tertullus, prévenu par son fils de l'arrivée de la jeune chrétienne, se sentit ému de compassion ; croyant qu'il aurait peu de difficulté à vaincre l'obstination d'une pauvre aveugle, ignorante et mendiante, il recommanda aux assistants le plus grand calme, afin qu'il pût essayer sur elle de la persuasion avec d'autant plus de succès qu'elle s'imaginerait être seule avec lui. Il menaça de peines sévères quiconque romprait le silence.

Il en fut comme il l'avait calculé : Cœcilia ne remarqua pas la présence des spectateurs. Le préfet lui demanda avec bonté.

— Quel est ton nom, enfant?

— Cœcilia.

— C'est un nom patricien ; le tiens-tu de ta famille?

— Non ; je n'ai d'autre noblesse que celle que mes parents, quoique pauvres, m'ont acquise en mourant pour le Christ. Ceux qui prirent soin de moi m'appelèrent *Cæca* (aveugle), à cause de ma cécité, puis Cœcilia, par un affectueux diminutif.

— Eh bien ! maintenant, renonce à cette folie des chrétiens, qui t'a laissée pauvre et aveugle. Honore les décrets des divins empereurs, offre des sacrifices aux dieux ; à ce prix, tu obtiendras la richesse, de beaux vêtements, une bonne nourriture, et les meilleurs médecins essayeront de te rendre la vue.

— Proposez-moi des motifs plus puissants, car la position, à laquelle vous voulez que je renonce est précisément celle pour laquelle je remercie Dieu davantage et son divin Fils.

— Que veux-tu dire?

— Je rends grâces à Dieu d'être pauvre, misérablement vêtue, privée d'aliments délicats, parce qu'en cela je ressemble plus réellement à Jésus-Christ mon unique Epoux.

— Fille insensée ! interrompit le juge commençant à perdre patience, es-tu donc imbue déjà de toutes ces stupidités? Du moins, tu ne saurais remercier ton Dieu de t'avoir faite aveugle.

— Je l'en remercie beaucoup plus encore que de tout le reste : je l'en remercie chaque jour, à toute heure et du fond de mon cœur.

— Comment cela? Regardes-tu comme un bienfait de n'avoir jamais vu le visage d'une créature humaine, le soleil, la terre? Quelles bizarres idées !

— Elles ne sont point bizarres, très-noble seigneur; car, du sein de ce que vous appelez obscurité, je vois ce que je nommerai le foyer de la lumière, qui contraste complètement avec tout ce qui l'entoure. Il est pour moi ce qu'est pour vous le soleil, dont l'éclat est local, ainsi que l'atteste la direction diverse de ses rayons. Et cet objet, d'une incomparable beauté, me regarde et me sourit toujours. Je sais que c'est Celui que j'aime sans partage. Je ne voudrais pas, pour tout au monde, qu'un autre soleil, tout brillant qu'il fût, me voilât sa splendeur, ni que sa merveilleuse beauté se confondît pour moi avec d'autres formes, ou que les visions terrestres détournassent mon regard de sa contemplation. Je l'aime trop pour ne pas désirer de ne voir jamais que lui seul.

— Allons, allons, trêve à ces sottises. Obéis immédiament aux empereurs ; sinon j'essayerai ce que peut sur toi la douleur ; elle aura bientôt fait de te réduire.

— La douleur ? répéta-t-elle innocemment.

— Oui, la douleur. N'aurais-tu point encore ressenti ses atteintes ? Personne ne t'en a-t-il jamais causé en ta vie ?

— Oh ! non : jamais les chrétiens ne se font de mal entre eux.

Le chevalet, selon l'usage, était dressé devant le préfet, qui fit signe à Catulus d'y placer Cœcilia. L'exécuteur la saisit par les bras, et comme elle ne fit aucune résistance, on l'étendit facilement sur sa couche de bois. On passa en un instant les nœuds coulants des cordes toujours prêtes autour de ses chevilles et de ses bras qui furent ramenés au-dessus de sa tête. La pauvre fille aveugle ne voyait pas qui faisait tout cela, et elle supposait que c'était son interlocuteur. Les assistants, jusque-là silencieux, retenaient maintenant leur respiration même, tandis que les lèvres de Cœcilia murmuraient une fervente prière.

— Encore une fois, avant d'aller plus loin, je t'ordonne de sacrifier aux dieux, afin d'échapper à de cruels tourments, dit le juge d'une voix sévère.

— Ni les tourments, ni la mort, déclara la victime attachée sur l'autel, ne me sépareront de l'amour du Christ. Je ne puis offrir de sacrifice qu'au seul Dieu vivant, et l'oblation que je lui destine, c'est moi-même.

Le préfet fit un signe à l'exécuteur, qui donna un tour rapide aux deux roues du chevalet, dont les tourniquets soutenaient les cordes. Les membres de la vierge se tendirent, à cette violente et brusque secousse, qui ne suffit pas cependant à disloquer les membres, comme l'aurait fait un second tour de roue ; néanmoins, la victime ressentit une douleur atroce, d'autant plus cruelle qu'elle n'en avait pu voir ni les préparatifs, ni la cause : surcroît de souffrance résultant de la cécité. La contraction des traits de l'aveugle et leur pâleur soudaine témoignèrent seules de sa douleur.

— Ah ! ah ! s'écria le juge, tu sens cela? Allons, que cela suffise ; obéis et tu seras délivrée.

Mais elle ne parut prêter aucune attention à ces paroles, ses sentiments s'exhalèrent dans la prière suivante :

— Je vous remercie, ô Seigneur Jésus-Christ, de ce que vous m'avez donné d'endurer cette première souffrance pour votre amour. Je vous ai aimé dans le bienêtre ; je vous ai aimé dans la joie ; et maintenant, dans la douleur, je vous aime encore davantage. Combien il est plus doux d'être étendu, comme vous, sur la croix, que d'occuper même une place sur une dure couche à la table du pauvre !

— Tu te moques de moi, s'écria le juge plein de dépit, et tu abuses de mon indulgence. Nous essayerons donc quelque chose de plus fort. Ici, Catulus : applique-lui sur les côtés une torche ardente.

L'assemblée frémit de dégoût et d'horreur, car elle ne pouvait s'empêcher de sympathiser avec la pauvre créature aveugle. Une explosion d'indignation éclata de tous côtés dans la salle.

Pour la première fois Cœcilia s'aperçut que la foule l'entourait. Son front, son visage et son cou, jusque-là d'une blancheur marmoréenne, s'empourprèrent d'une rougeur modeste. Le juge, irrité, réprima cette manifestation de la pitié des assistants, qui, redevenus silencieux, entendirent Cœcilia s'écrier avec plus d'ardeur encore qu'auparavant :

— O mon Seigneur, mon époux bien-aimé, je vous ai toujours été sincèrement fidèle. Laissez-moi souffrir la douleur et les tortures pour vous, mais épargnez-moi la confusion des regards des hommes. Permettez que j'aille à vous sans retard, et que je n'aie point à me voiler le visage de honte quand je paraîtrai devant vous.

Un nouveau murmure de compassion s'entendit.

— Catulus, ordonna le juge furieux, fais ton devoir, drôle? qu'as-tu à tâtonner si longtemps avec cette torche?

L'exécuteur, s'approchant, étendit la main pour écarter la robe de la vierge et appliquer la torture prescrite; mais, reculant aussitôt, il se tourna vers le préfet, et lui dit d'une voix troublée :

— Il est trop tard : elle est morte!

— Morte! s'écria Tertullus, morte après un seul tour de roue? impossible!

Catulus imprima à l'instrument du supplice un mouvement en arrière : le corps demeura immobile. Il était vrai : elle avait passé du chevalet au trône céleste, de la présence menaçante du juge aux embrassements de son divin Epoux. Avait-elle exhalé son âme pure, ainsi qu'un doux parfum, dans l'encens de sa prière? ou bien le sang avait-il rompu les vaisseaux de son cœur sous la violence de cette première rougeur virginale?

Au milieu du silence produit par la stupéfaction et la terreur, une voix claire et hardie s'éleva du groupe qui se pressait près de la porte :

— Tyran impie, s'écria-t-elle, ne vois-tu pas qu'une pauvre chrétienne aveugle a plus de pouvoir sur la vie et sur la mort que toi ou tes maîtres cruels?

— Quoi! voici la troisième fois que je te rencontre depuis vingt-quatre heures? celle-ci tu ne m'échapperas point.

Ces paroles, prononcées par Corvinus, furent accompagnées de furieuses imprécations. Du poste qu'il occupait à côté de son père, il s'élança hors de l'enceinte du tribunal, et marcha droit au groupe. Mais comme il se précipitait ainsi en aveugle, il heurta un officier d'une stature athlétique, qui s'avançait, accidentellement, sans

doute, vers la balustrade. Il chancela, et le soldat le saisit en disant :

— Vous n'êtes pas blessé, je pense, Corvinus ?

— Non, non ; laissez-moi, Quadratus, je vous en prie,
laissez-moi.

— Où courez-vous si vite ? puis-je vous aider ? demanda
le centurion qui le retenait toujours.

— Lâchez-moi, vous dis-je, de peur qu'il ne s'é-
chappe.

— Qui donc ?

— Pancratius, qui vient d'insulter mon père, répondit
Corvinus.

— Pancratius ! fit Quadratus en regardant autour de
lui pour voir si le jeune chrétien avait pu s'éloigner, je
ne l'aperçois pas.

Et il lâcha son captif, mais il était trop tard. Le
jeune homme était en sûreté chez Diogène, dans la Suburra.

Pendant cette scène, le préfet, mortifié, prescrivit à
Catulus de jeter le cadavre de la martyre dans le Tibre.
Mais un autre officier, enveloppé dans son manteau,
sortit de la foule et fit un signe que l'exécuteur comprit,
car il tendit la main pour recevoir une bourse qu'on lui
présentait.

— Hors la porte Capène, à la villa de Lucina, une heure
après le coucher du soleil, dit Sébastien.

— On l'y portera intact, répondit Catulus.

— De quoi pensez-vous que soit morte cette pauvre
fille ? demanda en se retirant un des spectateurs à son
compagnon.

— De frayeur, je suppose, fut il répondu.

— De modestie chrétienne, fit un étranger qui passait.

XVIII

RÉTRIBUTION.

Le préfet de la ville se rendit auprès de l'empereur afin de lui faire son rapport sur les événements de la journée, et d'excuser son indigne fils. Il trouva le prince dans les plus mauvaises dispositions. Si Corvinus se fût rencontré le matin sur son passage, nul n'aurait pu répondre de sa tête. Et, en ce moment où Tertullus entrait dans la salle d'audience, le résultat de l'invasion du cimetière réveillait la colère de Maximien. Sébastien avait trouvé moyen d'être de garde.

— Où est votre imbécile de fils? telle fut la première question qui accueillit le préfet.

— Il attend humblement au-dehors le bon plaisir de votre divinité; déjoué dans son zèle par la fortune, il désire vivement apaiser votre divine colere.

— La fortune! s'écria le tyran, la fortune, en vérité! Accusez plutôt sa stupidité et sa poltronnerie. Certes, voilà un joli commencement; mais il lui en cuira. Faites-le entrer.

Le malheureux fut introduit, tremblant et gémissant: il alla se jeter aux genoux de l'empereur, qui, d'un coup de pied, l'envoya rouler, comme un chien de chasse qu'on châtie, jusqu'au milieu de la salle. La divinité impériale se mit à rire de cet exploit, ce qui modéra son courroux.

— Allons, drôle, debout! fit Maximien. Explique toi-même comment l'édit a disparu.

Corvinus raconta une histoire impossible, qui, parfois, amusa l'empereur. D'ailleurs, ce tour lui plaisait: excellent symptôme.

— Eh bien, dit-il enfin, j'userai d'indulgence à ton égard. Licteurs, préparez vos faisceaux.

Ils saisirent leurs haches dont ils palpèrent le tranchant. Corvinus, se prosternant de nouveau, s'écria :

— Epargnez ma vie; j'ai d'importantes révélations à faire, si je ne péris point.

— Et qu'a-t-on besoin de ta misérable vie? répondit le doux Maximien. Licteurs, mettez vos haches de côté; les verges sont assez bonnes pour ce drôle.

En un clin d'œil, on attacha les mains de Corvinus, on le dépouilla de sa tunique, et une grêle de coups, administrés avec beaucoup d'habileté et de régularité, tomba sur lui. Il hurlait et se tordait de douleur, au grand plaisir de son impérial maître.

Flagellé et humilié, Corvinus dut encore demeurer en la présence du prince.

— Et maintenant, demanda ce dernier, quelles sont ces fameuses révélations que tu m'as promises ?

— Je connais l'auteur de l'outrage accompli, la nuit dernière, sur votre édit impérial.

— Quel est-il ?

— Un jeune homme nommé Pancratius, dont j'ai trouvé le couteau à l'endroit où le décret avait été arraché.

— Pourquoi ne l'as-tu pas saisi et livré à la justice ?

— Deux fois aujourd'hui je l'ai presque tenu dans mes mains, car j'ai entendu sa voix; mais il m'a échappé.

— Alors que cela n'arrive point une troisième fois, autrement tu pourrais payer à sa place. Mais comment l'as-tu reconnu lui ou son couteau ?

— Il était mon condisciple, à l'école de Cassianus, qui a fini aussi par devenir chrétien.

— Quoi! un chrétien instruire mes sujets, pour les rendre ennemis de leur pays, déloyaux envers leurs souverains et contempteurs des dieux! C'est lui, sans doute, qui a appris à cette jeune vipère de Pancratius à déchirer notre impérial édit. Sais-tu où il demeure?

— Oui, Seigneur : Torquatus, qui a renoncé à la superstition chrétienne, me l'a dit.

— Et quel est ce Torquatus, je te prie?

— Un jeune homme qui est resté quelque temps à la campagne avec Chromatius et une troupe de chrétiens.

— Bien ! de mieux en mieux ! l'ancien préfet est-il donc aussi devenu chrétien ?

— Evidemment. Et il habite la Campanie avec beaucoup d'autres membres de cette secte.

— Quelle perfidie ! quelle trahison ! bientôt je ne saurai plus à qui me fier. Préfet, envoyez immédiatement pour arrêter tous ces hommes ainsi que le maître d'école et Torquatus.

— Ce dernier n'est plus chrétien, fit observer le magistrat.

— Eh ! que m'importe? fit le prince avec aigreur. Arrêtez-en autant que vous le pourrez, n'épargnez personne, et faites qu'il leur en cuise. Me comprenez-vous? Maintenant, sortez tous, voici l'heure de mon souper.

Corvinus rentra chez lui. Malgré les calmants qu'il s'appliqua, il souffrit toute la nuit de la fièvre. Le lendemain matin, il pria son père de lui confier l'expédition de Campanie, afin de réhabiliter son honneur, de satisfaire sa vengeance, et d'échapper ainsi à l'opprobre et aux sarcasmes de la société romaine.

Cependant Fulvius, ayant déposé sa prisonnière au tribunal, s'était hâté de retourner chez lui, pour raconter, comme d'habitude, ses exploits à Eurotas. L'austère vieillard écouta, impassible, le récit de l'infructueuse tentative; puis il dit froidement :

— Il y a là peu de profit à attendre.

— Non, pas de profit immédiat; mais de belles espérances, du moins, pour l'avenir.

— Comment cela?

— Le voici : la patricienne Agnès est en mon pouvoir. J'ai acquis la certitude qu'elle est chrétienne, de sorte que je suis à même de la gagner ou de la perdre. Dans l'un comme dans l'autre cas, ses biens sont à moi.

— Adoptez la seconde alternative, dit le vieillard avec un éclair sinistre dans le regard, mais sans que son visage changeât : c'est la voie la plus courte et la plus facile.

— Mais mon honneur est engagé, et je ne saurais me résigner à être éconduit de la façon que je vous ai expliquée.

— Vous *avez* été éconduit, enfin, et cela exige vengeance. Vous n'avez pas de temps à perdre en folies, souvenez-vous-en. Vos fonds sont presque épuisés, et rien ne rentre. Il vous faut frapper un grand coup.

— Assurément, Eurotas, vous aimeriez mieux que j'obtinsse ces richesses par des voies honorables que par des moyens honteux.

Eurotas sourit à l'idée qu'une pareille pensée pût s'emparer de l'esprit de son compagnon et du sien.

— Employez, répondit-il, employez pour acquérir ces richesses n'importe quels moyens, pourvu que ce soient les plus sûrs et les plus expéditifs. Vous connaissez notre traité. Ou la famille sera rétablie dans son opulence et sa splendeur, ou elle finira avec vous et par vous. Elle ne végétera jamais dans la honte, c'est-à-dire dans la pauvreté.

— Je le sais, je le sais, sans qu'il soit besoin que vous me rappeliez chaque jour cette condition, la plus pénible de toutes, répondit Fulvius dont les membres et le corps se contractèrent. Donnez-moi seulement assez de temps et j'atteindrai le but.

— Je vous accorde jusqu'à ce que tout soit désespéré. Les affaires ne paraissent guère brillantes en ce moment. Mais, Fulvius, il est temps que je vous apprenne qui je suis.

— Quoi! n'étiez-vous pas le fidèle serviteur de mon père, qui me confia à vos soins?

— Je suis le frère aîné de votre père, Fulvius, et le chef de la famille. Je n'ai jamais eu en ma vie, qu'une pensée et qu'un but : rendre à notre maison le rang et l'éclat d'où l'avaient fait déchoir l'incurie et la prodigalité de mon père. Jugeant mon frère, votre père, plus apte que moi à cette œuvre, je lui cédai mes droits avec mes avantages ; mais j'y mis certaines conditions, entre autres d'être chargé exclusivement de votre tutelle et de votre éducation. Vous savez comment je vous ai formé à ne pas vous inquiéter du choix des moyens, afin de réussir dans notre grand dessein.

Fulvius écoutait, profondément attentif et immobile de stupeur ; et il se sentit pénétré de honte à cette analyse des sentiments de leurs cœurs. Le sombre vieillard l'enveloppa d'un regard plus perçant encore, et continua :

— Vous vous rappelez le crime ténébreux et compliqué par lequel nous avons concentré dans vos mains les débris dispersés des biens de la famille ?

Fulvius se couvrit, en frissonnant, le visage de ses mains, et dit avec un accent suppliant :

— Ah ! n'évoquez point le passé, Eurotas ; pour l'amour du Ciel, ne l'évoquez point !

— Eh bien, reprit le vieillard toujours impassible, je serai bref. Souvenez-vous, neveu, que l'homme qui ne recule point devant le crime pour conquérir un brillant avenir, doit savoir contempler sans horreur le passé qui l'a préparé à commettre le mal. D'ailleurs l'avenir, un jour, sera le passé. Que notre pacte reste donc honnête, efficace, car il y a de l'honnêteté même dans le crime. La nature m'a donné l'audace et l'opiniâtreté nécessaires pour diriger et utiliser l'égoïsme et la ruse consommée dont elle vous a doué. Notre destinée doit donc être la même : nous nous enrichirons ou nous mourrons ensemble.

Fulvius maudissait en lui-même le jour où il était venu à Rome, et où il s'était uni à ce terrible maître par des liens beaucoup plus puissants qu'il ne l'avait supposé jusque-là. Mais il se sentait sous l'influence d'un charme et sans force, comme le chevreau sous la griffe du lion. Il se retira sur sa couche, le cœur plus accablé que jamais ; — et pourtant, toutes les nuits, des rêves sombres et menaçants torturaient son âme.

Le lecteur désire, sans doute, connaître le sort du troisième membre de notre digne trio, l'apostat Torquatus. Confus et hors de lui, il courait à la recherche de la tombe qui devait le guider. Or, dans la galerie où le traître pénétra, il existait un escalier négligé, taillé dans la roche, et menant à l'étage inférieur du cimetière. Les marches étaient usées et glissantes, et la descente rapide. Torquatus, tenant sa lumière en avant, et courant sans précaution, tomba la tête la première dans l'ouverture, et resta étourdi sur le sol, long-temps encore après le départ de ses compagnons. Étant revenu à lui, il fut d'abord si troublé, qu'il ne put savoir où il était. Il se leva, s'avança à tâtons, et recouvrant enfin sa présence d'esprit, il se rappela qu'il était dans une catacombe. Toutefois il ne s'expliqua pas comment il se trouvait seul, dans l'obscurité. Alors il se souvint qu'il avait sur lui une provision de bougies et ce qu'il fallait pour les allumer. Il les utilisa aussitôt, et se réjouit de posséder de nouveau de la lumière. Mais il s'était éloigné de l'escalier, dont il ne se rappelait nullement; comme il continuait à marcher, il s'engagea de plus en plus dans l'inextricable labyrinthe du souterrain.

Il comptait bien découvrir quelque issue avant d'avoir épuisé toutes ses bougies. Cependant l'alarme finit par le gagner sérieusement. Ses flambeaux s'éteignaient successivement, ses forces commençaient à faiblir, car il était à jeun, et il se trouva ramené au point du départ, après avoir erré, vraisemblablement, plusieurs heures. D'abord il avait jeté un regard distrait sur les inscriptions sépulcrales. Mais, quand il se sentit défaillir, et qu'il n'espéra plus que vaguement d'être secouru, ces solennels monuments de la mort commencèrent à parler à son âme un langage qu'il ne pouvait se refuser d'enten-

dre ni de comprendre : « Déposé en paix , » était-il dit
de l'un des habitants de ces sépulcres; et de l'autre :
« Reposant dans le Christ. » Et des milliers d'autres sans
nom qui l'entouraient portaient tous le sceau des soins
maternels de l'Eglise, gravé sur la place même qu'ils occupaient au sein du calme silencieux. A l'intérieur, leurs
restes embaumés attendaient que le son de la trompette
angélique les éveillât pour la bienheureuse résurrection.
Et lui, dans quelques heures, serait mort également ; il
avait allumé sa dernière bougie, et il s'était affaissé sur
un amas de terre. De pieuses mains le déposeraient-elles
comme eux en paix ? Non : il périrait, inconnu, sur le sol
humide, sans inspirer de compassion ou de regrets. Là ,
il pourrirait et se dissoudrait; et si, après des années, on
découvrait ses os, privés de la sépulture chrétienne, on
les regarderait peut-être comme les restes maudits d'un
apostat égaré dans le cimetière, et on les rejetterait de
cette terre consacrée , comme il était exclu lui-même de
la communion des fidèles.

La mort approchait à grands pas; il la sentait venir; la
tête lui tournait ; son cœur battait violemment. La bougie étant devenue trop courte pour ses doigts, il la posa
sur une pierre, à côté de lui. Elle pouvait encore brûler
trois minutes au plus ; mais une goutte d'eau, filtrant à
travers la voûte, tomba dessus et l'éteignit. Il tenait tellement à ces trois minutes de lumière, et à ce petit bout de
cire, qui le rattachait, comme un dernier anneau, aux
joies de la terre ; il désirait si vivement jeter encore un
regard sur les choses extérieures avant d'être forcé de
descendre en lui-même, qu'il tira de sa poche un caillou
et un briquet, qu'il battit obstinément, durant un quart
d'heure, pour embraser l'amadou, humide de la sueur
froide dont il s'était imbibé au contact de son corps. Et
quand il eut réussi à rallumer un reste de bougie, au
lieu de porter ses yeux autour de lui, il les fixa sur la
flamme d'un air hébété, regardant la cire se consumer,
comme si elle eût été le charme qui le rattachait à la
vie, et qu'il dût expirer avec elle. Bientôt la dernière

étincelle brilla, semblable à un ver luisant ; elle mourai¹
lentement sur le sol qu'elle teignait de rouges reflets ;
puis elle s'évanouit.

— Suis-je mort aussi ? se demanda-t-il. Pourquoi pas.
Une obscurité complète et perpétuelle l'enveloppait. Il
était pour jamais retranché de la société des vivants , sa
bouche ne devait plus goûter de nourriture, ni ses oreilles entendre de son, ni ses yeux revoir la lumière. Il était
réuni aux morts ; seulement sa tombe était beaucoup plus
large que la leur ; mais il était , comme eux, isolé, enfermé pour toujours dans les ténèbres. La mort est-elle différente?

Non, ce ne pouvait encore être la mort, qui devait être
suivie d'autre chose, et cela allait venir. Le ver rongeur
commençait à torturer sa conscience, et, prenant les pro-
portions d'une vipère, il s'enroulait autour de son cœur.
Il essaya d'évoquer d'agréables souvenirs, et il se rappela effectivement les heures paisibles qu'il avait coulées
dans la villa de Campanie avec Chromatius et Polycarpe,
les affectueuses paroles et les derniers embrassements
de ces nobles chrétiens. Mais de cette belle vision jaillit
une pensée foudroyante : Il les avait trahis! il les avait
dénoncés! A qui ! A Fulvius et à Corvinus. La corde fa-
tale vibrait, comme le nerf frémissant de la dent, qui ,
dans son agonie, ébranle le cerveau jusque dans ses profondeurs. L'orgie , l'ivresse , le jeu déshonnête, la honteuse hypocrisie, la basse trahison, la perfide apostasie ,
les sacrilèges horribles de ces derniers jours , l'attentat
criminel du matin, tous ces forfaits se présentaient maintenant à son esprit , comme autant de démons menant
une ronde infernale autour de lui, hurlant, riant, aboyant,
pleurant, gémissant, grinçant des dents ; et des étincelles enfantées par son cerveau affaibli dansaient devant
lui, et lui semblaient jaillir des torches que les démons
agitaient dans leurs mains. Il s'affaissa sur le sol et se
voila le visage.

—Je dois être mort, après tout, pensa-t-il ; car les gouf-
fres infernaux ne peuvent rien me réserver de plus terrible.

Son cœur, trop faible pour engendrer la colère, toml
dans l'accablement du désespoir. Ses forces déclinaie
rapidement, quand il crut saisir des sons lointains.
repoussa cette idée ; mais le murmure d'une harmon
se fit entendre de nouveau à distance ; il se releva,
elle lui parut plus distincte. Semblable au chœu
des voix angéliques, elle résonnait si doucement qu'
se dit :

« — Qui aurait pu penser que le ciel fût si près (
l'enfer ! N'est-ce point le cortége du Juge redoutable q
vient me condamner ? »

En ce moment, un faible rayon de lumière brilla da
le lointain d'où s'élevaient les chants ; et il entendit ne
tement les paroles de ce verset :

« In pace, in idipsum, dormiam et requiescam. »
« *Pour moi, je dormirai, et je me reposerai dans le Seigneur.* »
(Ps. 4.)

— Ces paroles ne me regardent point, pensa-t-il ; ell
pourraient convenir à l'inhumation d'un martyr, ma
non à celle d'un réprouvé.

La lumière grandit, pareille au crépuscule qui devie
bientôt le jour ; elle pénétra dans la galerie, et la trave
sa, réfléchissant, comme un miroir, une vision tro
distincte pour être imaginaire. Des vierges, vêtues (
leurs robes de cérémonie, s'avancèrent d'abord, u
lampe à la main ; puis venaient quatre d'entre elles, po
tant un corps enveloppé dans un drap de toile blanche
une couronne d'épines sur la tête ; le jeune acolyte Ta
cisius les suivait avec un encensoir, d'où s'exhalait ur
fumée odoriférante ; enfin marchaient les autres men
bres du clergé, et le vénérable Pontife lui-même, accon
pagné de Reparatus et d'un autre diacre. Diogène et s
fils, le visage attristé, et beaucoup d'autres fidèles, parn
lesquels on remarquait Sébastien, fermaient le cortég
Un grand nombre de chrétiens ayant des lampes ou de

cierges, toutes ces figures semblaient se mouvoir dans une atmosphère douce et lumineuse.

En passant devant Torquatus, ils entonnèrent ce verset du psaume:

« Quoniam tu, Domine, singulariter in spe, constituisti me. »

« *Parce que vous m'avez, Seigneur, affermi d'une manière toute* » *particulière dans l'espérance.* (Ps. 4.)

— *Ceci,* s'écria-t-il comme en se réveillant, *ceci* est pour moi,

A cette pensée, il se prosterna ; et, par un instinct de la grâce, les paroles qu'il venait d'entendre lui revinrent à l'esprit comme un écho de celles qu'exigeait la circonstance et qu'il sentait *devoir* prononcer. Il se traîna, faible et chancelant, et gagna la galerie où avait passé la procession funèbre, qu'il suivit à distance, sans être remarqué. Le cortége pénétra dans une chambre qu'il inonda de lumière, et Torquatus aperçut, en face de lui, l'image du Bon Pasteur brillamment éclairée. Mais il ne voulut point franchir le seuil, et il s'arrêta à l'entrée de la salle, se frappant la poitrine et implorant miséricorde.

Le corps ayant été déposé sur le sol, on chanta d'autres psaumes et d'autres hymnes : puis on récita des prières avec cet accent joyeux et cette espérance sereine avec laquelle l'Eglise a toujours traité la mort. Enfin on déposa le corps dans la tombe qu'on lui avait préparée, sous un arceau. Pendant ce dernier acte, Torquatus s'approcha de l'un des assistants, et lui demanda tout bas :

— Quelles sont ces funérailles ?

— C'est, lui fut-il répondu, la déposition de sainte Cœcilia, une vierge aveugle, tombée, ce matin, aux mains des soldats, dans le cimetière, et dont le Seigneur a rappelé l'âme à lui.

— Alors c'est moi qui suis son meurtrier, s'écria Torquatus avec un sourd gémissement.

Et s'avançant en chancelant, il alla tomber, prosterné,

aux pieds du Pontife. Un instant s'écoula avant qu'il ne pût exprimer ses sentiments par des paroles. Les premières qu'il réussit à formuler furent celles-là mêmes qu'il avait résolu de prononcer :

— Père, dit-il, j'ai péché contre le Ciel et contre vous, et je ne suis pas digne d'être appelé votre enfant.

Le Pontife, le relevant avec bonté, le pressa sur son sein et répondit :

— Sois encore le bien venu dans la maison de ton Père, ô mon fils, qui que tu sois. Mais tu es faible et défaillant, et tu as besoin de repos.

On offrit immédiatement à Torquatus les secours nécessaires. Mais il ne voulut point rester en repos qu'il n'eût fait l'aveu public et complet de ses actes coupables, y compris les crimes de ce jour, car on n'était encore qu'au soir. Tous se réjouirent du retour de l'enfant prodigue, de la découverte de la brebis perdue. Agnès, qui tenait ses yeux affectueusement fixés sur le tombeau de la vierge aveugle, les reporta vers le ciel, où elle crut la voir assise et souriante aux pieds de son Epoux, le regard ouvert à la lumière, et couvrant de fleurs la tête du pénitent, premier fruit de l'intercession de Cœcilia.

Diogène et ses fils se chargèrent de Torquatus. Ils lui procurèrent un humble logement dans une chaumière chrétienne voisine, afin qu'il y vécût à l'abri de la tentation et de la vengeance. Mis au nombre des pénitents, quelques années d'expiation, abrégées par l'intercession des confesseurs, ces futurs martyrs, le préparèrent à recouvrer les priviléges qu'il avait perdus.

XIX

DOUBLE VENGEANCE,

Sébastien n'était pas venu seulement au cimetière pour y faire inhumer les reliques de la première martyre, mais encore afin d'entretenir Marcellinus des mesures qu'exigeait la sûreté du Pontife, dont la vie était trop précieuse pour que l'Eglise consentît à la voir sitôt sacrifiée. Le tribun savait avec quelle activité on recherchait le Pape, et Torquatus confirma ce renseignement en révélant les desseins de Fulvius et les motifs de sa présence à l'ordination de décembre. La résidence ordinaire des Pontifes n'offrant plus de sécurité, le courageux soldat, — appelé avec raison « le protecteur des chrétiens, » comme ses Actes nous l'apprennent, — avait conçu un projet hardi : c'était de loger le Pape dans un lieu que personne ne soupçonnerait et où nul ne songerait à le chercher, au palais même des Césars. En effet, le saint Évêque, ayant quitté le cimetière à la faveur d'un déguisement, fut conduit et installé par Sébastien et Quadratus dans les appartements d'Irène, une dame chrétienne de haut rang, qui habitait une partie retirée du Palatin, dans lequel son mari occupait un emploi.

Le lendemain, de bonne heure, Sébastien se rendit auprès de Pancratius.

— Mon cher enfant, il vous faut quitter Rome sur-le-champ, lui dit-il, et partir pour la Campanie. J'ai fait préparer des chevaux pour vous et Quadratus, et il n'y a pas de temps à perdre.

— Et pourquoi donc, Sébastien ? demanda le jeune homme, le visage attristé et les larmes aux yeux. Ai-je fait quelque chose de mal, ou douteriez-vous de mon courage ?

— Ni l'un, ni l'autre, je l'affirme. Mais vous avez promis de vous laisser guider par moi en toutes choses, et en aucune autre circonstance je n'ai jugé votre docilité plus nécessaire qu'aujourd'hui.

— Pour quel motif, dites-le moi, je vous prie ! bon Sébastien ?

— Je dois me taire pour le moment.

— Quoi ! un autre secret encore ?

— Il se rapporte au même but que le premier, et vous les connaîtrez tous deux à la même époque. Toutefois, je puis vous dire ce que j'attends de vous, et cela suffira, je pense, pour vous satisfaire. Corvinus a reçu l'ordre d'arrêter Chromatius et tous les fidèles réunis chez ce dernier, lesquels sont encore jeunes dans la foi, ainsi que le malheureux exemple de Torquatus l'a prouvé ; de plus, le fils du préfet a mission de faire périr, à Fundi, d'une mort cruelle, votre vieux maître Cassianus. Je souhaite donc que vous vous hâtiez afin de prévenir son messager — peut-être ira-t-il lui-même — et de les mettre sur leurs gardes.

La figure de Pancratius s'éclaircit ; il vit que Sébastien avait confiance en lui.

— Votre vœu est une raison suffisante pour moi, dit-il en souriant, mais je courrais au bout du monde pour sauver mon bon Cassianus ou tout autre de nos frères.

Il fut bientôt prêt, prit affectueusement congé de sa mère, et avant que la ville ne fût complétement éveillée, Quadratus et lui, montés sur de vigoureux coursiers portant d'abondantes provisions, s'élançaient au galop à travers la campagne romaine, pour gagner le sentier de la voie Latine, moins fréquenté mais plus sûr.

Corvinus, résolu de conduire lui-même l'odieuse expédition, qu'il estimait honorable, lucrative et agréable, différa de deux jours son départ, d'abord pour laisser à ses épaules meurtries le temps de se remettre, et ensuite afin de vaquer aux préparatifs nécessaires. Il loua un chariot et il engagea une compagnie de coureurs numides, capables de suivre une voiture lancée à toute vitesse. Mais il en résulta que nos chrétiens gardèrent sur lui l'avance de deux jours, quoiqu'il eût pris, naturellement, la voie Appienne, la plus courte et la mieux frayée.

A son arrivée à la villa des statues, Pancratius trouva la petite communauté tout émue déjà par des rumeurs au sujet de la publication de l'édit. Tous les fidèles l'accueillirent chaleureusement, et reçurent avec un profond respect la lettre d'avis de Sébastien. Après l'avoir lue, ils prièrent, délibérèrent, et arrêtèrent différentes résolutions. Marcus, Marcellianus, et leur père Tranquillinus, qui s'étaient rendus à Rome pour l'ordination, y furent suivis par Nicostraste, Zoé et plusieurs autres. Chromatius, qui ne devait point obtenir la couronne du martyre, bien que l'Eglise honore sa mémoire avec celle de son fils le 11 août, trouva un asile dans la villa de Fabiola, dont on s'était procuré des lettres d'introduction sans que la patricienne sût pourquoi, car l'ancien magistrat désirait demeurer quelque temps en Campanie. Enfin la villa des statues fut confiée à la garde de fidèles serviteurs, sur qui on pouvait pleinement compter.

Quand les deux voyageurs se furent reposés avec leurs montures, ils se dirigèrent vers Fundi, par la route même qu'avait récemment parcourue Torquatus. Ils descendirent à une auberge obscure, hors de la ville, sur la route de Rome. Pancratius découvrit bientôt son vieux maître, qui l'embrassa affectueusement. S'étant acquitté de sa mission, il le conjura de fuir, ou du moins de se cacher.

— Non, répondit l'excellent homme, cela ne doit pas être. Je suis âgé déjà et fatigué de mon infructueuse profession. Mon vieux serviteur et moi, nous sommes les seuls chrétiens de la ville. Les meilleures familles, à la vérité, ont envoyé leurs enfants à mon école, parce qu'elles la savaient aussi morale que le permet le paganisme; mais je n'ai pas un ami parmi mes élèves, pré-

12..

cisément à cause de l'austérité de cette morale. Ils
manquent même du raffinement naturel aux païens
de Rome. Ce sont de grossiers provinciaux ; et je crois
qu'il en est, parmi les plus âgés, qui ne se feraient aucun scrupule de prendre ma vie, s'ils le pouvaiedt impu-
nément.

— Quelle triste existence, vraiment, doit être la vôtre!
N'avez-vous donc point exercé sur eux quelque influence ?

— Une bien faible, ou plutôt aucune, cher Pancratius.
Et comment y aurais-je réussi, étant obligé de leur faire
lire ces livres dangereux, remplis de fab'es, qui constituent la littérature grecque et romaine ? Non, je n'ai fait
que peu de chose par mes paroles ; ma mort, peut-être,
leur servira davantage.

Toutes les instances de Pancratius furent inutiles, et
il fut tenté lui-même de se joindre à Cassianus pour mourir ; il ne fut retenu que par la promesse faite à Sébast'en
de ne point exposer sa vie pendant son voyage. Il résolut
toutefois de rester dans les environs de la ville, afin de
voir l'issue de l'affaire.

Corvinus, à son tour, arriva avec ses gens à la villa
de Chromatius ; il en força les portes de grand matin, et
l'envahit. Il trouva l'habitation vide. Il fouilla partout,
sans découvrir ni hommes, ni livres, ni symboles chrétiens. Confondu et inquiet, il chercha au-dehors, et rencontra un serviteur travaillant dans les jardins, à qui il
demanda où était son maître.

— Maître pas dit à esclave où lni être allé, répondit le
serviteur dans un latin grossier dont notre traduction
offre l'équivalent.

— Tu te moques de moi. De quel côté lui et ses com-
pagnors sont-ils sortis ?

— Par la porte, là-bas.

— Et ensuite?

— Regardez de ce côté : vous voyez porte ? Très-bien.
Vous voyez rien plus. Moi travailler ici, moi voir porte,
moi voir pas davantage.

— Quand sont-ils partis ! Tu peux au moins répondre
à cette question.

— Après les deux venus de Rome.

— Qui, les deux ? Ils sont toujours deux, paraît-il.

— Un bon jeune homme, très-beau, chanter très-doux ;
l'autre, très-grand, très-fort, oh ! très-fort. Vous voir ce
jeune arbre arraché par les racines ? Eh bien! lui faire
cela aussi facilement que moi arracher bêche de terre.

— Les deux encore ! s'écria Corvinus furieux. Encore
cet odieux enfant qui dérange mes plans et détruit mes
espérances. Ah ! qu'il paiera cela cher !

Dès qu'il eut pris un peu de repos, Corvinus se remit
en route, résolus de décharger toute sa colère sur son
vieux maître, à moins, toutefois, que celui qu'il regardait comme son mauvais génie ne l'eût encore précédé.
Pendant son voyage, il combina la vengeance qu'il se
proposait de tirer de Cassianus et de Pancratius. Il fut
ravi, en arrivant à Fundi, d'apprendre qu'au moins l'un
des deux s'y trouvait encore. S'étant rendu chez le gouverneur, il lui montra l'ordre qui lui prescrivait d'arrêter et de punir Cassianus comme l'un des chrétiens les
plus dangereux. Mais cet officier, qui était humain, lui
fit remarquer que sa commission remplaçant, sur ce
point, la juridiction ordinaire, lui donnait plein pouvoir
pour agir. Il lui offrit un exécuteur et les objets nécessaires dans la circonstance ; mais le fils du préfet les refusa. Il avait, en effet, dans sa compagnie, tous les éléments requis de force et de cruauté. Il prit néamoins
avec lui un officier public,

Il alla à l'école au moment où les élèves y étaient assemblés ; il fit fermer les portes, et reprocha à Cassianus, qui s'avançait vers lui la main tendue et la figure
souriante pour lui faire fête, de conspirer contre l'Etat et
d'être un chrétien perfide. Un cri s'éleva au milieu des
enfants ; le son de ces voix et le regard qu'il jeta dans la
salle apprirent à Corvinus qu'il y avait là de jeunes ours,
doués comme lui d'un cœur d'hyène.

— Enfants, s'écria-t-il, aimez-vous votre maître Cassianus? Il a été le mien, autrefois, et j'ai gardé contre lui plus d'une rancune.

Un cri d'exécration éclata sur les bancs.

— Eh bien, je vous apporte de bonnes nouvelles : voici un ordre du divin empereur Maximien, qui vous permet de traiter votre maître comme il vous plaira.

A ces mots, une grêle de livres, de tablettes à écrire, et d'autres projectiles de classe furent lancés sur Cassianus, qui demeurait immobile, les bras croisés, devant son persécuteur. Puis les écoliers l'assaillirent de tous côtés, le menaçant avec fureur.

— Arrêtez! arrêtez! fit Corvinus, nous devons procéder plus systématiquement.

Il s'était reporté par la pensée à ses jours d'écolier, époque dont la pensée remplit la plupart des cœurs de sentiments si doux, que la contemplation du présent ne saurait les surpasser. Il se complaisait dans la réminiscence de cet heureux temps où d'autres ne trouvent que des images fortunées, joyeuses, libres de soucis; mais lui ne cherchait qu'à se rappeler ce qu'il eût alors désiré faire à son maître, pour le permettre à cette jeunesse pleine de si tristes espérances qui l'entourait. Il ne trouva rien de mieux que de rendre à Cassianus chacune de ses corrections, et de faire écrire en lettres de sang sur son corps toutes les paroles de reproche qu'il en en avait reçues. Délicieuse idée, qu'il voulait réaliser immédiatement!

Loin de nous, certes, la pensée de blesser la délicatesse de nos aimables lecteurs par la description des tortures cruelles et vraiment infernales infligées à nos ancêtres chrétiens par leurs persécuteurs païens. Peu furent plus terribles, et cependant peu sont plus authentiques que celles qu'endura le martyr Cassianus. Enchaîné et placé au milieu de ces jeunes tigres pleins de férocité, il leur fut livré pour devenir lentement la victime de leur cruauté supérieure à leurs forces; les uns, selon le récit du poète chrétien Prudentius, gravèrent leurs devoirs sur sa chair avec les pointes d'acier des styles qui leur

servaient à écrire sur des tablettes enduites de cire.
D'autres infligeaient à son corps lacéré tous les tourments que leur suggérait une brutalité précoce. Le sang
qu'il perdait et les douleurs aigües qu'il ressentait fini-
rent par épuiser le vieux maître; il tomba, et ne put se
relever. Un cri de joie accueillit sa chute, et de nouveaux
outrages lui furent prodigués. Ensuite, cette troupe de
jeunes démons se dispersa, et chacun alla raconter à sa
famille l'histoire de cette scène atroce. Il n'était jamais
entré dans les intentions des persécuteurs d'accorder
aux chrétiens une sépulture décente; aussi, Corvinus,
après avoir rassasié ses regards du spectacle de sa vengeance, et avoir excité les premiers essais de ces instruments si bien disposés, laissa le martyr expirant à l'endroit
où il gisait et où il allait mourir abandonné. Mais son
fidèle serviteur l'ayant relevé et couché sur son lit, envoya un message, comme il était convenu, à Pancratius,
qui accourut chez son ancien maître, pendant que son
compagnon faisait les préparatifs de leur départ. Le jeune homme fut terrifié de ce qu'il vit et du récit des horribles tortures infligées à Cassianus, autant qu'édifié de
sa patience admirable, car la victime n'avait laissé échapper aucune plainte : la prière seule avait occupé son esprit et sa langue.

Le vieillard reconnut son élève chéri; il l'accueillit
d'un sourire et lui serra la main, mais sans pouvoir parler. Il languit jusqu'au matin suivant, et il expira paisi-
blement. On lui rendit sur le lieu même les derniers
devoirs de la sépulture, car la maison où il résidait lui
appartenait. Pancratius sortit de là le cœur gros, indigné
contre le barbare qui avait conçu cette effroyable tragédie,
et l'avait fait exécuter sous ses yeux sans pitié comme
sans remords.

Il se trompait cependant sur ce dernier point : à
peine Corvinus eût-il assouvi sa vengeance, qu'il comprit toute la honte de cet acte infâme; il craignit que ce
drame ne fût raconté à son père, qui avait toujours estimé Cassianus, il redouta la colère des parents dont il

avait démoralisé les enfants en les excitant à commettre
presque un parricide. Il ordonna de harnacher sur le
champ ses chevaux; mais on lui dit qu'il leur fallait encore quelques heures de repos. Ce retard augmenta sa
tristesse; le remords le torturait, et il se mit à boire pour
noyer ses soucis dans le vin et passer le temps.

Enfin il put repartir, et ayant fait halte, en route, une
heure ou deux, il continua son voyage pendant la nuit.
Le chemin, détrempé par les pluies continuelles, était
difficile; il longeait le grand canal destiné à dessé-
cher les marais Pontins, et que bordaient deux rangées
d'arbres.

Corvinus, qui avait encore bu à sa dernière station,
excité par le vin, le chagrin et le remords, s'irrita de
l'allure trop lente de ses chevaux exténués, et il les frappa à coups répétés. Pendant qu'ils étaient ainsi surme-
nés, ils entendirent le bruit d'autres chevaux qui galo-
paient derrière eux, et ils s'élancèrent en avant avec une
rapidité effrénée. Les gens de Corvinus ne tardèrent
point à être distancés, et les coursiers, effrayés, s'enga-
gèrent entre les arbres, sur l'étroit sentier qui côtoyait
le canal; ils couraient toujours, avec une énergie désespérée, et le chariot éprouvait à chaque instant de violentes secousses. Les cavaliers, qui arrivaient derrière
eux, entendant le bruit terrible des roues et des sabots
des chevaux ainsi que les cris des hommes de la suite de
Corvinus, donnèrent de l'éperon et poussèrent vivement
en avant. Ils venaient de dépasser les coureurs d'une
certaine distance, quand ils entendirent un choc et la
chute d'un corps dans l'eau : la roue avait heurté le tronc
d'un arbre, le chariot s'était renversé, et son conducteur
à moitié ivre était tombé dans le courant, la tête la première. En un instant, Pancratius fut à bas de son cheval et près du canal avec son compagnon.

A la faible lumière de la lune qui se levait et au son
de la voix, le jeune homme reconnut Corvinus, qui se
débattait dans le courant fangeux. L'eau n'était pas profonde, mais les bords étaient argileux, humides et bour-

beux ; et à chaque effort que faisait Corvinus pour remonter, son pied glissait, et il retombait plus profondément au milieu du canal. Ce bain d'hiver commençait à l'engourdir et à l'épuiser.

— Ne vaudrait-il pas mieux le laisser là ? murmura le rude centurion.

— Fi ! Quadratus ! comment pouvez-vous parler de la sorte ? Donnez-moi votre main; c'est cela, dit le jeune homme. Et, se penchant sur le bord, il saisit le bras de son ennemi, juste au moment où celui-ci lâchait un arbuste desséché et allait retomber bien loin, épuisé, dans le courant; c'eût été assurément son dernier plongeon. Les deux amis le retirèrent et le couchèrent à terre, dans un état qui eût fait pitié à son plus grand ennemi. Ils lui frottèrent les tempes et les mains, et il commençait à recouvrer ses sens lorsque ses gens arrivèrent. Ils le confièrent à leurs soins, ainsi que sa bourse, tombée de sa ceinture pendant qu'ils le tiraient du canal. Pancratius rentra en possession de son couteau, qui avait glissé en même temps que la bourse, et que Corvinus portait toujours sur lui, comme un témoignage destiné à convaincre le jeune homme d'avoir arraché l'édit. Quand Corvinus eut repris ses sens, ses serviteurs prétendirent l'avoir retiré de l'eau, ajoutant que sa bourse devait être tombée dans la vase profonde, où elle était sans doute enfouie. Ils le portèrent dans une cabane voisine pendant qu'on préparait le chariot. Puis, leur maître s'étant endormi, ils se régalèrent avec son argent.

— Ainsi, en ce jour, une double vengeance s'était accomplie : celle du païen et celle du chrétien.

XX

LES TRAVAUX PUBLICS.

Si, dès avant l'édit, on se proposait d'ériger les Thermes de Dioclétien avec le travail et la sueur des prisonniers chrétiens, on ne trouvera pas extraordinaire de
voir le nombre et les souffrances des fidèles captifs s'augmenter sous l'action de l'une des plus sauvages persécutions. L'empereur Dioclétien lui-même était attendu pour
l'inauguration de son édifice favori, et on avait doublé
les travailleurs pour l'achever promptement. Des troupes de prétendus coupables arrivaient chaque jour du
port de Luna, de la Sardaigne, et même de la Crimée ou
Chersonèse, où ils avaient été employés dans les mines et
les carrières, et on les soumettait aux plus rudes travaux de la construction. Transporter des matériaux, scier
et tailler la pierre ou le marbre, mêler le mortier et élever les murailles, voilà quelle tâche on imposait à ces
condamnés pour cause de religion, parmi lesquels beaucoup n'étaient point habitués à ces ouvrages manuels.
Ils ne recevaient d'autre rétribution que celle qu'on accordait aux mulets et aux bœufs qui partageaient leurs
labeurs. Un toit pour la nuit valant à peine mieux qu'une
étable, de la nourriture juste en quantité suffisante
pour entretenir leurs forces, des vêtements qui les pré-
servaient tout au plus de l'intempérie des saisons, c'était
là tout ce qu'ils pouvaient attendre. Des fers aux pieds
et des chaînes, pour les empêcher de s'échapper, aug-
mentaient encore leurs souffrances. Des intendants, estimés de leurs maîtres en proportion des rigueurs qu'ils
exerçaient, surveillaient chaque troupe, le fouet ou le
bâton à la main, toujours empressés d'ajouter la douleur à la fatigue, soit pour satisfaire leur basse cruauté

sur des êtres incapables de résister, soit pour complaire
à leurs chefs barbares.

Mais les chrétiens de Rome prenaient un soin particulier des bienheureux confesseurs, objet de leur vénération profonde; leurs diacres les visitaient, en gagnant
les gardiens. Des jeunes gens pénétraient hardiment au
milieu d'eux, leur distribuaient des aliments plus substantiels, des vêtements plus chauds, et leur procuraient
les moyens de se concilier leurs surveillants, afin d'obtenir d'être moins durement traités. Ils se recommand-
daient alors à leurs prières, baisaient leurs chaînes et
les meurtrissures que ces saints confesseurs souffraient
pour le Christ.

Cette réunion d'hommes, uniquement convaincus d'être
fidèles à leur divin Maître, rendait d'autres services encore. Semblables à ce vivier dans lequel le luxueux Lu-
cullus faisait engraisser les lamproies destinées à ses
banquets, ou à ces cages et à ces parcs renfermant les oiseaux rares et le gros bétail réservés pour les sacrifices
et les fêtes d'un anniversaire impérial, ou encore à ces
autres de l'amphithéâtre dans lesquels on nourrissait les
bêtes féroces pour les jeux du peuple, les travaux publics
offraient un dépôt d'où l'on pouvait tirer, à certaines
époques, les éléments d'une sanglante catacombe, ou de
quoi flatter, aux jours de fête, les goûts des Romains
pour de cruels spectacles. Il y avait là un approvisionne-
ment public de nourriture pour les bêtes féroces, toutes
les fois que le peuple désirait prendre part à leurs sauvages jouissances.

Une occasion de ce genre approchait en ce moment.
La persécution languissait. Nul chrétien notable n'avait
été arrêté, et les déceptions du premier jour n'étaient
point complètement réparées. On s'attendait à quelque
chose de mieux, le peuple demandait des jeux plus fré-
quents, et un anniversaire impérial prochain justifiait
ces réclamations. Les bêtes fauves, que Sébastien et Pancratius avaient entendues naguère, rugissaient toujours
après leur proie. Ce cri : « *Christianos ad leones! les*

chrétiens aux lions ! » elles semblaient l'interpréter en ce sens que les chrétiens leur appartenaient de
droit.

Une après-midi de la fin de décembre, Corvinus se
rendit aux bains de Dioclétien. Il était accompagné de
Catulus, dont le coup d'œil savait distinguer les combattants propres à l'amphithéâtre, ainsi qu'un marchand
l'eût fait pour des bestiaux dans une foire. Ayant appelé Rabirius, le surintendant des condamnés, il lui
dit :

— Rabirius, je viens, par ordre de l'empereur, choisir un nombre suffisant de ces maudits chrétiens confiés à votre garde ; ils auront l'honneur de combattre
dans l'amphithéâtre à l'occasion de la prochaine fête.

— Je ne puis réellement vous en céder aucun, répondit l'officier, car je suis obligé d'achever les travaux dans
un délai déterminé, ce qui me serait impossible, si on
me privait d'une certaine quantité de bras.

— Je n'y saurais que faire. D'ailleurs, d'autres rem-
placeront ceux qu'on vous enlèvera. Conduisez-nous,
Catulus et moi, dans vos chantiers, afin que nous voyons
ceux qui peuvent convenir.

Tout en murmurant de cette demande déraisonnable,
Rabirius céda. Il mena ses visiteurs dans une vaste pièce voûtée. On y pénétrait par un vestibule circulaire,
éclairé d'en haut, comme le Panthéon, d'où l'on arrivait
à l'un des bras d'une salle immense construite en forme
de croix, sur laquelle ouvraient des chambres plus petites, mais belles aussi. A chaque angle de la salle, au
croisement des bras, on devait élever un énorme pilier
de granit d'un seul bloc ; deux occupaient déjà leur place.
Un autre, entouré de cordes fixées à des cabestans, était
prêt à être dressé le lendemain. Un grand nombre de travailleurs s'occupaient des derniers préparatifs. Catulus,
poussant Corvinus du coude, lui montra du doigt deux
beaux jeunes hommes, nus jusqu'à la ceinture, comme
des esclaves, dont les formes athlétiques offraient un type des plus vigoureux.

— Il me faut ces deux hommes, Rabirius, dit le pour-
voyeur officieux des bêtes fauves; ils représenteront
admirablement. Ils travaillent si activement que je suis
sûr qu'ils sont chrétiens.

— Impossible de vous les livrer en ce moment. Ils
valent pour moi six hommes, ou une paire de chevaux,
au moins. Attendez que le gros de l'ouvrage soit terminé,
et alors ils seront à votre disposition.

— Donnez-moi leurs noms, que je les inscrive. Vous
veillerez à ce qu'ils se maintiennent en bon état.

— On les appelle Largus et Smaragdus. Quoique tous
deux d'excellente famille, ils travaillent comme des plé-
béiens, et je ne doute pas qu'ils ne vous suivent sans la
moindre répugnance.

— Ils seront satisfaits, déclara Corvinus charmé.

Et ces paroles se réalisèrent plus tard.

Les deux visiteurs, continuant à parcourir les chantiers, désignèrent un certain nombre de captifs, à l'enlèvement desquels Rabirius opposait des résistances
ordinairement inutiles. Enfin, ils arrivèrent à l'une de
ces chambres aboutissant au côté oriental du bras le plus
long de la salle. Ils virent des forçats (qu'on nous per-
mette ce terme) se reposant de leurs travaux. Au milieu
du groupe apparaissait un vieillard aux traits vénérables;
sa longue barbe blanche tombait sur sa poitrine; son air
était doux, sa parole affable, affectueuse, allègre encore
nonobstant sa faiblesse. C'était le confesseur Saturnius,
chargé de deux lourdes chaînes, malgré ses quatre vingts
ans. A ses côtés se tenaient deux travailleurs plus jeunes,
Cyriacus et Sisinnius, qui, raconte-t-on, soutenaient ses
chaînes, sans négliger leur propre tâche. Et, en effet, il
est rapporté que leur plus grand bonheur, leur travail
accompli, était d'aider leurs frères plus faibles et de les
remplacer à l'ouvrage. Néanmoins leur temps n'étaient
point encore venu; et tous deux, avant de recevoir la
couronne devaient être ordonnés diacres sous le pontificat suivant.

Plusieurs autres captifs étaient couchés sur le seuil,

aux pieds du vieillard qui, assis sur un bloc de marbre, leur parlait avec une douce gravité ; ils l'écoutaient attentivement, et paraissaient, à sa voix, oublier leurs souffrances. Que leur disait-il ? Récompensait-il Cyriacus de sa charité en lui annonçant que, pour prix de son dévouement, une partie de l'immense construction qu'ils avaient tous tant de peine à élever, dédiée à Dieu sous son invocation, deviendrait un titre, et terminerait par un illustre nom la lignée de ses titulaires *? ou bien leur révélait-il une autre vision plus glorieuse, à savoir que ce petit oratoire serait remplacé et absorbé par un temple superbe, érigé en faveur de la Reine des Anges, lequel comprendrait cette magnifique salle tout entière avec son vestibule, et aurait pour architecte le génie le plus artistique que le monde eût jamais vu (Michel Ange) ? Quelle pensée plus consolante eût-il pu suggérer à ces pauvres captifs persécutés, que de leur apprendre qu'ils travaillaient moins à construire des bains destinés à satisfaire le luxe d'un peuple païen ou les prodigalités d'un empereur dépravé qu'à bâtir une des églises les plus majestueuses, où le vrai Dieu serait adoré et où la Vierge-Mère, qui le conçut au jour de son Incarnation, serait honorée?

Corvinus, ayant aperçu le groupe à quelque distance, s'arrêta et demanda au surintendant les noms de ceux qui le composaient. Celui-ci les énuméra aussitôt et ajouta :

— Vous ferez bien de prendre ce vieillard, si vous le désirez, car il ne gagnera pas sa nourriture, tant que ce travail continuera.

— Merci, répondit Corvinus; il ferait belle figure, vraiment, dans l'amphithéâtre ; le peuple ne se contenterait pas d'un vieillard décrépit, que le premier coup de griffe d'un ours ou d'un tigre tuerait immédiatement. Il

---

* L'illustre Bembo fut le dernier cardinal du titre de Saint-Cyriacus, maintenant éteint

aime à voir couler un sang jeune et à contempler la plénitude de la vie aux prises avec les blessures et les attaques jusqu'à ce que la mort termine le combat. Mais il en est un que vous n'avez pas nommé; son visage est tourné en ce moment d'un autre côté; il ne porte ni le costume des prisonniers ni aucune espèce de fers. Quel est-il donc ?

— J'ignore son nom, répliqua Rabirius; mais c'est un beau jeune homme qui passe une partie de son temps au milieu des condamnés; il les secourt et les aide même souvent dans leurs travaux. Naturellement, il paie largement cette permission. Quoiqu'il en soit, il ne nous appartient point de l'interroger.

— Mais moi, je puis revendiquer ce droit, fit vivement Corvinus.

Et il s'avança dans ce but. Le son de sa voix avait frappé l'oreille de l'étranger, qui se retourna.

Corvinus bondit sur lui avec le regard et l'élan d'une bête fauve. Il le saisit en s'écriant avec transport :

— Enchaînez-le-sur-le-champ. Cette fois, Pancratius, tu ne m'échapperas point.

XXI

LA PRISON.

Le chrétien de nos jours qui désire réellement connaître ce que ses ancêtres ont souffert pour la foi, pendant les trois siècles de persécution, ne se contentera pas de visiter les catacombes que nous avons essayé de lui faire parcourir et d'apprendre ainsi quel genre de vie il leur fallait mener; nous lui conseillerons de lire les Actes des martyrs, ces immortelles Annales, qui lui montre-

ront comment on les faisait mourir. Après la parole
inspirée de Dieu, nous ne connaissons aucun écrit plus
émouvant, plus tendre, plus consolant ou plus capable
de fortifier la foi et l'espérance que ces vénérables monuments. Et si notre lecteur, ainsi averti, n'avait pas le
loisir de faire sur ce sujet beaucoup de lectures, nous
l'engagerions, par exemple, à se borner aux Actes authentiques des saintes Perpétue et Félicité. Il est vrai
que le savant les lit plus utilement dans leur simple
latinité africaine ; mais nous espérons posséder bientôt
une bonne traduction anglaise de ces documents et
d'autres du même genre, se rapportant aux premiers
chrétiens. Ceux que nous avons indiqués, les mêmes qui
furent connus de saint Augustin, ne sauraient être lus
sans émotion. Que si le lecteur compare la sensibilité
morbide et l'exaltation outrée que s'est efforcé de produire un écrivain français moderne en composant le
journal imaginaire d'un condamné à mort, depuis la
sentence jusqu'à l'approche immédiate de l'exécution,
avec le récit pathétique, sans affectation, et tout parfu-
mé de vérité que fit, en circonstance semblable, Vivia
Perpétua, une délicate jeune fille de vingt-un ans, il
n'hésitera point à conclure que les simples récits du
christianisme sont supérieurs en naturel, en grâce, en
intérêt aux fictions les plus hardies du roman. Et quand
nos esprits s'assombrissent, ou que les petites persécutions de notre époque les inclinent au murmure, nous ne
saurions mieux faire que de porter nos regards sur cette
véritable légende d'or, parce qu'elle est authentique, ou
sur l'histoire des nobles martyrs de Vienne ou de Lyon,
ou sur toute autre pareille, afin de fortifier notre courage par la contemplation de ces enfants, de ces femmes,
de ces catéchumènes et de ces esclaves qui souffrirent,
sans plainte, pour le Christ.

Mais nous nous éloignons de notre récit. Pancratius,
avec une vingtaine d'autres chrétiens, ayant été chargés de fers et enchaînés ensemble, furent conduits à la
prison, à travers les rues. Les gardes qui les traînaient

ainsi chancelants et trébuchants, les frappaient sans pitié. Quiconque se trouvait assez proche pour les atteindre, leur prodiguait sans remords les soufflets et les coups de pieds. Les plus éloignés leur jetaient des pierres, des immondices, et les accablaient d'outrageantes moqueries. Ils arrivèrent enfin à la prison Mamertine, dans laquelle on les plongea. Ils y rencontrèrent d'autres victimes des deux sexes, attendant le jour du sacrifice. Pendant qu'on lui mettait les menottes, l'adolescent n'avait eu que le temps de prier un de ceux qui l'avaient arrêté d'informer sa mère et Sébastien de son arrestation, et il lui avait glissé en même temps sa bourse dans la main.

Les prisons de l'ancienne Rome n'étaient pas des lieux où le pauvre pût désirer d'être admis dans l'espoir d'y jouir d'une nourriture et d'un logement meilleur que chez lui. Deux ou trois de ces donjons — car ce n'était pas autre chose — subsistent encore. Une courte description de celui que nous avons mentionné apprendra au lecteur ce qu'il en coûtait pour confesser la foi, indépendamment du martyre.

La prison Mamertine se compose de deux chambres carrées et souterraines, superposées, avec une ouverture ronde au centre de chaque voûte, laquelle servait à l'introduction de la lumière, de l'air, des aliments et des captifs. Quand l'étage supérieur était comble, on peut s'imaginer comment l'air et la lumière pouvaient pénétrer à l'étage inférieur. Tout autre accès, ventilation ou écoulement étaient impossible. Les murailles, faites de larges pierres de taille, retenaient, et même retiennent encore scellées, des anneaux de fer, destinés aux prisonniers, que d'ordinaire, cependant, on couchait sur la terre avec des entraves aux pieds. Mais souvent la cruauté ingénieuse des persécuteurs aggravait cette situation déjà si pénible : ils jonchaient de tessons cette couche unique accordée aux membres mutilés et aux corps sanglants des chrétiens torturés. En Afrique, une compagnie de martyrs, dont les principaux étaient saint Satur-

nius et saint Dativus , périrent ainsi dans les tortures de
la prison.

Les actes des martyrs de Lyon nous apprennent qu'un
grand nombre de nouveaux venus moururent des rigueurs de la prison, sans avoir enduré d'autres tourments. D'autres, au contraire, ayant été réintégrés dans
ces cachots, après de cruelles tortures qui faisaient désespérer de leur guérison , recouvrèrent la santé sans
aucun remède. En ces circonstances , les fidèles ache-
taient l'accès de ces asiles de la douleur mais non de la
tristesse , et procuraient à ces frères si chers et si véné-
rés tout ce qui pouvait soulager leurs souffrances ou augmenter leur bien-être spirituel et corporel.

La justice romaine, exigeant au moins les formes extérieures d'un procès, les chrétiens passaient de la prison
au tribunal , où on les soumettait à des interrogatoires
dont les Actes proconsulaires des martyrs nous ont
conservé de curieux exemples , et que nous possédons
tels qu'ils furent enregistrés par le secrétaire ou le greffier de la cour. Quand on demanda à l'évêque de Lyon ,
Pothinus, vieillard de quatre-vingt-dix ans : « — Quel
est le Dieu des chrétiens ? » il répondit avec une dignité
simple : « — Quand tu en seras digne, tu le sauras. »—
Parfois, le juge essayait d'entrer en discussion avec son
prisonnier et s'en tirait fort mal , bien entendu. Mais
ordinairement l'accusé se bornait à répéter sa profession
de foi chrétienne. Souvent, comme il arriva dans l'interrogatoire d'un certain Ptolémée , admirablement raconté
par saint Justin , et dans celui de sainte Perpétue , le
juge se contentait de cette unique question : « — Es-tu
chrétien ? » et, sur la réponse affirmative, il prononçait
la sentence capitale.

Pancratius et ses compagnons furent amenés devant le
juge; car, dans trois jours allait avoir lieu le *Munus*, les
jeux où ils devraient combattre contre les bêtes cruelles.

— Qui es-tu? demanda le magistrat à l'un d'eux.

— Je suis chrétien par la grâce de Dieu, lui fut-il répondu.

— Et toi, qui es-tu? dit le préfet à Rusticus.

— De fait, je suis un esclave de César, répondit le prisonnier; mais en devenant chrétien, j'ai été affranchi par le Christ lui-même; et, par sa grâce et sa miséricorde, j'ai été admis à partager les mêmes espérances que ceux que vous voyez ici.

Alors, se tournant vers un saint prêtre, Lucianus, vénérable par son âge et ses vertus, le juge lui parla ainsi :

— Allons, obéis aux dieux et aux édits impériaux.

— Nul, répliqua le vieillard, ne peut être repris ou condamné pour obéir aux préceptes de Jésus-Christ notre Sauveur.

— A quelle espèce de science et d'études te livres-tu?

— J'ai essayé d'approfondir toutes les sciences et de m'initier aux diverses branches du savoir. Mais, à la fin, je me suis attaché aux doctrines du christianisme, quoiqu'elles ne plaisent point à ceux qui suivent les erreurs des fausses opinions.

— Misérable! trouves-tu donc du bonheur dans cette étude?

— Infiniment, parce que je suis les chrétiens dans leur doctrine, qui est véritable.

— Et quelle est cette doctrine?

— La véritable doctrine, celle que nous autres chrétiens observons pieusement, consiste à croire en un seul Dieu, Créateur de toutes choses, visibles et invisibles, et à confesser le Seigneur Jésus-Christ, le Fils de Dieu, prédit autrefois par les prophètes, qui viendra juger le monde, et qui est le prédicateur et le maître de la rédemption pour tous ceux qui acceptent ses enseignements. Mais je suis un homme trop faible et trop insignifiant pour parler dignement de sa déité infinie, cet office appartient aux prophètes.

— Tu es, je crois, un docteur d'erreur pour les autres, et tu mérites par là même un châtiment plus rigoureux.

Qu'on mette les fers à Lucianus , et qu'on écarte ses
pieds jusqu'au cinquième trou. Et vous deux , femmes ,
quels sont vos noms et vos conditions?

— Je suis chrétienne, et n'ai d'autre époux que Jésus-
Christ. Mon nom est Secunda, répondit la première.

— Et moi, dit la seconde, je suis veuve , je m'appelle
Rufina, et je professe la même foi qui sauve.

Enfin , après avoir interrogé également les autres
accusés , et reçu invariablement de tous des réponses
semblables , à l'exception d'un misérable qui faiblit et
sacrifia , le préfet se tourna vers Pancratius et lui dit :

— Et maintenant, jeune insolent , qui as eu l'audace
de déchirer l'édit des divins empereurs, j'userai de miséricorde, même à ton égard, si tu veux sacrifier aux dieux.
Fais preuve en ce moment de piété et de sagesse , car tu
n'es encore qu'un enfant.

Pancratius se munit du signe de la croix du Rédempteur, et répondit avec calme :

— Je suis le serviteur du Christ. C'est lui seul que je
reconnais de bouche, que j'aime de tout mon cœur, et que
mon esprit adore incessamment. Quoique si jeune à vos
yeux, je possède la sagesse des cheveux blancs en faisant
profession de n'adorer qu'un seul Dieu.

— Frappez-le sur la bouche pour son blasphème , et
battez-le de verges! s'écria le juge furieux.

— Je te remercie , repartit le noble adolescent , car je
souffrirai de la sorte le traitement même qui fut infligé à
mon Seigneur.

Alors le préfet prononça la sentence en la forme accoutumée :

« Lucianus, Pancratius, Rusticus et les autres , et les
femmes Secunda et Rufina, qui tous se sont avoués chrétiens, et refusent d'obéir à l'empereur sacré, ou d'adorer
les dieux de Rome, seront, d'après notre arrêt, exposés
aux bêtes féroces, dans l'amphithéâtre Flavien. »

La foule poussa des hurlements de joie et de haine , et
elle accompagna ainsi les confesseurs jusqu'à la prison.
Mais elle s'apaisa peu à peu , déconcertée par la dignité

de leur démarche et la sérénité qui brillait sur leurs
visages. Quelques-uns assurèrent que les chrétiens
devaient s'être parfumés; car l'atmosphère qui les environnait semblait empreignée de suaves senteurs.

XXII

LE VIATIQUE.

L'intérieur de la prison formait un contraste frappant
avec les fureurs tumultueuses du dehors; la paix, la sérénité, la joie y régnaient; les rudes pierres des murailles et des voûtes résonnaient au chant des psaumes que
dirigeait Pancratius. L'abîme semblait répondre à l'abîme, car les prisonniers occupant le donjon inférieur
alternaient avec ceux du dessus dans le chant des versets, que leur situation commune leur suggérait naturellement.

Le jour qui précédait celui où ils devaient combattre
contre les bêtes féroces, c'est-à-dire être mis en pièces
par elles, les condamnés jouissaient toujours d'une liberté
plus grande. Les chrétiens profitaient hardiment de la
permission pour se rendre en foule à la prison et se re-
commander aux prières des saints confesseurs du Christ.
Le soir, on donnait à ceux-ci ce qu'on appelait le souper
libre, un repas abondant et même luxueux, qui devenait
une sorte de fête publique. La table était entourée de
païens, curieux d'examiner la conduite et l'attitude des
combattants du lendemain. Mais ils ne pouvaient découvrir ni les bravades, ni les emportements, ni l'abattement ou l'amertume ordinaire aux autres condamnés.
Pour les convives, ils célébraient véritablement une agape
ou fête d'amour fraternel, car ils soupaient calmes,
joyeux, en conversant gaiement. Cependant, une ou deux
fois, Pancratius reprocha à la multitude son impitoyable
curiosité et ses propos grossiers.

— Le jour de demain ne vous suffit donc pas, dit-il, que vous tenez tant à contempler en ce moment les objets de votre haine future ? Aujourd'hui vous êtes nos amis, demain vous serez nos ennemis. Examinez bien nos physionomies à tous, afin que vous puissiez les reconnaître à l'heure du jugement.

Beaucoup se retirèrent à cette réprimande, et elle produisit la conversion de plusieurs.

Mais tandis que les persécuteurs préparaient ainsi un festin pour le corps de leurs victimes, l'Eglise, mère pieuse, allait offrir aux âmes de ses enfants un banquet bien plus délicieux. Ils avaient été constamment assistés par les diacres, surtout par Reparatus, qui se serait uni avec bonheur à leur sacrifice ; mais son devoir le lui défendait en ce moment. Après avoir pourvu autant que possible à leurs besoins temporels, il avait pris ses mesures, de concert avec le vénérable prêtre Dyonisius, habitant encore la maison d'Agnès, pour envoyer sur le soir, une quantité suffisante de parts du pain de vie, destiné à nourrir le lendemain, de grand matin, avant la lutte, les champions du Christ. Quoique les diacres fussent chargés de transporter de la principale église aux autres sanctuaires les espèces consacrées, où elles étaient distribuées par les seuls titulaires, cependant l'office de porter le corps du Seigneur aux prisonniers et même aux mourants était confié aux ministres inférieurs. En ce jour, où le massacre imminent de tant de chrétiens surexcitait encore les passions hostiles de Rome païenne, ce devoir devenait plus dangereux à remplir, car Torquatus avait révélé que Fulvius avait soigneusement remarqué tous les ministres des autels et donné leur signalement exact à ses espions aussi actifs que nombreux. De sorte qu'ils ne pouvaient s'aventurer au-dehors, durant la journée, sans être parfaitement déguisés.

Le pain ayant été consacré, le prêtre, de l'autel sur lequel était placée l'Eucharistie, chercha parmi les assistants à qui il la remettrait. Avant que personne ne se fût présenté, le jeune acolyte Tarcisius s'agenouilla aux pieds du ministre du Christ, les mains étendues et prêtes à recevoir le divin dépôt ; son visage angélique rayonnait d'innocence ; il semblait implorer la préférence et même la réclamer.

— Tu es trop jeune, enfant, déclara le bon prêtre rempli d'admiration à la vue de ce tableau.

— Ma jeunesse, saint père, sera pour moi la meilleure des protections. Ah ! ne me refusez pas ce grand honneur.

Les yeux de l'enfant se mouillèrent de larmes, et une émotion modeste colora ses joues quand il prononça ces paroles. Il étendit de nouveau ses mains en avant, et il mit tant d'instance et de ferveur dans sa prière que le prêtre ne put résister. Prenant les divins mystères, il les enveloppa soigneusement dans un linge de toile, et les déposa dans les mains de l'acolyte en disant :

— Souviens-toi, Tarcisius, quel trésor je confie à ta faiblesse. Evite, sur ton chemin, les places publiques ; rappelle-toi que les choses saintes ne doivent point être données aux chiens, ni les perles jetées devant les pourceaux. Garderas-tu fidèlement les dons sacrés de Dieu ?

— Je mourrai plutôt que de les livrer, répondit le vertueux enfant en cachant le céleste dépôt sur son sein, dans sa tunique.

Et il partit avec un empressement respectueux. Il parcourut d'un pas léger les rues de la ville, la physionomie empreinte d'une gravité au-dessus de son âge, et il s'écartait attentivement des voies trop fréquentes ou trop étroites.

Il approchait d'une grande maison ; la maîtresse de cette demeure, une riche matrone sans enfants, le voyant venir rapidement, les bras croisés sur la poitrine, fut frappée de sa beauté et de son air de douceur.

— Arrête un instant, cher enfant, lui dit-elle en se plaçant sur son chemin ; quel est ton nom, et où demeurent tes parents ?

— Je suis Tarcisius , un orphelin, répliqua-t-il en levant les yeux avec un sourire; je n'ai d'autre logis qu'un gite qu'il ne vous plairait guère , sans doute , d'entendre nommer.

— Alors , entre dans ma maison pour te reposer. Je désire te parler. Oh ! que n'ai-je un enfant tel que toi !

— Pas maintenant , noble dame, pas maintenant. Je me suis chargé de la mission la plus solennelle et la plus sacrée, dont il ne m'est pas permis de différer d'un moment l'accomplissement.

— Eh bien, promets-moi de revenir demain ; cette habitation m'appartient.

— J'y consens, si je suis encore en vie, répondit l'enfant avec un tel feu dans le regard que la matrone crut voir un messager des sphères supérieures.

Elle l'accompagna long-temps du regard ; puis , après quelque hésitation, elle résolut de le suivre. Mais bientôt, elle entendit du tumulte mêlé d'effroyables clameurs ; elle s'arrêta, et ne poursuivit sa route que quand ils eurent cessé.

Cependant Tarcisius, l'esprit préoccupé de meilleures choses que l'héritage de la matrone, hâtait sa marche, et ne tarda point à déboucher sur une place où des enfants, échappés de l'école, commençaient à jouer.

— Il nous faut quelqu'un de plus; où le prendrons-nous? dit le chef de la bande.

— Parfait ! s'écria un autre écolier : voici Tarcisius que je n'ai pas vu depuis un siècle, il était d'ordinaire très-habile à tous les jeux. Allons , Tarcisius , ajouta-t-il en arrêtant l'enfant par le bras , pourquoi fuir si vite ? Fais une partie avec nous en bon camarade.

— Impossible , en ce moment, Petilius, impossible réellement. On m'a confié une affaire de haute importance.

— Tu t'en acquitteras plus tard , reprit le premier interlocuteur, un jeune garçon robuste et querelleur , qui s'empara de lui. Pas de résistance quand je veux. Viens, et joins-toi à nous sur-le-champ.

— Je t'en supplie, fit le pauvre enfant avec un accent touchant, laisse-moi aller.

— Non point, riposta l'autre. Mais que portes-tu là si soigneusement sur ta poitrine? une lettre, je suppose. Eh bien, quel mal cela lui fera-t-il d'être une demi-heure hors de son nid? Donne-la moi, et je la mettrai en sûreté pendant que nous jouerons.

Et il tenta de saisir le dépôt sacré que l'enfant tenait caché sur sa poitrine.

— Jamais! jamais! repartit Tarcisius en levant les yeux au ciel.

— Je veux voir, insista vivement l'écolier, je veux connaître ce fameux secret.

Et il se mit à secouer brutalement l'enfant. Bientôt une foule d'hommes du voisinage les entourèrent, s'enquérant avidement de ce dont il s'agissait. Ils voyaient un enfant qui, les bras croisés, semblait doué d'une force surnaturelle pour résister à tous les efforts d'un plus vigoureux et plus grand que lui cherchant à lui arracher le secret de ce qu'il portait. Les coups de poing ou de pied, les tiraillements, les soufflets ne paraissaient produire aucun effet. Il les supportait sans murmure et sans essayer de les rendre; mais il demeurait inébranlable.

— Qu'est-ce donc? Que veut dire ceci? commençaient à se demander les spectateurs.

Ce fut alors que Fulvius passa par hasard et se joignit à la multitude qui environnait les enfants. Il reconnut immédiatement Tarcisius pour l'avoir aperçu à l'ordination. A la vue de sa mise distinguée, les assistants lui adressèrent leurs questions; il répondit avec mépris, en tournant les talons :

— Ce que c'est? Eh bien, c'est tout simplement un âne chrétien qui porte les mystères.

C'en fut assez. Fulvius dédaignait pour lui-même une proie si chétive, mais il savait quelle impression ces paroles devaient produire. La curiosité païenne, avide de voir les mystères des chrétiens pour les outrager était éveillée; et, de toutes parts, on somma Tarcisius de montrer ce qu'il cachait.

— Jamais, sinon avec ma vie! se contenta-t-il de répondre.

Un forgeron le frappa d'un violent coup de poing qui l'étourdit, et le sang coula de la blessure. D'autres coups suivirent le premier, jusqu'à ce que l'enfant, couvert de contusions, mais tenant toujours ses bras croisés sur la poitrine, tomba lourdement sur le sol. La multitude, se pressant autour de lui, le saisissait déjà et déchirait sa tunique pour s'emparer de son dépôt trois fois saint; mais elle reflua soudain de droite et de gauche, sous l'action d'une force athlétique. Quelques-uns des assaillants reculèrent, chancelants, jusqu'à l'extrémité de la place; d'autres tournèrent sur eux-mêmes, sans savoir comment, jusqu'à ce qu'ils tombassent à l'endroit où ils se trouvaient; le reste se retira devant un officier de taille gigantesque, auteur de cette déroute. Ce dernier, ayant déblayé le terrain, s'agenouilla, les larmes aux yeux, releva l'enfant défaillant et meurtri avec la tendresse d'une mère, et lui demanda de sa voix la plus douce :

— Avez-vous beaucoup de mal, Tarcisius?

— Qu'importe ce qui me concerne, Quadratus, répondit la victime en ouvrant les yeux avec un sourire; mais prenez soin des divins mystères que je porte sur moi.

Le soldat souleva l'enfant dans ses bras, non-seulement avec les égards que méritait la jeune et douce victime d'un sacrifice accompli pour le Christ, mais encore avec le respect infini dû au Roi suprême, au Seigneur des martyrs, à la divine Victime de l'éternelle Rédemption. La tête de Tarcisius reposait avec confiance sur l'épaule de l'officier, tandis que de ses bras et de ses mains il continuait de retenir avec soin les dons qui lui avaient été confiés. Le courageux guerrier ne sentait pas le poids du fardeau doublement sacré qu'il portait. Nul ne l'arrêta, si ce n'est une dame qu'il rencontra, et qui l'abordant avec étonnement, s'écria avec un accent douloureux, en contemplant l'enfant :

— Est-il possible que ce soit ce jeune Tarcisius que j'ai vu, tout-à-l'heure, si aimable et si beau ? Qui l'a réduit à cet état ?

— Madame, répondit Quadratus, ils l'ont assassiné parce qu'il est chrétien.

La matrone examina un instant le visage de l'enfant. Il ouvrit les yeux, lui adressa un regard en souriant et expira. Dans ce regard, elle puisa la lumière de la foi, et s'empressa de se faire chrétienne.

Le vénérable Dionysius put à peine retenir les larmes qui l'aveuglaient quand, en écartant les mains de l'enfant, il trouva intact sur sa poitrine le Saint des saints. Il lui parut ressembler bien davantage encore à un ange, maintenant qu'il dormait du sommeil du martyre. Quadratus porta lui-même le corps de la victime au cimetière de Callistus, où il fut inhumé en présence des vieux fidèles remplis d'admiration. Plus tard, le pape saint Damasus composa pour l'enfant une épitaphe, que personne ne lira sans en conclure que la foi à la présence réelle du corps de Notre-Seigneur dans la sainte Eucharistie existait alors comme aujourd'hui :

« Tarcisium sanctum Christi sacramenta gerentem,
Cum malesana manus peteret vulgare profanis,
Ipse animam potius voluit dimittere cæsus
Prodere quam canibus rabidis cœlestia membra. »

« *Saint Tarcisius portant le sacrement du Christ*
Que des mains impies voulaient dévoiler aux profanes;
Il aima mieux livrer sa vie et subir une mort violente
Que d'abandonner à ces chiens furieux le corps divin. »

Le martyrologe romain mentionne, le 15 août, qu'on célébrait sa commémoration dans le cimetière de Callistus, d'où ses reliques, en des temps meilleurs, furent

transportées à l'Eglise de Saint-Sylvestre-in-Campo,
ainsi que l'indique une ancienne inscription.

La nouvelle de cet événement ne parvint aux prisonniers qu'après leur festin ; et la crainte d'être privés de
l'aliment spirituel dont ils attendaient la force était seule
capable, peut-être, de troubler la sérénité de leurs âmes.
En ce moment Sébastien parut, et remarqua immédiatement que de pénibles rapports étaient arrivés. Informé
de tout par Quadratus, il devina facilement de quoi il
s'agissait. Il encouragea les confesseurs du Christ, les
assurant qu'ils recevraient la nourriture tant désirée.
Puis il glissa quelques mots à l'oreille du diacre Reparatus, qui s'éloigna immédiatement, en adressant à l'officier
un regard de vive intelligence.

Sébastien étant connu des gardes, avait pu, chaque
jour, entrer dans la prison et en sortir librement ; il avait
prodigué aux confesseurs des soins infatigables. Mais, à
cette heure, il venait dire un dernier adieu à Pancratius,
son ami le plus cher, qui avait désiré cette suprême entrevue. Ils se retirèrent à l'écart, et le jeune homme parla
ainsi :

— Vous vous souvenez, Sébastien, de cette soirée où,
de votre fenêtre, nous entendîmes le rugissement des
bêtes féroces, et où nous jetâmes un regard sur les arches
de l'amphithéâtre, ouvertes comme pour le triomphe des
chrétiens ?

— Oui, cher enfant, je me rappelle cette soirée ; et il
me semblait que votre cœur pressentait la scène qui vous
attend demain.

— Oui, en vérité, j'éprouvais la certitude intime que
je serais un des premiers à apaiser les rugissements
furieux de ces organes de la cruauté humaine. Mais
maintenant que le temps est arrivé, c'est à peine si je
puis me croire digne d'un tel honneur. Qu'ai-je fait,
Sébastien, non pas pour le mériter, mais pour être
appelé à une grâce aussi grande?

— Vous le voyez, Pancratius, ce n'est ni celui qui
veut, ni celui qui court, mais le Dieu miséricordieux qui

fait l'élection. Mais dites-moi plutôt quelles sont vos
impressions au sujet de la glorieuse destinée qui vous
attend demain?

— A vrai dire, elle me paraît si magnifique, tellement
au-dessus de ce qu'il m'était permis de prétendre que,
parfois, elle me semble une vision plutôt que la réalité.
Ne trouvez-vous pas, en effet, incroyable que moi, qui
occupe cette nuit une prison froide, sombre, affreuse,
j'entendrai, avant qu'un autre soleil ne se couche, le son
des lyres angéliques, mêlé aux cortéges des saints aux
robes blanches, respirant le parfum de l'encens céleste,
et buvant aux eaux limpides des sources de vie? Comment se figurer qu'on jouira soi-même, dans quelques
heures, de ces félicités dont on a entendu lire ou répéter
le récit à l'égard des autres?

— Et n'y a-t-il rien autre chose que ce que vous venez
de dire, Pancratius?

— Oh! oui, beaucoup plus que je ne pourrais l'expliquer sans présomption. Quoi! un enfant comme moi,
sorti récemment de l'école, et n'ayant encore rien fait
pour le Christ, peut se dire : Demain, à une certaine
heure, je le verrai face à face, je l'adorerai, je recevrai
de lui une palme et une couronne, et même un affectueux
baiser. Cette espérance si belle, qui me fait tressaillir
rien qu'en y pensant, sera bientôt plus qu'une espérance.
Et cependant, Sébastien, poursuivit l'adolescent avec
ardeur en saisissant les deux bras de son ami, et cependant tout cela est vrai, bien vrai!

— Est-ce tout, Pancratius?

— Non, Sébastien, non, certes! Je songe que je suis
sur le point de fermer les yeux sur la figure des hommes
pour les ouvrir à la parfaite contemplation de Dieu. Ils
se cloront sur ces dix mille visages aux regards chargés
de haine, de mépris, de fureur, peuplant les gradins de
l'amphithéâtre, pour se rouvrir immédiatement sur cette
unique intelligence, semblable au soleil, dont la splendeur brûlerait les âmes, si les rayons ne les environnaient, ne les inondaient et ne les enveloppaient afin de

les lancer immédiatement dans la fournaise du cœur de
Dieu et les plonger dans l'océan de la miséricorde et de
l'amour, sans crainte de destruction. Assurément, Sébastien, je parais présomptueux en affirmant que demain...
non, je dis mal, — le veilleur du Capitole annonce
minuit, — qu'aujourd'hui je jouirai de tous ces biens !

—Heureux Pancratius ! s'écria le soldat, vous goûtez
par avance ces ravissements que vous obtiendrez dans
quelques heures.

— Et savez-vous, cher Sébastien, que j'admire la
bonté du Seigneur qui m'accorde une telle mort? continua l'adolescent qui parut n'avoir point entendu l'interruption. Combien on doit l'accueillir plus volontiers à
mon âge, puisqu'elle met fin à toutes les misères de la
terre, délivre de la vue des bêtes hideuses et des hommes pécheurs non moins repoussants, et dérobe aux cris
féroces de tous ! Qu'il me serait bien plus pénible de
quitter ce monde sous les tendres regards d'une mère
comme la mienne, et de fermer l'oreille aux douces
plaintes de sa voix résignée ! Sans doute, je la verrai et
je l'entendrai pour la dernière fois, ainsi qu'il est convenu, aujourd'hui avant la lutte ; mais je sais qu'elle ne
m'ébranlera pas.

Une larme se fit jour dans l'œil de l'affectueux enfant ;
mais il la retint et reprit d'un air enjoué :

— Sébastien, vous n'avez pas rempli la promesse —
la double promesse — que vous me fîtes de me dévoiler
vos secrets. Voici la dernière occasion : voyons, ne me
cachez donc plus rien.

—Vous rappelez-vous exactement quels étaient ces
secrets?

— Parfaitement, en vérité, car ils m'ont fortement
préoccupé. D'abord, la nuit où nous étions réunis dans
votre appartement, vous m'avouâtes qu'il existait un
motif assez puissant pour contenir votre vœu ardent de
mourir pour le Christ; et puis, plus tard, vous refusâtes
de m'apprendre pour quelle raison vous m'envoyiez si

brusquement en Campanie. Vous joignîtes ce secret à l'autre, sans que je pusse comprendre pourquoi.

— C'est qu'ils n'en faisaient qu'un. J'avais promis de veiller sur votre véritable bonheur, Pancratius ; c'était un devoir d'amitié et de charité que j'accomplissais. Voyant votre désir du martyre, connaissant le tempérament de votre jeune cœur, je redoutais que vous ne vous compromissiez par quelque action téméraire qui ternît, fût-ce aussi légèrement que le souffle ternit l'acier trempé, la pureté de votre désir, ou flétrît une seule feuille de votre palme. Voilà pourquoi je résolus de m'opposer à la réalisation de vos vœux ardents jusqu'à ce que vous fussiez hors de danger. Etait-ce juste?

— Oh ! c'était trop de bonté de votre part, cher Sébastien ; c'était un noble dévouement. Mais quel rapport existait entre votre conduite et mon voyage?

— Si je ne vous avais point éloigné, on vous eût arrêté pour l'audace que vous aviez eu d'arracher l'édit, ou pour la réprimande que vous adressâtes au juge en plein prétoire. Vous auriez été certainement condamné, et vous auriez souffert pour le Christ; mais votre sentence eût mentionné tout autre chose, une offense civile, une rébellion contre les empereurs. En outre, mon cher enfant, vous auriez été séparé de vos frères dans votre triomphe; les païens eux-mêmes vous eussent proclamé avec honneur un brave et hardi jeune homme ; un nuage passager d'orgueil eût pu vous troubler durant le combat. En tout cas, on vous eût privé de cette ignominie qui constitue le mérite distinctif, la gloire spéciale de ceux qui sont condamnés uniquement pour avoir professé le christianisme.

— Rien de plus vrai, dit Pancratius en rougissant.

— Mais, poursuivit le soldat, quand je vous ai vu arrêté dans l'accomplissement d'un acte de généreuse charité envers les confesseurs du Christ, quand je vous ai vu traîné par les rues, chargé de la chaîne des forçats, comme un condamné vulgaire; quand enfin j'ai entendu prononcer votre sentence en même temps que celle des

autres accusés parce que vous êtes chrétien et pour nulle
autre cause, alors je compris que ma tâche était terminée, et je n'eusse pas levé un doigt pour vous sauver.

— Vraiment, votre affection pour moi ressemble à celle
de Dieu. Que vous avez été sage, généreux, prodigue de
vous-même! sanglota Pancratius en se jetant au cou de
l'officier.

Puis il ajouta :

— Promettez-moi une chose encore : c'est qu'aujour-
d'hui vous m'assisterez jusqu'à la fin, et que vous remet-
trez à ma mère mon dernier legs.

— Dût-il m'en coûter la vie, je n'y manquerai pas.
D'ailleurs, nous ne serons pas long-temps séparés, Pancratius.

En ce moment, le diacre avertit que tout était prêt pour
offrir le saint sacrifice dans la prison même. Les deux
jeunes hommes se retournèrent, et Pancratius fut rempli
d'étonnement. Le saint prêtre Lucianus était couché tout
de son long sur le sol, les membres péniblement tendus
dans les *catastæ* ou entraves, et ne pouvant se lever. Sur
sa poitrine, Reparatus avait placé les trois linges de toile
requis pour l'autel, sur lesquels étaient déposés le pain
sans levain et le calice contenant le vin et l'eau, que
le diacre soutenait de sa main. On souleva la tête du
vieux prêtre tandis qu'il récitait les prières prescrites
pour l'oblation et la consécration ; puis chacun s'approcha pieusement, avec des larmes de reconnaissance, et
reçut sa part, c'est-à-dire la totalité de l'aliment mystique.

Merveilleux et touchant exemple de la puissance qu'a
l'Eglise de Dieu de s'accommoder à toutes les situations!
Quelque immuables que soient ses lois, son amour ingénieux trouve moyen, tout en les faisant fléchir, d'en démontrer le principe ; et l'exception même offre une application plus sublime à la règle. Il y avait là un ministre
de Dieu, dispensateur de ses mystères, qui, cette fois,
eut le privilége de ressembler plus que tout autre à celui
qu'il représentait, car il était en même temps et le pré-

tre et l'autel. L'Eglise prescrivait de n'accomplir le saint
sacrifice que sur les reliques des martyrs ; or, il y avait
là un martyr qui , par une singulière prérogative, put
l'offrir sur son propre corps. Quoique vivant encore , il
« reposait sous les pieds de Dieu , » la poitrine s'agitait
encore , et le cœur palpitait, il est vrai , sous les divins
mystères ; mais c'était là seulement une partie de l'action
du ministre , qui était déjà mort pour ainsi dire , ayant
fait le sacrifice complet de sa vie, qu'il ne s'agissait plus
que de consommer ; à l'extérieur comme à l'intérieur du
sanctuaire de cette poitrine , il n'y avait plus que la vie
du Christ. Le viatique des martyrs fut-il jamais plus
dignement préparé?

XXIII

LE COMBAT.

Le jour se leva, clair et froid ; le soleil, brillant sur les
ornements dorés des temples et des autres édifices, semblait les revêtir d'une splendeur de fête. Et le peuple
aussi se répandit bientôt dans les rues, dans sa mise la
plus recherchée, que relevait une richesse inaccoutumée.
Les flots divers de la multitude se portaient tous vers
l'amphithéâtre Flavien, mieux connu de nos jours sous
le nom de Colisée. Chacun se rendait à l'arche indiquée
par le numéro de son billet ; et le colosse monstrueux
absorba graduellement ces vagues vivantes , qui ne tardèrent point à animer ces rangées ovales de gradins su-
perposés , jusqu'à ce que l'intérieur fût entièrement
tapissé de figures humaines et que les murs parussent
s'agiter et onduler sous l'action de cette masse vivante.
Puis, quand cette foule aura été gorgée de sang, enivrée
de fureur , elle se dispersera une fois de plus, et se pré-
cipitera à flots épais, continus , à travers les nombreux
passages par où elle est entrée, et qui porteront alors le

nom parfaitement approprié de *vomitoires ;* car, en effet,
jamais courant plus chargé des souillures pestiférées de
l'humanité ne s'écoula d'un réservoir aussi impur, et par
des canaux plus infects que cette multitude romaine,
quand elle s'élançait, enivrée du sang des martyrs, par les
pores du splendide amphithéâtre.

L'empereur vint aux jeux escorté de sa cour, avec
toute la pompe et la magnificence qui convenaient à une
tête impériale ; il était aussi avide que ses sujets d'assister à ces jeux cruels et de se repaître du spectacle de ces
fêtes du carnage. Son trône se dressait à l'orient de
l'amphithéâtre, où un large espace, nommé *Pulvinar*, était
réservé et richement décoré pour la cour impériale.

Différents jeux se succédèrent, et plus d'un gladiateur
tué ou blessé avait arrosé de son sang le sable brillant de
l'arène, lorsque le peuple, avide de combats plus féroces,
appela de ses cris, ou plutôt de ses rugissements les
chrétiens et les bêtes sauvages. Il est donc temps que
nous revenions à nos captifs.

Avant que les citoyens ne se fussent placés, on avait
conduit les condamnés de la prison à une vaste pièce, le
spoliatorium, où on les délivra de leurs chaînes et de
leurs entraves. On voulut leur donner l'habit fastueux
des prêtres et des prêtresses; mais ils résistèrent, faisant
remarquer que s'étant présentés spontanément à la lutte,
il serait injuste de les obliger d'y paraître sous un déguisement qu'ils abhorraient. Ils demeurèrent ainsi réunis
toute la matinée, s'encourageant mutuellement, et
chantant les louanges divines en dépit des clameurs qui
couvraient leurs voix de temps à autre.

Tandis qu'ils s'occupaient de la sorte, Corvinus entra,
le regard insolent, et il dit à Pancratius d'un air triom-
phant :

— Grâce aux dieux, voici enfin le jour que j'ai tant
désiré. Nous avons péniblement et opiniâtrement lutté à
qui l'emporterait. C'est moi qui ai vaincu.

— Que veux-tu dire, Corvinus? Quand et comment
ai-je lutté contre toi.

— Toujours, partout, tu m'obsédais dans mes rêves, ton image fantastique flottait devant moi, et j'essayais en vain de te saisir. Tu as été mon bourreau et mon mauvais génie. Je t'ai haï, voué aux dieux infernaux, maudit et exécré ; et maintenant voici mon jour de vengeance.

— A mon avis, répliqua Pancratius en souriant, cela ne ressemble guère à une lutte. Toutes les attaques ont été d'un seul côté : je n'ai rien fait contre toi de pareil à ce dont tu parles.

— Non ! penses-tu que je te croie, toi que j'ai toujours rencontré couché sur mon chemin, comme une vipère prête à me mordre au talon et à ruiner mes desseins?

— Quand est-ce? je le demande encore.

— Partout, je le répète ; à l'école, dans la demeure de la patricienne Agnès, au Forum, au cimetière, en présence même de mon père, à la villa de Chromatius ; oui, partout.

— Et nulle autre part que dans les lieux que tu viens de nommer? Quand ton chariot fut violemment renversé, sur la voie Apienne, n'as-tu pas entendu le bruit des pas des chevaux qui couraient après toi?

— Misérable! s'écria le fils du préfet en fureur, c'est donc toi qui, poussant ton coursier maudit, effrayas si fort les miens, et faillis causer ma mort?

— Non, Corvinus ; écoute-moi avec calme : c'est la dernière fois que nous converserons ensemble. Je me rendais tranquillement à Rome avec un ami, après avoir rendu les derniers devoirs à notre maître Cassianus, (Corvinus tressaillit, car il ignorait cela,) lorsque j'entendis le fracas d'un attelage qui s'emportait; ce fut en ce moment que j'éperonnai mon cheval, et tu dois te féliciter que je l'aie fait.

— Comment cela?

— Parce que je t'atteignis à temps, alors que tes forces s'épuisaient et que ton sang se glaçait à force de plongeons dans le froid canal ; déjà ton bras engourdi abandonnait son dernier appui, et tu retombais dans l'eau pour ne plus sortir. Je te vis, je te reconnus en te saisissant, insensible. Je tenais en mon pouvoir le meurtrier de l'homme qui m'était cher. La justice divine semblait l'avoir frappé, il n'y avait que ma volonté entre lui et la mort. C'était mon jour de vengeance, et j'en jouis pleinement.

— Ah ! et comment cela, je te prie?

— En te tirant, en te déposant sur la rive et en te frictionnant jusqu'à ce que ton cœur eût repris ses fonctions. Je t'avais sauvé la vie, et je te confiai ensuite aux soins de tes serviteurs.

— Tu mens! s'écria Corvinus, mes serviteurs ont affirmé qu'ils m'avaient eux-mêmes retiré.

— Et t'ont-ils remis mon couteau, ainsi que la bourse en peau de léopard que j'avais trouvée sur le sol où je t'avais traîné?

— Non : ils ont rapporté que la bourse s'était perdue dans le canal. C'était une bourse en peau de léopard, que m'avait donnée une sorcière africaine. Mais que parles-tu de couteau?

— Le voici. Regarde, il est encore rouillé pour avoir été dans l'eau. Ta bourse, je l'ai donnée à tes esclaves; mais j'ai gardé mon couteau. Vois-le encore. Me croiras-tu maintenant? ai-je toujours été une vipère sur ton chemin.

Trop peu généreux pour reconnaître qu'il avait été vaincu dans la lutte engagée avec le chrétien, Corvinus sentit seulement qu'il était flétri, dégradé, devant son camarade d'école, et pour ainsi dire comme une motte de terre qu'on réduit en poudre quand on la presse dans ses mains. Son cœur même était pénétré de honte. Il se retira d'un pas chancelant, tout défait, la tête basse, et sortit en silence. Il maudissait les jeux, l'empereur, la populace tumultueuse, les bêtes rugissantes, ses chevaux, son chariot, ses esclaves, son père lui-même, — toutes personnes et toutes choses, à une exception près, car il n'eût pu maudire Pancratius.

Il avait déjà gagné la porte, quand le jeune homme le

rappela. Il se retourna et le regarda avec un respect auquel se mélait presque de l'affection. Pancratius, posant sa main sur le bras de Corvinus, parla ainsi :

— Corvinus, je t'ai pardonné volontiers. Mais il existe un Etre suprême qui ne peut pardonner qu'au repentir. Tâche d'obtenir sa miséricorde, sinon, je te le prédis en ce moment, tu périras un jour du même genre de mort que moi, quel qu'il soit.

Corvinus s'enfuit et ne reparut pas de la journée. Il ne jouit point du spectacle que sa grossière imagination avait rêvé, et qu'il avait désiré si ardemment pendant des mois. Quand la fête fut terminée, son père le trouva dans un état de complète ivresse, unique moyen qu'il connût de noyer le remords.

Au moment où il quittait les prisonniers, le *lanista* ou maître des gladiateurs entra dans la pièce qu'ils occupaient et les appela pour la lutte. S'étant embrassés à la hâte, pour la dernière fois sur cette terre, ils entrèrent dans l'arène ou parterre de l'amphithéâtre, vis-à-vis le siége impérial, et durent passer entre deux files de *venatores* ou chasseurs, chargés de soigner les bêtes féroces, et armés d'un fouet pesant, dont ils frappèrent un coup sur chaque chrétien qui passait devant eux. Alors on conduisit plus loin les victimes, soit par groupes, soit isolées, selon les désirs du peuple ou des directeurs du spectacle. Quelquefois la proie désignée était placée sur une haute plate-forme, afin d'être plus en vue; d'autres fois on l'attachait à un poteau, afin qu'elle fût sans défense. Un des jeux favoris était d'envelopper une femme dans un filet, pour qu'elle fût piétinée, lancée en l'air et déchirée par la bête fauve. Souvent le martyr succombait dès la première rencontre : mais il arrivait aussi qu'on en lâchait successivement trois ou quatre sur un combattant, sans qu'il reçût une seule blessure mortelle. En ce cas, on le reconduisait en prison pour subir d'autres tourments, ou bien les apprentis-gladiateurs s'amusaient à l'exécuter.

Mais contentons-nous de décrire les derniers moments

de Pancratius notre jeune héros. En traversant le corridor menant à l'amphithéâtre, il aperçut Sébastien qui se
tenait sur un des côtés avec une femme soigneusement
enveloppée dans son manteau et voilée. Il la reconnut
sur-le-champ, s'arrêta devant elle, s'agenouilla, et lui
prit la main, qu'il baisa affectueusement.

— Bénissez-moi, chère mère, en cette heure, objet de
vos espérances.

— Regarde les cieux, mon enfant, répondit-elle, et
vois le Christ avec les saints qui t'attendent. Combats le
bon combat pour le salut de ton âme ; montre-toi fidèle
et inébranlable dans l'amour de ton Sauveur. Souviens-
toi de celui dont tu portes les précieuses reliques suspen-
dues à ton cou.

— Elles seront à vos yeux d'un double prix, ma très-
douce mère, avant que plusieurs heures ne se soient
écoulées.

— En avant ! en avant! trêve à toutes ces folies ! cria
le *lanista* en frappant le jeune homme d'un coup de
bâton.

Lucina se retira, tandis que Sébastien pressait la main
de son fils et murmurait :

— Courage, très-cher enfant ! puisse Dieu vous bénir!
Je me tiendrai près de l'empereur, en arrière ; c'est là
que vous m'adresserez votre dernier regard avec votre
bénédiction.

— Ha ! ha ! ha ! fit une voix derrière lui, avec un accent infernal.

Était-ce le rire d'un démon ? Le tribun regarda et aperçut seulement un manteau flottant au détour d'un pilier.
Qui cela pouvait-il être? Il ne le devina pas. C'était Fulvius, à qui les paroles de Sébastien offraient le dernier anneau d'une chaîne qu'il fabriquait depuis longtemps, en
lui démontrant jusqu'à l'évidence que l'officier était
chrétien.

Pancratius parut bientôt au milieu de l'arène, le dernier de la troupe fidèle. On l'avait réservé dans l'espoir
que la vue des souffrances de ses compagnons pourrait

ébranler sa fermeté; mais ce fut tout le contraire. Il demeura à l'endroit où on l'avait placé, et son corps délicat contrastait avec les membres basanés et charnus des exécuteurs qui l'entouraient. Ceux-ci le laissèrent, et nous ne pouvons mieux décrire son attitude qu'en citant Eusèbe, témoin de la fin d'un jeune homme, plus âgé seulement de quelques années.

« On vit un tendre adolescent, n'ayant point encore atteint ses vingt ans, debout, délivré de ses fers, les mains étendues en forme de croix, priant Dieu avec ferveur, avec un cœur ferme et sans crainte. Immobile à la place où il s'était arrêté, il ne cherchait à fuir ni les ours, ni les léopards qui s'élançaient vers lui, respirant la fureur, pour mettre ses membres en pièces. Et cependant leurs griffes s'arrêtèrent sous l'influence de je ne sais quelle puissance mystérieuse; et ils se retirèrent tous ensemble. »

Telle était l'attitude et tel fut le privilége de notre héroïque adolescent. La foule devint furieuse en voyant les bêtes féroces se précipiter impétueusement l'une après l'autre, rugir, et se contenter de se battre les flancs de leurs queues, tandis qu'il paraissait entouré d'un cercle enchanté dont nulle d'elles n'osait approcher. On lâcha sur lui un taureau furieux, qui s'élança vivement, tête baissée, puis s'arrêta soudain, comme s'il eût heurté des cornes contre un mur: il frappait le sol du pied, soulevant un nuage de poussière qui l'enveloppait, et mugissant avec force.

— Lâche, provoque-le donc? hurla l'empereur hors de lui.

Pancratius, qui sembla s'éveiller d'une extase, agita les bras et courut au-devant de son ennemi. Mais l'animal sauvage, comme si un lion eût bondi sur lui, fit volteface, et s'enfuit vers l'entrée, où il rencontra son gardien, qu'il lança dans les airs. Tous étaient déconcertés, sauf le brave jeune homme; il avait repris l'attitude de la prière, quand un des spectateurs s'écria:

— Il porte un charme au cou : c'est un sorcier !

La foule répéta ce cri, jusqu'à ce que l'empereur, réclamant le silence :

— Retire de ton cou cette amulette, ordonna-t-il, et jette-la loin de toi, sinon on te l'ôtera d'une façon plus cruelle.

— Seigneur, répondit Pancratius d'une voix harmonieuse qui résonna suavement au sein de l'amphithéâtre silencieux, ce n'est pas un charme que je porte, mais un souvenir de mon père, qui, en ce même endroit a glorieusement proclamé sa foi, comme je le fais humblement moi-même à cette heure. Je suis chrétien, et, pour l'amour de Jésus-Christ, Dieu et homme, je donne ma vie avec joie. Laissez-moi ce legs unique que je transmettrai à une autre personne après l'avoir rendu plus riche que je ne l'ai reçu. Essayez donc de nouveau; ce fut une panthère qui lui procura la couronne; peut-être obtiendrai-je de même une semblable faveur.

Un profond silence régna un instant. La multitude paraissait attendrie, vaincue. Les formes gracieuses du courageux adolescent, son visage inspiré, le son mélodieux de sa voix, l'intrépidité de son langage et son généreux dévouement à sa cause avaient touché ces lâches spectateurs. Pancratius le comprit, et il s'émut de leur pitié, lui que leur rage n'avait point ébranlé. Il avait espéré le ciel pour ce jour-là; devait-il être frustré dans son attente? Les larmes lui vinrent aux yeux; il étendit les bras en croix, et prononça la prière suivante avec un accent qui vibra une seconde fois dans tous les cœurs :

— Ce jour, oh! oui, ce jour, Seigneur très-saint, est celui marqué pour votre venue. Ne tardez pas davantage. Vous avez suffisamment manifesté en moi votre puissance à ceux qui ne croient point en vous. Montrez maintenant votre miséricorde envers moi qui crois en vous.

— La panthère! cria une voix.

— La panthère! répétèrent vingt voix.

— La panthère! tonnèrent en cœur cent mille voix, pareilles au mugissement de l'avalanche.

Une cage venait de surgir comme par enchantement
au milieu de l'arène ; tandis qu'elle s'élevait , ses côtés
tombèrent , délivrant la captive du désert. D'un bond
gracieux, l'élégant et sauvage animal reconquit sa liberté. Bien qu'irrité par l'obscurité, la captivité et la faim ,
il se montra joyeux, sautant, gambadant, et se roulant
sans bruit sur le sable. Enfin la panthère aperçut sa
proie ; alors toute son astuce et sa cruauté félines lui revinrent , conspirant ensemble pour animer les mouvements circonspects et perfides de son corps à la robe de
velours. L'amphithéâtre entier était silencieux comme la
cellule d'un ermite , et tous les regards attentifs observaient la bête féroce qui s'approchait à pas furtifs de sa
victime.

Pancratius, toujours debout à la même place, vis-à-vis
l'empereur, paraissait absorbé dans de sublimes pensées, qui l'empêchaient de remarquer les mouvements
de son ennemi. La panthère avait tourné autour de lui ,
comme si elle eût dédaigné de l'attaquer autrement qu'en
face. Rampant sur le ventre , elle avançait lentement,
une patte après l'autre ; elle arriva ainsi à la distance
convenable ; alors elle s'arrêta, et il y eut quelques instants d'attente pleins d'émotion.

Tout-à-coup un cri sourd retentit, on vit la bête féroce
s'élancer dans l'air avec souplesse, ramassée comme une
sangsue, appuyer ses deux pattes de derrière sur la poitrine, et ses griffes de devant sur la gorge du martyr.

Pancratius demeura un instant debout et ferme, porta
sa main droite à ses lèvres , regarda Sébastien en souriant, lui adressa dans ce noble geste son dernier salut
et tomba. Les artères du cou avaient été tranchées , et le
sommeil du martyre ferma immédiatement ses paupières.
Son sang liquéfia, empourpra, enrichit en s'y mêlant in-
séparablement le sang de son père , que Lucina avait
suspendu à son cou. Le sacrifice de la mère avait été
agréé.

XXIV

LE SOLDAT CHRÉTIEN.

Le corps du jeune martyr fut déposé en paix sur la voie Aurélienne, dans le cimetière qui, bientôt après, porta son nom, et le donna, comme nous l'avons déjà dit, à la porte voisine. Quand la paix s'établit, on érigea une basilique sur sa tombe, laquelle existe encore pour perpétuer sa gloire.

Les fureurs de la persécution allaient croissant, et multipliaient chaque jour les victimes. Un grand nombre dont les noms ont été inscrits dans les pages précédentes, et particulièrement les fidèles réunis dans la villa de Chromatius, ne tardèrent pas à succomber. La première fut Zoé, la muette guérie par Sébastien. Surprise par une troupe de païens, elle fut traînée devant les juges, et suspendue la tête au-dessus d'un foyer, dont la fumée l'étouffa. Son mari, et trois autres chrétiens de la même société, ayant été pris, furent torturés à diverses reprises et décapités. Tranquillinus, le père de Marcus et de Marcellianus, jaloux de la couronne de Zoé, alla prier ouvertement à la tombe de saint Paul, y fut saisi et lapidé sur-le-champ. Ses deux fils jumeaux subirent également une mort cruelle. Torquatus, par sa trahison, en dépeignant ses anciens compagnons, surtout l'intrépide Tiburtius, qui fut décapité, facilita singulièrement cette extermination,

Sébastien s'agitait au milieu de cette boucherie, non comme un constructeur qui voit son œuvre périr sous les coups de la tempête, ou comme un berger en présence des maraudeurs qui dérobent son troupeau, mais ainsi qu'un général sur un champ de bataille, qui ne poursuit que la victoire; il regardait comme inscrits au livre de la gloire tous ceux qui donnaient leur vie pour l'obtenir;

et il était prêt à livrer la sienne pourvu que ce fût pour
la cause de la foi. Chacún des êtres chéris qui tombaient
devant lui était un lien de moins qui l'attachait à la terre,
et un anneau de plus qui l'unissait au ciel : c'était un
souci de moins ici-bas, un titre de plus là-haut. Parfois
il allait s'asseoir, solitaire, ou bien il s'arrêtait, silencieux, aux endroits où il s'était entretenu avec Pancratius, évoquant la joyeuse activité, les gracieuses pensées, la vertu s'ignorant elle-même de l'aimable et bel
adolescent. Il ne lui semblait pas, cependant, qu'ils fussent plus séparés l'un de l'autre que le jour où il l'avait
envoyé en Campanie. Dégagé de toute responsabilité
envers le jeune homme, il comprenait que son tour arrivait. Il le savait bien : déjà la grâce du martyre dilatait
son cœur, et il attendait son heure avec une certitude
pleine de sérénité. Ses préparatifs étaient faciles : tout
ce qu'il possédait ayant quelque valeur, il l'avait distribué aux pauvres, et une vente mit ses propriétés à l'abri
de la confiscation.

Fulvius avait eu sa bonne part dans les dépouilles des
chrétiens; pourtant il avait éprouvé des déceptions. S'il
n'avait point été obligé de solliciter des secours de l'empereur, dont il évitait la présence, il n'avait toutefois
rien mis de côté, et ne s'était point enrichi. Il lui fallait,
chaque soir, subir les interrogatoires mortifiants et les
vils reproches d'Eurotas sur les opérations de la journée. Enfin, il put dire à ce maître sévère — car Eurotas
l'était devenu réellement — qu'il fallait frapper un gibier
rare et délicat, un officier favori de l'empereur, qui devait avoir amassé au service une grande fortune.

Il n'attendit pas longtemps l'occasion. Le 9 janvier,
il y eut une réunion à la cour, à laquelle assistèrent, naturellement, tous ceux qui aspiraient à la faveur ou qui
redoutaient la colère impériale. Fulvius s'y trouva, et
reçut, comme d'habitude; un froid accueil. Après avoir
subi les malédictions murmurées contre lui par le prince
brutal, il s'avança hardiment, mit un genou en terre, et
s'exprima ainsi :

— Seigneur, votre divinité m'a souvent reproché de ne l'avoir que faiblement dédommagée par mes découvertes de la protection gracieuse et des larges subsides qu'elle m'accorde. Mais il n'en sera pas de même aujourd'hui : j'ai découvert le plus infâme des complots, ourdi avec la plus noire ingratitude par des hommes en contact immédiat avec votre divine personne.

— Que veux-tu dire, drôle? demanda le tyran avec impatience. Explique-toi sur-le-champ, ou je ferai arracher tes paroles de ta gorge avec un crochet de fer.

Fulvius se leva, étendit le bras, et dit en même temps avec un accent doucereux :

— Sébastien est chrétien.

L'empereur bondit, en fureur, sur son trône, et s'écria :

— Tu mens, misérable! Tu prouveras l'accusation, ou tu périras dans des supplices plus cruels que jamais chien de chrétien n'en a endurés.

— J'ai ici des preuves suffisantes, répondit l'espion, en produisant un parchemin qu'il présenta à genoux.

L'empereur se préparait à répondre par de nouvelles paroles de colère, quand, à son grand étonnement, Sébastien, le regard serein, s'avança avec dignité et dit d'un ton calme :

— Prince, épargnez-vous la peine de chercher des preuves : je suis chrétien et je m'en glorifie.

Maximien, soldat habile, mais grossier et sans aucune éducation, pouvait à peine, lorsqu'il était de sang-froid, s'exprimer convenablement en latin. Mais quand il était furieux, son langage ne se composait que de phrases triviales, émaillées d'épithètes outrageuses et grossières. Il était en cet état maintenant, et il vomit contre Sébastien un torrent d'injures, il l'accusa de tous les crimes, et lui prodigua toutes les appellations flétrissantes qui composaient son vocabulaire abondant en injures. Cependant il appuya spécialement sur les crimes d'ingratitude et de trahison. — Il avait nourri, disait-il, une vi-

père dans son sein, un scorpion, un méchant démon ; et
l s'étonnait après cela d'être encore vivant.

L'officier chrétien soutint cette bordée d'injures avec
l'intrépidité qu'il montrait, sur les champs de bataille,
devant les attaques de l'ennemi.

— Ecoutez-moi, mon impérial maître, répondit-il, ce
sera sans doute la dernière fois. Je l'ai dit, je suis chrétien ; et ce titre devrait vous offrir le meilleur gage de
sécurité.

— Comment l'entendez-vous, ô le plus ingrat de tous
les hommes ?

— Le voici, noble empereur : s'il vous faut pour gardes des hommes disposés à verser jusqu'à la dernière
goutte de leur sang pour votre défense, allez à la prison,
prenez les chrétiens gisant sur le sol, les entraves aux
pieds et attachés aux anneaux de fer des murailles ;
envoyez aux tribunaux, faites enlever les confesseurs
mutilés de dessus les chevalets ou les grils de fer ; ex-
pédiez des ordres aux amphithéâtres, afin qu'on arrache
aux griffes des tigres les victimes déchirées et sanglantes
qui vivent encore ; veillez à ce qu'ils se rétablissent,
mettez-leur des armes à la main et rangez-les autour de
vous ; et ces hommes mutilés et torturés se montreront
plus fidèles, plus loyaux et plus intrépides que toutes vos
légions de Daces et de Pannoniens. Vous leur avez pris
une partie de leur sang, ils vous donneront volontiers le
reste.

— Sottise et folie ! fit le Barbare en ricanant. J'aimerais mieux m'entourer de loups que de chrétiens. Votre
trahison prouve suffisamment contre vous.

— Eh ! qui m'eût empêché d'agir en traître, si je l'eusse
été véritablement ? N'ai-je point eu accès jusqu'ici auprès
de votre royale personne la nuit et le jour ? Et alors, ai-
je été un traître ? Non, empereur, nul ne vous fut jamais
plus fidèle que moi. Mais j'ai un autre Seigneur plus
puissant à servir, qui nous jugera tous deux, et je dois
obéir à ses lois plutôt qu'aux vôtres.

— Et pourquoi avez-vous, comme un lâche, caché vo-

14.

tre religion ? C'était pour échapper, j'en suis sûr, à la
mort cruelle que vous avez méritée.

— Non, Seigneur, je ne suis pas plus un lâche qu'un
traître, personne ne sait mieux que vous que je ne suis
ni l'un ni l'autre. Tant que j'ai pu faire du bien à mes
frères, je me suis résigné à vivre au milieu du carnage
et de l'affliction. Mais maintenant l'espérance est éteinte
en moi, et je remercie sincèrement Fulvius de m'a-
voir, par sa dénonciation, épargné l'embarras de
choisir entre rechercher la mort ou supporter l'existence.

— Je me charge de résoudre ce point à votre place : je
vous condamne à mourir, mais d'une mort lente et longue à venir. Mais, ajouta-t-il plus bas, comme en se parlant à lui-même, il ne faut point d'éclat au-dehors. Tout
se fera tranquillement au palais, de peur que l'esprit de
trahison ne se propage. Venez, Quadratus, mettez aux
arrêts votre tribun chrétien. M'entendez vous, soldat
stupide ? Pourquoi n'approchez-vous pas ?

— Parce que, moi aussi, je suis chrétien.

Nouveaux transports de fureurs, nouveau débordement
de grossières injures, qui se terminèrent par l'ordre
d'exécuter immédiatement le vigoureux centurion. Mais
il en devait être autrement de Sébastien.

— Qu'on appelle Hyphax, hurla le tyran.

Au bout de quelques minutes, un Numide de haute
taille et demi-vêtu se présenta. Un arc immense, un car-
quois rempli de flèches et peint de diverses couleurs,
une courte épée, telles étaient les parures et les armes
du capitaine des archers africains. Il demeura immobile
devant l'empereur, semblable à une belle statue de
bronze aux yeux d'émail brillant.

— Hyphax, dit le prince, je vous destine certaine
besogne pour demain matin. Il faut que ce soit bien
exécuté,

Parfaitement, seigneur, répondit le chef noir avec
une grimace qui montra l'émail des dents qui ornaient
sa bouche.

— Vous voyez le tribun Sébastien ?

Le nègre s'inclina en signe d'affirmation.

— Eh bien, il se trouve qu'il est chrétien.

Si Hyphax eût été dans son pays natal, et qu'il eût marché soudain sur un aspic caché sous l'herbe ou sur un nid de scorpions, il n'eût pas reculé plus vivement qu'il ne le fit à la pensée d'être si près d'un chrétien, lui qui adorait toutes les abominations, croyait toutes les absurdités, se livrait à toute sorte de dissolutions et commettait toutes les atrocités.

Maximien continua, et Hyphax marqua chaque membre de phrase par un signe de tête et par ce qu'il s'imaginait être un sourire, — et c'était à peine quelque chose d'humain.

— Vous conduirez Sébastien à votre quartier, et demain, de grand matin, — pas ce soir, faites-y bien attention, car je sais qu'à ce moment de la journée vous êtes tous ivres, — mais demain matin, quand vos mains seront fermes, vous l'attacherez à un arbre, dans le bosquet d'Adonis, et vous tirerez lentement sur lui vos flèches, jusqu'à ce qu'il soit mort, lentement, très-lentement, entendez-vous? Pas de ces beaux coups qui frappent droit au cœur ou au cerveau, mais un grand nombre de flèches, jusqu'à ce qu'il succombe, épuisé de douleur et de sang. Me comprenez-vous? Alors emmenez-le sur-le-champ. Attention..... du silence..... ou bien.....

XXV

LA DÉLIVRANCE.

En dépit de toutes les précautions prises pour tenir la nouvelle secrète, tous ceux qui avaient des rapports avec la cour surent bientôt qu'on avait découvert que Sébastien était chrétien, et qu'il devait être tué à coups de flèches le lendemain. Mais ce bruit ne produisit sur personne une impression aussi profonde que sur Fabiola.

— Sébastien un chrétien ! se dit-elle à elle-même ; lui le plus noble, le plus pur, le plus sage des patriciens romains, il appartiendrait à cette secte vile et stupide ? Impossible. — Cependant le fait paraît certain. Ai-je donc été trompée ? N'était-il point ce qu'il semblait être ? N'était-ce qu'un misérable imposteur, affectant la vertu, mais se livrant en secret à la débauche ? impossible encore ! oui, en vérité, c'est impossible ! J'en ai des preuves certaines. Il savait qu'il aurait pu obtenir ma main avec ma fortune en la demandant ; et il a montré envers moi une délicatesse et une générosité infinies. Oui, elle en était sûre, il était ce qu'il se montrait, ayant non-seulement l'éclat, mais la valeur même de l'or pur.

Alors comment expliquer ce phénomène d'un chrétien, bon, vertueux, aimable ?

Une solution qui ne se présenta point à l'esprit de Fabiola, c'est que Sébastien était tout cela précisément *parce qu'il* était chrétien. Elle envisageait le problème sous un autre aspect, et elle se demandait comment il pouvait être tel *quoique* chrétien.

Elle retourna en vain cette idée sous toutes ses faces. Enfin elle pensa : — « Peut-être, après tout, le bon vieux Chromatius avait-il raison, et le christianisme pourrait bien ne pas être ce que je le croyais : j'aurais dû prendre de plus amples informations à cet égard. Je suis certaine que Sébastien n'a jamais commis les horreurs imputées aux chrétiens. Cependant tout le monde les accuse. De même que dans l'épicuréisme qu'elle avait adopté, les uns professent des doctrines grossières, matérialistes, et se plongent dans la fange du sensualisme, tandis que les autres planent dans les régions du scepticisme et de la réflexion, ainsi pensait-elle qu'il existait peut-être une forme plus raffinée du christianisme et une autre plus abjecte. Dans ce cas, Sébastien compterait parmi les adeptes de la classe élevée ; il détestait, sans aucun

doute, et méprisait les superstitions et les vices des chrétiens vulgaires.

Une pareille hypothèse était supportable. Mais il était
difficile pour l'intelligence de Fabiola de s'expliquer comment un si noble soldat s'était affilié à cette race abhor-
rée. Et pourtant il était prêt à mourir pour sa foi! Quant
à Zoé et aux autres, elle n'en savait rien, car elle arrivait
seulement ce jour-là de Campanie, pour arranger les affaires de son père.

— Quel malheur, pensait-elle, de ne m'être point en-
tretenue davantage avec Sébastien sur de tels sujets! Mais
il est trop tard maintenant : demain matin il ne sera
plus.

Cette seconde pensée lui perçait le cœur comme une
flèche aiguë. Il lui sembla qu'elle allait éprouver une
perte personnelle, et le sort de Sébastien la touchait comme si elle eût été unie au tribun par quelque lien intime
et mystérieux. Occupée de ces réflexions au milieu de
l'obscurité croissante, ses pensées devinrent plus sombres et plus tristes. En ce moment elle fut interrompue
par l'entrée d'une esclave apportant de la lumière. C'é-
tait Afra, la négresse, qui venait préparer le repas du
soir, que sa maîtresse désirait prendre seule. Tout en
vaquant à son service, elle demanda :

— Avez-vous appris la nouvelle, madame?

— Quelle nouvelle?

— Mais que Sébastien va être percé de flèches demain matin. Quel dommage! c'est un si beau jeune
homme !

— Tais-toi, Afra, à moins que tu ne m'apportes là-dessus quelques renseignements.

— Oh! naturellement, maîtresse; et même les renseignements que j'ai à vous donner sont extrêmement curieux. Savez-vous qu'il appartient à la secte misérable
des chrétiens?

— Silence, de grâce, et ne bavarde plus sur ce que tu
ne comprends pas.

— Soit, si tel est votre désir. Je suppose, madame,

que son sort vous est complètement indifférent. Quant
à moi, il ne *me* touche aucunement. D'ailleurs ce ne
sera pas le premier officier que mes compatriotes auront tué. Ils en ont exécuté un grand nombre, et ils en
ont sauvé quelques-uns, mais c'était probablement par
hasard.

Il y avait dans les paroles et l'accent de l'esclave une
intention qui n'échappa ni à l'oreille ni à l'esprit pénétrant de Fabiola. Elle leva les yeux pour la première fois,
et les fixa d'un air scrutateur sur le noir visage de sa
servante. Elle n'y remarqua aucune trace d'émotion :
Afra plaçait un flacon de vin sur la table, exactement
comme elle l'eût fait, si elle n'eût point parlé. Enfin la
patricienne lui demanda :

— Afra, que veux-tu dire ?

— Oh ! rien, rien. Que peut savoir une pauvre esclave ?
et surtout que peut-elle faire ?

— Allons, allons, tes paroles renferment une signification que je dois connaître.

L'esclave fit le tour de la table, s'approcha de la couche où reposait Fabiola, jeta un regard défiant autour
d'elle, puis elle dit tout bas :

— Voulez-vous que les jours de Sébastien soient pré-
servés ?

La Romaine tressaillit vivement et répondit :

— Assurément.

La servante, posant un doigt sur ses lèvres pour réclamer le silence, reprit :

— Cela coûtera cher.

— Fais ton prix.

— Cent sesterces et ma liberté.

— J'accepte tes conditions. Mais quelle garantie m'of-
friras-tu ?

— La somme ne sera payable que vingt-quatre heures après l'exécution, si Sébastien vit encore.

— C'est convenu ; et toi, quelle garantie exiges-tu ?

— Votre parole, madame.

— Va donc, Afra, et ne perds pas un moment.

— Il est inutile de se hâter, répliqua tranquillement l'esclave impassible, tout en complétant les apprêts du souper.

— Ensuite elle se rendit au palais, pénétra dans le quartier mauritanien, et elle alla droit chez le commandant.

— Que veux-tu, à cette heure, Jubala? interrogea le chef; il n'y a pas de fête cette nuit.

— Je le sais, Hyphax, mais j'ai une affaire importante à traiter avec toi.

— De quoi s'agit-il?

— De toi, de moi, et de ton prisonnier.

— Regarde-le, invita le Barbare en indiquant l'extrémité de la cour opposée à la porte où il se trouvait. Croirait-on qu'il doit périr demain, à le voir dormir si profondément? Il ne ferait pas autrement, si, au lieu de mourir, il était sur le point de se marier.

- Comme nous avons le projet de le faire après demain.

— Allons, pas aussi vite. Il y a certaines conditions à remplir auparavant.

— Lesquelles?

— D'abord ton affranchissement. Je ne puis épouser une esclave.

— Mon affranchissement est assuré.

— Ensuite il faut une dot, une bonne dot, car, en vérité, je n'eus jamais plus besoin d'argent qu'en ce moment.

— Tu auras la dot. Combien désires-tu?

— Pas moins de trois cents livres, assurément.

— Je t'en apporterai six cents.

— Excellent! où donc as-tu gagné tout cet argent? Qui as-tu volé ou empoisonné, ma ravissante prêtresse? Pourquoi remettre à après-demain? que ce soit demain, ce soir, si tu le veux.

— Sois tranquille, Hyphax, mon argent est acquis lé-

14..

gitimement, mais à certaines conditions aussi. Je t'ai
dit que je venais également pour te parler du prisonnier.

— Eh bien, qu'a-t-il de commun avec notre prochaine
fête nuptiale?

— Il y a beaucoup de rapports avec elle.

— De quelle façon.

— Il ne faut pas qu'il meure.

Le capitaine la regarda avec un mélange de colère et
de stupeur. Il fut sur le point de porter la main sur elle
et de la maltraiter; mais elle demeura devant lui, intrépide et impassible, parut le dominer de son œil fas-
cinateur, ainsi que le serpent de son pays natal fait du
vautour.

— Est-tu folle? s'écria Hyphax. Pourquoi ne pas demander également ma tête? si tu avais vu la figure de
l'empereur quand il me donna ses ordres, tu saurais
qu'il ne souffrirait pas de badinage en cette affaire.

— Fi donc, soldat! Bien entendu le prisonnier de-
vra paraître mort, et on le portera comme tel sur le
rapport.

— Et si, par hasard, il se rétablit?

— Les chrétiens, ses frères, se chargeront de le dérober aux regards.

— Tu as promis qu'il survivrait vingt-quatre heures. Je préférerais que tu ne te fusses engagée que pour
douze.

— Sans doute; mais je sais que tu calcules juste. Peu
m'importe qu'il succombe pendant la vingt-cinquième
heure.

— C'est impossible, Jubala, tout-à-fait impossible : il
s'agit d'un personnage trop important.

— Très-bien. Notre marché est rompu par là même.
L'argent ne me sera donné qu'à cette condition. Ce sont
six cents livres de perdues.

Et elle se retourna pour partir.

— Arrête, arrête, fit vivement Hyphax, que dominait le
démon de la convoitise. Voyons, il me faudra employer la

moitié de l'argent à faire des largesses à mes hommes, à leur payer des festins.

— Bien. J'ai deux cents livres en réserve pour cela.

— Est-il vrai, ma princesse, ma sorcière, mon charmant démon ? Mais c'est trop pour des gens tels que les miens. Nous leur donnerons seulement la moitié de la somme, et nous garderons le reste pour nos frais d'établissement, n'est-ce pas ?

— Comme il te plaira, pourvu que la chose se fasse selon mes conditions.

— En ce cas, c'est un marché conclu. Il vivra vingt-quatre heures, après quoi nous aurons des noces splendides.

Cependant Sébastien ignorait les intéressantes négociations qui se faisaient pour le sauver. Ainsi que Pierre, il dormait profondément entre deux gardes, au pied du mur de la cour. Fatigué des travaux de la journée, il avait joui du rare avantage de pouvoir se reposer de bonne heure ; et le pavé de marbre était une couche assez bonne pour un soldat. Mais, au bout de quelques heures de sommeil, il s'éveilla, le sang rafraîchi. Et comme le calme régnait partout, il se leva en silence, étendit les bras et se mit à prier.

La prière du martyr n'est pas une préparation à la mort, car une mort comme la sienne n'a pas besoin de préparation. Le soldat qui, soudain, se déclare chrétien, courbe la tête, et mêle son sang à celui du confesseur qu'il venait exécuter ; l'ami au nom inconnu, qui salue le martyr marchant au supplice, qu'on saisit, et qui est associé volontairement au sacrifice de celui qu'il aime, sont aussi bien préparés à la mort que le prisonnier qui a passé des mois en prières. Il n'ont point à implorer le pardon des fautes passées, car ils ont la conscience intime de ce parfait amour qui bannit toute crainte, et l'assurance intérieure de cette grâce suprême, incompatible avec le péché.

Aussi Sébastien ne priait-il pas pour obtenir le courage ou la force, car le sentiment opposé qui eût pu lui suggérer une telle pensée lui était inconnu. Il ne lui ve-

nait point à l'esprit qu'après avoir intrépidement affronté
la mort sur les champs de bataille pour le prince de la
terre, il ne dût point la recevoir avec joie pour son Seigneur du ciel, en quelque lieu que ce fût. Sa prière, jusqu'au matin, ne fut donc qu'un hymne d'allégresse, avec
les Séraphins aux regards embrasés et aux ailes frémissant dans un perpétuel hommage.

Puis, quand il vit les étoiles scintiller au firmament
comme de vigilantes sentinelles, il les somma d'échanger avec lui le mot d'ordre des louanges divines. Et comme le vent de la nuit bruissait dans les arbres sans feuilles du bois d'Adonis, il ordonna à cette musique discor-
dante de se transformer, et aux rameaux rudement agités
d'exécuter des hymnes plus doux, les seuls que la terre
pût faire entendre en ces nuits d'hiver.

Enfin, le coq ayant chanté, il fut frappé de la pensée
que le matin approchait, et que bientôt il entendrait
murmurer encore ces branches au sifflement aigu des
flèches, sûres de leur but. Il s'offrit joyeusement à ces
traits acérés, qui devaient, comme autant de serpents,
boire son sang. Il s'offrit à Dieu pour apaiser sa colère.
Il s'offrit spécialement pour l'Eglise affligée, priant que
sa mort pût en adoucir les souffrances.

Ensuite ses pensées s'élevèrent plus haut, de l'Eglise
de la terre à celle du ciel. Il prit l'essor, comme l'aigle
qui, du sommet ardu de la montagne, monte vers le soleil; les nuages s'étaient dissipés; le voile azuré et richement brodé du matin s'était déchiré pour lui, comme celui du sanctuaire, et son regard en pénétrait pleinement
les profondeurs; au-delà, bien au-delà de l'assemblée des
saints et des légions angéliques, il contemplait la gloire
immense, inénarrable qu'avait vue jadis le diacre
Etienne. Alors il poursuivit son hymne en silence : les
divines mélodies arrivaient jusqu'à lui trop suaves et
trop parfaites pour qu'une voix humaine y mêlât ses accents discordants; elles venaient à lui sans exiger de retour, car elles mettaient le ciel dans son âme. Et d'ailleurs, qu'eût il pu donner? C'était une fontaine infiniment

pure et rafraîchissante, d'où jaillissaient, au lieu d'eau,
des torrents de lumière, et qui coulait des pieds de l'A-
gneau ; elle coulait à flots dans son cœur, qui ne pouvait
que demeurer passif en recevant ce don. Cependant, à
travers ces ondes étincelantes, qui se précipitaient vers
lui, il lui semblait voir les visages des amis fortunés qui
l'avaient précédé. Ils se désaltéraient, se plongeaient et
se jouaient dans ces eaux vives qui les pénétraient de
toutes parts.

La figure de Sébastien s'animait comme aux reflets de
cette vision ; et le crépuscule du matin , — quel crépuscule ! — à son apparition, le frappa en plein visage,
pendant qu'il était debout, les bras en croix, tourné vers
l'Orient. Aussi, quand il ouvrit la porte et qu'il l'aperçut, Hyphax fut sur le point de se prosterner et de l'adorer. Sébastien sortit de son ravissement. Le son des sesterces tinta à l'oreille d'Hyphax, et il ne s'occupa plus que
de les gagner habilement. Il choisit dans sa troupe, composée de cent hommes, cinq tireurs renommés , capables
de fendre une flèche lancée en l'air avec une autre flèche
plus légère. Les ayant mandés dans sa chambre, il leur annonça quelle récompense les attendait, et leur expliqua
comment devait se faire l'exécution. Quant au corps, les
chrétiens avaient déjà offert une somme supplémentaire
considérable pour l'obtenir ; et deux esclaves devaient se tenir au-dehors pour le recevoir. Par rapport à ses hommes, le
chef numide pouvait compter entièrement sur leur discré
tion.

Sébastien fut conduit dans la cour voisine du palais ,
séparant le quartier des archers africains de sa propre
demeure. Elle était plantée de rangées d'arbres et consacrée à Adonis. Il marchait allègrement au milieu de ses
exécuteurs, suivi de la troupe entière, admise seulement
à assister au spectacle qui se préparait, comme s'il se fût
agi d'un exercice de tir. Le tribun, ayant été dépouillé de
ses vêtements, fut attaché à un arbre, pendant que les
cinq archers désignés pour le supplice prenaient place
en face, calmes et attentifs.

Ce genre de mort était assurément des plus affligeants.
Pas un ami, pas une âme sympathique près de la victime, pas un frère chrétien pour porter ses derniers adieux
aux fidèles, ou pour leur redire ses suprêmes paroles et
le courage qui allait marquer son sacrifice. Etre debout
au milieu de l'amphithéâtre, en présence de cent mille
témoins de sa constance chrétienne; voir les signes d'en-
couragement qu'on vous adresse, entendre quelques
amis dévoués murmurer des bénédictions, il y a là une
certaine force qui soutient, l'appoint des émotions humaines s'unissant, dans la mesure de leur puissance,
aux influences supérieures de la grâce. Il n'est pas jusqu'aux clameurs mêmes d'une multitude ivre de colère
qui ne stimule l'énergie de la nature, comme les cris du
chasseur animent le cerf aux abois. Mais ce drame obscur
et silencieux, au point du jour, dans la cour d'une habitation ; se sentir attaché froidement, avec indifférence,
comme une botte de paille ou un mannequin, pour être
criblé de blessures par des mains obéissant, insoucian-
tes, aux ordres d'un tyran ; se voir seul au milieu d'une
horde de sauvages au teint basané, dont le langage même
était étranger, barbare et inintelligible, mais qui, sans
aucun doute, se livraient entre eux à de grossières plaisanteries et à des railleries, comme on le fait à l'égard
d'un pari ou du gibier qu'on poursuit; tout cela ressemblait plutôt à un crime commis, dans une sombre fo-
rêt, par des bandits qu'à une confession éclatante et glorieuse du nom chrétien. On eût dit un assassinat et non
le martyre.

Mais Sébastien ne se préoccupait guère de ces considérations. Les anges le contemplaient du haut des murailles, et la face de l'unique témoin qu'il désirait avoir
de ses souffrances, et pour l'amour duquel il se sacrifiait,
l'inondait de rayons bien plus brillants que le soleil levant qui éblouissait ses yeux, en le désignant plus net-
tement aux coups des archers.

Le premier Maure ayant tendu la corde de son arc jusqu'à la hauteur de son oreille, la flèche lancée s'arrêta

en tremblant dans le corps de Sébastien. Chacun des
exécuteurs tira à son tour, et des cris approbatifs accueil·
laient chaque coup habilement dirigé sans atteindre toutefois les parties vitales, selon les ordres de l'empereur.
Et ce jeu se poursuivit, au milieu des rires, des clameurs,
des plaisanteries des spectateurs, qui regardaient avidement, sans la moindre émotion de pitié, ce corps défaillant et ruisselant de sang. Tous se livraient à la gaieté ,
excepté le martyr pour qui dans cette scène tout était sérieux : — la douleur aiguë, les traits qu'il recevait, les
liens noueux, l'épuisement, la fatigue, la contrainte de
l'attitude. Mais son cœur demeurait ferme, son esprit in-
fatigable, sa foi inébranlable, sa patience merveilleuse,
et son désir de souffrir pour son Seigneur insatiable. Fervente était sa prière, ardent le regard qu'il levait vers
le ciel ; et il prêtait une oreille attentive aux chants des
anges, qui s'apprêtaient à lui ouvrir les portes du divin
séjour.

Une pareille mort était réellement triste ; cependant il
devait y avoir quelque chose de plus redoutable. Malgré
tout, la mort ne venait pas ; les portes d'or du ciel de-
meuraient closes ; martyr d'intention, Sébastien était réservé à une gloire plus grande, même ici-bas , car , au
lieu de passer immédiatement de la mort à la véritable
vie, il tomba sans connaissance, et les anges le recueil-
lirent dans les plis de leurs robes flottantes. Ses bour-
reaux, voyant qu'ils avaient atteint le but prescrit, cou-
pèrent les cordes qui l'attachaient, et le tribun tomba,
épuisé, inanimé en apparence, sur le lit de sang qu'il
s'était lui-même préparé. Reposait-il là comme un noble
guerrier, ainsi que le représente la statue de marbre
placée sous l'autel de l'église qui lui est dédiée? Nous ne
pouvons du moins nous le figurer plus beau. Nous aimons non-seulement cette église, mais encore l'ancienne
chapelle élevée au milieu des ruines du Palatin , pour
marquer l'endroit où il tomba.

XXVI

LA RÉSURRECTION.

La nuit était très-avancée, quand l'esclave noire, après avoir réglé, à sa complète satisfaction, tout ce qui concernait son mariage, retourna chez sa maîtresse. C'était par une froide nuit d'hiver; aussi s'était-elle enveloppée de son mieux, et elle n'était pas d'humeur à se laisser déranger de son chemin. Cependant le ciel était magnifique, et la lune semblait caresser de ses rayons argentés les eaux limpides de la *Meta sudans*. Elle s'arrêta là, demeura en silence quelques instants, puis elle fit entendre un éclat de rire bruyant, comme si quelque ridicule souvenir se rattachait pour elle à cette superbe fontaine. Elle se disposait à poursuivre sa course, lorsqu'elle se sentit saisir rudement par le bras.

— Si vous n'aviez pas ri, dit avec aigreur celui qui l'abordait, je ne vous aurais pas reconnue. Mais ce rire d'hyène ne permet point une méprise. Ecoutez! les bêtes sauvages, vos parentes africaines, vous répondent du fond de l'amphithéâtre. A propos de quoi riez-vous, je vous prie?

— A propos de vous.

— Comment, de moi?

— Je pensais à notre dernière entrevue ici même, à votre simplicité.

— Que vous êtes bonne, Afra, de penser à moi, surtout en un moment où je ne songeais nullement à vous, mais à vos compatriotes enfermées dans ces cellules, là-bas!

— Cessez d'être impertinent, et appelez les gens par leur véritable nom. Je ne suis plus Afra l'esclave, du moins je ne le serai plus dans quelques heures, mais je

serai Jubala, la femme d'Hyphax, le chef des archers
maures.

— Un personnage très-respectable, sans doute, s'il
pouvait se défaire de son jargon. Mais ces quelques heures suffisent pour l'affaire dont je veux vous entretenir.
Vous vous êtes trompée, je crois, dans ce que vous avez
dit précédemment. Que sont devenues toutes les belles
promesses que vous me fîtes alors en échange de mon
or bien plus beau encore? Mon or était pur de tout al-
liage, certainement; quant à vos promesses, je crains
qu'elles n'aient pas plus de valeur que la poussière.

— Peut-être. D'ailleurs il est un proverbe de mon pays
qui dit que « la poussière du bord de l'habit d'un sage
est préférable à l'or contenu dans la ceinture d'un fou. »
Mais venons à la question. Avez-vous réellement cru à la
puissance de mes charmes et de mes philtres?

— Assurément. Voulez-vous dire que tout cela n'était
qu'imposture?

— Pas précisément. Vous avez vu que nous nous
étions débarrassés de Fabius, dont la fille est en possession de la fortune. C'était un préliminaire de première
nécessité.

— Quoi! prétendriez-vous que vos incantations ont
tué le père? demanda Corvinus étonné et se reculant avec
terreur.

Afra, qui n'avait obéi qu'à une soudaine inspiration
en parlant ainsi, se hâta de profiter de son avantage.

— Oui, en vérité. D'ailleurs, pourquoi pas? Il est facile de se débarrasser de quiconque se place mal à propos sur votre chemin.

— Bonne nuit, bonne nuit, fit Corvinus effrayé.

— Restez un moment, invita la négresse d'un ton plus
insinuant. Corvinus, je vous ai donné cette nuit deux
conseils qui valaient tout votre or. Vous avez agi contrairement au premier, et vous n'avez pas suivi le
second.

— Comment cela?

— Ne vous avais-je pas engagé à ne point pourchasser

les chrétiens, mais à les attirer plutôt dans vos filets?
Fulvius a pris ce dernier parti, et il n'y a pas perdu.
Pour vous, qu'avez-vous gagné en les poursuivant?

— Rien que de la rage, de la confusion et des coups.

— En ce cas, je vous ai bien conseillé en vous donnant le premier avis. Voyons le second.

— Quel était-il?

— Je vous avais recommandé, quand vous vous seriez
suffisamment enrichi des dépouilles des chrétiens, d'offrir à Fabiola votre alliance avec vos trésors. Jusqu'à
présent, elle a rejeté toutes les propositions; mais j'ai
remarqué soigneusement ceci : c'est que de tous les partis qui se sont présentés, nul n'était riche; c'étaient des
prodigues qui recherchaient sa fortune pour remplacer
la leur. Sachez-le : pour remporter ici la victoire, il faut
avant tout être pénétré de ce principe : que deux et deux
font quatre. Me comprenez-vous?

— Que trop bien ; en effet, où prendrai-je mes *deux*?

— Ecoutez-moi, Corvinus, car ce sera notre dernière
entrevue. J'ai quelque amitié pour vous, parce que vous
êtes ardent, sans scrupule, inflexible, impitoyable dans
vos haines.

Elle l'attira vers elle et lui glissa à l'oreille :

— J'ai appris d'Eurotas, qui ne me cache rien de ce que
je veux savoir, que Fulvius a en vue de brillantes prises
chrétiennes, une particulièrement. Venez de ce côté,
dans l'ombre, et je vous dirai comment vous pourrez lui
enlever ce trésor. Laissez-lui la froide jouissance du
meurtre, qui sera nécessaire, mais qui peut-être causera
quelques embarras; puis, interposez-vous entre Fulvius
et le butin. Il vous ferait de même un jour ou l'autre.

Elle lui parla quelques minutes d'un ton bas et animé.
A la fin, il s'écria tout haut : « Excellent! Quelle parole
dans une telle bouche! »

Afra l'arrêta d'une secousse, et lui montrant du doigt
l'édifice qui était en face, elle dit:

— Silence! regardez de ce côté!

Que les choses ont changé, ou plutôt combien les

hommes ont changé dans un court espace de temps! La
dernière fois que ces deux êtres pervers s'étaient ren-
contrés en cet endroit, la fenêtre au-dessus était occupée
par deux vertueux jeunes hommes, qui, semblables à
deux bons génies, se proposaient de déjouer les trames
ourdies par Corvinus et Afra, et de travailler à neutrali-
ser leurs plans sinistres. Ils ont disparu maintenant :
l'un repose dans la tombe; l'autre, à la veille de son
exécution, dort tranquillement. En voyant la mort préférer les bons aux méchants nous la regardons comme une
puissance sainte. Elle arrache la fleur, et laisse à la
mauvaise herbe son existence vénéneuse, jusqu'à ce
qu'arrivée à sa maturité, elle tombe flétrie.

Au moment où ils levèrent les yeux, les deux misérables aperçurent deux autres personnes à la fenêtre.

— C'est Fulvius qui vient d'apparaître à la fenêtre, dit
Corvinus.

— Et l'autre, ajouta l'esclave, c'est Eurotas, son mauvais génie.

De l'enfoncement obscur où ils étaient, ils observè-
rent et écoutèrent tous deux attentivement.

Fulvius se montra de nouveau à la fenêtre, une épée
dans la main. Après avoir examiné la poignée dans tous
les sens, aux brillantes clartés de la lune, il jeta le glaive
à terre, et s'écria en blasphémant :

— Ce n'est que du cuivre.

Eurotas parut à son tour, avec un ceinturon qui devait
avoir appartenu à un riche officier, et il l'examina soigneusement.

— Toutes les pierreries sont fausses, fit-il. Eh bien, je
déclare que tous ces effets ne valent pas cinquante livres
(1250 fr.) Vous avez fait là une mauvaise affaire, Fulvius.

— Toujours des reproches, Eurotas. Et cependant ce
misérable gain m'a coûté la vie d'un des officiers les plus
aimés de l'empereur.

— Et probablement que votre maître ne vous en saura
aucun gré.

Eurotas avait raison.

Le lendemain matin, les esclaves qui reçurent le corps de Sébastien furent surpris d'entendre une négresse murmurer tout bas, en passant près d'eux :

— Il vit encore.

C'est pourquoi, au lieu de procéder à son inhumation, ils le portèrent à l'appartement d'Irène. L'heure matinale et le départ de l'empereur, la veille au soir, pour son palais préféré de Latran favorisèrent cette mesure. On envoya chercher immédiatement Dionysius, qui déclara qu'aucune des blessures n'était mortelle, pas une seule flèche n'ayant atteint les organes de la vie. Mais la perte du sang avait été si grande, qu'il jugea qu'il faudrait des semaines avant que le patient ne fût rétabli. Pendant vingt-quatre heures, Afra vint assidûment, presque à chaque heure, s'informer de Sébastien. Au bout du terme fixé, elle amena Fabiola à l'appartement d'Irène, afin que la patricienne s'assurât que le tribun respirait, car la vie ne se trahissait encore guère autrement chez lui. L'esclave reçut l'acte de son affranchissement. Sa dot lui fut payée, puis le Palatin et le Forum retentirent du bruit des orgies insensées et des rites hideux de ses noces.

Fabiola s'enquérait de Sébastien avec une sollicitude telle, qu'Irène ne douta pas qu'elle ne fût chrétienne. La première fois qu'elle se présenta, elle se contenta de demander à la porte des nouvelles du tribun, et remit à l'hôtesse une somme considérable destinée à couvrir les frais de la convalescence de Sébastien. Mais au bout de deux jours, quand l'officier se trouva mieux, on invita courtoisement la Romaine à entrer, et, pour la première fois de sa vie, elle pénétra, à son escient, au sein d'une famille chrétienne.

Irène, au rapport de l'histoire, était la veuve de Catulus, un converti de la troupe de Chromatius. Son mari venait de souffrir la mort, mais elle demeurait toujours ignorée dans l'appartement qu'il avait occupé au palais. Elle avait deux filles vivant avec elle, et Fabiola, en les fréquentant, ne tarda point à être frappé de la différence

qu'elle remarqua dans leur conduite. L'une regardait
évidemment la présence de Sébastien comme importune ;
elle ne s'approchait jamais de lui, ou bien rarement. Sa
conduite envers sa mère était dure et hautaine, car ses
idées étaient entièrement tournées vers le monde. Elle
était égoïste, légère et hardie. L'autre formait avec sa
sœur un parfait contraste ; elle était si aimable, si docile
et si affectueuse pour sa mère, si bonne et si attentive
pour le pauvre blessé ! Irène elle-même était le type de
la matrone chrétienne dans la classe moyenne de la
société. Fabiola, il est vrai, ne trouvait en elle ni profonde intelligence, ni beaucoup de science, ni un esprit
brillant, ni politesse raffinée ; mais elle la voyait toujours
calme, active, sensible et honnête. De plus, elle était
pleine de cordialité, généreuse, sincèrement affectueuse,
admirablement patiente. La noble païenne n'avait jamais
pénétré dans un intérieur pareil, si simple, si frugal et
si bien ordonné. Rien ne le troublait, excepté le caractère de la sœur aînée. Au bout de quelques jours, on
s'aperçut que la visiteuse quotidienne n'était pas chrétienne, mais on ne changea rien à son égard dans la
manière d'être. Puis, à son tour, elle fit une découverte
qui la mortifia, à savoir que la fille aînée était encore
païenne. Tout ce qu'elle vit exerça sur elle une impression favorable, et amollit la dure couche de préjugés qui
enveloppait son esprit. Pour le moment, toutefois, Sébastien, qui se rétablissait lentement, absorbait toutes ses
pensées. Elle forma, avec Irène, le projet de le faire transporter à sa villa de Campanie, où elle aurait eu le loisir
de conférer avec lui sur la religion.

Nous n'essayerons pas d'initier le lecteur aux sentiments de Sébastien. Après avoir souhaité ardemment le
martyre, prié pour l'obtenir, en avoir souffert toutes les
angoisses, l'avoir en quelque sorte consommé ; après
avoir perdu le monde de vue, se réveiller de nouveau
dans son sein, non comme un martyr, mais comme un
voyageur ordinaire dans la vallée de l'épreuve, exposé
encore à compromettre son salut, c'était-là une situation

semblable à celle de l'homme qui, au milieu d'une nuit
orageuse, après avoir essayé de franchir, sur son esquif,
un fleuve agité ou un bras de mer soulevé par la tempête,
se trouverait ramené, malgré ses efforts et les périls qu'il
aurait bravés, au point même du départ. C'était, comme
saint Paul, revenir sur la terre, pour y être soumis aux
soufflets de Satan, après avoir entendu les mystérieuses
paroles que l'unique intelligence souveraine peut prononcer. Cependant le tribun ne laissa échapper ni murmure, ni expression de regret. Il adora en silence la
volonté divine, espérant qu'elle lui accorderait le mérite
d'un double martyre. Et il désirait si ardemment cette
seconde couronne, qu'il rejeta toute proposition de fuir
ou de se cacher.

— J'ai gagné maintenant, disait le généreux officier,
l'un des priviléges des martyrs, celui de parler hardiment aux persécuteurs. J'en userai le premier jour où je
pourrai quitter mon lit. Soignez-moi donc bien, afin que
ce soit le plus tôt possible.

XXVII

LA SECONDE COURONNE.

Ce fameux complot que l'esclave noire avait révélé à
Corvinus, nous l'avons indiqué déjà en rapportant l'entretien de Fulvius avec son gardien. Depuis les aveux
naïfs de la martyre aveugle, l'espion était convaincu
qu'Agnès était chrétienne, et il pensait maintenant avoir
deux cordes à son arc. En effet, ou il la déciderait par la
terreur à l'épouser, ou il la ferait périr, et obtiendrait
ainsi une bonne part de ses richesses, en vertu de la
confiscation. Les railleries et les conseils d'Eurotas le
poussaient à cette dernière alternative. Désespérant d'a-
voir une autre entrevue avec la jeune patricienne, il lui
écrivit une lettre respectueuse, mais pressante, dans

laquelle il lui dépeignait l'attachement désintéressé qu'il ressentait pour elle, et suppliait d'agréer ses hommages. Il terminait sa lettre en insinuant vaguement que son devoir pourrait le forcer d'adopter un autre moyen, si son humble requête ne prévalait pas.

A cette demande, il reçut pour réponse un refus calme, poli, mais interdisant, à ne pouvoir s'y méprendre, tout espoir au prétendant. En outre, la lettre expliquait en termes précis que celle qui l'avait écrite était déjà l'Epouse de l'Agneau sans tache , et qu'il lui était impossible d'accepter d'aucune créature périssable des expressions d'attachement personnel. Ce mauvais accueil ferma le cœur de Fulvius à la pitié; cependant il résolut d'agir prudemment.

Sur ces entrefaites, Fabiola voyant Sébastien déterminé à ne point fuir , conçut l'idée romanesque de le sauver , en dépit de lui-même, en arrachant son pardon à l'empereur. Elle ignorait l'abîme de perversité que peut renfermer le cœur de l'homme. La patricienne pensait que le tyran, capable de s'emporter un moment, ne voudrait jamais condamner deux fois le même homme à la mort. Elle croyait qu'il existait encore en lui une étincelle de pitié et de miséricorde, que ses ardentes prières en sauraient faire jaillir , de même que la chaleur fait sortir le baume du bois dur. Elle adressa donc une demande d'audience; et connaissant la rapacité de l'empereur , elle allégua qu'elle désirait lui offrir un léger gage de son loyal dévouement et de celui de son père défunt. Il s'agissait d'une bague enrichie de pierreries d'une rare beauté et d'une valeur considérable. Le présent fut accepté ; mais on manda simplement à Fabiola de se rendre, le 20 du mois, au Palatin, avec les autres pétitionnaires , de se trouver sur le passage de l'empereur quand il descendrait le grand escalier pour aller au sacrifice. Bien que cette réponse fût décourageante , la patricienne résolut de tout risquer, et de faire de son mieux.

Au jour fixé, Fabiola, vêtue de deuil à titre de supplian-

te et à cause de la mort de son père, prit place parmi
des créatures bien plus malheureuses qu'elle-même : des
mères, des filles, des sœurs, tenant en main des requêtes
en faveur de ceux qui leur étaient chers, et qui étaient
en prison ou dans les mines. A la vue de tant d'infortu-
nes, beaucoup trop nombreuses pour obtenir miséricorde, la patricienne sentit s'évanouir peu à peu l'espoir
qu'elle avait conservé. Mais ses dernières étincelles d'espérance s'affaiblissaient encore à chaque pas que faisait
le tyran, en descendant l'escalier de marbre, bien que le
riche anneau brillât à son doigt grossier. En effet, à
chaque pas, il arrachait un papier à quelque suppliant
désolé, le parcourait avec mépris, puis il le déchirait ou
le jetait à terre. Seulement, de temps à autre, il en passait un à son secrétaire, presque aussi impérieux que
lui.

Le tour de Fabiola arrivait enfin. L'empereur n'était
plus qu'à deux marches d'elle, et son cœur battait violemment, non de la crainte que lui inspirait le personnage, mais d'anxiété pour Sébastien. Elle eût prié volontiers, si elle eût su comment et à quelle divinité s'adresser. Maximien étendait la main pour prendre le papier
que lui présentait la patricienne, quand, soudain, il
recula et se retourna en entendant prononcer hardiment
et sans façon son propre nom. Fabiola leva également
les yeux, car elle avait reconnu la voix.

En face d'elle, à une certaine hauteur, dans la muraille de marbre blanc, apparaissait une fenêtre ouverte,
ornée d'une corniche de marbre jaune, éclairant un corridor conduisant aux appartements d'Irène. Guidée par
le son de la voix, la Romaine dirigea donc ses regards
de ce côté, et aperçut, découpée sur le fond obscur de
l'ouverture, une figure magnifique, mais effrayante à
voir. C'était Sébastien, pâle et amaigri, les traits presque
idéalisés, qui se tenait là, calme et sévère, comme s'il
eût été désormais incapable de colère ou de fortes émotions. Le vêtement flottant, qu'il avait jeté sur lui, laissait voir sa poitrine et ses bras lacérés. Ayant entendu

le son bien connu des trompettes annonçant l'approche
de l'empereur, il s'était levé et traîné jusque là pour le
saluer.

— Maximien! s'écria-t-il d'une voix sourde, mais distincte.

— Qui es-tu, drôle, pour prononcer aussi légèrement
le nom de ton empereur? demanda le tyran en se retournant.

— Je reviens, pour ainsi dire, de chez les morts afin de
t'annoncer que le jour de la colère et de la vengeance
approche rapidement. Tu as arrosé le pavé de la cité du
sang des saints de Dieu; tu as jeté leurs corps sacrés
dans le fleuve ou dans des lieux infâmes, près des portes;
tu as détruit les temples de Dieu, profané ses autels, et
volé l'héritage de ses pauvres. Pour ces crimes, pour
tes iniquités et tes débauches, pour tes injustices, tes oppressions, ton avarice et ton orgueil, Dieu t'a jugé; sa
justice t'atteindra bientôt, tu périras de mort violente, et
Dieu donnera à son Eglise un prince selon son cœur. Le
monde entier exécrera ta mémoire, jusqu'à la fin des
siècles. Repens-toi donc, pendant qu'il en est temps encore, homme impie; implore le pardon de Dieu, au nom
du Crucifié que tu as persécuté jusqu'ici.

Ces paroles furent proférées au milieu d'un profond
silence. L'empereur paraissait sous l'influence d'une
terreur qui le paralysait, car il n'avait pas tardé à reconnaître Sébastien, et il se croyait en présence d'un mort.
Mais, recouvrant promptement ses esprits, sa colère lui
revint, et il s'écria :

— Holà! qu'on aille immédiatement le saisir, et qu'on
l'amène devant moi! (il ne voulait pas prononcer son
nom). Hyphax, ici! Où est Hyphax? Je l'ai vu cependant
tout-à-l'heure.

Mais le Maure, qui avait immédiatement reconnu Sébastien, s'était enfui à son quartier.

— Ah! il est parti, je le vois. Alors approche, toi,
drôle; quel est ton nom? ajouta-t-il en s'adressant à Cor-

vinus, qui avait accompagné son père. Va à la cour des Numides, et envoie Hyphax ici, sur-le-champ.

Corvinus, le cœur affligé, partit pour remplir sa mission. Mais Hyphax avait déjà raconté son histoire et mis ses hommes sur la défensive. Une seule entrée restait ouverte à l'extrémité de la cour, et quand le messager y fut parvenu, il n'osa point avancer. Cinquante hommes étaient rangés le long de la cour, de chaque côté ; Hyphax et Jubala se tenaient au fond. Silencieux et immobiles, avec leurs noires poitrines et leurs bras nus, chacun la corde de l'arc tendu, et une flèche dirigée vers la porte, ils ressemblaient à une avenue de statues de basalte, conduisant à un temple égyptien.

— Hyphax, fit Corvinus d'une voix tremblante, l'empereur vous mande.

— Dites respectueusement à Sa Majesté, de ma part, répondit l'Africain, que mes hommes ont juré que nul ne franchirait le seuil de cette porte, pour entrer ou pour sortir, sans recevoir par la poitrine ou par le dos une centaine de traits dans le cœur, tant que l'empereur ne nous aura point envoyé un gage de pardon pour toute offense.

Corvinus se hâta de porter au palais cette réponse, qui fut accueillie par un éclat de rire. Les Africains étaient des hommes avec qui Maximien ne pouvait entrer en querelle, car il comptait sur eux soit dans les batailles, soit dans les séditions, dont ils savaient détruire les chefs.

— Les rusés coquins ! s'écria-t-il. Tiens, porte ce bijou à l'épouse noire d'Hyphax.

Et il lui donna la bague ma... ... te de Fabiola. Corvinus retourna au quartier des Nu... ..s, pour s'acquitter de sa gracieuse ambassade, et il ... la bague au milieu de la cour. A l'instant, les flèches s'abaissèrent, tous les arcs se détendirent. Jubala, enchantée, s'élança sur la bague, et la saisit. Mais, son mari la renversa par terre d'un violent coup de poing, qui excita des cris d'approbation. Le sauvage s'empara du bijou, et la négresse se releva, en se demandant avec douleur si elle n'avait point échangé son esclavage pour une condition pire encore.

Hyphax, s'étant présenté devant le prince, s'excusa sur l'ordre impérial.

— Si vous nous eussiez permis, dit-il, de lancer une flèche à la tête ou au cœur du condamné, tout aurait été bien. Mais la chose s'étant passée comme vous l'aviez prescrit, nous ne sommes nullement responsables.

— Quoiqu'il en soit, je veillerai moi-même cette fois, à ce que la besogne se fasse proprement, répondit Maximien. Que deux de tes hommes s'approchent avec leurs massues.

Deux des Africains qui accompagnaient Hyphax s'avancèrent. Sébastien, pouvant à peine se tenir debout, était là, souriant et intrépide.

— Maintenant, mes braves, dit le prince barbare, je tiens à ce qu'on ne répande point de sang sur l'escalier. Ainsi, tuez-le avec vos massues, et d'une manière convenable. Madame, que désirez-vous?

Il étendit en même temps la main vers Fabiola, qu'il avait reconnue, et à qui il s'adressait avec quelque égard. La patricienne, terrifiée, saisie de dégoût et presque défaillante au spectacle qui s'offrait à elle, répliqua :

— Seigneur, je crains qu'il ne soit trop tard !

— Pourquoi trop tard? reprit Maximien en parcourant le papier; et un éclair jaillit de sa prunelle quand il ajouta : Quoi! vous saviez que Sébastien était vivant? Etes-vous donc chrétienne?

— Non, seigneur, déclara-t-elle.

D'où vient que cette réponse négative sembla lui brûler la gorge? Cependant, en vérité, elle ne pouvait parler autrement. Ah ! Fabiola, votre jour n'est pas éloigné !

— En effet, ajouta l'empereur plus serein en lui rendant sa pétition, je crois qu'il est trop tard, ce coup a dû être pour lui l'*ictus gratiosus* (le coup de grâce).

— Je me sens malade, seigneur, fit la patricienne d'un ton suppliant; puis-je me retirer?

— Sans doute. Mais, à propos, je vous dois un remerciement pour la riche bague que vous m'avez envoyée, et que j'ai donnée à la femme d'Hyphax (à son ancienne esclave). Elle fera plus d'effet à sa main noire qu'à la mienne. Adieu!

Et il porta les doigts à ses lèvres avec un mauvais sourire, comme s'il n'y avait pas là, tout près, le corps d'un martyr, qui témoignait contre lui. Il ne s'était pas trompé : le coup violent que Sébastien avait reçu sur la tête avait été fatal; le tribun, délivré, était monté là où il désirait si ardemment de pénétrer. Il s'y présentait avec une double palme, et obtint une double couronne. Sa fin aux yeux du monde, avait été ignominieuse : il avait été assommé sans cérémonie, pendant que l'empereur causait. Combien cette honte séyait bien au martyre! Malheur à nous quand nous recherchons la souffrance pour les honneurs qu'elle procure!

Le tyran voyant son œuvre accomplie, défendit de jeter le corps de Sébastien dans le Tibre.

— Attachez-lui aux pieds, ordonna-t-il, des poids considérables, et précipitez-le dans le cloaque pour y pourrir ou pour servir de pâture aux rats. Les chrétiens du moins ne l'auront pas.

Ce commandement fut exécuté. Les Actes du saint nous apprennent que, la nuit suivante, Sébastien apparut à la sainte matrone Lucina, et lui révéla où l'on trouverait sa dépouille sacrée. Elle profita de ces indications, et les restes du martyr furent inhumés à l'endroit où s'élève la basilique qui porte son nom.

XXVII.

LE JOUR CRITIQUE. — SA PREMIÈRE PARTIE

Il y a des jours critiques dans la vie de l'homme et dans celle du genre humain. Nous ne parlons pas seulement des journées de Maraton, de Cannes ou de Lépante, dont le résultat différent eût pu changer la destinée sociale et politique du monde. Il est probable que Colomb se souvenait, longtemps après encore, du jour et même de l'heure précise où il arrêta le projet qui valut à l'univers tout ce qu'il lui promit et lui donna, et à lui-même le rang distingué qu'il occupe parmi les grands hommes. Chacun de nous également, si humble et si insignifiant qu'il soit, a eu son jour critique, celui qui a décidé de sa destinée; son jour providentiel qui a changé sa position ou ses relations avec les autres ; son jour de grâce, où l'esprit triompha de la matière. Toute âme, de quelque façon que ce soit, a eu son jour, comme Jérusalem.

Or, il en était ainsi de Fabiola. Tout n'avait-il pas contribué à la mener à une crise? L'empereur et l'esclave, son père et son hôte, les bons et les méchants, les chrétiens et les païens, les riches et les pauvres, la vie et la mort, la joie et la douleur, la science et la simplicité, le silence et la conversation, tout avait agi sur elle et poussé son esprit dans des voies opposées, sans cesser néanmoins de diriger vers un même but son âme noble et généreuse, quoique hautaine et impétueuse ; ainsi la brise et le gouvernail luttent ensemble pour maintenir le navire dans le bon chemin. Qui déterminera la résolution de ces forces opposées? Cela n'est point de la compétence de l'homme; à la sagesse et non à la philosophie de décider. Nous avons raconté les évènements qui avaient eu lieu le 20 janvier; que le lecteur jette un

coup d'œil sur son calendrier, à la date du jour suivant,
et il comprendra que ce jour doit être important dans
notre récit.

Après l'audience, Fabiola se retira dans les appartements d'Irène, où elle ne trouva que désolation et chagrin. Elle sympathisait pleinement avec la douleur des
personnes qui l'entouraient ; mais elle sentit qu'il y avait
une grande différence entre son affliction et la leur, qui
n'était point de l'abattement. L'allégresse perçait à travers leurs traits assombris ; et les nuages de leur front
s'illuminaient parfois d'un rayon d'espoir. Mais la douleur de la patricienne était morne, inconsolable ; c'était
une nuit épaisse, lugubre, qui l'oppressait comme si
elle eût fait une perte irréparable. Ses aspirations vers
le christianisme, qui s'associaient dans sa pensée avec
quelque chose d'aimable et d'intelligent, paraissaient
avoir cessé. Le maître sympathique qu'elle désirait n'é-
tait plus. Quand la foule se fut éloignée du palais, elle
prit affectueusement congé de la veuve et de ses filles ;
mais, s'en rendre compte du motif, il lui était impossible d'aimer la païenne comme elle aimait sa sœur.

Elle s'assit seule chez elle, et essaya de lire : elle prit
successivement ses ouvrages favoris sur la mort, la fortune, l'amitié ou la vertu ; et chacun d'eux lui parut insipide, faible ou faux. Elle tomba dans une mélancolie de
plus en plus profonde, qui dura jusqu'au soir, où une
lettre qu'on lui remit vint la distraire. L'esclave grecque
Graia, qui avait apporté la missive, se retira à l'extrémité
de la pièce, alarmée et inquiète de ce qu'elle voyait. Car
à peine sa maîtresse eut-elle jeté un coup d'œil sur l'é-
crit, qu'elle s'élança de son siège, l'air effaré, pressa
violemment ses cheveux sur ses tempes, et les mit en
désordre, tant elle était hors d'elle-même. Au bout d'un
instant, Fabiola leva les yeux avec une fixité étrange, et
retomba lourdement sur son siège, en gémissant profondément. Elle demeura ainsi quelques minutes, tenant
la lettre dans ses deux mains, les bras détendus, comme
si elle eût été privée de connaissance.

— Qui t'a remis cette missive? demanda-t-elle enfin, en revenant tout à fait à elle.

— Un soldat, madame, répondit la servante.

— Fais-le entrer.

Pendant que l'esclave s'acquittait de sa commission, ,a patricienne composa son visage et releva ses cheveux.

Dès que le soldat parut, elle lui dit :

— D'où venez-vous?

— Je suis de garde à la prison Tullienne.

— Qui vous a donné cette lettre ?

— La noble Agnès elle-même.

— Pour quel motif la pauvre enfant est-elle en ce lieu?

— Parce qu'un nommé Fulvius l'a accusée d'être chrétienne.

— Il n'y a pas autre chose?

— Non, j'en suis sûr.

— Alors nous ferons promptement justice de cette accusation. Je puis témoigner du contraire. Annoncez que je me rends à la prison, et prenez ceci pour votre peine.

Le soldat s'étant retiré, Fabiola demeura seule. Dès qu'il fallait agir, son esprit retrouvait aussitôt son énergie et sa puissance de concentration, après quoi la tendresse de la femme reprenait douloureusement ses droits. Elle s'enveloppa soigneusement, et se dirigea seule vers la prison. On la conduisit immédiatement à la cellule particulière, qu'Agnès avait obtenu en raison de son rang et aussi moyennant les largesses de ses parents.

— Que signifie ceci? demanda vivement Fabiola après avoir embrassé tendrement son amie.

— J'ai été arrêtée il y a quelques heures, et on m'a amenée ici.

— Fulvius est-il donc aussi insensé que scélérat, pour formuler contre vous une accusation dont je puis démontrer en cinq minutes la fausseté? J'irai moi-même

chez Tertullus, et je réfuterai en un moment ses dires
absurdes.

— De quelle accusation parlez-vous, très-chère amie ?

— Mais de celle qui vous impute d'être chrétienne.

— C'est qu'en effet je le suis, grâce à Dieu, répondit
Agnès en traçant sur elle le signe de la croix.

Cette révélation ne frappa point Fabiola comme un
coup de foudre ; elle ne la surprit, ni ne l'émut, ni ne la
troubla ; la mort de Sébastien avait enlevé à cette réponse
tout ce qu'elle eût eu, auparavant, d'amer et de pénible.
Ayant reconnu l'existence de la foi dans l'homme qu'elle
regardait comme le type accompli des plus mâles vertus,
elle ne s'étonnait pas de rencontrer cette même foi dans
la jeune fille qu'elle aimait comme le modèle le plus parfait de son sexe. La grandeur simple et admirable de cette
enfant, son innocence naïve, sa bonté singulière qui inspirait à Fabiola presque de l'adoration, tout cela diminuait les difficultés pour la patricienne et avançait la
solution de son problème ; elle savait maintenant que
ces deux êtres incomparables n'avaient point cru au
hasard, mais qu'ils avaient été nourris de la même
sève, comme deux rejetons du même tronc. Elle cour-
ba respectueusement la tête devant l'enfant, et lui dé-
manda :

— Depuis quand êtes-vous chrétienne ?

— Je l'ai été toute ma vie, chère Fabiola ; j'ai sucé la
foi, comme nous disons, avec le lait de ma mère.

— Et pourquoi me l'avoir caché ?

— A cause des préventions extrêmes que je vis en vous
à notre égard. Vous estimiez avec horreur que nous pra-
tiquions les plus ridicules superstitions, et que nous nous
livrions à toutes les abominations. Je savais que vous
nous méprisiez comme inintelligents, sans éducation,
ignorants en philosophie et privés de raison. Vous re-
fusiez même d'entendre parler de nous, et votre esprit
généreux ne connaissait qu'une haine, celle du nom
chrétien.

— Rien de plus vrai, chère Agnès. Pourtant je crois

que, si j'avais su que vous et Sébastien étiez chrétiens, je n'eusse point haï votre religion. J'aurais pu tout aimer en vous.

— Vous le pensez maintenant, Fabiola; mais vous ignorez la puissance du préjugé général et l'influence de mensonges sans cesse répétés. Combien de nobles esprits, de belles intelligences, de cœurs aimants n'ont-ils pas été trompés de la sorte et amenés à nous croire ce que nous ne sommes pas, les plus pervers des mortels!

— Eh bien, Agnès, c'est de l'égoïsme à moi de discuter avec vous dans la position où vous vous trouvez. Naturellement vous mettrez Fulvius en demeure de prouver que vous êtes chrétienne?

— Oh! non, chère Fabiola; je l'ai avoué déjà, et j'ai l'intention de renouveler ma confession en public, demain matin.

— Demain! quoi, demain matin! répéta Fabiola saisie à l'idée de la proximité de l'acte.

— Oui, demain, pour éviter les clameurs ou l'agitation à mon sujet, bien que peu de personnes s'inquiètent de moi, probablement; je dois être interrogée de bonne heure, et on décidera sommairement de mon sort. Ne sont-ce pas là de bonnes nouvelles, chère amie? ajouta Agnès en prenant vivement les mains de sa cousine.

Puis, avec un de ses regards extatiques, elle s'écria :

— Voici que j'aperçois ce que j'ai depuis si long-temps souhaité; je possède irrévocablement ce que j'ai tant espéré. Il me semble que déjà je suis unie dans le ciel à celui à qui j'ai voué sur la terre tout mon amour. Ah! Fabiola, qu'il est admirable et bien plus aimable encore que tous les anges qui l'entourent! Que son sourire est tendre! que son regard est doux, et que l'expression de son visage est suave! Et cette femme privilégiée, si douce et si bonne, qui l'accompagne sans cesse, Elle, notre reine et notre maîtresse, qui n'aime que lui seul, avec quelle grâce elle me fait signe d'avancer pour me joindre à sa

suite ! Me voici ! me voici ! Ils sont partis, Fabiola ; mais
ils reviendront pour moi demain de bonne heure ; de
bonne heure, remarquez-le, et nous ne nous séparerons
plus.

Fabiola sentit son cœur se gonfler et fermenter comme
si un nouvel élément y fût entré. Elle ignorait ce que c'é-
tait, mais il lui semblait y reconnaître quelque chose de
meilleur qu'une simple émotion humaine. Elle n'avait
pas encore entendu prononcer le nom de grâce. Cependant Agnès vit le changement opéré dans son esprit, et
elle en remercia Dieu intérieurement. Elle pria sa cousine de revenir avant l'aurore, pour recevoir ses derniers
adieux.

En ce moment, une délibération avait lieu chez le préfet, entre ce digne fonctionnaire et son fils plus digne
encore.

— Certainement, disait le magistrat, si la vieille sorcière
a raison sur un point, elle doit également l'avoir sur
l'autre. Je sais par expérience ce que peut la fortune pour
vaincre les résistances.

— Et vous conviendrez, répondit Corvinus, après l'é-
numération que nous avons faite, que parmi les prétendants à la main de Fabiola, il n'en est pas un seul qui
n'aspire surtout à ses richesses.

— Sans vous excepter, mon cher Corvinus.

— Oui, jusqu'ici, mais il n'en sera pas de même si je
puis lui offrir avec ma personne les trésors de la noble
Agnès.

— Sans doute, un tel procédé, je le crois, gagnerait
facilement son esprit, qu'on proclame rempli de sentiments élevés ; lui offrir ces trésors sans conditions,
puis vous offrir vous-même à elle, ce sera l'obliger soit
à vous accepter pour époux, soit à vous rendre ces richesses.

— Admirable ! père. Je n'ai jamais vu préférer la seconde alternative. Mais pensez-vous que le succès de
l'entreprise soit impossible sans Fabiola ?

— Oui, je le crois. Fulvius, naturellement, réclamera

sa part ; et il est probable que l'empereur déclarera qu'il prétend tout garder pour lui, car il déteste Fulvius. Mais si je proposais un plan plus régulier et plus raisonnable, à savoir d'abandonner cette fortune à sa plus proche parente, laquelle adore les dieux ? C'est là ce que fait Fabiola, n'est-il pas vrai !

— Assurément, père.

— Ce plan, je pense qu'il l'adopterait ; tandis qu'autrement je suis sûr qu'il ne faut pas attendre de lui un don volontaire. Une telle proposition, venant d'un juge, le mettrait en colère.

— Alors comment comptez-vous arranger cela, mon père ?

— Je préparerai pendant la nuit un rescrit impérial, où il n'y aura plus que la signature à apposer. Immédiatement après l'exécution, je me rendrai au palais, j'exagèrerai l'impopularité qu'elle doit provoquer, et je rejetterai toute la faute sur Fulvius. Ensuite je démontrerai à l'empereur comment, en attribuant la fortune d'Agnès à sa plus proche parente dans l'ordre légal, il accroîtra son influence et sa gloire. Il est vain autant que cruel et rapace : un de ces vices neutralisera peut-être les autres.

— Rien de mieux, mon cher père. Je me livrerai au repos avec un esprit libre de soucis. Demain sera le jour critique de ma vie. Tout mon avenir dépend de l'acceptation ou du rejet de ma demande.

— Je désirerais bien, ajouta Tertullus, voir l'illustre patricienne et sonder les profondeurs de sa philosophie, avant que le marché final ne soit conclu.

— Ne craignez rien, père ; elle est vraiment digne d'être votre belle-fille. Ainsi demain la fortune décidera de mon sort.

Corvinus lui-même avait donc son jour critique. Pourquoi pas également Fabiola ?

Pendant cette entrevue domestique, une conférence avait lieu entre Fulvius et son cher oncle. Ce dernier, étant rentré tard, trouva son neveu seul, assis et sombre. Il lui adressa ces paroles :

— Eh bien, Fulvius, est-elle arrêtée ?

— Elle l'est, mon oncle, autant du moins qu'on peut s'en rapporter aux barreaux et aux murailles qui la retiennent captive; mais son esprit, comme toujours, demeure libre et indépendant.

— Qu'importe ? le tranchant du glaive s'inquiète peu de l'esprit. Sa condamnation est-elle certaine ? et les conséquences en sont-elles assurées ?

— S'il ne survient rien autre chose, sa condamnation est inévitable ; quant aux conséquences, nous pourrons subir encore quelque caprice de l'empereur. Mais , je l'avoue. j'éprouve du regret et des remords à sacrifier une existence si jeune, et cela pour un résultat incertain.

— Allons, Fulvius , fit le vieillard d'un air sévère et froid comme le granit aux brumes du matin, pas de sensibilité ici. Vous rappelez-vous quel jour c'est demain ?

— Oui, le douzième avant les calendes de février.

— Un jour critique pour vous. Ce fut à pareil jour que, pour conquérir une autre fortune, vous commîtes...

— Silence ! silence ! interrompit Fulvius hors de lui. Pourquoi vouloir toujours me faire souvenir de ce que je désirerais tant oublier ?

— Parce que vous souhaitez de vous oublier vous-même, et cela ne doit pas être. Il faut que je vous guérisse de la prétention de suivre les inspirations de la conscience, de la vertu ou de l'honneur. C'est de la folie que d'affecter de la compassion pour une vie qui se place entre vous et la fortune, après ce que vous avez fait à *l'autre.*

Fulvius se mordit les lèvres avec une rage silencieuse, et couvrit de ses mains son visage empourpré. Eurotas le rappela à lui en disant :

— Ainsi donc, demain sera pour vous un autre jour critique et probablement décisif. Pesons avec calme les

chances qu'il nous offre. Vous irez trouver l'empereur,
et vous réclamerez la part qui vous revient de droit dans
les biens confisqués. Et maintenant supposons que vous
l'obteniez.

— Je la vendrai aussi promptement que possible, je
paierai mes dettes, et je me retirerai dans un pays où
mon nom soit inconnu.

— Et si vos demandes sont rejetées ?

— Impossible ! impossible ! s'écria Fulvius que cette
idée seule désespérait ; c'est un droit chèrement acquis.
Nul ne peut me le dénier.

— Doucement, mon jeune ami : discutons froidement la question. Rappelez-vous notre proverbe : « De
l'étrier à la selle il y a place pour bien des chutes. » Sup-
posez donc qu'on vous évince de votre droit.

— En ce cas, je suis un homme ruiné. Je ne vois plus
d'autre chance de refaire ma fortune en cette ville ; et
cependant il me faut fuir d'ici.

— Bien. Et que devez-vous à l'Arcade de Janus ?

— Au moins deux cents sesterces, avec les intérêts
à cinquante pour cent qu'exige ce frippon de juif
Ephraïm.

— Quelle garantie a-t-il ?

— Mes espérances certaines d'obtenir les richesses
d'Agnès.

— Et si vous êtes trompé dans votre attente, croyez-
vous qu'il vous laissera fuir ?

— Non, certes, s'il était informé de mon dessein.
Mais nous devons dès maintenant nous préparer à
partir dans le plus grand secret, en cas d'événement
fortuit.

— Laissez-moi ce soin, Fulvius. Vous comprenez combien est éventuel le succès de l'opération de demain, ou
plutôt d'aujourd'hui, car le matin approche. Votre vie et
votre mort en dépendent. Ce sera le grand jour de votre
existence. Courage donc, ou mieux, résolution inflexible. Soyez ferme, inexorable pour accomplir votre
destinée.

XXIX

LE MÊME JOUR. — SA SECONDE PARTIE.

L'aurore n'a point encore paru, et cependant nous parlons de la seconde partie du jour; pourquoi cela? Aimable lecteur, ne vous avons-nous pas conduit à ses premières vêpres, divisées, comme elles le sont, entre Sébastien hier et Agnès aujourd'hui? Ne les ont-ils pas chantées ensemble, sans jalousie, avec une fraternelle impartialité, l'un du ciel où il était monté le matin, l'autre de la prison où elle était descendue le soir? Glorieuse Église du Christ! grande dans la combinaison de ton unité, tu t'étends du ciel jusque dans les profondeurs de la terre, partout où il existe un juste, fût-il dans un cachot.

Fulvius quitta son logis pour respirer l'air froid de la nuit et rafraîchir son sang et son front brûlants. Il erra aux environs, sans but arrêté; mais il se rapprocha insensiblement de la prison Tullienne. Comme son cœur était littéralement dénué de toute affliction, qui pouvait l'attirer vers cet endroit? c'était un sentiment étrange, composé des éléments les plus amers qui aient jamais rempli la coupe d'un empoisonneur. Il y avait le remords rongeur, l'orgueil confondu, les aiguillons de l'avarice, l'humiliation profonde, et par-dessus tout, l'instinct terrible de l'approche du moment où son crime allait être consommé. Il était bien vrai: il avait été repoussé, méprisé, déjoué par une simple enfant, dont la fortune lui était cependant nécessaire pour échapper à la misère et à la mort. Ainsi du moins raisonnait-il. Toutefois il eût préféré de beaucoup obtenir sa main que de voir tomber sa tête. Ce meurtre lui semblait d'une atrocité révoltante, quoiqu'il fût absolument inévitable. Aussi voulait-il offrir encore une chance à la victime.

Arrivé à la prison, il prononça le mot d'ordre qu'il connaissait. On l'introduisit, et on le mena, sur sa demande, à la cellule d'Agnès. La jeune fille ne se troubla pas; elle ne songea point à se réfugier dans un coin de sa prison, comme l'oiseau dans la cage duquel a pénétré le faucon. Calme et intrépide, elle demeura debout devant l'espion.

— Ici du moins, Fulvius, vous me respecterez, dit-elle doucement. Je n'ai plus que quelques heures à vivre; permettez-moi de les passer en paix.

— Madame, répondit-il, je viens pour les changer en années, si vous le voulez; et, au lieu de la paix, je vous proposerai le bonheur.

— Je crois vous comprendre, Fulvius; mais le temps de ces misérables vanités n'est plus. Parler de la sorte à ceux qu'on a livrés à la mort, en vérité, c'est une dérision.

— Non, aimable Agnès, il n'en est pas ainsi. Votre sort est dans vos mains; votre obstination seule pourra vous conduire à la mort. Me voici encore pour vous renouveler mes offres, et en même temps vous proposer la vie. C'est votre dernière chance.

— Ne vous ai-je pas déjà dit que je suis chrétienne, et que j'aimerais mieux mille morts que de trahir ma foi?

— Mais aujourd'hui je ne vous demande plus de renier votre religion. Les portes de la prison s'ouvriront devant moi. Fuyons ensemble; et en dépit des décrets impériaux, vous resterez chrétienne tout en conservant la vie.

— Ne vous ai-je point également clairement expliqué que je suis déjà l'épouse de mon Seigneur Jésus-Christ, et que pour lui seul je garde ma foi?

— Sottise et folie! persévérez dans ces idées jusqu'à demain, et vous subirez ce que vous craignez plus que la mort, et ce qui ôtera pour toujours de votre esprit cette illusion.

— Je ne redoute rien pour l'amour que j'ai voué au

Christ. Car, sachez-le, un ange me garde sans cesse, et il ne souffrira point que la servante de son maître soit outragée. Mais maintenant, épargnez-moi ces odieuses instances, et ne me ravissez point le dernier privilége du condamné, la solitude.

Fulvius avait peu à peu perdu patience ; bientôt il lui fut impossible de maîtriser sa colère. Éconduit de nouveau, humilié une fois de plus par un enfant dont le glaive menaçait la tête ! à cette idée, la flamme jaillit du feu qui couvait en lui ; en un instant, tous les éléments pervers que nous avons décrits se mélangèrent dans son cœur, et il résulta de leur combinaison un sentiment unique, exécrable, — la haine ! il s'écria, le regard étincelant, le geste furieux :

— Misérable femme ! je te donne encore un moyen d'échapper au supplice. Choisis : la vie avec moi ou sinon la mort.

— La mort vaut mieux pour elle que la vie avec un monstre tel que toi ! fit une voix près de la porte.

— Elle l'aura, reprit-il en fermant le poing et en jetant un coup d'œil égaré à la nouvelle interlocutrice ; elle l'aura, et toi aussi, pour peu que tu oses encore projeter ton ombre funeste sur mon chemin.

Et il laissa Fabiola seule pour la dernière fois avec Agnès. La patricienne, inaperçue pendant quelques minutes, avait entendu la discussion entre celle qu'elle eût appelée un ange de lumière, si elle eût été chrétienne, et un esprit de ténèbres. En effet, Agnès ressemblait à un ange, autant qu'il est possible à une créature humaine. Pour se préparer à célébrer prochainement ses noces avec l'Agneau et à sceller avec son sang, comme il l'avait fait lui-même, son contrat d'amour éternel, elle avait jeté par-dessus ses sombres vêtements de deuil une robe nuptiale d'une blancheur immaculée. Au milieu de l'obscure prison, éclairée par une lampe solitaire, elle paraissait radieuse et presque éblouissante ; tandis que le tentateur, enveloppé dans son noir manteau, et se baissant pour s'élancer hors de la cellule, par la porte basse, ressemblait un vrai démon, se précipitant, vaincu, dans les abîmes infernaux.

Fabiola contemplait le visage de son amie, et le trouvait plus suave que jamais : nulle trace de colère, de crainte, d'agitation ou d'émotion ne s'y reflétait ; il n'avait ni pâli, ni rougi ; aucune de ces alternatives d'excitation fébrille ou d'abattement. Ses yeux brillaient d'une intelligence et d'une douceur plus grande encore que d'habitude ; son sourire n'avait rien perdu de la calme sérénité qu'on y remarquait quand elle s'entretenait avec Fabiola. Sa personne, son attitude, son geste respiraient une noblesse et une dignité imposantes que la patricienne eût volontiers comparées à cette majesté, à cette atmosphère saturée d'ambroisie qui faisaient reconnaître ici-bas, dans la poétique mythologie, les êtres des sphères supérieures. Ce n'était pas de l'inspiration, car la passion était absente ; mais c'était une expression et un air tels que Fabiola, dans ses plus sublimes conceptions, les eût prêtés à la force extérieure d'une âme dans laquelle se seraient combinées la vertu et l'intelligence. Ce sentiment, dominant l'amour dans son cœur, y imprima une sorte de respect.

Agnès, prenant dans ses mains celles de son amie, les croisa sur sa poitrine si calme, et dit avec un regard rempli de sa plus tendre sollicitude.

— Fabiola, avant de mourir, je voudrais vous adresser une dernière requête.

— Ne parlez pas ainsi, très-chère Agnès : vous avez le droit de commander et non point seulement de solliciter.

— Eh bien ! promettez-moi que vous vous appliquerez immédiatement à étudier les doctrines du christianisme. Je sais que vous les adopterez, et alors vous ne serez plus pour moi ce que vous êtes en ce moment.

— Et que suis-je donc ?

— Vous êtes dans les ténèbres, oui, dans les ténèbres, bien chère Fabiola. Quand je vous considère ainsi, je vois en vous une noble intelligence, des sentiments généreux, un cœur aimant, un esprit cultivé, le sentiment du beau moral, une vie vertueuse. Que peut-on désirer de plus dans une femme? Et, pourtant, au-dessus de tous ces dons splendides, mes yeux aperçoivent un nuage suspendu, une ombre opaque, l'ombre de la mort. Dissipez-la, et tout sera brillant et inondé de lumière.

— Je le sens, chère Agnès, je le sens. En votre présence, il me semble que je forme une tache noire sur l'éclat qui vous revêt. Comment, en embrassant le christianisme, pourrai-je obtenir de vous ressembler en splendeur ?

— Il faut, Fabiola, que vous traversiez le torrent qui nous sépare (la patricienne tressaillit au souvenir de son rêve). Les ondes rafraîchissantes couleront sur vous, l'huile fortunée embaumera votre chair ; votre âme, lavée et purifiée, deviendra blanche comme la neige, votre cœur s'adoucira comme celui d'un enfant. Vous sortirez de ce bain créature nouvelle, et vous naîtrez à une existence immortelle.

— Eh quoi ! perdrais-je tout ce que vous avez loué en moi tout-à-l'heure ? demanda Fabiola un peu déconcertée.

— De même que le jardinier, répondit la martyre, choisit une plante rude et robuste, mais inutile, sur laquelle il greffe la faible bouture d'une autre plante douce et tendre, sans que les fleurs ou les fruits de celle-ci enlèvent à la première, en devenant siens, sa grâce, sa grandeur et sa force ; ainsi en arrivera-t-il de la nouvelle vie que vous recevrez : elle ennoblira, élèvera, sanctifiera — vous pouvez difficilement me comprendre — les dons précieux de la nature et de l'éducation que vous possédez déjà. A quelle gloire vous fera monter le christianisme, Fabiola !

— Vous m'introduisez dans un monde nouveau, chère Agnès. Ah ! pourquoi me laissez-vous seule sur le seuil ?

— Ecoutez ! s'écria Agnès dans une extase de joie. Il
viennent ! ils viennent ! Entendez-vous le pas cadencé
des soldats dans la galerie ! Ce sont les compagnons du
fiancé qui viennent m'appeler. Mais je vois dans le ciel
les filles d'honneur vêtues de robes blanches, portées
sur les nuages brillants du matin, qui me font signe de
les rejoindre. Oui, ma lampe est prête, et je vais à la
rencontre de l'Epoux. Adieu, Fabiola, ne pleurez pas sur
moi. Ah ! si je pouvais vous faire sentir comme je le
sens moi-même quel bonheur c'est de mourir pour
le Christ ! Et maintenant je prononcerai une parole
que je ne vous ai jamais dites : — Que Dieu vous bénisse !

En même temps elle fit le signe de la croix sur le front
de la patricienne. Un embrassement convulsif de la part
de Fabiola, tendre et calme de la part d'Agnès, fut le dernier salut terrestre des deux parentes. La première se
hâta de retourner chez elle, préoccupée d'un généreux et
nouveau dessein ; la seconde se livra à ses gardiens,
honteux de leur office.

Nous jetterons un voile sur la première partie de l'é-
preuve de la martyre, bien que les anciens pères, et l'E-
glise elle-même, dans ses offices, la retracent comme
ayant ceint le front de la vierge d'une seconde couronne.
Disons seulement que son ange la protégea contre l'esprit du mal, et que sa présence si pure transforma le re-
paire infâme en un sanctuaire splendide et sacré. Il était
encore matin lorsque Agnès comparut de nouveau devant le préfet, au Forum ; elle était sans atteinte et sans
souillure ; la rougeur de la honte n'empourprait point
son visage souriant, et son cœur innocent était exempt
des angoisses de la douleur. Seulement ses cheveux intacts, symbole de la virginité, s'étaient dénoués, et on-
dulaient à flots d'or sur sa robe immaculée.

C'était par une belle matinée. Beaucoup se souvien-
dront d'avoir joui d'une journée magnifique en celle de
son anniversaire, lorsque, sortant par la porte Nomentane, maintenant la porte Pia, ils se sont dirigés vers

l'église placée sous le vocable de notre vierge martyre,
pour voir bénir sur son autel les deux agneaux dont la
laine sert à tisser les palliums que le pape envoie aux
archevêques de sa communion. Déjà les amandiers blan-
chissent non par l'action du froid, mais sous les fleurs;
on remue la terre au pied des vignes ; le printemps s'annonce dans les bourgeons gonflés, qui n'attendent que le
souffle de la brise du sud pour s'ouvrir et se dilater. L'atmosphère, sous un ciel sans nuages, avait précisément
cette température qu'on aime, produite par un soleil déjà
puissant mais non trop ardent, qui tiédit l'air âpre encore. Tel nous avons vu souvent le jour de sainte Agnès,
quand, mêlé à des milliers de personnes, nous nous pressions autour de sa châsse.

Le juge siégeait en plein air dans le Forum, et une
foule assez nombreuse faisait cercle autour de l'espace
réservé, où peu de personnes, excepté les chrétiens,
aimaient à pénétrer. Parmi les spectateurs, il y en avait
deux dont l'extérieur attirait l'attention générale ; ils se
tenaient en face l'un de l'autre, à chacune des extrémités
de l'émicycle formé par la multitude. L'un était un jeune
homme drapé dans sa toge, sa coiffure rabattue sur les
yeux, de façon à lui cacher le visage. L'autre était une
femme de tournure aristocratique, grande et svelte, telle
qu'on en rencontre rarement en pareille circonstance.
Semblable à la magnifique statue antique connue parmi
les artistes sous le nom de Modestie, elle était enveloppée étroitement, de la tête aux pieds, dans une vaste
écharpe ou manteau de tissu indien dont le dessin, du
plus riche écarlate, était brodé de pourpre et d'or : véritable vêtement impérial, plus inconvenant encore que
la présence même d'une femme en ce lieu de sang et de
mort. Une esclave ou servante de classe supérieure l'accompagnait, soigneusement voilée comme sa maîtresse. Immobile et le coude appuyé contre une colonne de
marbre, la dame paraissait absorbée par la vue d'un seul
objet.

Introduite par ses gardiens dans l'enceinte réservée,

Agnès parut, intrépide, devant le tribunal. Ses pensées paraissaient être bien loin de là, et elle ne remarqua même pas les deux personnages qui, jusqu'au moment où elle se présenta, avaient attiré l'attention universelle.

— Pourquoi n'a-t-elle plus de fers? demanda le juge avec aigreur.

— Elle n'en a pas besoin : elle marche si volontiers, et elle est si jeune! répondit Catulus.

— Mais elle est aussi obstinée que les plus âgées. Mets-lui à l'instant les menottes.

L'exécuteur fouilla parmi une quantité considérable de ces joyaux de la prison, — car ils étaient réellement tels aux yeux des chrétiens, — et en trouva enfin une paire légère et petite qu'il plaça autour des poignets d'Agnès. La vierge, souriante, secoua ses mains comme en se jouant, et les menottes, ainsi que la vipère de Saint-Paul, tombèrent avec bruit à ses pieds.

— Ce sont les plus petites que nous ayons, seigneur, dit l'exécuteur attendri ; une jeune fille de cet âge devrait porter d'autres bracelets.

— Tais-toi, valet, fit le juge exaspéré.

Puis, se tournant vers la captive, il ajouta d'un ton moins rude :

— Agnès, j'ai pitié de ta jeunesse, de ton rang, et de la mauvaise éducation que tu as reçue. Je désire te sauver, s'il est possible. Réfléchis plus mûrement, pendant qu'il en est temps encore. Renonce aux pernicieuses et fausses maximes du christianisme, obéis aux édits impériaux et sacrifie aux dieux.

— Il est inutile de me tenter davantage, répliqua-t-elle, ma résolution est inébranlable. Je méprise tes prétendues divinités. Je n'aime et ne sers que le seul Dieu vivant. Roi éternel, ouvrez les portes du ciel, naguère fermées aux hommes. Christ béni, appelle à toi une âme qui t'est attachée; elle s'est sacrifiée à toi par la consécration virginale, elle se sacrifie maintenant à ton Père par le martyre.

— Je perds mon temps, je le comprends, dit le préfet, qui voyait avec impatience la foule donner des marques de compassion. Greffier, écrivez la sentence. Nous condamnons Agnès à périr par le glaive, pour avoir méprisé les édits impériaux.

— Sur quelle voie et à quelle borne militaire devra-t-on exécuter le jugement ? s'enquit le chef des exécuteurs.

— Qu'on l'exécute ici même, fut-il répondu.

Agnès, ayant levé un instant ses mains et ses yeux vers le ciel, s'agenouilla tranquillement, ramena en avant sa chevelure soyeuse, et présenta le cou au tranchant du fer. Il y eut une pause, car le bourreau tremblait d'émotion, et pouvait à peine soutenir son glaive. Quand l'enfant s'agenouilla d'elle-même, vêtue de sa robe immaculée, la tête inclinée, les bras modestement croisés sur son sein, les boucles de sa chevelure aux reflets d'ambre pendant jusqu'à terre et voilant ses traits, on eût cru voir véritablement une plante rare, dont la tige délicate, blanche comme le lis, se courbait sous une profusion de fleurs aux riches étamines d'or.

Le juge réprimanda sévèrement l'exécuteur à cause de son hésitation, et lui ordonna de faire immédiatement son devoir. Le bourreau passa le rude revers de sa main gauche sur ses yeux, tout en levant le glaive, qui brilla dans l'air. Le moment d'après, la fleur et la tige, à peine déplacées, reposaient sur le sol. On eût dit l'attitude de la prière, si la robe blanche ne se fût colorée d'un vif incarnat, — elle avait été lavée dans le sang de l'Agneau.

L'homme debout à la droite du juge avait regardé le coup d'un œil impassible, et un sourire infernal de triomphe plissa sa lèvre quand la tête tomba. La dame placée en face détourna les yeux jusqu'à ce que le murmure, qui succède toujours à l'attente anxieuse de la foule, lui eût appris que tout était consommé. Alors elle s'avança hardiment, se dépouilla de son magnifique manteau brodé, et l'étendit comme un suaire sur le corps sanglant. Un tonnerre d'applaudissements accueillit cet acte gracieux de sensibilité féminine, tandis que la dame, qui apparaissait maintenant en longs habits de deuil, demeurait immobile, devant le tribunal.

— Seigneur, dit-elle d'une voix claire et distincte, accordez-moi une faveur : ne permettez pas que les rudes mains de vos serviteurs touchent encore et profanent les restes bénis de celle que j'ai aimée plus que personne au monde, mais souffrez que je les porte au sépulcre de ses pères, car elle était noble autant que bonne.

Tertullus, visiblement irrité, répondit :

— Madame, qui que vous soyez, je dois repousser votre requête. Catulus, qu'on jette le corps dans le fleuve, selon la coutume, ou qu'on le brûle.

— Je vous en supplie, seigneur, insista vivement la patricienne, par tous les droits que la vertu d'une femme possède sur vous, par toutes les larmes qu'une mère versa sur vous, par toutes les affectueuses paroles que vous avez pu entendre de la bouche d'une sœur dans la maladie ou la douleur, par tous les soins que leurs douces mains vous ont jamais prodigués, je vous conjure d'exaucer mon humble prière. Et quand vous retournerez chez vous, ce soir, si vous rencontrez sur le seuil des filles qui baiseront vos mains, quoique tachées du sang d'une enfant à qui vous seriez fier de les voir ressembler, que vous puissiez au moins leur dire que vous n'avez pas refusé de payer ce léger tribut à la délicatesse virginale qu'elles doivent estimer assurément.

La sympathie des assistants se manifesta d'une façon si prononcée, que Tertullus, désireux d'y mettre un terme, demanda aigrement à la suppliante :

— Dites-moi, êtes-vous chrétienne aussi ?

La patricienne hésita un instant, puis elle répondit :

— Non, seigneur, je ne le suis point. Cependant j'avoue que si quelque chose pouvait m'engager à le devenir, ce serait ce que j'ai vu aujourd'hui.

— Que voulez-vous dire?

— Qu'il est odieux, pour préserver la religion de l'empire, de livrer à la mort des créatures humaines telles que celle que vous avez immolée — ses larmes l'interrompirent, — tandis que des monstres qui déshonorent la forme et le nom de notre espèce vivent et prospèrent. Ah! seigneur, vous ne connaissiez pas celle que vous avez effacée aujourd'hui de la terre. C'était la plus pure, la plus aimable, la plus sainte des femmes qui l'ont jamais habitée, en un mot la fleur de notre sexe, bien qu'elle ne fût qu'un enfant. Elle vivrait encore si elle n'eût point méprisé l'offre que lui faisait de sa main un aventurier, qui osait la poursuivre de ses odieuses importunités jusque dans sa villa solitaire, jusque dans son foyer, et même au fond de la prison. Elle a péri parce qu'elle a refusé de repaître de ses richesses et d'honorer de son alliance cet espion d'Asie.

Et elle montra du doigt, avec un air d'implacable mépris, Fulvius, qui bondit en avant, et s'écria furieux :

— Elle ment et me calomnie indignement, seigneur; Agnès a confessé ouvertement qu'elle était chrétienne.

— Permettez-moi, seigneur, de le convaincre, reprit la dame avec une noble dignité, et regardez sa figure, qui vous prouvera ma véracité. N'es-tu pas allé de bonne heure, ce matin, Fulvius, trouver la douce enfant dans sa cellule? ne lui as-tu pas dit formellement — car je t'ai entendu sans que tu me visses — que si elle voulait accepter ta main, non-seulement tu lui sauverais la vie, mais encore que tu assurerais sa sécurité, en dépit des édits impériaux, sans qu'elle reniât le christianisme?

Fulvius, pâle comme la mort, demeurait debout comme un homme qui a reçu un coup d'épée dans le cœur, ou qui a été frappé par la foudre. Il ressemblait au criminel qui va être condamné, non point à la mort, mais à un pilori perpétuel, quand le juge l'interpella par ces paroles :

— Fulvius, je lis sur ton visage la confirmation de cette grave accusation. Je pourrais sur-le-champ te rendre

contre toi une sentence capitale. Mais je préfère te donner un conseil : éloigne-toi d'ici pour toujours. Après
une action aussi infâme, il ne te reste plus qu'à fuir et à
te dérober à l'indignation de tous les honnêtes gens
ainsi qu'à la vengeance des dieux. Garde-toi de reparaî-
tre au Forum, ou dans aucun autre endroit public de
Rome. Si cette dame le désire, je recevrai immédiatement sa déposition contre toi. Madame, ajouta-t-il respectueusement, puis-je avoir l'honneur de connaître
votre nom ?

— Fabiola, répondit-elle.

Le juge devint aussitôt d'une aménité excessive, car
il voyait devant lui celle dont il espérait faire sa belle-
fille.

— J'ai souvent entendu parler de vous, madame, reprit-il, de vos remarquables qualités et de vos rares vertus. D'ailleurs, proche parente de la victime d'une exécrable perfidie, vous avez le droit de réclamer son corps.
Il est à votre disposition.

Ce discours fut interrompu à son début par des cris et
des sifflements aigus ; ils s'adressaient à Fulvius, qui se
retirait, pâle de honte, de terreur et de rage.

Fabiola remercia gracieusement le préfet, et fit un
signe à Syra qui l'avait accompagnée. Celle-ci répéta le
signe à l'égard d'une autre personne, et aussitôt quatre
esclaves parurent avec la litière de la patricienne.
Fabiola ne voulut pas que d'autres qu'elle-même et Syra
recueillissent les reliques de la martyre, gisant sur le
sol ; elles les déposèrent dans la chaise à porteurs, et les
recouvrirent du manteau, riche drap funèbre.

— Portez ce trésor dans la demeure d'Agnès, dit-
elle.

Et elle suivit avec sa servante. Une petite fille, tout en
pleurs, demanda si elle pouvait se joindre au cortège.

— Qui es-tu ? s'enquit Fabiola.

— Je suis la pauvre Émérentiana, sa sœur de lait,
répliqua l'enfant.

Alors Fabiola la prit avec bonté par la main.

Au moment ou on enlevait le corps, une foule de chrétiens, enfants, hommes et femmes, se précipitèrent sur le lieu du martyre avec des éponges et des linges de toile pour recueillir le sang. Les gardes tombèrent sur eux à coups de fouet et de bâton, et même avec des armes plus dangereuses ; ils souffrirent ces cruels traitemens, de sorte que plusieurs mêlèrent leur sang au sang de la vierge.

Quand un souverain, à son couronnement, ou à sa première entrée dans sa capitale, jette à la multitude, selon l'ancienne coutume, des poignées d'or et d'argent, il y a moins d'empressement à enlever ces richesses que les chrétiens primitifs n'en mettaient à recueillir les gouttes aux teintes de rubis qu'un martyr avait versées de son cœur pour son Dieu, et qu'ils estimaient bien plus que l'or et les pierreries.

Mais tous respectèrent le droit que l'un d'eux avait d'en prélever le premier sa part ; c'était le diacre Reparatus qui, au péril de sa vie, se trouvait là, une fiole à la main, pour recueillir le sang du témoignage d'Agnès, qu'il voulait suspendre sur sa tombe comme un sceau fidèle attestant la réalité du martyre.

XXX

LE MÊME JOUR. — SA TROISIÈME PARTIE.

Tertullus s'empressa de se rendre immédiatement au palais, heureusement, ou malheureusement plutôt pour ces candidats au martyre. Il y rencontra Corvinus avec le rescrit préparé d'avance, élégamment écrit en lettres onciales, ou grandes majuscules. Par privilége, on l'admit sur-le-champ en présence de l'empereur, à qui il raconta aussitôt la mort d'Agnès, exagérant le mécontentement public causé par cet événement, et rejetant tout cela sur la folie et la maladresse de Fulvius. Toutefois, il garda,

de parler du crime principal de l'espion, dans la crainte
d'avoir à le juger, et d'amener par là la découverte de
ses propres desseins. Il déprécia la valeur des biens
d'Agnès, et termina en disant que ce serait un acte gracieux de clémence, qui atténuerait considérablement
l'impopularité résultant de l'exécution, que de faire présent de ces biens à la parente de la défunte, devenue son
héritière directe. Il dépeignit Fabiola comme une jeune
patricienne d'une rare intelligence et d'une science prodigieuse, très-dévouée au culte des dieux, et offrant chaque jour des sacrifices au génie des empereurs.

— Je la connais, répondit Maximien, qui se mit à rire
comme au souvenir d'une chose très-plaisante. Pauvre
femme ! elle m'avait envoyé une bague magnifique, et
hier elle sollicita la grâce de ce misérable Sébastien, précisément au moment où on venait de l'assommer.

Et il poussa des éclats de rires immodérés. Ensuite il
continua :

— Oui, oui, un petit héritage pourra la consoler de la
mort de cet homme. Faites dresser un rescrit, et je le
signerai.

Tertullus produisit celui qu'il tenait prêt, expliquant
qu'il avait pleinement compté sur la magnanime clémence du prince. Le Barbare impérial y apposa sa signature, qui eût fait honte à un écolier. Le préfet remit
immédiatement la pièce à son fils.

A peine avait-il quitté le palais, que Fulvius s'y présenta. Il était retourné chez lui pour revêtir un habit de
cour convenable, et pour effacer de ses traits, au moyen
du bain et de l'art du parfumeur les traces de sa colère du
matin. Il avait le pressentiment invincible qu'il serait
déjoué dans ses projets. La froide discussion d'Eurotas,
la veille au soir, l'y avait préparé. Le renversement de
tous ses desseins et ses échecs multipliés du jour avaient
encore fortifié en lui cette conviction instinctive. En
effet, il existait une femme qui semblait née pour le
contrecarrer et déconcerter ses plans, de quelque côté
qu'il se tournât. « Mais, grâces aux dieux, pensait-il, je

16.

ne le trouverai point ici sur mon chemin. Si ce matin,
elle a flétri irrémédiablement mon honneur, elle ne saurait venir réclamer la récompense qui m'est due. Si elle
me bannit de cette ville, ils n'est point en sa puissance de
me condamner à la mendicité. » Il exprimait ainsi sa
dernière espérance. La dure nécessité le poussait en
avant, il était déterminé à revendiquer ses droits aux
biens confisqués d'Agnès devant l'unique compétiteur
qu'il eût à redouter, le rapace empereur lui-même. Il
pouvait bien y risquer sa vie, car s'il échouait, il était
ruiné complétement. Après quelques instants d'attente,
on l'introduisit dans la salle d'audience, et il s'avança
avec son plus gracieux sourire jusqu'aux pieds du prince.

— Qu'avez-vous à faire ici ? Tel fut le salut qui l'accueillit.

— Seigneur, répondit-il, je viens humblement vous
prier d'ordonner qu'on me mette en possession de ma
part des richesses de la noble Agnès. Convaincue de
christianisme sur ma dénonciation, elle a subi la peine
que méritent tous ceux qui désobéissent aux édits impériaux.

— C'est parfaitement exact. Mais nous avons appris
que vous avez, comme d'habitude, mal conduit cette
affaire, et provoqué contre nous les murmures et les
mécontentements du peuple. Aussi n'avez-vous rien
de mieux à faire que de sortir de notre présence, de ce
palais et de cette ville. Comprenez-vous ? Nous n'avons
pas l'habitude de donner deux fois un pareil ordre.

— J'obéirai sur le champ aux ordres de votre suprême majesté ; mais je suis dans la détresse. Permettez
qu'on me délivre ce qui me revient de droit, et je partirai
immédiatement.

— Pas un mot de plus, reprit le tyran ; mais sortez à
l'instant. Quant aux biens que vous réclamez si obstinément, vous ne les aurez point. Nous avons disposé de
leur totalité par un rescrit irrévocable en faveur d'une
digne et excellente patricienne, Fabiola.

Fulvius se tut, baisa la main de l'empereur, et se retira

lentement. Il avait l'air d'un homme ruiné et anéanti. Seulement on l'entendit murmurer en franchissant le seuil :

— Ainsi elle me réduit encore à la mendicité !

Quand il rentra chez lui, Eurotas, qui lut la réponse dans son regard, fut surpris de le voir si calme.

— De sorte que tout est fini, remarqua-t-il sèchement.

— Oui. Vos préparatifs sont-ils terminés, Eurotas ?

— A peu près. J'ai vendu les bijoux, les meubles et les esclaves, non sans perte, il est vrai ; cependant, avec la petite somme que je possédais, nous pourrons regagner l'Asie en sûreté. J'ai gardé Stabio, comme le plus fidèle de nos serviteurs. Il portera sur son cheval les petits objets indispensables à notre voyage. On préparera deux autres chevaux pour vous et pour moi. Je n'ai plus qu'une seule chose à faire avant de partir.

— De quoi s'agit-il, je vous prie ?

— D'un poison que j'ai commandé la nuit dernière ; mais il ne sera prêt qu'à midi.

— Qu'en voulez-vous faire ? s'enquit Fulvius alarmé.

— Vous le savez bien, répondit l'autre, impassible. Je désire faire une nouvelle tentative quelque part. Notre convention est précise, la famille de mon père ne peut finir dans la mendicité, elle doit s'éteindre avec honneur.

Fulvius repartit en se mordant les lèvres :

— Soit donc, à votre gré. Je suis fatigué de vivre. Eloignons-nous de cette maison le plus tôt possible, par crainte d'Ephraïm. Trouvez-vous avec vos chevaux à la troisième borne militaire, sur la voie Latine, dès la tombée de la nuit ; je vous y rejoindrai, car, moi aussi, j'ai à m'occuper d'une affaire importante avant de partir.

— Et quelle est-elle ? demanda Eurotas avec une avide curiosité.

— Il m'est impossible de la confier même à vous. Mais si vous ne me voyez point deux heures après le coucher du soleil, abandonnez-moi à mon sort, et fuyez seul.

Eurotas fixa sur son neveu son regard sombre et froid, qui perçait d'habitude jusqu'au fond de l'âme de Fulvius, cherchant s'il ne découvrirait point dans ce dernier la secrète pensée d'échapper à son pouvoir; mais l'espion était impassible, et son air, contre sa coutume, était exempt de dissimulation. Le vieillard n'en demanda pas davantage. Pendant que ce dialogue se poursuivait, Fulvius, quittant son costume de cour, s'était revêtu d'un habit de voyage. Il se préparait si évidemment à un départ qui n'admettait pas la pensée du retour, qu'il prit ses armes. Outre son épée, suspendue à sa ceinture, il cacha sous son manteau un de ces poignards recourbés de la trempe la plus fine et de la forme la plus dangereuse, qu'on ne connaissait qu'en Orient.

Eurotas se rendit aussitôt au quartier que les Numides occupaient dans le palais, et il demanda Jubala, qui se présenta avec deux petites fioles de dimension différente; elle se disposait à donner quelques explications, quand elle aperçut son mari qui s'approchait moitié ivre et moitié furieux. Eurotas n'eut que le temps de glisser les fioles dans sa ceinture et une pièce de monnaie dans la main de la négresse, avant l'arrivée d'Hyphax. Sa femme lui avait parlé des offres d'Eurotas, qui avaient précédé leur mariage, et cette révélation avait allumé dans le sang brûlant de l'Africain une jalousie allant jusqu'à la haine. Le sauvage jeta rudement Jubala hors de la chambre, et il eût cherché querelle au Syrien, si celui-ci, ayant obtenu ce qu'il voulait, n'eût agi avec modération, et assuré, en se retirant, le chef des archers, qu'il ne le reverrait jamais.

Il est temps que nous retournions auprès de Fabiola. Le lecteur s'attend, peut-être, que nous allons dire qu'elle était rentrée chrétienne dans sa maison. Cependant il n'en était point ainsi. En effet, que savait-elle encore du christianisme pour songer à le professer? Dans Sébastien et dans Agnès elle avait admiré volontiers une vertu désintéressée, généreuse et surhumaine, qu'elle était disposée maintenant à attribuer à leur religion. Elle

comprenait que cette loi fournissait des motifs d'action,
des principes de conduite; qu'elle élevait l'esprit, fortifiait la conscience, et déterminait au bien la volonté
mieux que tout autre système. Mais, quand même, —
comme elle le supposait avec sagacité, avec l'intention
de s'en assurer dans un moment plus calme — les sublimes révélations de Syra, au sujet d'une sphère de vertu invisible pour elle et de son maître voyant tout, auraient la même source, qu'y avait-il là de plus qu'un
système intellectuel et profondément moral, en partie
pratique, en partie spéculatif, ainsi que tous les codes
d'enseignement philosophique? Il y avait loin de là au
christianisme. La patricienne ne connaissait rien encore
de ses doctrines réelles et essentielles, ni de ses mystères ineffables et cependant accessibles, ni de l'édifice
immense, redoutable et céleste de la foi, que l'âme la
plus simple peut contenir, comme l'œil de l'enfant réfléchit parfaitement l'image d'une montagne qu'un géant
ne pourrait escalader. Elle n'avait jamais entendu parler
du Dieu unique dans sa Trinité, de son Fils égal en substance, incarné pour les hommes. On ne lui avait point
appris la merveilleuse histoire de la Rédemption accomplie par les souffrances et la mort d'un Dieu. On ne lui
avait encore rien dit de Nazareth, de Bethléem ou du
Calvaire. Comment donc, ignorant tout cela, eût-elle pu
se proclamer chrétienne ou l'être effectiment?

Que de noms, destinés à lui être doux et familiers,
étaient encore inconnus ou barbares pour elle! — Marie,
Joseph, Pierre, pour ne pas mentionner le plus suave
de tous, celui qui est un baume pour le cœur blessé, ou
comme le miel découlant du rayon brisé. Et que n'avait-
elle point encore à apprendre au sujet des moyens de
salut confiés à l'Eglise sur la terre, et qui sont la grâce,
les sacrements, l'amour de Dieu, la charité envers le
prochain! Quelles vastes régions inexplorées se dérou-
laient au-delà du faible espace où on l'avait introduite.

Non; quand Fabiola rentra chez elle, épuisée par les
émotions de la journée et de la nuit précédentes, et les

tristes scènes du matin; quand elle se retira dans son
appartement, elle n'était plus philosophe, peut-être,
mais elle n'était point encore chrétienne. Elle invita
toutes ses femmes à s'éloigner de la cour qui lui était
réservée, afin de n'être troublée par aucun bruit, et
défendit qu'on laissât pénétrer personne auprès d'elle.
Elle demeura assise plusieurs heures, solitaire et silencieuse, car elle était trop agitée pour demander le repos
au sommeil. Longtemps elle pleura sur Agnès, comme
une mère l'eût fait sur une enfant brusquement enlevée.
Mais le nuage planant au-dessus des restes de la martyre n'était-il pas teint de lumière, tandis qu'il n'en avait
point été ainsi pour la tombe du père de Fabiola. Il lui
semblait que ce serait une insulte à la raison, un outrage
à l'humanité que de supposer qu'elle eût péri tout entière; que dans sa robe éclatante, avec son visage souriant,
son cœur simple et joyeux, elle eût marché seulement au
néant; que, séduite par la justice, la pureté, la vérité, au
moment même où elle étendait les bras pour les embrasser, elle eût été précipitée dans l'abîme d'une irrévocable
destruction. Non, Agnès, elle en avait la certitude, était
heureuse quelque part, ou bien la justice était un mot
vide de sens.

— Combien il est étrange, pensait-elle encore, que
tous les êtres en qui j'ai admiré une perfection supérieure, des hommes tels que Sébastien, des femmes telles
qu'Agnès, aient appartenu à la race méprisée des chrétiens! Un seul d'entre eux me reste : je l'interrogerai demain.

Ensuite, reportant ses regards autour d'elle, sur le
monde païen, sur Fulvius, sur Tertullus, sur l'empereur,
sur Calpurnius, — elle frémit en se surprenant prête à
joindre à ces noms celui de son père — elle ressentait un
profond dégoût en y voyant la bassesse contraster avec
la noblesse, le vice avec la vertu, la stupidité avec la sagesse, les sens avec l'esprit. Son esprit se modelait
comme un vase, et menaçait de se briser si on ne le remplissait de quelque excellente doctrine morale. Son âme

altérée appelait les eaux du ciel, comme un sol desséché destiné à offrir un désert éternel s'il n'est arrosé.

Certes, Agnès méritait bien d'obtenir, par sa mort, la conversion de sa parente. Mais n'existait-il pas une jeune fille de condition plus humble qui avait acquis ce droit la première? Une sainte qui avait refusé la liberté et offert sa vie en vue de cette conquête désintéressée ?

Fabiola était donc là, seule et désolée, quand on vint la troubler en introduisant auprès d'elle un étranger sous le titre sinistre de « messager de l'empereur. » Le portier avait d'abord refusé d'admettre le visiteur ; mais ayant appris qu'il était chargé par le prince d'une mission importante, il se crut obligé de consulter l'intendant sur ce qu'il devait faire ; ce dernier lui dit qu'il était indispensable d'introduire un mandataire impérial.

Fabiola, très-surprise d'abord, sentit cependant son déplaisir diminuer à la vue du personnage ridicule investi d'une mission aussi solennelle. C'était Corvinus ; il l'aborda avec une politesse grotesque, débita un discours étudié, composé par un autre, évidemment, en termes fleuris, et confié à sa mauvaise mémoire ; il venait déposer aux pieds de la patricienne le rescrit impérial, l'assurance de son affection sincère, les biens de la noble Agnès, et l'offre de sa main grossière. Fabiola, ne saisissant point le rapport qui existait entre ces deux présents, ne se fût jamais imaginé que l'un était un appât pour obtenir l'autre. Aussi pria-t-elle le messager de présenter à l'empereur ses humbles remerciements pour cette gracieuse faveur, et elle ajouta :

— Dites-lui que je suis trop souffrante aujourd'hui pour me rendre au palais et le prier d'accepter mes hommages.

— Ces propriétés, répondit Corvinus avec embarras, étaient perdues et confisquées, vous le savez ; c'est mon père qui les a obtenues pour vous.

— Il a pris une peine inutile, déclara Fabiola, car il y a longtemps qu'elles m'ont été léguées ; elles m'appar-

tenaient donc. — Sa voix trembla ; et, après un violent
effort pour maîtriser sa douleur, elle continua : — elles
m'appartenaient donc du moment qu'elles cessaient d'ê-
tre à une autre ; elles ne pouvaient tomber sous le décret
de confiscation.

Corvinus resta muet. Enfin il balbutia quelques mots,
dont le sens était qu'il souhaitait humblement d'être admis à solliciter la main de la patricienne, mais que celle-
ci comprit comme une demande de récompense pour lui
avoir procuré un document de ce prix. Elle l'assura
qu'elle tiendrait grand compte de toute requête émanant
de lui, mais dans un moment plus propice. A cette heure, malade et excédée de fatigue, elle était obligée de le
congédier. Corvinus ne ressentit pas un médiocre orgueil, à ces paroles, s'imaginant qu'il avait atteint son
but.

Quand il fut parti, Fabiola, ayant à peine jeté un regard sur le parchemin qu'il avait laissé ouvert sur une
petite table, près de sa couche, s'assit de nouveau pour
méditer sur les tristes scènes dont elle avait été témoin,
ce qui dura jusqu'à une heure, environ, avant le coucher
du soleil. Elle songeait tantôt à l'un, tantôt à l'autre des
derniers évènements. Enfin elle arrêta sa pensée sur sa
confrontation avec Fulvius, le matin, dans le Forum. Sa
mémoire lui rappela vivement la scène entière, et son
esprit, se livrant progressivement aux plus pénibles impressions, elle fit un effort pour repousser ces images, et
elle se dit tout haut à elle-même :

— Grâce au Ciel, je ne verrai plus la figure de ce scélérat.

A peine ces mots étaient-ils tombés de ses lèvres,
qu'ombrageant ses yeux de ses mains, elle se souleva
sur sa couche, et dirigea son regard vers la porte. Etait-
ce son imagination surexcitée qui la trompait, ou bien
son œil pénétrant lui montrait-il la réalité? ces paroles,
en résonnant à ses oreilles, résolurent la question :

— Je vous en prie, madame, quel est l'homme que
vous honorez de ces gracieuses épithètes?

— Vous-même, Fulvius, répondit-elle en se levant avec dignité. Non content de vous introduire dans la maison, la villa, la prison, il faut encore que vous forciez les appartements les plus secrets d'une femme, et de plus la retraite de celle que vous avez dépouillée et plongée dans la douleur. Sortez sur-le-champ, ou je vous ferai chasser ignominieusement.

— Asseyez-vous et calmez-vous, madame, reprit l'espion; ce sera ma dernière visite. Mais nous avons un compte de quelque importance à régler ensemble. Epargnez-vous la peine de crier et d'appeler au secours; les ordres que vous avez donnés à vos serviteurs de se tenir éloignés ont été trop ponctuellement exécutés pourqu'aucun d'eux puisse vous entendre.

Il n'était que trop vrai. Corvinus avait, par mégarde, préparé la voie à Fulvius. En effet, lorsque l'espion se présenta pour entrer, le portier, qui l'avait vu deux fois à la maison, lui expliqua les ordres formels qu'il avait reçus, et déclara qu'il ne pouvait être admis, à moins qu'il ne fût envoyé par l'empereur, car telles étaient ses instructions. Fulvius répondit qu'il était précisément dans le dernier cas; et le portier, tout en s'étonnant que tant de messagers impériaux vinssent en ce jour, le laissa passer. Fulvius, alléguant qu'il était pressé, lui recommanda de ne point fermer la porte, pour le cas où le gardien serait absent quand il sortirait, car il n'aimerait point à troubler une maison en deuil. Il ajouta qu'il n'avait pas besoin de guide, vu qu'il connaissait les appartements de Fabiola.

Fulvius, s'étant assis en face de la patricienne, poursuivit :

— Vous ne devriez point vous offenser, madame, de mon apparition inattendue dans votre demeure, ni de ce que j'ai surpris vos aimables monologues à mon sujet; je mets en pratique les leçons que vous m'avez données à la prison Tullienne. Mais reprenons les choses de plus haut. Lorsque je fus invité pour la première fois, par votre digne père, à m'asseoir à sa table, j'y rencontrai une personne dont les regards et les paroles conquirent immédiatement mon affection — il est inutile de la nommer — et dont le cœur sympathisait instinctivement avec le mien.

— Insolent! s'écria Fabiola, vous osez traiter ici un pareil sujet! c'est faux : jamais aucune affection de ce genre n'exista entre elle et vous.

— Quant à la noble Agnès, reprit Fulvius, j'en ai pour preuve la meilleure des autorités, celle de votre respectable père qui m'encouragea plus d'une fois à persévérer dans mes sollicitations, m'assurant que sa cousine lui avait confié qu'elle m'aimait.

Fabiola demeura interdite, car elle se rappelait maintenant que l'espion disait vrai, et que son père lui avait insinué tout cela, sous l'influence d'une absurde méprise.

— Je sais, répliqua-t-elle, que mon cher père s'abusait sur ce point; mais moi, à qui l'aimable enfant ne cachait rien.....

— Excepté sa religion, interrompit Fulvius avec une amère ironie.

— Assez! fit la patricienne; cette parole résonne sur vos lèvres comme un blasphème. Je savais que vous n'étiez pour elle qu'un objet de mépris et d'horreur.

— Oui, après que vous m'eûtes rendu tel pour elle. A dater de l'heure de notre première rencontre, vous êtes devenue mon ennemie la plus cruelle et la plus acharnée, ainsi que ce perfide officier qui a maintenant reçu sa récompense, et que vous destiniez à occuper la situation que j'ambitionnais. Retenez votre indignation, madame, car je veux que vous m'écoutiez jusqu'au bout. Vous avez flétri mon honneur auprès d'Agnès, empoisonné ses sentiments et changé mon amour en une haine implacable.

— Votre amour! éclata la patricienne outrée. Lors même que toutes vos paroles ne seraient pas autant de mensonges, quel amour auriez-vous pu ressentir pour elle? Etiez-vous capable d'apprécier sa simplicité ingénue, son honnêteté scrupuleuse, sa rare intelligence, sa naïve innocence? oui, exactement comme le loup apprécie la douceur de l'agneau ou le vautour la tendresse de la colombe. Ses richesses, ses relations de famille, sa noblesse, voilà ce que vous convoitiez, et pas autre chose : voilà ce que je lus dans l'éclair de votre regard quand il se fixa sur elle pour la première fois, comme celui du basilic.

— Vous vous trompez, affirma-t-il ; si ma demande eût été accueillie, et que j'eusse contracté un mariage convenable, j'aurais su me montrer à la hauteur de ma position, aimant la vie domestique, heureux et plein d'affection, et aussi digne de la posséder que...

— Qu'aurait pu l'être, interrompit Fabiola, l'homme qui, en offrant sa main, se déclare prêt à épouser ou à assassiner, dans l'espace de trois heures, l'objet de son affection. Agnès a préféré la dernière alternative, et vous, vous avez tenu parole. Sortez de ma présence; vous souillez jusqu'à l'air que vous respirez.

— Je partirai quand j'aurai accompli ma tâche, et vous aurez peu de motifs de vous réjouir quand je le ferai. Vous avez donc, de propos délibéré, sans provocation de ma part, flétri mon honneur et ruiné les projets les plus honorables que j'eusse jamais conçus ; vous m'avez déshérité de mon unique espoir, banni de la société, privé de mon rang, d'une honnête aisance et du bonheur domestique. De plus, après tout cela, vous avez confirmé ma condamnation en me traitant d'espion, en surprenant mes paroles, ce matin, en vous montrant dans le Forum, au mépris de toute pudeur féminine, pour achever en public ce que vous aviez commencé en secret, exciter contre moi le tribunal suprême, et par lui l'empereur, et provoquer les injustes clameurs du peuple. De sorte que, sans le sentiment plus fort que la crainte qui m'amène ici, il me faudrait fuir à la dérobée, comme le loup qu'on traque, jusqu'à ce que je pusse m'échapper par la porte la plus voisine.

— Et moi, je proteste, Fulvius, interrompit Fabiola.

qu'au moment où vous aurez franchi le seuil, la somme
des vertus s'élèvera dans cette ville perverse. De nouveau je vous ordonne de sortir au moins de ma maison, ou bien je me retirerai devant votre odieuse insistance.

— Nous ne nous séparerons cependant point encore,
madame, répondit Fulvius, tandis que son visage s'empourprait et que ses lèvres blémissaient à chaque instant
davantage.

En même temps il lui saisit rudement le bras et la repoussa sur sa couche. Il ajouta :

— Gardez-vous d'essayer de m'échapper ou d'appeler
au secours. Le premier cri que vous pousseriez serait
aussi le dernier, quoi qu'il en dût arriver. Par vous, je
suis devenu un proscrit, non-seulement de la société
mais de Rome, un exilé, un vagabond, sans asile et
sans amis sur la terre. Ce n'était pas assez pour vous,
il vous a fallu me voler mon or, légitimement acquis à
la sueur de mon front : pain, réputation, moyens
d'existence, tout cela vous me l'avez ravi, à moi, pauvre
étranger.

— Homme insolent et corrompu, s'écria la patricienne
indignée, sans se préoccuper des conséquences, vous aurez à répondre de votre impudence. Quoi ! vous osez,
dans ma propre maison, m'accuser de vol ?

— Oui, je l'ose, et je vous déclare que c'est aujourd'hui
le jour de votre jugement, et non le mien. J'ai gagné,
peu vous importe que ce soit par le crime, ma part des
propriétés confisquées à votre cousine. Je l'ai gagnée
durement, à force d'angoisses, de déchirements de cœur
et d'âme, de nuits sans sommeil, de luttes contre les
démons qui m'ont vaincu, et contre l'homme qui vit sous
mon toit, plus terrible encore qu'eux tous ; j'ai dépensé
mes jours en investigations infatigables, au milieu des
désolations de mon esprit fier et humilié, afin de démontrer l'évidence des accusations. N'ai-je pas le droit de
jouir du fruit de mes labeurs? Femme, appelez ces richesses comme il vous plaira ; dites, si vous le voulez,

qu'elles sont teintes de sang ; plus elles sont infâmes ,
plus aussi il est honteux à vous de venir me les arracher. Vous ressemblez au riche qui ravirait à la gueule
du chien le cadavre d'un corbeau, à la poursuite duquel l'animal se serait enflé les pattes et meurtri le
corps.

— Je ne chercherai point à vous appliquer les épithètes que vous méritez, quelque rêve égare sans doute votre esprit, dit Fabiola avec une vivacité qui n'était pas
exempte d'alarmes. — Elle se sentait en présence d'un
insensé dont la violente colère, exaspérée par une imagination effrénée, surrexcitée, atteignait un degré d'exaltation constituant cette frénésie morale où le meurtrier
se croit un vertueux vengeur. —Fulvius, continua-t-elle
avec un calme étudié et en le regardant fixement, je vous
invite à partir sur-le-champ. Si vous avez besoin d'argent, je vous en donnerai. Mais, au nom du Ciel, éloi-
gnez-vous, avant que votre raison ne succombe sous l'action de votre colère.

— De quel rêve voulez-vous parler ? demanda Fulvius.

— Mais de la supposition que j'aurais pu, en un tel
jour, songer aux biens d'Agnès ou à profiter de sa mort
cruelle.

— Et cependant il en est ainsi. Je sais, de la bouche
même de l'empereur, qu'il vous a tout donné. Prétendriez-vous me faire croire que le plus généreux et le plus
libéral des princes aurait lâché une obole sans avoir été
sollicité ou séduit?

— Voilà ce que j'ignore. Mais je sais que j'aurais
mieux aimé mourir que de réclamer un denier de pareils
biens.

— Alors, préféreriez-vous me faire croire qu'il s'est
trouvé, dans cette ville, quelqu'un d'assez désintéressé
et exempt de cupidité pour solliciter à votre place? Non,
non, noble Fabiola, je n'admets point cela. Mais qu'est-
ce ceci ?

Et il saisit vivement le rescrit impérial, demeuré,

sans qu'on y fît attention, là où Corvinus l'avait laissé. La sensation qu'il éprouva fut celle d'Enée lorsqu'il vit la ceinture de Pallas sur le sein de Turnus. Sa fureur, qui semblait avoir fait place à la ruse, tandis qu'il s'occupait de démontrer la culpabilité de Fabiola, éclata de nouveau, à l'aspect du fatal document. Il le regarda une minute, puis il hurla, en grinçant des dents de rage :

— Maintenant, madame, je puis vous convaincre de bassesse, de rapacité et de cruauté surhumaine, avec bien plus de raison que vous n'osiez le faire à mon égard. Regardez ce rescrit, avec ses splendides caractères d'or et ses marges ornées de dessins, et puis affirmez, si vous en avez l'audace, qu'il a été dressé seulement entre l'heure où mourut votre cousine et celle où l'empereur m'annonça qu'il l'avait signé. Connaissez-vous le généreux ami qui vous a procuré ce trésor? Quoi! pendant qu'Agnès était en prison ; pendant que vous gémissiez et pleuriez sur elle; pendant que vous me reprochiez ma cruauté et ma perfidie envers elle, — à moi, un étranger et son ennemi ! — vous, la douce patricienne, la philosophe vertueuse, la parente aimable et affectueuse, vous qui me réprimandiez si sévèrement, vous méditiez froidement de profiter de mon crime en vous assurant les biens de la captive; vous cherchiez l'élégant écrivain dont le pinceau dorerait votre convoitise, et fixerait sur le papier, avec le *minium* couleur de pourpre, la preuve de votre trahison envers votre chair et votre propre sang.

— Taisez-vous, insensé, taisez-vous, s'écria Fabiola s'efforçant vainement de dominer l'œil étincelant de Fulvius. — Il poursuivit avec un accent plus sauvage encore :

— Et quand vous m'avez ainsi volé indignement, vous m'offrez de l'argent! Vous m'avez joué, et vous me plaignez! après avoir fait de moi un mendiant, vous m'offrez l'aumône, — l'aumône prise sur mon propre salaire, sur ce salaire que l'enfer même ne refuse point à ses victimes, tant qu'elles sont sur la terre.

Fabiola se leva de nouveau; mais il la ressaisit d'une étreinte furieuse; et, cette fois, il poursuivit sans la relâcher :

— Et maintenant, écoutez les paroles que je vais prononcer, car elles seront peut-être les dernières que vous entendrez. Rendez-moi ces biens acquis par vous injustement; il n'est pas équitable que j'emporte la responsabilité du crime, et vous sa récompense. Signez-moi le tranfert de ces richesses comme un don volontaire, et je partirai. Si vous refusez, ce sera votre arrêt de condamnation.

Et il accompagna ces mots d'un regard sinistre et menaçant.

La fierté de Fabiola se révolta. Son cœur de Romaine, encore indompté, demeura ferme. Le danger ne servit qu'à l'affranchir de toute crainte. Ramenant autour d'elle les plis de sa robe, avec une dignité vraiment patricienne, elle répliqua :

— Fulvius, écoutez mes paroles, lors même qu'elles devraient être les dernières que je prononcerai, comme elles seront certainement les dernières que vous entendrez de ma bouche. Vous céder ces biens, à vous ! Je les donnerais plutôt au premier lépreux que je rencontrerais dans la rue ; quant à vous, jamais ! non, jamais vous ne toucherez rien de ce qui appartint à cette sainte vierge, pas même une perle ou une paille. Votre contact les souillerait. Prenez tout mon or, si vous le voulez; mais aucun trésor, à mon gré, ne rachèterait ce qu'elle a possédé. Il est un legs, surtout, que j'estime plus que son héritage. Il n'y a qu'un instant, vous m'avez offert deux alternatives, comme vous le fîtes pour elle, la nuit dernière : ou céder à vos instances, ou mourir. Agnès m'enseigne ce que je dois choisir. Encore une fois, partez, je vous l'ordonne.

— Vous laisser posséder mon bien ! vous laisser triompher de moi, vous vanter de m'avoir chassé ! — vous ho-

norée et moi flétri! vous riche et moi pauvre! vous heureuse, et moi misérable! — Non. jamais! Je ne puis
éviter le sort que vous m'avez fait, mais je puis vous empêcher de devenir ce que vous n'avez pas le droit d'être.
Voilà pourquoi je suis venu. Ce jour est celui de la vengeance. Et maintenant, mourez!...

Tout en formulant ces menaces, Fulvius repoussait
lentement Fabiola en arrière, de la main gauche, vers la
couche d'où elle s'était levée, tandis qu'il fouillait en
tremblant dans les plis de sa toge. En achevant le dernier
mot, il la jeta brusquement sur le lit et la saisit par les
cheveux. La patricienne n'essaya aucune résistance et
ne proféra pas un cri; elle éprouva une sorte de défaillance et de douleur; par un noble sentiment de respect d'elle-même, elle contint toute manifestation extérieure de crainte, devant son implacable ennemi. Au
moment où ses yeux se fermaient, elle entrevit comme un éclair au-dessus de sa tête, sans savoir si c'é-
tait l'éclat de l'œil fulgurant du meurtrier ou celui de
l'acier.

Bientôt elle se sentit oppressée et suffoquée, comme si
un grand poids fût tombé sur elle; et un flot tiède inonda
sa poitrine.

Alors une voix douce et suppliante résonna à son
oreille:

— Arrête, Orontius: je suis ta sœur Miriam!

— C'est faux; abandonne-moi ma proie.

D'autres paroles furent prononcées d'un ton faible et
dans un idiome inconnu de Fabiola: puis elle sentit
qu'on lâchait ses cheveux, et elle entendit le bruit d'un
poignard qu'on jetait sur le sol. Fulvius s'écria avec
amertume, en s'élançant hors de la pièce:

— O Christ! voilà donc ta vengeance!

Fabiola recouvrait ses forces, mais elle sentait s'accroître le poids qui l'oppressait. Elle s'en délivra par un
brusque mouvement. A sa place gisait un autre corps,
couvert de sang, et paraissait inanimé.

C'était la fidèle Syra, qui s'était précipitée entre la vie de sa maîtresse et le poignard de son frère.

XXXI

PRÊTRE ET MÉDECIN.

Les exigences du moment suspendirent pour un temps les hautes pensées qu'un pareil événement devait faire naître dans le noble cœur de Fabiola. Elle s'empressa d'étancher le sang qui coulait, avec tout ce qui se trouva sous sa main. Pendant qu'elle vaquait à ce soin, tous ses serviteurs accouraient à son appartement. Le stupide portier commençait à s'inquiéter de la visite prolongée de Fulvius, dont nous connaissons désormais le véritable nom. Quand il le vit s'élancer comme un fou vers la porte, il crut remarquer des taches de sang sur ses vêtements, et il donna immédiatement l'alarme dans toute la maison. D'un geste, Fabiola arrêta les esclaves au seuil de sa chambre, et permit seulement à Euphrosyne et à sa servante grecque d'entrer. Cette dernière, depuis qu'elle n'était plus sous l'influence de l'esclave noire, s'était attachée tendrement à Syra, que nous appellerons encore de ce nom, et elle écoutait très-docilement ses instructions morales. On dépêcha sur-le-champ un esclave au médecin que Syra avait coutume de réclamer lorsqu'elle était malade; c'était Dyonisius, qui nous l'avons déjà dit, vivait dans la demeure d'Agnès.

Cependant Fabiola se réjouit en voyant l'effusion du sang moins abondante, et surtout sa servante ouvrir les yeux et un instant les porter sur elle. La patricienne n'eût pas échangé pour une fortune le doux sourire qui accompagna ce regard.

Au bout de quelques instants, le bon médecin parut. Il examina soigneusement la blessure, et en augura bien pour le présent. Le coup, tel qu'il avait porté, devait

frapper Fabiola droit au cœur. Mais sa servante dévouée,
malgré ses défenses, avait veillé sur elle toute la journée;
si elle ne pénétrait point auprès de sa maîtresse, elle
épiait l'occasion de seconder les excellentes impressions
de la grâce que les scènes du matin avaient dû produire.
Tandis qu'elle se tenait dans une chambre voisine,
elle entendit les accents furieux d'une voix qui n'était que
trop familière à son oreille; elle accourut sans bruit et
s'arrêta derrière le rideau qui fermait l'entrée de l'appartement de Fabiola. Elle demeura cachée dans l'ombre,
à l'endroit même où Agnès l'avait consolée quelques mois
auparavant.

Elle venait d'y arriver quand la dernière lutte commença. Pendant que le terrible visiteur repoussait sa
maîtresse, Syra l'avait suivi par derrière. Au moment où
il leva le bras, elle se jeta brusquement devant lui, et
couvrit la victime de son corps. Le coup la frappa; mais
le choc ayant fait dévier le bras de l'assassin, l'arme l'atteignit profondément au cou, et ne fut arrêtée que par la
clavicule. Avons-nous besoin d'expliquer combien lui
coûta ce sacrifice? La crainte de la douleur ni celle de la
mort ne l'eussent point fait hésiter un seul instant, assurément; mais l'idée d'imprimer au front de son frère la
flétrissure de Caïn l'affligeait profondément et la remplissait d'horreur. Essayer de lutter contre le meurtrier,
dont elle connaissait la force et l'agilité, il n'y fallait pas
songer; tenter de donner l'alarme dans la maison avant
que le coup fatal eût été frappé, c'eût été peine inutile. Il
ne lui restait donc qu'à s'immoler en se substituant à la
victime désignée. Et comme elle avait voulu épargner
à son frère la consommation du crime, en le faisant, elle dévoila à Fabiola leur parenté, leur véritable
nom.

Dans son aveugle fureur, l'agresseur avait d'abord
refusé de la croire. Mais ces mots, prononcés dans leur
langue native : « Souviens-toi de mon écharpe que tu as
ramassée ici, » rappelaient à sa mémoire une histoire
domestique tellement horrible, que si la terre, en ce

moment, se fût entr'ouverte à ses pieds, il se serait précipité dans le gouffre pour y ensevelir ses remords et sa honte.

Il était étrange, en vérité, qu'il n'eût jamais permis à Eurotas de s'emparer de cette relique de famille ; depuis qu'il l'avait trouvée, il la conservait à part comme une chose sainte ; après avoir tout emballé pour le départ, il l'avait pliée et placée dans son sein ; mais le mouvement qu'il avait fait pour tirer son poignard avait mis également l'écharpe à découvert, et on trouva les deux objets sur le sol.

Dyonisius ayant pansé la blessure et administré les toniques qu'il jugea nécessaires, et qui rappelèrent Syra à elle-même, recommanda de laisser la malade en paix, de n'introduire personne auprès d'elle, autant que possible, et de continuer jusqu'à minuit le traitement qu'il prescrivit.

— Je viendrai demain, de grand matin, ajouta-t-il, car je désire la voir seule.

Et il murmura quelques mots à son oreille, qui parurent lui faire plus de bien que tous les remèdes, et un sourire angélique éclaira son visage.

Fabiola l'avait fait placer dans son propre lit ; et reléguant ses femmes dans une pièce adjacente, elle se réserva exclusivement — ce qu'elle regardait comme un privilége — de soigner la servante envers laquelle, peu de mois auparavant, elle se croyait à peine tenue à la reconnaissance pour le dévouement que celle-ci lui avait témoigné dans sa maladie. Elle expliqua à ses gens comment la blessure avait été faite, mais en leur taisant les liens de parenté qui unissaient son meurtrier à sa libératrice.

Bien qu'épuisée elle-même et en proie à la fièvre, la patricienne refusa de s'éloigner du lit de la malade. Quand minuit fut passé et qu'il n'y eut plus de remède à lui donner, elle s'étendit, pour se reposer, sur une couche basse placée près du lit. Quelles furent alors les pensées auxquelles Fabiola ouvrit son esprit et son cœur dans la

demi-obscurité de cette chambre de malade? Elles furent
simples et sérieuses. Elle comprit aussitôt la vérité de
tout ce que sa servante lui avait dit jusqu'à ce moment.
Dans le dernier entretien, les principes, dont elle avait
entendu l'exposé avec délices, lui avaient semblé d'admirables théories, mais complètement irréalisables et impossibles à pratiquer. Quand Miriam avait décrit cette
sphère de vertu, où l'on ne devait attendre aucune louange
ou récompense humaine, mais seulement le regard
approbateur de Dieu, Fabiola avait admiré ces idées, qui
frappaient fortement sa généreuse imagination ; mais
elle se révolta à la pensée qu'elles devaient s'imposer à
elle, à chaque heure, comme la règle de sa conduite.
Cependant si le coup, au-devant duquel l'esclave
s'était jetée, avait été fatal, comme il eût pu si facilement
arriver, où donc aurait-elle reçu sa récompense ? Le motif
qui l'avait inspirée n'était-il point cette théorie de la
responsabilité envers une puissance inconnue?

Et lorsque Miriam avait discouru sur l'héroïsme dans
la vertu, comme étant son indice ordinaire, combien ce
principe lui avait paru chimérique! Pourtant, là-même,
sans délibération, sans préméditation, sans excitation et
sans gloire ; bien plus, avec le désir manifeste d'enton-
rer son action de mystère, cette esclave avait accompli
un sacrifice héroïque de tous points. D'où cela pouvait-il
venir, sinon de la pratique habituelle d'une vertu héroïque, et d'une disposition constante à faire ce qui suffirait
à ennoblir pour jamais le nom d'un soldat ? Il ne s'agissait point, en vérité, de songes ni de théories seulement,
mais Miriam pratiquait sérieusement, réellement, tout
ce qu'elle enseignait. Était-ce là un mystère de philosophie? Oh! non : ce devait être une religion, la religion
d'Agnès et de Sébastien, auxquels, à ses yeux, Miriam
n'était inférieure sous aucun rapport. Combien elle désirait l'entretenir de nouveau!

De grand matin, selon sa promesse, le médecin revint
et trouva la malade beaucoup mieux. Ayant demandé
qu'on le laissât seul avec elle, il couvrit d'une nappe de

lin la table, sur laquelle il plaça des flambeaux allumés. Puis, tirant de son sein une écharpe brodée, il en sortit une boîte d'or dont la blessée connaissait bien le contenu sacré.

S'étant approché d'elle, il lui dit :

— Ma chère enfant, je vous apporte, suivant ma promesse, non-seulement le souverain remède à tous les maux du corps et de l'âme, mais le véritable médecin lui-même, celui dont la parole restaure toutes choses, dont l'attouchement ouvre les yeux de l'aveugle et les oreilles des sourds, dont la volonté guérit le lépreux, et dont le bord du vêtement exhale une vertu qui peut tout guérir. Êtes-vous prête à le recevoir ?

— De tout mon cœur, répondit-elle en joignant les mains. Je souhaite ardemment de posséder Celui que j'ai aimé, en qui j'ai cru, et à qui mon cœur appartient.

— N'éprouvez-vous aucune irritation, aucun ressentiment contre celui qui vous a blessée ? Votre esprit n'a-t-il point conçu d'orgueil ou de vanité à la pensée de votre dévouement ? Avez-vous conscience de quelque faute exigeant une humble confession et l'absolution avant de recevoir le don sacré dans votre cœur ?

— Vénérable père, je reconnais que je suis pleine d'imperfections et de péchés ; cependant je ne me souviens d'aucune faute. Je n'ai pas eu besoin de pardonner à celui dont vous parlez, je l'aime trop pour cela, et je donnerais volontiers ma vie pour le sauver. Et de quoi m'enorgueillirais-je, moi, pauvre servante, qui n'ai fait qu'obéir aux commandements de mon Seigneur ?

— Alors, enfant, invitez-le, ce Seigneur, à entrer dans votre maison, afin qu'il vous guérisse et vous remplisse de sa grâce.

Et s'approchant de la table, il y prit une parcelle de la sainte Eucharistie, sous la forme de pain sans levain ; et comme elle était sèche, il l'humecta d'un peu d'eau, et la déposa sur les lèvres de la malade ; elle referma la bouche et demeura quelque temps dans la contemplation.

C'est ainsi que saint Dionysius remplissait la double

fonction de médecin et de prêtre que lui attribue l'inscription gravée sur son sépulcre aux catacombes.

XXXII

LE SACRIFICE ACCEPTÉ.

Pendant toute cette journée , la blessée parut occupée
de pensées sérieuses, mais infiniment agréables. Fabiola,
qui ne la quittait que pour donner dans sa maison des
ordres nécessaires, contemplait son visage avec un respect mêlé de joie. On eût dit que l'esprit de sa servante,
dégagé des objets qui l'environnaient, planait dans une
toute autre sphère. Tantôt un sourire , comme un rayon
de soleil , éclairait ses traits ; tantôt une larme tremblait
au bord de sa paupière , et coulait le long de ses joues ;
quelquefois elle élevait et fixait un long regard vers le
ciel, tandis qu'un air de béatitude calme, intime et parfaite, épanouissait sa physionomie. Ensuite elle se tournait vers sa maîtresse avec une expression de tendresse
extrême , et lui tendait la main pour que la patricienne
la pressât dans les siennes. Et Fabiola , assise auprès
d'elle pendant des heures, gardait le silence qui était
encore ordonné, pensant qu'il lui était bon et honorable
d'être en contact avec un type de vertu si rare.

Enfin, dans le courant de la journée , après avoir fait
prendre à la malade quelque nourriture , elle lui dit en
souriant :

— Je vous trouve beaucoup mieux , Miriam. Votre
médecin a dû vous donner quelque merveilleux remède.

— Oui, en vérité, il l'a fait, ma très-chère maîtresse.

Fabiola parut peinée. Elle s'inclina vers la malade et
lui dit avec tendresse :

— Ah ! je vous en prie, ne m'appelez plus de ce nom.
Si l'une de nous devait l'employer, ce serait moi. Dans
le fait, il n'est plus vrai, car j'ai enfin réalisé ce que je

souhaitais depuis longtemps ; j'ai ordonné qu'on dressât l'acte de votre libération , non à titre d'affranchie , mais *d'ingenua* (née libre), car je sais que vous l'êtes.

Miriam la remercia du regard seulement, pour ne point blesser ses sentiments délicats, et elles continuèrent de goûter silencieusement ensemble leur mutuel bonheur.

Dionysius étant revenu vers le soir , reconnut une si grande amélioration dans l'état de la blessée , qu'il lui prescrivit des aliments plus substantiels , et lui permit une courte et paisible conversation.

Dès quelles furent seules, Fabiola dit à Miriam :

— Je ne veux point tarder davantage à remplir un devoir dont mon cœur brûlait de s'acquitter, celui de vous remercier — je voudrais connaître un mot plus énergique — non de m'avoir sauvé la vie , mais d'avoir sacrifié magnanimement la vôtre, et, permettez que je le dise, de l'incomparable exemple de la vertu héroïque qui seule a pu vous inspirer.

— Qu'ai-je donc fait autre chose que mon devoir? vous aviez le droit d'exiger ma vie, lors même qu'il se fût agi d'un motif bien moindre que le salut de la vôtre, répliqua Miriam.

— Sans doute, reprit Fabiola , vous pensez de la sorte parce que vous avez été nourrie de ces doctrines qui m'ont subjuguée , et qui apprennent aux hommes à considérer les actes les plus héroïques comme l'accomplissement d'un devoir ordinaire.

— Voilà pourquoi ils cessent d'être tels que vous les estimez.

— Non, non, s'écria Fabiola avec transport. N'essayez pas de m'inspirer le mépris de moi-même en dépréciant ce que je ne puis que regarder comme un acte de vertu sans égal. J'y ai réfléchi nuit et jour, depuis que j'en ai été témoin , et mon cœur désirait ardemment vous communiquer ses pensées. Cependant je n'ose encore le faire en ce moment, de peur que votre faiblesse ne soit point capable de supporter l'expression des sentiments qui m'oppressent. C'était noble, grand , au-dessus de tout éloge ; je le dis, bien que vous ne teniez pas à l'entendre. Je ne crois pas que la sublimité d'un tel acte puisse être, dépassée, ni que la vertu humaine puisse s'élever plus haut.

Miriam, qui s'était soulevée, prit la main de Fabiola dans les siennes, et, se tournant vers elle, lui dit d'un ton à la fois doux, tendre et grave.

— Bonne et aimable dame, écoutez-moi un instant. Je ne veux point déprécier ce que vous voulez bien estimer, puisque cela vous afflige, mais je vous enseignerai combien nous sommes encore loin de ce qu'on aurait pu faire. Souffrez que je vous retrace une scène du même genre, mais où les rôles seront intervertis. Supposons qu'il s'agit d'un esclave. Pardonnez-moi, chère Fabiola, de vous faire encore cette peine, ainsi que je le vois sur votre figure, mais ce sera la dernière. Oui, supposons qu'il s'agit d'un esclave brutal, ingrat, révolté contre le meilleur et le plus généreux des maîtres. Supposons que le coup qui menace sa tête doive être frappé non par un assassin, mais par un ministre de la justice. Comment appelleriez-vous, comment caractériseriez-vous la vertu de ce maître, si, par pur amour, et afin de sauver ce misérable, il s'élançait au-devant de la hache et la flagellation ignominieuse qui précède le supplice, après avoir légué par son testament, à cet esclave, ses titres, ses richesses, et prescrit qu'on le nommât son frère ?

— Ah ! Miriam ! Miriam ! vous venez de tracer un tableau trop sublime pour appartenir à l'humanité. Vous n'avez point effacé votre dévouement, car je n'ai parlé que de vertu humaine. Or, l'acte que vous avez décrit exigerait, s'il était possible, la vertu même d'un Dieu.

Miriam, pressant sur son sein la main qu'elle tenait, fixa sur Fabiola surprise un regard plein d'inspiration céleste, et répondit d'une voix douce et solennelle :

— Aussi Jésus-Christ, qui a fait tout cela pour l'homme, était véritablement Dieu.

Fabiola se couvrit la figure de ses deux mains, et

demeura longtemps silencieuse . Miriam, le cœur serein , priait avec ferveur.

— Miriam , je vous remercie du fond de mon âme, dit enfin la patricienne ; vous avez rempli votre promesse d'être mon guide. J'ai craint quelque temps que vous ne fussiez point chrétienne ; mais cela ne pouvait être. Maintenant répétez-moi ces mots imposants, mais cependant si suaves , que vous venez de prononcer ; ils ont pénétré bien avant dans mon cœur , sans bruit , pour n'en plus sortir, comme la pièce d'or jetée dans l'Océan, et qui descend jusque dans ses dernières profondeurs. Ces mots sont-ils seulement une partie du système chrétien, ou bien en sont-ils le principe essentiel ?

— Au moyen d'une simple allégorie , chère dame , votre puissant esprit a su atteindre et saisir d'un bond la clef principale de notre enseignement tout entier. Votre intelligence ardente et vive a extrait de mes paroles et condensé en une seule idée les doctrines les plus vitales et les plus sublimes du christianisme ; elle a distillé en quelque sorte leur essence même. — L'homme, créature de Dieu, et son serviteur, se révolta contre son Seigneur ; la justice irrésistible le poursuivit et le condamna ; ce même Seigneur prit la forme du serviteur, en se rendant semblable à l'homme ; sous cette forme , il souffrit la flagellation , les soufflets, les railleries , une mort honteuse, et devint le Crucifié , ainsi que les hommes l'appellent en cette ville ; par là , il sauva l'homme de sa ruine, et lui donna part à ses richesses et à son royaume ; voilà ce que contenaient les paroles que j'ai prononcées. Eh bien ! vous avez atteint la véritable conclusion en disant qu'un Dieu seul pouvait accomplir une action aussi divine, et offrir une aussi sublime expiation.

Fabiola était de nouveau absorbée dans ses réflexions silencieuses. Enfin elle demanda timidement :

— Etait-ce donc à cela que vous faisiez allusion , en Campanie, lorsque vous affirmiez que Dieu seul était une victime digne de lui-même ?

— Précisément. Je faisais allusion aussi à la conti-

17.

nuation de ce sacrifice jusqu'à nos jours, par une merveilleuse dispensation d'un amour tout-puissant. Toutefois, je ne dois point encore vous parler de ce prodige.

— Je vois à chaque instant, conclut Fabiola, combien tout ce que vous m'avez dit s'enchaîne et concorde exactement, de même que les parties d'une seule plante s'élancent l'une de l'autre. Je croyais n'y découvrir que les fleurs magnifiques et suaves d'une gracieuse théorie ; votre conduite m'a prouvé que ces fleurs peuvent se transformer en fruits solides et délicieux. Dans les doctrines que vous venez de m'exposer, il me semble apercevoir la noble tige d'où jaillissent tous les autres rejetons et même les fruits. Car, qui refuserait de faire pour autrui bien moins que ce que Dieu a fait pour nous ? Mais, Miriam, ce tronc doit avoir une racine invisible, que son obscurité dérobe peut-être à nos contemplations, que sa profondeur soustrait à nos atteintes, que sa complexité met au-dessus de l'intelligence humaine, mais assez simple cependant pour être à la portée d'un esprit confiant. Si, dans mon ignorance actuelle, j'osais m'expliquer, je dirais qu'il y a là de quoi remplir toute la nature, une richesse capable de fournir à la création tout ce quelle possède de bon et de parfait, une force suffisante pour produire la croissance de votre noble tronc jusqu'à ce que son sommet dépasse les étoiles et que les branches atteignent aux extrémités de la terre. — Voilà comment je comprends vos idées sur ce Dieu que vous m'avez fait craindre, lorsque vous me parlâtes de lui en philosophe, en qui vous m'avez révélé un perpétuel surveillant et un juge sévère, et que vous me ferez aimer, j'en suis sûre, quand vous, chrétienne, vous me le montrerez comme la racine et la source d'une tendresse et d'une miséricorde infinies. Sans quelque profond mystère dans sa nature, encore inconnu de moi, je ne puis concevoir cette merveilleuse doctrine du rachat de l'homme.

— Fabiola, répondit Miriam, des maîtres plus savants que moi entreprendront l'instruction d'une personne aussi bien douée et aussi pénétrante que vous. Mais, si j'essaye de vous donner quelques explications, me croirez-vous?

— Miriam, déclara la patricienne avec énergie, celle qui est prête à mourir pour une autre ne voudra certainement pas la tromper.

— Eh bien ! reprit la malade en souriant, vous venez encore de saisir un grand principe, celui de la foi. Aussi me contenterai-je de vous raconter simplement ce que Jésus-Chist, qui mourut véritablement pour nous, a enseigné. Vous recevrez mes paroles comme celles d'un témoin fidèle, et les siennes comme celles d'un Dieu infaillible.

Fabiola inclina la tête et écouta, avec un esprit respectueux, celle que longtemps elle avait honorée comme un maître en possession d'une sagesse merveilleuse, puisée à quelque école inconnue, mais qu'elle révérait maintenant comme l'ange prêt à lui ouvrir les digues de l'océan de la sagesse éternelle et infinie, dont les flots inondent la terre.

Miriam exposa dans le langage simple de l'enseignement catholique le dogme sublime de la Trinité; puis, après avoir raconté la chute de l'homme, elle expliqua le mystère de l'Incarnation, employant les paroles même de saint Jean pour retracer l'histoire du Verbe éternel jusqu'à ce qu'il se fît chair et habitât parmi les hommes. Souvent les exclamations d'admiration ou d'assentiment de son élève l'interrompirent, jamais un argument ou un doute. La philosophie avait cédé la place à la religion, la subtilité à la docilité, et l'incrédulité à la foi.

Cependant la tristesse semblait envelopper le cœur de Fabiola. Miriam, qui le vit dans ses regards, lui en demanda la cause.

— J'ose à peine vous l'avouer, répondit-elle; mais tout ce que vous m'avez raconté est si merveilleux et si divin, que je crois nécessaire de nous en tenir là. — Le Verbe (quel noble nom !), c'est-à-dire l'expression de l'amour de Dieu, la manifestation de sa sagesse, l'évidence de sa puissance, le souffle de sa vie donnant lui-

même l'existence et qui est lui-même, le Verbe devenu
chair! qui la lui donnera? se revêtira-t-il de la fange ré-
prouvée de l'humanité flétrie, ou bien créera-t-il une
nouvelle humanité? prendra-t-il place dans une double
généalogie, recevant ainsi en lui un double flot de corruption? y aura-t-il quelqu'un sur la terre pour oser s'appeler son père?

— Non, murmura doucement Miriam; mais il y aura
une créature assez humble pour se nommer sa mère.
Près de huit siècles avant que le Fils de Dieu descendit
sur la terre, un prophète parla, et déposa sa prédiction
entre les mains des Juifs, ces ennemis invétérés du
Christ; cette prédiction se formulait en ces termes :
« — Voici qu'une Vierge concevra et enfantera un Fils,
dont le nom sera Emmanuel. — » Ce nom, en hébreu,
signifie « Dieu avec nous», c'est-à-dire avec les hommes.
Cette prophétie s'accomplit par la conception et la naissance du Fils de Dieu sur la terre.

— Et qui était-*Elle?* demanda Fabiola avec un profond
respect.

— Celle dont le nom est béni par quiconque aime véritablement son Fils. Marie est le nom sous lequel vous
la connaîtrez; Miriam, son nom original dans sa propre
langue, est celui par lequel je l'honore. Sachez-le, elle
était admirablement préparée pour une telle destinée par
sa sainteté et sa vertu; toujours pure, elle n'eut pas
besoin de purification; exempte de péché, elle n'eut pas
besoin d'en être délivrée. Le flot dont vous parlez s'arrêta
devant elle par un décret éternel, car Dieu ne devait point
souffrir que la sainteté s'alliât avec la corruption, dont il
ne pouvait nous racheter qu'en y demeurant étranger.
Brillant comme le sang d'Adam quand le souffle divin
l'anima dans ses veines; pure comme la chair d'Ève encore dans le moule des mains du Tout-Puissant, quand
il la tira du côté de l'homme endormi, tels étaient le sang
et la chair dont l'Esprit de Dieu forma la glorieuse humanité que Marie donna à Jésus. Après ce sublime privilége accordé à notre sexe, vous étonnerez-vous encore

que beaucoup parmi nous, comme la douce **Agnès**, choisissent la Vierge incomparable pour modèle, cherchant en celle que Dieu éleva si haut l'exemple de toutes les vertus, et aspirant à s'envoler sur les ailes d'un amour sans partage comme le sien, plutôt que de se soumettre au joug de ce monde, fût-il fixé par les liens les plus tendres?

Miriam se recueillit un instant, puis elle raconta brièvement la naissance de notre Sauveur, ses premières années laborieuses, sa vie publique, active et pénible, et enfin sa passion ignominieuse. Souvent les larmes et les sanglots de l'élève docile et de la maîtresse empressée interrompirent cette narration. L'heure du repos étant venue, Fabiola demanda humblement :

— N'êtes-vous point trop fatiguée pour répondre à une dernière question?

— Non, lui fut-il répondu gracieusement.

— Quelle espérance peut-il rester à celle qui ne peut alléguer son ignorance, car elle prétendait tout connaître, ni sa négligence à étudier, car elle affectait une grande ardeur pour toute espèce de science; à celle qui ne peut que confesser qu'elle a méprisé la véritable sagesse dont elle a blasphémé les dispensateurs, ri des tourments qui démontraient l'amour de Dieu, et de la mort de Celui qui rachetait les hommes et qu'elle nommait dérisoirement le Crucifié.

Un torrent de larmes lui coupa la parole.

Miriam attendit que ce flot bienfaisant se fût changé en cette douce rosée qui attendrit le cœur; puis elle s'exprima en ces termes avec l'accent le plus affectueux :

— Au temps de Notre-Seigneur, vivait une femme portant le même nom que sa Mère immaculée; mais elle avait péché publiquement et d'une manière si honteuse que vous auriez horreur de l'imiter, Fabiola. Elle admira d'abord, dans le secret de son cœur, puis elle s'enflamma pour Celui qui montrait tant de bonté et de familière condescendance pour les pécheurs, d'extrême in-

dulgence et de miséricorde pour les coupables. Enfin elle
l'aima de plus en plus; et, s'oubliant elle-même, elle ne
pensa plus qu'à manifester son amour, de façon à lui
procurer quelque honneur, si faible qu'il fût, et à s'humilier elle-même autant que possible. S'étant rendue
dans la maison d'un homme riche, qui avait manqué
aux devoirs de l'hospitalité envers son divin convive, et
qui, dans sa fierté et la présomption de son cœur, repoussait les pécheurs publics, elle répara ces oublis à
l'égard de celui qu'elle aimait; et on la bafoua,
comme elle s'y attendait, à cause de son importune douleur.

— Que fit-elle, Miriam?

— Au moment où le Sauveur prenait place à table,
elle se prosterna à ses pieds, les arrosa d'un torrent de
larmes, les essuya avec son opulente chevelure, les baisa avec ferveur, et les oignit d'un parfum précieux.

— Et qu'arriva-t-il?

— Jésus la défendit contre les sarcasmes de son hôte;
il lui annonça qu'elle était absoute en considération de
son amour, et la congédia avec les paroles les plus douces
et les plus consolantes.

— Que devint-elle ensuite?

— Quand Jésus fut crucifié au Calvaire, deux femmes
eurent le privilège de rester près de lui : Marie exempte
de péché, et Marie la pécheresse repentante, afin de
montrer comment l'amour sans tache et l'amour repen-
tant peuvent marcher, les mains unies, à côté de Celui
qui a dit qu'il était venu « non pour les justes mais les
pécheurs. «

L'entretien se termina là pour cette nuit. Miriam, fatiguée par l'effort, tomba dans un paisible sommeil. Fabiola s'assit à côté d'elle, le cœur rempli jusqu'au bord
de cette histoire d'ineffable amour. Elle la médita longuement, et comprit de plus en plus combien toutes les parties de ce merveilleux système se liaient étroitement. En
effet, si Miriam avait voulu mourir pour elle, à l'exemple du Sauveur, elle avait également pardonné à sa

maîtresse, quand celle-ci l'avait blessée étourdiment. Fabiola le sentait maintenant, tout chrétien devait être l'image de la reproduction du Maître; mais celle qui dormait si tranquillement près d'elle offrait, assurément, les mêmes traits que son modèle, et représentait fidèlement le Christ aux yeux de la patricienne.

Miriam s'étant éveillée au bout de quelque temps, aperçut sa maîtresse (car sa patente de libération n'était point encore prête) couchée à ses pieds, où elle s'était endormie en sanglotant. Elle saisit sur-le-champ toute la signification et le mérite de cette humiliation volontaire; elle ne fit aucun mouvement, mais remercia Dieu du fond du cœur de ce que son sacrifice avait été accepté.

A son réveil, Fabiola se glissa sur sa propre couche, croyant n'avoir point été remarquée. Cet acte d'humiliation lui avait coûté de secrètes et poignantes angoisses; mais elle avait su dompter l'orgueil de son âme.

Alors elle sentit pour la première fois que son cœur était chrétien.

XXXIII

HISTOIRE DE MIRIAM

Le lendemain matin, quand Dyonysius parut, il trouva la malade et sa gardienne si radieuses et si heureuses, qu'il les félicita l'une et l'autre de leur excellente nuit. Elles rirent de cette idée, tout en avouant que cette nuit avait été la meilleure de leur existence. Dionysius les regardait étonné. Enfin Miriam, prenant la main de Fabiola :

— Vénérable ministre de Dieu, dit-elle, je confie à vos soins paternels cette catéchumène, qui désire s'instruire complètement des mystères de notre sainte reli-

ligion et être regénérée dans les eaux de la rédemption
éternelle.

— Quoi donc! fit Fabiola surprise, seriez-vous plus
qu'un médecin?

— Oui, mon enfant, répondit le vieillard, j'exerce en
outre, quoique indigne, l'office bien plus sublime de prêtre dans l'Eglise de Dieu.

Sans aucune hésitation, Fabiola s'agenouilla et lui
baisa la main. Le prêtre posa la main droite sur la tête
de la patricienne et lui dit :

— Ayez bon courage, ma fille; vous n'êtes pas la première de votre maison que le Seigneur appelle au sein
de son Eglise. Il y a des années, je fus mandé ici comme
médecin par une vieille servante, mais en réalité c'était
pour baptiser, quelques heures avant sa mort, l'épouse
de Fabius.

— Ma mère! s'écria Fabiola. Elle mourut immédiatement après m'avoir donné le jour. Est-elle donc morte
chrétienne?

— Oui, et je suis sûr que son esprit n'a cessé de vous
protéger pendant toute votre vie, de concert avec votre
ange gardien, et de vous guider vers cette heure bénie.
Devant le trône de Dieu, elle a dû adresser pour vous de
continuelles prières.

— La joie remplit le cœur des deux amies. Fabiola,
ayant pris avec Dionysius les arrangements nécessaires
pour recevoir l'instruction qui la préparerait au baptême,
revint auprès de Miriam, lui prit la main, et lui dit
d'une voix douce et tendre :

— Miriam, puis-je désormais vous nommer ma
sœur?

La malade ne put répondre que par une pression de
main.

Euphrosyne, la vieille nourrice, et l'esclave grecque,
se disposèrent avec leur maîtresse à recevoir le baptême
la veille de Pâques. N'oublions pas de mentionner une
personne déjà inscrite sur la liste des catéchumènes, que
Fabiola avait amenée et gardée chez elle. Emerentiana,

la sœur de lait d'Agnès. Son bonheur était de se rendre
utile, en se faisant l'intermédiaire empressée, entre la
chambre de la malade et le reste de la maison.

Profitant du retour de ses forces, Miriam raconta à
Fabiola beaucoup de particularités de sa vie intime.
Comme ces détails jetteront quelque lumière sur notre
récit précédent, nous rapporterons tout d'un trait l'histoire de la jeune fille.

Quelques années avant le début de notre narration,
vivait à Antioche un homme qui, bien que n'appartenant point à une ancienne famille, jouissait d'une fortune considérable, et fréquentait les cercles les plus distingués de cette ville luxueuse. Il lui fallait, pour se
maintenir dans ce rang, faire d'énormes frais; aussi, à
force de prodigalités, se trouva-t-il accablé de dettes. Il
avait épousé une femme de grande vertu, qui devint
chrétienne en secret, puis professa ouvertement le christianisme, avec l'assentiment contraint de son mari. Elle
présida en personne à l'éducation de leurs deux enfants,
un fils et une fille. L'aîné, Orontius, ainsi appelé du
fleuve favori qui arrose la cité, avait quinze ans
quand son père découvrit pour la première fois la religion de sa mère. Initié aux doctrines du christianisme
et conduit souvent par sa mère aux cérémonies du culte
catholique, il avait appris de la sorte des secrets dangereux, dont il devait faire plus tard un si funeste usage.
Cependant il n'avait aucun désir d'embrasser les doctrines ou d'adopter les pratiques du christianisme, et il refusa de se disposer au baptême. Volontaire et dissimulé,
n'aimant point à refréner ses passions, ni à se soumettre
aux rigoureux principes de la morale, il aspirait à mener
une brillante existence dans le monde, et à goûter de tous
les plaisirs. Il avait reçu et continuait de recevoir une éducation distinguée. Outre la langue grecque, alors généralement usitée à Antioche, il parlait élégamment et volontiers
le latin, comme nous l'avons dit, quoique avec un léger
accent étranger. Dans la famille, avec les serviteurs et
souvent même dans les conversations familières, on

employait l'idiome du pays. Orontius fut heureux quand son père l'affranchit du contrôle de sa mère et insista pour qu'il suivît la religion dominante que l'Etat favorisait.

Pour la fille, de trois ans moins âgée, le père ne s'en préoccupait pas autant. Il estimait ridicule et indigne d'un homme d'attacher de l'importance à la religion, et il eût surtout regardé comme un signe de faiblesse d'en changer et d'abandonner celle de l'empire. Mais les femmes, douées de plus d'imagination, pensait-il et vivant sous l'empire du sentiment, on pouvait tolérer chez elles des idées de ce genre. En conséquence de ces principes, il permit à sa fille Miriam, dont le nom était syrien, sa mère appartenant à une riche famille d'Edesse, de continuer librement l'exercice de sa foi nouvelle. La jeune fille, dont l'esprit avait été soigneusement cultivé, devint simple, modeste, un modèle de vertu. Ajoutons qu'à cette époque la ville d'Antioche se distinguait par ses philosophes, dont plusieurs étaient d'illustres chrétiens.

Quelques années plus tard, quand Orontius eut atteint l'âge viril et manifesté ses funestes dispositions, sa mère vint à mourir. Avant d'expirer, comme elle entrevoyait la ruine imminente de son mari, elle ne voulut point que l'avenir de sa fille dépendît de la mauvaise administration du père, et de l'égoïsme ou de l'ambition du fils; aussi eut-elle soin d'assurer son immense fortune personnelle contre les convoitises de tous les deux en la plaçant sur la tête de Miriam. Elle résista aux instances et aux ruses qu'on mit en œuvre pour la décider à se dessaisir de ses biens; elle ne permit pas qu'ils fussent employés à accroître les ressources de la famille, ou à contribuer à la tirer d'embarras. Sur son lit de mort, entre autres recommandations maternelles, elle enjoignit solennellement à sa fille de considérer comme un devoir filial de ne jamais souffrir, quand elle serait en âge, qu'on changeât ces arrangements.

Cependant les affaires se compliquèrent de plus en plus: les créanciers devinrent pressants, et on avait cédé

des biens sans réflexion, lorsqu'un personnage mystérieux, nommé Eurotas, parut au sein de la famille. Nul,
excepté le chef de la maison, ne paraissait le connaître,
et il considérait sa venue à la fois comme un bienfait
et une malédiction, comme un message de ruine en même
temps que de salut.

Le lecteur connaissant les révélations d'Eurotas, il
nous suffira d'ajouter qu'il était l'aîné et qu'il savait que
son caractère rude, morose, sinistre, convenait peu à la
position de chef de famille et à l'administration paisible
des propriétés immobilières. D'autre part, comme il avait
l'ambition d'élever sa maison à un rang plus considérable, et même d'en accroître les richesses, il prit un capital médiocre, partit pour trafiquer avec acharnement
dans l'intérieur de l'Asie, pénétra dans l'Inde et jusque
dans l'intérieur de la Chine, revint dans sa patrie avec
une belle fortune et une riche collection de pierreries des
plus rares qui devaient permettre à son neveu d'accomplir cette courte carrière, laquelle se termina par la ruine
à Rome.

Au lieu d'une riche famille, qu'il eût dotée encore de
richesses superflues, Eurotas ne retrouva qu'une maison
en banqueroute qu'il fallait sauver d'un désastre. Son
orgueil de famille prévalut. Après beaucoup de reproches et d'amères discussions avec son frère, auxquelles
personne ne fut initié, il consacra son capital au paiement des dettes, et devint ainsi virtuellement le maître
de tous les débris des biens de son frère et celui de la famille entière.

Au bout de quelques années d'une vie abreuvée de dé-
goûts, le père tomba malade et mourut. Avant de rendre
le dernier soupir, il révéla à Orontius qu'il ne lui laissait
rien; que ce qui l'avait fait vivre depuis un certain
temps, et le toit qui l'abritait, appartenaient à son ami
Eurotas, dont il ne dévoila point la parenté, et à qui il lui
recommanda de s'abandonner complètement, s'il voulait
être guidé et protégé. Le jeune homme, plein d'orgueil,
d'ambition et d'amour des plaisirs, tomba donc aux

mains de cet homme au cœur glacé, inaccessible aux remords, ambitieux comme lui, et qui exigea bientôt de lui, comme base d'une mutuelle confiance, une soumission absolue à ses volontés. Eurotas devait agir comme un inférieur, à la condition que son associé se conformerait à ce principe qu'il n'y avait rien de trop grand ou de trop petit, rien de bien ou de mal qu'il ne dût faire, pour rendre à la famille sa position et son opulence.

Demeurer à Antioche après la ruine de la maison était impossible. Avec un capital raisonnable on eût pu faire beaucoup ailleurs. Mais la vente de ce qui restait de biens put à peine couvrir les dettes laissées par le père d'Orontius. Il n'y avait plus d'intact que la fortune de la sœur, et les deux associés convinrent qu'il fallait la lui enlever. Miriam résista fermement à leurs artifices les plus habiles, tant pour obéir aux ordres de sa mère mourante, qu'afin de pouvoir établir un monastère de vierges, où elle se proposait de passer ses jours. D'ailleurs elle était maintenant en âge de gouverner son héritage personnel. Elle leur offrit cependant tout ce dont elle se crut en droit de disposer, et même de vivre pour un temps de ses propres revenus. Mais cela ne répondait point à leurs vues; Eurotas, voyant toutes les tentatives échouer, commença à insinuer qu'il fallait à tout prix se débarrasser de l'obstacle qui les arrêtait.

Orontius frémit d'abord à cette idée. Eurotas le familiarisa peu à peu avec elle jusqu'à ce que, — bien qu'il frissonnât encore à la pensée du fratricide, — il en vint à croire qu'il accomplirait presque une action vertueuse en se bornant, comme les frères de Joseph, à un moyen plus lent et moins cruel d'en finir avec une sœur odieuse. Un stratagème, un acte de violence invisible, échappant aux coups de la loi, lui offrirait les meilleures chances de succès.

Parmi les priviléges des chrétiens, aux premiers siècles, nous avons déjà mentionné celui de conserver chez eux la sainte Eucharistie pour la communion privée. Nous avons dit comment on l'enveloppait dans *l'orarium* ou linge de toile, et même souvent encore dans un voile plus riche. On gardait ce trésor sacré dans un coffret (*arca*) muni d'un couvercle, comme nous l'apprend saint Cyprien. Orontius savait cela, et de plus que le contenu était estimé bien au-dessus de l'or et de l'argent; il savait en outre que, laisser tomber par négligence une parcelle du pain consacré, c'était, ainsi que les Pères l'affirment, un véritable crime; et que le nom de perle, donné au moindre fragment, indiquait qu'il était si précieux aux yeux des chrétiens, qu'ils devraient être prêts à sacrifier tout ce qu'ils possédaient pour le sauver d'une profanation sacrilége.

L'écharpe richement brodée de perles, dont il a été plusieurs fois question dans notre récit, avait servi à la mère de Miriam pour protéger le don céleste; et sa fille le regardait comme son plus cher héritage et comme un objet sacré, car elle l'employait au même usage.

Or, un jour, de grand matin, elle s'agenouilla devant son coffret; après s'être préparée par une prière fervente, elle alla pour l'ouvrir. Mais, à son grand effroi, elle trouva le couvercle forcé et le trésor absent. Comme Marie-Madeleine au sépulcre, elle pleura amèrement parce qu'on lui avait enlevé son Seigneur, et qu'elle ne savait où on l'avait mis. Comme elle encore, elle se pencha tout en pleurs et regarda de nouveau dans le coffret, où elle aperçut un papier, qui avait échappé à sa vue dans le premier trouble.

Ce papier lui apprenait que ce qu'elle cherchait était en sûreté aux mains de son frère, et qu'elle pouvait le racheter. Elle courut à l'instant au cabinet où Orontius se tenait avec l'homme sinistre en présence duquel elle tremblait toujours. Elle se jeta aux genoux de son frère, le suppliant de lui rendre ce qu'elle estimait plus que toutes les richesses. Il allait céder à ses prières et à ses instances, quand Eurotas, fixant sur lui un

regard sévère, l'arrêta, puis, s'adressant à sa sœur, il
lui dit :

— Miriam, nous vous prendrons au mot. Nous désirons
mettre votre piété et la réalité de votre foi à une épreuve
concluante. Etes-vous sincère dans l'offre que vous venez
de faire ?

— Je renoncerais à tout, oui, à tout ce que je
possède, pour soustraire à la profanation le Saint des
saints.

— Alors signez ce papier, invita Eurotas avec un sourire sardonique.

Elle prit une plume, jeta un coup d'œil sur la pièce, et
la signa. C'était un acte d'abandon de toute sa fortune à
Eurotas. Orontius devint furieux quand il vit qu'il avait
été joué par l'homme auquel il avait suggéré le piége
tendu à sa sœur. Mais il était trop tard, il n'en était que
plus fortement engagé sous le poids d'une impitoyable
tyrannie. Ils arrachèrent ensuite à Miriam une renonciation plus précise à ses droits, qui fut revêtue des for-
malités requises par la loi romaine.

Pendant quelque temps elle fut traité avec assez de
douceur ; puis on lui intima qu'il lui faudrait s'éloigner,
parce que Orontius et son ami avaient l'intention de se
rendre à Nicomédie, la résidence de l'empereur. Elle demanda qu'on l'envoyât à Jérusalem, où elle solliciterait
son admission dans quelque communauté de pieuses
femmes. On l'embarqua donc sur un navire mal appro-
visionné, dont le capitaine était de réputation suspecte.
Mais elle avait suspendu à son cou l'objet dont elle avait
prouvé qu'elle préférait la possession à toutes les richesses ; car ainsi que saint Ambroise le rapporte de son
frère Satyrus encore cathéchumène, les chrétiens portaient à leur cou la sainte Eucharistie quand ils se mettaient en mer. Nous n'avons pas besoin de dire que Miriam l'avait enveloppée dans la seule chose précieuse
qu'elle eût conservée de la maison de son père.

Lorsque le vaisseau fut hors de vue, au lieu de cingler
vers Joppé ou tout autre port de ce littoral, le capitaine

marcha en ligne droite, comme s'il eût fait voile pour un voyage lointain. Quel était son dessein? Il était difficile de le conjecturer; mais ses rares passagers s'alarmèrent, et il s'en suivit une violente altercation, qu'interrompit un orage. Le navire, à la merci des vents, fut poussé en avant; puis, au bout de quelques jours, il se brisa sur un banc de rochers, près de l'île de Chypre. Ainsi que Satyrus, Miriam attribua au précieux trésor qu'elle portait la faveur d'avoir atteint en sûreté le rivage. Elle survécut seule au naufrage, du moins elle ne revit aucun de ses compagnons. Si quelques-uns d'entre eux se sauvèrent, ils durent, à leur retour à Antioche, annoncer la mort de la jeune fille, celle des autres passagers et de l'équipage.

Des hommes qui ne vivaient que d'épaves l'avaient ramenée sur la côte. Sans ressources et sans amis, elle fut vendue à un marchand d'esclaves, conduite à Tarse, sur le continent, et revendue à une personne de haut rang, qui la traita avec bonté.

Peu de temps après, Fabius chargea un de ses agents, en Asie, de lui procurer une esclave de manières distinguées et de mœurs vertueuses, s'il était possible, n'importe à quel prix, pour entrer au service de sa fille; et Miriam, sous le nom de Syra, vint à Rome, apporter le salut dans la maison de Fabiola.

XXXIV

MORT GLORIEUSE.

Peu de jours après les événements racontés dans notre avant-dernier chapitre, on prévint Fabiola qu'un vieillard en grande angoisse, réelle ou simulée, désirait lui parler. Étant descendue, elle lui demanda son nom et pourquoi il venait. Il répondit :

— Noble dame, je m'appelle Ephraïm; je possède une

créance considérable hypothéquée sur les biens de feu la patricienne Agnès, lesquels, je le sais, ont passé entre vos mains. Je viens donc vous réclamer le paiement, sinon je suis un homme ruiné.

— Comment cela se fait-il ? reprit Fabiola étonnée. Je ne puis croire que ma cousine ait jamais contracté de dette.

— Non pas *elle*, déclara l'usurier quelque peu interdit, mais un patricien appelé Fulvius, à qui cette fortune devait revenir par confiscation. Je lui ai prêté, pour ce motif, des sommes considérables.

Le premier mouvement de Fabiola fut de mettre cet homme à la porte. Mais le souvenir de la sœur du débiteur l'engagea à répondre poliment :

— Quelques dettes que Fulvius ait contractées, je les acquitterai, mais seulement avec le taux de l'intérêt légal, et sans tenir compte des contrats usuraires.

— Veuillez songer, madame, au risque que je courais. J'ai été très-modéré, certainement, dans mes exigences.

— Il suffit. Voyez mon intendant, et il arrangera tout. Du moins, à présent, vous n'avez plus rien à craindre.

Elle donna des instructions à ce sujet à l'affranchi qui régissait sa fortune, lui prescrivant de rembourser les sommes d'après les conditions qu'elle avait déterminées, ce qui réduisit de moitié les prétentions du Juif. Mais elle imposa bientôt à l'intendant une tâche plus difficile, celle de vérifier tous les comptes de Fabius et de constater les injustices ou les exactions commises, afin d'accomplir les restitutions nécessaires. En outre, ayant eu la preuve que Corvinus avait réellement obtenu, par le crédit de son père, le rescrit impérial qui sauvait de la confiscation sa fortune légale, elle lui assura, tout en refusant de le voir, une récompense qui le mettait à l'aise pour la vie.

Ses affaires temporelles réglées, elle partagea son

temps entre le soin de la malade et sa préparation au baptême. Pour hâter le rétablissement de Miriam, elle l'emmena, avec une petite partie de ses gens seulement, dans un lieu également cher à toutes deux, la villa Nomentane. Le printemps était arrivé, et on pouvait approcher de la fenêtre le lit de Miriam. Pendant la plus chaude partie du jour, on descendait même la blessée au jardin, devant l'habitation. Là, entre Fabiola et Emerentiana, ayant à ses pieds le pauvre Molossus, qui semblait privé de son intelligence, elle s'entretenait avec ses compagnes de leurs amis perdus, et particulièrement de celle dont tous les objets environnants leur rappelaient le souvenir. — Au nom d'Agnès, son vieux et fidèle gardien dressait les oreilles, remuait la queue, et jetait un regard autour de lui. Souvent aussi elles parlaient du christianisme, quand Miriam pouvait suivre, humblement et sans prétention, mais avec cette ardeur qui avait d'abord tant charmé Fabiola, les instructions données par le vénérable Dionysius. Ainsi, par exemple, lorsqu'il avait traité de la vertu et de la signification du signe de la croix formé dans le baptême sur le front des croyants, sur l'eau qui devait les régénérer, sur l'huile et le saint chrême dont ils recevaient les onctions, sur le sacrifice qui les nourrissait, Miriam expliquait aux catéchumènes son usage le plus ordinaire et le plus pratique, les exhortant à imiter fidèlement ce que faisaient les pieux chrétiens, c'est-à-dire à tracer dès maintenant sur elles-mêmes ce signe sacré pendant le cours et au commencement de chaque occupation, en entrant et en sortant, en mettant leurs vêtements ou leurs sandales, au moment de se laver, en prenant place à table, en allumant leurs flambeaux, en se couchant, en s'asseyant et au début d'une conversation, quelle qu'elle fût.

Cependant tous, à l'exception de Fabiola, observaient que la malade, bien que sa blessure fût guérie, ne recouvrait pas ses forces. Souvent une mère, une sœur sont les dernières à remarquer les progrès lents de la consomption dans un enfant ou une sœur. L'amour est si

rempli d'espoir et si aveugle ! le rouge de l'étisie empourprait la joue de Miriam ; elle était faible, amaigrie, et
une toux sèche la fatiguait. A cause de ses longues in-
somnies, elle demanda qu'on plaçât son lit de façon à ce
qu'elle pût contempler, dès le crépuscule, un lieu qu'elle
estimait plus beau que les plus riches parterres.

Pendant des années il avait existé dans la villa une
entrée dans le cimetière de la route, lequel venait de
recevoir le nom d'Agnès, car la sainte martyre avait été
inhumée près de la porte. — Son corps reposait sur un
cubiculum ou chambre surmontée d'une tombe voûtée.
Précisément au-dessus de l'entrée de ce caveau, au centre du terrain, était une ouverture entourée d'un bas
parapet et dissimulée par des broussailles, destinée à lui
donner de l'air et de la lumière. Miriam aimait à fixer
ses regards de ce côté, seul moyen qu'elle eût, dans le
faible état de sa santé, de se rapprocher de celle qu'elle
aimait et vénérait tant.

Un jour, de très-bonne heure, par un temps calme et
splendide, car on n'était plus qu'à quelques semaines
de Pâques, elle regardait dans cette direction, quand
elle aperçut une demi-douzaine de jeunes gens, allant
pêcher dans l'Anio ; pour couper au plus court, ils traversèrent la villa, commettant ainsi un délit. En passant
près de l'ouverture dont nous avons parlé, l'un d'eux
jeta un coup d'œil à l'intérieur et appela ses camarades.

— Voici une des cachettes souterraines des chrétiens,
dit-il.

— Un des terriers de leur garenne.

— Si nous entrions ? fit l'un d'eux.

— Oui, mais comment remonterons-nous ? demanda
un second.

Miriam ne pouvait entendre ce dialogue, mais elle vit
ce qui succéda. L'un de ceux qui avaient regardé plus
attentivement à l'intérieur, protégeant ses yeux de sa
main invita ses compagnons à faire de même, tout en
leur recommandant du geste le silence. Bientôt, arra-

chant des projectiles de la voûte de rocaille d'une fontaine coulant près de là, ils en jetèrent une volée sur quelque chose au fond du caveau; puis ils s'éloignèrent en riant aux éclats. Miriam supposa qu'ils avaient vu dans l'intérieur du monument quelque serpent ou autre animal nuisible, et qu'ils l'avaient tué à coups de pierres.

Quand tout le monde fut levé, elle raconta le fait, afin qu'on enlevât les pierres. Fabiola se rendit elle-même sur les lieux, avec quelques serviteurs, car elle veillait sur le tombeau d'Agnès avec un soin jaloux. Quelle ne fut pas sa douleur en apercevant la pauvre Emerentiana, qui était descendue dans la crypte pour prier sur le sépulcre de sa sœur de lait; elle gisait sur le sol, baignée dans son sang et déjà morte. On sut que la nuit précédente, passant près d'une troupe de païens livrés à une orgie, sur les bords de la rivière, elle ne s'était pas contentée de repousser l'invitation qu'ils lui adressaient de se joindre à eux, mais leur avait reproché leur haine et leur cruauté envers les chrétiens. Alors ils lui lancèrent des pierres et l'atteignirent grièvement. Toutefois, ayant échappé à leur fureur, elle essaya de regagner la villa. Mais se trouvant faible et blessée, elle se traîna inaperçue, sur le tombeau d'Agnès, pour prier. Elle n'avait pas encore la force d'en sortir, lorsque plusieurs de ses agresseurs l'y découvrirent. Les païens, impitoyables, avaient prévenu le ministère de l'Eglise en lui conférant le baptême de sang. Inhumée près d'Agnès, l'humble et jeune villageoise obtint les honneurs de la commémoration accordée aux saints.

Fabiola et ses compagnes continuèrent le cours de la préparation ordinaire, qui fut cependant abrégée à cause de la persécution. Vivant à l'entrée même d'un cimetière, qui possédait de vastes églises, elles purent passer par les trois degrés du catéchuménat. Elles furent d'abord *écoutantes*, c'est-à-dire admises à assister à la lecture des leçons; ensuite *agenouillées*, c'est-à-dire qu'il leur était permis d'être présentes à une partie des prières liturgiques; enfin *élues* ou *prêtes* pour le baptême.

Une fois dans cette catégorie, il leur fallait se rendre
fréquemment à l'église, particulièrement les mercredis
qui suivent les premier, quatrième et dernier dimanche de Carême, jours auxquels le missel romain renferme encore une seconde collecte et une leçon conformément à cette coutume. Celui qui parcourrait aujour
d'hui le rituel du baptême en usage dans l'Eglise catholique, principalement pour les adultes, verrait réunies
dans un seul office les cérémonies qui, anciennement,
s'accomplissaient en des temps divers. Ainsi, un jour se
faisait la renonciation à Satan, antérieurement à la répé-
tition de cet acte précédant immédiatement le baptême;
un autre jour était consacré à l'attouchement des oreilles
et des narines, ou à l'ephpheta, selon le langage d'alors.
Puis, on répétait les exorcismes, les génuflexions, les
signes de croix sur le front et sur le corps, les souffles
sur les candidats et autres rites mystérieux.

On apprenait également et on gravait dans sa mémoire
le symbole; mais on n'était initié qu'après le baptême à
la doctrine de la sainte Eucharistie.

Pendant ces nombreux exercices préparatoires, le
temps pénitentiel du carême s'écoulait rapidement et
solennellement, jusqu'à ce qu'enfin la veille de Pâques
arrivât.

Nous n'avons pas l'intention de décrire le cérémonial
employé par l'Eglise dans l'administration des sacrements. Le système liturgique reçut de grands développe-
ments après la paix, car beaucoup de rites, se rapportant
aux cérémonies extérieures et contribuant à leur splendeur, étaient impossibles avec les rigueurs de la persécution.

Il nous suffit d'avoir montré que non-seulement les
doctrines et les rites sacrés, mais encore que les cérémonies, même dans ce qu'elles avaient d'accessoire, étaient
identiques aux nôtres, pendant les trois premiers siècles. Si on juge bon de suivre notre exemple, quelque
auteur illustrera peut-être une époque plus brillante que
celle que nous avons choisie.

Le baptême de Fabiola et de ses compagnes ne fut marqué pour elles que par une joie purement spirituelle. Les églises des titres de la ville étaient toutes fermées, même celle de Saint-Pastor avec son baptistère papal.

C'est pourquoi, dès le matin du jour fortuné, la petite troupe, se glissant le long des murs jusqu'au côté opposé de Rome, prit la voie Portuensis, qui menait au port, à l'embouchure du Tibre, s'engagea dans une vigne, près des jardins de César, et descendit dans le cimetière de Pontanius, honoré comme le lieu de repos des martyrs persans saint Abdon et saint Sennen. La matinée fut consacrée à la prière et aux préparatifs auxquels succéda, vers le soir, l'office solennel, qui devait se prolonger pendant la nuit.

Tout respirait la tristesse quand sonna le moment de l'administration du baptême. Les eaux d'une source, qui coulait dans les entrailles de la terre, avaient été recueillies dans un puits carré ou citerne, profond de quatre ou cinq pieds. Elles étaient claires, à la vérité, mais froides et lugubres, si on peut s'exprimer ainsi, dans leur bassin souterrain, taillé dans le tuf ou rocher volcanique. Une longue suite de marches conduisait à ce grossier baptistère, où il existait un petit rebord pour le ministre et le candidat qu'on immergeait trois fois dans les ondes purifiantes.

Tout cela existe encore aujourd'hui dans le même état qu'à cette époque, excepté qu'au dessus de la citerne on voit maintenant une peinture représentant saint Jean baptisant Notre-Seigneur, et qui date probablement d'un siècle ou deux plus tard.

La confirmation succédait immédiatement au baptême; puis le néophyte ou enfant nouveau-né de l'Eglise, après les instructions nécessaires, était admis pour la première fois à la table du Seigneur et nourri du pain des anges.

La journée de Pâques s'avançait lorsque Fabiola rentra dans sa villa. Un long et silencieux embrassement, tel fut son premier mouvement en revoyant Miriam. Elles étaient si heureuses toutes deux, si joyeuses, si amplement récompensées de ce qu'elles avaient fait l'une pour l'autre depuis plusieurs mois, que des paroles ne pouvaient rendre leurs sentiments. Ce jour-là, l'idée dominante, l'orgueil qui pénétrait Fabiola, c'était d'être élevée à la hauteur de son ancienne esclave, non en vertu, en beauté de caractère, en grandeur d'âme, en sagesse céleste ou en mérite devant Dieu : en tout cela, elle se sentait infiniment inférieure à son amie; mais elle sentait qu'elle était l'égale de Miriam comme enfant de Dieu, comme héritière de son royaume éternel, comme membre vivant du corps du Christ, comme admise à partager toutes ses miséricordes et le prix entier de sa rédemption, comme une créature nouvelle en lui; et c'est dans ce sens qu'elle parla à Miriam.

Jamais elle n'avait été aussi fière de ses splendides vêtements qu'elle le paraissait de sa robe blanche, reçue au sortir des fonts du baptême, et qu'elle devait porter huit jours.

Mais notre Père miséricordieux, qui sait si bien comment mélanger nos joies et nos peines, ne nous envoie ces dernières qu'après nous y avoir le mieux préparés. Dans cette ardente étreinte que nous venons de rapporter, Fabiola remarqua pour la première fois la brève respiration et l'oppression de sa sœur chérie. Cependant elle ne voulut pas arrêter là-dessus ses pensées, et envoya prier Dionysius de venir le lendemain. Ce soir-là eut lieu chez Fabiola le banquet de Pâques. La patricienne fut heureuse de présider avec Miriam cette table autour de laquelle étaient couchées, ou assises, ses propres esclaves converties et celles d'Agnès qu'elle avait toutes gardées. Elle ne se souvenait point d'avoir jamais assisté à un souper aussi joyeux.

Le lendemain, de très-bonne heure, Miriam appela près d'elle Fabiola, et lui dit avec un air affectueux et caressant qu'elle n'avait jamais montré auparavant :

— Ma chère sœur, que ferez-vous quand je vous aurai quittée ?

La pauvre Fabiola fut accablée de douleur.

— Allez-vous donc me quitter? dit-elle. J'espérais que nous vivrions pour toujours ensemble, comme deux sœurs. Mais si vous désirez vous éloigner de Rome, ne me permettrez-vous pas du moins de vous accompagner pour vous soigner et vous servir?

Miriam sourit; mais les larmes brillèrent dans ses yeux quand, prenant la main de sa sœur, elle lui montra le ciel. Fabiola comprit et s'écria :

— Oh ! non, ma très-chère sœur. Priez Dieu, qui ne vous refuse rien, afin que je ne vous perde point. Je suis égoïste, sans doute ; mais que puis-je faire sans vous ? Et maintenant que je connais la puissance de ceux qui règnent avec le Christ, lorsqu'ils intercèdent pour nous, je supplierai Agnès et Sébastien de demander à Dieu que je sois préservée de cet affreux malheur. Tâchez de vous rétablir ; je suis sûre que votre mal n'a rien de sérieux ; une température plus chaude et l'heureux climat de la Campanie ne tarderont point à vous guérir. Nous nous asseoirons encore ensemble près de la source, et nous causerons de choses meilleures que la philosophie.

Miriam secoua la tête, non avec tristesse mais avec joie, et répondit :

— Ne vous faites pas d'illusion, chère amie ; Dieu m'a gardée pour voir ce jour fortuné. Mais maintenant sa main s'étend sur moi pour me retirer la vie qu'elle m'avait conservée, et je la bénis de tout mon cœur. Je connais trop bien le nombre de mes jours.

— Oh ! que ce ne soit pas de sitôt ! sanglota Fabiola.

— Ce ne sera point tant que vous aurez votre robe blanche, très-chère sœur, répliqua Miriam. Je sais que vous voudrez porter mon deuil, et je désire ne pas vous dérober une seule minute de votre mystique blancheur.

Dionysius étant venu, trouva un grand changement dans l'état de la malade, qu'il n'avait pas visitée depuis quelque temps. Ce qu'il craignait était arrivé. La pointe perfide du poignard avait contourné l'os et attaqué la plèvre, ce qui avait promptement déterminé la phthisie. Il confirma les funèbres pressentiments de Miriam. Fabiola s'en alla au tombeau d'Agnès, implorer la résignation. Elle pria longuement, avec ferveur, versa des larmes abondantes et revint auprès de Miriam.

— Sœur, dit-elle d'un ton ferme, que la volonté de Dieu s'accomplisse ; je suis prête même à vous céder à lui. Maintenant dites-moi, je vous en conjure, que désirez-vous que je fasse après que vous m'aurez été enlevée?

Miriam regarda le ciel et répondit :

— Déposez mon corps aux pieds d'Agnès, et demeurez afin de veiller sur nous, de prier la martyre et de prier pour moi jusqu'à ce qu'il vienne d'Orient un étranger porteur de bonnes nouvelles.

Le dimanche suivant, « le dimanche aux blancs vêtements, » Dionysius, par permission spéciale, célébra les sacrés mystères dans la chambre de Miriam, à qui il administra en viatique la très-sainte communion. Cette célébration privée, au rapport de saint Augustin et d'autres encore, n'était point un privilège rare. Ensuite le prêtre oignit la malade d'huile sainte, en y joignant les prières usitées, dernier sacrement que l'Eglise administre.

Fabiola et ses femmes, qui avaient assisté à ces rites solennels en pleurant et en priant, descendirent à la crypte; quand les divins offices furent terminés, elles retournèrent à la chambre de Miriam, vêtues de leurs vêtements les plus sombres.

— L'heure est venue dit la malade en prenant la main de Fabiola. Pardonnez-moi, si jamais j'ai manqué envers vous à mes devoirs et à vous donner le bon exemple.

C'en était trop pour Fabiola, et elle fondit en larmes. Miriam, après l'avoir calmée reprit :

— Approchez de mes lèvres le signe de la Rédemption, quand je ne pourrai plus parler. Et vous, bon Dionysius, portez mon souvenir à l'autel du Seigneur, quand je serai partie de ce monde.

Le prêtre pria à ses côtés, et elle répondit à ses prières tant qu'elle conserva la parole. Puis ses lèvres remuèrent encore, et elle les collait sur la croix qu'on lui présentait. Son air parut joyeux et serein jusqu'à ce que sa main se levant à son front, puis se portant à la poitrine, elle y retomba inerte, en traçant le signe de la Rédemption. Un sourire passa sur son visage, et elle expira comme des milliers d'enfants du Christ ont expiré depuis.

Fabiola pleura beaucoup sur son amie; mais cette fois elle pleura comme ceux qui ont l'espérance.

TROISIÈME PARTIE

—

LA VICTOIRE

~~~~~~~~~~~

I

L'ÉTRANGER D'ORIENT.

Il nous semble marcher à travers la solitude. Ceux dont
nous recueillions naguère les paroles, les actions et même
les pensées sont tombés successivement, et la perspective
nous offre un triste spectacle. Mais qu'y a-t-il de surprenant? Nous n'avons pas décrit une période ordinaire de
paix et de vie normale, mais une époque de guerre, de
haine et de batailles. Est-il étonnant que les plus braves
et les plus héroïques aient succombé autour de nous?
Nous avons évoqué le souvenir de la plus cruelle persécution qui sévit jamais contre l'Eglise, et pendant laquelle
on proposa d'ériger une colonne portant pour inscription
que le nom chrétien avait été anéanti. Est-il étrange que
les plus saints et les plus purs aient été appelés les premiers à recevoir la couronne?

Et cependant l'Eglise du Christ dut soutenir, quelques
années encore, une persécution plus ardente que celle
que nous avons retracée. Une suite de tyrans et d'oppres-
seurs poursuivirent contre elle, durant vingt ans, une
guerre redoutable, sans relâche, dans l'une ou dans l'autre partie du monde, même après que Constantin y eut
mis un terme partout où sa puissance pouvait atteindre.
Dioclétien. Galérius, Maximin et Licinius en Orient;
Maximien et Maxence en Occident, n'accordèrent aucun

repos aux chrétiens sous leurs dominations différentes. Semblable à un de ces ouragans qui parcourent une moitié de l'univers, promenant leur force destructive dans les contrées diverses qu'ils visitent, pendant que leurs sombres préludes ou leur triste course les obscurcissent toutes simultanément; ainsi en fut-il de cette persécution; elle déchargea successivement sa fureur sur les provinces, ruinant tout ce qui était chrétien, passant de l'Italie en Afrique, de la Haute-Asie en Palestine et en Egypte; puis elle sévit en Arménie, ne laissant en paix aucune région, et demeurant suspendue, comme un nuage orageux et sinistre, au-dessus de l'empire tout entier.

Et néanmoins l'Eglise s'accroissait, prospérait et bravait ce monde de péché. Les pontifes se succédaient rapidement, passant du trône papal à l'échafaud; les conciles se célébraient dans les sombres retraites des catacombes; les évêques venaient à Rome, au risque de leur vie, consulter le successeur de saint Pierre. Des lettres, pleines de sympathie et d'affectueux encouragements, s'échangeaient entre les églises les plus lointaines et le chef suprême de la chrétienté aussi bien qu'entre différentes églises; un évêque remplaçait un évêque sur son siége, ordonnait des prêtres et d'autres ministres pour occuper le poste de ceux qui étaient tombés et servir, sur les remparts de la cité, de point de mire à l'ennemi. Et l'œuvre de l'impérissable royaume du Christ se continuait sans interruption comme sans crainte de ruine.

C'est en effet au milieu de toutes ces alarmes et de ces combats que fut fondé un puissant système, destiné à produire de prodigieux résultats dans les âges futurs. La persécution éloignant un grand nombre de fidèles des cités, les conduisit dans les solitudes de l'Egypte, où l'état monastique se développa au point que « le désert fleurit dans l'allégresse, épanouissant ses boutons comme le lis au milieu de la joie et des louanges. »

Aussi, quand Dioclétien, déchu de la pourpre, fut mort

dans une vieillesse pauvre et tourmentée, et que Galérius eut été dévoré tout vivant par les ulcères et les vers,
en reconnaissant dans des édits publics l'insuccès de
ses efforts ; quand Maximien Hercule se fut étranglé,
quant Maxence eut péri dans le Tibre ; quand Maximin
eut succombé, livré par la justice divine à des tortures
égales à celles qu'il avait infligées aux chrétiens, et les
yeux hors de leurs orbites ; quand Licinius eut été mis à
mort par Constantin, l'Épouse du Christ, que tous avaient
conspiré à détruire, parut plus jeune et plus florissante
que jamais, et prête à entrer dans sa grande carrière de
diffusion et de pouvoir universels.

Ce fut l'an 313 que Constantin, victorieux de Maxence,
accorda une entière liberté à l'Eglise. Lors même que les
auteurs anciens ne les eussent pas décrits, nous pour-
rions nous imaginer la joie et la reconnaissance qu'é-
prouvèrent les malheureux chrétiens à ce grand changement. On eût dit la première acclamation, joyeuse quoique mêlée de larmes, des habitants d'une cité décimée
par la peste, quand on proclame la cessation du fléau.
Car ici, après dix ans de séparation et de retraite, quand
les familles pouvaient à peine se rencontrer dans les cimetières les plus proches, beaucoup ignoraient quels
étaient ceux de leurs parents ou de leurs amis qui avaient
péri ou qui survivaient encore. Timides d'abord, puis
plus courageux, ils s'aventurèrent hors de leurs refuges.
Bientôt les lieux des anciennes assemblées, que les enfants nés dans les dix dernières années ne connaissaient
pas, furent purifiés, réparés, ornés, réconciliés et
ouverts au culte public désormais affranchi de toute
crainte.

Constantin ordonna que toutes les propriétés publiques
ou privées, appartenant aux chrétiens et qui avaient
été confisquées, leur fussent rendues ; toutefois il sti-
pula sagement que les détenteurs actuels seraient in-
demnisés par le trésor impérial. L'Eglise ne tarda point
à mettre en œuvre les ressources de ses rites et de ses
admirables institutions ; on transforma pour son usa-

ge toutes les basiliques existantes, et on en érigea de nouvelles sur les points de Rome qui lui étaient le plus cher.

Le lecteur n'a point à craindre que nous l'engagions dans un long récit. Il appartient à de plus capables que nous de développer la grandeur et les charmes du christianisme libre et affranchi de ses chaînes. Du haut de la montagne, nous nous bornerons à indiquer la terre promise, le paradis ravissant qui s'étend à nos pieds. Nous ne sommes pas le Josué qui doit y conduire les autres. Nous ajouterons uniquement, dans cette troisième et courte partie de notre modeste livre, le peu qui est nécessaire pour l'achever.

Supposons donc que nous en sommes à l'année 318, quinze ans après notre dernière scène de mort. Le temps et des lois stables ont assuré la sécurité de la religion chrétienne, et l'Eglise, naturellement, fixe plus complètement son organisation. Beaucoup de ceux qui, au retour de la paix, avaient baissé la tête, pour avoir échappé à la mort par quelque acte de faiblesse, avaient, à cette époque, expié leur chute par la pénitence. De temps à autre les passants saluaient respectueusement quelque vieillard, quand ils le voyaient privé de l'œil droit brûlé par le feu, la main mutilée, ou quand ils reconnaissaient à sa démarche incertaine que ses jarrets avaient été coupés, dans la dernière persécution, pour la foi du Christ.

Que notre bienveillant lecteur remonte à cette époque; et, hors de la porte Nomentane, vers la vallée qui lui est déjà familière, il trouvera tristement ravagés les arbres magnifiques et les massifs fleuris de la villa de Fabiola. Des supports d'échafaud occupent la place des premiers; des briques, des marbres et des fûts de colonne couvrent les seconds. Avant d'être chrétienne, Constantia, la fille de Constantin, étant venue prier à la tombe de sainte Agnès, pour obtenir la délivrance d'un ulcère virulent, avait été consolée par une vision et complètement guérie, Et maintenant qu'elle avait reçu le baptéme, elle acquittait la dette de sa reconnaissance en érigeant, au-dessus du sépulcre de la martyre, une magnifique basilique. Toutefois, les fidèles pouvaient pénétrer jusqu'à la crypte où le corps d'Agnès avait été inhumé, et les pèlerins y affluaient de toutes les parties de l'univers.

Une après-midi, Fabiola revenait de Rome à sa villa : elle avait employé la précédente partie de la journée à soigner les malades d'un hôpital, établi dans sa maison de Rome. Le *fossor*, chargé du cimetière, se présenta à elle avec un air singulièrement grave et impressionné.

— Madame, dit-il, je crois réellement que l'étranger d'Orient, que vous attendez depuis si long-temps, est arrivé.

Fabiola, qui avait toujours gardé le souvenir des dernières paroles de Miriam, demanda vivement :

— Où est-il?

— Il est reparti, fut-il répondu.

Les traits de la patricienne s'altérèrent.

— Comment savez-vous que c'était lui? interrogea-t-elle de nouveau.

Le fossoyeur répliqua :

— Dans le courant de la matinée, je remarquai au milieu de la foule un homme n'ayant pas encore cinquante ans, mais que les mortifications et le chagrin ont usé et conduit à une vieillesse prématurée. Ses cheveux et sa longue barbe grisonnaient. Il portait le costume oriental et le manteau adopté par les moines de son pays. Parvenu devant la tombe d'Agnès, il se prosterna sur le marbre, qu'il arrosa d'un torrent de larmes; il gémissait et sanglotait au point d'émouvoir de compassion tous ceux qui l'entouraient.

Beaucoup s'approchèrent de lui en murmurant :

— Frère, tu es dans une grande détresse; cependant ne te lamentes point de la sorte, car la sainte est miséricordieuse.

D'autres lui dirent :

— Nous prierons tous pour toi : ne crains rien.

Mais il paraissait insensible aux paroles consolantes. Alors je pensai en moi-même qu'un seul homme pouvait demeurer ainsi désolé et le cœur brisé en présence d'une sainte aussi bonne et aussi douce.

— Continuez, continuez, invita Fabiola ; que fit-il ensuite ?

— Long-temps après, poursuivit le fossoyeur, il se leva ; et, tirant de sa poitrine une bague extrêmement riche et brillante, il la déposa sur le sépulcre. Je crus avoir déjà vu ce bijou, il y a bien des années.

— Et puis ?

— En se retournant il m'aperçut et reconnut mon vêment. Il s'approcha de moi, et me demanda d'un ton timide et tremblant, sans me regarder en face : « — Frère, sais-tu, si l'on n'a pas déposé ici, quelque part, une jeune fille nommée Miriam ? — » Je lui indiquai la tombe d'un geste silencieux. Après une pause pleine de trouble, il me demanda encore avec une telle agitation que sa voix résonnait à peine : « — Sais-tu, frère, de quoi elle est morte ? — De consomption, répondis-je. — Que Dieu soit loué ! ajouta-t-il avec un soupir de soulagement. » Et il se jeta le visage contre terre. Là il gémit encore et pleura pendant plus d'une heure. Ensuite s'approchant du tombeau, il en baisa respectueusement la pierre, et se retira.

— C'est lui, Torquatus, c'est lui ! s'écria Fabiola avec animation. Pourquoi ne l'avez-vous pas retenu ?

— Je n'osais pas, madame ; après avoir vu sa figure, je n'ai pas eu le courage de rencontrer son regard. Mais je suis sûr qu'il reviendra, car il est allé du côté de la ville.

— Il faut qu'on le trouve, déclara Fabiola. Chère Miriam, tu avais donc cette consolante vision de l'avenir à l'heure de ta mort !

II

L'ÉTRANGER A ROME.

Le jour suivant, de grand matin, le pèlerin, en traversant le Forum, aperçut une troupe de gens rassemblés
autour de quelqu'un dont ils se moquaient évidemment.
Il n'eût prêté que peu d'attention à une pareille scène,
si un nom qui lui était familier n'eût frappé son oreille.
Il s'approcha donc. Au centre du groupe apparaissait un
homme plus jeune que lui ; mais si la pâleur de l'étranger et son amaigrissement le vieillissaient, l'autre semblait beaucoup plus âgé encore par des raisons contrai-
res. Il était chauve et bouffi, avait la figure enflée, rouge,
couverte de pustules et de furoncles. La ruse brillait dans
son regard, à travers le voile de l'ivresse ; ses allures et
son accent annonçaient qu'il était habituellement pris de
vin. Ses vêtements étaient sordides et sa personne entièrement négligée.

— Ah ! ah ! Corvinus, lui disait un des jeunes gens
qui l'entouraient, vous ne tarderez point à être traité
selon vos mérites. Ignorez-vous que Constantin vient
cette année à Rome? Et ne craignez-vous pas que les
chrétiens ne veuillent maintenant avoir leur tour ?

— Non, non , répondit l'homme que nous avons dépeint ; le courage leur manque pour cela. Je me souviens
que nous l'avons craint, quand Constantin, après la mort
de Maxence, publia son premier édit d'affranchissement
des chrétiens ; mais il nous rassura l'année suivante en
déclarant toutes les religions permises.

— Tout cela est très-bien comme règle générale, fit un
autre déterminé à le tourmenter ; mais n'est-il pas probable qu'il fera rechercher ceux qui ont pris une part
active à la dernière persécution, et qu'il les soumettra à la
loi du talion : coup pour coup, brûlure pour brûlure, bêtes féroces pour bêtes féroces ?

— Qui dit cela? dem..nda Corvinus en pâlissant.

— Mais n'est-ce pas tout naturel ? dit l'un.

— Et parfaitement juste? ajouta un autre.

— Oh ! qu'importe , reprit Corvinus ; ils relâcheront toujours quiconque se fera chrétien. Et, quant à moi , je deviendrai tout ce qu'on voudra, plutôt que d'aller...

— Où Pancratius est allé, acheva un individu plus méchant.

— Taisez-vous ! s'écria l'ivrogne avec l'accent de la rage. Répétez encore ce nom, si vous l'osez !

Et il leva le poing en jetant un regard furieux à celui qui l'interpellait.

— Oui, parce qu'il vous a prédit comment vous deviez mourir, s'écria le plus jeune de la troupe en prenant la fuite. Ohé ! ohé ! Une panthère pour Corvinus !

Tous se sauvèrent devant cette bête humaine, devenue plus furieuse que les fauves du désert. Il les maudit et leur lança des pierres.

Le pèlerin, qui avait vu la fin de cette scène, à quelque distance, continua son chemin. Corvinus suivit plus lentement la même direction, du côté de la basilique de Lateran, maintenant la cathédrale de Rome. Soudain on entendit un rugissement aigu, auquel répondit un cri perçant. En passant près du Colisée, le long des cellules des bêtes féroces destinées à combattre l'une contre l'autre, lors de la visite de l'empereur, Corvinus, poussé par la curiosité morbide et naturelle à ceux qui se croient victimes de quelque fatalité attachée à un objet particulier, alla à la cage où était enfermée une superbe panthère. S'étant approché des barreaux, il provoqua l'animal du geste et de la parole.

— Oui , oui , il est bien à croire que tu doives causer ma mort ! Te voilà parfaitement en sûreté dans ta cage.

En ce moment, la panthère, furieuse, bondit vers lui, et lui saisissant de ses griffes le cou et la gorge, à travers les barreaux, elle lui fit d'affreuses blessures.

On ramassa le misérable et on le porta chez lui, non

loin de là. L'étranger le suivit et le trouva dans un logis
pauvre, sale, manquant de tout, avec un seul esclave
vieux et décrépit pour le servir, et vraisemblablement
aussi stupide que son maître. L'étranger envoya chercher un médecin, qui fut longtemps à venir, et s'occupa
de son mieux, en attendant, à étancher le sang.

Pendant qu'il vaquait à ce soin, Corvinus fixa sur lui
les regards d'un homme en proie au délire ou à la dé-
mence:

— Me reconnaissez-vous? demanda doucement le pèlerin.

— Si je vous reconnais? Non... Oui..... Voyons! Ah!
le renard, mon renard! vous souvient-il de la chasse que
nous fîmes ensemble à ces maudits chrétiens?

— Paix, paix, Corvinus, invita l'autre. Demeurez tranquille, autrement vous ne pouvez espérer de guérir.
En outre, je désire que vous ne fassiez plus allusion
à cette époque, car maintenant je suis chrétien moi-
même.

— Vous chrétien! s'écria Corvinus avec un accent sauvage, vous qui, plus que tout autre, avez versé leur meilleur sang! Avez-vous été pardonné? Avez-vous dormi
tranquillement là-dessus? Est-ce que les Furies ne vous
ont pas torturé la nuit? Aucun fantôme ne vous a-t-il
obsédé? Aucune vipère ne vous a-t-elle mordu au cœur?
Si vous avez réussi à vous délivrer de tout cela, dites-
moi par quel moyen, afin que je puisse également l'employer; sinon, ils viendront, ils viendront! Vengeance
et fureur! pourquoi n'auriez pas subi les mêmes tourments que moi?

— Silence, Corvinus; j'ai souffert comme vous, mais
j'ai trouvé le remède que je vous révèlerai dès que le
médecin vous aura visité, car le voici.

Le médecin examina Corvinus, pansa la blessure,
mais donna peu d'espoir de guérison, à cause, principalement, de l'intempérance qui avait vicié le sang du
malade.

L'étranger, approchant son siége du lit du blessé, lui

parla du Dieu de miséricorde, toujours disposé à pardonner aux plus grands pécheurs, ce dont il offrait lui-même la preuve vivante. Le malheureux paraissait plongé dans une sorte de stupeur; s'il écoutait, il ne saisissait assurément rien de ce qu'on lui disait. Enfin son complaisant initiateur lui ayant exposé les mystères fondamentaux du christianisme, dans l'espoir, non dans la certitude d'être compris, continua en ces termes :

— Maintenant, sans doute, Corvinus, vous désirez savoir comment le pardon est accordé à ceux qui croient ces vérités; c'est par le baptême, qui les régénère dans l'eau et dans le Saint-Esprit.

— Comment? s'écria le malade avec dégoût.

— Par l'eau de la piscine régénératrice qui les purifie.

Un hurlement convulsif, plutôt qu'un gémissement, l'interrompit.

— De l'eau ! de l'eau ! pas d'eau pour moi ! Enlevez cela !

Et un spasme violent étreignit la gorge du malade. L'étranger, alarmé, chercha à le calmer.

— Ne croyez pas, lui dit-il, qu'on vous emmènera d'ici, pendant votre fièvre, pour vous plonger dans l'eau (le blessé tressaillit et gémit, pour le baptême clinique, quelques gouttes suffisent, ce que peut contenir ce petit vase, par exemple. Et il montra l'eau que renfermait le vase. A cette vue, Corvinus se tordit, sa bouche écuma, et il parut sous l'empire de violentes convulsions. Les cris qu'il poussait ressemblaient aux hurlements d'une bête fauve, plutôt qu'aux sons émis par les lèvres humaines.

Le pèlerin reconnut aussitôt que l'hydrophobie, avec tous ses horribles symptômes, s'était emparée du blessé, par suite de la morsure de la panthère, atteinte elle-même de la rage. Il avait grand'peine à le contenir, même avec l'aide de son serviteur. Par moment il avait des accès épouvantables, au milieu desquels il éclatait en blasphèmes contre Dieu et les hommes. Puis, quand les crises se calmaient, il disait en gémissant :

— De l'eau ! il veulent me donner de l'eau ! non, non ; c'est du feu, du feu que je sens et qui sera mon partage ! Déjà les flammes me dévorent à l'intérieur, à l'extérieur ! Regardez-les-monter autour de moi ! elles montent toujours !

Et il cherchait à écarter les flammes imaginaires de chaque côté de son lit, il essayait d'éteindre de son souffle celles qu'il croyait sentir autour de sa tête. Ensuite, se tournant vers ses gardiens attristés, il reprenait :

— Pourquoi n'éteignez-vous point ces flammes? ne voyez-vous pas qu'elles me brûlent déjà?

Ainsi se passa cette funeste journée, à laquelle succéda une horrible nuit. La fièvre augmenta, déterminant le délire et de violents accès de fureur, malgré la défaillance du corps. Enfin Corvinus se leva debout sur sa couche, et fixant devant lui ses yeux demi voilés, il s'écria d'une voix étranglée par la rage la plus amère :

— Arrière, Pancratius ! va-t'en ! Assez long-temps tu m'as épouvanté de ton regard. Retiens ta panthère ! Tiens-la bien ; elle va me sauter à la gorge ; elle s'approche ! Oh !

Et de sa main convulsive, croyant écarter la bête fauve de sa gorge, il arracha les bandages de sa blessure. Des flots de sang jaillirent, et son cadavre hideux retomba sur le lit.

Son ancien ami put voir comment mouraient les persécuteurs impénitents.

III

CONCLUSION.

Le lendemain matin, le pèlerin songea à s'occuper de l'affaire qui l'avait amené, et que les circonstances rapportées au chapitre précédent avaient retardée. On eût

pu le voir d'abord s'enquérir activement d'une personne
dans les environs de l'Arcade de Janus, au Forum. Ayant
enfin rencontré celui qu'il cherchait, il se rendit avec lui
à un petit bureau, sale et situé sous le Capitole, sur la
montée appelée *Clivus Asyli*. On produisit de vieux livres
poudreux qui furent examinés colonne par colonne, jusqu'à la date du huitième consulat de Dioclétien Auguste
et du septième de Maximien Hercule. Là, plusieurs indications renvoyaient à certains documents. On dérou-
la un parchemin poudreux de la même époque ; et le titre
portant le numéro correspondant aux indications fut ouvert et examiné. Le résultat des investigations parut satisfaire complètement les deux parties.

— C'est la première fois de ma vie, dit le propriétaire
du réduit, que je vois un débiteur fugitif venir au bout de
quinze ans pour s'enquérir de ses dettes. Vous êtes chrétien, seigneur, je présume ?

— Certainement, par la miséricorde de Dieu.

— Je le pensais bien ; bonjour, seigneur ; je serai toujours heureux de traiter avec vous à un prix aussi raisonnable que le faisait mon père Ephraïm, qui est maintenant avec Abraham. — C'est un grand sot que cet
homme, je dois le dire pour sa peine, et je lui en demande bien pardon, ajouta-t-il quand l'étranger fut hors de
la voix.

Le pèlerin, avec un pas plus dégagé et un visage moins
attristé qu'auparavant, s'achemina directement vers la
villa Nomentane. Après avoir prié de nouveau dans la
crypte, il s'adressa au fossoyeur, le cœur plus léger, et
il lui dit, comme s'ils ne se fussent jamais quittés :

— Torquatus, pourrais-je parler à la patricienne Fabiola ?

— Assurément, répondit l'autre ; venez par ici.

Aucun d'eux, durant le trajet, ne fit allusion au passé
ni à leur histoire depuis leur séparation. Ils semblaient
comprendre tous deux instinctivement que leur passé devait être effacé devant les hommes, comme ils espéraient
qu'il l'était devant Dieu.

Fabiola ne s'était pas éloignée de sa demeure ce jour-là, ni le précédent, car elle comptait sur le retour de l'étranger. Elle était assise au jardin, près d'une fontaine, quand Torquatus la désigna du doigt à son compagnon et se retira.

Elle se leva à l'approche du visiteur si long-temps attendu, et une émotion inexprimable s'empara d'elle en se voyant face à face avec lui.

— Madame, dit-il avec un accent de profonde humilité et de grave simplicité, je n'aurais jamais eu la témérité de me présenter devant vous si un devoir de justice et de reconnaissance ne m'y avait obligé.

— Orontius, répondit la patricienne, — est-ce le nom que je dois vous donner? (il fit signe que oui) — Orontius, vous ne me devez rien, sinon la charité mutuelle que notre grand apôtre nous prescrit.

— Je sais que vous pensez ainsi. Néanmoins je n'aurais pas osé, indigne comme je le suis, vous déranger pour un autre motif que l'accomplissement d'un rigoureux devoir. Je n'ignore pas quelle reconnaissance je vous dois pour la bonté et l'affection que vous avez témoignées à une personne maintenant plus chère à mon cœur qu'une sœur ne l'est sur la terre; vous avez rempli à son égard les devoirs d'amour que j'avais négligés.

— Et par là vous me l'avez envoyée, interrompit Fabiola, pour être l'ange de ma vie. Rappelez-vous, Orontius, que Joseph fut vendu par ses frères uniquement pour qu'il pût sauver sa famille.

— Vous êtes trop indulgente, en vérité, pour le plus misérable des hommes, reprit le pèlerin; je ne vous remercierai pas de votre bonté envers celle qui vous a si magnifiquement récompensée. Je n'ai appris que ce matin votre charité à l'égard de quelqu'un qui n'y avait aucun droit.

— Je ne vous comprends pas, déclara Fabiola.

— Alors je m'expliquerai plus clairement, fit Orontius. Il y a des années que j'appartiens à l'une de ces communautés d'hommes de la Palestine qui vivent séparés du monde, en des lieux déserts, partageant les jours et même les nuits entre le chant des louanges du Seigneur, la contemplation et le travail manuel. De rigoureuses expiations pour nos fautes passées, le jeûne, les larmes et les prières, tels sont les grands devoirs de notre état pénitentiaire. Avez-vous entendu parler quelquefois de cette sorte d'hommes?

— La renommée de saint Paul et de saint Antoine est aussi grande en Occident qu'en Orient, répliqua la patricienne.

— J'ai vécu avec le plus grand des disciples de ce dernier, soutenu par son illustre exemple et les consolations qu'il m'a prodiguées. Mais une pensée me troublait et m'inquiétait sur la possibilité de mon salut, même après des années d'expiation. Avant de quitter Rome, j'avais contracté une dette considérable qui, par l'accumulation d'énormes intérêts, a dû monter à une somme effrayante. Cependant, ayant contracté cette obligation de propos délibéré, je ne pouvais m'y soustraire sans injustice. Pauvre cénobite, vivant uniquement du produit de quelques nattes en feuilles de palmier que je tressais, et des maigres herbes poussant sur le sable, comment aurais-je pu m'acquitter? Un seul moyen me restait, c'était de me livrer comme esclave à mon créancier, afin de travailler à son compte, d'endurer patiemment ses coups et ses reproches méprisants, ou d'être vendu pour ce que je vaux, car je suis encore vigoureux. Dans l'un ou l'autre cas, j'aurais eu l'exemple de mon Sauveur pour m'encourager et me fortifier. D'ailleurs, j'aurais donné tout ce que je possédais, — moi-même. Ce matin, étant allé au Forum, trouver le fils de mon créancier, il examina ses comptes, et m'apprit que vous aviez payé ma dette entière. Je suis donc votre esclave, au lieu d'être celui du juif.

Et il s'agenouilla humblement aux pieds de la patricienne.

— Levez-vous, levez-vous, dit Fabiola en détournant

ses yeux remplis de larmes : vous n'êtes pas mon esclave, mais mon frère chéri en notre commun Seigneur.

Puis, le faisant asseoir à ses côtés, elle ajouta :

— Orontius, accordez-moi une grande faveur. Racontez-moi, en détail, comment vous avez été conduit à la vie
que vous avez si généreusement embrassée.

— Je le ferai en quelques mots, pour vous obéir. Vous
savez comment je me suis enfui de Rome, en cette nuit
funeste; j'étais accompagné d'un homme...

La voix lui manqua.

— Je devine qui vous voulez dire, fit la patricienne ;
il s'agit d'Eurotas.

— De lui-même, le malheur de notre maison, la cause
de mes souffrances et de celles de ma chère sœur. Il
fallut fréter un navire à grand frais à Brundusium , d'où
nous fîmes voile pour l'île de Chypre. Nous essayâmes
le commerce et différentes spéculations , mais nous
échouâmes dans toutes nos entreprises. Une malédiction
pesait évidemment sur tous nos projets. Nos ressources
s'épuisèrent, et nous fûmes obligés de passer dans une
autre contrée. — Nous nous rendîmes en Palestine , et
nous demeurâmes quelque temps à Gaza. Bientôt nous
tombâmes dans la misère. Tout le monde nous fuyait
sans que nous sussions pourquoi; mais ma conscience
me disait que je portais sur le front le signe de Caïn.

Orontius s'arrêta un instant pour donner cours à ses
larmes; ensuite il continua :

— Enfin il ne nous resta plus rien, sauf quelques bijoux de grand prix, à la vérité, mais dont Eurotas, j'i-
gnore pour quels motifs, refusait de se défaire. Une persécution furieuse venait d'éclater, il me poussa à jouer le
rôle odieux de délateur envers les chrétiens. — Pour la
troisième fois de ma vie je me révoltai contre ses ordres ,
déclarant que je n'obéirais pas. — Un jour , il m'invita
à une promenade hors de la ville. Nous allâmes au loin,
et nous arrivâmes à un endroit délicieux, au milieu du
désert. C'était une étroite vallée, tapissée de verdure et
ombragée de palmiers; un petit et limpide ruisseau y

serpentait, jaillissant d'un roc qui s'élevait au sommet de la vallée. Nous aperçûmes dans ce roc des grottes et des cavernes ; mais l'endroit paraissait inhabité , et on n'y entendait que le clapotement de l'eau. Nous nous étions assis pour nous reposer, quand Eurotas m'adressa un horrible discours. Le temps était venu , me dit-il , d'accomplir l'affreuse résolution que nous avions prise de ne point survivre à la ruine de notre famille. Nous devions mourir là, y laisser nos cadavres en pâture aux bêtes fauves, et dérober ainsi à tous le secret de la fin des derniers représentants de notre maison.

En parlant ainsi, il exhiba de petits flacons, d'inégale dimension , me présenta le plus grand, et avala le contenu du plus petit. Je refusai de vider mon flacon , et je lui reprochai même la différence des doses. Il répliqua que j'étais jeune tandis qu'il était vieux, et que les quantités avaient été proportionnées à nos forces respectives. Je refusai encore , ne souhaitant nullement de mourir. Alors une sorte de fureur diabolique s'empara de lui ; pendant que j'étais assis , il me saisit, avec une étreinte de géant , me renversa sur le dos , en criant que nous péririons ensemble ; et il me versa de force dans la gorge le contenu du flacon , sans me faire grâce d'une goutte.

Au bout d'un instant, je perdis connaissance. Quand je revins à moi, j'étais dans une caverne, et je réclamai à boire d'une voix faible. Un vieillard vénérable, portant une barbe blanche, approcha de mes lèvres un vase de bois rempli d'eau. » — Où est Eurotas? demandai-je d'une voix faible. — Est-ce votre compatriote? s'enquit le vieux moine. — Oui , répondis-je. — Il est mort , me déclara-t-il. — » J'ignorais par quelle fatalité ceci était arrivé; mais je bénis le Seigneur de tout mon cœur de m'avoir épargné.

Ce vieillard était Hilarion , natif de Gaza , qui , après avoir passé de longues années avec saint Antoine , en Egypte, était revenu récemment dans sa patrie , pour y établir la vie cénobitique et celle d'ermite. Déjà il avait réuni plusieurs disciples, habitant les misérables caver-

nes du voisinage; ils prenaient leur repas à l'ombre des
palmiers et trempaient leurs aliments desséchés dans
l'eau de la fontaine.

Leurs attentions pour moi, leur piété sereine, leur
sainte existence me touchèrent vivement pendant ma
convalescence. La religion que j'avais persécutée m'apparut sous une forme sublime, qui réveilla promptement
dans mon esprit les instructions de ma chère mère et les
exemples de mon excellente sœur. Enfin, cédant à la
grâce, je confessai mes fautes aux pieds du ministre de
Dieu, et je reçus le baptême la veille de Pâques.

— Alors nous sommes doublement frères, deux enfants
jumeaux de l'Eglise, car je naquis le même jour à la vie
éternelle. Mais que pensez-vous faire maintenant?

— Je repartirai ce soir. Les deux buts de mon voyage
sont atteints; le premier était d'acquitter ma dette; le
second de déposer une offrande sur le tombeau d'Agnès.
Vous vous souvenez, ajouta-t-il en souriant, que votre
bon père me trompa sans le vouloir, en me donnant l'idée
qu'elle convoitait les bijoux que je portais. — Insensé
que j'étais! Aussi, après ma conversion, je résolus de lui
faire présent du plus beau de ceux qui étaient aux mains
d'Euro'as, et j'ai tenu parole.

— Mais avez-vous des ressources pour votre voyage?
demanda timidement la patricienne.

— La charité des fidèles me suffit largement. J'ai des
lettres de l'évêque de Gala, qui me procurent partout la
subsistance et le logement; mais j'accepterai de vous,
comme disciple, un verre d'eau et un morceau de pain.

Ils se levèrent, et s'avançaient vers la maison, quand
une femme s'élança comme une insensée, à travers les
arbustes, et tomba à leurs pieds en criant;

— Oh! sauvez-moi, chère maîtresse, sauvez-moi! il
me poursuit pour me tuer!

Fabiola reconnut dans la pauvre créature son ancienne
esclave Jubala; mais ses cheveux grisonnants et en
désordre ainsi que son aspect offraient l'image de la

misère la plus abjecte. Elle lui demanda de qui elle
voulait parler.

— Mon mari, expliqua la négresse, m'a toujours traitée d'une façon cruelle et barbare ; mais aujourd'hui il
est plus brutal que jamais. Oh ! sauvez-moi de ses coups !

— Vous ne courez ici aucun danger, dit la patricienne.
Mais, Jubala, je crains que vous soyez loin d'être heureuse. Je ne vous ai pas vue depuis longtemps.

— Il est vrai, chère dame ; mais pourquoi serais-je
venue vous raconter mes chagrins ? Ah ! pourquoi ai-je
quitté votre maison où j'aurais pu vivre si heureuse !
J'eusse appris avec vous, avec Grala et la bonne vieille
Euphrosyne, qui est morte maintenant, à être meilleure
aussi. Je serais devenue chrétienne.

— Y avez-vous réellement pensé, Jubala ?

— J'y songe depuis longtemps, madame, au milieu de
mes peines et de mes remords. Car j'ai vu combien les
chrétiens sont heureux, même ceux qui ont été méchants
comme moi. C'est parce que je représentais cela, ce
matin, à mon mari, qu'il m'a battue, en me menaçant de
me tuer. Mais, grâce à Dieu, je me suis fait instruire
par une amie des doctrines du christianisme.

— Depuis combien de temps durent ces mauvais traitements, Jubala ? demanda Orontius, qui en avait entendu parler à son oncle.

— Je les ai continuellement subis, répondit-elle, à
dater du jour où, peu après mon mariage, il sut les propositions d'alliance que m'avait faites entérieurement un
étranger au sombre visage, nommé Eurotas. Oh ! c'était
un méchant homme, livré à de sinistres passions, perfide
et sans remords. Mes relations avec lui sont pour moi
le souvenir le plus cruel.

— Comment cela ? s'enquit Orontius avec une vive
curiosité.

— Le voici :

Lorsqu'il fut sur le point de quitter Rome, il me
demanda de lui préparer deux potions narcotiques, l'une
qu'il destinait à son ennemi, dont il espérait s'emparer.

et elle devait être mortelle ; l'autre il la réservait pour
lui-même, et il fallait seulement qu'elle pût lui faire
perdre connaissance pendant quelques heures.

Quand il vint chercher les deux breuvages, j'allais lui
expliquer que, contrairement aux apparences, le petit
flacon renfermait un poison foudroyant, tandis que le
plus grand contenait une dose faible et presque inoffen-
sive. Mai, mon mari parut en ce moment ; et, transporté
de jalousie, il repoussa de la pièce le visiteur. Je crains
qu'une méprise ne s'en soit suivie, et par là même une
mort involontaire.

Fabiola et Orontius se regardèrent en silence, admi-
rant les justes décrets de la Providence. Soudain, ils
tressaillirent au cri que poussa Jubala, et ils furent saisis
d'effroi en voyant une flèche trembler dans son sein.
Pendant que la patricienne la recevait dans ses bras,
Orontius, en se retournant, aperçut une noire figure,
grimaçant hideusement, de l'autre côté de la haie. Au
même instant il vit un Numide fuyant sur son cheval,
l'arc tendu par-dessus son épaule, à la manière des Par-
thes, et prêt à percer quiconque essayerait de le poursuivre. La flèche avait passé, inaperçue, entre Orontius et la patricienne.

— Jubala, demanda Fabiola, désires-tu devenir chrétienne ?

— Je le désire ardemment, répondit-elle.

— Crois-tu en un seul Dieu en trois personnes ?

— Je crois fermement à tout ce que l'Église enseigne.

— Crois-tu en Jésus-Christ qui naquit et mourut pour
nos péchés ?

— Oui, je crois tout ce que vous croyez, répondit-elle
d'une voix défaillante.

— Hâtez-vous, hâtez-vous, Orontius, s'écria Fabiola
en indiquant la fontaine.

Orontius était déjà auprès du bassin ; il emplit d'eau
ses deux mains, et revenant rapidement, il la versa sur
la tête de la pauvre Africaine en prononçant les paroles

du baptême. Elle expira aussitôt, et l'eau régénératrice se mêla au sang de l'expiation.

Après cette scène triste et consolante à la fois, Orontius et Fabiola entrèrent dans la maison, et invitèrent Torquatus à préparer la sépulture de cette convertie doublement baptisée.

Orontius fut frappé de l'élégante simplicité de l'habitation, qui contrastait si fort avec le luxe et la splendeur de l'ancienne demeure de Fabiola. Mais tout-à-coup son attention se fixa, dans une petite pièce intérieure, sur une superbe châsse ou coffret ornée de pierres précieuses, fermée par un rideau brodé qui ne laissait voir que le cadre. Il s'approcha davantage, et lut l'inscription suivante :

ICI EST LE SANG DE LA BIENHEUREUSE MIRIAM, VERSÉ PAR DES MAINS CRUELLES !

Orontius pâlit affreusement, puis son visage s'empourpra vivement, et il chancela.

Fabiola le vit, alla à lui avec franchise et bonté, posa la main sur le bras du visiteur et dit :

— Orontius, il y a là de quoi nous confondre l'un et l'autre, sans toutefois nous désespérer.

En même temps Fabiola tira le rideau, et Orontius vit, sur un plateau de cristal, l'écharpe brodée, si intimement liée à son histoire et à celle de sa sœur. Sur l'écharpe reposaient deux armes aiguës, dont le sang avait rouillé la pointe. Dans l'une il reconnut son propre poignard ; l'autre lui parut être un de ces instruments de vengeance féminine avec lesquels, il le savait, les dames païennes châtiaient leurs esclaves.

— Nous avons tous deux, reprit Fabiola, blessé, en versant son sang, celle que nous honorons maintenant comme une sœur dans le ciel. Pour moi, les lumières de la grâce commencèrent à descendre dans mon âme à dater du jour où, en commettant cet acte, je donnai à Miriam l'occasion de manifester sa vertu. — Que dites-vous, Orontius ?

— Que pour ma part, également, du jour où je l'eus si cruellement traitée et obligée à déployer tant d'héroïsme chrétien, je commençai à sentir la main de Dieu s'étendre sur moi, cette main qui m'a conduit au repentir et au pardon.

— Il en est toujours ainsi, conclut Fabiola, L'exemple de Notre-Seigneur a fait les martyrs, et l'exemple des martyrs nous mène à lui. Leur sang attendrit nos cœurs; seul, le sien purifie nos âmes. Le leur implore pour nous la miséricorde; le sien nous l'obtient.

— Puisse l'Eglise, en ses jours de paix et de victoire, n'oublier jamais ce qu'elle doit à l'ère des martyrs! Quant à nous deux, nous lui devons notre vie spirituelle. Puissent ceux qui liront leurs Actes en retirer la même miséricorde et la même grâce!

Ils s'agenouillèrent, et prièrent long-temps ensemble devant la châsse.

Puis ils se séparèrent pour ne plus se revoir.

Après quelques années passées par Orontius dans une pénitence fervente, un tertre de gazon marqua, au pied des palmiers, dans la petite vallée, l'endroit où il dormait du sommeil des justes.

Après de longues années, remplies d'œuvres de charité et de sainteté, Fabiola alla jouir de la paix, en compagnie d'Agnès et de Miriam.

FIN DE FABIOLA.

TABLE DES MATIÈRES

PREMIÈRE PARTIE

LA PAIX

DEUXIÈME PARTIE.

LA LUTTE.

TROISIÈME PARTIE.

LA VICTOIRE.

FIN DE LA TABLE.

Limoges. — Imprimerie de Barbou frères.